rororo

Kitty Ray, geboren 1947, lebt mit ihrem Mann und ihren zwei Söhnen in Suffolk. Für «Die Gabe einer Liebe» erhielt sie den Nachwuchspreis der «Romantic Novelists Association».

«Eine packende Familien-Saga um Liebe, Verrat und Tradition.» (*Brigitte* über «Nells geheimer Garten»)

KITTY RAY

Nells geheimer Garten

Die Gabe einer Liebe

Zwei Romane
Deutsch von Adelheid Zöfel
und Tamara Willmann

Rowohlt Taschenbuch Verlag

Einmalige Sonderausgabe
Veröffentlicht im Rowohlt Taschenbuch Verlag,
Reinbek bei Hamburg, April 2008

Umschlaggestaltung
any.way, Barbara Hanke / Cordula Schmidt
(Foto: mauritius images / age)
Gesamtherstellung CPI – Clausen & Bosse, Leck
Printed in Germany
ISBN 978 3 499 24663 0

Nells geheimer Garten

Roman

Deutsch von Adelheid Zöfel

Für Val

Danksagung

Mein Dank gilt wieder Imogen Taylor und Rebecca Kerby von Little, Brown and Company und meiner Agentin Sarah Molloy. Außerdem bin ich Barbara Saunders zu großem Dank verpflichtet, weil sie die Teile des Buchs, die im Zweiten Weltkrieg spielen, für mich gegengelesen hat. Ich danke Janey Pirie, früher bei Thompson and Morgan, deren Kenntnisse auf dem Gebiet der Samenindustrie für mich unschätzbaren Wert besaßen, und Norfolk Lavender in Heacham, die mir in technischen Fragen beistanden. Ich habe immer wieder auf das Zeitungsarchiv der Ipswich Library zurückgegriffen sowie auf historische und botanische Veröffentlichungen aller Art – es sind zu viele, um sie hier alle aufzulisten, aber ich möchte doch Gavin Lyalls ausgezeichnetes Buch *Freedom's Battle* nennen (Bd. 2, *The War in the Air*), R. Douglas Browns *East Anglia 1941* und das *Norfolk and Suffolk Weather Book* der Froglet Publications.

Spät und müde kam ich heim
Zurück ins kleine Zimmer,
Zum Sessel und zum Feuerschein,
Zum sanften Kerzenschimmer.

Doch als ich leise trat herein,
Erblickt' ich eine Frau,
Sah ihren Nacken, sah ihr Haar,
Ich sah sie ganz genau.
Obwohl ich sie noch nie gesehen,
Erschien sie doch vertraut.

Stumm stand ich einen Augenblick
Und sah sie schon ganz nah,
Dann trat ich näher einen Schritt -
Und niemand war mehr da.

Das Feuer spielt' sein Spiel mit mir,
Ich sah, ohne zu wissen,
Aus Licht und Schatten ein Geschöpf,
Im Sessel nur ein Kissen …

Aus «Zuhause» von Rupert Brooke (1913)

Kapitel 1

Ellis bog von der Straße in den holperigen Weg unter den Bäumen ein. Mit dem Auto hatte sie diese Strecke erst ein paar Mal zurückgelegt, aber als kleines Mädchen war sie zu Fuß hier entlanggegangen, das gehörte zu ihren frühesten Kindheitsbildern. Sie war noch keine fünf Jahre alt gewesen, doch sie konnte sich genau erinnern, wie weich sich das Moos unter ihren Sandalen angefühlt hatte, sie spürte noch die Sonnenstrahlen auf den Wangen tanzen, wie damals, als sie an der Hand ihrer Mutter durch dieses Wäldchen spaziert war.

Am Rand der Lichtung hielt sie an, kramte nach dem Schlüssel und betrachtete durch die Windschutzscheibe das frisch gestrichene Cottage. *Mein* Cottage, dachte sie, *mein* Schlüssel; der perfekte Unterschlupf für eine schwangere, allein stehende Frau, in deren Leben es mehr Fragen als Antworten gab.

Die Handwerker hatten tadellos aufgeräumt – sie hatten nichts zurückgelassen, bis auf die gelblichen Flecken im Gras, wo ihre Gerätschaften gelegen hatten, den Sandhaufen neben der Eingangstür, wo der Gipser seine Zutaten gemischt hatte. Und die Reifenspuren der Lastwagen, die immer die ganzen Parkmöglichkeiten vor dem Haus verstellt hatten, weshalb Ellis ihren Wagen gewöhnlich fünfzig Meter entfernt unter den Bäumen parken musste. Wenn sie in den vergangenen sechs Monaten hierher gekommen war, dann waren immer alle möglichen Handwerker da gewesen, hatten gesägt und gehämmert und wummernde Popmusik gehört. Jetzt lehnte sie sich einen

Moment zurück, machte die Augen zu und genoss die wohltuende Stille. Dann öffnete sie die Autotür und stieg aus. Der Boden unter ihren Füßen fühlte sich so elastisch an, dass sie ein paar Mal auf den Zehenspitzen wippte. Es roch nach feuchtem Gras und nach den späten Heckenrosen, die noch im Gestrüpp am Rand der Lichtung blühten.

Sie spürte ein leichtes Flattern im Bauch – war das ihr Baby? Hatte es sich gerade zum ersten Mal gemeldet? Schützend legte sie beide Hände auf ihren Bauch und staunte wieder einmal, wie rund und sinnlich sich ihr Körper anfühlte.

Ellis Jones war keine Schönheit im konventionellen Sinn. Ihre Beine waren ganz passabel, aber von attraktiven weiblichen Rundungen konnte man bei ihr nicht sprechen, und sie wusste schon seit ihrer Kindheit, dass sie mit ihrem Gesicht nie Schlagzeilen machen würde. Sie hatte intelligente, aristokratische, aber eher herbe Züge – von der zarten Grazie ihrer Mutter hatte sie nichts geerbt, und ihr knochiger Körperbau erinnerte stark an ihren Vater. Aber sie hatte nie zugelassen, dass ihr Äußeres ihre ehrgeizigen Pläne durchkreuzte. Nein, eher empfand sie es als Vorteil, dass sie nicht besonders gut aussah: Von ihren männlichen Kollegen wurde sie mit Sicherheit ernster genommen als einige der hübscheren Frauen im Lehrkörper. Man hörte ihr zu, wenn sie etwas sagte, weil es keine erotischen Spannungen gab, durch die sich die Männer ablenken ließen. Denn selbst jeder noch so vergeistigte Mann wurde durch ein niedliches Gesicht oder eine tolle Figur aus dem Konzept gebracht, fand Ellis. Ihr Gesicht hatte sich zwar durch die Schwangerschaft nicht verändert, und ihre dichten Locken waren so widerspenstig und fade braun wie immer, aber sie kam sich schon fast vor wie ein Kurvenstar à la Marilyn Monroe oder Sophia Loren – wirklich eine Ironie des Schicksals!

Sie war etwas zu früh dran. Der Möbelwagen kam erst in

einer guten Stunde. Frank und Eric würden den Kühlschrank und ihre Mikrowelle ins Cottage schleppen, ihr Bettzeug ins obere Zimmer bringen, Geschirr, Töpfe und Pfannen auspacken, ihre ganzen Papiere und Unterlagen hereintragen, und sie würden die Wohnzimmermöbel aufstellen, bis nur noch die Bücher übrig blieben – die wollte Ellis später selbst in die Regale stellen. Das heißt, als Letztes mussten die beiden Möbelpacker noch ihren Schreibtisch an den vorgesehenen Platz rücken, damit sie den Computer installieren konnte. Dann würden sie gemeinsam eine Tasse Kaffee trinken, sich übers Wetter unterhalten und natürlich über die abgeschiedene Lage des Cottage und dass die beiden Schwierigkeiten gehabt hatten, es überhaupt zu finden. Wenn dann der Möbelwagen leer und das Cottage voll war, würden Frank und Eric ihre Kartons und das zerknitterte Packpapier wieder mitnehmen, den grasigen Weg zur Hauptstraße zurückschaukeln und Ellis allein in ihrer Waldlichtung zurücklassen.

Endlich Frieden, dachte sie, als sie den Schlüssel im Schloss drehte und über die Schwelle ins kühle, stille Hausinnere trat, wo es noch nach frischer Farbe roch.

Genau das brauche ich jetzt, dachte sie: Frieden. Und Ruhe.

Kapitel 2

Als sie ihn das erste Mal sah, stand sie am offenen Fenster ihres Büros im oberen Stockwerk des efeubewachsenen Fakultätsgebäudes. Es war Semesteranfang, und sie trank mit ihrer Freundin Harriet ein Gläschen Sherry, während sie die Studienanfänger begutachteten, die über den grünen Innenhof der Universität zur Mensa strebten. Aus der Ferne teilten sie ihre neuen Studenten gleich in verschiedene Kategorien ein: die Radikalen, die Aufsässigen, die Jungfrauen, die Angeber, die Sexbomben. Seit fünf Jahren wiederholten sie alljährlich dieses Spielchen – zwei Frauen, beide über dreißig, beide ernsthafte, intelligente junge Wissenschaftlerinnen, deren Leben sich nicht um Ehemann und Kinder drehte, sondern um akademische Meriten. Leicht beschwipst stimmten sie sich so gemeinsam auf das kommende Studienjahr ein und erinnerten sich gleichzeitig an ihr eigenes Studium, als sie noch nicht die Last von Amt, Würde und Verantwortung zu tragen hatten.

Harriet sah ihn zuerst. «Oh, là, là!» Sie stieß Ellis in die Rippen und deutete mit ihrem Sherryglas in seine Richtung: «Der bekommt von mir den Titel ‹Superman des Jahres›!»

«Welchen meinst du?», wollte Ellis wissen.

«Da fragst du noch?», rief Harriet empört. «Den da natürlich!» Sie zeigte wieder und schubste Ellis aus Versehen, sodass der Sherry überschwappte.

Ellis leckte sich die klebrige Flüssigkeit von den Fingern. «Wo?»

«Da drüben, neben dem großen jungen Mann, vor dem Studentensekretariat – der Blonde mit dem roten T-Shirt und den langen Beinen.»

Ellis sah ihn nun sofort. Ja, Harriet hatte Recht – er fiel wirklich auf. Er war noch größer als der hoch gewachsene junge Mann neben ihm, braun gebrannt, athletisch, ein blonder Narziss in schwarzer Lederjacke und elegant geschnittenen Chinos, die Hände lässig in den Hosentaschen. Lachend warf er den Kopf zurück und genoss es sichtlich, im Mittelpunkt zu stehen. An jedem Arm hing ein hübsches Mädchen, das ihn anhimmelte. Seht her, signalisierte seine Körpersprache, bin ich nicht der schönste Mann, den ihr je gesehen habt?

Diese arrogante Haltung gefiel Ellis nicht besonders, und

sie ließ ihren Blick zu dem Mann neben ihm wandern. Dieser war schmal, blass, mit ziemlich langen dunklen Haaren und klugen, kantigen Gesichtszügen, unauffällig gekleidet, verwaschene Jeans, graues Sweatshirt. Du. Du bist wirklich wunderschön, dachte sie und beugte sich vor, um ihn besser sehen zu können.

«Mannomann», murmelte Harriet mit einem begehrlichen Blick auf den blonden Draufgänger.

«Mannomann», murmelte Ellis und konnte die Augen nicht von ihrem dunklen Prinzen nehmen.

Die Gruppe setzte sich in Bewegung. Es sah fast aus wie eine Prozession. Der dunkle junge Mann hielt sich im Hintergrund, er ließ die drängelnden und aufgeregt plappernden Mädchen an sich vorbeiziehen, blieb direkt unter dem Fenster der beiden Frauen stehen und strich sich mit einer bedächtigen Bewegung die dichten Haare aus der Stirn. Spürte er, dass er beobachtet wurde? Denn in diesem Moment hob er den Kopf und schaute Ellis an, die mit ihrem Sherryglas immer noch wie erstarrt am Fenster stand. Monate später, als sie längst ein Liebespaar waren, erinnerte er sie an diese erste Begegnung. Er habe sich gleich in sie verliebt, sagte er. «Du sahst aus wie ein Gemälde von Vermeer», sagte er, «wie du da am Fenster standst, umrahmt vom grünen Efeu, und die Sonne fiel auf dein Gesicht und funkelte im Glas in deiner Hand.»

Er nahm nicht an ihrem Seminar für englische Literatur teil, was Ellis in gewisser Weise als Erleichterung empfand. Der gesunde Menschenverstand sagte ihr, dass es absolut lächerlich war, sich auszumalen, er könnte bei diesem ersten Blickkontakt die gleiche überwältigende Zärtlichkeit für sie empfunden haben wie sie für ihn. Du bist vierunddreißig, ermahnte sie sich, wenn sie nachts wach lag und an ihn dachte, du könntest seine Mutter sein, du siehst nach nichts aus, und er ist unglaublich schön. Es gibt einfach keine Liebe auf den ersten Blick. Aber statt abzuflauen, wurde in den folgenden Wochen ihre heimliche Leidenschaft immer heftiger. Jeder Blick, jede flüchtige Begegnung auf dem Flur fachte das Feuer an. Aber eine Dozentin und Tutorin war verpflichtet, sich selbstlos um ihre Studenten zu kümmern, nicht, sie zu begehren! Als Ellis die Stelle antrat, hatte der Dekan ihr deutlich zu verstehen gegeben, dass intime Beziehungen zwischen Studenten und Tutoren nicht erwünscht waren; von der Universitätsleitung wurden sie als unpassend, wenn nicht sogar als unzulässig betrachtet. Doch sie wusste genau, dass bisher nur der Mangel an Gelegenheit sie daran gehindert hatte, wegen dieses Jungen, der noch keine zwanzig war, ihre Karriere, ihren guten Ruf und ihre Selbstachtung aufs Spiel zu setzen.

Sie belauschte die Gespräche der Studenten, sie fragte Harriet aus, deren Geschichtsseminar er besuchte. So sammelte sie Stück für Stück Informationen über ihn, besessen und zielstrebig wie ein etwas zu alt geratenes Groupie. Wenigstens wusste sie jetzt, wie er hieß: Joe Leavis. Er studierte englische und amerikanische Geschichte, hatte in Nordengland die Schule besucht, sprach mit einem starken Yorkshire-Akzent und hatte ein sanftes, tiefes Lachen. Sie beobachtete ihn heimlich, registrierte, mit welchen Mädchen er ausging (brodelnd vor Eifersucht – so intensive Gefühle hätte sie sich gar nicht zugetraut!), in welchem Studentenheim er wohnte, in welchen Pubs er sich die Zeit vertrieb.

Wenn er in ihre Richtung schaute, wandte sie schnell den Blick ab. Wenn er in der Mensa auftauchte und Konversation machte oder wenn er ihr bei einer zufälligen Begegnung im Innenhof zulächelte, gab sie sich betont desinteressiert. Schließlich war sie eine erwachsene, intelligente Frau und wusste genau, wie unangebracht, ja kindisch ihre Verliebtheit war. Aber ihre Gefühle für ihn waren stärker als alles, was sie bisher erlebt hatte – sie konnte nichts dagegen tun. Er war fast fünfzehn Jahre jünger als sie – warum sollte er etwas Ähnliches für sie empfinden wie sie für ihn?

Doch als er dann zu Beginn des nächsten Quartals völlig unerwartet in ihrem Büro auftauchte, wusste sie plötzlich, dass es ihm nicht anders ging als ihr – und dass sie ihn bremsen musste, weil er sich bestimmt nicht zurückhalten würde. Er gab ihr die Hand, und sobald seine Finger die ihren umschlossen, war es zu spät: Sie konnte, sie wollte nicht mehr fliehen, es gab kein Zurück, sie hatte keine andere Wahl.

Er überrumpelte sie, und genau das war das Problem – wenn jemand sie gewarnt hätte, wenn sie geahnt hätte, dass er kommen würde, hätte sie sich vielleicht zusammennehmen, es verhindern können: Sie hätte einen wichtigen Termin oder Kopfschmerzen vorgeschoben und eine Kollegin gebeten, sie zu vertreten. Aber sie öffnete die Tür, und da stand er. Aus der Nähe wirkte er fast noch jünger als aus der Ferne. Die unverbrauchte Frische der Jugend verschlug ihr den Atem, ließ keinen vernünftigen Gedanken mehr zu.

Anfangs war er fast so befangen wie sie, brachte eine alberne Ausrede vor: Er sei mit seiner Fächerwahl nicht zufrieden und wolle wechseln. Ob er an ihrem Seminar für englische Literatur teilnehmen und sie als Tutorin wählen könne?, fragte er. Während er redete, fixierte er sie flehentlich mit seinen braunen Augen. Ellis war wie hypnotisiert.

Sie zog sich blitzschnell hinter ihren Schreibtisch zurück, sie rannte fast, weil sie eine Barriere zwischen sich und ihm errichten wollte. Dann nahm sie völlig verkrampft auf der Stuhlkante Platz, die Arme vor der Brust verschränkt, als könnte sie ihn dadurch abwehren. Mit ihrer strengsten Dozentinnenstimme fragte sie ihn, was er sich von einem Fachwechsel verspreche, er habe bereits ein ganzes Quartal studiert – wenn ihm Geschichte so wenig liege, hätte er doch schon früher etwas unternehmen müssen, oder? «Sie heißen Joe, stimmt's?», fragte sie ihn. «Lewis? Leavis?» – als wüsste sie es nicht ganz genau, als würde sein Name nicht seit drei Monaten ständig in ihren Träumen erscheinen! Sie gab sich seriös, würdevoll, wie es sich für eine erfahrene vierunddreißigjährige Tutorin gehörte, die sich um einen verantwortungslosen neunzehnjährigen Studenten kümmert. Aber er gab nicht auf, bis sie schließlich die verschränkten Arme lockerte und anfing, die Papiere auf ihrem Schreibtisch hin und her zu schieben, weil sie ja irgendetwas tun musste. Ihre Hände zitterten so, dass die Blätter laut raschelten. Sie hatte sich verraten.

«Leavis», sagte er leise, «Joe Leavis.» Und dann beugte er sich über den Schreibtisch und legte seine Hände beruhigend auf ihre zuckenden Finger. Es dauerte keine vierundzwanzig Stunden, und sie waren ein Paar.

Sie stand in dem weiß gestrichenen leeren Raum, die Sonne strömte durch die offene Tür, und auf einmal sah sie sein schmales, kluges Gesicht vor sich, so deutlich, als stünde er vor ihr. Sie wusste, dass er objektiv gar nicht so besonders gut aussah. Die Schönheit lag eher im Auge der verliebten Betrachterin. Sein Gesicht war das Einzige, das sie je zu Tränen gerührt hatte. Wie sie dieses Gesicht liebte! Sie hatte ihn aufgegeben, weil ihr nichts anderes übrig blieb – und trotzdem schmerzte es wie eine offene Wunde. Es tat so unendlich weh, dass sie sich nicht vorstellen konnte, wie dieser Schmerz je vergehen sollte.

Um sieben Uhr abends waren die Möbelpacker fertig. Ellis schaute dem Wagen nach und blieb noch lange in der offenen Tür stehen, um zu horchen. Eine Amsel begann so laut in dem

Fliederbusch beim Teich zu singen, dass Ellis richtig zusammenzuckte. Hinter dem Haus gluckte ein Fasan im Unterholz. Plötzlich bekam sie Angst – vielleicht schaffte sie es ja gar nicht, ganz allein in diesem abgeschiedenen Haus zu leben. Seit vielen Jahren wohnte sie in der Stadt, sie war an Autos und Busse gewöhnt, an Nachbarn, Straßenlaternen, Gehwege. Was sollte sie tun, wenn sie mit der Stille, mit der Einsamkeit gar nicht umgehen konnte? Der Gedanke machte sie ganz nervös, sie ging rasch zurück ins Haus und schloss die Tür hinter sich, um den stillen Abend auszusperren. Mit entschlossenen Schritten wanderte sie von einem Zimmer ins andere, rückte die Stühle zurecht, zog die Teppiche gerade, zählte die Kartons, die sie noch auspacken musste. Sie suchte Bettwäsche und bezog das Bett, hängte provisorische Vorhänge auf, die für das kleine Fenster eigentlich viel zu lang waren. Dann merkte sie auf einmal, dass sie furchtbaren Hunger hatte, und machte sich in der Mikrowelle eine Suppe warm. Dazu gab es Brot und Käse. Als der Hunger gestillt war, verstaute sie ihre Vorräte in der Speisekammer, räumte die Küchenschränke ein, suchte einen Platz für die Teekanne, die Bratpfanne, ihre Lieblingscafetiere. Sie musste dafür sorgen, dass sie hier zu Hause war.

Um neun Uhr fühlte sie sich reif fürs Bett – sie war in der achtzehnten Woche und wurde noch immer schnell müde. Sie suchte im Flur nach der Tasche mit ihrem Nachthemd und dem Waschzeug. Dabei scheuchte sie eine dicke Fliege auf, die ihr mit nervigem Gebrumme um den Kopf surrte. Ellis knipste das Licht aus, riss die Haustür auf und wedelte so lange mit den Armen, bis sich die Fliege, vom letzten Schimmer des Tageslichts angezogen, in Zickzacklinien gehorsam nach draußen bewegte. Der süße Duft der Heckenrosen – oder war es Geißblatt? – lockte auch Ellis ins Freie.

Der Himmel war mit violetten Wolkentupfern gesprenkelt,

die Bäume hoben sich schwarz gegen den Sonnenuntergang ab. Sie trat in die Mitte der Lichtung und betrachtete das Cottage, *ihr* Cottage. Ursprünglich war es für den Wildhüter des Landgutes gebaut worden und hieß noch immer Malletts Cottage, nach seinem ersten Bewohner. Früher hatte es ein Strohdach gehabt, war aber jetzt mit roten Hohlziegeln gedeckt und frisch gestrichen. An jedem Giebelende ragte ein kompakter Schornsteinkasten in die Luft. Nach der großen Verschönerungsaktion wirkte alles ein bisschen nackt und kahl. Was fehlte, war eine hübsche Kletterrose – eine Albertine vielleicht, mit den üppigen lachsfarbenen Blüten, oder eine feuerrote Danse du Feu. Im Erdgeschoss befanden sich zwei Fenster, links das Wohnzimmer und rechts der Lagerraum (den Ellis als Arbeitszimmer vorgesehen hatte, wenn sie erst einmal alles im Griff hatte), und oben lugte ein drittes Fenster etwas schief unter dem steilen Dach hervor. Hinter dem Cottage befand sich das ehemalige Klohäuschen, in dem jetzt Ellis' Gefrierschrank untergebracht war. Und dahinter lag, schon zwischen den Bäumen, ein wunderschöner großer Teich.

Innen im Haus war es ziemlich eng. Der vordere Teil bestand aus einem kleinen quadratischen Flur und zwei Zimmern, der hintere aus einer winzigen Küche – der ehemaligen Spülküche – und einem schlichten, weiß gekachelten Badezimmer in dem angebauten Waschhaus. Vom Flur aus führte eine steile Holztreppe hinauf zu Ellis' Schlafzimmer, das über dem zukünftigen Arbeitszimmer lag. Es hatte krumme Balken und eine schiefe Decke und war leer, bis auf das Bettgestell aus Messing und Eisen, das sie mit dem Cottage geerbt und jetzt wieder hergerichtet hatte. Es gab keine Zentralheizung, keine Kanalisation, kein fließendes Wasser, keine Doppelfenster, kein Telefon und keinen Fernseher, aber es gab einen neuen Sanitärtank, Strom und einen Wassertank im Dachgeschoss, in den mit einer modernen Pumpe vom Brunnen vor der hinteren Tür Wasser gepumpt wurde, sowie einen Durchlauferhitzer für heißes Wasser.

Hier wollte Ellis ihre Schwangerschaft verbringen und die Zukunft planen. Sie hatte vor, ihr derzeitiges Forschungsprojekt abzuschließen, eine Abhandlung über den Wandel des Frauenbildes in der Literatur des zwanzigsten Jahrhunderts. Zwar hatte sie schon einen großzügigen Vorschuss bekommen, aber es fehlte ihr am richtigen Schwung. Später, wenn sie nicht ganz so müde war, würde sie damit anfangen. Immerhin stand ihr ein ganzes Jahr zur Verfügung.

Es war dreißig Jahre her, dass Nell hier bei einem Brand ums Leben gekommen war. Sie war in ihrem Sessel eingeschlafen. Das Feuer hatte das ganze Wohnzimmer zerstört – kurz nachdem Ellis mit ihrer Mutter hier gewesen war, um Nell kennen zu lernen.

Sie hatte mit ihren vier Jahren schon genau gewusst, dass sie einen guten Eindruck machen musste – Großtante Nell hatte Dad einen Job im Kräutergarten gegeben, als sonst niemand bereit gewesen war, ihn einzustellen, hatte ihr ihre Mutter gesagt. Also musste Ellis sich von ihrer besten Seite zeigen! Krampfhaft hielt sie Lauras Hand fest, als sie den Pfad entlanggingen, dann saß sie brav auf einem dreibeinigen Hocker am Wiesenrand, starr vor Angst, sie könnte etwas Falsches sagen, und Nell bombardierte sie mit Fragen: Ob sie ihren Namen mochte? Ob sie wusste, dass sie, Nell, ihn ausgewählt hatte? Wem sie nachschlug, ihrer Mutter, ihrer Großmutter? Es war ein regelrechtes Verhör gewesen, und Ellis hatte schließlich hinter den Röcken ihrer Mutter Schutz gesucht.

«Bist du intelligent?», fragte Nell und beugte sich ganz weit vor, bis ihr Gesicht dicht vor ihrem war und Ellis die Härchen auf ihrer Oberlippe sehen konnte.

«Ja!», antwortete Ellis ohne Zögern. Es war die erste Frage, bei der sie sicher war, dass sie die Antwort wusste. Aber Nell hatte nur laut gelacht.

«Nenn mich nicht Tante», befahl sie herrisch. «Du kannst mich Nell nennen, aber auf keinen Fall Tante!» Sie roch nach Rauch und frischer Luft, und als sie sich hinunterbeugte, um Ellis zu umarmen, brachte der stechende Geruch sie zum Niesen. Aber eigentlich hatte Ellis von diesem Tag einen ganz anderen Duft mitgenommen, nicht den Rauch, sondern das liebliche, intensive Aroma des großen Fliederbuschs, der ganz allein zwischen dem Haus und dem Teich wunderschön blühte. Man hatte das Gefühl gehabt, er müsste unter dem Gewicht der dichten weißen Rispen zusammenbrechen. Eine Woche nach diesem Besuch war die alte Dame gestorben. Aber der Fliederbusch hatte auch jetzt wieder geblüht, als Ellis im Frühjahr vorbeigekommen war, um zu überprüfen, wie die Bauarbeiten vorankamen.

Nell hatte ihr Testament bei einem Notar in Ipswich hinterlegt. Der «Kräutergarten», die Gärtnerei auf der anderen Seite des Tals, die sie im Krieg aus dem Nichts geschaffen hatte und der sie über zwanzig Jahre ihres Lebens gewidmet hatte – diesen Kräutergarten hatte sie dem Mann ihrer Nichte vererbt, also Ellis' Vater, als «Belohnung für jahrelange treue Dienste». Erst mit einundzwanzig hatte Ellis erfahren, dass sie ihr das Cottage vermacht hatte, samt dem dazugehörigen Waldstück und einer kleinen Geldsumme. Aber bis vor kurzem hatte sie dem Cottage nicht besonders viel Beachtung geschenkt, weil sie es nicht brauchte.

Aus einer Laune heraus hatte sie dann doch beschlossen, es renovieren zu lassen (oder war es eine Vorahnung gewesen? Hatte sie irgendwie gewusst, dass sie ein Versteck brauchen würde, wenn ihre Affäre mit Joe zu Ende ging, was unausweichlich war?). Die Arbeiten hatten etwas mehr als sechs Monate gedauert. Dass sie dieses Cottage besaß, hatte sie ihm gar nicht gesagt. Es war ihr einziges Geheimnis gewesen – außer dem großen Geheimnis, das sie nun hierher geführt hatte. Jetzt war sie froh, dass er nichts davon wusste, denn so konnte er sie nicht finden – falls er überhaupt auf die Idee kommen sollte, sie zu suchen.

Die Tiffany-Lampe, die sie ins Wohnzimmerfenster gestellt hatte, verbreitete in der Dämmerung einen warmen gelben Lichtschein. Das wirkte sehr gemütlich und einladend, und zum ersten Mal seit Monaten verspürte Ellis eine innere Ruhe. Ob Nell, ihre energische, eigenwillige, einschüchternde Großtante, mit den Veränderungen wohl einverstanden gewesen wäre?

In der Ferne hörte sie ein leises Rattern – der InterCity Express fuhr auf der anderen Seite des Tals von Norwich nach London. Das Geräusch holte sie aus ihren Träumen zurück. Sie schüttelte den Kopf. Nein, es gibt keine Geister, schimpfte sie sich und widerstand der Versuchung, sich umzudrehen und nachzusehen, ob Nell vielleicht im Schatten der Bäume stand und alles begutachtete.

Der Himmel verfärbte sich zu einem dunklen Indigoblau und die Luft kühlte ab, während sich langsam die Nacht über die Lichtung senkte. Ellis schaute auf ihre Armbanduhr. In dem schummrigen Licht konnte sie nur mit Mühe die Zeit erkennen. Zwanzig nach neun. Die Weinbar in Cutter's Lane bereitete sich auf die zweite Schicht vor. Die Steuerberater, Immobilienmakler, Sekretärinnen und Universitätsangestellten, die sich nach der Arbeit auf einen kurzen Drink getroffen hatten, waren nach Hause gegangen und wurden von den Nachtschwärmern abgelöst. In ihrem hübschen georgianischen Stadthaus, zwei Straßen von Ellis' Wohnung entfernt, schminkte sich Harriet vielleicht gerade für ihre Verabredung mit Malcolm, einem verheirateten Geschichtsprofessor. Und es war Malcolm, der einmal nach einem Besuch bei Harriet gesehen hatte, wie Joe spätabends Ellis besuchte. Selbstverständlich hatte er es sich nicht nehmen lassen, dieses pikante Detail schnellstens weiterzuerzählen.

«Bist du komplett verrückt?» Harriet war ohne anzuklopfen in ihr Büro geplatzt. «Es ist obszön, wenn eine Frau in deinem Alter einen Zwanzigjährigen in ihr Bett zerrt! Und wenn der Dekan dahinter kommt, setzt er dich postwendend vor die Tür!»

«Du musst gerade reden!», hielt Ellis dagegen. Sie war unglaublich wütend. «Seit sechs Monaten schläfst du mit Malcolm Woolverstone – und Malcolm hat eine Frau und zwei Kinder! Immerhin tue ich sonst niemandem weh!»

Daraufhin marschierte Harriet wütend davon, kam aber eine halbe Stunde später mit süßen Teilchen und einer Entschuldigung zurück. «Du hast Recht», räumte sie ein, setzte sich auf die Kante von Ellis' Schreibtisch und hielt ihr das süße Friedensangebot unter die Nase. «Aber ich meine es ernst, Ellis – du verlierst deinen Job, wenn du nicht aufpasst. Deine ganze Arbeit war für die Katz, wenn der Dekan Wind davon bekommt.» Um ihre Warnung zu unterstreichen, fuchtelte sie mit den Armen herum. «Hol dir doch lieber einen hübschen Jungen von der Straße, wenn du schon auf Frischfleisch stehst. Das ist weniger riskant und du setzt wenigstens nicht deine Karriere aufs Spiel!» Sie nahm sich einen Schoko-Doughnut und schob Ellis die Schachtel hin.

«Du glaubst also, das ist mein Problem? So eine Art Midlife-Crisis?» Ellis entschied sich für ein Eclair und begann, mit dem Daumennagel den Schokoladenguss abzupulen. Als an einem Ende die Cremefüllung herausquoll, biss sie schnell ab und redete mit vollem Mund weiter. «Mit seinem Alter hat das alles überhaupt nichts zu tun –»

«Ach, erzähl mir nichts, Ellis!», rief Harriet spöttisch. «Du willst doch nicht behaupten, du würdest dich auf einen Jungen einlassen, der noch grün hinter den Ohren ist, wenn du einen Mann in deinem Alter finden würdest.» Daraufhin warf Ellis sie hochkant aus ihrem Büro, samt Teilchen und allem. Wie konnte Harriet so etwas unterstellen – dass sie sich nur für Joe entschieden hatte, weil sie keinen besseren Mann abbekam!

Bis zu der Begegnung mit Joe war sie mit ihrem Leben ganz zufrieden gewesen: Sie lebte in einer hübschen alten Universitätsstadt, unterrichtete ein Fach, das sie liebte, im Urlaub unternahm sie Wanderungen durch die Toskana, besuchte die antiken Stätten Griechenlands oder archäologische Ausgrabungen in Ägypten. Sie reiste immer mit ihrer Mutter, die jedes Jahr eine Woche der «häuslichen Sklaverei» entlief, wie sie es nannte, um ihrer Tochter Gesellschaft zu leisten. Ellis genoss es, dass sie keine Haushaltspflichten hatte, und wenn sie die junge Frau in der Wohnung über ihr sah, empfand sie eher Mitleid als Neid: Ihr Leben schien vor allem aus Kinderwagen, Einkaufstüten und heulenden Babys zu bestehen. Sie sei glücklich mit ihrem Leben, sagte sie immer, wenn die unvermeidliche Frage nach ihrem Familienstand kam, es gefalle ihr gut, allein zu leben. Und das hatte auch gestimmt – bis Joe Leavis alles aufgemischt hatte. Die Beziehung hatte im Januar begonnen – und erst im Juli hatte Ellis die Kraft gefunden, sie zu beenden.

«Hör auf damit!», hatte Joe immer gesagt, wenn sie Bedenken anmeldete. «Mach dir keine Sorgen. Warum kannst du es nicht einfach genießen?»

«Weil diese Beziehung deine Zukunft ruinieren kann – und meine», sagte Ellis. «Du machst dir nur keine Sorgen, weil du so jung und verantwortungslos bist.»

«Wenn die Rollen umgekehrt wären, das heißt, wenn ich vierunddreißig wäre und du zwanzig, dann würdest du nicht so paranoid reagieren», beharrte er. «Ich würde damit angeben, dass ich ein süßes junges Mädchen flachgelegt habe, und du würdest mit einem attraktiven älteren Herrn hausieren gehen. Stimmt's?»

«Das ist doch albern!» Von dem Vergleich wollte Ellis nichts hören. «Ich war sowieso nie ein süßes junges Mädchen. Und außerdem – bei vertauschten Rollen wären die Schwierigkeiten auch nicht kleiner, im Gegenteil. Die Leute würden dir vorwerfen, du hättest ein wehrloses Mädchen verführt, um deine schmutzigen Altherrenphantasien auszuleben, und bei mir würden sie sagen, ich bin nur hinter deinem Geld her – oder ich will von deinem Status profitieren. Das Problem sind nicht die anderen, das Problem sind wir, kapierst du das nicht? Und weil ich älter bin als du, kann ich die Fallstricke deutlicher sehen. Wir können die Schwierigkeiten nicht einfach ignorieren und hoffen, dass sie irgendwie verschwinden –»

«Warum nicht?» Joe ließ sich nicht beirren. «Die Zeiten haben sich geändert, Doktor Jones. Wir leben in den neunziger Jahren – heutzutage ist alles erlaubt.»

Sie saßen bei Ellis am Küchentisch. Joe nahm ihr Gesicht zwischen beide Hände. «Wie alt warst du, als du das erste Mal mit einem Mann geschlafen hast?»

«Was?»

«Wie alt warst du, als –»

Ellis merkte, dass sie rot wurde. «Du weißt genau, wie alt ich war. Was hat das damit zu tun?»

Joe grinste triumphierend. «Willst du wissen, wie alt ich war?»

«Nein!» Jetzt war sie nicht nur verlegen, sondern auch sauer.

«Fünfzehn.» Er ließ sie los, lehnte sich zurück und betrachtete grinsend ihr puterrotes Gesicht. Dann sagte er in seinem breitesten Yorkshire-Englisch: «Da biste echt süß, wennste dich ärgerst!» Um seine Argumentation zu unterstreichen, fügte er hinzu: «Man kann also kaum behaupten, dass du mehr Erfahrung hast als ich. Ich habe meine Unschuld vor fünf Jahren verloren und du ... wie lange ist es her?» Er legte den Kopf schief und lächelte verschmitzt. «Es war im Januar, stimmt's? Am Siebzehnten. Oder hast du's vergessen?»

Wie könnte sie das vergessen? Nachdem er bei ihr im Büro gewesen war und vergeblich versucht hatte, sich in ihren Kurs einzutragen, war er ihr nach Hause gefolgt. Im strömenden Regen stand er von fünf Uhr nachmittags bis zehn Uhr abends vor ihrem Haus, bis sie sich schließlich seiner erbarmte und ihn hereinließ. Er war nass und völlig erschöpft, sie gab ihm einen Brandy, weil er vor Kälte zitterte, dann schickte sie ihn nach oben, damit er ein Bad nehmen konnte, während sie ihm eine Suppe kochte. Er aß diese Suppe erst am nächsten Tag. Ellis hatte ihm die Tür zu ihrer Wohnung geöffnet – und damit auch die Tür zu ihrem Leben. Sie konnte ihm nicht widerstehen. Wie könnte sie das je vergessen?

Und nun stand sie auf der Lichtung vor ihrem Cottage in Suffolk, blinzelte ins Licht ihrer Tiffany-Lampe – und vermisste ihn grenzenlos. Instinktiv legte sie die Hände auf den Bauch, um ihr ungeborenes Kind zu berühren. Dieses Kind war alles, was ihr von ihm geblieben war. Man könne es nicht mit hundertprozentiger Sicherheit sagen, aber allem Anschein nach sei es ein Mädchen, hatte man ihr beim Ultraschall mitgeteilt. Wie sehr sie sich Joes Baby wünschte, war ihr erst klar geworden, als sie eine Amniozentese abgelehnt hatte, weil sie solche Angst vor einer spontanen Fehlgeburt hatte.

Sie hatte ihm nichts von der Schwangerschaft gesagt. Dieses

Baby war das ungeplante Ergebnis ihrer Beziehung, und es hatte Ellis in ihrem Entschluss, diese Beziehung zu beenden, ehe sie Joes Leben ruinierte, nur noch bestärkt. Sie konnte ihm nicht die Verantwortung für ein Kind aufbürden! Er war doch selbst fast noch ein Kind! Aber ohne ihn erschien ihr die Zukunft so dunkel, so hoffnungslos, und beim Gedanken daran, dass sie das Kind allein großziehen musste, wurde ihr ganz schwindelig.

Vor einem Monat war Joe nach Hause gefahren, um seine Mutter zu besuchen. Er war der jüngste Sohn einer großen, eng verbundenen Familie, seine Mutter war verwitwet und oft einsam, weil alle Kinder aus dem Haus waren. Er könne den Besuch nicht länger hinausschieben, hatte er zu Ellis gesagt, aber er komme bald zurück. Er hatte sich geweigert, ihr zu glauben, als sie sagte, es sei vorbei. «Aber wir lieben uns doch!», hatte er protestiert. «Wir schaffen das schon. Ich weiß es!»

«Du überlegst es dir bestimmt anders», sagte er kurz vor seiner Abreise und fügte mit dem unerschütterlichen Selbstvertrauen der Jugend hinzu: «Du kannst nicht ohne mich leben – das wirst du schon merken. Alles andere ist unwichtig.» Als er schon fast an der Treppe war, drehte er sich noch einmal um. «Du brauchst mich nur zu rufen. Wenn du es nicht mehr aushalten kannst, dann brauchst du mich nur zu rufen, und ich bin da.» Er machte wieder einen Schritt auf sie zu, wollte, dass sie ihn aufhielt, und fügte fast flehend hinzu: «Ein Wort genügt.»

Ellis schloss die Tür, aber seinen letzten Satz hörte sie trotzdem:

«Du musst nur flüstern. Ich werde dich hören …»

Nach seiner Rückkehr aus Yorkshire würde er ihre Wohnung leer vorfinden. An der Uni würde man ihm sagen,

Dr. Jones mache ein Sabbatjahr und wollte ihre Adresse nicht bekannt geben. Wenn sie dann wieder da wäre, hatte er sie bestimmt längst vergessen und sich anderweitig getröstet. Er war dann schon einundzwanzig ... Letzten Endes würde er ihr für ihr Verhalten danken.

Sie schaute wieder auf die Uhr, aber es war jetzt schon zu dunkel, um die Zahlen zu erkennen. Kurz vor zehn, vermutete sie. Irgendwo in der Ferne hörte sie einen Hubschrauber der Küstenwache, der bestimmt zur nahe gelegenen Air Force Base zurückflog. Die Blätter rauschten wie ein leises Echo aus der Vergangenheit, die Luft vibrierte. «Wie war es damals?», fragte sie die Schatten. «Wie war es, ganz allein hier zu wohnen, Wasser aus dem Brunnen zu pumpen, frühmorgens zum Klohäuschen zu stolpern, auf dem unmöglichen alten Herd zu kochen ...?» Sie horchte mit angehaltenem Atem. Nichts. «Nell?», rief sie. In der Stille schien ihre Stimme widerzuhallen. «Sag mir – wie war es?» Die einzige Antwort war das Rascheln eines kleinen Vogels, der sich für die Nacht im Fliederbusch niederließ.

Im Dower House, eine Meile von ihr entfernt auf der anderen Seite des Tals, unterhielten sich ihre Eltern wahrscheinlich gerade über das seltsame Verhalten ihrer Tochter. Warum hatte sie plötzlich beschlossen, ein Jahr freizunehmen? Das passte doch gar nicht zu ihr, bisher hatte sie immer nur an ihr berufliches Weiterkommen gedacht. Sie würden Ellis' fadenscheinige Begründungen durchleuchten (immerhin hatte sie in den vergangenen Jahren mehrere akademische Abhandlungen verfasst, ohne sich aufs Land zurückzuziehen) und sich fragen, weshalb ihre Tochter ihnen das Cottage erst zeigen wollte, «wenn es ganz eingerichtet ist».

Gestern Abend war sie im Dower House angekommen. Eigentlich hatte sie vorgehabt, ihren Eltern beim Abendessen von ihrer Schwangerschaft zu erzählen – vielleicht nach ein paar Gläschen Wein. Aber als sie mit ihnen am Tisch saß, hatte sie der Mut verlassen. William war ganz erfüllt von seinen Plänen für das brachliegende Stück Land hinter dem Kräutergarten, er drückte Ellis sofort einen Entwurf in die Hand, als sie kaum zur Tür herein war, und beherrschte den ganzen Abend das Gespräch. Er konnte von nichts anderem reden als von den verschiedenen Lavendelsorten, die er dort anpflanzen wollte, und heute Morgen hatte er ihr mit einem hoffnungsvollen Zwinkern die Skizzen wieder aufgedrängt: «Schau sie dir doch nochmal an, wenn du Zeit hast, und sag mir, was du davon hältst – deine Meinung ist mir wichtig.» Der Kräutergarten war nicht nur sein Job, nein, William war regelrecht besessen von seinen Pflanzen. Ihre Mutter regte sich immer schrecklich darüber auf. Ellis kannte diese Situation und hatte sie als Ausrede benutzt, lieber zu einem günstigeren Zeitpunkt von ihrem Baby zu erzählen. Klar, sie wollte nur dem Konflikt aus dem Weg gehen. Im Verlauf des Abends war ihr ein paar Mal aufgefallen, dass ihr Vater sie verstohlen musterte. Bestimmt fragte er sich, was sie eigentlich in Suffolk wollte. Seit sie angefangen hatte, das Cottage zu renovieren, hatte sie ihre Eltern auffälligerweise nur zweimal besucht und es immer so dargestellt, als sei die ganze Aktion nur eine Laune, die ihr ermöglichen würde, das Cottage entweder zu verkaufen oder gelegentlich ein Sommerwochenende dort zu verbringen. Aber früher oder später musste sie den beiden die Wahrheit sagen …

Im Lagerraum lag ein Päckchen auf dem Fenstersims. Es war in Packpapier gewickelt und mit altmodischem braunem Klebeband zugeklebt. Ellis entdeckte es erst, als sie ins Bett gehen wollte. Einer der Handwerker hatte einen Zettel dazugelegt: *Dr. Jones, das hier haben wir gefunden, als wir den Brotofen einge-*

rissen haben. Vorne auf dem Päckchen stand in spitzer, energischer Schrift ein einziges Wort: *Ellis.* Neugierig setzte sich Ellis unten auf die Treppe und begann, die Verpackung aufzureißen. Im Innern befand sich ein in Stoff gebundenes, abgegriffenes Buch. Es roch ganz modrig, und die Seiten hatten braune Stockflecken. Auf dem Deckblatt befand sich ein Stempel mit schwarzen Schnörkeln. «*Dieses Buch gehört*» stand da in gotischen Buchstaben und darunter in der energischen Handschrift, die Ellis schon von der Verpackung kannte: Eleanor Carter.

Großtante Nell. Wieder glaubte Ellis eine fast greifbare Präsenz zu spüren. Sie beschloss, doch noch nicht ins Bett zu gehen, und begann zu blättern.

Namen, Daten, Orte, Notizen am Rand. Seite um Seite dicht beschrieben. Das Gefühl von Nells Gegenwart wurde immer stärker. Ellis hatte die Schatten gefragt, wie es früher hier war, wie es war, ganz allein hier zu wohnen, und nun fiel ihr die Antwort sozusagen in den Schoß. Denn was sie in ihren Händen hielt, war das Tagebuch ihrer Großtante, ein Augenzeugenbericht aus einer untergegangenen Welt. Ellis lehnte sich an die Wand, schlug die erste Seite auf und begann zu lesen.

Neujahr 1941. Ich hasse Violet …

Kapitel 3

Auf dem Weg durchs Dorf in Richtung Dower House blieb Nell Carter ein Stück hinter den anderen zurück. Sie hatte die Hände in die Manteltaschen gesteckt, und ihr Atem bildete kleine weiße Wolken in der eisigen Luft. Sie hasste den Krieg, sie hasste die Kälte, aber vor allem hasste sie Violet. Sie konnte sie nicht mehr ertragen.

Der Rücken tat ihr weh, ihr Gesicht schmerzte, und ihre Handflächen brannten, weil sie den ganzen Abend zur Musik der Militärkapelle den Rhythmus geklatscht und dazu gelächelt hatte, bis sich ihr Mund verkrampfte. Sie hatte so getan, als würde sie sich amüsieren, während Violet durch die Dorfhalle hüpfte und Gay Gordons, Military Two-Step und Polka tanzte. Zuerst tanzte sie mit Laurence, dann aber auch mit einer ganzen Reihe eifriger junger Männer, mit und ohne Uniform. Garantiert hat Violet keinen einzigen Tanz ausgelassen, dachte Nell mit einem verdrossenen Blick auf die hübsche Gestalt ihrer Schwester, die jetzt in ihren hochhackigen Stiefelchen vor ihr herstolperte. Laurence hatte ihr den Arm um die Hüfte gelegt, sie schmiegte den Kopf an seine Schulter und kicherte wie ein übermütiges kleines Kind. Wenn man Laurence' Hintergrund betrachtete – Privatschule, Universität, eine viel versprechende Karriere als Anwalt, die allerdings durch den Krieg unterbrochen worden war – und sich dann Violet anschaute, musste man eigentlich zu dem Schluss kommen, dass die beiden wenig gemeinsam hatten, und Nell fragte sich öfter, was sie eigentlich aneinander fanden. Im Verlauf des Abends hatte sie, Nell, nur zweimal getanzt (einmal, nachdem Violet netterweise zu Laurence gesagt hatte, er solle ihre Schwester auffordern, und dann noch ein zweites Mal, weil sie ihm in ihrem Mauerblümchendasein offenbar Leid tat). Eigentlich brauchte sie sich die Frage «Warum Violet?» gar nicht zu stellen.

Violet war hübsch. Nein, Violet war schön. Nell wirkte flach und eckig – Violet hatte eine bezaubernde Figur. Nells haselnussbraune Augen waren nichts Besonderes, ihre dichten, widerspenstigen Haare waren fade braun – Violet hingegen war blond und hatte strahlend blaue Augen. Nell hatte kräftige Füße und Hände und war überhaupt eher grobknochig, so wie ihr Vater, während Violet die Zartgliedrigkeit ihrer Mutter geerbt hatte. Nell hatte die römische Charakternase ihres Vaters, Violet ein niedliches Stupsnäschen wie ihre Mutter. Nell benahm sich ungeschickt und schien sich in ihrem Körper nicht richtig wohl zu fühlen, wohingegen Violet sich graziös und harmonisch bewegte. Neben einer so vollkommenen Schwester blieb Nell natürlich unbemerkt. Niemand beachtete ihr großes Talent, ihre rasche, intuitive Auffassungsgabe. Ein hübsches Äußeres sei für ein Mädchen das Allerwichtigste – zusammen mit einer fröhlichen, unkomplizierten Persönlichkeit, fand ihre Mutter. Und Violet hatte von beidem mehr als genug. «Intelligenz? Welches Mädchen braucht schon Intelligenz!», meinte die Mutter. «Damit angelt eine Frau sich keinen Mann!»

«Warum kannst du nicht ein bisschen mehr wie Violet sein?» Dieser Satz zog sich wie ein Refrain durch Nells Kindheit, zu Hause und in der Schule. Ständig bekam sie diese Bemerkung zu hören, was ihr Selbstbewusstsein nicht gerade förderte, während die vier Jahre jüngere Violet von einem süßen Baby zu einem niedlichen kleinen Mädchen und dann zu einer attraktiven jungen Frau heranwuchs und keinen Augenblick daran zweifeln musste, dass sie um ihrer selbst willen bewundert wurde. Auch wenn Violet manchmal hochnäsig war und Nell ein bisschen herablassend behandelte, konnte Nell ihrer kleinen Schwester nie richtig böse sein – schließlich war es nicht Violets Schuld, dass die Natur sie so großzügig beschenkt hatte.

Als sie Laurence Palmer kennen lernte, ging alles sehr schnell – was jetzt im Krieg nicht selten vorkam. Es war an ihrem einundzwanzigsten Geburtstag, bei einem Tanztee im

Londoner West End im Jahr 1940. Sie hatte gebettelt, Nell solle mit ihr feiern, aber Pa, der gerade Inventur machte, wollte seine ältere Tochter nicht weglassen, also nahm Violet eine Freundin mit. Laurence hatte gerade Wochenendurlaub von seinem Jagdgeschwader und hielt sich nur achtundvierzig Stunden in London auf, aber die genügten den beiden, um herauszufinden, dass sie füreinander bestimmt waren.

«Aber Ma – wer weiß, wie viel Zeit uns bleibt!», rief Violet, als ihre Mutter etwas verdutzt fragte, ob die Hochzeit denn wirklich so schnell gefeiert werden müsse. Als Laurence Ende Oktober mit seiner jungen Braut nach Suffolk zog, hatten er und Violet gerade einmal fünf Tage gemeinsam verbracht.

Nell wäre für ihr Leben gern aufs College gegangen, aber ihre Mutter hatte diese Hoffnung gründlich zunichte gemacht. Seit fast sechs Jahren, also seit ihrem neunzehnten Geburtstag, arbeitete sie deshalb im elterlichen Textilhandel. Sie hatte ganz unten angefangen und sich systematisch von der Verkäuferin zur Filialleiterin in einem der drei Geschäfte ihres Vaters hochgearbeitet. Sie war stolz auf ihre Errungenschaften und ihr Vater meinte, sie habe ein seltenes Talent für den Einzelhandel, weil sie genau spüre, was die Leute kaufen wollten. Sie hatte einen Kurs in Buchführung absolviert, um auch die finanzielle Seite zu kennen, und Pa war von ihren Fortschritten so begeistert, dass er ihr nach Kriegsende helfen wollte, sich selbständig zu machen. Mit der wachsenden Verantwortung war auch ihr Selbstwertgefühl gestiegen.

Warum sollte sie sich in der Einöde von Suffolk vergraben, wenn sie in London gebraucht wurde? Nell begriff nicht, was Ma von ihr wollte, aber ihr Einwand wurde abgeschmettert: London werde von Tag zu Tag gefährlicher, und Violet fühle sich einsam, so mitten auf dem Land und ohne Ehemann. Da sei es doch nicht zu viel verlangt, dass Nell ihr Gesellschaft leiste. «Aber Violet braucht mich doch gar nicht!», protestierte Nell. «Ihre Schwiegereltern wohnen ganz in der Nähe, und in Suffolk gibt es bestimmt viel zu tun.»

Ma wies sie streng zurecht: «Red keinen Unsinn. Sie hat schreckliche Angst vor ihrer Schwiegermutter, und sonst kennt sie keine Menschenseele. Du weißt doch, wie die Leute auf dem Land sind – man muss mindestens zwanzig Jahre in einem Dorf gelebt haben, bis man akzeptiert wird! Was soll sie denn ganz allein dort anfangen?»

«In der Landwirtschaft arbeiten?», schlug Nell vor. «Traktor fahren lernen?»

«Für so etwas ist sie doch viel zu fein!» Ma war richtig schockiert von dieser Idee. «Außerdem haben sie und Laurence ein zusätzliches Schlafzimmer, und wenn du nicht bei ihr wohnst, wird das Ministerium sie zwingen, Dutzende von evakuierten Kindern aus dem East End aufzunehmen. Nein, das ist die perfekte Lösung! Es hat gar keinen Sinn, wenn du dich sträubst, ich habe ihr schon gesagt, dass du kommst, und sie freut sich unbändig! Sei nicht so egoistisch!»

Zwei Tage später wurde Nells Laden von einer Brandbombe getroffen und über Nacht in einen rauchenden Trümmerhaufen verwandelt. Nell hatte keine Kraft mehr, sich zu wehren.

«Sei doch ein bisschen mehr wie Violet», ermahnte ihre Mutter sie, als sie an einem trüben Novembertag in den Zug nach Ipswich stieg. «Und vergiss nicht – wenn Laurence über Weihnachten Urlaub bekommt, darfst du die beiden nicht stören. Sie sind seit einem Monat verheiratet und haben erst eine Woche miteinander verbracht …»

Während der Zug durch die winterliche Landschaft nach East Anglia ratterte, fragte sich Nell, warum sie diese Reise überhaupt machen sollte, wenn sie sich unsichtbar machen musste, sobald der Herr des Hauses heimkam.

Sie hatte ihrem neuen Schwager bei der Hochzeit nur kurz die Hand gereicht. Vor der Kirche hatte Violet sie miteinander bekannt gemacht, als der Fotograf gerade alle für das große Familienfoto aufstellte. Erst beim anschließenden Empfang hatte sie ihm etwas mehr Beachtung geschenkt. Der arme Mann schien ganz benommen vom rasenden Tempo der Ereignisse. Nell hatte während der Feier ein paar Mal bemerkt, dass er Violet ganz verwundert anschaute, als hätte er sie noch nie gesehen und würde sich fragen, wieso in aller Welt er plötzlich diese wunderschöne, lebhafte Frau heiratete. Oder fühlte er sich nicht wohl, weil seinen vornehmen Eltern deutlich anzumerken war, dass sie seine Wahl missbilligten?

Die Palmers waren ein merkwürdiges Paar. Sir Gerald war groß, sah gut aus, mit grauen Schläfen, kühlen graubraunen Augen und einem eisernen Händedruck. Er wirkte wie eine elegantere, städtischere Version seines Sohnes und besaß das geballte Selbstbewusstsein eines Mannes, der seine gesellschaftliche Stellung genau kennt. Seine körperliche Präsenz war überwältigend, obwohl er schon Mitte sechzig war. Die einzige Beeinträchtigung war, dass er hinkte, was auf eine Verletzung aus dem Ersten Weltkrieg zurückging, aus dem er hoch dekoriert zurückgekehrt war. Laurence' Mutter hingegen war alles andere als eine Schönheit: Sie war klein und breit, mit einem kantigen Gesicht und der nüchternen, schroffen Aura einer Frau, die es gewohnt ist, das Sagen zu haben.

«Und Sie sind …?», hatte sie gefragt, als Nell ihr beim Empfang die Hand gab, und nachdem Nell sich vorgestellt hatte, meinte sie etwas taktlos: «Hmmm – mit Ihrer Schwester haben Sie nicht viel gemeinsam, stimmt's?» Aber sie drückte Nell herzlich die Hand und lächelte freundlich, wodurch sich ihr ansonsten eher hässliches Gesicht ganz veränderte. «Und was halten Sie von dieser ganzen Sache?», wollte sie wissen und zeigte mit ihrer kleinen Patschhand auf ihren Sohn und ihre Schwiegertochter.

Diese direkte Frage brachte Nell richtig in Verlegenheit. Sie murmelte irgendetwas von einem «schönen Paar», woraufhin Lady Palmer entrüstet schnaubte: «Das heißt gar nichts, finde ich.» Aus dieser Bemerkung schloss Nell, dass für die Palmers mit ihrem Landgut in Suffolk die Tochter eines Textilwarenhändlers nicht unbedingt das war, was sie sich für ihren Sohn erträumt hatten, mochte sie auch noch so hübsch sein. Aber der Krieg untergrub die gesellschaftlichen Normen und setzte die Spielregeln, die seit Jahrhunderten gegolten hatten, außer Kraft.

Was nun Laurence betraf – seit Nell ihn etwas näher kannte, wünschte sie sich mehr denn je, hübscher zu sein …

«Alles in Ordnung, Nell?», hörte sie jetzt seine Stimme, und eine Sekunde lang sah sie das Leuchten seiner Augen, als er sich im Dunkeln nach ihr umdrehte.

«Ja, klar!», rief sie. «Ich muss nur aufpassen, dass ich nicht stolpere!» Er flüsterte Violet etwas ins Ohr und sie kicherte begeistert.

Sie nahmen die Abkürzung über den Friedhof, und da Laurence sich weigerte, die Batterien seiner Taschenlampe aufzubrauchen, mussten sie sich zwischen den Grabsteinen vorwärts tasten, bis sie in die Post Office Row einbogen und Violets Stiefel auf der asphaltierten Straße laut klackten. Nell sah, dass sich die Ecke von Mrs. Clarks Verdunklungsvorhang kurz hob.

Am Ende der Straße blieb sie stehen und rieb sich die schmerzenden Waden. Auch ihre Finger waren trotz der Handschuhe ganz taub vor Kälte. Ihr Atem war eine weiße Nebelwolke, und sie spürte, wie sich ihre Brust jedes Mal zusammenzog, wenn die eisige Luft in ihre Lungen drang. Energisch klopfte sie ihre Wollhandschuhe gegeneinander und trampelte mit den Füßen, um den Kreislauf in Schwung zu bringen. Sie hätte lieber zu Hause beim Kamin bleiben sollen! Das hätte sie auch getan, wenn Violet nicht darauf bestanden hätte, dass sie mitkam.

«Sei doch nicht so stur, Nell!», hatte sie gesagt. «Heute ist Silvester! Wir gehen nicht ohne dich zu der Feier.»

Warum hatte sie sich nur überreden lassen! Es war schon dumm genug gewesen, nach Suffolk zu gehen. Sie hätte nicht auf Ma hören sollen. Aber gegen besseres Wissen hatte sie der Gedanke, in der Nähe ihres Schwagers zu sein, hierher gelockt. Wie war sie nur auf diese Idee gekommen! Sie konnte zwar nicht so ganz verstehen, warum Laurence Palmer ihre Schwester Violet geheiratet hatte, aber warum Violet sich in Laurence verliebt hatte, war ihr völlig klar – er war ein wunderbarer Mann, groß, sanft, er sah mit seinen dichten braunen Locken fast so gut aus wie sein Vater und war genauso athletisch. Von seiner Mutter hatte er nur die strahlend blauen Augen geerbt, die ganz klein wurden, wenn er lachte, was sehr charmant aussah – und er lachte viel, genau wie Lady Palmer. Er war klug, freundlich, redegewandt, aber bis heute Abend hatte sich Nell bewusst von ihm fern gehalten, weil sie gleich nach seiner Ankunft gemerkt hatte, dass sie auf dumme Gedanken kam, wenn er sie ansah. Das beunruhigte sie sehr, weil sie ahnte, dass sie etwas für ihn empfand, was sie nicht empfinden durfte … Selbst schuld, sagte sie sich, als sie durch die Dunkelheit stapfte, du hättest dich auf dein Gespür verlassen und in London bleiben sollen. Heute Abend hatte sie dafür bezahlen müssen, dass sie dem jungen Paar nicht aus dem Weg gegangen war. Sie hatte nur gelitten, denn sie war die einzige Frau gewesen, für die sich kein Partner fand …

Violet und Laurence warteten vor Charlie Bewsons Schweinestall. Nell sah ihre Umrisse, sah, wie sie die Köpfe dicht zusammensteckten und sich der helle Nebelhauch ihres Atems zärtlich vermischte. Sie riss sich zusammen und hangelte sich an Mrs. Beales Lattenzaun entlang. Der Himmel war bewölkt, der Wind blies aus Nordost und trieb ihr den Schneeregen ins Gesicht. Im Verlauf des Abends war die Temperatur gefallen, und auf den Pfützen hatte sich bereits eine dünne Eisschicht gebildet. Die Fenster der Häuser waren pflichtbewusst mit schweren Filzvorhängen verdunkelt und für den Fall eines Bombenangriffs mit Papier ausgestopft. Deshalb wirkten die Häuser nicht besonders warm und heimelig, aber Nell konnte den Holzrauch riechen, der von den Kaminen herunterwehte und sich mit dem derben Gestank des Schweinestalls verband.

In der Ferne hörte man das Gelächter der letzten Gäste, die von der Dorfhalle heimwärts strebten. Sie riefen sich gegenseitig Neujahrsglückwünsche zu, die von den Windböen weitergetragen wurden. Dazwischen grölten immer wieder die Soldaten, die auf dem Feld hinter Youngmans Schmiede den Flakscheinwerfer bemannten und feierten, so gut es eben ging, während sie für König und Vaterland Wache schoben. Der Rest des Bataillons war auf Old Hall untergebracht, dem großen palmerschen Landhaus auf der anderen Seite des Tals. Er war entweder dem Treibstofflager bei den Bahngleisen oder dem Zementwerk an der Hauptstraße zugeteilt. Marion Palmer, Laurence' Mutter, lebte noch auf Old Hall. Sie hatte sich im Dienstbotenflügel einquartiert und meinte etwas verdrossen, man müsse eben seinen «Beitrag leisten» – während sie zusah, wie ihre geliebten Rosen herausgerissen wurden, um für die Flugabwehrtruppe Platz zu machen, und wie ihr gepflegter Krocketrasen sich unter den Lastwagen und den schweren Soldatenstiefeln langsam, aber sicher in morastiges Sumpfland verwandelte. Sir Gerald hatte das Feld seiner Frau überlassen, um in London an einem Schreibtisch im Verteidigungsministerium irgendwelche militärischen Strategien auszutüfteln.

Die Soldaten am Flakscheinwerfer pfiffen immer, wenn Violet zur Home Farm hinunterging, um Milch zu holen. Bei Nell salutierten sie respektvoll, wie bei Miss Atnes, der unverheirateten alten Lehrerin.

Violet rief vorwurfsvoll: «Beeil dich ein bisschen, Nell – ich erfriere!»

Wie konnte sie erfrieren? Es war Nell, die den ganzen Abend nichts Besseres zu tun gehabt hatte, als ihre Schwester zu beobachten: Mit sämtlichen Männern war sie durch die Dorfhalle gewirbelt, erhitzt und glücklich. Nell hatte gesehen, wie Laurence während einer Tanzpause seine Frau an der Hand genommen hatte und mit ihr nach draußen gegangen war. Erst zehn Minuten später waren sie zurückgekommen – und Violet hatte noch erhitzter gewirkt als vorher.

«Eifersüchtig!», hatte Ma ihr vorgeworfen, als sie sich einmal beschwert hatte, dass Violet in der Schule so vieles verziehen wurde, «nur weil sie Violet ist». «Eifersucht ist eine gefährliche Krankheit, mein Kind!» Vor allem, wenn keine Aussicht auf Heilung besteht, dachte Nell jetzt. Sie sah, dass Laurence sich hinunterbeugte, um seine Frau zu küssen. Wie sehnlich sie sich wünschte, sie wäre an Violets Stelle! Wenn sie vorher gewusst hätte, was sie für den Mann ihrer Schwester empfinden würde, hätte sie immer mindestens fünfzig Meilen Distanz gehalten.

Wenigstens hatte sie genug gegessen: Würstchen und Kartoffelbrei mit Zwiebelsauce. Der örtliche Schweine-Club hatte großzügigerweise ein Mastschwein gestiftet, um die Geburt des Jahres 1941 zu feiern. Wenn doch Sommer wäre, dachte Nell wehmütig. Wenn die Tage wärmer und die Nächte kürzer waren, fiel die Rationierung nicht mehr so ins Gewicht. Ach, wenn doch dieser grässliche Krieg zu Ende ginge!

Eine Weile hatte sie einer Gruppe älterer Männer zugehört. Sie hatten in ihrem dicken Suffolk-Akzent über die jungen Männer aus der Gegend geredet, Männer, die Nell nicht kannte und nie kennen lernen würde – die Hawley-Jungen, die zur Marine gegangen waren und deren Eltern am Heiligen Abend erfahren hatten, dass sie nicht zurückkommen würden, und Geoffrey Ware, der Sohn des Pfarrers, der sich gleichzeitig mit Laurence Palmer beim Jagdgeschwader gemeldet hatte – er hatte sich im dichten Nebel verirrt und war über Felixstowe geflogen statt über Great Yarmouth, hatte einen Sperrballon getroffen und war ins Meer gestürzt, keine zwanzig Meilen von seinem Elternhaus entfernt. George Smith von der Home Farm war nicht eingezogen worden, weil er Kinderlähmung hatte, aber auch er lebte nicht mehr: Zusammen mit seinem Vater war er ums Leben gekommen, als eine Heinkel in ihren Stall stürzte. Und im Dezember war die Nachricht gekommen, dass Georges älterer Bruder Ben in Nordafrika gefallen war – im Kampf gegen die Italiener bei Sidi Barrant. Betty Smith musste nun die Farm allein bewirtschaften. Man hatte ihr gesagt, sie könne erst in sechs Wochen ein paar Landarbeiterinnen bekommen. Angesichts dieser Ungerechtigkeit schüttelten die alten Männer verständnislos die grauen Häupter. Die Frau musste dreißig Kühe melken und zwanzig Morgen Zuckerrüben ernten, die nun im Boden vermoderten. Die Namen Hawley, Ware und Smith gingen ihr immer wieder durch den Kopf, nachdem die Männer längst beschlossen hatten, ihren Kummer in Bier zu ertränken. Niemand schien zu glauben, dass ein Ende dieser Gräuel in Sicht war.

Laurence und Violet waren wieder stehen geblieben und

warteten am Ende der Straße. Als Nell sie erreichte, legte ihr Laurence den Arm um die Schulter.

«Arme Nell», sagte er und beugte sich hinunter, sodass seine Wange kurz ihr Gesicht berührte, «du bist bestimmt halb erfroren!»

Obwohl seine Bartstoppeln etwas kratzten, fühlte Nell sich durch diese Berührung unendlich getröstet, und dankbar schmiegte sie sich an ihn. Sein Mantel roch nach frischer Luft und nach Players Double Ring, dem Pfeifentabak, den er den ganzen Abend geraucht hatte.

Ganz abrupt ließ Laurence sie wieder los – als würde er spüren, dass seine Geste missverstanden werden könnte. Und wieder einmal fühlte sich Nell bis ins Herz gedemütigt.

Auf dem Fußweg zum Haus knirschte der Kies unter ihren Schuhen. Irgendwo rief eine Eule. Nell und Violet warteten auf der Veranda, trampelten mit den Füßen und bliesen auf ihre eisigen Finger, während Laurence nach dem Schlüssel suchte.

«Ich bin völlig erschöpft!», stöhnte er, als er den beiden Frauen die Tür aufhielt. «Am besten gehe ich gleich ins Bett. Prost Neujahr, ihr zwei!»

Nell spürte, wie seine Hand im Vorübergehen die ihre streifte. Sie erstarrte, ihre Knie begannen zu zittern. Darauf war sie nicht gefasst gewesen. Sie fühlte seinen Atem auf ihrem Gesicht, dann seine Lippen heiß auf ihrer Wange. In der pechschwarzen Dunkelheit konnte sie sein Gesicht nicht sehen. War diese Geste beabsichtigt oder eher zufällig? Als Violet endlich den Lichtschalter fand, war Laurence bereits die halbe Treppe hinaufgegangen.

Später saß Nell mit angezogenen Knien unter ihrer Decke, die Kissen im Rücken, das Tagebuch, das Ma ihr zu Weihnachten geschenkt hatte, vor sich aufgeschlagen. Sie musste mit anhören, wie er mit Violet schlief, zuerst drang Gemurmel und Gekicher durch die Wand, dann das Quietschen der Bettfedern und ein tiefes männliches Stöhnen. Der ganze Körper tat ihr weh vor Einsamkeit und Eifersucht. Ja, es war eine schreckliche Krankheit. Verzweifelt schlug sie die erste Seite ihres Tagebuchs auf und schrieb mit klammen Fingern: *Ich hasse Violet.*

Kapitel 4

Der Januar begann so, wie der Dezember aufgehört hatte: mit Schnee, Regen und eisigem Nordostwind. Die Temperatur kletterte nicht über den Gefrierpunkt. Nell schlief schlecht und stand schon früh auf, weil sie sich nicht mehr in ihrem kalten Bett hin und her wälzen und an Laurence' flüchtigen Kuss denken wollte. Wenn sie doch in London wäre, weit weg von hier. Als Violet kurz nach neun im Morgenrock herunterkam, hatte Nell bereits den Kamin im Wohnzimmer ausgeräumt und Feuer gemacht, sie hatte den Küchenherd angeheizt und eine Kanne Tee gekocht, und wenn ihr schlechtes Gewissen sie weniger gesprächig machte als sonst, so schien Violet das nicht zu merken. Offenbar spürte sie die Spannung gar nicht.

Laurence wolle ausschlafen, erklärte sie. Ihr armer Schatz müsse sich schon morgen wieder bei seiner Einheit melden, deshalb brauche er noch ein bisschen Ruhe. Er habe versprochen, heute mit ihr nach Ipswich zu fahren, damit sie im Regent Theatre die Crazy Gang sehen konnte. Ob Nell Lust habe mitzukommen?

«Nein danke», antwortete Nell und wich dem Blick der Schwester aus, indem sie überaus sorgfältig ihr Porridge umrührte.

«Sei doch nicht so stur!» Violet, die liebe Violet, deren einziges Verbrechen es war, mit Laurence verheiratet zu sein, sie ahnte nicht, wie Nell sich fühlte. «Am Schluss kommst du doch mit. Und wenn ich dich nicht überreden kann, dann sag ich es Laurence – er wird dich schon rumkriegen!» Mit diesen Worten flatterte sie munter davon, um sich anzukleiden und um auf der Home Farm Milch zu holen. Nell kämpfte mit ihren Schuldgefühlen. Der Gedanke, Laurence könnte sie «rumkriegen», war doch sehr verlockend …

Aber sie hatte sich umsonst gequält. Obwohl Violet alle Register zog, damit Laurence seine Überredungskunst einsetzte, schaute er nur kurz zu Nell hinüber, wandte sich dann ab und kramte nach seiner Pfeife. «Wenn Nell nicht mitkommen möchte, dann können wir sie nicht zwingen», meinte er etwas schroff. «Aber du solltest dich beeilen, Vi, sonst verpassen wir noch den Anfang.»

Nell spürte, wie diese absichtliche Abfuhr ihr das Blut ins Gesicht schießen ließ. Unter dem Vorwand, sie hätte in ihrem Zimmer etwas Wichtiges vergessen, verließ sie schnell den Raum, hörte aber noch, wie Violet sich beschwerte: «Du hättest nicht so unhöflich sein dürfen, meinst du nicht, Liebling?», und wie Laurence eine schroffe Entschuldigung an seiner Pfeife vorbei brummte.

Sie saß vor ihrer Frisierkommode, das Kinn in die Hände gestützt, und studierte wieder einmal ihr Äußeres. Sie musste der Wahrheit ins Auge sehen, auch wenn sie bitter war: «Schau dich doch nur an», sagte sie zu ihrem Spiegelbild. «Ein Mann kann nichts an dir finden.» Erst recht nicht einer, der mit einer so schönen Frau wie Violet verheiratet war.

Am nächsten Morgen blieb sie in ihrem Zimmer. Sie habe Kopfschmerzen, erklärte sie Violet und tat so, als hörte sie nicht, dass Laurence einen Abschiedsgruß die Treppe hinaufrief. Aber der Versuchung, aus dem Fenster zu spähen, konnte sie doch nicht widerstehen. Sie versteckte sich hinter dem Vorhang und biss sich resigniert auf die Unterlippe, als er Violet zum Abschied küsste. Dann kletterte er in seinen Riley und winkte die ganze Zeit, während er den Zufahrtsweg zur Straße hinunterfuhr. War es Wunschdenken oder schaute er wirklich zu ihr hinauf, als er abbog? Galt sein letztes Winken etwa ihr? Ach, was für ein kindischer Gedanke. Die flüchtige Zärtlichkeit nach der Silvesterfeier hatte nichts zu bedeuten, das zeigte doch der rührende Abschied von Violet ... Aber die böse Krankheit hörte nicht auf, an ihr zu nagen.

Sie wusste genau, was sie tun musste – sie musste nach London zurückkehren und Violet die Möglichkeit geben, sich an ihr Eheleben zu gewöhnen. Sie durfte sich nicht nach etwas sehnen, was ihr nicht zustand. Aber als sie erwähnte, dass sie abreisen wollte, war Violet ganz empört.

«Ich will nichts davon hören! Du bist doch gerade erst gekommen – wie kannst du mich hier mitten in der Wildnis mutterseelenallein herumsitzen lassen?»

«Wie du meinst», sagte Nell zögernd, «aber sobald du hörst, dass Laurence nach Hause kommt, packe ich meine Sachen und nehme den ersten Zug nach London. Ich will nicht das fünfte Rad am Wagen sein.»

Nach und nach nahmen sie am Dorfleben teil. Mrs. Dowes, die den Dorfladen führte und die Zeitungen austrug, rutschte am vierten Tag des Jahres auf dem Glatteis aus und brach sich den Arm. Nell wollte unbedingt etwas Nützliches tun und bot deshalb an, für sie die Zeitungen auszutragen. Marion Palmer, die immer gern organisierte, beschloss zur gleichen Zeit, dass nun auch Violet ihren Beitrag leisten musste – sie sollte dafür sorgen, dass der örtliche Strick-Zirkel die Hilfeleistung für die

Soldaten verstärkte. Violet gehorchte brav, zuerst nur, weil sie Angst vor ihrer Schwiegermutter hatte, nicht aus natürlicher Begeisterung, aber sie setzte dann doch ihren Stolz darein und feuerte tagsüber ihre «Truppen» an, während sie abends meist mit Nell vor dem Radio saß und Socken, Mützen oder Handschuhe strickte, um die Quote zu erreichen, die Lady Palmer gesetzt hatte. Sie verbrachte viele Stunden damit, die Frauen im Dorf zu überreden, sich an der Aktion «Stricken für den Sieg» zu beteiligen. Wenn sie und Nell sich zu ihrem bescheidenen Abendessen hinsetzten, war sie oft so müde, dass sie gar nicht mehr viel redete, sondern schon vor zehn Uhr ins Bett fiel. Trotzdem nahm sie sich immer die Zeit, an Laurence zu schreiben. Mindestens viermal in der Woche.

Oft fuhren sie mit Marions Morris 8 in die Nachbardörfer und sammelten Dosen, Kessel, Pfannen und anderes Altmetall ein, das für die Kriegsbemühungen gebraucht wurde. Als Ausgleich durften sie manchmal den Wagen ausborgen und nach Ipswich oder nach Market Needing fahren, um bei Mason's, im Co-op, bei Footman's oder Boots einzukaufen. Sie suchten nach Schnäppchen – satinierter Baumwollstoff, 6 Shilling 11 Pence der Meter, Lifebuoy-Seife für 5 ½ Pence das Stück, Cadbury-Schokolade, 2 ½ Pence die Tafel –, wenn sie genügend Coupons in ihrem Rationierungsbuch hatten. Natürlich hielten sie auch nach seltenen Luxusartikeln Ausschau – Orangen oder Nylonstrümpfe, Dosenpfirsiche oder Kondensmilch –, aber damit war Marion nicht einverstanden. Natürlich mussten sie auch ihr immer etwas mitbringen – Wolle aus dem Modern Wool Shop (Strickmuster kostenlos für Arbeitsgruppen), Badetücher von Footman's (3 Shilling 6 Pence im Sonderangebot), Suppenwürfel und Butterkekse vom Co-op. Die letzte Bestellung auf Marions Liste war immer dieselbe: Johnnie Walker. Der Whisky sei das Einzige, was zwischen ihr und dem

Abgrund der Verzweiflung stehe, versicherte Marion immer lachend. Nell und Violet gewöhnten sich daran, dass Gasmasken an ihren Hüften baumelten und dass sie mit dem Benzin sehr sparsam umgehen mussten. Und selbstverständlich galt es, jede Sekunde in der Stadt zu nutzen, damit sie vor Einbruch der Dunkelheit wieder zu Hause waren.

Sie entwickelten neue Gewohnheiten, hörten immer *Die Küchen-Front*, um Tipps für den Haushalt zu bekommen. Violet mochte die Sendung *Musik bei der Arbeit*, während Nell am liebsten die Abendkonzerte mit Werken von Bach, Haydn und Schubert einschaltete – nicht so ganz Violets Geschmack, aber sie meinte: «Laurence hört das bestimmt auch gerade – wo immer er sein mag.» Aufmerksam verfolgten sie beide die Nachrichten und die Kriegsberichterstattung, aber die Sendung *ITMA* war eher etwas für Violet und *Brains Trust* für Nell. Ihre Milchrationen sparten sie immer auf («keine Sonderbehandlung für uns, nur weil die Kühe uns gehören!», forderte Marion streng), damit sie einmal in der Woche genüsslich, wenn auch mit etwas schlechtem Gewissen, Ovomaltine mit Milch trinken konnten. Sie schrieben an den Suffolk Mercury und baten um Madame Doreens Schnittmuster. Dann nähten sie an Violets Singer-Nähmaschine Blusen und einen Rock für Violet (aus Stoffen, die sie als Aussteuer bekommen hatte) und aus einem von Marion gestifteten Bettlaken einen Morgenmantel für Nell, da sie ihren in London vergessen hatte. Sie sahen Joel McRae in dem Hitchcock-Film *Mord*, Ginger Rogers in *Glückspilze* und Charlie Chaplin in *Der große Diktator*.

Der Flur füllte sich mit alten Zeitungen, die Nell bei ihren Runden einsammelte und für den Jugendbund in Market Needing säuberlich bündelte. Mit dem Geld – 1 Penny für drei Pfund Gewicht – kauften sie Zutaten, um für Miss Ames Brötchen zu backen. Miss Ames verteilte sie an die Schulkinder.

Morgens kamen die Kinder aus der Gegend, nachmittags die evakuierten. So ging alles seinen Gang, und es hatte nicht den Anschein, als würde Laurence bald auf Urlaub kommen. Nell fing an zu glauben, dass sie ihre Krankheit überwunden hatte – bestimmt rührten die Gefühle für ihren Schwager nur daher, dass sie so einsam gewesen war und nicht genug zu tun gehabt hatte. Jetzt konnte sie ihm viel gelassener gegenübertreten, denn sie war sehr beschäftigt. Wenn sie sonntags zwischen Violet und Marion auf dem Patronatsstuhl der Familie Palmer kniend für seine unversehrte Rückkehr betete, ganz vorn in der dicht besetzten Dorfkirche, dann tat sie das aus schwesterlicher Fürsorge, damit er nicht enden möge wie Hawley, Ware und Smith. Beim Gedanken, ihn wieder zu sehen, bekam sie kein Herzklopfen mehr, ihr Magen verkrampfte sich nicht. Jetzt war sie der Situation gewachsen. Ohne Probleme.

Kapitel 5

Ende Januar begann Nell sich in ihrer neuen Umgebung richtig wohl zu fühlen. Sie war fast froh, dass sie nicht in London war. Denn bei den allwöchentlichen kurzen Telefongesprächen ließ Ma nur eine Klage nach der anderen verlauten – über die Bombenangriffe, die Benzinknappheit, den widerlichen Geschmack von Eipulver, weil es keine Eier mehr gab – und dieses Gejammer überzeugte Nell, dass vieles für das Landleben sprach. «Wir haben richtige Eier», sagte sie fast ein wenig triumphierend zu ihrer Mutter, als hätte sie die Eier selbst gelegt und sie nicht von der Home Farm bekommen, zusammen mit Kaninchen und Ringeltauben.

«Die Mädels aus London», wie Nell und Violet inzwischen

bei den Einheimischen hießen, waren sich in den vergangenen Wochen näher gekommen als je zuvor. Ohne Ma und Pa (und ohne Laurence) wandte sich Violet bei Entscheidungen oder in bedrohlichen Situationen automatisch an ihre ältere Schwester – wenn das Dröhnen der feindlichen Bomber in Ipswich einen Sirenenalarm auslöste, wenn das Flakfeuer mit seinem Stakkato die Luft erfüllte – oder wenn sie sich nicht entscheiden konnte, was sie zum Abendessen kochen sollte. Mussten sie in der Schrankkammer Schutz suchen? Oder waren die Angriffe weit genug weg? Sollte sie ihre Fleischration von einer ganzen Woche für ein kleines Stück Rindfleisch verwenden oder lieber aufsparen? Wie stand ihr der neue Lippenstift? Hätte sie lieber eine dezentere Farbe wählen sollen? Was meinst du, Nell? Was soll ich tun, Nell? Was soll ich nehmen, Nell?

Zum ersten Mal in ihrem Leben fühlte sich Nell ihrer schönen Schwester ebenbürtig – nein, überlegen. Violet beeindruckte alle durch ihr Äußeres, aber mit kritischen Situationen kam Nell besser zurecht – sie hatte weniger Angst, war einfallsreicher und entschlussfreudiger. Das war ein angenehmes Gefühl, und manchmal konnte sie der Versuchung, diese Position auszunutzen, nicht widerstehen. Zum Beispiel sagte sie zu Violet, sie solle sich in der Schrankkammer unter der Treppe verstecken, wenn die Alarmsirenen über die eisigen Felder heulten – aber sie selbst schlich zum Treppenabsatz und beobachtete vom Fenster aus, wie der Nachthimmel über der Küste aufleuchtete, sie sah die Flakscheinwerfer und die Flugabwehrgeschosse, den Feuerschein brennender Häuser, sie hörte das Heulen und Knattern und Krachen detonierender Bomben. Während Violet sich vor den Luftangriffen einigermaßen in Sicherheit befand, stand Nell ganz allein oben am Fenster. Es war ein Gefühl von Freiheit, fast eine Art – schuldbewusster –

Rausch, als würde sie, fern von der Wirklichkeit eines *Hawley, Ware und Smith*, allein schon dadurch lebendiger, dass sie überlebte …

Sie fand sogar einen Verehrer. Jedenfalls beharrte Violet darauf, ihn so zu nennen, und in diesem Zusammenhang war sie wieder genauso hochnäsig und spöttisch wie früher.

Unter den Soldaten beim Flakscheinwerfer auf dem Feld hinter Youngmans Schmiede war einer, der anders war als die anderen. Er war ruhig und ernsthaft, und wenn die anderen ihre Witze rissen und wie Schulkinder herumalberten, blieb er abseits. Nell bemerkte ihn gleich, als sie anfing, die Zeitungen auszutragen: Er saß, ganz in ein Buch vertieft, an einen Sandsack gelehnt und nahm nichts wahr.

Nach einer Weile winkte er ihr zu, wenn sie vorbeikam, dann fing er an, sie zu grüßen. Seinem Akzent nach zu urteilen, stammte er aus Liverpool. Manchmal rief er ihr etwas zu: «Gibt's 'ne Zeitung für uns?», und sie schaute nach, ob sie vielleicht eine Ausgabe des *Suffolk Mercury* oder der *East Anglian Times* entbehren konnte. Als er sie an einem kalten, feuchten Morgen fragte: «Haste 'ne Zigarette?», kaufte sie am Ende ihrer Runde im Dorfladen die letzte Schachtel Kensitas, ging wieder den Hügel hinauf und warf die Zigaretten über die Sandsäcke, plötzlich ganz verlegen.

«Bleib noch», bat er sie, als sie gleich wieder gehen wollte. «Ich hätt gern 'n bisschen Gesellschaft.»

Nell zögerte, doch dann setzte sie sich zu ihm auf den feuchten Sandsack. Keine zwanzig Meter entfernt lauerten sechs neugierige Augenpaare. Die anderen Soldaten kicherten, tuschelten und stießen sich gegenseitig an, wie ein paar Jugendliche beim Dorftanz.

«Hier.» Er fummelte in seiner Jackentasche, kramte die 7 ½ Pence für die Zigaretten heraus und zählte ihr die Münzen einzeln in die Hand. «Du hast mir's Leben gerettet. Ich hab schon auf dem letzten Loch gepfiffen.»

Er bot ihr eine Zigarette an. Nell bediente sich, beugte sich über das Streichholz und sog den Rauch tief in die Lungen.

Es war schon über zwei Monate her, seit sie die letzte Zigarette geraucht hatte. Violet konnte den Geruch nicht ausstehen (Pfeifenrauch sei etwas anderes, sagte sie mindestens einmal am Tag und schaute dabei sehnsüchtig auf die Pfeife, die Laurence auf dem Kamin zurückgelassen hatte), und Ma hatte ihr nie erlaubt, zu Hause zu rauchen. Es war Pa gewesen, der sie in dieses Laster eingeführt hatte, als sie anfing, für ihn zu arbeiten.

Eines Abends bot er ihr nach der Arbeit eine Players Navy Cut an. «Aber nicht, wenn wir geöffnet haben», warnte er sie.

Und auf ihre Frage nach dem Warum antwortete er schlicht: «Das gehört sich nicht. Es macht einen unfeinen Eindruck, wenn man vor der Kundschaft raucht – und bei einer Frau sieht es besonders billig aus. Vorher oder nachher, aber nie zu Geschäftszeiten – an diese Regel musst du dich halten.» Als er Nell die Leitung einer Filiale anvertraute, übernahm sie seinen Grundsatz: Sie verbot ihren Angestellten, am Arbeitsplatz zu rauchen, und beschränkte sich selbst auf eine Zigarette am Morgen, ehe die Mädchen eintrafen, und eine am Abend, bevor sie abschloss und mit dem Bus nach Hause fuhr. Als sie nun an einen Sandsack gelehnt mitten auf einem Feld in Suffolk eine Kensitas rauchte, fühlte sie sich nach London zurückversetzt, in das nicht mehr existierende Textilgeschäft in der Nähe von King's Cross.

Sie sah es noch immer vor sich. Die Wände, vom Boden bis zur Decke mit maßgefertigten Holzschubladen bedeckt, jede mit einem Messingbeschlag, in dem das Etikett steckte: Französische Damenschlüpfer, Liberty-Mieder, Taillenunterröcke,

Unterröcke, Westen, Spencer. Der Geruch von Wagenschmiere und Lederpolitur an den Händen des jungen Soldaten erinnerte sie an die Wachskerze, mit der sie jeden Montag die Schienen schmierte, damit die Schubladen besser liefen, und an die Holzpolitur, mit der sie jeden Abend den Ladentisch bearbeitete, ehe sie ging. Sie inhalierte tief, schloss die Augen und dachte wehmütig an diese kurzen Momente der Ruhe zu Beginn und am Ende des Tages. Eine sanfte Stille senkte sich über das Geschäft, während sie hin und her ging, um noch ein bisschen aufzuräumen. Es waren die einzigen Minuten, die sie ganz für sich hatte, und auf dieser «Ruhezeit», wie sie sie nannte, hatte sie immer bestanden und ihren Angestellten eingeschärft, nicht zu früh zu kommen und nicht zu spät zu gehen, damit sie diese wertvollen Augenblicke nicht störten …

«Gut, was?», sagte ihr Gefährte. Nell schlug die Augen wieder auf und blinzelte. Es fiel ihr schwer, die Ruhe des Londoner Ladens zu verlassen …

Arthur hieß er, Artie Mulligan, der älteste Sohn eines aus Irland eingewanderten Hafenarbeiters. Er wollte gerade mit dem Studium beginnen, erzählte er, «aber dann ging das hier los …» Die Zigarette in der Hand, deutete er auf die Khakizelte, den Feldkessel, der über einem Primuskocher blubberte und Tee braute, den riesigen, hässlichen Flakscheinwerfer. «Ich wollte aufs College. Als Erster von unserer Familie! Meine Mam war wahnsinnig stolz auf mich.» Er klang ganz wehmütig. Wie traurig für ihn, dass sich sein Lebenstraum nicht erfüllte. Nell betrachtete sein ernstes Gesicht, die runde Brille auf der scharfen Nase, die tiefen Aknenarben, die in der bleichen Winterhaut ganz dunkel wirkten. Ob er wohl auch unter seinem Aussehen litt?

«Du kannst doch später noch anfangen», sagte sie. «Wenn alles vorbei ist.»

«Weiß nicht.» Er zuckte die Achseln. Offenbar wollte er sich mit diesem unlösbaren Problem nicht auseinander setzen. «Dad ist selber kriegsversehrt, er hat bei Dünkirchen ein Bein verloren, dafür brauchen sie das ganze Geld, das reinkommt. Für mich heißt das, dass ich im Hafen arbeiten muss, wenn ich überhaupt durchkomme. Kisten schleppen und so weiter.»

Sie unterhielten sich über die karge Schönheit der Landschaft von Suffolk, über die Rationierung und dass es so schwierig war, an Bücher ranzukommen. Nell versprach, bei ihrer nächsten Fahrt nach Ipswich ein paar gebrauchte Taschenbücher für ihn aufzutreiben. Artie bedankte sich so überschwänglich, dass es ihr fast peinlich war. Erst als sie aufstand, um nach Hause zu gehen, merkte sie, dass sie mehr als eine halbe Stunde mit einem Fremden geplaudert hatte.

Zu Hause rümpfte Violet ihr hübsches Näschen, als sie den Rauch roch. Nell musste ihr erzählen, wo sie gesteckt hatte, und sofort begann Violet, ihre ältere Schwester erbarmungslos zu necken. Nells Gespräche mit Arthur Mulligan wurden schnell zu einer fast täglichen Gewohnheit, und Violet konnte sich nicht vorstellen, dass zwischen den beiden nicht mehr war als eine platonische Freundschaft. Sie bot sogar an, sich an einem Abend in der Woche zurückzuziehen, damit Nell ihre «Liebschaft» in einem intimeren Rahmen ausleben konnte.

«Ich finde es so schön, dass du endlich jemanden gefunden hast!», sagte sie zu Nell, als sie sich auf den Weg machte, um ihrer strengen Schwiegermutter einen Stapel gestrickter Schals und Handschuhe zu bringen. «Ich wünsche dir, dass du so glücklich wirst wie ich mit Laurie, liebe Nell …»

Mit solch großzügigen, wenn auch etwas herablassenden Bemerkungen sorgte sie natürlich dafür, dass Nell ein noch schlechteres Gewissen bekam, weil sie eine Zeit lang den Mann ihrer Schwester begehrt hatte.

Kapitel 6

Es war schon nach zehn, als Laurence nach Hause kam. Violet bereitete gerade in der Küche eine Ovomaltine-Milch vor. Nell saß im Wohnzimmer, las *Tod auf dem Nil* und war froh, dass sie ein paar Minuten Ruhe vor Violets ständigen Neckereien hatte.

Erst vor einer halben Stunde war sie zurückgekommen: Sie hatte sich mit Artie im Pub in Market Needing getroffen, um sich zu verabschieden. Seine Einheit wurde morgen abgezogen, und er wollte sich bei ihr dafür bedanken, dass sie sich in den letzten Wochen so um ihn gekümmert hatte. Am Fuß des Hügels hatten sie sich verlegen die Hand gereicht. Artie hatte um Mitternacht noch einmal Dienst. Violet, die davon überzeugt war, dass ihre Schwester nicht nur mit Arthur Händchen hielt, hatte sich die ganze Zeit darüber lustig gemacht, sodass Nell schon fast die Beherrschung verloren hätte.

Dass Laurence kommen könnte, daran hatte sie nicht im Traum gedacht. Als die Haustür ins Schloss fiel und sie hörte, dass er seinen Seesack im Flur auf den Boden fallen ließ, schreckte sie hoch. Sie wollte gerade aufstehen, um nachzusehen, wer um diese Zeit unangemeldet ins Haus platzte, da stand er vor ihr.

Er blieb in der Tür stehen und schaute sie an. Er sah schrecklich aus: unrasiert, hohläugig, übermüdet. Weil das Licht ihn blendete, kniff er die Augen zusammen. Den Mantelkragen hatte er hochgeklappt, aber seine Uniformjacke war nicht zugeknöpft, die Krawatte saß schief. Erschöpft fuhr er sich mit der Hand über die Augen. Er geriet ins Taumeln und musste sich an der Wand abstützen, um nicht das Gleichgewicht zu verlieren.

«Nell …», murmelte er, doch dann räusperte er sich und begann noch einmal von vorn. «Entschuldige, ich wollte dich nicht erschrecken. Das Benzin war aus. Ich musste den Wagen unten am Berg stehen lassen. Ich …»

Die ganzen letzten Wochen hatte sie sich etwas vorgemacht – das spürte Nell jetzt überdeutlich. Sie hatte ihn nicht vergessen, und sie würde ihn nie vergessen können. Sie öffnete den Mund, um etwas zu sagen, brachte aber kein Wort heraus. Was gab es schon zu sagen? Wie gern wäre sie ganz normal auf ihn zugegangen und hätte ihn begrüßt, aber die Beine versagten ihr den Dienst. Sie wollte sich zurückziehen, ehe Violet hereinkam und sie mit ansehen musste, wie ihre Schwester ihren Mann begrüßte, ihn zu seinem Lieblingssessel führte und ihn beruhigend streichelte. Warum war sie nicht in London, weit weg von Laurence Palmer? Schlimmer noch, am liebsten hätte sie ihn in die Arme genommen, ihn getröstet, den gehetzten Gesichtsausdruck vertrieben. Stattdessen sank sie zurück in ihren Sessel und starrte ihn fassungslos an. Ihr Herz klopfte so laut, dass sie glaubte, er müsse es hören, obwohl er am anderen Ende des Zimmers stand.

Er setzte noch einmal an. «Violet … Wo ist Violet?» Nells Magen verkrampfte sich vor wilder Eifersucht. Sie atmete tief durch. Es gab nur eins: Sie musste sich zusammenreißen.

«In der Küche. Du siehst sehr müde aus. Setz dich doch hin und ich sage Violet Bescheid.»

«Nein!» Laurence machte einen Schritt auf sie zu, blieb aber wieder stehen. «Bitte nicht. Nell, ich …» Er wollte die Tür hinter sich schließen. «Ich muss mit dir reden …»

«Laurie?»

Laurence zuckte zusammen und drehte sich um, die Hand noch immer auf dem Türgriff. «Ach!», rief er. «Hallo, Vi …» Er zögerte kurz, dann küsste er seine Frau auf die Wange. «Tut mir Leid – es ging alles so schnell. Beim Mittagessen hab ich es selbst noch nicht gewusst, dass ich …»

«Mein süßer Schatz!», rief Violet. Da sie in jeder Hand einen Becher mit dampfender Ovomaltine trug, stellte sie sich vorsichtig auf die Zehenspitzen, um ihm einen Kuss zu geben, verpasste aber seinen Mund. «Es braucht dir doch nicht Leid zu tun? Was für eine wunderbare Überraschung! Wir hatten nicht die geringste Ahnung – stimmt's, Nell?»

Gehorsam nickte Nell, räusperte sich, stand auf und wollte sich entfernen.

«Warum hast du uns nichts gesagt?», fragte Violet. Wie ihre Schwester sich fühlte, merkte sie gar nicht – sie freute sich einfach, dass ihr Mann so unerwartet nach Hause gekommen war. «Dann hätten wir dir etwas vom Abendessen aufbewahrt. Hast du schon gegessen? Soll ich dir noch schnell etwas machen? Ich hol dir wenigstens was zu trinken – du siehst sehr erschöpft aus, stimmt's, Nell?»

«Violet, mach nicht so ein Theater!» Er klang so verärgert, dass Violet mit einem leisen Schrei zurückwich und dabei die heiße Ovomaltine verschüttete.

Jetzt erschrak Laurence. «O Gott, Vi – entschuldige bitte! Hör nicht auf mich, bitte, ich bin nur so erschlagen ...»

Er ließ sich in den Sessel fallen, von dem Nell gerade aufgestanden war, und schlug die Hände vors Gesicht. Nell eilte hinaus in den Flur und schloss die Tür hinter sich. Hier hatte sie nichts mehr verloren – das, was sich abspielte, ging nur noch die beiden etwas an.

In ihrem Zimmer war es eisig, sie fror sogar unter der Decke. Nach einer Weile hörte sie Stimmen: Violet, fragend, verwirrt, dann Laurence, schroff, abweisend. Er schien im Zimmer auf und ab zu gehen. Nell starrte auf die Blümchentapete. Wenn sie wenigstens ein Buch mit nach oben genommen hätte, dann könnte sie sich jetzt ablenken! Sie rieb sich die Arme und betrachtete ihren hauchenden Atem, dann fasste sie einen Entschluss: Sie schlug die Decke zurück, stand auf und holte ihren Koffer aus dem Schrank.

«Geh jetzt», murmelte sie, während sie ihre Blusen zusammenfaltete, «geh fort, ehe du dich für immer blamierst.» Morgen gab es mit Sicherheit einen Zug nach London, sie würde gleich morgens anrufen und sich erkundigen. Vielleicht konnte sie Marion Palmer überreden, nach Ipswich zu fahren. Natürlich musste sie sich eine gute Ausrede einfallen lassen – Pa brauchte sie dringend im Geschäft oder etwas Ähnliches. Violet hatte bestimmt nichts dagegen, wenn sie jetzt, da Laurence wieder zu Hause war, nach London zurückfuhr. Laurence selbst schien sowieso nicht belastbar, und in diesem Zustand wollte er seine unansehnliche Schwägerin garantiert nicht um sich haben … Wie auf ein Stichwort meldeten sich wieder die Träume. «Hör auf damit!», sagte sie laut. «Himmelherrgott – hör endlich auf!»

Als sie gerade ihre beste weiße Bluse faltete, hörte sie ein Geräusch wie fernes Donnergrollen, und über die Felder tönte anschwellendes Sirenengeheul. Nell hatte eine schreckliche Vorahnung. Sie ließ die Bluse fallen und rannte zur Tür. Laurence kam mit schnellen Schritten die Stufen heraufgerannt.

«Komm mit!», rief er. Seine Lethargie war wie weggeblasen. «Komm, schnell!» Er packte sie grob am Arm und stieß sie fast die Treppe hinunter. Nell hörte seinen keuchenden Atem, als er sie den Flur entlangzog, spürte seine heißen Hände auf ihrem Rücken, als er sie in die Schrankkammer schubste. Sie verlor das Gleichgewicht, prallte gegen Violet, die schon im Dunkeln an der Wand kauerte. Nell landete auf dem Boden und schürfte sich das Knie auf. Der Lärm wurde immer bedrohlicher, wie eine Lawine, die den Berg hinunterdonnert. Nell kroch ein Stückchen weiter in die enge Schrankkammer, dann zog sie die Knie an, um Platz für Laurence zu machen. Aber Laurence kam nicht. Trotz der dröhnenden Bomber hörte Nell, wie er die Kammertür schloss und dass etwas weiter weg eine Tür ins Schloss fiel. Sie begriff, dass es Laurence nicht genügte, das Spektakel von der Treppe aus zu beobachten, nein, er war vor die Haustür getreten, um sich der Gefahr direkt auszusetzen.

Immer ohrenbetäubender wurde das Flugzeuggedröhn. Man konnte sein eigenes Wort nicht mehr verstehen. Die Bomber mussten direkt über ihnen sein, und sie flogen sehr tief. Nell hatte so etwas noch nie erlebt, nicht einmal bei den Bombenangriffen in London, und die Ekstase, die sie sonst während der Luftangriffe empfunden hatte, wurde von einer Welle der Angst weggeschwemmt. Nein, sie hatte keine Angst um sich selbst – in diesem finsteren Gefängnis konnte man sich kaum vorstellen, dass es überhaupt eine Außenwelt gab –, sie hatte Angst um Laurence, der irgendwo da draußen war. Nur ganz am Rand registrierte sie die Anwesenheit ihrer Schwester, die sich an ihren Arm klammerte, als hinge ihr Leben davon ab. Sie roch den Mief der alten Schuhe und die Möbelpolitur, aber dann wurde das Getöse ohrenbetäubend, es war, als würde es ihren ganzen Kopf ausfüllen, ihre Augen schmerzten, ihre Zähne klapperten, die Welt ging unter.

Als das Küchenfenster zersplitterte, schrie Violet auf. Nell spürte den Aufprall an den Fußsohlen, an den Schultern. Einen Moment lang war sie taub, weil die Druckwellen gegen ihr Trommelfell schlugen. Eine dichte Staubwolke erfüllte die Kammer, drang durch die Ritzen zwischen den Treppen, während das ganze Haus bebte, vom Fundament bis zu den Schornsteinen. Violet begann zu schluchzen und krallte sich so fest an Nell, dass diese die Zähne zusammenbeißen musste, um nicht vor Schmerz aufzuschreien.

Zehn Sekunden nach der ersten Detonation (oder waren es

zehn Minuten? Die Zeit war plötzlich eine unberechenbare Größe) folgte die zweite und dann noch eine, dann zwei gleichzeitig, ein gespenstisches Kreischen, wenn die Bomben heruntersausten, dann Krachen und Knattern, wenn sie aufschlugen. In der Küche sauste etwas Schweres gegen den Herd, es klang laut und hohl, wie eine ferne Kirchenglocke.

Als alles wieder still war, wirkte die Ruhe genauso betäubend wie vorher der Krach.

«Laurie?», kam Violets Stimme aus der Dunkelheit. «Ist alles in Ordnung?»

Nell schluckte. «Er ist nicht hier.»

«Was?» Violet ließ ihre Hand los, beugte sich vor und tastete blind in der Dunkelheit. «Red doch keinen Unsinn! Natürlich ist er hier, ich hab doch gehört, wie er hereingekrochen ist. Laurie?»

«Mach dir keine Sorgen, Violet, es geht ihm bestimmt gut. Wahrscheinlich hat er gedacht, für drei Leute ist nicht genug Platz hier.»

Dadurch, dass sie Violet beruhigen musste, fühlte sich Nell gleich besser. Sie schmeckte den Staub im Mund, und als sie sich zu ihrer Schwester umdrehte, merkte sie, wie er von ihren Haaren auf ihre Wangen rieselte. Sie musste husten. Ganz ruhig, ermahnte sie sich; wenn du ruhig bleibst, dann bleibt Violet auch ruhig. Mühsam richtete sie sich auf, um mit der Schulter die Tür aufzustoßen. Im selben Moment wurde sie von der anderen Seite geöffnet, und Nell kippte um.

«Autsch!», rief sie. Sie war so erleichtert, dass sie richtig wütend wurde. «Was soll das, verdammt nochmal?»

Im Gang war es genauso dunkel wie in der Kammer, sie konnte nichts sehen. Aber sie spürte seine Gegenwart, sie sog den Tabakgeruch ein, der ihn immer begleitete. Er half ihr auf, bis sie kniete, dann schlang er die Arme um sie und drückte sie so fest an sich, dass es ihr fast den Atem verschlug. Sie lehnte ihre Wange an sein kühles Gesicht und wiederholte ihre Frage, aber diesmal ganz leise in sein Ohr: «Was soll das?»

Sie spürte seine Lippen auf ihrem Nacken, hörte, wie er ihren Namen flüsterte: «Nell ...» Dann murmelte er noch etwas Rätselhaftes: «Ich habe an der falschen Stelle gestanden, stimmt's?» – und ließ sie so abrupt wieder los, wie er sie in den Arm genommen hatte.

«Vi!», rief er. «Ist alles in Ordnung?»

Während er in die Kammer kroch, um seine hysterische Frau zu besänftigen, lehnte Nell, die kühle, rationale Eleanor Carter, verzweifelt den Kopf an die Wand und begann leise zu weinen.

Später, nachdem sie und Violet den ärgsten Schutt weggeräumt und die besorgten Nachbarn beruhigt hatten und Laurence die zerbrochenen Fensterscheiben mit Brettern zugenagelt hatte, saß Nell in ihrem Bett im Dunkeln und hörte, wie ihre Schwester und ihr Schwager im Erdgeschoss redeten. Die einzelnen Wörter konnte sie nicht verstehen, wohl aber den Tonfall, die Melodie. Laurence schien immer wütender zu werden, Violet geriet außer sich. Nach einer Weile öffnete sich die Wohnzimmertür, und Nell hörte Schritte auf der Treppe. Zuerst kam Violet, langsam und zögernd gefolgt von Laurence.

Der Streit setzte sich im Nebenzimmer fort. Laurence war aggressiv, Violet vorwurfsvoll. Dann klang es so, als hätte Violet ihn umgestimmt, als wäre alles wieder einigermaßen im Lot. Und schon begann das andere ... Nell wälzte sich verzweifelt hin und her. Wenn sie wenigstens still wären! Doch es war eindeutiges Liebesgestöhn, was da durch die Wand drang. Nell verkroch sich unter der Decke, das konnte sich nicht mit anhören ...

Sie wachte auf, weil irgendwo in der Ferne Feuerwehrsirenen heulten. Nebenan knarzten die Dielen, dann hörte sie Laurence' schwere Schritte auf der Treppe. Das leise Klirren von Glas auf Glas – offenbar bediente er sich an der Whiskyflasche. Das Scharren des Schürhakens – wollte er das Feuer anfachen? Als Nell schließlich doch wieder einschlief, war es schon nach vier Uhr, und er war noch nicht nach oben gekommen. Leise und gedämpft, als wollte sie nicht zu viel Lärm machen, hörte sie Violet im Nebenzimmer weinen …

Im kalten Tageslicht erschien der Schaden nicht so schlimm. Die Bombe hatte etwa zwanzig Meter entfernt eingeschlagen und den Geräteschuppen am hinteren Ende des Gartens getroffen. Die zwei Fenster auf dieser Seite des Hauses waren zersprungen. Die schwere Eichenvitrine war gegen den kalten Herd gerutscht, und auf dem Küchenboden lagen Geschirr- und Glasscherben. Das Wohnzimmer, der Salon und die Schlafzimmer waren völlig verstaubt, aber unbeschädigt. Laurence war nicht im Haus, er war gleich bei Tagesanbruch weggegangen. Die beiden Frauen fegten die Scherben zusammen, wischten den Fußboden, staubten alles ab, dann ging Nell in ihr Zimmer, während Violet am Wohnzimmerfenster auf Laurence wartete. Sie hatte dunkle Ringe unter den Augen und wirkte sehr bedrückt. Eines wusste Nell: Was immer zwischen den beiden vorgefallen war – es würde sich schneller wieder einrenken, wenn sie abreiste.

«Nell?» Violet streckte den Kopf zur Tür herein. Ihr hübsches Gesicht war ganz zerknittert vor Kummer. «Kann ich mit dir reden? Was tust du?»

«Ich packe.» Nell ging an ihr vorbei zur Kommode und holte einen Stapel Unterwäsche aus der Schublade. «Ich fahre zurück nach London.»

«Warum denn?» Violet ließ sich aufs Bett fallen, sodass Nells Koffer hochhüpfte. «Oh, bitte, Nell, geh nicht fort! Ich weiß, du hast gesagt, wenn Laurie nach Hause kommt …»

Unbeirrt legte Nell ihr letztes Paar Nylonstrümpfe zusammen, verstaute es seitlich im Koffer und stapelte ihre Taschentücher, die alle mit dem Anfangsbuchstaben ihres Vornamens bestickt waren – ein Weihnachtsgeschenk von Pa.

«Du hörst mir ja gar nicht zu, Nell!»

Mit einem tiefen Seufzer legte sie die Taschentücher in den Koffer und setzte sich neben ihre Schwester. Manchmal benahm sie sich wie ein verwöhntes Kind!

«Violet», begann sie, «es ist nicht gut, wenn ein frisch verheiratetes Paar seine Wohnung mit einem anderen Menschen teilt. Egal, was mit Laurence los war, als er gestern Abend nach Hause gekommen ist – wenn ich nicht da gewesen wäre, hättest du …»

Violet schüttelte den Kopf, sodass ihre blonden Locken tanzten. «Nein! Du irrst dich! Es hätte überhaupt nichts geändert. Er will mir einfach nichts sagen, obwohl ich ihn immer wieder gefragt habe.» Sie wurde rot. «Ich habe ihn im Bett gefragt, was eigentlich los ist, aber er hat gemeint, ich würde das nicht verstehen.» Sie verzog das Gesicht und begann zu weinen. «Er hat mich angeschaut, als hätte er mich noch nie gesehen. Als würden wir uns gar nicht kennen …»

Nell nahm ein Taschentuch, schüttelte es aus, fasste Violet am Kinn und trocknete ihr die Tränen. «Violet», sagte sie sanft, «ich höre dir zu, natürlich …» Ach was, ich habe *euch* gehört. Trotz Decke und Kissen habe ich gehört, wie ihr miteinander geschlafen habt. Am liebsten hätte ich euch beide erwürgt! «Ich denke doch, dass ihr euch am Schluss wieder versöhnt habt? Dafür sind Doppelbetten schließlich da.»

Violet wurde wieder rot. «Ja, das stimmt, aber es war …» Sie putzte sich mit Nells Taschentuch die Nase und schniefte betrübt. «Es war irgendwie nicht richtig. Ich hatte das Gefühl, er ist nur halb bei der Sache. Ich glaube, er hat es nur der Form halber getan, weil ich es wollte ...» Sie senkte den Blick. Es war ihr sichtlich peinlich, über dieses Thema zu sprechen. «Zwischendurch habe ich plötzlich gedacht, er stellt sich vor, ich bin eine andere ...»

Die widersprüchlichen Gefühle des Vorabends – Angst, Liebe, Verlangen, Eifersucht – wurden durch das Mitleid für Violet besiegt. Die arme, süße Violet, die das erste Mal in ihrem Leben vor einem Problem stand, das sie nicht lösen konnte, und die nun von ihrer großen Schwester erwartete, dass diese alles wieder in Ordnung brachte.

«Umso mehr Grund, dass ich zurück nach London gehe», sagte sie. «Wenn ihr zwei Schwierigkeiten habt, würde ich euch nur stören. Ohne mich könnt ihr euch besser versöhnen.» Sie küsste Violet auf die Wange, klappte den Koffer zu und stellte ihn auf den Boden. «Du bist eine verheiratete Frau, Violet. Über solche Dinge musst du mit Laurence reden, nicht mit mir.»

«Aber ich weiß nicht einmal, wo er ist! Er ist schon vor Stunden weggegangen, um seinen Wagen zu holen, hat er gesagt, und jetzt ist er noch immer nicht zurück.» Violet stand auf und drehte Nells Taschentuch unglücklich zwischen den Fingern hin und her. «Nell, du musst hier bleiben.»

«Nein.» Nell fühlte sich besser, weil sie ihre Entscheidung Violet mitgeteilt hatte. «Sobald das Telefon wieder funktioniert, erkundige ich mich nach den Abfahrtszeiten der Züge, und in der Zwischenzeit muss ich mich um die Zeitungen kümmern. Mrs. Downes fragt sich bestimmt schon, wo ich bleibe, und ich muss ihr auch sagen, dass ich gehe.» Sie nahm Violet in die Arme. «Ich denke dabei vor allem an dich», sagte sie leise.

Stimmte das wirklich? «Es ist das Beste für dich, das wirst du schon merken.» Dann ging sie ihren Mantel holen.

Violet war noch immer den Tränen nahe, als sie ihr nach draußen folgte. Immer wieder flehte sie ihre Schwester an, nicht zu gehen.

Nell seufzte. Es war absurd, dass ausgerechnet Violet sie daran hindern wollte, das Richtige zu tun! «Hör zu», sagte sie mit Nachdruck. «In einer Stunde bin ich wieder hier, und vor heute Abend fährt bestimmt kein Zug, also können wir den Rest des Tages noch gemeinsam verbringen. Mach es bitte nicht noch schwerer, als es ohnehin ist, Violet.»

Gerade als sie gehen wollte, bog Laurence mit seinem Riley in die Auffahrt ein.

«Laurie!», schrie Violet und rannte los, um ihn zu begrüßen.

Er musste heftig auf die Bremse treten, um sie nicht anzufahren. Nell konnte sein Gesicht hinter der Windschutzscheibe sehen, er wirkte fast noch mitgenommener als gestern Abend. Offenbar hatte er kein Auge zugetan. Der Wagen kam quietschend zum Stehen, der Kies spritzte, und Violet klopfte aufgeregt gegen das Fahrerfenster.

«Laurie!» Sie wartete gar nicht, bis er die Scheibe herunterkurbelte. «Bitte, du musst mit Nell reden! Sie will abreisen, und auf mich hört sie nicht …»

Nell eilte unbeholfen auf der anderen Seite am Auto vorbei zur Straße. Sie rannte fast, sie wollte möglichst schnell entkommen …

Bewsons Schweinestall bestand nur noch aus einem rauchenden Trümmerhaufen. Im Postamt waren sämtliche Fensterscheiben zersprungen. In der Straße klaffte ein tiefes Loch, etwa anderthalb Meter breit. Fast alle Dorfbewohner und die evakuierten Gäste hatten ihre Häuser verlassen, nagelten die kaputten Fenster mit Brettern zu, fegten Glasscherben zusammen, räumten den Schutt weg und redeten über die Ereignisse der vergangenen Nacht. Es war der erste direkte Treffer seit Kriegsbeginn. Das Feld hinter der Schmiede bestand nur noch aus Schlamm und Metallstücken, aus zerfetzten Khakizelten, Sackleinen und den Überresten des Flakscheinwerfers. Nell blieb stehen und starrte fassungslos auf die Wüstenlandschaft. Soldaten und Feuerwehrleute räumten auf, schaufelten Sand, luden verbogene Metallstücke und Zeltfetzen auf die Pritsche eines Lastwagens.

«Drei Tote, dreizehn Verwundete», sagte eine Stimme hinter ihr. «Die armen Kerle hatten keine Chance. Gehen Sie die Zeitungen holen, Miss?»

Nells Magen verkrampfte sich. «Wissen Sie, wer …»

Ernie Beale war als Einziger der sechs Gärtner, die vor dem Krieg für Old Hall gearbeitet hatten, noch angestellt. Trotz seiner schweren Arthritis hatte er sich freiwillig gemeldet, um als Flakhelfer zu arbeiten. «Ihr Freund stand da drüben, hab ich gehört.» Er deutete mit seinen verkrüppelten Fingern auf eine völlig verwüstete Stelle. Nell wurde übel, Tränen schossen ihr in die Augen. «Tut mir Leid, Miss», sagte Ernie. «Auf dem Land bleibt nichts geheim. Sie haben sich in den letzten Wochen gut mit ihm verstanden, stimmt's?» Er schob den Helm zurück und kratzte sich an seinem kahlen Schädel. «Wenigstens ging's schnell», brummelte er. «Der arme Kerl. Ist alles in Ordnung, Miss?»

Nell blinzelte, schluckte heftig. «Ja», sagte sie. «Ja, danke, es geht schon. Ich muss … äh … ich muss weiter, sonst wird's zu spät mit den Zeitungen.»

Ernie tätschelte ihr ungeschickt die Schulter. «Heut gibt's keine. Diese Schweine – anders kann ich's leider nicht sagen, Miss – diese Schweine haben das Depot erwischt, deswegen ist heute Morgen gar nichts geliefert worden.» Er musterte sie besorgt. «Ist wirklich alles in Ordnung?»

«Ja, ja.» Nell nickte. Aus irgendeinem Grund fiel ihr auf, dass er tiefe Linien um Augen und Mund hatte. Wie alt mochte er sein?, überlegte sie – als wäre das jetzt wichtig. «Es ist nur ein ziemlicher –»

«Ein Schock», half Ernie nach. «Kann ich mir vorstellen.» Er schob die Gasmaske an seiner Hüfte zurecht, hustete taktvoll und musterte sie unter seinen buschigen Augenbrauen. «Ein kleiner Spaziergang würde Ihnen gut tun. Da wird der Kopf wieder klar.» Er schaute hinauf zum Himmel, suchte in seiner Tasche nach Zigaretten und bot ihr eine an. «Das Wetter ist gut.»

«Hm.» Nell wollte sich bedienen, aber dann musste sie an Arthur Mulligan denken. Sie gab Ernie die Zigarette zurück und sagte: «Nein, lieber doch nicht. Vielen Dank.» Gleich tat es ihr Leid, dass sie seine Beileidsgeste zurückgewiesen hatte. Ernie Beale lebte mit seiner alten Mutter in der Post Office Row und fuhr Tag für Tag mit dem Fahrrad durch das Tal nach Old Hall. Jeder mochte ihn. Er war ein freundlicher, bescheidener Mann. «Ich glaube, ich mache wirklich einen Spaziergang. Vielleicht kommt ja die Sonne durch.»

«So ist's gut.» Ernie rückte seinen Helm zurecht und sah sie an. «Na, dann wollen wir mal.» Er machte sich auf den Weg, drehte sich aber noch einmal um und warf ihr die ganze Schachtel Zigaretten zu. «Vergessen Sie das nächste Mal Ihre Gasmaske nicht!», ermahnte er Nell. Irgendwie schien ihm seine Freigebigkeit peinlich zu sein, und ohne sich richtig zu verabschieden, ging er die Straße hinauf.

Nell schaute ihm eine Weile nach, dann schlug sie die andere Richtung ein. Sie wusste, dass sie sich bewegen musste, hatte aber kein richtiges Ziel vor Augen. Als Laurence sie einholte, hatte sie bereits die Bahngleise überquert und lief nun die Hauptstraße entlang, auf die bucklige Brücke zu, die über den Fluss zum Wald führte. Unbewusst suchte sie eine Möglichkeit, ihre Wut und ihre Verzweiflung loszuwerden.

Kapitel 7

«Er war doch erst zwanzig!» Sie funkelte ihn zornig an, als wäre er schuld an Arthur Mulligans Tod. «Er war noch ein Kind, er hatte große Pläne für die Zeit nach dem Krieg. Warum mussten die ihre verdammten Bomben ausgerechnet hier abwerfen? Wir sind doch keine Bedrohung für sie, hier mitten im Nichts!»

Laurence ging neben ihr. Er passte seine großen Schritte ihrem Gang an, ohne sie anzusehen. «Für so was brauchen die keinen Grund. Wahrscheinlich wussten sie nicht einmal, dass hier Menschen leben. Sie waren auf dem Heimweg, und da haben sie unterwegs noch ein bisschen Ballast abgeworfen, damit das Benzin länger reicht. So was passiert dauernd.»

«Das kann ich nicht glauben.» Nell vergrub ihre Hände noch tiefer in den Taschen und beschleunigte ihr Tempo. Sie wollte weg von ihm. «Sie hätten doch warten können, bis sie eine Stadt überfliegen. Irgendeine größere Ortschaft, die sich verteidigen kann …» Was sie da sagte, war furchtbar, aber sie konnte nicht anders. Irgendwie hatte sie das Gefühl, als wäre es ihre Schuld, dass das Dorf so hart getroffen worden war. Wenn sie an *Hawley, Ware und Smith* gedacht hätte, wenn sie mehr Angst gehabt hätte, würde Arthur Mulligan vielleicht noch leben. Sie wurde bestraft, weil sie sich an den Bomben berauscht hatte. Nur, dass Arthur die Strafe getroffen hatte …

«Wie sollen denn seine Eltern ohne ihn durchkommen?», fragte sie. «Sein Vater hat bei Dünkirchen ein Bein verloren. Die Familie war auf ihn angewiesen!»

«Es tut mir Leid», sagte Laurence.

«Warum soll es dir Leid tun?», entgegnete Nell ärgerlich. «Du leistest doch wenigstens deinen Beitrag. Aber was mache ich? Ich stehe immer auf dem Treppenabsatz und schaue zu – wie ein kleines, dummes Kind beim Feuerwerk!»

«Wie bitte?», fragte er verdutzt.

Nell schüttelte den Kopf. «Ach, nichts. Hör nicht auf mich. Ich rede Unsinn.»

Sie begegnete seinem Blick und kam ins Stolpern. Er fasste sie am Ellbogen.

«Nell ...», begann er.

Sie schüttelte ihn ab. «Nein, bitte nicht. Ich kann es nicht ertragen.»

«Ich muss dir etwas zeigen», sagte er. «Bitte.» Er trat ein Stück zur Seite und starrte über ihren Kopf hinweg in das dicht bewaldete Tal. Als ob er wüsste, wie sehr seine Anwesenheit sie aus dem Konzept brachte.

«Wie lange dauert es?» Sie tastete nach Ernie Beales Zigaretten und schaute auf ihre dreckigen Schuhe hinunter. «Ich muss zurück. Violet fragt sich bestimmt schon, wo ich stecke.» Sie sah ihn trotzig an.

Ruhig erwiderte er ihren Blick. «Violet hat mich geschickt.» Nachdenklich rieb er sich das unrasierte Kinn. Nell hörte, wie seine Finger über die Stoppeln strichen. «Sie hat gesagt, ich soll erst zurückkommen, wenn ich dich gefunden habe. Ich soll dich überreden, nicht nach London zu fahren.» Er trug Kordsamthosen und einen dunkelgrünen Mantel. Er sah aus wie das, was er war, was sein Vater war, wenn kein Krieg herrschte: ein wohlhabender Landadeliger, solide, zuverlässig, aufrecht –

bis auf die dunklen Ringe unter den Augen, die schwarzen Bartstoppeln am Kinn. Er räusperte sich, strich sich wieder mit der Hand übers Kinn und sagte unvermittelt: «Geh nicht fort, Nell. Bitte!»

«Was hast du gestern Abend gemeint, als du gesagt hast, du hättest irgendwie an der falschen Stelle gestanden?», fragte Nell.

Unvermittelt wandte er sich ab und ging. Jetzt war es Nell, die ihm folgte, weil sie eine Antwort auf ihre Frage haben wollte. «Ich kann mich nicht erinnern», erwiderte er, ohne sich umzudrehen. «Ich weiß nicht, wovon du sprichst.»

Nell gab nicht auf. «Warum bist du ins Freie gegangen, als die Bomben fielen? Warum bist du nicht zu uns in die Kammer gekommen?»

Sie musste rennen, um mit ihm mitzuhalten, und als er plötzlich nach rechts abbog und einen grünen Pfad unter den kahlen Bäumen einschlug, rutschte sie fast im Matsch aus, weil sie darauf nicht gefasst gewesen war. «Wolltest du dir deinen Mut beweisen?», schrie sie. «Oder wolltest du getroffen werden?»

Er blieb so abrupt stehen, dass sie fast mit ihm zusammengestoßen wäre. «Und wenn?», schrie er zurück. «Was geht es dich an?»

Sie standen sich gegenüber und keuchten beide, als wären sie gerannt. Dann ließ Laurence die Schultern sinken und zuckte die Achseln. «Vielleicht hast du ja Recht. Vielleicht habe ich einen Ausweg gesucht. Ich weiß es selbst nicht.» Mit seinen kalten Fingern streichelte er ihr Gesicht, strich ihr eine widerspenstige Locke aus der Stirn. Sie erbebte unter seiner Berührung. «Ich habe alles vermasselt, Nell», flüsterte er. «Und jetzt weiß ich nicht, wie ich es wieder in Ordnung bringen soll.» Langsam ging er weiter. «Wir sind fast da. Bitte, ich möchte, dass du es dir ansiehst.»

«Was denn?», fragte Nell, bekam aber keine Antwort, und obwohl sie genau wusste, dass sie zu Violet zurückgehen sollte, folgte sie ihm.

Der Weg war nicht mehr so matschig, dafür mussten sie manchmal durch knöcheltiefes Laub waten. Es ging die ganze Zeit sanft bergauf. Nell atmete tief, es roch nach Pilzen, nach modrigem Laub, ein feuchter, erdiger Geruch, den sie gar nicht kannte. Sie musste niesen, weil er sie in der Nase kitzelte.

Sie wurde unruhig, weil Laurence immer weiter ging. Hundert, zweihundert Meter, dreihundert, immer tiefer in den Wald. Eine blasse Sonne schien jetzt zwischen den Zweigen durch und ließ die Blätter auf dem Boden golden schimmern. «Laurence – ich muss wirklich umkehren», sagte Nell besorgt.

Er blieb stehen. «Wir sind da.»

Das Cottage stand auf einer großen Lichtung im hellen Wintersonnenschein. Es war mit Stroh gedeckt, weiß getüncht, klein, umgeben von einem Meer aus Grün, Weiß und Gold, das bis direkt ans Haus reichte: zarte Schneeglöckchen mit kräftigen grünen Blättern und die gelben Blüten des Winterlings. Hunderte, Tausende von Blumen. Hier ahnte man nichts von Krieg, Tod und Zerstörung. Noch nie in ihrem ganzen Leben hatte Nell etwas so Schönes gesehen, etwas, das so fernab vom Getümmel der Welt war.

«Das ist das Malletts Cottage», erklärte Laurence. «Es ist nach dem ersten Bewohner benannt. Bis vor fünf Jahren wurde es vom Wildhüter des Landguts benutzt. Papa züchtet Fasane in diesen Wäldern, und er mag es, wenn seine Leute in der Nähe sind und ein Auge auf alles haben.» Auf einmal schien er ganz entspannt. «Mama hat ihn überredet, mir das Haus zu meinem einundzwanzigsten Geburtstag zu schenken. Sie fand, dass ich einen Ort brauche, wohin ich … wohin ich mich zurückziehen kann.»

«Und – hat sie Recht?»

«Ja.»

Er erklärte es nicht näher, aber Nell konnte das Schweigen nicht ertragen. «Ich dachte, dir gehört das Dower House?»

«Nein.» Laurence holte seine Pfeife aus der Tasche, trat auf die sonnige Lichtung und stopfte umständlich den Pfeifenkopf. «Das Dower House gehört immer noch zum Besitz. Es ist nur eine Leihgabe, bis ich meine Erbschaft antrete.» Er zündete ein Streichholz an, drückte den Tabak mit dem Daumen fest und saugte dann die Flamme ein. «Mama fand, wir brauchen unser eigenes Haus. ‹Auf Old Hall seid ihr nie für euch, da sind ja überall Soldaten›, hat sie gesagt.»

«Aber hier wärt ihr doch auch ungestört!»

Laurence zuckte die Schultern. «Vi hätte es hier bestimmt nicht gefallen. Es gibt kein fließendes Wasser, keine Toilette im Haus, keinen Strom. Außerdem wollte ich nicht, dass –» Er unterbrach sich. «Die Schneeglöckchen blühen spät dieses Jahr.»

Nell trat neben ihn. Wie angenehm sich die wärmenden Strahlen der Sonne auf ihrem Gesicht anfühlten – Vorboten des Frühlings, genau wie die Schneeglöckchen und die Winterlinge. «Und – stimmt's?», wollte sie wissen. «Ich meine, hat es ihr wirklich nicht gefallen?»

«Violet war noch nie hier.»

«Oh. Warum nicht?»

Laurence antwortete nicht, sondern machte sich an dem Türriegel zu schaffen. Die Tür quietschte in den Angeln, und er musste den Kopf einziehen, um nicht gegen den Balken zu stoßen.

«Warst du dort?», fragte er und trat ins Hausinnere.

Zögernd folgte ihm Nell über die Schwelle. «Wo soll ich gewesen sein?»

«Bei dem Tanz, als ich Violet kennen gelernt habe.»

«Ach da. Nein.»

«Warum nicht?» Er zog an seiner Pfeife, eine aromatische Rauchwolke hüllte ihn ein, als er von dem winzigen Flur nach links in ein Zimmer trat.

«Ich habe gearbeitet.»

«Du hättest dort sein sollen», sagte er durch den Rauch. «Wenn du da gewesen wärst, hätte ich wahrscheinlich nicht –» Wieder unterbrach er sich, durchquerte den Raum und warf das abgebrannte Streichholz in den Herd.

«Wenn ich dort gewesen wäre, hättest du mich gar nicht bemerkt!», brach es aus Nell heraus. «Wenn Violet dabei ist, sieht mich keiner.»

Darauf erwiderte er nichts – was hätte er auch sagen sollen? Es war die Wahrheit, das konnte niemand leugnen. Nell schämte sich für ihren ungeschützten Ausbruch. Verlegen schaute sie sich um.

Alles war sehr schlicht. Getünchte Wände, der Boden rissig und uneben, vorhanglose Fenster, spärliche Möbel. Die Wand am anderen Ende des Raums wurde von einem riesigen alten gusseisernen Herd beherrscht, der in der Mitte eine Öffnung mit Feuerrost hatte, auf beiden Seiten einen Kamineinsatz und in Kopfhöhe eine Messingstange, um die Wäsche zu trocknen. Links davon befand sich ein altmodischer Kessel mit gemauertem Untersatz, rechts, auf Brusthöhe in die Wand eingelassen, eine schwarze gusseiserne Tür. Vermutlich verbarg sich dahinter ein separater Brotbackofen. Vor der Kaminplatte, die mit einem kleinen Mäuerchen vom Rest des Zimmers abgetrennt war, stand auf einem bunten Flickenteppich ein alter Ledersessel. Zur Einrichtung gehörten außerdem ein einfacher Kartentisch und ein Stuhl mit Sprossenlehne, ein paar improvisierte Bücherregale aus Backsteinen und Brettern mit vielen Büchern, denen man ansah, dass sie mehr als einmal gelesen worden waren, und ein Eckschrank. Das war alles, bis auf das einzige dekorative Element im Raum: ein Modellflugzeug, ein Doppeldecker mit Stoffflügeln und komplizierten Verstrebungen. Es sah aus, als hätte es ein geschickter Schuljunge gebastelt, und stand leicht nach rechts geneigt auf dem breiten Fenstersims.

Es war sehr still in dem halbdunklen Raum. Die Luft war eisig.

«Ist das kalt hier drin! Ich mach mal Feuer», erklärte Laurence und ging wieder nach draußen. Etwas verdutzt blieb Nell zurück und begann die Bücher zu studieren.

Auf dem obersten Regal standen ein paar schmale Bändchen mit Kriegsgedichten, Wilfred Owen, Siegfried Sassoon, Rupert Brooke, alle ziemlich zerlesen. Ein halbes Dutzend *Biggles*-Geschichten, ebenfalls mit vielen Eselsohren, dann *Die Früchte des Zorns* und wieder Gedichte, Auden, Isherwood, Louis MacNeice, Ogden Nash und Hilaire Belloc. Auf dem Brett darunter fand sich eine noch eigenwilligere Mischung von Titeln: von Enid Blytons *Fünf Freunden* bis zu Nabokovs *Verzweiflung*, von *Pu der Bär* und Richmal Cromptons Kinderbüchern bis Raymond Chandlers *Lebwohl, mein Liebling* und Saint-Exupérys *Wind, Sand und Sterne*. Außerdem Bücher über Blumen und Vögel, über Schmetterlinge, Flugzeuge und griechische Mythologie. Da Nell instinktiv spürte, dass diese Bücher sein Innerstes widerspiegelten und sie in seine Intimsphäre eindrang, trat sie einen Schritt zurück, und als Laurence mit einem Arm voll Feuerholz zurückkam, stand sie in der Tür zur Spülküche und betrachtete die grob gezimmerten Schränke, die Steinspüle und die Wasserpumpe mit dem schwarzen Griff. Laurence hatte Recht: Violet wäre hier nicht glücklich gewesen, sie hätte diese primitiven Bedingungen bestimmt als Zumutung empfunden.

Laurence machte Feuer. An seinen geschickten, flinken Bewegungen merkte Nell, dass er es nicht zum ersten Mal tat. Er zerkleinerte die Zweige und verteilte sie über den strategisch geschickt platzierten Kohlestücken, die er aus dem Kohlekasten geholt hatte, der hinter dem Kaminsockel stand. Er stopfte hier und da zerknülltes Papier dazwischen, und als er ein Streichholz daran hielt, brannte es sofort lichterloh.

«Schon besser», sagte er und richtete sich auf. «Worüber haben wir gerade gesprochen?»

«Ich weiß es nicht mehr.» Nells Magen rebellierte. Sie musste weg von hier, ehe sie sich noch mehr blamierte. «Ich muss nach Hause. Violet –»

«Ach was, Violet!», rief er verärgert. «Ich möchte über *dich* sprechen.»

Das Holz begann zu knistern. Die Haustür knarrte, sie war nicht richtig geschlossen. Irgendwo raschelte ein kleines Lebewesen. «Über mich?», fragte Nell erschrocken. «Warum über mich?»

Laurence lehnte sich an den Brotofen, verschränkte die Arme vor der Brust und starrte ins Feuer. «Violet hat mir in einem ihrer Briefe von deinem Freund erzählt», begann er. «Und ich bin gerade Ernie Beale begegnet. Das ganze Dorf redet anscheinend über dich.» Er musterte sie prüfend. «War es ernst zwischen dir und diesem jungen Mann, der ums Leben gekommen ist?»

Nell spürte, wie die Wut in ihr hochstieg und ihre Wangen glühten. «Himmelherrgott – ich habe das Violet schon tausendmal erklärt! Arthur war nicht mein Freund in dem Sinn, und selbst wenn – dich geht das gar nichts an!»

«Wirklich nicht?»

«Was?» Sie war verdutzt.

«Wirklich nicht?», wiederholte Laurence.

«Er passte nicht zu den anderen, das ist alles», verteidigte sie sich. «Er war anders als sie, und sie mochten ihn nicht besonders. Er hat mir von seinen Zukunftsplänen erzählt, von Liverpool und dass er nicht als Hafenarbeiter enden will wie sein Vater. Und wir haben über Bücher geredet. Er hat sehr gern gelesen, also habe ich ihm aus Ipswich ein paar Taschenbücher mitgebracht. Er brauchte jemanden, mit dem er reden konnte, weil er schreckliches Heimweh hatte. Er hat sich einsam gefühlt. Ist das so schlimm?»

«Nein.»

Sie schwiegen beide. Nell nahm ihre Umgebung überdeutlich wahr: Der Herd knackte, weil sich das Metall erhitzte. Die Sonne schien immer wieder durchs Fenster und verschwand dann wieder, als würde sie einen Morsecode senden, während die Wolken vorbeizogen.

«Bist du auch einsam?», fragte Laurence nach einer Weile.

«Ja, natürlich», erwiderte Nell. «Jedenfalls manchmal. Du nicht?»

«Doch. Wenn er dir nichts bedeutet hat – warum bist du dann so aufgewühlt?»

«Weil ich ihn mochte. Weil mir sein Tod nahe geht. Macht es dich nicht wütend und traurig, wenn deine Freunde getötet werden?»

«Doch.»

Er griff zu dem Schürhaken, der seitlich am Herd hing, und stocherte im Feuer. Nell, die bis jetzt neben dem Feuer gestanden hatte, setzte sich hin.

«Erzähl mir, wie es ist, wenn du auf der Treppe stehst», sagte Laurence, aber sie schüttelte nur den Kopf. Sie hatte genug von den vielen Fragen, ihr war schwindelig von der plötzlichen Wärme, von dem Pfeifenrauch und von dem beißenden Schwefelgeruch feuchter Kohle.

«Sag es mir!» Er tat etwas, womit Nell im Leben nicht gerechnet hätte: Er ging plötzlich vor ihr in die Hocke und legte die Hände auf die Armlehnen des Sessels. «Du musst mir von dem Feuerwerk erzählen, das ist wichtig!»

Sie erzählte es ihm, aber nicht, weil sie erwartete, er würde sie verstehen, sondern weil sie hoffte, so vielleicht die Dämonen vertreiben zu können. Sie erzählte ihm von ihren Schuldgefühlen, wenn sie ganz allein am Fenster stand und diese freudige Ekstase empfand, obwohl sie doch genau wusste, dass diese Bomben unschuldige Menschen töteten, die nur wenige Meilen von ihr entfernt lebten. Sie erzählte ihm, wie wunderschön die Leuchtspurgeschosse aussahen und die Funken, die wie rotgoldene Raketen in den Nachthimmel aufstiegen und die Sterne verblassen ließen. «Ich habe immer dafür gesorgt, dass Violet in Sicherheit ist», fügte sie entschuldigend hinzu, aber sie konnte Laurence nicht in die Augen sehen, aus Angst vor seinem entsetzten Gesicht. Bestimmt war er fassungslos, dass irgendjemand so gefühllos, so pervers sein konnte – schon gar nicht eine Frau, die doch zum fürsorglichen Geschlecht gehörte. «Du siehst, was für ein schrecklicher Mensch ich bin», murmelte sie unglücklich und hob endlich den Kopf. Da sah sie, dass er an ihr vorbei auf die Wand starrte.

Die Stille erschien ihr diesmal endlos. Laurence richtete sich auf, legte Holz nach, klopfte seine Pfeife auf dem Rost aus, wollte sie wieder stopfen, überlegte es sich aber anders und steckte sie in die Tasche. Dann begann er zu sprechen, als hätte Nells Geständnis eine verborgene Tür aufgestoßen.

Er erzählte ihr, dass er schon sein ganzes Leben von Flugzeugen fasziniert war. Er hatte mit dem Fliegergeschwader an der Universität fliegen gelernt. Dann hatte er sich bei der Royal Air Force gemeldet – nicht nur, um für sein Vaterland zu kämpfen, sondern auch, um zu fliegen. Er beschrieb die Flugübungen am frühen Morgen, wenn der Nebel noch über dem Flugplatz hing und die Kaninchen sich im hohen Gras am Rand des Rollfeldes tummelten. Sein erster Alleinflug in einer Tiger Moth, das aufregende Gefühl, wenn man durch die Wolken in den strahlenden Sonnenschein stieß, wenn man sich respektvoll durch eine atemberaubend schöne weiße Kumuluswolke hindurchfädelte. Er erzählte von einem Flug am Rand eines schweren Unwetters, von der schwarzen Gewitterfront und dass sein Flugzeug sich unter seinen Händen aufbäumte wie ein junger Stier und er unheimlich Angst hatte, das wackelige Ding könnte auseinander brechen und ihn wie einen Engel ohne Flügel am Himmel zurücklassen. Er beschrieb das Glücksgefühl, das ihn überkam, wenn die Räder vom Boden abhoben, wenn das Flugzeug schließlich seine Flughöhe erreichte und er abdrehte – alle Organe versuchten, seine Schädeldecke zu sprengen, das Gewicht der Schwerkraft, das ihn an den Sitz nagelte, wenn er aus dem Tiefflug wieder nach oben stieg. Er erzählte, bei Dienstschluss sei er oft so voll gepumpt mit Adrenalin, dass er glaubte, ihm müsste von dem Druck gleich der Kopf platzen. Er erzählte, dass er oft zu viel getrunken und mit zu vielen Frauen geschlafen habe, nur um die überschüssige Energie abzubauen.

«Habt ihr euch deswegen gestritten, du und Violet?», fragte Nell.

«Nein! Nein, das war, bevor ich geheiratet habe.» Er sah sie an und sagte: «Ich habe Violet noch nie betrogen.» Doch dann wandte er den Blick wieder ab. «Nur in Gedanken», fügte er hinzu. Mit raschen Schritten durchquerte er den Raum, holte den Stuhl, trug ihn zum Feuer und ließ sich darauf fallen, als wäre er zu müde, um auch nur eine Minute länger zu stehen.

«Hast du das alles Violet erzählt?», wollte Nell wissen. «Sie würde es sicher verstehen.»

«Hast du ihr von dir erzählt?»

«Ich? Was sollte ich ihr erzählen?»

«Dass du am Fenster stehst und zuschaust, wie die Bomben fallen, während sie in der Schrankkammer sitzt. Dass du es aufregend findest, wenn –»

«Hör auf!» Beschämt schlug sich Nell die Hände vors Gesicht. «Ich hätte es dir nicht erzählen sollen!»

«Wem hättest du es sonst erzählen können?» Er beugte sich vor und packte ihre Handgelenke. «Hast du mir nicht zugehört? Ich bin genau wie du. Aber wie soll ich das Violet erklären? Meine Frau hält mich für einen Helden und einen Heiligen! Wie soll ich ihr da beibringen, dass ich jedes Mal, wenn ich sehe, dass ein namenloser Soldat mit seiner Maschine dem Tod entgegentrudelt, so glücklich bin, dass ich laut lache vor Freude …» Er schwieg. Es war die Stille nach einem schrecklichen Geständnis, das man zum ersten Mal im Leben ausgesprochen hat. Sie hielten beide den Atem an, sie warteten beide darauf, dass der andere etwas sagte und den Bann brach.

«Als ich Violet kennen gelernt habe, war ich siebenunddreißig Stunden in Alarmbereitschaft gewesen. Ich war völlig erschöpft.» Er umklammerte Nells Handgelenke noch fester und sah sie an: konzentriert, gequält, müde. «Ich hatte noch nie ein so schönes Wesen gesehen.» Nell wollte sich ihm entziehen, aber er ließ sie nicht los, er zwang sie, ihm zuzuhören. «Ich war betrunken, als ich sie gesehen habe, und ich war noch Tage danach betrunken. Es war ein Gefühl, als hätte ich mitten in der Wüste eine Oase entdeckt. Alles an ihr schien so klar, so unkompliziert, so … so einfach. Aber dann entwickelte die Geschichte eine Eigendynamik. Ich wollte ihr sagen, dass ich es mir anders überlegt habe, aber stattdessen war ich plötzlich damit beschäftigt, Leute, die ich kaum kannte, zu meiner Hochzeit einzuladen …»

Nell fühlte sich extrem unwohl. «Du solltest mir das wirklich nicht erzählen», protestierte sie. «Das geht mich nichts an.»

«Doch, es geht dich etwas an.» Er beugte sich zu ihr, bis sein Gesicht so dicht vor ihrem war, dass sie seinen Atem spürte. «Bis gestern hatte ich mich mit der Situation abgefunden. Ich habe mir diese Suppe eingebrockt, also wollte ich sie auch auslöffeln.»

Nell lehnte sich zurück, aber sie konnte ihm nicht ausweichen. «Was ist passiert?»

Er stand auf und ging mit gesenktem Kopf im Zimmer auf und ab, die Hände in den Taschen vergraben. Er sprach sehr schnell. «Es war ein Unfall. Gestern Morgen. Ein paar Männer hatten Hundert-Oktan geklaut für ihre Autos, wegen der Benzinknappheit –»

«Hundert-Oktan?»

«Flugtreibstoff. Das nehmen wir für die Spitfires. Ich habe einen Freund namens Harry. Dem hat seine Freundin ziemlich zugesetzt, und er dachte schon, sie hat einen anderen. Er wollte unbedingt nach dem Rechten sehen und hat sich einen Urlaubsschein beschafft, aber er hatte kein Benzin für sein Auto, also hat er einen Kanister mit Hundert-Oktan geklaut. Er war in sehr schlechter Verfassung, als ich ihn getroffen habe, und hat sich das Schlimmste ausgemalt. Ich habe versucht, ihn ein bisschen zu beruhigen, und bin weitergegangen. In dem Moment kam mir ein Mann vom Bodenpersonal entgegen, der gerade Dienstschluss hatte und unbedingt eine Zigarette rauchen wollte – auf dem Flugplatz und in den Hangars ist wegen der Brandgefahr striktes Rauchverbot. Er hatte keine Streichhölzer dabei, also habe ich ihm meine gegeben.» Laurence schwieg und fuhr sich mit den Fingern durch die Haare. «Er war neunzehn, noch jünger als dein Freund –»

«Arthur», sagte Nell. «Er hieß Arthur Mulligan. Erzähl weiter.»

«Er redete so ein bisschen, beklagte sich über den Dienstplan für die nächste Woche. Dann zündete er sich die Zigarette an und ließ das Streichholz auf den Boden fallen.» Laurence blieb am Fenster stehen und schaute hinaus auf den weiß-goldenen Blumenteppich. «Ich war schon auf dem Weg zur Messe, deswegen habe ich nichts gesehen. Ich hörte nur einen Knall, ein Zischen – und dann Harrys Aufschrei. Er hatte es wahnsinnig eilig gehabt mit seinem Kanister und den Deckel nicht richtig zugeschraubt. Als er über den Parkplatz rannte, war er gestolpert, hatte Treibstoff verschüttet, und der andere Soldat hatte sein Streichholz in diese Pfütze geworfen. Er brannte sofort wie eine Fackel, keine zwei Meter von mir entfernt.»

«O Gott!», flüsterte Nell und schlug die Hände vor den Mund.

«Ich war wie du», sagte Laurence. «Ich hatte noch nie aus nächster Nähe miterlebt, wie jemand verwundet wird, wie jemand stirbt. Ich hatte immer Glück gehabt, ich habe den Blitzkrieg letztes Jahr unversehrt überlebt, ohne einen Kratzer. Bis gestern habe ich gedacht, ich bin unverwundbar.» Er tastete wieder nach seiner Pfeife, aber plötzlich schlug auch er die Hände vors Gesicht und schüttelte sich. «Er hat geschrien – wie ein weidwundes Tier. Harry und ich, wir standen nur da und starrten ihn an. Dann rannte Harry zu ihm und rollte ihn im Gras, um das Feuer zu löschen. Ich konnte mich nicht rühren, ich war wie zur Salzsäule erstarrt. Ich konnte nicht mal schreien! Der Junge sah aus wie ein roher Fleischklumpen, wie ein Fuchs, wenn die Bluthunde mit ihm fertig sind.» Plötzlich lachte er auf, ein bitterer, vergeblicher Versuch, die Situation zu entschärfen. «Ich hab was gegen die Jagd. In der Hinsicht habe ich meinen Vater maßlos enttäuscht.»

«Bist du nicht wütend geworden?», fragte Nell. Sie musste an Arthur denken, an *Hawley, Ware und Smith*. Was für ein sinnloses Gemetzel. «Bist du nicht fürchterlich wütend geworden?»

Laurence holte seine Pfeife aus der Tasche, klopfte sich damit auf die Handfläche, dann ging er wieder zu Nell und kauerte vor ihr nieder. «Nein», antwortete er leise. «Ich bin nicht wütend geworden. Mir wurde übel.» Seine Pfeife fiel auf den Boden, er sank auf die Knie, schlang die Arme unter ihrem Mantel um ihre Taille und ließ den Kopf an ihre Brust sinken. «Ich habe den Sanitätern geholfen, ihn in den Krankenwagen zu tragen», murmelte er in die Grube an ihrem Halsansatz. «Und anschließend bin ich hinter die Messe gegangen und habe mich übergeben.»

Nell überlegte nicht – bis es zu spät war. Instinktiv legte sie die Arme um ihn und strich ihm tröstend übers Haar.

«Nell …», flüsterte er und hob den Kopf.

Kurz versuchte sie, Widerstand zu leisten, sie wandte das Gesicht ab, aber er holte sie zurück, vergrub die Finger in ihren Haaren und hielt sie mit beiden Händen fest.

«Bitte, Nell», flehte er sie an. «Ich muss heute Abend zurück. Ich habe keine Zeit für Spielchen.»

«Ich spiele keine Spielchen. Ich will nur …»

«Ich liebe dich», sagte Laurence, und sie gab ihren Widerstand auf.

Gemeinsam gingen sie den Weg zurück, einen halben Meter voneinander entfernt, jede Berührung meidend. Laurence hatte vorgehabt, gleich ins Dower House zu gehen und Violet zu sagen, es sei alles ein schrecklicher Irrtum gewesen – sein Herz gehöre Nell.

«Das kannst du nicht tun!», hatte Nell erschrocken gerufen, obwohl die Vorstellung sie gleichzeitig entzückte. «Sie betet dich an. Du kannst nicht einfach sagen: Tut mir Leid, ich habe es mir anders überlegt.»

So ging sie nun neben ihm durch den Wald, das Laub raschelte unter ihren Füßen, und über ihr knackten die kahlen Zweige. Plötzlich sah sie das Bild wieder vor sich: Laurence, der mit angezogenen Knien am Herd saß, nachdem sie sich geliebt hatten, nackt im warmen, roten Feuerschein. Würde sie je wieder etwas so Vollkommenes sehen? Sie wagte es nicht, ihn anzuschauen, geschweige denn, ihn zu berühren – aus Angst, an das erinnert zu werden, was gerade geschehen war. Sie wusste genau, dass sie sich wünschen würde, es wieder zu tun. Diese neue Krankheit, dieses unstillbare Verlangen, war noch schlimmer als die Eifersucht. Das Verlangen tat weh, es war allesverzehrend und – wunderschön und grauenvoll.

«Ich kann nicht so weitermachen wie bisher!» Abrupt blieb Laurence stehen, schob mit seinen Füßen ein paar Blätter zu einem Haufen zusammen und drehte sich dann zu Nell um. «Ich kann das nicht, Nell! Dazu bleibt mir nicht genug Zeit!» Die Sonne verschwand hinter den Wolken, der Himmel verdunkelte sich. Laurence' Gesicht zuckte. Er wollte Nell in die Arme schließen.

«Bitte nicht!», rief sie und stieß ihn weg. «Mach es nicht noch schlimmer.»

«Du liebst mich doch!», sagte er vorwurfsvoll. «Du hättest es nicht zugelassen, wenn du mich nicht lieben würdest.»

«Um meine Gefühle geht es nicht. Violet ist meine Schwester. Sie ist deine Frau. Wir können ihr das nicht antun.» Nell zog den Mantel fester um sich, als könnte sie sich so vor ihm schützen, und ging weiter.

Laurence holte sie ein. «Wir haben es ihr schon angetan.»

Als Nell ihn anschaute, merkte sie, dass er Tränen in den Augen hatte. Schnell wandte sie den Blick ab. Diesen Anblick konnte sie nicht ertragen.

Er machte noch einen Versuch. «Dann bleib hier. Wenn ich schon diese Farce weiterspielen muss, will ich wenigstens wissen, wo du bist.»

«Wie kann ich bleiben – nach dem, was wir getan haben?»

«Es ist ganz einfach.» Laurence blieb wieder stehen und zog sie an sich. «Wenn du nicht bleibst, sage ich es ihr. Dann verlasse ich sie, und zwar jetzt gleich.» Nell roch den Rauch seiner Pfeife, den Duft seiner Haut … «Ich brauche dich», sagte er, «du bist die Einzige, die verhindern kann, dass ich verrückt werde.»

«Du bist doch bisher ohne mich zurechtgekommen», sagte sie. «Warum sollte es jetzt anders sein?»

«Weil ich Angst habe. Ich habe schreckliche Angst zu sterben, weil ich jetzt etwas gefunden habe, wofür es sich zu leben lohnt. Und deshalb wird der Krieg gefährlicher für mich. Ich schwöre dir, wenn du nicht bleibst, dann erzähle ich ihr von uns.» Er ließ sie los. «Ich habe nichts mehr zu verlieren. Ich werde ihr alles sagen: dass wir uns vor dem offenen Feuer geliebt haben, wie deine Haut schmeckt, wie deine Haare riechen, ich erzähle ihr von dem kleinen Muttermal auf –»

«Hör auf!» Sie hielt sich die Ohren zu und trat einen Schritt zurück. «Meinetwegen – ich bleibe.» Er wollte sie wieder berühren, doch sie entzog sich ihm. «Unter einer Bedingung.»

«Was du willst.»

«Du musst schwören –»

«Ich schwöre, ich werde nichts unternehmen.» Er zögerte. «Jedenfalls jetzt nicht.»

«Nie!», sagte Nell mit Nachdruck. «Wenn du Violet auch nur ein Sterbenswörtchen verrätst, gehe ich zurück nach London, und du siehst mich nie wieder.»

«Wenn du nach London gehst, folge ich dir.» Er verzog das Gesicht, wischte sich mit dem Handrücken die Augen. «Gut, einverstanden, ich sage kein Wort.» Er machte auf dem Absatz kehrt und ging weiter durch das dichte Laub. «Hat es dir so wenig bedeutet?», rief er wütend über die Schulter.

Wie erstarrt blieb Nell stehen und schaute ihm nach, wie er mit großen Schritten in Richtung Straße ging, mit gesenktem Kopf, die Hände in den Taschen. Er schaute sich nicht mehr nach ihr um. «Hast du noch mehr so dumme Fragen?», rief sie ihm nach.

Fast fünf Minuten stand sie reglos da. Sie stellte sich Violets Reaktion vor. «Wie konntest du nur, Nell!», würde sie sagen, Tränen in den sonst so strahlend blauen Augen. «Wie konntest du mir das antun!» Gab es eine Antwort? Wie hatte sie ihre eigene Schwester betrügen können? Sie hob den Kopf und starrte durch die kahlen Zweige hinauf zum dunklen Himmel. Die indigoblauen Wolken hatten einen feinen rosaroten Rand. Wie viel Uhr mochte es sein? Sie dachte an Laurence' Hände, an seinen Mund, an die zärtlichen Worte, die er ihr ins Ohr geflüstert hatte. Sie konnte kaum atmen, so groß war ihr Verlangen. Gerade erst hatte sie ihn gefunden – und doch würde sie ihn nie wieder haben können. Langsam, widerstrebend, ging sie weiter, vorbei an dem zerbombten

Feld hinter Youngmans Schmiede, hinauf zum Dower House. Zu Violet.

Das Feld sah schon nicht mehr ganz so schlimm aus, die Splitter waren zum größten Teil weggeräumt. Mitleidig grüßten sie im Vorübergehen die Nachbarn. Alle hatten sie in den letzten Monaten mit Artie Mulligan gesehen und waren zum gleichen Schluss gekommen wie Violet. Mit Worten und Blicken wünschten sie ihr herzliches Beileid. Nell hatte ein furchtbar schlechtes Gewissen: Diese freundlichen Menschen fühlten mit ihr, weil sie jemanden verloren hatte, dabei spürte sie selbst diesen Verlust gar nicht mehr. So viel war seither geschehen …

Violet stand wartend am Fenster. «Nell!», rief sie und rannte zur Haustür. «Wo hast du denn gesteckt? Ich bin fast umgekommen vor Angst!»

«Ich bin ein Stück gelaufen.» Sie folgte Violet ins Wohnzimmer, wo Laurence sich bereits neben dem Feuer niedergelassen hatte, ein großes Glas Whisky in der Hand. «Ich glaube, ich sollte jetzt gehen und –»

«Ich habe Vi gesagt, dass du hier bleibst», sagte Laurence. Er fixierte sie herausfordernd mit seinen blauen Augen, die unnatürlich glänzten. «Stimmt doch, oder?»

«Äh … Ja, ich … das heißt –»

«Liebe Nell, ich kann dir gar nicht sagen, wie ich mich freue!»

Violet wollte sie umarmen, aber als sie den Rauch roch, der immer noch von Nells Kleidern ausging, wich sie zurück und rümpfte die Nase. Nell kramte in ihrer Tasche nach Ernie Beales Zigaretten und murmelte eine Erklärung, obwohl Violet gar nicht gefragt hatte.

«Und Laurie ist auch unglaublich erleichtert, stimmt's, Liebling?», plapperte Violet. «Es beruhigt ihn, wenn er weiß, du bist hier und kümmerst dich um mich.»

Nell starrte Laurence an, er erwiderte ihren Blick, leerte in einem Schluck sein Glas und stand auf. «Ich gehe mich rasieren», verkündete er. «In einer Stunde muss ich los.»

«Nell, es tut mir so Leid wegen …», sagte Violet. «Du weißt schon. Es muss ein schrecklicher Schlag für dich sein.»

«Was?», fragte Nell verwirrt.

«Ach, du weißt doch, der arme Arthur Mulligan …»

Als Laurence an Nell vorbeiging, schaute er ihr in die Augen, trotzig, provozierend. «Ich habe Vi alles erzählt», sagte er. «Von deinem Freund.»

«Du hast nicht das Recht –», rief sie wütend.

«Wäre es dir lieber, sie hätte es von anderen erfahren?»

«Nein, aber ich –»

«Na, bitte. Außerdem – was ändert das schon?» Er ging zur Tür.

«Laurie!» Violet, die den schroffen Wortwechsel nicht einordnen konnte, war empört.

Laurence holte tief Luft und senkte den Kopf. «Entschuldige, Vi», murmelte er.

«Du musst dich nicht bei mir entschuldigen, sondern bei Nell!», meinte Violet vorwurfsvoll. «Wie kannst du so unfreundlich sein, wenn sie gerade ihren Freund verloren hat!»

Betont langsam drehte er sich zu Nell um und sagte, ohne den Blick zu senken: «Es tut mir sehr Leid, Nell.» Dann verließ er den Raum.

Sie hörten noch, wie er sich, kurz bevor er ging, im Badezimmer hinter verschlossener Tür würgend übergab.

Kapitel 9

Die Tage vergingen unerträglich langsam, aber die Nächte waren noch schlimmer. Als der Winter dahinschmolz und dem Frühling Platz machte, steigerten sich Nells Schuldgefühle, und die freudige Erregung, die sie früher beim Heulen der Sirenen empfunden hatte, wich einer angewiderten Müdigkeit. Violet schrieb die schlechte Verfassung ihrer Schwester dem Tod von Arthur Mulligan zu und machte sich ständig Sorgen um sie. Nell fürchtete manchmal, sie würde demnächst den Verstand verlieren.

Laurence trug das Seine dazu bei. Bisher waren die Briefe an seine Frau kurz und nüchtern gewesen – wenn er überhaupt geschrieben hatte. Jetzt schrieb er fast jeden Tag, nichts Intimes, nichts von den dunklen Geheimnissen, die er Nell im Cottage anvertraut hatte, sondern alltägliche Berichte über das Leben bei der Luftwaffe. Er schrieb von den Dummejungenstreichen, mit denen sich die Männer die Langeweile vertrieben – «eigentlich sind die meisten von ihnen noch Kinder, keine Männer», korrigierte er am Rand –, er schrieb von der Kameradschaft», von dem Galgenhumor, der einem darüber hinweghalf, wenn ein Freund von einer Mission nicht zurückkam. Er schilderte die Maskottchen und Glücksbringer – von der mottenzerfressenen Hasenpfote bis zum violetten Seidenschlafanzug, den ein Pilot bei jedem Flug unter der Uniform trug –, das monotone Essen und die Schwierigkeiten beim Beschaffen von Pfeifentabak. Er beschrieb die Saufgelage, bei denen über alles und jedes diskutiert wurde: wie eine Fliege an der Decke landete und ob man einen Schal besser so herum oder anders binden sollte, um keinen steifen Hals zu bekommen. Er erzählte, wie viele verschiedene Lagen Unterwäsche samt Pullovern und zusätzlichen Socken die Piloten trugen, um die Temperaturen unter minus fünfzig Grad Celsius ertragen zu können, wie die Sauerstoffmasken rochen und wie hilfreich das Bier nach Dienstschluss war. Der neue Kompaniechef sei sehr wütend geworden, als er feststellte, dass es in der Messe eine Art improvisierten Nachtclub gab und dass für Autos keine Steuer und keine Versicherung bezahlt wurden, aber dass die Polizei ein Auge zudrückte. Er erwähnte nie, wo er gewesen war, was er getan hatte und wie er es getan hatte, aber am Ende jedes Briefes stand in seiner klaren, gleichmäßigen Schrift, die Nell schon fast so gut kannte wie ihre eigene: Sorgt ihr gut füreinander? Bitte, zeig Nell diesen Brief und sag ihr, ich hoffe, dass sie nicht zu traurig ist. Er unterschrieb immer mit *Dein treuer Laurence* – war diese Ironie etwa unbeabsichtigt? Nein, das konnte nicht sein. Und Violet, die liebe, unschuldige, arglose Violet, zeigte ihrer Schwester jeden einzelnen dieser Briefe. Beim Lesen hatte Nell das Gefühl, ihn reden zu hören – ihr Verlangen nach ihm wuchs von Tag zu Tag. Wahrscheinlich hatte er genau das beabsichtigt.

Weil seine Briefe so optimistisch klangen und er ihr so oft schrieb, glaubte Violet, dass sich die Probleme vom letzten Besuch in Luft aufgelöst hatten und er nur aus Müdigkeit und Erschöpfung ihre Nähe gemieden hatte.

«Ich weiß, ihr zwei kommt nicht immer gut miteinander aus», sagte sie zu Nell. «Aber jetzt siehst du doch, was für ein lieber Mensch er ist, oder?»

Nell fand, dass Laurence unbeschreiblich grausam war, und sie schrieb ihm heimlich, um ihm genau das zu sagen und ihn anzuflehen, sie bitte nicht mehr grüßen zu lassen. Den Brief gab sie in Ipswich auf, wo die Postmeisterin sie nicht kannte. Nach ein paar Tagen kamen plötzlich keine Briefe mehr, und Violet fing wieder an, sich mit Zweifeln herumzuschlagen.

«Sei nicht albern», tröstete Nell ihre Schwester. «Er hat

einfach keine Zeit zu schreiben, das ist alles.» Wie kam es, dass alles, was sie tat, die Lage nur noch verschlimmerte?

Als die Schneeglöckchen verblüht waren und die ersten Krokusse durch den feuchten Boden stießen, fühlte sich Nell oft kränklich. Sie ermüdete schnell, und immer wieder wurde ihr übel, vor allem abends, wenn Violet die Ovomaltine zubereitete. Von dem süßlichen Milchgeruch drehte sich ihr der Magen um und sie musste aus dem Zimmer rennen, um sich zu übergeben. Violet glaubte, dass es für diese Übelkeit eine ganz einfache Erklärung geben könnte.

«Nell, versteh mich bitte nicht falsch – aber gibt es irgendetwas, was du mir sagen möchtest?»

Nell schaute von ihrem Buch auf. «Wie meinst du das?»

«Na ja, also ...» Violet wurde rot und zupfte ihren Rock zurecht. «Ich meine – wann hattest du deine letzte Regel?»

«Wie bitte?» Es dauerte eine Sekunde, bis Nell begriff. «Nein, nein, sei nicht albern!»

«Nell –»

«Ich hab dir doch gerade gesagt, das ist lächerlich.» Doch im selben Moment überkam sie eine schreckliche Panik.

«Entschuldige.» Violet räumte noch ein bisschen auf, bevor sie ins Bett ging. «Du kannst ruhig sagen, ich soll mich um meine Angelegenheiten kümmern – aber ich habe gedacht, weil du und Arthur doch den letzten Abend gemeinsam verbracht habt ... der Gedanke kommt mir vor allem auch deshalb, weil ...» Sie faltete die Zeitung zusammen, steckte die Stricknadeln säuberlich in die Wolle, schüttelte ein Kissen auf. «Ich bin auf den Gedanken gekommen, weil ich selbst ein Kind erwarte.»

Sprachlos starrte Nell auf den blonden Haarschopf ihrer Schwester, die sich gerade über den Sessel beugte und das Schutzdeckchen glatt strich.

«Ist das nicht wunderbar?» Violet lächelte sie erwartungsvoll an. «Dr. Hills hat es heute bestätigt. Laurie wird so glücklich sein, wenn ich es ihm erzähle …»

Nell schluckte. «Ja.» Mehr brachte sie nicht heraus, aber sie versuchte es noch einmal. «Ja, das ist wirklich eine wunderbare Neuigkeit. Laurence –» Sie schwieg, dachte an sein Gesicht, an seine Stimme, an seine Drohung – *Ich werde ihr alles erzählen* –, sie dachte an die Liebesseufzer, die in der Bombennacht durch die Wand gedrungen waren. Am liebsten hätte sie sich irgendwo verkrochen, um zu sterben. «– Laurence freut sich bestimmt auch sehr», murmelte sie. Nun musste er endgültig bei Violet bleiben. Und immer wieder hörte sie Violets Fragen: *Wann hattest du deine letzte Regel? Warum wird dir jeden Abend übel? O Gott, in welche ausweglose Lage hatte sie sich gebracht …*

Wieder wurde ihr übel, aber diesmal hatte es mehr mit Angst zu tun als mit einer Schwangerschaft. Seit über zwei Wochen waren die Anzeichen eigentlich unübersehbar gewesen – sie hatte sich nur geweigert, sie zu beachten. Sie hatte gedacht, wenn sie sich einredete, dass nichts passiert war, musste sie sich auch nicht mit den Konsequenzen auseinander setzen. Unbeholfen stand sie von ihrem Sessel auf und umarmte ihre Schwester. «Violet, das ist wirklich wunderbar.» Lügen, Lügen, nichts als Lügen. Wie war das nur passiert? Mädchen wie Nell, anständige, hässliche Mädchen, wurden nicht schwanger! Es waren die lebensfrohen Mädchen, die in Schwierigkeiten gerieten, die hübschen Mädchen, die Mädchen, die bereitwillig alles mitmachten …

Was für eine grauenhafte Vorstellung, Ma davon erzählen zu müssen! Sie konnte nicht in Suffolk bleiben, das war klar, also blieb ihr nichts anderes übrig, als sich dem Zorn ihrer Mutter zu stellen. Nachdem Violet zu Bett gegangen war, saß

Nell noch lange an dem rasch abkühlenden Kamin. Was sollte sie tun? Wie konnte sie mit dieser Krise fertig werden? Ihre Cousine Molly war vor ein paar Jahren in der gleichen Lage gewesen. Ein hübsches Mädchen, das schon viele Freunde gehabt hatte – aber dann war sie doch einmal unvorsichtig gewesen … «Dieses Flittchen!», hatte Ma geschimpft. «Solche Mädchen sollte man einsperren. Es ist ekelhaft.» Nells Tante, Mollys Mutter, hatte die entsprechenden Vorbereitungen getroffen. Ein schmutziges Hinterzimmer über einer Schuhmacherei in irgendeiner Seitenstraße, ein verpfuschter Eingriff ohne Narkose, die Instrumente nicht sterilisiert. «Das ist bei weitem die beste Lösung», hatte Mama verkündet. «Man stelle sich nur vor – diese Schande!» Die arme Molly hatte fast ein halbes Jahr gebraucht, um sich von dieser Quälerei zu erholen. Inzwischen war sie schon über ein Jahr verheiratet, aber schwanger war sie noch immer nicht, und Nell hatte sich schon oft gefragt, ob das etwas mit dieser Pfuscherabtreibung zu tun hatte.

Marion Palmer war schroff und etwas gereizt, und da sie wie immer in Eile war, redete sie nicht lange herum. «Violet hat mir erzählt, dass du nicht ganz auf dem Damm bist, deshalb dachte ich, ich bringe dich schnell zum Arzt, damit wir nichts versäumen.»

Violet wollte einfach nicht glauben, dass Nell nicht schwanger war. Ihrer Meinung nach war Nells «romantisches Zwischenspiel» mit dem armen Arthur – wie sie sich ausdrückte – für ihren Zustand verantwortlich. Nell widersprach ihr nicht mehr – immerhin war diese Erklärung weniger schlimm als die Wahrheit. Aber konnte sie auch Marion Palmer davon überzeugen, dass Arthur Mulligan nach ein paar Stunden im Pub Nell in das eiskalte Zelt mitgenommen hatte, um sie dort zu verführen, während ein paar Meter entfernt ein Dutzend Soldaten Wache schoben? Und Laurence konnte sie auch nicht schreiben – sie hatte es schon einmal versucht und alles schlimmer gemacht.

«Es geht mir bestens», erklärte sie trotzig. «Ich hatte nur die Grippe oder so etwas. Jetzt bin ich wieder in Form.»

Marion musterte sie mit zusammengekniffenen Augen. «Hmmm. Ich würde lieber auf Nummer Sicher gehen.» Sie horchte, ob sie Violet in der Küche mit dem Geschirr klappern hörte. «Bei einer Schwangerschaft kann man nicht vorsichtig genug sein.»

«Wie bitte?»

Nell musste sehr erschrocken ausgesehen haben, denn Marion setzte sich zu ihr und tätschelte ihr das Knie. «Keine Bange, meine Liebe, auf meine Diskretion kannst du dich verlassen.»

«Ehrlich gesagt – es ist nicht das, was Violet denkt.» Ehrlich gesagt? Nichts war hier ehrlich! «Es geht mir gut, wirklich.»

«Nun denn», meinte Marion trocken. «Wenn du darauf bestehst, die Tapfere zu spielen, dann kann ich dich natürlich nicht zwingen. Aber wenn du bis morgen nicht besser aussiehst, rufe ich den Arzt – ob es dir passt oder nicht. Wir können doch nicht mit ansehen, wie du dahinschwindest. Was meint denn deine Mutter dazu? Solltest du ihr nicht lieber Bescheid sagen?»

«Wenn du denkst, ich lasse es zu, dass du Schande über uns bringst, hast du dich getäuscht», rief Ma laut und deutlich, um sicherzugehen, dass trotz der knisternden Verbindung keine Missverständnisse aufkamen. «Dein Vater hat sich die Finger wund gearbeitet, um ein Geschäft aufzubauen, und ich werde es nicht dulden, dass du mit deinen schmutzigen kleinen Eskapaden seinen Ruf ruinierst.» Mit diesen Worten legte sie auf.

Als Violet kurz darauf in den Flur kam, zitterte Nell am ganzen Körper. Aber nicht vor Kälte.

«Was hat sie gesagt?», fragte Violet.

«Nichts», antwortete Nell und rannte zur Toilette.

Violets Schwangerschaft verlief ohne die geringsten Zwischenfälle. Während Nell von Tag zu Tag blasser und müder wurde, sich jeden Abend übergab und an Schlaflosigkeit litt, blühte Violet richtig auf. Sie ist schöner denn je, dachte Nell verbittert. Voller Neid beobachtete sie, wie ihre Schwester fröhlich singend die Hausarbeit erledigte. Violet tätschelte sie wie ein etwas zurückgebliebenes Kind: «Keine Angst, Nell, im schlimmsten Fall sorgen Laurie und ich für dich.» Nell wusste nie, was sie darauf antworten sollte. Nicht einmal ein «Danke schön» brachte sie über die Lippen …

Vermutlich hatte ihr schlechtes Gewissen sie daran gehindert, Marions Bemerkung zum Thema Schwangerschaft richtig zu verstehen. Sie hatte bestimmt Violets Schwangerschaft gemeint, als sie gesagt hatte, man könne nicht vorsichtig genug sein – weil sie befürchtete, Violet könnte sich an Nells mysteriöser Krankheit anstecken.

«Das sind gute Neuigkeiten, nicht wahr?», sagte sie fröhlich, als Marion ihre Drohung wahr machte und am nächsten Tag wiederkam. «Mit Violets Kind, meine ich.»

Überraschenderweise widersprach Marion heftig. «Ich finde, Laurence hätte keinen schlechteren Zeitpunkt auswählen können – mitten im Krieg und sein Vater ist kaum hier!» Sie strich ihre Tweedjacke glatt und zupfte energisch am Saum. «Gerald sagt, ich soll mich nicht einmischen. Da hat er natürlich Recht, aber … Na gut, jetzt habe ich es gesagt. Violet ist deine Schwester und ich habe sie sehr gern, aber – die Frage ist doch: Wann wird eure Mutter deinetwegen etwas unternehmen?»

«Meinetwegen?», fragte Nell erschrocken. «Wieso meinetwegen?»

Marion schüttelte unwillig den Kopf. «Mein Liebe – du hast abgenommen, du isst nicht richtig, Violet hat mir erzählt, dass du dich jeden Abend übergibst –»

«Violet hat kein Recht –»

«Sei nicht albern.» Marion setzte sich in den Sessel gegenüber von Nell. «Meine Liebe, ich bin weder blind noch dumm. Hast du deine Mutter informiert?»

Nell war zu erschöpft und zu unglücklich, um länger Widerstand zu leisten. Sie nickte.

«Und was hat sie gesagt?»

«Sie hat gesagt …» Nell versuchte, den Kloß in ihrer Kehle hinunterzuschlucken. «Sie hat gesagt, dass sie nichts mehr mit mir zu tun haben will.»

«Hmm.» Marion lehnte sich zurück, stützte die Ellbogen auf die Armlehnen, legte ihre plumpen Fingerspitzen in Nasenhöhe zusammen. «Das bringt uns in eine schwierige Situation. Und was ist mit diesem jungen Mann, dem Vater? Er ist bei dem Bombenangriff umgekommen, höre ich von Violet. Kann seine Familie möglicherweise einspringen?»

«Nein!», rief Nell. Die Vorstellung, dass Marion Palmer die Eltern des armen Arthur in die Verantwortung nehmen könnte, erschreckte sie. «Ich weiß nicht einmal, wo sie wohnen.»

«Verstehe. Das heißt, es bleibt an uns hängen.»

«Nein, natürlich nicht. Ich –»

«Auf Dauer kannst du nicht hier bleiben, fürchte ich.» Marion wurde jetzt kühl und geschäftlich. «Natürlich stehen wir dir vorübergehend bei – Dr. Hills ist glücklicherweise ein sehr diskreter Arzt –, aber ich hatte eigentlich gehofft, deine Familie würde uns diese Aufgabe abnehmen … Na gut, betrachten wir das Ganze von der positiven Seite. Bei deiner Figur macht sich der Zustand erst in ein paar Wochen bemerkbar, also besteht kein Grund zur Panik. Wie steht denn Violet zu der ganzen Sache?»

Nell rutschte verlegen in ihrem Sessel hin und her. «Sie ist unheimlich lieb zu mir. Neulich hat sie gesagt, zur Not könnten sie und …» Sie merkte, dass sie seinen Namen nicht aussprechen konnte. «Sie hat mir versprochen, dass sie alles tun werden, um mir zu helfen. Marion, es tut mir entsetzlich Leid …»

«Na ja – eine unangenehme Sache, und du hast da wirklich eine Riesendummheit begangen, milde ausgedrückt. Aber im Krieg passiert so was. Man hat das Gefühl, dass es kein Morgen gibt – deshalb gehen die Menschen Risiken ein, die sie sonst nie eingehen würden. Das Wichtigste ist allerdings, dass es der Familie nicht schadet.»

Marions Mitgefühl, das sicherlich von Herzen kam, stieß hier an seine Grenze. Im Grunde dachte sie genau wie Ma: Den Familiennamen durfte kein Skandal beflecken. Aber was würde Marion erst sagen, wenn sie die Wahrheit wüsste?

Kapitel 10

Als Laurence wieder Fronturlaub bekam, war es schon April. Bald konnte Nell ihre Schwangerschaft nicht mehr vor den neugierigen Augen der Dorfbewohner verbergen. Laurence schien seit seinem letzten Besuch um Jahre gealtert, die Falten waren tief eingegraben, und statt wie sonst immer zu lächeln, wirkte er verbittert und düster.

«Er ist schon fünfundzwanzig», hatte Violet zu Nell gesagt, als sie ihn kennen lernte, «aber er hat etwas unglaublich Jungenhaftes an sich. Das macht einen Mann erst richtig attraktiv, dieser jugendliche Charme, dieser Funke. Oh, Nell, er ist der Richtige …» Dieser Funke war verschwunden, dachte Nell, als sie ihn jetzt in der Tür stehen sah. Trotzdem empfand sie ein so heftiges körperliches Verlangen nach ihm, dass sie sich fragte, ob ihr Kind das auch spürte. Sie brauchte ihre ganze Kraft, um dagegen anzukämpfen. Von dieser Anstrengung zitterten ihr die Knie und sie konnte kaum sprechen.

Wie behutsam er mit Violet umging, wie zärtlich er sie küsste! Er hatte ihr ein wunderschönes Armband mitgebracht, Granaten und Perlen, in Gold gefasst. «Auf dem Weg hierher habe ich bei Mama vorbeigeschaut», sagte er, «und sie meinte, das sei jetzt für dich. Es ist ein Familienerbstück, das mir meine Großmutter vermacht hat.»

Violet war begeistert. «Ach, Laurie, ich bin so froh, dass alles wieder in Ordnung ist! Nach deinem letzten Besuch habe ich mich ganz elend gefühlt!»

Nell wollte aus dem Zimmer gehen, weil sie es nicht ertragen konnte, die beiden zusammen zu sehen, aber Laurence verstellte ihr den Weg.

«Dir habe ich auch etwas mitgebracht», sagte er. «Nell, es tut mir so Leid wegen …» Es klang wie eine völlig harmlose Bemerkung, ein Ausdruck des Mitleids für seine Schwägerin und ihr schweres Los. Aber während er sprach, fixierte er Nell mit seinen blauen Augen. In dem Moment merkte Nell, dass er Bescheid wusste und dass er genauso litt wie sie. Er streckte die Hände aus, und der süße Duft von Primeln, vermischt mit frischer Erde, Tau und Pfeifenrauch, schlug ihr entgegen. «Ich werde für dich sorgen», sagte er. «Das verspreche ich.» Er hätte eigentlich sagen müssen: *Wir* werden für dich sorgen. Aber das hatte er nicht gesagt.

Sie nahm den kleinen Strauß entgegen, und kurz berührten ihre Finger seine Hand. «Vielen Dank», sagte sie. Sie wollte nicht mit ihm weinen, sie wollte nicht alles noch schlimmer für ihn machen. Zum ersten Mal seit Wochen fühlte sie sich ruhig und stark. Sie hörte, dass Violet etwas sagte – sie lobte Laurence dafür, dass er auch an Nell und ihr schweres Schicksal gedacht hatte. Doch Violets Stimme war weit weg, als wäre sie gar nicht im Raum – für Nell gab es nur seine Augen. Er hielt seine Hände ausgestreckt, als würde er ihr noch immer sein Geschenk reichen, und sie war wie betäubt vom Duft der milchig gelben Blumen.

Wie lange standen sie schon so da und starrten sich an? «Ich muss die Blumen ins Wasser stellen», sagte Nell abrupt und ging in die Küche. Sie hörte noch, wie Violet sagte: «Schatz, das war lieb von dir. Ich glaube, Nell war richtig gerührt.» Und Laurence antwortete mit heiserer Stimme: «Wir müssen dafür sorgen, dass sie in Sicherheit ist.» Dann klapperte er mit seiner Tabaksdose und klopfte seine Pfeife aus.

In Sicherheit. Was für eine seltsame Ausdrucksweise. Nell schloss die Küchentür hinter sich, fand einen kleinen braunen Milchkrug, füllte ihn mit kaltem Wasser und stellte vorsichtig die Primeln hinein. Sie sog den Duft ein und fühlte sich gleich so viel besser, dass sie sich schon fragte, ob sie zufällig ein Heilmittel gegen ihre Übelkeit entdeckt hatte. Als Violet zehn Minuten später in die Küche kam, stand sie noch immer gedankenversunken an der Spüle.

«Ist dir wieder schlecht?», fragte sie besorgt. «Ich muss dich warnen – gleich kommt Marion. Sie hat eine Familienkonferenz einberufen, um über deine … äh … über dein Problem zu reden. Ich wollte eine Tasse Tee machen.» Sie plauderte munter weiter, hielt ab und zu inne, um das Armband an ihrem Handgelenk zu betrachten, und verlangte von Nell, dass sie es ebenfalls bewunderte. Nell hörte nur mit halbem Ohr zu, sie dachte an Laurence, an Primeln und Perlen und wie seltsam es doch war, dass Primeln so viel wertvoller erscheinen konnten als Perlen. Und sie grübelte über das Wesen der Schönheit und die seltsame Chemie der erotischen Anziehungskraft.

Marion wollte keinen Tee, sie wollte Whisky. Laurence ebenfalls, Nell, die sich wieder hundeelend fühlte, wollte gar nichts, also wurde Violets Tee nicht getrunken.

«Nun denn», begann Marion und kam dann gleich zur Sache. «Wie ist die Lage? Die Familie des jungen Mannes wird uns mit Sicherheit keine Stütze sein. Ich habe mit eurer Mutter telefoniert.» Nells Magen drehte sich um, sie schluckte gequält. «Sie findet offenbar, dass alles meine Schuld ist – ich hätte besser auf dich aufpassen sollen, und sie hat unmissverständlich erklärt, dass sie dich nicht wieder sehen möchte, es sei denn, das Problem ist behoben.»

Das Problem? Instinktiv legte Nell die Hände auf den Bauch, als könnte sie mit dieser Geste ihr ungeborenes Kind vor allem Schaden bewahren. Aus dem Augenwinkel sah sie, wie Laurence die Fäuste ballte. Er stand beim Fenster im Schatten, als würde er gar nicht dazugehören. Doch dann ging er zum Kamin. Panik ergriff sie, denn auf einmal war sie sich ganz sicher, dass er jetzt die Wahrheit enthüllen würde.

«Mama», begann er, «Violet, ich muss euch etwas –»

«*Wir* kümmern uns um alles!», unterbrach ihn Violet. «Laurie und ich, wir nehmen Nells Kind, nicht wahr, Schatz?» Sie stand auf und sah ihn Bestätigung heischend an.

«Was?» Laurence sah sie an, als würde sie eine andere Sprache sprechen als er.

«Wie bitte?», fragten Nell und Marion wie aus einem Munde.

Violet war ganz erfüllt von ihrer Idee. «Seht ihr denn nicht, dass ich an allem schuld bin?» Sie tanzte durchs Zimmer, ruderte mit den Armen und versuchte, den andern ihre Theorie zu erläutern. «Wenn ich Nell nicht gebeten hätte, hierher zu kommen, wäre sie jetzt nicht in dieser misslichen Lage – stimmt's?»

«Das ist doch lächerlich!», rief Marion. «Seit wann muss man auf dem Land leben, um in Schwierigkeiten zu geraten? Laurence, sag doch bitte deiner Frau, sie soll nicht so albernes Zeug daherreden!»

Nell sah, dass Laurence kurz die Augen schloss und wieder in den Schatten trat. «Violet hat Recht», sagte er. «Es ist … Nell ist unseretwegen in diese komplizierte Situation geraten. Wenn sie nie … nie …» Er wich noch weiter zurück und klammerte sich an eine Stuhllehne. «Deshalb ist es unsere Aufgabe, ihr zu helfen.»

«Siehst du?» Violet triumphierte. «Das ganze Dorf weiß, dass ich schwanger bin, aber seht euch Nell an – sie muss doch auch schon fast im vierten Monat sein und man sieht überhaupt nichts! Vielleicht erwarte ich ja Zwillinge!» Sie trat zu Laurence, der immer noch mit beiden Händen die Stuhllehne umklammerte. «Danke, dass du mich unterstützt, Liebling», sagte sie und küsste ihn auf die Wange. «Du bist wirklich ein großzügiger Mann.»

Laurence zuckte zusammen und rieb sich das Gesicht. Nell hörte das leise Raspeln, als er sich mit der Hand übers Kinn strich.

«Nein!», erklärte Marion streng. «Das lasse ich nicht zu.»

«Aber Nell ist meine Schwester!», protestierte Violet, die sich dank Laurence' Verhalten sehr mutig fühlte. «Es geht um meine Nichte – oder um meinen Neffen. Welche Alternativen gibt es? Eine Adoption? Dr. Barnardo? Ich habe mir schon immer viele Kinder gewünscht. Wir können doch so tun, als würden beide Kinder uns gehören – meinst du nicht, Laurie?»

Violet war stolz auf sich: Sie hatte eine Lösung für ein unlösbares Problem gefunden, sie hatte ihre Schwester gerettet. Nell hörte sich mit an, wie enthusiastisch Violet die Zukunft ihres ungeborenen Kindes schilderte – hatte sie denn kein Mitspracherecht? Sie wagte es nicht, Laurence anzusehen, weil sie befürchtete, sie könnte sich und ihn verraten.

«Nein!», beharrte Marion. «Ihr könnt nicht –»

«Doch, wir können», sagte Laurence. «Nell kann hier bleiben –»

«Auf keinen Fall!» Marion blieb unnachgiebig. «Das gäbe zu viel Gerede – Sir Gerald Palmers Sohn lebt unter einem Dach mit zwei schwangeren Frauen! Ich dulde es nicht, dass dein Vater in eine derart kompromittierende Situation gebracht wird!»

«Niemand muss wissen, dass sie hier ist!» Die Erwähnung seines Vaters schien Laurence zu ärgern. «Wir können sie verstecken, bis das Kind geboren ist. Wir können so tun, als wäre sie nach London zurückgegangen oder so etwas. Das geht bestimmt. Ich weiß es!»

«Sei doch nicht kindisch! Wie wollt ihr sie hier verstecken? Glaubst du im Ernst, dass niemand ihre Anwesenheit bemerken würde? Ich weiß nicht, was in dich gefahren ist, Laurence! Es ist eine irrsinnige Idee, und ich möchte nichts mehr davon hören.»

«Nein, es ist keine irrsinnige Idee, es ist …» Laurence schwieg. Er änderte seine Taktik, als hätte er plötzlich gemerkt, dass sich die ganze Aufmerksamkeit auf ihn konzentrierte. «Gut, wenn sie hier nicht wohnen kann, dann müssen wir eine andere Unterkunft für sie finden, ganz in der Nähe, damit wir ein Auge auf sie haben können. Es muss doch auf dem Gut ein leeres Gebäude geben …»

Nell wusste, was er sagen würde, bevor er den Mund aufmachte.

«Ich hab's – Malletts!», sagte er. «Sie kann das Malletts Cottage haben.»

«Wie bitte? Aber im Malletts Cottage gibt es keinen Strom, kein –»

«Es wird Frühling.» Zum ersten Mal seit Marions Eintreffen wandte sich Laurence direkt an Nell. «Du kämst doch zurecht, Nell, nicht wahr?»

«Ich …»

«Das Malletts Cottage?», fragte Violet.

«Das Häuschen des Wildhüters im Nordwald», erklärte Marion mit einer wegwerfenden Handbewegung. «Völlig indiskutabel. Alles viel zu primitiv.»

«In der Not muss man nehmen, was man hat», sagte Laurence. «Außerdem ist es nicht schlimmer als in den meisten Häusern unserer Pächter. Hättest du sie lieber bei dir auf Old Hall?»

Erstaunlicherweise gab Marion nach – wenn auch widerwillig. «Gut, meinetwegen. Aber auf eure Verantwortung.»

Sie ließ sich von Laurence ein zweites Glas Whisky eingießen und fragte Violet, ob sie ihr ein bisschen Wasser bringen könne. Kaum war Violet aus dem Zimmer, da ging sie auf ihren Sohn los. «Was, um Himmels willen, geht hier vor sich?»

«Stell keine Fragen», erwiderte Laurence und tastete nach seiner Pfeife. «Stell keine Fragen, Mama – die Antwort würde dir nicht gefallen.»

Marion schwenkte den Whisky in ihrem Glas und trank ihn in einem Zug. Dann erhob sie sich aus ihrem Sessel und ging zur Tür. Dort blieb sie noch einmal stehen, um ihren Sohn nochmals einem prüfenden Blick zu unterziehen. «Ich warne dich, Laurence», sagte sie. «Einen Skandal werde ich nicht hinnehmen.» Sie hörten, wie die Haustür ins Schloss fiel und der Motor des Morris aufheulte. Als Violet mit einer Karaffe Wasser ins Zimmer zurückkam, verklang das Motorengeräusch schon in der Ferne.

«Was ist passiert?», fragte Violet verwirrt. «Warum ist Marion gegangen?»

«Sie ist nach Hause gefahren», antwortete Laurence. «Ich glaube, Mama ist mit deinem Plan, unsere Familie zu vergrößern, nicht einverstanden. Vi …»

«Ja, mein Schatz?»

«Du bist wirklich sehr großzügig.»

Violet strahlte übers ganze Gesicht. Ihre kindliche Freude darüber, dass ihr Mann sie lobte, beschämte Nell so, dass ihr wieder übel wurde.

Was habe ich nur getan? schrieb sie an diesem Abend in ihr Tagebuch. Sie saß im Bett und bemühte sich, nicht auf die leisen Stimmen nebenan zu horchen. Immerhin blieb ihr das Quietschen der Bettfedern erspart, was bedeutete, dass Laurence heute Abend nicht mit seiner Frau schlief. *Was habe ich uns allen angetan?*

Kapitel 11

Es dauerte drei Tage, bis das Malletts Cottage hergerichtet war. Laurence brachte Verdunkelungsvorhänge an, sorgte für reichlich Brennholz und Kohle, stockte die Lebensmittelvorräte auf, borgte sich den Wagen seiner Mutter und transportierte im Schutz der Dunkelheit noch ein paar Möbelstücke und andere notwendige Dinge von Old Hall ins Cottage: zwei zusätzliche Stühle, eine neue Matratze für das Bett in der Kammer unterm Dach, Bettwäsche, Bettzeug, einen Teppich aus seinem ehemaligen Kinderzimmer.

Während Laurence das Malletts Cottage für Nell in Schuss brachte, erfüllte Violet ihren Teil der «Verschwörung», wie sie sich auszudrücken pflegte, indem sie im Dorf die Nachricht verbreitete, Nell kehre nach London zurück. Vater Carter habe viel zu wenig Angestellte, erzählte sie allen, die es hören wollten, denn so viele junge Mädchen arbeiteten jetzt in den Munitionsfabriken, und deshalb brauche er dringend Nells Hilfe. «Sie hat mir aber versprochen, dass sie im Herbst zurückkommt und Laurie und mir mit unserem Familienzuwachs hilft», vertraute sie den Leuten mit einem charmanten Erröten an. Von diesen Unternehmungen kehrte sie immer glückstrahlend zurück, weil sie mit Komplimenten überschüttet worden war: Sie sehe blühend aus, die Schwangerschaft bekomme ihr offenbar sehr gut. Ununterbrochen redete sie darüber, was für eine kluge Idee es doch war, den ahnungslosen Nachbarn dieses Märchen aufzutischen. Es ist alles nur ein Spiel, dachte Nell, während sie zuhörte, wie Violet ihrem Mann beim Abendessen erzählte, mit welchen Geschichten sie das ganze Dorf auf die falsche Fährte lockte. Für Violet ist das alles nur ein Spiel!

Als Nell Mrs. Downes mitteilte, sie werde in zwei Tagen abreisen, und sich dafür entschuldigte, dass sie es ihr erst jetzt sagte, tätschelte ihr Mrs. Downes die Hand und meinte, sie solle sich keine Sorgen machen, die junge Mrs. Palmer habe ihr schon von der Personalknappheit im Geschäft von Mr. Carter erzählt.

«Sie werden mir fehlen, meine Liebe», sagte sie. «Sie waren sehr gut zu mir, wirklich, das muss ich schon sagen.»

Als Nell am folgenden Morgen ihre Zeitungen austragen wollte, überreichte Mrs. Downes ihr einen kleinen Kuchen und einen Brief: *Für Eleanor, als Dank für Ihre unermüdliche Hilfe und mit den besten Wünschen für die Zukunft.* Unterschrieben war er mit *Mit vorzüglicher Hochachtung, Ihre Grace Darling Downes.* Die kleine Frau war ebenso verlegen wegen ihrer merkwürdigen Vornamen wie darüber, dass Nell vor Rührung Tränen in den Augen standen. Aber in letzter Zeit hatte Nell sowieso nah am Wasser gebaut.

Laurence ging Nell genauso konsequent aus dem Weg wie sie ihm. Wenn er in die Küche kam und sie dort antraf, verschwand er sofort wieder. Wenn sie sich auf der Treppe oder im Flur begegneten, quetschte er sich lieber flach an die Wand, als Gefahr zu laufen, auch nur den Ärmel ihrer Bluse oder den Saum ihres Rockes zu berühren. Er schaute weg, als könnte er ihren Anblick nicht ertragen. Dass er sich so streng an ihre Vereinbarung hielt, schmerzte Nell viel mehr, als sie erwartet hatte. Falls sie je gehofft hatte, er könnte Violet doch alles gestehen, ohne Rücksicht auf Verluste, so war diese Hoffnung endgültig dahin, seit Violet angeboten hatte, ihr Kind zu adoptieren. Wie konnte er ihr da noch eröffnen, dass dieses Kind, das sie zu adoptieren bereit war, von ihm stammte?

Ihre Beziehung war zu Ende gewesen, ehe sie richtig begonnen hatte, aber warum war sie ihm trotz allem so wichtig, dass er nicht mit seiner Frau schlief? Warum spitzte Nell jeden Abend die Ohren und seufzte erleichtert auf, wenn das Wispern und Stöhnen ausblieb?

Violet ging wie immer kurz nach zehn ins Bett, aber Laurence blieb unten im Wohnzimmer. Nell hörte das leise Klappern der Tabaksdose, das Rütteln des Schürhakens, das Klirren der Whisky-Flasche. Am liebsten wäre sie nach unten geschlichen, um ihn zu trösten und um zu verhindern, dass er sich betrank. Es tat ihr fast schon körperlich weh, diesem Impuls nicht zu folgen. Am ersten Abend nach der Familienkonferenz war es ein Uhr, als Laurence endlich die Treppe heraufgepoltert kam, am nächsten Abend wurde es sogar zwei. Laurence sei wirklich sehr lieb, vertraute Violet ihrer Schwester an, als sie am nächsten Morgen gemeinsam das Frühstücksgeschirr abspülten, er mache sich solche Sorgen um das Kind, dass er es nicht über sich bringe, mit ihr – du weißt schon, was ich meine –, um nur ja nichts zu riskieren. Und mit gesenkter Stimme fügte sie hinzu, sie selbst habe im Moment eigentlich auch keine Lust auf – du weißt schon, was –, deshalb störe es sie nicht sonderlich ... Nell hingegen verging fast vor Verlangen – trotz ihrer allabendlichen Übelkeit.

An dem Tag, an dem Nell ins Malletts Cottage einzog, musste sich Laurence bei seinem Geschwader zurückmelden.

Nell wollte gerade in die Küche gehen, um zu frühstücken, als sie Violets Stimme hörte. «Würde es dir viel ausmachen, Nell zum Cottage zu bringen, Schatz?»

«Ist das wirklich nötig?», antwortete Laurence zögernd. «Kannst du das nicht machen?»

«Nein, das geht nicht.» Nell hörte, wie sie das Bügeleisen abstellte. «Wenn ich diesen Stapel Wäsche nicht gebügelt habe, bevor du losmusst, hast du kein einziges frisches Hemd! Bitte, Schatz, ich weiß, du bist auf Nell im Moment nicht besonders gut zu sprechen, aber ...»

Schnell zog sich Nell ins Wohnzimmer zurück. Sie trat vor den Kamin und betrachtete sich im Spiegel. Eine von Laurence' Pfeifen lag auf dem Kaminsims. Er besaß drei oder vier Pfeifen, weil er sich nie daran erinnern konnte, wo er sie nach dem Rauchen abgelegt hatte. Violet hatte es sich zur Aufgabe gemacht, sie immer auf den Kaminsims zu legen, wenn sie eine fand. Nell nahm die Pfeife zärtlich in die Hand und atmete den Tabakgeruch ein. Der Pfeifenkopf war noch lauwarm.

«Gut, einverstanden», hörte sie jetzt Laurence' Stimme im Flur. Schuldbewusst ließ sie die Pfeife in ihrer Rocktasche verschwinden. «Dann trage ich die Sachen schon mal zum Wagen.»

Woraufhin Violet mit vertraulich gesenkter Stimme fragte: «Du hast es dir doch hoffentlich nicht anders überlegt, Laurie? Sonst muss ich Nell sagen, dass wir den Plan leider aufgeben müssen –»

Laurence' Erwiderung war so klar, dass sie fast aggressiv wirkte: «Nein, ich habe es mir nicht anders überlegt. Mein Gott, Vi, stell nicht dauernd solche Fragen!»

Nell trat ans Fenster und stützte sich auf der Fensterbank auf. Sie wusste nicht, was schlimmer für sie war: die Angst, Laurence könnte die Geduld verlieren und ihr Geheimnis offenbaren – oder das hier, dass er sich als der treue Ehemann aufführte und so tat, als wären sie und ihr ungeborenes Kind nichts als eine lästige Bürde, die man so schnell und so unauffällig wie möglich loswerden musste.

Sie wartete, bis er, deutlich sichtbar für alle neugierigen Nachbarn, ihr Gepäck auf den Rücksitz des Riley geladen hatte, dann ging sie langsam nach draußen. Widerstandslos ließ sie sich von Violet umarmen, holte tief Luft und kletterte auf den Beifahrersitz. Ohne sie eines Blickes zu würdigen, ließ Laurence den Motor ungeduldig aufheulen.

Violet streckte noch einmal den Kopf durch sein Wagenfenster: «Bis bald, liebe Nell. Bist du auch wirklich sicher, dass du zurechtkommst?»

«Ja, natürlich», antwortete Nell und nickte ernst. «Violet, ich danke dir sehr –»

«Nicht der Rede wert! Wir helfen gern, stimmt's, Laurie?»

Laurence küsste sie gehorsam auf die Wange und sagte: «Aber selbstverständlich. Also, dann wollen wir mal.» Er legte den Gang ein und fuhr los.

Zweimal musste er unterwegs anhalten: einmal, weil die Kinder zur Mittagspause aus der Dorfschule strömten, dann wegen Ernie Beale, der sein Fahrrad die Post Office Row hinaufschob. Er salutierte, als Laurence das Tempo drosselte, um ihn vorbeizulassen, dann klopfte er an die Fensterscheibe.

«Viel Glück, Miss!», rief er Nell zu. «Ich hoffe, es geht alles nach Wunsch.» Dann salutierte er wieder und ging.

«Er kocht jetzt für seine Mutter das Mittagessen», sagte Laurence, während er das Fenster hinaufkurbelte. «Aber sie ist nicht annähernd so hilflos, wie sie immer tut. Und der arme Kerl kann kaum die Finger rühren, er hat dauernd Schmerzen, aber er beklagt sich nie.» Er schaute auf seine kräftigen, gesunden Hände, die das Lenkrad umklammerten. «Da merkt man erst, wie gut es einem geht.» Plötzlich ballte er die Fäuste. «Himmelherrgott», murmelte er. «Nell …»

«Bitte nicht!» Nell schloss die Augen, um ihn nicht sehen zu müssen. Erschöpft lehnte sie die Stirn ans Fenster. Sie hörte das Schrappen der Gangschaltung. Der Wagen setzte sich wieder in Bewegung. Wie nah sie sich waren, keine zehn Zentimeter voneinander entfernt, und trotzdem trennten sie Welten. Warum brachte Laurence sie zu seinem geheimen Versteck, obwohl er genau wusste, dass er selbst dadurch keinen Zufluchtsort mehr hatte? Tiefe Trauer überkam sie: Was wäre gewesen, wenn sie sich früher kennen gelernt hätten? Was hätte sein können – unter anderen Bedingungen? Wie gern hätte sie ihm gesagt, sie liebe ihn. Vielleicht würde sie ihn ja nie wieder sehen. Aber sie schwieg, weil sie ihn nicht aus dem Gleichgewicht bringen wollte. Sie musste auf jeden Fall verhindern, dass er Violet seine Sünden beichtete. So fuhren sie den größten Teil der Strecke, ohne ein Wort zu wechseln. Über die Eisenbahnlinie zur Hauptstraße, links an der Home Farm vorbei in Richtung Market Needing, dann eine halbe Meile den Fluss entlang, über die bucklige Brücke, ein Stück parallel zum Waldrand, an den imposanten Parktoren von Old Hall vorbei. Erst als Nell an dem Holpern merkte, dass sie von der Straße abgebogen waren, öffnete sie die Augen wieder.

Helles Grün huschte draußen vor dem Fenster vorbei, die kleineren Büsche hatten schon die ersten Knospen, eine Vorahnung des Frühlings, ähnlich wie die Schneeglöckchen und die Winterlinge. Zum ersten Mal seit Tagen schien wieder die Sonne, auf dem Pfad tanzten goldene Strahlen, und Nells Stimmung hob sich ein bisschen – schon immer hatte sie das Frühjahr geliebt.

«Bald wird es wärmer», sagte Laurence, als hätte er ihre Gedanken gelesen. Er parkte am Rand der Lichtung. «Hier bist du in Sicherheit.»

Wieder dieser merkwürdige Ausdruck «in Sicherheit».

«Und du?», fragte sie. «Wirst du auch in Sicherheit sein?»

«Ich? Ich schaff das schon.» Er schaute sie mit seinen blauen Augen durchdringend an.

«Macht es dir denn nichts aus?», fragte Nell leise.

«Was für eine Frage! Natürlich macht es mir etwas aus, wofür hältst du mich?»

«Nein, ich meine, macht es dir nichts aus, dass du all das hier aufgeben musst?» Mit einer ausholenden Handbewegung deutete sie auf die Lichtung, das kleine Haus im warmen Sonnenlicht, die Osterglocken, die unter den Fenstern zu blühen begannen.

«Ich gebe es ja nicht auf», erwiderte er. «Ich teile es mit dir. Du wirst hier sein und für mich den Sommer begrüßen.» Er tastete nach seiner Pfeife, fand sie nicht, nahm die Hände aus den Taschen und legte sie unsicher auf die Knie, als wüsste er nicht, wohin mit ihnen. «Ich liebe dich», sagte er.

Nell wandte sich schnell ab.

«Ist schon gut – ich werde es nie wieder sagen.» Er öffnete die Wagentür und schickte sich an auszusteigen. «Ich wollte nur, dass du es weißt – mehr nicht.» Mit diesen Worten öffnete er die hintere Beifahrertür, wuchtete die Koffer heraus, ging dann mit raschen Schritten zum Haus und stellte das Gepäck auf die Veranda. Nell stieg nun auch aus und folgte Laurence. Wie weich sich der Boden unter ihren Füßen anfühlte …

Er machte ein Feuer im Herd, und der Raum wurde rasch warm. Auf der einen Seite des Herdes hing an einem Haken mit Zahnrad ein rußgeschwärzter Wasserkessel. Ein Narzissenstrauß erfüllte den Raum mit seinem süßen Duft. Außerdem hatte Laurence einen zweiten Stuhl für den Esstisch gebracht, einen verblassten türkischen Teppich für den Fußboden und einen etwas angeschlagenen Schaukelstuhl, den man vors Feuer stellen konnte.

«Du hast viel verändert», sagte Nell. Bei jeder Bewegung achtete sie darauf, dass sie ihm nicht zu nahe kam, und sie vermied es ganz bewusst, auf den Flickenteppich zu schauen, weil sie sich dort geliebt hatten.

In dem Lagerraum rechts vom Flur, den sie beim ersten Besuch gar nicht wahrgenommen hatte, standen rostige Schlingenfallen, leere Futtereimer, Schaufeln, Mistgabeln und Spaten, Jutesäcke, sogar ein uralter Rasenmäher. Zum allgemeinen Durcheinander hatte Laurence noch einen Sack Kartoffeln hinzugefügt, einen Stapel alte Zeitungen (ein Verstoß gegen die offizielle Regierungsverlautbarung, man solle Papier sparen), einen Sack Kohlen, einen Stapel gehacktes Holz, Paraffin für die Öllampe, vier Schachteln mit Kerzen und sechs Bündel Feuerholz. Nüchtern und geschäftsmäßig zeigte Laurence ihr, wie alles funktionierte. Er erklärte ihr, wie man Feuer machte, wie man verhinderte, dass es über Nacht ausging, indem man es mit Kohlestücken abdeckte und dann kaltes Wasser darauf spritzte. Er zeigte ihr die Kippvorrichtung, mit der sie das Wasser aus dem heißen Kessel gießen konnte, ohne ihn herunternehmen zu müssen. Und dass sie erst einen Becher Wasser in die Pumpe in der Spülküche gießen musste, damit sie richtig arbeitete. Das sei die einzige wirkliche Verbesserung, die er vorgenommen habe, sagte er. Weil er so selten hier war, wollte er seine Zeit nicht damit verschwenden, immer wieder zum See zu gehen, um Wasser zu holen, wie seine Vorgänger das noch getan hatten – deshalb hatte er einen Brunnen graben lassen und vor zwei Jahren die Pumpe eingebaut. Er führte sie zum Waschhaus mit dem flachen Steinbecken, für das er ein Scheuerbrett besorgt hatte. Eine Mangel mit Handbedienung war außerdem vorhanden. Er zeigte ihr die Zinkwanne, die an einem Haken an der Wand hing, und zum Schluss führte er sie nach oben in das winzige Schlafzimmer. Einen Moment lang starrten sie beide stumm auf das breite Eisenbett. Dann eilten sie rasch wieder nach unten, hinaus ins Freie, an die frische Luft – als könnte die grüne Lichtung die Gedanken vertreiben, die der Anblick des ungeschickt bezogenen Doppelbetts ausgelöst hatte.

Laurence schaute sich um. Wie konnte er die Spannung durchbrechen? Sein Blick fiel auf das Klohäuschen hinter dem Cottage. «Hast du schon einmal ein Bumby benutzt?»

«Ein was?»

«Hier sagen die Leute *Bumby*. Ein Erdklosett.»

«Ach so.» Nell nickte. «Als ich klein war, hatten wir im Garten ein Klohäuschen, und später war ich in den Sommerferien oft bei Verwandten in Essex. Die hatten auch keine Wasserspülung.»

«Gut, dann weißt du ja, dass man den Eimer immer mit Erde füllen muss …» Er deutete grinsend in Richtung Wald. «Du darfst den Inhalt nur nicht bei starkem Wind ausleeren – es sei denn, du stehst mit dem Rücken zum Wind.»

Nell war perplex und so froh über seinen Stimmungsumschwung, dass sie lachen musste. «Ich schaff das schon», meinte sie optimistisch.

Während sie einer hinter dem anderen den Weg zurück zum Haus gingen, hörten sie ganz schwach irgendwo hinter Ipswich das Heulen der Sirenen. Laurence blieb stehen und suchte aufgeregt in den Taschen nach seiner Pfeife.

«Hier», sagte Nell und hielt ihm die Pfeife hin, die sie vom Kaminsims im Dower House entwendet hatte.

«Oh – danke.» Mit gerunzelter Stirn schaute er zuerst die Pfeife an, dann Nell. In dem Moment hörte man schon die Entwarnung – offenbar war es falscher Alarm gewesen. Aus dem besorgten Stirnrunzeln wurde ein erleichtertes Lächeln. «Siehst du?», sagte er. «Hier bist du in Sicherheit.» Mit eingezogenem Kopf verschwand er in der Spülküche.

Nell blieb noch eine Weile stehen und horchte. Die Sirene war verhallt, und irgendwo im Unterholz hörte sie einen Vogel singen: erst eine Abfolge von schnellen Trillern, dann zwei klare Einzeltöne. Über ihr gurrte leise eine Ringeltaube, ein typisches Sommergeräusch, das sie an heiße Tage in den Londoner Parks erinnerte, an leichte Baumwollkleider, aufgeheizte Gehwege und Benzinabgase. «Hier wird's uns gut gehen», flüsterte sie ihrem ungeborenen Kind zu, legte besänftigend die Hände auf den Bauch und atmete tief durch. Wie wunderbar die Landluft duftete. «Es wird uns richtig gut gehen, du wirst schon sehen.»

Laurence hatte die Koffer nach oben ins Schlafzimmer getragen. Als Nell eintrat, zuckte er zusammen und steckte verlegen die Hände in die Taschen. Einer von Nells Koffern stand offen auf dem Bett. Unsicher schob Laurence seine Pfeife zwischen den Zähnen hin und her und zog so heftig daran, dass ihn eine dichte Rauchwolke einhüllte.

«Was machst du da?», fragte Nell.

«Nichts.» Er nahm die Pfeife aus dem Mund und legte sie auf die Kommode. «Ich berühre deine Dinge.» Er beugte sich über den Koffer, betastete die Röcke und Blusen. «Was ist das?», fragte er und hielt ein Buch hoch.

«Mein Tagebuch.» Nell ging auf ihn zu, wollte es ihm abnehmen. «Gib es her. Es ist nur für mich.»

«Dieses Cottage ist auch nur für mich», sagte er. «Wer teilt, mit dem soll auch geteilt werden.»

«Bitte nicht!» Nell stellte sich auf die Zehenspitzen und griff nach dem Buch.

«Warum nicht?» Er trat einen Schritt zurück und tat so, als wollte er das Buch aufschlagen. «Komme ich darin vor?»

«Bitte …»

Auf einmal begriff er, wie ernst sie es meinte, und reichte es ihr mit schuldbewusster Miene. «Nell …» Seine Stimme bebte.

«Danke.» Schützend schlang sie die Arme um das Buch. «Ich glaube, du solltest jetzt gehen. Violet wartet bestimmt schon.»

«Ja.» Er rührte sich nicht vom Fleck. «Pass gut auf dich auf.»

«Versprochen.»

«Und auf das Kind.»

«Versprochen.»

«Wenn du etwas brauchst, wende dich an Mama. Du kannst sie ruhig bitten – sie bellt nur, aber sie beißt nicht.»

«Ja.»

«Also, dann …» Er verzog das Gesicht. «Gib gut Acht auf die alte Hütte.»

Nell spürte, wie ihre Widerstandkraft nachließ. «Lieber Gott», stöhnte sie, «würdest du jetzt bitte, bitte gehen?»

«Ja. Pass auf dich auf.»

«Du wiederholst dich.»

«Nell –»

«Pass gut auf dich auf», sagte Nell jetzt und drehte ihm den Rücken zu. Reglos stand sie da, ihr Tagebuch fest an sich gedrückt. Sie horchte auf seine Schritte, hörte die Haustür, hörte, wie der Motor ansprang. Da konnte sie sich nicht mehr zurückhalten – sie ging ans Fenster und schaute hinaus. Sie sah sein Gesicht, aber er blickte nicht zu ihr hinauf. Er wendete, legte den ersten Gang ein und hoppelte dann bedächtig den Pfad entlang. Er winkte nicht, er drehte sich nicht um. Nell legte ihr Tagebuch aufs Fensterbrett, stützte sich auf und blickte hinaus auf die Lichtung, wo man noch eine blaugraue Auspuffwolke ahnen konnte. Im Gras am Waldrand wuchsen hellgelbe Himmelschlüssel – dort hatte er wohl den Strauß für sie gepflückt, als er auf dem Weg nach Hause im Cottage Halt gemacht hatte. Sie hatte seine Blumen vom Dower House mitgenommen, hatte sie in ihr Tagebuch gelegt, provisorisch zwischen zwei Löschblättern, bis sie sie richtig pressen konnte. Sie waren schon etwas verwelkt gewesen, aber Nell wollte sie unbedingt aufbewahren. Hier, in Laurence' geheimem Versteck, blühen die Primeln Jahr für Jahr, dachte sie und wandte sich vom Fenster ab.

«Komm schon, Nell», sagte sie. «Mach dich an die Arbeit. Du bist die Starke, vergiss das nicht.»

Kapitel 12

Laurence war überall: Im Wohnzimmer schaute er ihr über die Schulter, wenn sie Feuer machte oder den Kessel über die Flammen hängte, um Wasser zu kochen. In der Spülküche erinnerte er sie daran, die Pumpe mit Wasser zu füllen, bevor sie das eiskalte Wasser aus dem Brunnen pumpte. In dem kleinen Schlafzimmer war er bei ihr, musste aber immer den Kopf einziehen, um nicht gegen die schiefen Balken zu stoßen. Der Duft seiner Pfeife wehte ihr jedes Mal entgegen, wenn sie eine Schublade öffnete oder unter seine Decke kroch und in seinem Bett einschlief. Die Verdunklungsvorhänge waren einfach konstruiert, nur Bahnen aus schwerem Stoff, die oben und unten an Holzstöcke genagelt waren. Diese Stöcke wurden an beiden Enden in Halterungen geschoben, sodass man sie bei Bedarf mühelos abnehmen konnte. Am ersten Abend blies sie ihre Kerze aus, bevor sie ins Bett ging, und entfernte dann die Verdunkelung, um auf die Lichtung hinausblicken zu können. Der Mond war aufgegangen, er verwandelte die Farben des Tages in geheimnisvolle Blau- und Silbertöne und warf lange Schatten übers Gras. Eine Million Sterne prangten am Himmel, und der Krieg schien weit, weit weg. Nell stützte die Ellbogen auf den kalten Stein und beugte sich vor. Da sah sie, wie ein Reh zögernd zwischen den Bäumen auftauchte und Witterung nahm. Offenbar kam es zu dem Schluss, dass nirgends eine Gefahr lauerte, denn es trat aus dem Schatten, dicht gefolgt von einem zweiten Reh und von einem Kitz, das auf seinen langen, staksigen Beinen noch sehr unbeholfen wirkte.

Siehst du, flüsterte ihr Laurence ins Ohr, als das Reh-Trio zu äsen begann, *siehst du, was für ein magischer Ort das hier ist ...?*

Sie schlief ruhig und traumlos, und als sie am nächsten Morgen aufwachte, fiel es ihr schon viel leichter, ihre Situation zu akzeptieren. Von jetzt an würde sie von einem Tag zum anderen leben, leben müssen und sich keine Sorgen um die Zukunft machen – bis es so weit war.

An die Stille musste sie sich jedoch erst gewöhnen – kein Radio, keine Violet, die im Treppenhaus trällerte und in der Küche mit den Töpfen klapperte, keine Dorfgeräusche, keine bellenden Hunde. Tagsüber ersetzte das Vogelgezwitscher die menschlichen Stimmen, Hunderte von verschiedenen Melodien, und dazwischen die krächzenden Saatkrähen in den hohen Bäumen hinter Old Hall und die allgegenwärtigen Spatzen, die genauso laut und streitsüchtig waren wie ihre Verwandten in der Stadt. Es gab auch Möwen, die sich auf der anderen Seite des Tals auf den Feldern tummelten und dem Pflug folgten, der die schwere, lehmige Erde für die Aussaat umgrub. Abends merkte Nell allerdings, dass ihr die vertrauten Geräusche fehlten – sie vermisste die Radiokonzerte, und auch Laurence ließ sie dann manchmal im Stich.

Wenigstens hörte mit fortschreitender Schwangerschaft die Übelkeit auf, und sie bekam wieder etwas Farbe im Gesicht. Es dauerte nicht lange, und sie fand sich in ihrem neuen Zuhause bestens zurecht. Sie entdeckte, dass der altmodische gusseiserne Kaminherd erstaunlich effizient war, dass es ein wunderbar nostalgisches Erlebnis war, wenn sie vor dem Feuer ein Bad nahm und dafür das Wasser aus dem Kessel verwendete – es erinnerte sie an ihre frühe Kindheit, bevor Violet auf die Welt gekommen war und ihr die Liebe ihrer Mutter gestohlen hatte. Das weiche Brunnenwasser war gut für ihr dichtes, sprödes Haar und verlieh ihm einen ganz ungewohnten Glanz. Auch ihre Haut begann zu leuchten, und sie nahm endlich ein bisschen zu.

Selbst das Bumby war weniger unangenehm, als sie erwartet

hatte, obwohl es viel primitiver war als das Klo, das sie in Essex als Kind benutzt hatte. Das hatte immerhin eine Art Spülung gehabt und war einmal in der Woche vom Müllwagen geleert worden. Hier hingegen gab es nur ein dickes Brett mit einem Loch und darunter einen verzinkten Eimer, der nach jedem Besuch mit Erde bedeckt und von ihr selbst geleert werden musste. Das Häuschen selbst war eine kleine Backsteinhütte mit Belüftungsschlitzen oben und unten an der Tür. Innen war noch ein Bord für eine Kerze und ein Vorrat an Zeitungspapier, säuberlich auf eine Schnur aufgefädelt. Mochte es noch so zugig und unbequem sein – ähnlich wie die Zinkbadewanne hatte es auch seine schönen Seiten: der Efeu, der über das Wellblechdach kletterte und seine grünen Ranken auch nach innen ausdehnte, die Spinnweben, in denen früh am Morgen silberne Tautropfen glitzerten, der Blick auf die Sterne bei Nacht durch die offene Tür (es bestand ja keine Gefahr, dass ein unerwarteter Besucher auftauchte, während man auf dem Thron saß) …

Am vierten Tag kamen Marion und Violet nach Einbruch der Dunkelheit, um sich zu vergewissern, dass Nell alles hatte, was sie brauchte. Marion wirkte verkniffen und gereizt wie meistens, und Violet, das verwöhnte Stadtkind, war richtig schockiert, dass ihre Schwester in einer so primitiven Umgebung leben musste. Alles fand sie schrecklich: die isolierte Lage, dass es keine Nachbarn gab, kein Telefon, keinen Strom. Aus Angst vor Insekten, Ratten und Spinnen weigerte sie sich kategorisch, das Plumpsklo zu benutzen. Beim Abschied sagte sie zu Nell, wenn sie das Malletts Cottage vorher gesehen hätte, wäre sie nie und nimmer auf Laurence' Vorschlag eingegangen. «Typisch Mann», fügte sie hinzu. «Den Männern fällt so was gar nicht auf!»

«Sei nicht kindisch», sagte Marion. «So leben hier auf dem Land die meisten Menschen. Meinst du, deine Nachbarn im Dorf haben Telefon und Toiletten mit Wasserspülung und Strom? Nur Leute wie wir können sich diesen modernen Komfort leisten.»

Weil Violet Angst hatte, allein im Dower House zu wohnen, zog sie für den Rest ihrer Schwangerschaft zu Marion nach Old Hall. «Auf diese Weise kann ich ein Auge auf sie haben», meinte Marion trocken. Und da das Dower House einer evakuierten Familie überlassen wurde, gab es kein Zurück, selbst wenn Violet gewollt hätte.

Die beiden Besucherinnen brachten alles Mögliche mit: drei weite Hosen von Sir Gerald, in denen Nell genug Platz hatte, um sich auszubreiten – Marion Palmer hatte einen gesunden Sinn fürs Praktische –, sowie ein halbes Dutzend seiner abgelegten Hemden und zwei verwaschene, altmodische Schwangerschaftskleider, die bestimmt Marion gehört hatten, als sie vor über zwanzig Jahren mit Laurence schwanger gewesen war. Außerdem Paraffin für die Lampe, einen Laib frisches Brot, Tee und Zucker, sechs Eier, ein Stück saftigen Schinken und getrocknete Erbsen, damit Nell mit dem Knochen Suppe kochen konnte, wenn der Schinken aufgegessen war. Nell fragte sich, wie die beiden die Marken für all diese Luxusgüter beschafft hatten, ließ die Sache aber auf sich beruhen.

Sosehr sich Nell über den Besuch und die Geschenke freute, war sie doch auch froh, als die beiden sich endlich verabschiedeten und sie vom Fenster aus verfolgen konnte, wie Marions Auto mit den verklebten Scheinwerfern gespenstische Lichtflecken auf die Bäume malte. Laurence war immer bei ihr – aber um seine Gegenwart wirklich zu spüren, musste sie allein sein. Wenn seine Frau und seine Mutter bei ihr waren, konnte sie seine Stimme nicht hören, seine Nähe nicht genießen.

Nur eine brenzlige Situation hatte es gegeben: Als Violet sich Nells Schlafzimmer anschaute, entdeckte sie Laurence' Pfeife auf der Kommode. Er habe ihre Koffer heraufgetragen, erklärte Nell wahrheitsgemäß, und dabei habe er die Pfeife dort abgelegt und sie dann vergessen. Mit einem zärtlichen Lächeln steckte Violet das gute Stück in die Manteltasche. «Dann kann ich sie ihm geben, wenn er das nächste Mal nach Hause kommt – was hoffentlich bald ist!» Erst später stellte Nell fest, dass die andere Pfeife noch immer auf der Kaminplatte lag, zwischen dem Kohleneimer und dem Korb mit dem Feuerholz. Dort lag sie seit dem Tag, an dem er mit ihr geschlafen hatte. Nell hob sie auf und versteckte sie in dem unbenutzten Brotbackofen. Dann holte sie ihr Tagebuch unter dem Kopfkissen hervor und verstaute es ebenfalls dort, damit es nicht durch einen dummen Zufall in Violets Hände geraten und ihr Geheimnis verraten konnte …

Am nächsten Abend kam Marion noch einmal vorbei, diesmal ohne Begleitung. Sie klopfte kurz nach Mitternacht, als Nell gerade ins Bett gehen wollte.

«Ich habe dir etwas mitgebracht.» Sie stand in der Tür zum Wohnzimmer, und durch das Lampenlicht warf ihre kleine, untersetzte Gestalt einen riesigen Schatten auf die Wand hinter ihr. «Falls du eine Geräuschkulisse brauchst.»

Nell hatte am Feuer gesessen und gelesen. Am Abend vorher hatte sie, gut versteckt zwischen dem Kissenbezug und dem Drillichkissen auf ihrem Bett, einen Zettel von Laurence gefunden. *Das ist ein magischer Ort* stand darauf. Genau diese Worte hatte sie ihm in den Mund gelegt, als sie am ersten Abend die Rehe beobachtet hatte. *Lies meine Bücher.* Er hatte nicht unterschrieben, aber sie kannte ja seine säuberliche Juristenhandschrift. Dieses Angebot rührte sie – nach seinem Weggehen war sie durchs ganze Haus gewandert und hatte zärtlich alle Gegenstände berührt, aber sie hatte sich nicht getraut, eins der Bücher aus dem Regal zu nehmen, weil sie das Gefühl hatte, dass sie sein kostbarster Besitz waren und nur ihm gehörten.

«Gehört das Buch Laurence?», wollte Marion wissen. «Darf ich fragen, ob du überhaupt die Erlaubnis hast, dir die Sachen meines Sohnes auszuleihen?»

Nell merkte sich die Seitenzahl und klappte das Buch zu. «Beide Fragen kann ich mit Ja beantworten. Wie wär's mit einer Tasse Tee?»

«Nein.» Marion ging noch einmal nach draußen, und Nell hörte sie keuchen und schnaufen. «Komm, hilf mir!», rief sie. «Das Ding ist verdammt schwer.»

Gemeinsam schafften sie es, das große Grammophon ins Wohnzimmer zu hieven. Danach holte Marion noch den Trichter aus dem Kofferraum und ein paar Schallplatten. Sie montierte den Trichter, trat einen Schritt zurück, um ihr Werk zu begutachten, und war schon wieder verschwunden. Dieses Mal kam sie mit einer Flasche Whisky zurück. «Ein Glas, wenn ich bitten darf», sagte sie. «Es geht wirklich ein bisschen zu weit, meiner Meinung nach, wenn einem der eigene Sohn am Telefon Anweisungen gibt.»

«Wie bitte?», fragte Nell, die im Eckschrank nach einem Glas suchte. So ganz genau wusste sie noch nicht, wo Laurence alles aufbewahrte.

«Wenn du kein richtiges Glas findest, reicht mir auch ein Eierbecher», sagte Marion ungeduldig. «Laurence hat mich heute Abend angerufen.» Sie ließ sich schwerfällig auf einen Stuhl fallen und stützte die Ellbogen auf den Tisch.

Nell hatte schließlich doch ein Glas entdeckt, aber da es ziemlich verstaubt war, ging sie in die Spülküche, um es abzuwaschen. Und um Zeit zu gewinnen. War Marion wirklich nur vorbeigekommen, um ihr das Grammophon zu bringen? Oder gab es noch ein anderes Motiv für diesen überraschenden Besuch? Was hatte Laurence ihr gesagt? Hatte er ihr Geheimnis enthüllt? Aber nein, das konnte nicht sein. Er hatte ihr doch versprochen …

Sie tauchte das Glas in die Emailleschüssel, rieb es rasch mit den Fingern sauber und trocknete es ab. Als sie ins Wohnzimmer zurückkam, blätterte Marion mit gerunzelter Stirn in dem Buch, das Nell gerade gelesen hatte. Sie goss sich einen kräftigen Schluck Johnnie Walker ein, schraubte die Flasche wieder zu und schwenkte die goldene Flüssigkeit im Glas.

«Willst du nicht wissen, was er gesagt hat?»

«Doch –» Nell setzte sich hin und faltete die Hände, um die nervösen Zuckungen abzustellen. «Das heißt nein –» *Mama bellt nur, sie beißt nicht*, hörte sie Laurence sagen. *Lass dich nicht von ihr einschüchtern.* «Marion», begann sie. «Ich bin wirklich sehr dankbar für alles, was du für mich getan hast –»

«Ja, ja, schon gut.» Marion winkte ab. «Du musst dich bei Laurence bedanken. Schließlich ist das hier *sein* Haus, und es ist *sein* Grammophon. Er hat darauf bestanden, dass ich es dir noch heute Abend bringe, also behandle es gut.»

Nell vergaß ganz, dass sie sich zurückhalten musste. «Woher weiß Laurence, dass ich meine Musik vermisse –?»

«Keine Ahnung», sagte Marion trocken. «Außer er nimmt an, du brauchst das Gleiche, was er braucht.»

Nell konnte ihren Gesichtsausdruck einigermaßen kontrollieren, aber dass sie rot wurde, konnte sie nicht verhindern. Marion stellte ihr Glas auf den Tisch, kippte es hin und her und beobachtete, wie die Innenseite mit einer Alkoholschicht bedeckt wurde.

«Ich nehme an, du weißt, dass dieses Cottage Laurence gehört und nicht zum Gutsbesitz?»

«Ich … ja, er hat es mir erzählt, als er mich hierher gebracht hat.»

«Und weißt du auch, dass er, seit das Cottage ihm gehört, keinem erlaubt …» Marion trank noch einen nicht besonders damenhaften Schluck Whisky, tupfte sich mit dem Zeigefinger einen Tropfen aus dem Mundwinkel und machte eine bedeutungsvolle Pause. «… keiner Menschenseele erlaubt hat, auch nur die Schwelle zu überschreiten? Nicht mal seiner eigenen Mutter.»

«Das habe ich nicht gewusst.» Nell senkte verlegen den Kopf. «Aber er lässt mich nur Violet zuliebe hier wohnen. Sie hat ihn darum gebeten.»

«Ach, versuch doch nicht, mich für dumm zu verkaufen», brummte Marion. «Also, wie kommst du denn zurecht? Hast du dich schon eingelebt?»

Es war wie eine Prüfung – aber eine Prüfung, bei der Nell weder die Regeln noch die richtigen Antworten wusste. «Ja, ja, ich kapiere so langsam, wie alles funktioniert. Es ist eher schlicht, aber es ist –»

«Es ist das Haus meines Sohnes», führte Marion den Satz für sie zu Ende. «Und deshalb gibt es keinen Ort auf der Welt, wo du lieber sein möchtest.»

Dieses Mal war es keine Frage, sondern eine Aussage. Marion griff nach der Flasche und füllte ihr Glas nach. «Violet weiß übrigens nicht, dass ich hier bin. Sie ist schon kurz nach zehn ins Bett gegangen. Geht sie immer so früh schlafen?»

«Ja, eigentlich schon.»

«Sie achtet darauf, dass sie ihren Schönheitsschlaf bekommt, was? Dabei bräuchten wir beide den viel dringender, du und ich. Aber Violet – dass ich nicht lache! Na egal. Laurence konnte jedenfalls gar nicht mit ihr sprechen, weil er erst nach elf Uhr angerufen hat. Übrigens, sehr nett von ihm, dass er sich solche Gedanken um das Wohlergehen der Schwester seiner Ehefrau macht. Er wollte unbedingt, dass du abends ein bisschen Unterhaltung hast. Aber warum hat er darauf bestanden, dass ich dir die Sachen bringe und nicht Violet? Könnte es also sein, dass du etwas weißt, was ich nicht weiß?»

Nell hatte keine Lust, dieses Spiel weiterzuspielen und bei jedem Wort zu rätseln, was wohl dahinter steckte. «Was willst du von mir, Marion?», fragte sie. «Wenn du etwas auf dem Herzen hast, dann heraus mit der Sprache.»

«Also gut.» Marion begann im Zimmer auf und ab zu gehen, gefolgt von ihrem riesigen Schatten. «Im Gegensatz zu deiner armen Schwester bin ich nicht dumm, meine Liebe. Das Kind, mit dem du schwanger bist, ist von Laurence, stimmt's?»

Einen solchen Frontalangriff hatte Nell nicht erwartet. Mit den Händen auf dem Tisch saß sie da und starrte Marion fassungslos an.

«Eine einfache Frage verlangt eine einfache Antwort», sagte Marion. «Ist das Kind von Laurence? Und wenn ja – was sollen wir dann tun?»

Vielleicht machte der Whisky sie gesprächig, vielleicht war es auch die nächtliche Atmosphäre im Cottage, die Lampe, der Feuerschein, die Schatten. Als Marion sich mehr als zwei Stunden später verabschiedete, hatte Nell das Gefühl, dass sie Marion fast so gut kannte wie ihre eigene Mutter – und dass sie ihr wesentlich sympathischer war.

Sie hatte Laurence' Mutter immer für eine typische Vertreterin ihres Standes gehalten. Wenn man sah, wie sie durchs Dorf marschierte, hier einen Flohmarkt, dort einen Kuchenverkauf oder eine Tombola organisierte, wenn man hörte, wie sie über die Probleme bei der Verwaltung ihres großen Landguts redete oder sich darüber beklagte, dass die Soldaten so viel Chaos in ihrem Haus verursachten, dann wirkte sie durch und durch wie eine Repräsentantin ihrer Schicht und ihres Alters. Nell hatte Dutzende Frauen wie Marion getroffen, seit sie in Suffolk lebte: energische, stimmgewaltige Damen mit üppigem Busen, die Stützen der Heimatfront, tatkräftige, strenge Frauen, die dazu geboren waren, andere herumzukommandieren. Sie taten viel Gutes, sie gründeten Komitees, sie organisierten ihre Mitbürger und sorgten dafür, dass die Nachbarn einander unterstützten. Und trotzdem fühlte sich Nell in der Gegenwart dieser Damen nicht wohl. Ihr missfiel die herablassende Haltung, die milde Verachtung, mit der sie die Menschen behandelten, denen sie sich gesellschaftlich überlegen fühlten.

Aber in diesen Nachtstunden entdeckte Nell, dass Marion Palmer anders war. Nell hatte gedacht, sie wüsste, wie die oberen Zehntausend funktionierten – sie heirateten nur innerhalb ihrer eigenen Schicht und verachteten alle anderen. Sie hatte geglaubt, dass die Palmers der Ehefrau ihres Sohnes genau deshalb mit kaum kaschierter Missbilligung begegneten. Als Marion erzählte, wie verzweifelt sie über die Ehe ihres Sohnes war, wie dringend sie ihn gewarnt hatte, doch bitte keinen Fehler zu machen, reagierte Nell automatisch feindselig.

«Ich habe ihm gesagt, die Ehe wird in Tränen enden», sagte Marion, «und natürlich habe ich Recht behalten –»

«Was heißt denn hier ‹natürlich›?», fragte Nell. «Nur weil Violet die Tochter eines Kaufmanns ist, heißt das noch lange nicht, dass sie nicht zu deinem Sohn passt –»

Marion lachte laut. «Mein liebes Kind», sagte sie, «so habe ich es auch nicht gemeint. Denn das wäre reine Heuchelei – ich bin doch selbst Kaufmannstochter.»

Sie hatte sich mit ihrem Whisky in den Ledersessel gesetzt und Nell aufgefordert, in dem Schaukelstuhl Platz zu nehmen, den Laurence von Old Hall mitgebracht hatte. Nells Verblüffung schien sie sehr zu amüsieren. Sie stellte ihr Glas auf die Armlehne und lachte vergnügt. «Mein Vater hat sich hochgearbeitet, er war ein ungeschliffener Diamant, könnte man sagen, er hat sein Geschäft aus dem Nichts gestampft – genau wie deiner. Als er starb, besaß er zwei Textilfabriken am Stadtrand von Halifax, und ich war sein einziges Kind. Mein Pa machte zwar *Kasse*, hatte aber keine *Klasse*.» Den letzten Satz sprach sie mit einem ausgeprägten Unterschichtakzent aus, ging dann aber sofort wieder in ihre distinguierte BBC-Aussprache über. «Wohingegen Gerald *Klasse* hat – aber dafür kein Geld und auch sonst nicht viel Ahnung.» Sie beugte sich über die Armlehne, griff sich die Whiskyflasche, die sie auf dem Mäuerchen der Kaminplatte abgestellt hatte, und schenkte sich noch ein Glas ein. «Aber das macht nichts, ehrlich gesagt – wenn eine junge Frau so aussieht wie ich und eine Figur hat wie meine, kann sie nicht besonders wählerisch sein. Gerald hat mir nie verheimlicht, worauf er es abgesehen hatte. Als er das Gut erbte, war es ziemlich heruntergekommen, schlecht verwaltet, kein Kapital. Er war auf der Suche nach einer wohlhabenden Witwe. Das hat er mir gleich erzählt, als wir uns kennen gelernt haben.» Sie legte den Kopf schräg und musterte Nell. «Ich hoffe, du bist nicht gekränkt, wenn ich behaupte, dass du genau weißt, wovon ich rede: Ich habe die Gelegenheit beim Schopf ergriffen, weil ich wusste, sie kommt so schnell nicht wieder.»

«Welche Gelegenheit?»

«Zu heiraten natürlich! Es war ein Geschäftsvertrag. Ich hatte etwas, was Gerald wollte, und er hatte etwas, was ich wollte.»

«Und?»

Als Marion sich anders hinsetzte, ächzte der Ledersessel bedenklich. Sie trank noch einen Schluck Whisky. «Für mich war das die Chance meines Lebens. Ich war hässlich, über fünfundzwanzig und auf der Suche nach einem Ehemann. Ich wollte das Gleiche wie alle Frauen – ein schönes Haus, möglichst auf dem Niveau, das ich gewohnt war, und eine Familie. Also habe ich ihm einen Heiratsantrag gemacht.» Sie lachte in sich hinein. «Selbstverständlich hat Gerald zuerst gezögert. Na ja, ich war keine Frau zum Vorzeigen, was das Äußere angeht.» Nell, die großes Mitgefühl mit ihr hatte, wollte widersprechen, aber Marion winkte ungeduldig ab. «Wir haben uns schließlich geeinigt. Er versprach, mir bei der Verwaltung des Gutes freie Hand zu lassen, und ich versprach ihm, dass er tun und lassen kann, was er will, solange ich es nicht unbedingt mitbekomme.» Wieder lachte sie, aber diesmal etwas verbittert. «Weißt du, wenn man Geld hat, wenn man viel Geld hat, kann man seinem Kind fast jeden Wunsch erfüllen, ihm alles kaufen: eine gute Ausbildung, schöne Kleider …» Ihr Blick wanderte von den Flammen zu den Schatten hinter Nells Schaukelstuhl, und für einen Augenblick war von ihrer sonst so schroffen, energischen Art nichts zu spüren. «Aber ein hübsches Gesicht kann man nicht kaufen. Sonst hätte mein Pa das sofort getan, er hätte keine Sekunde gezögert. Aber weil das unmöglich ist, tat er das Zweitbeste. Er kaufte mir Gerald Palmer.»

«Sir Gerald kann sich glücklich schätzen.»

«Ja, da hast du wahrscheinlich Recht.»

Nell wusste so gut wie nichts über Marions Mann. Bei ihrem ersten und einzigen Zusammentreffen hatte er sie, wie die meisten Männer, kaum bemerkt. Violet gegenüber hatte er sich verhalten wie der geborene Charmeur.

«Aber es ging trotzdem gut, stimmt's?», fragte sie. Der unerwartete Verlauf des Gesprächs machte sie ganz unsicher.

Marion griff erneut zur Flasche – ihr Glas war schon wieder

leer. «Meine Liebe, wir führen getrennte Leben. Gerald verbringt seine Zeit am liebsten in London, und ich fühle mich hier in Suffolk sehr wohl. Es macht mir Spaß, die Verwaltung des Gutes zu leiten.» Achselzuckend nippte sie an ihrem Glas. «Am Anfang unserer Ehe klappte alles hervorragend, denn er hatte endlich jede Menge Geld und genoss das Leben eines Gutsherrn. Und selbstverständlich war er auch im Krieg durchaus in seinem Element – er machte ihm Spaß, könnte man fast sagen. Aber dann wurde er bei Ypres schwer verwundet. Er konnte froh sein, dass sein Bein nicht amputiert werden musste, aber als er aus dem Krankenhaus entlassen wurde, merkte er schnell, dass er all die Dinge, die ihm Vergnügen bereitet hatten, nicht mehr tun konnte.» Sie seufzte. «Wenn wenigstens Laurence … aber eigentlich ist das alles Schnee von gestern.»

«Wenn Laurence – was?»

Marion war etwas tiefer in ihren Sessel gerutscht, die Beine unvornehm gespreizt, sodass man den Rand ihrer hellgrünen Pumphosen sehen konnte. Offensichtlich vertrug sie unglaubliche Mengen Alkohol – die Flasche war fast zur Hälfte leer, und ihre Aussprache war noch immer einwandfrei. «Laurence war ein unangepasster Einzelgänger», erklärte sie. «Zur falschen Zeit am falschen Ort geboren. Das ist meine Schuld, nehme ich an. Wie das Leben so spielt – es dauerte zehn Jahre, bis ich schwanger wurde, und danach hat es nicht mehr geklappt. Ich hätte gern eine große Familie gehabt, und wenn Laurence eine Schwester oder einen kleinen Bruder gehabt hätte … Das heißt nein …» Sie seufzte wieder und blickte eine Weile schweigend in die Flammen. «Ein älterer Bruder wäre besser gewesen. Dann wäre Laurence nicht so unter Druck gewesen. Zuerst war sein Vater absolut begeistert: ein Sohn, groß und kräftig, ein Erbe für das Gut, ein Junge, der all das tun konnte, wozu er selbst nicht mehr fähig war. Schon ganz früh brachte er ihm alles bei: Mit fünf bekam Laurence Reitunterricht, das erste Pony war ein Geschenk zum achten Geburtstag, kurz bevor er ins Internat kam. Wer weiß – wenn Gerald ein bisschen mehr Geduld aufgebracht hätte –» Sie schwieg abrupt und schüttelte den Kopf. «Es hilft nichts, wenn man anderen die Schuld gibt, stimmt's? Ich war natürlich auch beteiligt. Ich habe nicht begriffen, was sich abspielte, sonst hätte ich vielleicht eingreifen können.»

«Was ist geschehen?»

«Laurence ist ein Träumer. Wie viele Einzelkinder. Schon als kleiner Junge hing er seinen Phantasien nach und steckte seine Nase am liebsten in irgendwelche Bücher, kaum dass er lesen konnte. Das Pony war eigentlich nichts Besonderes, nur ein kleines Shetlandpony, aber er war ständig damit unterwegs. Es sei das beste Geschenk, das er je bekommen habe, sagte er immer wieder, und als er im ersten Sommer vom Internat nach Hause kam, ritt er jeden Tag von morgens bis abends kreuz und quer übers Gelände, nachdem er sich von der Köchin ein Mittagessen hatte einpacken lassen.» Bei dieser Erinnerung huschte ein zärtliches Lächeln über Marions Gesicht und ließ es einen Moment lang fast hübsch erscheinen. «Diese Unternehmungen waren völlig harmlos, aber er kam sich vor wie Ivanhoe auf seinem Schlachtross. Die Angestellten machten eine Art Spiel daraus, wer Master Laurence als Erster sah und wie weit weg er reiten würde. Sie hielten mich an, wenn ich im Ponywagen vorbeikam, und erzählten mir, was er so trieb. Ernie Beale hat einmal beobachtet, wie Laurence bei Arkenfield mit einem Besenstiel auf einen halb fertigen Heuhaufen einstach.» Noch ein Schluck Whisky. «Aber im nächsten Jahr befand sein Vater, es sei Zeit, ihn in die Welt der Erwachsenen einzuführen – Jagen und Angeln sind für ein Landgut sehr wichtig, also musste Laurence es sowieso früher oder später lernen. Gerald kaufte ihm ein Gewehr und brachte ihm bei, wie man schießt, zuerst mit Tontauben, versteht sich, man will ja keine Vögel an einen Anfänger verschwenden. Er war sehr zufrieden mit ihm, sagte, er habe ein gutes Auge, und als Laurence zu Weihnachten nach Hause kam, meinte Gerald, nun beginne der Ernst des Lebens. Es lief alles wunderbar – bis Laurence seinen ersten Fasan erlegte. Normalerweise holen die Treiber oder die Hunde die Vögel, aber weil es das erste Mal war, dachte Gerald, er muss ihm das blöde Vieh in die Hand drücken, damit er den Vogel anfassen kann, solange er noch warm ist. Das gilt als etwas ganz Besonderes. Laurence war damals erst zehn. Ich sehe noch heute sein Gesicht vor mir. ‹Der Vogel war so wunderschön, Mama›, hat er immer wieder gesagt. ‹Und ich habe ihn getötet.› Er war ganz entsetzt.» Sie schwieg. «Aber am schlimmsten war die Sache mit dem Pony.»

«Die Sache mit dem Pony?»

«Er war natürlich schnell viel zu groß dafür. Als er elf war, schleiften seine Füße praktisch auf dem Boden, also beschloss sein Vater, er braucht ein größeres Pferd, mit dem er auch jagen kann. Er besorgte ihm einen Braunen, ein sehr liebes Pferd, ein bisschen zu kompakt, aber weil Laurence so schnell wuchs, war die Entscheidung durchaus sinnvoll. Mit dem Jagdunterricht hat er gezögert, weil Laurence ihn schon beim Schießen enttäuscht hatte, und als ehemaliger MFH –»

«MFH?»

«Das heißt Master of Foxhounds. So nennt man den obersten Jagdleiter bei der Fuchsjagd. Gerald hatte einen Ruf zu verlieren, und er wollte nicht, dass Laurence ihn wieder blamiert. Laurence wusste, worum es geht, oder jedenfalls hat er geglaubt, er weiß es. Er war völlig durcheinander. Einerseits lockte ihn die festliche Stimmung, wenn die Jagdgesellschaft auf Old

Hall zusammentraf, all die roten Mäntel und die edlen Pferde, die schönen Männer und Frauen. Der Gedanke, er könnte seinen Vater wieder enttäuschen, quälte ihn schrecklich. Er wollte ihm so gern eine Freude machen. Aber wenn er daran dachte, was mit dem Fuchs passierte, konnte er die Vorbereitungen nicht mehr genießen. Er war damals fast zwölf, und ...» Marion nippte an ihrem Glas. «Nun ja, ich habe mich schließlich eingemischt und gesagt, es sei zu gefährlich für ihn, ich hätte Angst, dass er sich das Genick bricht, wenn er über einen Zaun muss. Eine Zeit lang war Gerald der gleichen Ansicht wie ich – wenn man nur ein Kind hat, kann man nicht vorsichtig genug sein. Aber nach dem zwölften Geburtstag verkündete Gerald, ich dürfte den Jungen nicht länger in Watte wickeln.»

«Er fand es schrecklich», sagte Nell. «Die Jagd, meine ich. Laurence hat es mir erzählt. Auch, dass es für seinen Vater eine schlimme Enttäuschung war.»

Marion schüttelte den Kopf. «Nicht von Anfang an. In den ersten Wochen war Gerald absolut stolz auf seinen Sohn. Er bat einen der Piköre, ein Auge auf Laurence zu haben, und verfolgte im offenen Zweisitzer seine Fortschritte von Lager zu Lager. Laurence hatte überhaupt keine Angst, er ging Zäune an, die selbst erfahrene Reiter lieber mieden, er war immer mittendrin. Er tat genau das, was man ihm sagte, er ritt nicht über die Hunde, er behandelte die Piköre mit Respekt. Gerald war wirklich maßlos stolz, er gab überall mit ihm an. Ich weiß noch genau, wie Laurence am Ende des ersten Tages nach Hause kam. Er hatte ganz rote Wangen vor Begeisterung und erklärte, Jagen sei das Allerbeste.»

«Was ist schief gegangen?»

«Ach ...» Plötzlich hatte Marion Tränen in den Augen und trank schnell noch einen Schluck. «Sie haben den Fuchs aufgespürt ...»

«Aber – ist das nicht selbstverständlich?»

«Nein, keineswegs. Der Winter war sehr streng gewesen, und das Frühjahr war kühl und feucht. Es gab also nicht viele Füchse, deshalb waren für Laurence die ersten drei Unternehmungen nur interessante Geländeritte, und am Abend konnte niemand etwas vorweisen.» Schweigend starrte sie ins Leere, das Glas bedenklich schief in der Hand.

«Aber diesmal haben sie den Fuchs aufgespürt», wiederholte Nell leise, um sie zum Weiterreden zu veranlassen.

Marion zuckte zusammen. «Ja, genau. Und Laurence war dabei ... Ich weiß gar nicht, ob ich dir das erzählen soll.»

«Bitte.» Plötzlich sah Nell Laurence' Gesicht vor sich, wie er vor ihr kauerte. *Wem würdest du es sonst erzählen ...?* Und sie wusste auf einmal, was er gemeint hatte, als er sagte: *Ich hasse die Jagd.* Sie wusste, was kommen würde, noch bevor Marion den Mund aufmachte.

«Als er heimkam, waren seine Wangen blutverschmiert.»

Nell verzog das Gesicht.

«Nein, es war nicht sein eigenes Blut, er war nicht verletzt. Es ist üblich, dass das jüngste Mitglied einer Jagdgesellschaft mit Blut beschmiert wird. Sein Vater kam gerade in dem Moment, als die anderen Laurence die Lunte überreichten. Das ist eine hohe Ehre! Und Laurence hat ihn wieder vor allen Leuten blamiert, vor seinen Freunden, seinen Angestellten, vor allen Jägern im Umkreis. Er warf die Lunte weg und rannte davon. In Jagdkreisen ist so etwas ein Kapitalverbrechen! Er galoppierte einfach davon, ohne Ziel. Als er nach Hause kam, war es schon nach Mitternacht. Die Köchin hat mich geholt – sie hatte ihn in der Küche gefunden, er kauerte vor dem Herd, hat gezittert vor Kälte und herzzerbrechend geschluchzt.» Sie blickte hoch. «Die Lampe geht gleich aus.»

Die Lampe hatte fast kein Paraffin mehr, die Flamme flackerte unruhig. Nell stand auf. Ihr war übel, so übel wie seit Tagen nicht mehr. «Er fand es erregend», sagte sie über die Schulter. «Stimmt's?»

«Und woher weißt du, was im Kopf meines Sohnes vor sich geht?», fragte Marion fast aggressiv. Machte sich nun doch die Wirkung des Whiskys bemerkbar?

Nell drehte den Docht der Lampe ein bisschen nach unten, nahm den Kerzenständer, den Laurence dort für sie auf den Tisch gestellt hatte, ging wieder zum Feuer und nahm einen Holzspan aus dem Kasten. «Es ist der primitive Jagdinstinkt», sagte sie, während sie den Span in die Flammen hielt. «Habe ich Recht? Ein Relikt aus der Zeit, als wir in Höhlen gewohnt haben und töten mussten, um zu überleben.» Sie zündete die Kerze an und stellte sie auf den rechten Kamineinsatz, dann ging sie zur Öllampe und drückte den Docht vollends nach unten, um die Flamme zu löschen. Eine feine Paraffinrauchwolke stieg auf, und die Schatten wurden noch tiefer. «Er findet es erregend, die Deutschen zu töten. Und auch das bereitet ihm ein schlechtes Gewissen.»

Marion hatte sich wieder gefasst. «Ich würde meinen, heutzutage ist es durchaus angebracht, die Deutschen zu hassen», meinte sie schroff. «Aber das Schlimmste habe ich dir noch gar nicht erzählt.»

Nell ließ sich wieder auf dem Schaukelstuhl nieder. Sie war sehr erschöpft. Inzwischen war es fast zwei Uhr nachts und das lange Gespräch über Laurence hatte in ihr eine tiefe Sehnsucht nach seinem Gesicht, nach seiner Stimme geweckt.

Marion leerte ihr Glas und stellte es vorsichtig auf die Kaminumrandung. «Am Tag nach dieser Blamage rief sein Vater ihn zu sich. Aber Laurence hat sich geweigert, über den Vorfall zu sprechen. Er war auch nicht bereit, sich zu entschuldigen, sondern erklärte nur, er werde nie wieder auf die Jagd gehen.

Dann wollte er zur Home Farm, um nach seinem Pony zu sehen. Es war jetzt unten im Gehöft untergebracht, damit für das Jagdpferd Platz war. Er hatte seit einer Woche nicht mehr nach ihm geschaut, und es quälte ihn, dass er es vernachlässigt hatte.» Sie erhob sich steif von ihrem Sessel, rieb sich das Kreuz, beugte sich dann hinunter, um ihr Glas zu holen. «Sein Vater teilte ihm mit, er könne sich den Weg sparen. Das Pony war nicht mehr im Gehöft. Er hatte es zum Pferdeschlächter geschickt.» Sie richtete sich auf, reckte sich. «Noch am Morgen war es an die Hunde verfüttert worden.»

Sie schwiegen beide. Nell versuchte sich vorzustellen, was das für ein empfindsames Kind bedeutet haben musste. Warum hatte Sir Gerald das getan? Sie sah immer nur den weltgewandten, gut aussehenden Mann vor sich, den sie auf Violets Hochzeit kennen gelernt hatte, der sie mit seinem gewinnenden Lächeln und seiner fordernden Präsenz stark an Laurence erinnerte.

«Wie konnte er nur so grausam sein!», murmelte sie. «Wie konnte er seinem eigenen Sohn so etwas antun?»

Marion trat in den Schatten und ging zur Tür. Für eine Frau, die fast eine halbe Flasche Whisky getrunken hatte, wirkte sie erstaunlich sicher auf den Beinen. Sie drehte sich noch einmal um, zuckte mit den Schultern, aber ihr Gesicht konnte Nell nicht sehen. «Ich habe mich tausendmal gefragt, ob er es wirklich als Strafmaßnahme gedacht hat. Es ist ein durchaus übliches Verfahren. Wenn ein Tier nichts mehr leisten kann, wird es zu Hundefutter verarbeitet. Auf dem Land ist kein Platz für Sentimentalitäten. Aber trotzdem – ich wünschte –» Sie redete nicht weiter, der Satz hing unvollendet in der Luft.

«Was?»

«Ich sollte es nicht sagen.» Marion seufzte. «Wahrscheinlich würde ich es auch nicht sagen, wenn ich nicht so viel

Whisky intus hätte. Ich wünschte, Laurence hätte dich früher getroffen. Ich glaube … na ja, es ist ja ohnehin zu spät, aber ich glaube, du hättest ihn vielleicht retten können, wenn er dich zuerst getroffen hätte.»

«Ihn retten? Wovor?»

«Vor sich selbst. Beziehungsweise davor, wie er sich selbst sieht. Er denkt, er ist wie sein Vater.»

«Wieso? Wieso denkt er das?», fragte Nell.

Marion kam zurück und setzte sich noch einmal an den Tisch. «Als Laurence etwa vier Jahre alt war, hatte er oft Albträume. Er wachte mitten in der Nacht schreiend auf. Ich habe mir große Sorgen um ihn gemacht, aber Gerald fand, wir sollten ihn in Ruhe lassen. Er hat mir vorgeworfen, ich würde ihn viel zu sehr verhätscheln, wenn ich jedes Mal aufstehe, um ihn zu trösten. ‹Du musst sein Geschrei einfach ignorieren›, hat er gesagt, ‹dann hört er von allein wieder auf.› Am Anfang wollte Laurence mir nicht sagen, wovon er träumte –»

«Warum nicht?»

«Er sagte, wenn er es mir erzählt, dann holen sie ihn – ich hatte keine Ahnung, wer ‹sie› waren. Drei Monate hat es gedauert, bis ich schließlich dahinter gekommen bin …» Der Stuhl schrappte über den Steinfußboden, als Marion ihn näher an den Tisch zog, um die Ellbogen aufstützen zu können. «Gerald hatte sich angewöhnt, abends lange aufzubleiben.» Sie überlegte kurz. «Genau wie Laurence jetzt! Der Apfel fällt nicht weit vom Stamm.» Sie schaute Nell an. In der spärlichen Beleuchtung wirkte ihr Gesicht totenbleich. «Wo war ich gerade?»

«Du hast gesagt, dass Sir Gerald abends lange aufblieb.»

«Ach, ja. Ich hab ihn gefragt, was eigentlich los sei. ‹Ich mache ein Abhärtungsprogramm›, hat er gesagt. ‹Ich will nicht, dass du aus dem Jungen einen verwöhnten Waschlappen machst.› Er ging spätabends zu Laurence ins Zimmer und hat ihn aufgeweckt, um ihm Geschichten aus dem Krieg zu erzählen. Einmal habe ich ihn dabei ertappt. Laurence saß kerzengerade und mit weit aufgerissenen Augen im Bett, ihm standen regelrecht die Haare zu Berg, während sein Vater demonstrierte, wie man ein Bajonett am wirkungsvollsten in den Bauch eines Mannes stößt, damit die Innereien zum Vorschein kommen.» Ein Stück Kohle zischte im Feuer – sie zuckten beide zusammen. «Warum tun Männer so etwas?», fragte Marion. «Warum haben sie immer das Gefühl, sich beweisen zu müssen? Ich schwöre dir, es hat Gerald enormes Vergnügen bereitet, den Krieg noch einmal zu durchleben und sein eigenes Kind damit zu quälen. Er wollte das, was er gesehen und getan hatte, immer wieder beschreiben – ein Dutzend verschiedene Arten, den Feind zu töten, und wie die Gase den Bauch eines toten Pferdes aufblähen, bis das Tier buchstäblich platzt …» Sie schwieg eine ganze Weile, und als sie wieder zu sprechen begann, klang sie unglaublich müde. «Ich habe Wochen gebraucht, um Laurence dazu zu bringen, mir alles zu erzählen. Manchmal wurde ihm richtig übel, wenn er darüber redete. Aber ein Teil von ihm genoss es auch – es war aufregend, diese Geheimnisse mit seinem Vater zu teilen, und er war stolz auf Geralds Taten. Sein Vater war ein Held! Er hatte Medaillen und Orden, die das bewiesen. Und Laurence wollte so sein wie er.»

Nell schloss die Augen. Das war also der Grund, weshalb Laurence seinem Vater, der Jagd, dem Krieg so zwiespältig gegenüberstand. Er war davon überzeugt, dass er selbst eine grausame Seite hatte. *Hawley, Ware und Smith*. Es war so leicht, den Zusammenhang aus den Augen zu verlieren. Man spürte nur noch die Erregung und vergaß, dass dabei Menschen ums Leben kamen.

Nun hatte Marion alles erzählt – sie wollte nach Hause. «Wir müssen uns demnächst überlegen, was wir mit dir und deinem Kind anfangen», sagte sie noch. «Aber nicht mehr heute Abend. Schlaf gut, meine Liebe.» Nell hörte die Türangeln quietschen, hörte den Riegel schnappen. Marion war gegangen.

Am nächsten Morgen schlief sie sehr lange. Als sie aufwachte, schien ihr die Sonne ins Gesicht, und sie hörte das laute Gezwitscher der Vögel. Im Bett liegend, die Hände schützend auf den Bauch gelegt, ging sie in Gedanken das Gespräch mit Marion noch einmal durch. Zum ersten Mal dachte sie so richtig über ihr Kind nach. Es kam ihr nicht mehr wie ein vages, fast spirituelles Wesen vor, sondern wie ein zukünftiger Mensch, mit allen Stärken und Schwächen. War es ein Junge oder ein Mädchen? Instinktiv dachte sie an einen Jungen. Wie sah er aus? Glich er ihr oder Laurence? War er klein oder groß, dick oder dünn, brav oder eigensinnig? Im Nachthemd tappte Nell nach unten, um Tee zu kochen. Ach, wenn sie dieses kleine Menschenwesen doch bald begrüßen könnte! Die Vorstellung, ihn das erste Mal zu sehen, machte sie richtig glücklich – aber gleich darauf wurde sie unglaublich traurig. Bestimmt musste sie ihren Sohn abgeben, ehe sie die Möglichkeit hatte, ihn richtig kennen zu lernen. Barfuß ging sie ins Wohnzimmer, fachte das Feuer wieder an, füllte den Wasserkessel, holte die Teedose, wärmte die Teekanne vor. Dabei wurde sie immer wütender, weil die Prinzipien dieser Gesellschaft nicht erlaubten, dass eine Frau ihr Kind allein großzog. Da es eine Weile dauern würde, bis das Wasser kochte, holte sie ihr Tagebuch und setzte sich an den Tisch, um sich ihre Empörung von der Seele zu schreiben.

In fünfzig Jahren, schrieb sie, *wird es keine Rolle mehr spielen*, *ob Kinder ehelich oder unehelich geboren werden. In fünfzig Jahren werden wir nicht mehr so erbarmungslos urteilen. Warum sind es immer die Frauen, die leiden?*

Als sie sich alles von der Seele geschrieben hatte, packte sie das Tagebuch wieder in den Brotofen und ging nach oben, um sich anzuziehen.

Kapitel 13

Die Wut hielt nicht lange an. Langsam, aber sicher nahm das Cottage sie in Besitz. Abgeschnitten von der Außenwelt, ohne Tageszeitung, ohne Radio, hatte sie das Gefühl, als würde die Wirklichkeit immer weiter zurückweichen. Dieses Haus, die Wände, die sie umgaben, der Fußboden, auf dem sie ging, ja, sogar die Luft, die sie atmete – alles gehörte Laurence. Manchmal stellte Nell sich vor, er wäre bei ihr, würde ihr zuschauen, wie sie Tee kochte oder Marions verwaschene Schwangerschaftskleider im Trog in der Waschküche schrubbte. Es war ein Gefühl, als hätte er ein Stück von sich hier zurückgelassen, um ihr Gesellschaft zu leisten. Marion erzählte sie nichts davon – die hätte sie bestimmt als hoffnungslose Romantikerin bezeichnet –, aber mit jedem Tag wuchs die innere Überzeugung, Teil einer lebenden, atmenden Einheit zu werden. Zwischendurch berührte sie die Wände und glaubte zu spüren, dass sie unter ihren Händen vibrierten. Vielleicht lag es an ihrem Zustand – aber konnte es nicht auch sein, dass das Haus lebte, dass es ihre Anwesenheit wohlwollend wahrnahm und für ihre Sicherheit sorgte, so wie Laurence es ihr versprochen hatte?

Es wurde wärmer, aber gleichzeitig feucht und neblig. Wenn

morgens der Nebel über dem Fluss unten im Tal hing, sah Nell oft schon den blauen Himmel über sich, während dort, wo eigentlich das Gras wuchs, eine milchige Suppe waberte und die Bäume wie grüne Inseln aus einem weißen Meer ragten. Sie beugte sich über den Sims ihres Schlafzimmerfensters und hielt die Hand in den Nebel. Ihre Fingerspitzen wurden ganz feucht, und während sie die kalten Tropfen ableckte, malte sie sich aus, sie befände sich in einer strohgedeckten, weiß getünchten Arche Noah. Ihr gefiel die Vorstellung, dass sie und ihr ungeborener Sohn die einzigen Lebewesen auf der Welt waren, die schon die Sonne sehen konnten, wohingegen der Rest der Menschheit im Dunkeln tappte und darauf wartete, dass endlich der Tag anbrach. Es fiel ihr schwer, sich immer wieder bewusst zu machen, dass hinter den Bäumen, nur ein paar hundert Meter den grünen Pfad hinunter, das Leben ohne sie weiterging. Es herrschte noch immer Krieg, das Getreide wurde angebaut, die Kinder gingen in die Schule, die Arbeiter schufteten in den Fabriken, und die Verkäuferinnen rieben die Ladentische blank.

Für sie war nur Laurence Wirklichkeit: Irgendwo da draußen, erzählte sie ihrem ungeborenen Sohn, während sie im Nachthemd auf dem Fensterbrett kauerte, irgendwo da draußen saß er ebenfalls auf einer Insel, und die Sonne beschien warm sein Gesicht ... Sie dachte ständig an ihn, ohne ihn jedoch wirklich zu vermissen, denn er war ja bei ihr. Abends saß sie am Feuer, las seine Bücher und hörte seine Schallplatten: Beethovens *Pastorale*, Schuberts *Forellenquintett*, Debussys *Prélude à l'après-midi d'un faune*, Mozarts *Requiem*, alles Traummusik, die das Gefühl von Unwirklichkeit noch verstärkte. Mit jedem Tag entglitt ihr die Außenwelt ein bisschen mehr, bis sie weniger greifbar schien als die Welt in Laurence' Büchern. Selbst die Sirenen, das Dröhnen der Bomber, die Detonationen in der Ferne änderten nichts an ihrem Gefühl, nichts mehr mit dieser Welt zu tun zu haben.

Deshalb erschrak sie auch nicht sonderlich, als ihr etwas begegnete, das auf den ersten Blick wie ein Kobold aussah.

Sie war gerade dabei, draußen die Wäsche aufzuhängen, als sie merkte, dass jemand unter den Bäumen stand. Sie musste an einen zerknitterten alten Faun denken: Das faltige Gesicht wurde durch die frischen grünen Blätter verdeckt, und die braungraue Kleidung verschmolz ganz mit der Umgebung. Wenn sie nicht aus dem Augenwinkel eine Bewegung registriert hätte, wäre er ihr wahrscheinlich gar nicht aufgefallen. Sie wohnte erst knapp zwei Wochen im Cottage, aber sie dachte eigentlich nie daran, dass sich jemand aus dem Dorf für ihren Verbleib interessieren könnte. Wie lange stand der Faun schon dort? Jedenfalls war es zu spät, um sich zu verstecken.

«Guten Morgen, Mr. Beale», grüßte sie. Er salutierte und trat zögernd auf die Lichtung. Nell sah, dass er sein Fahrrad an einen jungen Baum gelehnt hatte, an dem sich eine Kletterpflanze emporrankte.

«Morgen, Miss.» Er legte wieder die krummen, knotigen Finger an die Mütze und grinste verlegen. «Ich hoff nur, ich stör nicht. Aber Lady P. sagt, sie denkt, es iss in Ordnung, weil ich's ja schon wusste …»

«Was wussten Sie?»

«Dass Sie hier sind.»

Er trat näher, nahm seine Mütze ab, sodass seine kahle Schädeldecke mit dem flaumigen grauen Haarkranz sichtbar wurde. Nell legte die Wäscheklammern in das Körbchen zurück und richtete sich auf.

«Wie haben Sie mich gefunden?»

Er trat von einem Fuß auf den andern und knetete seine

Mütze in den verkrüppelten Händen. «Wenn Mr. Laurence weg iss, will er immer, dass ich mal ein Auge aufs Haus hab. Ich pass auf, dass alles in Ordnung iss. Ich komm einmal die Woche, und dann seh ich die Autoscheinwerfer oben in der Drift –»

«In der Drift?»

Ernie deutete auf den grünen Pfad, der zur Straße führte. «Die Drift, so nennen die Leute den Weg da. Da hab ich gedacht, ich schau mal besser nach. Aber dann seh ich, wie Lady P. aus der Tür kommt, und ich weiß doch, sie kommt eigentlich nie her, also frag ich sie mal am nächsten Tag … und sie sagt, ja, da wohnt 'ne Lady, iss aber ein Geheimnis, da hab ich gedacht, ich bleib mal lieber 'ne Weile weg …»

«Verstehe.» Nell strich sich die Haare aus den Augen und stützte den geflochtenen Wäschekorb auf die Hüfte. Sie trug eines von Sir Geralds alten Hemden, dazu eine seiner Hosen, die sie mit einer Schnur aus dem Lagerraum zusammengebunden hatte. Ernie versuchte, nicht hinzuschauen, aber Nell wusste, dass man ihren Zustand eigentlich nicht mehr übersehen konnte, und durch ihre merkwürdige Kleidung wurde der dicke Bauch noch betont. Bestimmt dachte Ernie das Gleiche wie Violet. Hatte er sonst noch jemandem im Dorf von seiner Entdeckung erzählt? Wenn ja, hatte es garantiert schon die Runde gemacht, dass Violet Palmers unverheiratete Schwester schwanger war und ganz allein im Malletts Cottage hauste. Dann war es nur noch eine Frage der Zeit, bis jemand, der sich mehr dafür interessierte als Ernie, zwei und zwei zusammenzählte und zu dem Schluss kam, dass diese Schwangerschaft etwas mit Laurence zu tun haben musste. «Möchten Sie eine Tasse Tee?», fragte sie, um die Situation zu entschärfen. «Kommen Sie doch rein, ich mache Wasser heiß.»

Der kleine Mann schien ganz schockiert von diesem Vorschlag. Nein, sagte er, lieber nicht. Seit vier Jahren kümmere er sich um das Haus, aber betreten habe er es noch nie. Das wäre Mr. Laurence nicht recht.

«Er hätte bestimmt nichts dagegen», beharrte Nell, aber Ernie ließ sich nicht überzeugen. «Na gut, dann bringe ich Ihnen eine Tasse raus.»

Er schien erleichtert. Es war ein warmer Morgen, und man konnte sich nach dem langen, harten Winter zum ersten Mal richtig vorstellen, dass der Sommer vor der Tür stand. Unter den Bäumen breitete sich ein blauer Fleckenteppich aus, die Glockenblumen begannen zu blühen, und aus dem zarten Hellgrün, das sich vor vierzehn Tagen gerade erst bemerkbar gemacht hatte, waren strotzend grüne Blätter geworden.

Nell holte die Esstischstühle heraus und lud Ernie ein, doch Platz zu nehmen. Er fühlte sich unbehaglich und versicherte immer wieder, er wollte nicht lange stören, er sei nur vorbeigekommen, um zu fragen, ob sie vielleicht etwas brauche, und sie solle doch bitte seinetwegen keine Umstände machen. Nell brauchte ihr ganzes diplomatisches Geschick – mit dem es ohnehin nicht besonders weit her war –, um ihn zu überreden, ein bisschen zu bleiben. Der Tee half ihm, sich zu entspannen. Und als Nell ihn über das Leben auf dem Lande ausfragte, wurde er richtig gesprächig.

«Jetzt iss die beste Jahreszeit.» Die Mütze hatte er in die Tasche gesteckt, er saß stocksteif auf der Stuhlkante, die kurzen Beine weit auseinander und die Füße fest auf dem Boden, um nötigenfalls schnell die Flucht ergreifen zu können. «Wenn der Schwarzdorn blüht und die Pflaumenschlehe, dann heißt das, jetzt iss der Frühling da, wirklich und wahrhaftig.»

Nells Kenntnisse über das Landleben waren relativ begrenzt, obwohl sie vor Laurence damit angegeben hatte. Sie hatte jedes Jahr nur zwei Wochen auf dem Bauernhof ihrer

Tante und ihres Onkel verbracht. Der Hof befand sich in der Nähe von Saffron Walden, und Nell war immer in der Erntezeit dorthin geschickt worden, um als unbezahltes Küchenmädchen auszuhelfen. «Pflaumenschlehe?», fragte sie. Diesen Ausdruck kannte sie nicht.

«Hierzulande sagen wir Kirschpflaume», erklärte Ernie. «Wie 'ne gelbe Pflaume, aber eher mal so groß wie 'ne Traube. Gibt gute Marmelade. Das da drüben, dass iss 'n Schlehdorn, da macht man Likör mit, und das dort sind Wildkirschen. Und daneben, das iss 'ne Guelderrose, 'n Gemeiner Schneeball. Riecht gut am Abend, ganz besonders.»

Nell ging zu der Stelle, wo Ernie sein Fahrrad abgestellt hatte. «Und wie heißt diese Kletterpflanze hier?», rief sie über die Schulter.

«Das iss 'ne Clematis. Altmännerbart. Wenn der Herbst kommt, hängt graues Zeug dran, wie am Kinn von 'nem alten Herrn.»

«Und das hier, mit den Knospen?»

«Weißdorn. Aber der kommt erst richtig in 'nem Monat.» Er warf ihr einen kurzen Blick zu und lachte dann leise in sich hinein, wobei seine Augen ganz schmal wurden. «Selbst ihr Mädels aus London müsst schon mal vom Maibaum gehört haben.»

Nell lächelte ihm zu. Von da, wo sie jetzt stand, konnte sie den schmalen Weg sehen, der sich nach Old Hall schlängelte. Wenn man nicht wusste, dass es ihn gab, fiel er einem gar nicht auf. Sie berührte den jungen Baum, an dem Ernies Fahrrad lehnte.

«Und was ist das?»

Ernie kam näher und betrachtete mit kurzsichtigen Augen den hellen Baum mit den länglichen Blättern. «Ähm, das», sagte er, «das iss 'n Spindelbaum. Wenn's eher ein Strauch ist, sagt man auch Pfaffenhütchen.» Er hob die Blätter ein bisschen an, sodass Nell die winzigen Knospen sehen konnte. «Der Baum zeigt erst im Herbst, was er alles kann.» Er wollte den dünnen, elastischen Zweig greifen, aber mit seinen arthritischen Fingern gelang es ihm erst beim zweiten Anlauf. Vorsichtig strich er mit der anderen Hand über die Knospen. «Da wachsen hier wunderschöne Beeren, hübsche Dinger, sehen aus wie rosarote Zuckerknöpfe am Kleid von 'ner Frau. Der Baum gefällt mir am besten.»

Er schaute auf, schüchtern, aber voller Enthusiasmus, und Nell lächelte ihm wieder zu. «Ich freue mich jetzt schon darauf», sagte sie. «Mr. Beale ...»

«Ernie», sagte er. Er hatte sich entspannt, weil er über Dinge reden durfte, bei denen er sich auskannte. «Nennen Sie mich Ernie, Miss. Wie Mr. Laurence.»

«Ich heiße Eleanor», sagte Nell, «aber alle Leute nennen mich Nell.»

Ernie schüttelte den Kopf. «Nein, Miss, das geht nicht. Sie sind doch die Schwester von Mrs. Laurence.»

«Ernie – haben Sie jemandem von mir erzählt?»

Weil es nicht mehr um Pflanzen ging, wurde Ernie sofort wieder unsicher. «Nein, Miss», sagte er. «Ich denk, wenn Mr. Laurence Sie hierher bringt, dann macht er das, damit sich keiner einmischt.»

Nell nickte. «Hat Lady Palmer mit Ihnen auch *darüber* gesprochen?» Sie deutete auf die Wölbung unter ihrem weiten Hemd. Ernies sonnengebräuntes Gesicht wurde dunkelrot. Er griff schnell nach seinem Fahrrad.

«Ich glaub, ich muss los ...»

Nell gab nicht nach. «Ernie, es ist wichtig, dass niemand etwas erfährt.»

Er umklammerte schon den Lenker. Mit dieser Stütze fühlte

er sich der Situation wieder einigermaßen gewachsen. «Ich sag keinem was, Miss.» Er lehnte den Sattel an die Hüfte und zog seine Mütze aus der Tasche. «Ich weiß schon wochenlang, dass Sie …» Er wurde wieder rot. «Na, Sie wissen schon, aber ich hab's keiner Menschenseele erzählt.»

«Oh, Ernie!» Nells Stimme war ganz schrill vor Schreck. «Wenn Sie was gemerkt haben, dann weiß es bestimmt das ganze Dorf! Aber genau deswegen bin ich doch hier – damit keiner etwas erfährt! Lady Palmer hat es nur erlaubt, weil ich hier gut versteckt bin. Sie will keinen Skandal!»

Ernie versuchte, sie zu beruhigen. «Iss schon gut», sagte er und setzte seine Mütze auf. «Regen Sie sich mal nicht auf. Ich sag's Ihnen doch – im Dorf weiß keiner was, außer mir. Und ich red nicht.»

«Aber wie haben Sie es denn erraten, wenn sonst keiner drauf gekommen ist?»

Bildete sie es sich nur ein, oder wurde Ernies melancholisches Gesicht noch trauriger? Er sah aus wie jemand, der viel Schweres durchgemacht hat. «Ich hab mal … 'ne Lady gekannt», sagte er schließlich. «Es gibt Sachen, die merkt man, wenn man einer iss, der was merkt. Es gibt so was, was eine Frau an sich hat, wenn sie …» Er starrte in die Ferne. Das Thema war ihm furchtbar peinlich. «Aber Sie müssen sich nicht sorgen. Im Dorf iss viel gequakt worden über Sie und diesen jungen Mulligan, aber jetzt redet keiner mehr.» Er salutierte wieder, diesmal um sich zu verabschieden. «Muss los.» Doch dann blieb er noch einmal stehen. «Mr. Laurence vertraut mir», sagte er. «Er weiß, dass ich nichts sag.» Verlegen schob er seine Mütze vor und zurück, kratzte sich an dem feinen Silberhaarkranz über dem linken Ohr. «Ich hab allen gesagt, hier gibt's Geister, als er sich hier eingerichtet hat. Schreckliche Sachen hab ich erzählt, so von flackernden Lichtern und komischen Geräuschen, all so was. Also kommen die Leut nicht mehr her. In Suffolk gibt's viel Gespenster, und wir wollen keinen Streit mit den übernatürlichen Wesen. Hier kommt keiner her, die Geister passen auf. Dass die Leut reden, da kann man nichts machen, aber Sie dürfen nicht vergessen, alle Leut hier leben aufm Gut oder arbeiten aufm Gut, meistens beides. Wir brauchen das Gut, damit wir 'n Dach überm Kopf haben und Essen auf dem Tisch, also steht's uns nicht an, über Familiensachen zu reden, oder? Mögen Sie Blumen?»

«Äh – ja, ich glaube schon.» Der plötzliche Themenwechsel brachte Nell ganz durcheinander. «Warum fragen Sie?»

«Ich hab ein paar Beetpflanzen übrig, deswegen», sagte Ernie. «Kann Ihnen mal 'n paar bringen.» Er schaute sie nachdenklich an. «Mr. Laurence sagt immer, wenn er die Zeit hätt, würd er mal seine eigenen Kartoffeln anbauen und ein paar Karotten und solche Sachen, die kann man dann mit dem Eimer düngen. Wie wär's mit 'nem Gemüsebeet – würd Ihnen das gefallen?»

Nell war so gerührt, dass ihr die Tränen in die Augen schossen. Wie peinlich, dachte sie und sagte schnell: «Ja, das würde mir sehr gefallen, glaube ich. Vielen Dank, Ernie.»

In den folgenden Wochen gewöhnte sich Nell daran, dass Ernie Beales krumme Gestalt am Waldrand erschien. Er kam nie an die Tür, er meldete sich nie an. Er tauchte einfach auf, lehnte sein Fahrrad an einen Baum und wartete geduldig, bis Nell herauskam, um die Wäsche aufzuhängen oder die Matten auszuklopfen. Dann kam er schüchtern ein paar Schritte näher und fragte, ob Miss sehr viel zu tun habe und ob er ihr etwas helfen könne.

Nell merkte, dass er fast seine ganze freie Zeit bei ihr verbrachte, und anfangs war sie sich nicht ganz sicher, was sie davon halten sollte, aber es schien ihm wirklich Spaß zu machen, etwas für sie zu tun. Also fiel es ihr mit jedem Besuch leichter, sein Angebot anzunehmen. Er legte Blumenbeete unter den Fenstern an, pflanzte Stiefmütterchen, Vergissmeinnicht, Lupinen, Kapuzinerkresse, neben dem Eingang Purpurwinden und Schwarzäugige Susanne. Nell, ein typisches Kind der Großstadt und nur mit Asphalt und Beton aufgewachsen, beobachtete fasziniert, wie die Blumen wuchsen und gediehen. Ma hatte sich nie besonders für Gartenarbeit interessiert. Das kleine Haus, in dem Nell die ersten fünf Jahre ihres Lebens verbracht hatte, hatte zwar einen Hinterhof gehabt, aber keinen Garten, und als Pas Geschäft florierte und sie in ein größeres Haus zogen, hatte Ma als Erstes die Handwerker gerufen, damit sie alles mit Steinplatten und Zement zupflasterten. «Das ist doch viel zu viel Arbeit, wenn man ständig jäten und gießen muss», hatte sie gesagt. Ein paar Blümchen vor dem Haus, um bei den Nachbarn einen guten Eindruck zu machen, genügten ihr vollkommen. Nell empfand es als eine Art Offenbarung, als Ernie Beale sagte, niemand sollte ohne Blumen leben.

Ihre Begeisterung wuchs mit jedem neuen Frühlingstag. Nach den Osterglocken kamen die Butterblumen und die Margeriten, die in der Abenddämmerung so leuchteten, als ob sie den Mond reflektierten. Am Rand der Lichtung blühten am Fuß von Buchen und Ahornbäumen Hundspetersilie und Kerbel, Doldengewächse, deren weiße Blütenschirme wie feine Spitzenvorhänge im Wind wogten. Dazwischen schossen hohe Königskerzen auf. Am Ufer des Teichs gediehen blassviolette Waldveilchen. Ernie wusste alle Namen: Schöllkraut, Wolfsmilch, Brunelle, Hahnenkamm, Waldanemone und Akelei. Unter den Fenstern blühten die Vergissmeinnicht, und die hohen Kerzen der Lupinen leuchteten mit ihren blauen oder rosaroten Blüten. Beim Aufwachen fragte sich Nell jeden Tag, was sie heute wohl Neues erwartete.

Manche Erfahrungen waren allerdings auch nicht so angenehm. Als der Holunder am Teich blühte, trug sie ein paar der süß duftenden Zweige mit ins Haus und musste feststellen, dass etwas, das am Strauch betörend riecht, im Haus zu stinken beginnen kann. Noch Tage später roch es im Cottage nach Kater – und Nell hatte etwas dazugelernt.

Sie wurde körperlich kräftiger, und ihre Haut bekam eine gesunde Bräune von der vielen frischen Luft. Alles Wissen, das Ernie an sie weitergab, sog sie begierig auf und speicherte es im Hinterkopf. Sie beobachtete die Vögel, registrierte ihre charakteristischen Merkmale. Um sie zu identifizieren, studierte sie Laurence' Nachschlagewerke, oder sie bat Ernie um Hilfe: Der rosabraune Eichelhäher mit dem schwarzen Schwanz und dem gestreiften Oberkopf, der Grünspecht, der bei seinem rauschenden Flug tiefe Bogenlinien beschrieb und dessen Balzruf, ein lautes «Klü-klü-klü», wie ein fröhliches Lachen klang. Oder die geschwätzigen Schwanzmeisen, die immer nur kurz vorbeischauten, kopfunter an den Zweigen der Weißbirke hingen, sich mit munteren «Si-si-si»- und «Srrip!»-Rufen unterhielten und dann genauso plötzlich verschwanden, wie sie aufgetaucht waren. Sie stellte fest, dass der kleine Zaunkönig, der im Efeu gleich bei der Tür ihres Klohäuschens nistete, eine laute, energische Stimme besaß und eine so ausgeprägte Persönlichkeit, dass sie gar nicht zu seinem winzigen Körper zu passen schien. Und sie bekam immer mehr Lust, etwas zu *tun*, statt nur zu beobachten.

Die Blumen hatten sie wochenlang in Anspruch genommen: hundert verschiedene Arten, Waldblumen, Wiesenblumen, Teichblumen, alle auf einem kleinen Stück Land in Suffolk. Doch dann entdeckte sie die Kräuter.

Ernie hatte angefangen, ihr Setzlinge mitzubringen. Die Töpfe transportierte er in einer Holzkiste, die er hinten aufs Fahrrad klemmte. Es waren kräftige grüne Kräuter aller Art: Schnittlauch und Basilikum, rundblätterige Minze und Thymian, Majoran und Borretsch mit den haarigen Stängeln und den harten graugrünen Blättern. Er brachte auch Stecklinge, Lorbeer und Rosmarin, Salbei und die zitronig duftende Eberraute, auch als *Garde-Robe* bekannt, wie Ernie ihr erzählte, da sie im Mittelalter als Mottenschutz verwendet wurde. Ihren anderen Namen, Jungfernleid, nannte er nicht. Wahrscheinlich wollte er Nells Gefühle schonen, aber sie kam trotzdem dahinter, weil sie immer über die Kräuter nachlas, wenn er gegangen war.

Eigentlich hätte sie sich auf den Gemüseanbau konzentrieren müssen, um damit ihren Beitrag zu den Kriegsbemühungen zu leisten. Aber wer merkte schon, dass sie hier auf ihrer Lichtung, weit weg von der großen Welt, zu ihrem Vergnügen Kräuter anbaute?

Endlich hatte sie etwas gefunden, womit sie sich beschäftigen konnte.

Kapitel 14

Sie wolle nur kurz vorbeischauen, verkündete Marion. Sie war den ganzen Weg von Old Hall zu Fuß gegangen, um Nell einen breitkrempigen Strohhut zu bringen, «damit du nicht so widerlich braun wirst». Außerdem ein Buch, das Nell vielleicht brauchen könnte, nämlich eine ziemlich zerlesene Ausgabe von *Sanders Handbuch der Gartenkunst* aus dem Jahr 1931, die sie beim Aufräumen in einer Rumpelkammer gefunden hatte.

Seit das Wetter besser war, betrat Marion das Cottage kaum noch. Sie fühle sich dort nicht wohl, sagte sie, als Nell sie fragte. «Ehrlich gesagt, ich komme mir immer vor wie ein Eindringling, und ich habe keine Lust, mich im Haus meines eigenen Sohnes als Störenfried zu fühlen.» Sooft ihr Nell auch versicherte, sie sei herzlich willkommen – es half nichts. «An dir liegt es nicht», erklärte Marion. «Nein, es liegt am Cottage. Es wirkt so verschlossen, so … als würde es ein Geheimnis hüten.» Sie zuckte die Achseln, und Nell sah, dass sie sich große Mühe gab, nicht ihr die Schuld zu geben, doch dann fügte sie mit einem leisen Vorwurf in der Stimme hinzu: «Nur gut, dass *du* offenbar gut zurechtkommst …»

«Was hast du damit vor?», fragte Marion nun und deutete auf den Rechen, der neben der Tür lehnte, gleich neben Nells schweren Gartenschuhen.

Nell hatte in den vergangenen Tagen sehr schlecht geschlafen. Vor zwei Tagen war sie mitten in der Nacht mit dem Gefühl aufgewacht, Laurence sei irgendwo in der Nähe. Bis zum Morgengrauen hatte sie wach gelegen und gehorcht. Zwischendurch war sie sogar aufgestanden, um auf die Lichtung hinauszuschauen, weil sie so felsenfest davon überzeugt war, dass er sich in der Nähe aufhielt. Aber außer einem einsamen Dachs, der unter den Bäumen herumschnüffelte, hatte sie nichts gesehen. Seither konnte sie nicht mehr richtig schlafen.

«Ich will einen Kräutergarten anlegen», antwortete sie. «Da drüben.» Sie deutete auf die Stelle, die sie dafür ausgewählt hatte, rechts hinter dem Cottage in Richtung Teich, wo die Kräuter den ganzen Tag Sonne abbekommen würden. «Das ist eine geschützte Stelle, sehr warm, und der Boden ist gut …»

«Zweihundert Jahre Mist und vermodertes Laub», hatte Ernie verkündet, als er begann, links vom Klohäuschen für das

Gemüsebeet den Boden umzugraben. «Riechen Sie mal!» Und dann hatte er ihr ein paar Krumen schwarze Erde unter die Nase gehalten. Der Geruch hatte Nell an den Tag erinnert, als Laurence sie das erste Mal hierher gebracht hatte. Es war dieser satte, würzige Pilzgeruch … Sie hatte sich abgewandt, weil ihr bei der Erinnerung sofort die Tränen kamen.

«Ernie hat mir für den Anfang ein paar Setzlinge gebracht», sagte sie. «Und ein paar Stecklinge, und da habe ich mir gedacht …»

«Hast du Laurence um Erlaubnis gebeten?», wollte Marion wissen.

«Nein, ich …» Nell war von ihrer Idee so begeistert, dass sie gar nicht daran gedacht hatte. «Sei mir nicht böse, Marion – auf den Gedanken bin ich nicht gekommen. Meinst du, ich sollte –?»

«Natürlich nicht!», schnaubte Marion ungehalten. «Du hast vollkommen Recht. Was ihm gehört, gehört auch dir. Und umgekehrt, stimmt's?»

«Nein, nein, das wollte ich damit nicht –»

«Und das bedeutet, dass du ihn bei den Veränderungen, die du vornimmst, nicht um Erlaubnis bitten musst.»

«Ich könnte ihm schreiben, wenn du denkst, das wäre besser.»

Wieder schnaubte Marion. «Nein, auf keinen Fall. Erstens wäre es Zeitverschwendung, weil du seine Antwort genau kennst, und zweitens bin ich, ehrlich gesagt, der Ansicht, dass es besser ist, wenn ihr zwei möglichst wenig Kontakt miteinander habt.» Sie warf einen prüfenden Blick auf den geplanten Kräutergarten. Nell hatte die Ecken mit Stöcken markiert, wie sie es bei Ernie gesehen hatte, als der das Gemüsebeet vorbereitet hatte. «Es wird langsam Zeit, dass wir uns über das Kind unterhalten. Wir müssen uns eine Strategie überlegen.»

Nell holte die Esszimmerstühle ins Freie – und auf Marions ausdrückliche Bitte auch die Whiskyflasche. Sie saßen nebeneinander in der Sonne, mit dem Rücken zum Cottage. Marion war also tatsächlich nicht nur gekommen, um den Strohhut und das Gartenbuch zu bringen. Nell spürte, dass ihr bang ums Herz wurde und dass sie feuchte Hände bekam.

«Laurence war zu Hause», sagte Marion, goss sich einen Whisky ein und schaute taktvoll weg, um nicht sehen zu müssen, dass Nells Augen feucht wurden. «Er ist wie ich der Meinung, dass er Violet nicht im Stich lassen kann und darf. Was ich anfangs über seine Ehe gedacht habe, ist nicht mehr wichtig – er kann und darf Frau und Kind nicht verlassen, nur weil er glaubt, er hat einen Fehler gemacht. Es geht dem armen Mädchen gar nicht gut zurzeit – Doktor Hills meint, sie arbeitet zu viel, und hat ihr deswegen ein paar Tage Bettruhe verordnet. Also bleibt eigentlich nur noch zu entscheiden, was wir mit dir anstellen.»

Nell hörte eine Amsel in der Hainbuche beim Teich singen. Das Zaunkönigweibchen saß auf einem alten Baumstumpf und verkündete der Welt laut trillernd, dass es seine vor knapp einer Woche geschlüpften Kinder um jeden Preis beschützen werde. Irgendwo zirpte eine Grille.

Marion nippte an ihrem Drink und räusperte sich. «Gestern hat mich deine Mutter angerufen.»

Nell hob abrupt den Kopf. «Was wollte sie?», fragte sie kühl und fügte leise hinzu: «Hat sie – hat sie gefragt, wie es mir geht?»

«Tja, hm …» Marion brauchte noch einen Schluck Whisky und starrte auf die Bäume am Rand der Lichtung. «In gewisser Weise, ja.» Nell legte die Hände auf den Bauch und wartete. Das Angstgefühl breitete sich in ihrem ganzen Körper aus, sie fühlte einen beklemmenden Kloß in der Kehle. «Deine Mutter denkt, sie hat eine Lösung für dein Problem gefunden – für unser Problem.» Sie klang ziemlich brüsk, als wüsste sie schon im Voraus, dass Nell nicht einverstanden sein würde. Wahrscheinlich wollte sie es möglichst schnell hinter sich bringen. «Sie hat eine Frau gefunden, die dein Kind nehmen und wie ihr eigenes aufziehen will. Deine Mutter hält das für die beste Variante –»

«Nein!» Nell hielt sich die Ohren zu. «Nein, das will ich gar nicht hören!»

«Es ist immerhin eine Lösung.» Marion gab nicht nach, sie sprach einfach lauter, sodass Nell sie trotzdem hören konnte. «Nicht perfekt, das gebe ich zu, aber unter den gegebenen Umständen gibt es keine ideale Antwort.» Sie tätschelte Nells Knie. «Es hilft nichts, wenn du dir Hoffnungen machst», sagte sie ein bisschen freundlicher. «Du kannst das Kind auf keinen Fall behalten. Und Violets Angebot kannst du auch nicht annehmen. Sieh dir doch Laurence und seinen Vater an – schon als kleines Kind hat er ihm zum Verwechseln ähnlich gesehen! Das ist jedem sofort aufgefallen. Was machen wir, wenn dein Kind Laurence ähnelt? Wenn Violet Verdacht schöpfen würde? Das wäre sehr grausam –»

«Und was ist mit dem Vorschlag meiner Mutter? Ist der etwa nicht grausam?», rief Nell empört. «Ich kann Laurence nicht haben, und nun wollt ihr mir auch noch mein Kind wegnehmen? Was bleibt mir dann noch? Warum soll ich mich überhaupt hier verstecken, wenn ich meinen Sohn ohnehin einer Frau geben soll, die ich gar nicht kenne?» In den vergangenen Wochen war Nell immer tiefer in ihre Traumwelt geglitten, immer weiter weg von der Wirklichkeit. Sie hatte eigentlich nur in ihrer Phantasie gelebt und so getan, als gäbe es die reale Welt gar nicht mehr. Und jetzt wollte die reale Welt ihr das Kind wegnehmen!

«Aber Eleanor, hör dir doch erst einmal an, was ich zu sagen habe –»

«Du sagst, ich soll mein Kind einer Fremden geben!» Tränen standen ihr in den Augen. «Bei Violet hätte ich wenigstens die Möglichkeit, es gelegentlich zu besuchen!»

«Das will ich doch gerade erklären – wenn du mich zu Wort kommen ließest! Es ist keine Fremde, sondern eine Frau, die du kennst. Das erleichtert die Situation erheblich, nicht wahr? Deine Cousine Molly versucht seit fast achtzehn Monaten schwanger zu werden, hat mir deine Mutter erzählt, und die Ärzte meinen, sie kann keine Kinder bekommen, weil ihre Organe beschädigt sind –»

«Was?» Jetzt schrie Nell richtig, und ihr Schrei scheuchte einen ganzen Schwarm Vögel auf. «Meine Cousine Molly? Marion – weißt du, warum sie keine Kinder haben kann? Nein? Gut, dann werde ich es dir sagen. Molly kann keine Kinder bekommen, weil sie vor ein paar Jahren eine Affäre hatte, nicht die erste, möchte ich hinzufügen, aber dieses Mal hatte sie Pech und geriet in Schwierigkeiten. Also haben sie und ihre Mutter beschlossen, das Kind lieber wegmachen zu lassen, als die Schande auf sich zu nehmen. Ihren Ehemann hat sie erst kennen gelernt, nachdem der kleine Zwischenfall säuberlich unter den Teppich gekehrt worden war. Er hat keine Ahnung, dass ihr erstes Kind auf eine schmutzige Stricknadel gespießt wurde, um ihre Chancen, einen Ring am Finger zu tragen, nicht zu ruinieren! Wahrscheinlich denkt der arme Kerl, dass sie in der Hochzeitsnacht noch Jungfrau war. Und Ma ...» Nell beugte sich näher zu Marion, ohne ihre Stimme zu senken: «Ma hat meiner Tante sogar richtiggehend gratuliert, als sie erfuhr, wozu sie Molly überredet hat. Meine Cousine hat ihrem eigenen Kind nicht das Leben geschenkt, und jetzt soll ich ihr als Belohnung dafür mein Kind geben!»

«Aber, meine Liebe …» Marion war puterrot im Gesicht vor Schreck und Verlegenheit. «Meine Liebe, es tut mit schrecklich Leid. Ich habe das nicht gewusst. Der Vorschlag klang vernünftig, mehr nicht, und deine Mutter meinte – oh, Gott, bitte, wein doch nicht, Nell. Tränen helfen uns auch nicht weiter.»

Nell hatte die Hände vors Gesicht geschlagen. Sie schluchzte hilflos vor Wut und bekam kaum Luft. Als Marion ihr tröstend die Hand auf den Arm legen wollte, schüttelte Nell sie ab und rannte ins Haus. Hier war ihr Zufluchtsort, hier würde alles wieder gut werden, der Zauber würde wieder funktionieren, alles Übrige würde verschwinden!

Erst als sie sich erschöpft von innen gegen die Tür lehnte, begriff sie so richtig, was passiert war. Mochte sie unbewusst noch so sehr gehofft haben, dass sie ihr Kind irgendwie behalten und eines Tages mit Laurence zusammenleben könnte – dieser Traum würde niemals in Erfüllung gehen. Dieses Wunder, Laurence würde kommen und alles wieder gutmachen, dieses Wunder gab es nicht. Sie hatte ihn verloren, und sie würde auch ihren Sohn verlieren, sobald er geboren war.

Die Schuldgefühle, die sie in den letzten Wochen so erfolgreich unterdrückt hatte, stürzten nun wieder über sie herein. Der armen Violet ging es nicht gut – und auch sie erwartete ein Kind von Laurence. Violet hatte alles richtig gemacht: Sie trug einen Ring am Finger und sie besaß eine Urkunde. Nur diese beiden Grundvoraussetzungen sicherten einer Frau die unverbrüchliche Liebe und Treue eines Mannes. Als Laurence' Ehefrau konnte Violet mit Fug und Recht erwarten, dass er für sie sorgte – und dieses Recht stand Nell nicht zu. Also waren Violets Bedürfnisse wichtiger als ihre. Eigentlich hätte sie sich doch längst daran gewöhnen müssen, dass ihre Schwester immer den Vorrang hatte.

Was wäre, wenn sie einfach wegginge, um irgendwo, wo niemand sie kannte, ganz von vorn zu beginnen? Wenn sie versuchen würde, das Kind allein großzuziehen? Aber wie sollte sie ihren Unterhalt verdienen? Wovon würden sie und ihr Sohn leben? Von Ma konnte sie keine Unterstützung erwarten, und Pa richtete sich immer nach seiner Frau. Laurence konnte sie noch weniger um Hilfe bitten, geschweige denn seine Familie – Marion stand nicht auf ihrer Seite, konnte nicht auf ihrer Seite stehen. Es gab keine Alternative, keinen Ausweg aus dieser hoffnungslosen Situation, in die sie sich selbst gebracht hatte.

Vielleicht war der Vorschlag mit Molly ja doch richtig. Wenn sie sich erst an den Gedanken gewöhnt hatte, würde sie möglicherweise erkennen, dass es die beste Lösung war. Sie hatte ja nichts gegen ihre Cousine, und während der schwierigen Zeiten hatte sie großes Mitleid mit ihr gehabt. Auch ihr Mann war ein netter Mensch, soweit Nell sich erinnerte. Die beiden hatten genug Geld, sodass es ihrem Kind bestimmt an nichts fehlen würde. Und ohne Kind konnte sie von vorn beginnen – sie konnte Pas Angebot annehmen und ein eigenes Unternehmen gründen. Sie würde ihren Sohn gleich nach der Geburt abgeben und irgendwo fern von Suffolk einen Neuanfang wagen …

Sie kramte in ihrer Hosentasche nach einem Taschentuch, um sich die Nase zu putzen. Als sie das eingestickte E zwischen den Fingern spürte, musste sie plötzlich an Violet denken: wie sie im Dower House auf der Bettkante gesessen und ihr schluchzend von den Problemen zwischen Laurence und ihr erzählt hatte. Für Laurence wäre bestimmt alles einfacher, wenn sie, Nell, wegginge. Er könnte dann das Leben weiterleben, für das er sich entschieden hatte, und seine ganze Kraft auf Violet und sein eheliches Kind konzentrieren … Sie würden

Cousins sein, ihr Junge und Violets – Mädchen? Ihre Schwangerschaften verliefen bisher sehr unterschiedlich – Nell hatte vor allem am Anfang Probleme gehabt, und jetzt schien es bei Violet schlimmer zu sein. Bedeutete das vielleicht, dass Violet ein Mädchen erwartete? Eine Nichte, dachte Nell. Ich werde Tante. Tante Nellie! Ein schwacher Trost.

Sieh den Tatsachen ins Auge! Du musst pragmatisch denken. Das bist du deinem Sohn schuldig. Die Entscheidung, die du triffst, muss vor allem seinem Wohl dienen. Wieder kamen ihr die Tränen. Sie schloss die Augen, ballte die Fäuste. Dann putzte sie sich noch einmal energisch die Nase und ging hinaus zu Marion, die mitten auf der Wiese stand, die Bäume anstarrte und ihren Whisky trank.

«Also gut», sagte Nell. «Du kannst Ma mitteilen, dass ich einverstanden bin. Das heißt …»

Marion legte den Kopf schräg, drehte sich aber nicht um. «Ich höre.»

«Noch nicht gleich, bitte. Können wir noch ein paar Wochen warten, bevor sie die Entscheidung endgültig macht? Nur ein paar Wochen, damit ich es noch ein bisschen auskosten kann …» Sie schwieg, weil sie sich nicht mehr auf ihre Stimme verlassen konnte.

«Wie du willst.»

«Vielen Dank. Und könntest du bitte Violet viele liebe Grüße ausrichten und dass ich ihr gute Besserung wünsche?»

«Selbstverständlich, gern. Tja, dann …» Marion hielt Nell das leere Glas hin. «Ich muss jetzt gehen. Wir sehen uns morgen.» Aber nach ein paar Schritten blieb sie stehen. «Könntest du auch etwas für mich tun?»

«Ja, natürlich. Was immer du willst.»

«Ich wäre dir sehr verbunden …» Marion räusperte sich und rieb sich die Arme, als wäre ihr kalt. «Ich wäre dir sehr verbunden, wenn du nicht vergessen würdest … dass das Kind, das du erwartest, auch mein Enkel ist. Deshalb tut mir das Ganze sehr weh.» Dann ging sie rasch davon. Nell schaute ihr nach, die Hand auf den Mund gepresst, um das Schluchzen zu unterdrücken. Warum hatte sie nie an Marions Gefühle gedacht? Wie musste das für sie sein – für die Kaufmannstochter, die sich immer eine große Familie gewünscht hatte? Wie vielen Menschen haben wir, Laurence und ich, wehgetan? Wie können wir das je wieder gutmachen?

Kapitel 15

Jetzt brauchte sie noch dringender etwas, womit sie jede wache Minute ausfüllen konnte. Sie wollte nicht in Trauer versinken, sie durfte nicht in Versuchung kommen, ständig die Hände auf die Wände zu legen und zu warten, dass der Zauber wieder einsetzte. Der Zauber war weg. Marion Palmer hatte ihn vertrieben – weil Nell jetzt wusste, dass sie ihr Kind hergeben musste. Und dass Laurence zu Hause gewesen war und sie nicht besucht hatte. Selbstmitleid konnte sie sich nicht leisten. Das tat weder ihr noch ihrem Kind gut. Sie musste etwas tun, sie musste beschäftigt sein.

Leicht gesagt – und noch leichter getan. Sie grub den Boden um. Ihre Haut wurde braun von der Sonne, sie bekam Muskeln an Armen und Beinen. Allerdings tat ihr auch oft der Rücken weh, und weil sie hartnäckig Dinge tat, die schwangere Frauen eigentlich nicht tun sollten, machten sich ihre Freunde Sorgen um sie (ja, Ernie war inzwischen ein Freund geworden, ähnlich wie Marion). «Es geht mir gut», versicherte sie Ernie, wenn er sich wegen ihrer Gesundheit große Sorgen machte. «Ich muss mich beschäftigen», sagte sie zu Marion, wenn diese meinte, nun übertreibe sie aber wirklich. «Arbeit hat noch niemandem geschadet.»

Nur abends, wenn die Verdunkelungsvorhänge aufgehängt waren, wenn sie die Lampe anzündete und alles still wurde, verließ sie manchmal der Mut. Die Musik, Laurence' Musik, half ein bisschen, und das leise Beben, das sie jetzt wieder spürte, wenn sie die Hände auf die Wände legte, gab ihr die nötige Kraft. Ein paar Stunden zog sie sich dann aus der Wirklichkeit zurück und erlaubte es sich zu träumen. Die Rehe und das Mondlicht trugen das Ihre dazu bei. Oft saß sie bis drei Uhr morgens mit angezogenen Knien auf dem kalten Steinsims, das Kinn auf die Arme gestützt, und schaute hinaus auf die stille Wiese, verlor sich in der Unwirklichkeit des Mondlichts und des Nebels und malte sich aus, er würde nach Hause kommen. Sie wusste, dass sie es nicht tun sollte – es änderte nichts, wenn sie sich so sehr ihren Wünschen hingab. Im Gegenteil, früher oder später würde es ihr das Herz brechen, wenn sie sich solche Traumeskapaden erlaubte. Aber sie tat es trotzdem, weil sie einen Grund brauchte, um überhaupt weiterzumachen.

Der Kräutergarten wuchs und gedieh. Die Seitenränder, die anfangs gerade und ordentlich verlaufen waren wie bei Ernies Gemüsebeet, begannen nun zu wuchern, weil Nell geschwungene Linien besser gefielen als gerade – sie fügten sich harmonischer in die natürliche Umgebung ein, fand sie. Sie bat Marion, ihr noch mehr Bücher zu bringen, um die Lücken in Laurence' Bibliothek aufzufüllen, und studierte dann stundenlang, welchen Boden welche Pflanzen brauchten, ob sie Schatten oder Sonne, viel oder wenig Wasser bevorzugten. Und um nicht nur ihre Hände, sondern auch ihren Kopf zu beschäftigen, lernte sie die lateinischen Namen auswendig. Sie legte ein zweites Beet an, näher beim Teich, wo das Gelände feuchter war, und ein drittes für die Pflanzen, von denen es in den Büchern hieß, sie brauchten Halbschatten. Manche Kräuter grub sie wieder aus und pflanzte sie anderswo an, zum Beispiel setzte sie einen Schnittlauch vor den bronzefarbenen Fenchel, den Ernie ihr eines Morgens mit einem breiten Grinsen präsentierte: «Schauen Sie mal dieses Prachtstück an!» – sie wollte, dass die violetten Blüten des Schnittlauchs einen Kontrast zu den fedrig goldenen Wedeln des Fenchels bildeten, und sie nahm ein hohes Liebstöckel, dessen dicke Stängel aussahen wie Selleriestauden, und pflanzte es ganz hinten in das größte Beet, damit es nicht alle anderen Pflanzen in seiner Nähe überwucherte. Die Apfelminze mit ihren runden grünweiß getüpfelten Blättern pflanzte sie vorn ein, gleich dahinter den Gemeinen Beinwell mit den rau behaarten Blättern und den glockigen Blüten, deren Farben an ein und demselben Stängel von Weiß bis Dunkelviolett variierten. Sie bat Ernie um ein paar zusätzliche Töpfe, teilte die Kräuter, die am schnellsten wuchsen – Petersilie, Thymian, Majoran und Basilikum – und gab sie Marion, damit diese sie bei dem bevorstehenden Sommermarkt verkaufen konnte, eine Tradition von Old Hall, die fast zwei Jahrhunderte zurückreichte. Dieses Jahr fand der Markt im Küchengarten mit den hohen Mauern statt, der brachlag (bis auf die paar Gemüsesorten, die Ernie noch immer am Leben erhielt), weil es keine Gärtner gab. Der Küchengarten befand sich ein Stück entfernt vom Haupthaus. Auf Weisung der vierten Baronesse war er dort angelegt worden, weil sie von ihrem Schlafzimmerfenster nicht auf Kohlköpfe hinunterschauen wollte. Als einziger Abschnitt des Gartens war er noch nicht von den Soldaten zertrampelt worden. Die vierte Baronesse war es auch gewesen, die für ihre herrschsüchtige verwitwete Schwiegermutter das Dower House auf der anderen Seite des Tals hatte bauen lassen.

Ernie erzählte Nell von den Vorbereitungen für diesen Markt. Mehrere Tage lang hatte er, gelegentlich unterstützt von Soldaten, die gerade keinen Dienst hatten, Bretter als Wege über die vernachlässigten Blumenbeete gelegt, Tische aufgestellt und Blumentöpfe, Gartengeräte, Gießkannen und Schubkarren aus der Orangerie geräumt, weil dort die Erfrischungen gereicht werden sollten. Der Erlös kam dieses Jahr den Kriegsanstrengungen zugute.

«Du solltest das beruflich machen!», sagte Marion am nächsten Tag zu Nell. «Ich hätte doppelt so viele Pflanzen verkaufen können!» Sie brachte ihr ein Geschenk mit: einen weißen Flieder, den Nell in den ungenutzten Boden zwischen den Kräuterbeeten pflanzte. Wenn er größer wird, kann man dort schön im Schatten sitzen, dachte sie.

Ernie freute sich über Nells Enthusiasmus und bestellte bei einem Samenhändler namens Thompson and Morgan in Ipswich eine Auswahl von Drei-Penny-Packungen, um sie zu überraschen: Bohnenkraut und Portulak, Ysop und Gemeiner Andorn, Estragon und Dill. Nells Garten wuchs und gedieh, und mit ihm wuchs auch ihre Fähigkeit, mit der ganzen Situation fertig zu werden. Es machte ihr Freude, die Erde zwischen den Fingern zu spüren, sie rieb gern die Blätter des Gartenthymians zwischen den Fingern und verglich den Duft mit dem zitronigen *Thymus citriodorus*. Ganz berauscht war sie von den vielen Gerüchen, begeistert von den verschiedenen Blattstrukturen, hingerissen von dem Bild, das sie mit einer Palette aus verschiedenen Grün- und Grautönen malte, vermischt mit Gelb, Rosarot und Blau, ein Bild, das sich vor dem Hintergrund des grünen Waldes täglich veränderte.

Am vierten Mai gab es einen Temperatursturz. Nell erinnerte sich vage daran, was Ernie über die empfindlichen jungen Pflanzen und Frostgefahr gesagt hatte, also verbrachte sie die letzten Stunden des Tages damit, wie eine Besessene ihren Kräutergarten mit alten Jutesäcken aus dem Lagerraum abzudecken. Als sie am nächsten Morgen aufwachte und sah, dass ihr Atem weiße Wölkchen bildete und ihr Schlafzimmerfenster innen vereist war und dass draußen Reif den Boden und alle Blätter an den Bäumen bedeckte, war sie sehr stolz auf sich. Sie hatte dieser Frostattacke vorgebeugt, sie hatte Mutter Natur ein Schnippchen geschlagen. Nur die Kartoffeln hatte sie in ihrem Übereifer vergessen: Fast die Hälfte war erfroren. Auch der May-King-Salat, den Ernie erst vor einer Woche gesetzt hatte, war nicht durchgekommen, genauso wenig wie die meisten der grünen Bohnen. Der weiße Flieder, der schon aufgeblüht war, ließ alle Rispen hängen und war über Nacht braun geworden.

Am elften Mai gab es noch einmal Frost, und wieder gelang es Nell, das Wetter vorauszuahnen, aber diesmal dachte sie auch an das Gemüse. Nur für den armen Fliederbusch war es zu spät. «Keine Sorge, Kindchen», tröstete Ernie sie. «Der kommt nächstes Jahr wieder. Sie sind 'n Naturtalent, Sie haben den grünen Daumen.»

Mit viel Geschick brachte sie Ernie dazu, die Messer des Rasenmähers zu schärfen. Sie nahm ihn selbst auseinander und baute ihn wieder zusammen, als er fertig war. Sie ölte jede einzelne Schraube und Mutter, ehe sie von der Vorder- und der Hintertür eine Schneise zu ihrem Garten mähte. Nachdem sie auch noch um die Kräuterbeete und das Gemüsebeet herum gemäht hatte, damit man besser sehen konnte, was dort passierte, überließ sie den Rest der Lichtung sich selbst.

Das Gras in der Mitte stand jetzt sehr hoch und war fedrig, mit vielen Wildblumen – violette Braunelle, winzige Blutströpfchen, Wiesensteinbrech, Frauendistel und weiße Lichtnelken. Neben der Tür des Klohäuschens schoss fast über Nacht eine wilde Wegwarte auf, die ihre blauen Blütenköpfe bis zur Mittagszeit öffnete und sie dann wieder fest verschloss, bis zum nächsten Morgen. Mitte Juni summte und brummte die ganze Wiese von Hummeln und Bienen, Schmetterlinge flatterten von Blüte zu Blüte, am Teich sirrten grüne und braune Libellen, und Pollen aller Art flogen durch die Luft.

Ja, Violet gehe es wieder besser, berichtete Marion, als Nell sich erkundigte.

«Warum hat sie mich dann nicht besucht?», wollte Nell wissen. «Ist sie böse auf mich? Hat sie ... ich meine, vermutet sie irgendetwas?»

«Nein, das glaube ich nicht.» Die beiden Frauen saßen wie meistens vor dem Haus in der Sonne. «Laurence schreibt ihr regelmäßig, er ruft einmal in der Woche an – im Grunde spielt er den idealen Ehemann.» Sie warf Nell einen kurzen Blick zu und goss sich ein Glas Whisky ein. Sie war schon bei der dritten Flasche angekommen, denn bei jedem Besuch konsumierte sie ein Glas oder mehr. «Irgendwie hat sie einen Vogel, was das Cottage angeht, finde ich.»

«Wie meinst du das?»

«Ich kann es nicht richtig erklären. Sie windet sich richtig, wenn ich sie frage, ob sie mitkommt. Das Cottage mag sie nicht, sagt sie.»

«Soll das heißen, sie denkt, das Haus hat was gegen sie? Das ist doch völlig verrückt!»

«Keine Ahnung. Sie sagt, sie hat sich nicht willkommen gefühlt, als sie hier war. Sie sei sich vorgekommen wie ein Eindringling. Ich habe das ja auch schon gesagt.» Sie ließ die goldene Flüssigkeit im Glas kreisen. «Ob man nun an Geister glaubt oder nicht – ich weiß genau, was sie meint.»

«Aber das ist nicht meine Schuld!», protestierte Nell. «Ich kann nichts dafür, und ich würde niemals bewusst etwas tun, damit Violet sich nicht wohl fühlt. Es ist nur ...»

«Mmm», brummte Marion. «Häuser sind komisch. In manchen fühlt man sich sofort wohl, wenn man zur Tür hereinkommt, und andere sind, na ja, sagen wir mal unfreundlich. Ein besseres Wort fällt mir nicht ein. Das Cottage hat auch so etwas Intimes, Geheimes, und das hat Violet gespürt, glaube ich. Sie ist hier die Außenseiterin. Und das ist wohl ein Gefühl, das sie in ihrem kurzen Leben noch nicht oft kennen gelernt hat, meinst du nicht?»

«Weiß Violet, dass das Cottage Laurence gehört?», fragte Nell.

«Ich glaube nicht. Ich habe es jedenfalls nicht erwähnt. Eigentlich weiß das niemand, außer Ernie Beale, und er würde es ihr bestimmt nicht sagen, ohne mich vorher zu fragen. Aber sie hat ihn in letzter Zeit sowieso kaum gesehen. Sie hat eigentlich gar niemanden gesehen. Sie ist nicht ...»

Nell erschrak. «Was ist los? Ist sie doch nicht gesund? Oder nicht glücklich?»

«Nein, nein», beruhigte Marion sie, «aber sie ist irgendwie nicht richtig anwesend. Seit Laurence' letztem Besuch hat sie sich in ihre eigene kleine Welt zurückgezogen. Sie sitzt am Schlafzimmerfenster und schaut den ganzen Tag den Soldaten beim Drill zu und strickt irgendwelche albernen Schals.» Sie lachte unvermittelt auf. «Ehrlich gesagt, ich wollte, ich hätte sie nie gebeten, etwas für die Heimatfront zu tun. Jetzt kann sie gar nicht mehr aufhören! Dr. Hills meint, körperlich ist alles in Ordnung. Sie ist nur so apathisch. Manche Frauen werden so während der Schwangerschaft.» Sie schaute Nell an, ihr sonnengebräuntes Gesicht, ihre langen, strubbeligen Haare, ihre kräftigen Arme und Beine. Sie trug Marions verwaschenes

Schwangerschaftskleid und sah fast aus wie eine Zigeunerin. «Auf dich scheint das nicht zuzutreffen. Na, jedenfalls will sie nicht kommen. Ich habe versucht, sie zu überreden, aber sie antwortet immer nur: ‹Sag Nell viele Grüße und ich hoffe, es geht ihr gut.› Was soll ich da machen?»

Die Nächte wurden kürzer, die Sommersonnenwende kam und ging, und der Krieg wollte nicht enden, aber Nell interessierte sich wenig dafür. Laurence war wieder zu Hause gewesen, berichtete Marion, ein Kurzbesuch, nicht einmal achtundvierzig Stunden. Nell hatte gewusst, dass er da war, weil sie eines Nachmittags, als sie im Garten arbeitete, dasselbe Gefühl hatte wie bei seinem letzten Besuch. Dieses Mal war ihr allerdings klar gewesen, dass er nicht zu ihr kommen würde, deshalb hatte es sie nicht gewundert. Traurig war sie gewesen, ja, aber nicht überrascht.

Die Hitze nahm zu, wurde fast unerträglich. Nur das eiskalte Brunnenwasser brachte eine gewisse Erleichterung. Wenn es besonders heiß war, trug Nell abends die Zinkwanne nach draußen, füllte sie nach und nach mit Wasser, stellte die Öllampe auf die Schwelle der Waschküche und vergnügte sich dann nackt im kalten Wasser, bespritzte sich die Brüste und den dicken Bauch, bis sie sich so weit abgekühlt fühlte, dass sie schlafen konnte. Mit dem restlichen Wasser goss sie am nächsten Tag die Blumen.

Trotz aller Bemühungen sahen die Kräuter Ende August ziemlich müde aus, ausgelaugt von zu viel Sonne und von der drückenden Hitze hier auf der Lichtung, wo sich nur die kräftigeren Winde bemerkbar machten. Manche der Kräuter waren einjährig, lernte Nell. Sie würden den Winter nicht überstehen. Ernie zeigte ihr, von welchen sie Samen oder Setzlinge gewinnen konnte, welche ohne fremde Hilfe durchkamen, welche im warmen Wohnzimmer in einem Topf überwintern sollten. Sie brachte Laurence' Modellflugzeug, das noch immer auf dem Fenstersims stand, nach oben ins Schlafzimmer, um Platz zu machen für die jungen Pflanzen – Basilikum, Schnittlauch, Thymian. Wenn sie abends ins Bett ging, strich sie immer sanft über die Stoffflügel des Flugzeugs und glaubte eine leise Vibration zu spüren, wodurch sie sich gleich besser fühlte.

Aber als auf der anderen Seite des Tals die Ernte eingebracht wurde, wünschte sie sich, dass alles endlich vorüber wäre. Vor mehr als fünf Monaten hatte sie Violet das letzte Mal gesehen, und in dieser Zeit hatte sich viel verändert. Sie war älter geworden, erwachsener, sie hatte die Hoffnung verloren und ihre Leidenschaft für den Garten entdeckt. Sie hatte gelernt, wie man Kräuter anbaut und zieht, und sie hatte gelernt, die Einsamkeit zu lieben. Ihre Zeit auf dem Land ging dem Ende entgegen. Noch zwei Monate, und sie war wieder in London. Ihr Sohn würde von einer anderen Frau in den Schlaf gewiegt werden, und sie würde wieder dort anfangen, wo sie im Oktober 1940 aufgehört hatte: Sie würde mit Ma und Pa zusammenleben und aus der Ferne um die hoffnungslose Liebe zum Mann ihrer Schwester trauern.

Sie erwartete nichts mehr von Laurence – sie konnte ihn nicht haben und sie hatte kein Recht, ihn festhalten zu wollen.

Kapitel 16

Der Krieg rückte immer weiter weg von Nells Leben. Nur selten gab es Luftangriffe, und wenn ein Kampfbomber über sie hinwegflog, war es meistens einer von der richtigen Seite. Da sie von allen Gerüchten abgeschnitten war, die von Ipswich in die Dörfer drangen, glitt Nell wieder in ihre Traumwelt.

Die erste Septemberhälfte war trocken und warm, nur morgens und seltener auch abends lag dichter Nebel über allem. Nell hatte nicht mehr genug Kraft für schwere Gartenarbeit; in der Lichtung war es noch immer ziemlich schwül, der Boden war wie Staub, und Nell fühlte sich oft unruhig und gereizt, als würde sie auf etwas warten. Bei Violet war es nicht anders, berichtete Marion, und dass es in den letzten Schwangerschaftswochen eigentlich allen Frauen so ginge.

Nell hatte mehrere Tage vertrödelt – sie hatte nicht die geringste Lust gehabt, im Garten zu arbeiten oder im Haus zu lesen, war aber die ganze Zeit irgendwie nervös gewesen. Schließlich beschloss sie, dass sie etwas Konkretes tun musste, und blätterte den Katalog von Thompson and Morgan durch, den Ernie ihr gebracht hatte, damit sie den Garten fürs nächste Jahr planen konnte. Natürlich, sie würde gar nicht mehr hier sein, aber das Projekt faszinierte sie trotzdem, und sie musste dann nicht dauernd an ihre Zukunft denken. Einen Garten kann man überall anlegen, wo man ein bisschen Platz hat, und nichts würde sie daran hindern, anderswo von vorn zu beginnen. Marions beiläufige Bemerkung ging ihr nicht aus dem Kopf – vielleicht sollte sie tatsächlich Pa bitten, ihr Geld vorzuschießen, damit sie ins Kräutergeschäft einsteigen konnte – wenn dieser endlose Krieg einmal aufhörte.

Es war schon spätabends. Sie entwarf alle möglichen Gartenpläne und spielte verschiedene Farbkombinationen durch. Auch heute war sie unruhig gewesen, aber nicht im negativen Sinn – es hatte sich angefühlt wie eine ständig anschwellende Woge fiebriger Vorfreude. Sie kannte dieses Gefühl, nur war es viel, viel stärker als sonst. Es fiel ihr richtig schwer, still zu sitzen. Wahrscheinlich versetzte die Hoffnung, ein eigenes Geschäft aufzubauen, sie so in Spannung. Thompson and Morgan boten in ihrem Katalog mehr als dreitausend verschiedene Blumensorten an, angesichts des Krieges eine verblüffend große Auswahl, und die Kräuter waren noch gar nicht mitgezählt! Außerdem noch endlos viele Seiten mit Gemüsesorten – Pastinakwurzeln und Erbsen, Melonen und Senf, Karotten, Grünkohl und ein Dutzend verschiedene Kartoffelsorten. Offenbar gab es da draußen einen Markt für diese Dinge, auch für die weniger extravaganten Artikel. Nell dämmte das Feuer ein, spritzte Wasser darauf, damit es über Nacht nicht ausging, löschte die Öllampe und nahm die Verdunklungsvorhänge ab. Dann blieb sie am Fenster stehen und horchte.

Es war ruhig draußen, windstill. Sie hörte nur ein leises Klopfgeräusch: Vom Strohdach tropfte Wasser auf das Blumenbeet. Sie legte die Hände über die Augen und spähte in die Dunkelheit, konnte aber nichts sehen, weil es sehr neblig war. Als sich ihre Augen an die Dunkelheit gewöhnt hatten, ging sie in den Flur. Inzwischen kannte sie jeden Zentimeter im Cottage und hätte sich auch mit verbundenen Augen zurechtgefunden, aber in den letzten Wochen hatte sie noch einmal ziemlich zugenommen, sodass ihr die Holztreppe steiler vorkam als bisher und sie bei der engen Tür zu ihrem Schlafzimmer sogar richtig manövrieren musste. Heute Abend bewegte sie sich noch langsamer als sonst, fast wie in Trance. Vielleicht werde ich so apathisch wie Violet, dachte sie – aber gleichzeitig empfand sie dieses merkwürdig unruhige Gefühl der Vorfreude.

Das Schlafzimmerfenster stand weit offen. Sie hörte das Rauschen und Seufzen der Bäume auf der anderen Seite der Lichtung. Irgendein Tier scharrte in der Nähe der Eingangstür. Alles im Zimmer wirkte durch den Nebel irgendwie unscharf. Obwohl sich ihre Augen längst an die Dunkelheit gewöhnt hatten, konnte sie nichts genau erkennen. Vom Steinsims tropfte Wasser, aber das Fenster selbst konnte sie nicht richtig sehen. Die Luft war diesig, feucht und kühl.

Sie tastete sich am Bett entlang. Mit ihrem dicken Bauch musste sie doppelt vorsichtig sein. Ächzend setzte sie sich auf die Bettkante. Die Matratze quietschte leise, und sie hörte, wie die Treppe knackte, da sich die Dielen von der Feuchtigkeit ausdehnten. Sie konnte kaum atmen, ihr Herz klopfte viel zu schnell. Sie begann sich auszuziehen, genoss es, die kalte Luft auf der nackten Haut zu spüren, denn unten im Wohnzimmer war es wegen des Herdes sehr warm gewesen.

Als sie ihr Nachthemd übergezogen und zugeknöpft hatte, stand sie noch einmal auf und beugte sich aus dem Fenster. Draußen waberte eine graue Nebelsuppe, aber sie wusste, wie es darunter aussah: Das Gras war flach und strohtrocken. Auf der anderen Seite der Lichtung hingen die Blätter schwer und leblos an den Bäumen und warteten darauf, dass der Herbst sie rot und golden verfärbte, dann würden sie fallen und einen Laubteppich bilden, so wie der, durch den sie und Laurence vor vielen Monaten gegangen waren. Sie hörte Geräusche im Nebel, es tropfte und platschte. Auf der Hauptstraße fuhr ein Lastwagen, dessen Motorengebrumm durch die dichte Nebeldecke gedämpft wurde. Nell lehnte sich noch weiter hinaus, stützte sich mit den Händen auf. Die Vibration war stärker als sonst. Sei nicht albern, ermahnte sie sich, er kommt erst wieder hierher, wenn du fort bist. Aber sie lauschte trotzdem.

«Ich habe Laurence mitgeteilt, was wir wegen des Kindes vereinbart haben», hatte Marion ihr vor einer Woche erzählt. «Und ich habe ihm gesagt, dass er dich auf keinen Fall hier besuchen darf. Es würde alles nur noch schwerer machen – für euch beide. Er findet das auch.» Marion hatte an dem Tag sehr viel Whisky getrunken – wie immer, wenn sie etwas Schwieriges mitzuteilen hatte. Nell konnte es ihr nicht verübeln, dass sie

Laurence von der Versuchung fern halten wollte. Trotz ihrer schroffen Art fiel es Marion nicht leicht, in diesem Punkt konsequent zu sein. «Es geht nicht um Fairness», sagte sie immer wieder. «Es geht nur darum, was richtig ist und was falsch.»

Plötzlich spürte Nell einen warmen Luftzug. Sie roch den Schwefelgeruch vom Feuer im Erdgeschoss. Zu dem Herzklopfen kam ein atemloses Schwindelgefühl. Sie wollte das Fenster schließen, aber weil der Eisengriff nass und rutschig war, knallte der Fensterflügel gegen den Rahmen.

«Mach das Fenster nicht zu», hörte sie Laurence' Stimme. «Bei geschlossenem Fenster kann ich nicht schlafen …»

Sie sah ihn in der Tür stehen – schemenhaft, verschwommen. Um nicht gegen die niedrige Decke zu stoßen, legte er den Kopf schräg, genau wie sie sich ihn in ihren Träumen immer vorgestellt hatte. Er kam einen Schritt näher. Einen Moment lang schien sich der Nebel zu heben, und sie sah, dass er in Hemdsärmeln war, die Hände in den Hosentaschen. Er schien ganz durchnässt, seine Locken klebten in der Stirn, das Hemd klebte an den Schultern. Sein Gesicht konnte Nell in der Dunkelheit nicht sehen, aber sie wusste, dass er lächelte – sie merkte es an seiner Stimme. Sie hörte seinen Atem, also hörte er sicher auch, dass sie immer wieder nach Luft schnappen musste, um das Vakuum in ihren Lungen auszugleichen.

Eigentlich wunderte sie sich nicht darüber, dass er gekommen war. Aber sie wollte noch einmal seine Stimme hören, um ganz sicher zu gehen, dass er keine Erscheinung war. Verzweifelt überlegte sie, was sie sagen könnte, aber sie merkte, dass sie vor lauter Glück keinen vernünftigen Gedanken fassen konnte.

«Da bist du ja!», stieß sie schließlich hervor. «Ich habe auf dich gewartet.»

«Ja, ich weiß», sagte er, noch immer mit einem Lächeln in der Stimme.

Sie ging zurück zum Bett, umklammerte mit beiden Händen den Messingknauf oben am Kopfende und stützte das Kinn auf, um nicht das Gleichgewicht zu verlieren. «Du hast deiner Mutter doch versprochen, nicht hierher zu kommen!» Sie bemühte sich, vorwurfsvoll zu klingen, aber sie lächelte, sie konnte nicht anders – sie strahlte übers ganze Gesicht, sodass es schon fast wehtat. Trotzdem hoffte sie, dass sie sich nicht verraten hatte. Er konnte sie nicht sehen – sie stand mit dem Rücken zum Fenster, und es war neblig im Zimmer. «Du solltest nicht hier sein!»

«Ich weiß.» Er trat näher, legte die Hände auf den anderen Messingknauf und stützte wie sie das Kinn auf die Hände. «Du musst mir sagen, dass ich gehen soll.»

«Bitte, geh.»

«Nein – das meinst du nicht ernst. Ich höre dein Lächeln.»

Natürlich – wie dumm von ihr, zu glauben, sie könnte es verbergen, wenn er es nicht verbergen konnte. «Und ich höre deines», sagte sie. «Gut, dann bleib hier.»

«Einverstanden.» Er lachte. «Nell – ich bin schrecklich müde. Können wir gleich ins Bett gehen?»

Er zog sich aus, hatte aber Probleme mit dem nassen Hemd und den Schnürsenkeln. Nell kroch schon unter die Decke und wartete auf ihn. Sie beobachtete seine Schattengestalt, während er sich im Dunkeln abmühte und dabei immer wieder gegen einen Balken stieß und leise fluchte.

Er roch nach Pfeifenrauch und nach nassen Haaren, nach feuchter Haut und Karbolseife. Nell atmete seinen Geruch ein und erinnerte sich ... Seufzend ließ er den Kopf in das Kissen sinken. Er lächelte noch immer, das spürte Nell, obwohl er schwieg. Zärtlich schmiegte er sich an sie, durch ihr Nachthemd fühlte sie seine kühle Haut, er legte seine Wange an ihre, murmelte: «Ach, Nell ...», und schlief ein.

Nell war hellwach. Sie hörte das Wasser vom Strohdach tropfen, sie horchte auf ihr pochendes Herz, auf Laurence' regelmäßige Atemzüge. Sie wusste nicht, was die Zukunft bringen würde, aber es schien nicht mehr wichtig. Sie war einfach nur froh, dass er wieder da war, wo er hingehörte. Unversehrt. Nein, sie hatte keine Schuldgefühle, dafür war es zu spät. Morgen würden sie über die nächsten Schritte sprechen. Morgen … sie döste ein, wachte wieder auf, nahm seine Hand und legte sie auf ihren Bauch. Ihr Sohn, der in den vergangenen Wochen recht friedlich gewesen war, trat und turnte herum. Laurence legte seine Hand auf die kleinen Beulen, die die Fußtritte in Nells Bauch hervorriefen. Nell spürte seinen Mund an ihrer Schulter: «Oh, hallo, du …», murmelte er – und war schon wieder eingeschlafen. Morgen, dachte Nell, morgen müssen wir … Sie drehte den Kopf so, dass sie den Duft seiner feuchten Haare einatmen konnte, dann schlief auch sie ein.

Kapitel 17

Es war ein trüber Morgen. Die Luft im Zimmer war noch immer feucht und diesig. Laurence schlief an ihrer Schulter, aber Nell richtete sich vorsichtig auf, stützte sich mit dem Ellbogen auf und studierte sein Gesicht.

Er hatte tiefe Falten um Augen und Mund, die heller waren als der Rest seines gebräunten Gesichts. Seine dichten Augenwimpern waren dunkel, aber seine Locken bekamen schon graue Strähnen. Selbst jetzt, im Schlaf, wirkte er älter, als er war, und wesentlich reifer als bei ihrer allerersten Begegnung. Er lächelte im Traum, wodurch die scharfen Linien in den

Mundwinkeln etwas weicher wirkten. Als Nell sich vorbeugte, um sein Gesicht zu berühren, schlug er die Augen auf.

«Mmmm – Liebste», sagte er und lächelte sie an.

Es war, als hätten sie sich stillschweigend darauf geeinigt, nicht miteinander zu schlafen. Sie küssten sich auch nicht richtig, jedenfalls nicht auf den Mund. Aber sie berührten sich, sie streichelten sich, sie schlangen die Finger ineinander, kuschelten sich aneinander, Haut an Haut. Und sie schauten sich lange und forschend an. Es war schon nach zehn Uhr, als sie schließlich aufstanden, und als Nell mit den Füßen den kalten Boden berührte, merkte sie, dass ihr ganz schwindelig war vor Glück.

«Ich wollte eigentlich nach Old Hall gehen», sagte Laurence, «aber irgendwie habe ich es nicht geschafft, rechtzeitig anzurufen und mein Kommen anzukündigen. Und gestern habe ich dann auch noch meine Uniformjacke verlegt, deshalb musste ich zuerst hierher kommen.»

«Was hat deine Uniformjacke damit zu tun?»

«Ich habe keinen Glücksbringer mehr! Ich trage ihn immer in meiner Jackentasche, und ohne ihn kann ich nicht fliegen.»

Sie saßen am Herd. Laurence trug eines der kragenlosen Hemden seines Vaters und eine zerknitterte Leinenhose. An einer Gabel mit langem Griff bräunte er eine Scheibe Toastbrot über dem Rost; Nell, barfuß und in einem von Marions Schwangerschaftskleidern, nippte an ihrem Tee und beobachtete Laurence über den Rand ihres Bechers hinweg.

«Ich habe dir ein Taschentuch gestohlen», gestand er. «Du erinnerst dich – als ich an deinem Koffer stand. Der erste Buchstabe deines Namens ist eingestickt.»

Nell begriff, warum er damals so schuldbewusst zusammengezuckt war, als sie ins Schlafzimmer gekommen war, und warum er schnell die Hand in die Hosentasche gesteckt hatte. Sie hatte gar nicht gemerkt, dass eines ihrer Taschentücher fehlte.

«Ich brauche einen Ersatz. Wenn ich ohne meinen Glücksbringer fliege …» Er ließ den Satz unvollendet.

«Na, meinetwegen», sagte Nell. «Da wollen wir doch lieber auf Nummer Sicher gehen. Aber dann musst du fort. Deine Mutter kommt später. Sie kommt jetzt jeden Tag, bringt mir Lebensmittel und schaut, ob alles in Ordnung ist. Du möchtest doch sicher nicht, dass sie dich hier antrifft, oder?»

«Das spielt keine Rolle mehr.» Er inspizierte seine Brotscheibe und drehte sie um. «Sie muss es ohnehin früher oder später erfahren. Genau wie Violet.»

«Laurence! Wir waren uns doch einig. Du hast gesagt –»

«Ja.» Er nahm jetzt die Scheibe Brot von der Gabel und legte sie auf den Teller zu seinen Füßen. An den Rändern war die Scheibe etwas verkohlt. Normalerweise hätte der leicht nussige Geruch Nell hungrig gemacht, aber das hohle Gefühl in der Magengegend hatte mit Hunger nichts zu tun.

«Ich weiß – aber ich habe es mir anders überlegt. Ich muss Violet sagen, dass ich nicht bei ihr bleiben kann.»

«Aber das geht nicht! Wir haben –»

«Doch, es geht.» Er pikste die nächste Brotscheibe auf die Gabel und hielt sie übers Feuer, doch dann vergaß er plötzlich, was er vorgehabt hatte. Er ließ die Gabel sinken, sodass das Brot die Asche berührte. «Ich habe alles genau durchdacht. Seit Monaten denke ich darüber nach, immer im Kreis, Nacht für Nacht.» Er schaute Nell an. Er war anders als beim letzten Mal, nicht mehr verzweifelt, sondern selbstsicher, klar, zielstrebig. «Egal, was ich tue, egal, wie ich mich entscheide – irgendjemand wird leiden. Entweder du oder Violet. Aber wenn ich bei Violet bleibe, füge ich euch beiden Schmerz zu. Deshalb werde ich der Quälerei ein für alle Mal ein Ende setzen.»

Er röstete jetzt doch noch ein paar Scheiben Brot, aß aber

nichts. Offenbar brauchte er einfach eine Beschäftigung, ähnlich wie das Ritual mit der Pfeife. Nell fiel ein, dass sie eine seiner Pfeifen im Brotbackofen versteckt hatte. Ich muss sie ihm zurückgeben, dachte sie.

«Ich habe jede Einzelheit tausendmal hin und her gedreht», sagte er. «Immer wieder von vorn. Ich weiß, dass ich für diese Situation verantwortlich bin, aber ich komme immer wieder an den Punkt, der für mich trotz aller Schwierigkeiten der einzige ist, der wirklich zählt: Ich liebe dich. Und ich kann nicht bei Violet bleiben, weil ich sie nicht liebe.» In dem Moment begann das Stück Brot, das er gerade röstete, zu qualmen, und eine kleine gelbe Flamme züngelte an einer Ecke. Laurence ließ es mit der Gabel auf die Kaminplatte fallen. «Ich habe mich in den letzten Monaten nach Kräften bemüht. Zuerst habe ich gehofft, es könnte leichter für mich werden, wenn du nicht da bist, weil dann alles nicht so kompliziert ist – aber im Gegenteil, es wurde nur noch schlimmer. Und Violet ist auch nicht glücklich. So dumm ist sie nicht, dass sie nichts merkt. Sie weiß nur nicht, was genau los ist, das ist alles.» Er begegnete Nells fragendem Blick. «Ich habe es versucht, Nell, das schwöre ich dir. Ich habe mir große Mühe gegeben. Aber ich liebe sie nicht, und sie spürt es.»

«Sie ist deine Frau. Und sie ist die Mutter deines –

Er legte ihr die Hand auf den Mund. «Sie ist die Mutter meines Kindes. Nell …» Er nahm ihr die Teetasse aus der Hand und stellte sie auf den Boden. «Erinnerst du dich an das, was wir hier getan haben? Erinnerst du dich, wie es sich angefühlt hat? Wie *wir* uns gefühlt haben?»

«Ja», flüsterte Nell mit feuchten Augen.

Er beugte sich vor und nahm ihre Hände. «In der Nacht bevor wir uns hier geliebt haben, habe ich mit meiner Frau geschlafen – nein, hör mir zu!» Er umschloss ihre Handgelenke, um ihre Aufmerksamkeit zu erzwingen. «Sie fühlte sich elend, sie sagte, ich würde sie nicht mehr lieben. In der Nacht hätte ich ihr schon sagen sollen, dass ich sie nie geliebt habe, dass unsere Ehe ein einziger Irrtum war, aber stattdessen habe ich … Ich bin alles andere als stolz auf mich. Ich habe mir eingeredet, es könnte etwas helfen, wenn wir uns körperlich nah sind, aber es hat nichts geändert, sondern die Kluft eher noch vertieft, und am nächsten Tag hatte ich einen Vergleich, am nächsten Tag habe ich mit dir erlebt, wie es sein kann. Und jetzt … jetzt klafft ein tiefer Abgrund zwischen uns, und ich kann ihn nicht überbrücken. Als du und ich … als wir beide …» Er schloss kurz die Augen, dann sah er Nell an. «Als du und ich hierher gekommen sind, habe ich begriffen, dass ich aufhören muss, mir etwas vorzumachen.»

«Wann hast du gemerkt, dass du mich liebst?», fragte Nell – die ewige Frage aller Liebenden.

Laurence lächelte liebevoll. Ein Lächeln, das Herzen brechen kann, dachte Nell. «Oh, schon lange vorher. An meinem Hochzeitstag, als Violet uns miteinander bekannt gemacht hat. Weißt du noch? Du hast mich gar nicht richtig angeschaut. Der Fotograf wollte uns gerade für ein Gruppenbild aufstellen, und du wolltest dich möglichst an die Seite drücken. Deshalb hast du mich gar nicht bemerkt. Es war dir peinlich, weil alle auf dich gewartet haben. Schon da habe ich es gewusst.»

Wann hat der Blitz eingeschlagen? Wie hast du es gemerkt? Was hast du empfunden? Sag es mir, sag mir alles, beschreibe jede Einzelheit, jeden Blick, jede Berührung. Alle Liebenden müssen hören, dass sie geliebt werden. Sie sehnen sich danach, jede Einzelheit zu erfahren, um dieses Wissen an sich zu drücken und sich an der Glut der Leidenschaft zu wärmen. Auch das gehört zu der seltsamen Chemie der erotischen Anziehungskraft.

«Und du – wann hast du es gewusst?»

«Beim Empfang.» Nell hatte aufgegeben – sie wollte sich nicht mehr wehren. «Da habe ich dich das erste Mal richtig ansehen können und dich sprechen gehört. Den Abend über habe ich mich dann so in meine Gefühle hineingesteigert, dass ich rausgehen musste, sonst hätte ich euch beide getreten, wenn ihr an mir vorbeigekommen wärt – du hast mit Violet getanzt, und dann hast du zu mir herübergeschaut und gelächelt. In dem Moment habe ich meine eigene Schwester gehasst.»

«Warum?»

«Weil ich so eifersüchtig war.»

«Ich habe nichts davon gemerkt! Jedes Mal, wenn ich deinen Blick gesucht habe, hast du weggeschaut. Ich habe gedacht, du kannst mich nicht leiden.»

«Dann bist du blind, Laurence Palmer.»

«Hast du deswegen so gezögert, die Einladung nach Suffolk anzunehmen? Violet war sehr gekränkt. Sie hat dich immer wieder gefragt, ob du nicht kommen könntest, und du hattest jedes Mal eine neue Entschuldigung, hat sie mir erzählt – bis der Laden zerbombt wurde. Wolltest du nicht kommen, weil du mich damals schon geliebt hast?»

«Nein», sagte sie. «Das heißt ja. Ich weiß es nicht.»

Laurence neigte den Kopf nach vorn, bis seine Stirn ihre Haare berührte. Er streichelte ihre Handfläche und sagte: «Und ich habe Violet eingeredet, sie braucht dich, aber eigentlich wollte *ich*, dass du kommst, weil ich dich wieder sehen wollte. Ich hätte ihr gleich sagen sollen, dass alles vorbei ist. Dadurch hätte ich auch nicht mehr Unheil anrichten können als jetzt. Ich bin so dumm ... Ich habe Vi nicht mehr angerührt, seit du und ich ...»

Nell legte ihm die Finger auf die Lippen, um ihn zum Schweigen zu bringen, so wie er es bei ihr getan hatte. Es musste nicht ausgesprochen werden, jetzt nicht. Sie hatten alles gesagt, sie hatten ihre Sünden gebeichtet. Aber Beichten führt nicht notwendigerweise zur Vergebung. Violet war mit ihnen im Raum – trotz ihrer standhaften Weigerung, das Cottage zu betreten. Bei jeder Berührung, bei jedem Blick hörten sie ihre vorwurfsvolle Stimme. Sie würde sie verfolgen, bis alles ans Tageslicht gekommen war, bis sie auch ihr ihre Sünden gestanden hatten.

«Ich muss es zu Ende bringen», erklärte Laurence, als hätte er Nells Gedanken gelesen. «Ich muss es Vi selbst sagen, das bin ich ihr schuldig. Aber ich kann nicht mehr mit ihr leben, ich werde keine Gefühle mehr vortäuschen, die ich nicht habe.»

«Laurence –»

«Nicht jetzt gleich. Heute und morgen möchte ich hier bei dir sein. Nell ...»

«Sag es noch einmal.»

«Ich liebe dich. Und jetzt bist du dran. Du hast es noch nie gesagt.»

«Ich liebe dich.»

«Wenn du mich liebst, dann sag mir, dass ich bleiben kann.»

Sie sagte ja. Sie hatte nicht mehr die Kraft, etwas anderes zu sagen. Sie hatte sich so lange und so heftig nach ihm gesehnt, sie wollte keinen Widerstand mehr leisten. Deshalb sagte sie zu allem ja, denn sie war schwach und er war unwiderstehlich.

Er redete und redete, schmiedete Pläne für die Zukunft, für ihre gemeinsame Zukunft. Am besten sollten sie weggehen, sagte er, ein neues Leben anfangen. Sobald dieser schreckliche Krieg vorüber war, konnten sie auswandern – nach Australien oder nach Kanada. «In meinem Geschwader ist ein Kanadier», erzählte er, «er sagt, dort kann man gut leben, wenn man die richtigen Voraussetzungen erfüllt. Wenn dieser Spuk hier vorbei ist, wird man immer mehr Unternehmen für die zivile

Luftfahrt gründen, so wie BOAC, man wird Flugzeuge bauen, mit denen die Menschen überallhin fliegen können.» Es gebe unendliche Möglichkeiten, schwärmte er, eines Tages werde der Flugverkehr grenzenlos sein, Fliegen werde sich zu einer ganz normalen Art des Reisens entwickeln – und da brauchte man dringend qualifiziertes Personal. Er werde von Anfang an dabei sein, ein Pionier der zivilen Luftfahrt. «Stell dir das nur vor, Nell!» Er legte ihre Hände an sein Gesicht, sodass sie seinen Atem spürte. «Stell dir vor – ein neuer Anfang, ein neues Land, ich muss niemandem mehr etwas vormachen, Papa verfolgt mich nicht dauernd mit seinen Erwartungen, ich muss nicht mehr in einer muffigen Anwaltskanzlei arbeiten und eigentlich nur darauf warten, dass ich endlich mein Erbe antreten kann …»

Nell musste an Marions Worte denken: «Laurence ist ein Träumer … Ivanhoe auf seinem treuen Schlachtross … er sticht mit einem Besenstiel in einen halb fertigen Heuhaufen …» Aber sie nickte, sie lächelte trotz allem, sie stellte keine Fragen. Laurence nahm ihr Schweigen als Zustimmung. «Heißt das, du kommst mit?», fragte er. «Nell, das ist phantastisch!» Nell nickte, lachte, weinte, alles gleichzeitig, sie ließ sich von seiner Begeisterung mitreißen, weil sie wusste, dass sie es war, mit der er dieses Leben teilen wollte.

Sie war mit allem einverstanden. Jedes Detail hatte er geplant. Er werde dafür sorgen, dass Violet abgesichert sei, sagte er. «Ich möchte ihr nicht wehtun», sagte er immer wieder, «aber auf lange Sicht würde ich ihr mehr Schmerz zufügen, wenn ich bei ihr bliebe. Sie will bestimmt nicht, dass ich mit ihr zusammenlebe, wenn sie weiß, dass ich sie nicht liebe …»

Nell schluckte ihre Bedenken hinunter. Er mache genau das Richtige, sagte sie. Es fiel ihr so leicht, nachzugeben, zu glauben, dass alles gut gehen würde. Morgen, nahm sie sich vor, morgen werde ich ihm sagen, dass vielleicht doch alles nicht so einfach ist, wie er sich das denkt. Wer weiß – womöglich entscheidet sich Violet dafür, bei ihm zu bleiben, wenn er sie vor die Wahl stellt. Morgen sage ich ihm, dass er nicht nur Violet verlassen wird, sondern auch ihr gemeinsames Kind. Aber heute will ich den Zauber genießen, heute möchte ich den Traum Wirklichkeit sein lassen.

Dann aß sie endlich eine Scheibe geröstetes Brot, goss sich noch eine Tasse Tee ein und spielte Familienglück.

Nachdem sie das Frühstückgeschirr weggeräumt hatten, gingen sie nach draußen, weil Nell ihm ihren Kräutergarten zeigen wollte. Sie erzählte ihm, dass Marion ihr die Idee in den Kopf gesetzt hatte, die Kräuter als Lebenserwerb anzubauen.

Ja, meinte er, das könnte funktionieren – warum nicht? Bis zum letzten Krieg hatte zu Old Hall ein kunstvoll angelegter Knotengarten gehört, den die erste Baronesse entworfen und die zweite angelegt hatte. In der Bibliothek befanden sich zwei Lithographien dieses Gartens. Sie gingen von Beet zu Beet, und Nell erklärte ihm ihre Arbeit und dass jetzt gerade alles leider etwas schlapp aussehe. «Die Kräuter sind müde, genau wie ich.»

Die Kräuter beim Teich – Myrrhenkerbel, Kresse, Grüne Rossminze, wilder Knoblauch und Engelwurz – litten am meisten. Nell hatte sie weniger als einen Meter vom Wasser entfernt angepflanzt, weil sie feuchten Boden brauchten, aber durch die andauernde Hitze war der Wasserspiegel fast einen halben Meter gesunken, und nun war alles wie ausgedörrt. Die braune Lehmschicht am Ufer zeigte, wie hoch der Pegel zu Beginn des Sommers gewesen war. Während sie dort standen, hatte Nell immer mehr das Gefühl, dass Traum und Wirklichkeit ineinander übergingen. Sie nahm einen Stock und beugte sich über den Uferrand, um ein Herz in den weichen Lehmboden zu zeichnen. Das inspirierte Laurence dazu, den Abhang hinunterzuklettern und in wunderschönen Großbuchstaben in den Lehm zu schreiben: NELL IST MEINE WAHRE LIEBE. Als er wieder hochklettern wollte, glitt er aus, und hätte Nell ihm nicht die Hand gereicht, wäre er in das braune, brackige Wasser gerutscht.

«Ellis?», rief Nell, die empörte Geliebte spielend. «Kannst du mir bitte sagen, wer Ellis ist?»

Er hatte bei seinem Sturz das N von *Nell* und das T von *ist* verwischt, sodass es jetzt so aussah, als stünde da ELLIS – MEINE WAHRE LIEBE. Laurence meinte lachend: «Ellis … ja, genau! Wir nennen unser Kind Ellis. Das passt, egal ob Junge oder Mädchen. Was hältst du davon? Ellis Palmer. Klingt gut, finde ich. Und du, Nell?»

Die ganzen letzten Wochen hatte Nell nur damit verbracht, sich an den Gedanken zu gewöhnen, das Kind weggeben zu müssen … Sie konnte ihre Tränen nicht mehr zurückhalten.

«Nell, Liebste!» Laurence war ganz erschrocken. «Weine nicht. Bitte, wein doch nicht! Es wird alles gut, ich schwöre es dir. Ganz bestimmt.»

Tröstend legte er die Arme um sie und drückte sie an sich, was bei ihrem dicken Bauch gar nicht so leicht war. Nell sah ihn mit feuchten Augen an und lächelte.

«Entschuldige», sagte sie. «Ich bin ein bisschen albern.»

Laurence erwiderte ihr Lächeln. Dann nahm er ihr Gesicht zwischen beide Hände und küsste sie auf den Mund – zum ersten Mal seit seiner Ankunft.

Aber nachdem sie einmal angefangen hatten, konnten sie nicht mehr aufhören.

Als Marion am späten Abend unangekündigt das Wohnzimmer betrat, saßen sie, vollständig angezogen, nebeneinander am Tisch und studierten Nells Gartenpläne, redeten darüber, welche Möglichkeiten es wohl gab, in Kanada Land zu kaufen, überlegten sich, wie sie das Kräutergeschäft aufziehen konnten und wo sie die Auswanderungspapiere beantragen mussten. Fast als ob Marion sie oben im großen Eisenbett ertappt hätte, schreckten sie schuldbewusst hoch. Mit Marion wehte der eisige Wind der Wirklichkeit ins Cottage.

«Meine Schuhe sind völlig durchnässt», verkündete Marion mürrisch. «Ich hatte gedacht, zur Abwechslung fahre ich direkt bis ans Haus, aber dein Wagen» – sie warf Laurence einen bösen Blick zu – «steht unter den Bäumen und blockiert alles. Deshalb musste ich bei der Dunkelheit über die Wiese gehen» – diesmal galt der Blick Nell –, «und das Gras ist pitschnass!»

«Das kommt vom Nebel.» Stocksteif stand Nell da, die Hände hinter dem Rücken, den Kopf gesenkt, wie ein Schulmädchen, das beim Abschreiben erwischt wurde. «Kann ich dir –?»

«Ja, einen Whisky», unterbrach Marion sie schroff. «Ein großes Glas Whisky, wenn du so nett wärst.» Sie nahm den Stuhl, von dem Nell gerade aufgestanden war, und setzte sich zu ihrem Sohn an den Tisch. «Weiß Violet, dass du hier bist?»

«Nein.» Laurence stand auf und trat ans Feuer. «Aber dir kann ich es ja schon sagen – es ist vorbei, Mama. Ich will kein Theater mehr spielen.»

«Aha.» Mit einem kurzen Nicken nahm Marion das Glas Whisky entgegen, bat dann aber gleich um die ganze Flasche. «Und hast du Violet schon von deiner Entscheidung erzählt?»

«Noch nicht.»

Nell hielt sich im Hintergrund und beobachtete Mutter und Sohn. Wie verschieden sie waren! Und doch konnten sie beide so stur, so halsstarrig sein. Nell war noch ganz erschöpft von ihrem Nachmittag im Bett. Es war eine wunderbare Mischung aus überwältigenden Gefühlen und komischen Einlagen gewesen, weil ihnen ihr dicker Bauch immer wieder im Weg gewesen war. Selbst die Augenblicke höchster Leidenschaft waren dadurch auch irgendwie lustig gewesen. Aber ihr schlechtes Gewissen wollte einfach nicht ganz weggehen, obwohl sie es konsequent ignorierte. Der Gegensatz zwischen Marions kompromissloser Sicht der Dinge und den berauschenden Glücksgefühlen, die sie mit Laurence erlebt hatte, machte sie ganz unsicher. Sie konnte Laurence keine Vorwürfe machen – was geschehen war, hatte sie sich genauso gewünscht wie er –, aber richtig war es deswegen trotzdem nicht. Wenn ihre Entscheidung für ein gemeinsames Leben schon vor Monaten gefallen wäre, ehe alles außer Kontrolle geraten war, wäre es jetzt nicht so schwierig für alle Beteiligten. Aber jetzt war es zu spät, sie konnten die Zeit nicht zurückdrehen. Wie furchtbar, dachte sie, während sie an die Wand gelehnt dem Streit zwischen Laurence und seiner Mutter zuhörte, was für eine ausweglose Situation.

«Ich hoffe, du erwartest nicht von mir, dass ich dir in irgendeiner Weise beistehe?», sagte Marion. Sie war unglaublich aufgebracht, weil Laurence sich konsequent weigerte, auf die Stimme der Vernunft zu hören.

«Nein, das erwarte ich nicht.» Laurence fuhr sich mit den Fingern durch die Haare und schaute seine Mutter an. «Ich erwarte nicht, dass du mich verstehst, geschweige denn, dass du mir hilfst. Aber ich kann nicht anders. Ich werde Nell nicht aufgeben.»

«Und was ist mit deinem Kind? Mit deinem *ehelichen* Kind?»

«Ich werde alles tun, um Violet und mein eheliches Kind zu unterstützen, aber ich kann nicht mit ihnen zusammenleben.»

Marion goss noch einmal nach und versuchte es mit einer

etwas diplomatischeren Taktik. «Du hast den Gedanken noch nicht zu Ende gedacht. Du hast dir nicht richtig überlegt, welche Konsequenzen dein Verhalten hat.»

«Doch.» An den Brotofen gelehnt, holte Laurence seine Pfeife aus der Tasche – sein Gegenstück zu Marions Whiskyflasche. «Seit Monaten habe ich nichts anderes getan, als über diese Fragen nachzudenken. Ich habe die Konsequenzen sehr genau bedacht. Ich habe mir überlegt, wie ich es einrichten kann, dass niemand leiden muss, wie ich die beiden Kinder behalten kann, die ich so gedankenlos gezeugt habe, wie ich mit der Frau, die ich liebe, zusammen sein kann, ohne die Frau, die ich geheiratet habe, im Stich zu lassen.» Er stopfte die Pfeife, drückte den Tabak mit dem Daumen fest und holte sich einen Holzspan aus dem Kasten. «Ich finde keine Lösung. Ich glaube nicht, dass es eine gibt, jedenfalls keine, bei der niemand leidet. Aber wenn ich mich für Nell entscheide, dann kann sie wenigstens ...» Er zündete den Span am Feuer an, sog die Flamme in den Tabak, eine wohlduftende Rauchwolke stieg auf. «Wenn ich mich für Nell entscheide, dann kann sie wenigstens ihr Kind behalten.»

Einen Moment lang war Marion sprachlos. «Und – was ist mit deinem anderen Kind? Interessiert dich deine kleine Tochter nicht?»

«Meine Tochter?»

Marion zuckte ärgerlich die Achseln. «Du weißt genau, was ich meine. Violet ist überzeugt, dass sie eine Tochter bekommt. Sie glaubt, dass du ihr gegenüber auch deswegen so distanziert bist, weil sie dir vielleicht keinen Sohn und Erben schenkt.»

«Du willst doch nicht behaupten, dass du diesen Unsinn glaubst!», rief Laurence.

Seine Mutter war eingeschnappt. «Nein, natürlich nicht –

aber Violet glaubt daran. Und deswegen ist sie unglücklich. Außerdem, ob Junge oder Mädchen, was macht das schon? Es ist auf jeden Fall dein eheliches Kind und der Erbe oder die Erbin deines Besitzes.»

Laurence' Gesicht war jetzt ganz verschlossen. «Und was ist, wenn ich das Gut gar nicht möchte?»

«Wie bitte?» Marion starrte ihn entsetzt an. «Was soll das heißen, wenn du das Gut nicht möchtest? Was denkst du wohl, warum ich all die Jahre dafür gesorgt habe, dass es erhalten bleibt – wenn nicht deinetwegen? Laurence, das kannst du nicht tun! Ich erlaube nicht, dass du alles wegwirfst, was ich für dich aufgebaut habe, nur weil du denkst, du hast die große Liebe gefunden –»

«Ich denke nicht, dass ich die große Liebe gefunden habe – ich weiß es!» Er setzte sich wieder zu seiner Mutter an den Tisch und nahm ihre Hand. «Kannst du dich denn nicht erinnern, Mama?», fragte er leise. «Weißt du nicht mehr, wie es ist, wenn man jemanden wirklich liebt?»

Marion zog ihre Hand weg und schlug auf den Tisch. «Das hat nichts mit Liebe zu tun! Hier geht es um Pflicht, um Moral und Anstand, um Richtig und Falsch.»

«Mama – nachdem du fünfunddreißig Jahre mit meinem Vater zusammengelebt hast, willst du mir wahrhaftig vorschreiben, dass ich bei Violet bleibe, obwohl ich eine andere liebe? Willst du, dass ich Violet das antue? Gerade du müsstest doch wissen, wie es sich anfühlt, wenn man –»

Damit hatte er offensichtlich einen Nerv getroffen. Marions Bulldoggengesicht verzerrte sich, sie lief krebsrot an, dann wurde sie totenbleich vor Wut. Sie kippte den Rest ihres Whiskys hinunter, erhob sich und beugte sich über den Tisch. «Wie kannst du es wagen, mir die Schuld zu geben!», zischte sie. «Wie kannst du es wagen, so über deinen Vater zu sprechen!»

Plötzlich traten ihr Tränen in die Augen. Sie machte einen Schritt rückwärts, sodass ihr Stuhl umkippte. «Von mir wirst du keine Hilfe bekommen!», schleuderte sie ihrem Sohn ins Gesicht. «Wenn du auf dieser perversen Entscheidung bestehst, dann mach dich darauf gefasst, dass ich dich auf allen Ebenen bekämpfen werde!» In der Tür drehte sie sich noch einmal um. «Und falls du denkst, dass ich Violet Bescheid sage –»

«Ich sage es ihr selbst», erwiderte Laurence.

«Dann viel Vergnügen.»

Er versuchte es ein letztes Mal. «Mama …»

«Was gibt es noch?»

«Es tut mir Leid», sagte er. «Es tut mir wirklich sehr Leid.»

Sie antwortete nicht mehr. Die Haustür fiel ins Schloss, und Marion war verschwunden.

In der Ferne hörte man ihren Motor starten. Laurence trat an den Herd, die Pfeife in der Hand. «Das hab ich gut gemacht – meinst du nicht?», fragte er.

Nell löste sich von der Wand. «Was hast du mit der Anspielung auf deinen Vater gemeint? Die Bemerkung hat deine Mutter fast noch mehr aufgebracht als dein Plan, Violet zu verlassen.»

«Ich hätte es nicht sagen dürfen.» Laurence drückte den Tabak fest und versuchte, seine Pfeife wieder zum Brennen zu bringen. «Ich wollte sie zwingen, mich zu verstehen, aber ich hätte es trotzdem nicht sagen dürfen, es war zu verletzend.»

«Wieso?»

«Papa.» Er ließ sich auf den Ledersessel sinken, lehnte den Kopf zurück und verzog gequält das Gesicht. «Du weißt doch, warum er sie geheiratet hat.»

«Ja», antwortete Nell. «Marion hat es mir erzählt. Es war ein Geschäftsabkommen – sie hatte etwas, was er wollte –»

«Und er hatte etwas, was sie wollte. Genau. Aber das ist

nicht alles. Sie hat ihn nicht nur geheiratet, weil er einen guten Namen hatte und ein großes Haus – so wie sie es immer gerne darstellt. Nein, sie hat ihn aus Liebe geheiratet. Sie hat ihn angebetet! Ich weiß noch, als ich klein war, war mein Vater eigentlich die ganze Zeit unterwegs, er hatte einen großen Teil von Mamas Vermögen investiert und nahm die geschäftlichen Verpflichtungen als Ausrede dafür, ständig in London zu sein. Oft kam er nur am Wochenende nach Hause. Die Ehe ging ihm bald auf die Nerven. Meine Mutter wurde einfach nicht wieder schwanger, und außerdem ärgerte es ihn vielleicht auch, dass sie das Gut sehr viel besser verwaltete, als er das je gekonnt hätte. Jeden Freitag führte sie sich auf wie ein Kind an Heiligabend. Sie zog ihre schönsten Kleider an und lief von einem Fenster zum andern, um seine Ankunft nur ja nicht zu verpassen. Manchmal kam mein Vater aber gar nicht – angeblich, weil er Karten fürs Theater hatte oder weil ihm sonst irgendetwas dazwischengekommen war, eine endlose Sitzung am Freitagabend oder so – dann erschien er erst am nächsten Tag. Meistens war er bei seiner Geliebten. Bis heute.»

«Oh.» Nell war schockiert.

«Er ist seit vielen Jahren mit dieser Frau zusammen. Die beiden hätten gern geheiratet, aber damals hatten sie beide kein Geld. Die Frau ist inzwischen natürlich auch verheiratet – mit einem reichen, toleranten Bankier. Ganz London weiß Bescheid, und der Skandal ist schon so alt, dass sich niemand mehr darum kümmert.»

«Und Marion hat ihm die Erlaubnis gegeben», sagte Nell. *Ich versprach ihm, dass er tun und lassen kann, was er will* … Er hatte sie beim Wort genommen. Kein Wunder, dass sie so wütend auf Laurence war – sie identifizierte sich mit Violet.

«Verstehst du jetzt, warum ich glaube, dass sie es sich nicht anders überlegt?»

«Ja.» Nell setzte sich in den Schaukelstuhl am Herd. «Laurence – ich weiß nicht, ob ich das alles schaffe.»

«Du schaffst es!» Er klang, als ob er genug davon hätte, immer wieder dasselbe zu diskutieren. «Gleichgültig, was zwischen uns sein wird – ich kann nicht mehr mit Violet leben. Warum sollen wir wegen irgendwelcher Prinzipien unser Leben zugrunde richten? Dich trifft dabei keine Schuld – nur mich. Ich werde lernen müssen, damit zu leben.»

An diesem Abend sprachen sie nicht mehr darüber. Sie schoben das Thema weg und gingen ins Bett. Auch am nächsten Tag vermieden sie es, die Probleme anzusprechen. Morgens schlenderten sie über die Lichtung, inspizierten das Gemüsebeet, die Kräuter, den Zustand der Wiese. Laurence erntete zwei Reihen Kartoffeln und eine Reihe Karotten, dann holte er einen Jutesack, um das Gemüse darin zu lagern, während Nell zum Mittagessen Kartoffelpuffer mit Karotten zubereitete, nach einem *Kitchen-Front*-Rezept, das sie im vergangenen Februar im Dower House zum ersten Mal ausprobiert hatte. Es kam ihr vor, als wäre das hundert Jahre her, eine Million Meilen entfernt, in einem anderen Leben. Sie konnte sich kaum daran erinnern, wie es gewesen war: Nachbarn, Lärm, Strom, Telefon …

Den ganzen Nachmittag lagen sie in der warmen Spätsommersonne auf einer karierten Wolldecke, die Laurence aus dem Kofferraum seines Autos hervorgezaubert hatte, schauten in den blauen Himmel und redeten leise über den Krieg und wie die Welt danach wohl aussehen würde. Hätte nicht eine verirrte Biene sie gestört, wäre Nell mit Sicherheit nicht aufgestanden. Dann hätte sie auch Ernie Beale nicht bemerkt, der eilig zurück nach Old Hall radelte. Laurence beruhigte sie.

«Er erzählt keinem was. Ich kenne ihn. Von ihm erfährt niemand auch nur ein Sterbenswörtchen.» Er schlang die Arme um die Knie und stützte das Kinn auf. «Ernie hat einmal die Frau eines anderen geliebt.»

«Ernie?», fragte Nell ungläubig. «Red doch nicht solchen Unsinn –»

«Warum soll das Unsinn sein? Weil er so schlimm Arthritis hat? Weil er keine einundzwanzig mehr ist – und nicht gerade eine Augenweide?»

Nell verzog das Gesicht. «Wenn es nur aufs Aussehen ankäme, wärst du jetzt nicht hier. Du wärst auf Old Hall bei Violet.»

«Aber du bist unendlich viel schöner als Violet!», rief Laurence.

«Sei nicht albern.»

«Ich bin nicht albern. Du hast etwas Besonderes, eine ganz bestimmte Art …» Er schwieg.

«Aha!», sagte Nell. «Siehst du? Du weißt nicht, wie du es sagen sollst, weil du weißt, dass es nicht stimmt.»

«Nein, im Gegenteil.» Er zog sie an sich. «Nur weil ich mich nicht gut ausdrücken kann, heißt das noch lange nicht, dass es nicht stimmt. Ich liebe dein Gesicht.» Er beugte sich zu ihr hinunter, um sie zu küssen. «Ich liebe deinen dicken Bauch …» Er lachte und wich geschickt ihrer Hand aus, sodass sie ihn nur am linken Ohr traf, dann rollte er sich auf den Bauch und begann an dem trockenen Gras zu rupfen. «Ich habe dich gleich erkannt, als ich dich das erste Mal gesehen habe. Deine Mundform, die Art, wie sich die Haare um dein Gesicht kräuseln, deine Augen – einfach alles. Früher habe ich nur auf das Äußere geachtet, und wenn ein Mädchen kein hübsches Gesicht hatte, war ich nicht interessiert. Aber mit der Zeit merkt man, dass das, was aus dem Mund einer Frau kommt, wichtiger ist als der Mund selbst. Und wenn man das erst einmal begriffen hat, sind die konventionellen Schönheitsideale nicht mehr wichtig. Sie sind wie Bilder in einem Buch, schön fürs Auge, aber ansonsten berühren sie einen nicht.»

«Warum hast du dann Violet geheiratet?»

«Weil ich betrunken war», sagte er. «Eine Entscheidung unterhalb der Gürtellinie. Weil ich jemanden haben wollte, eine Frau, zu der ich zurückkommen kann, für die es sich lohnt, am Leben zu bleiben. Weil ich Angst hatte. Bei Ernie war es anders …» Er strich ihr mit den Fingern übers Gesicht. «Oder vielleicht war es auch gar nicht so anders. Als er die Frau kennen lernte, mit der er den Rest seines Lebens verbringen wollte, gehörte sie schon einem anderen.»

«Der Arme», seufzte Nell und schloss die Augen, weil die Sonne sie blendete. «Erzähl weiter.»

«Es war während des letzten Krieges. Ernie hat einen jüngeren Bruder namens Bill, der inzwischen irgendwo in Yorkshire lebt. Damals haben beide für uns gearbeitet: Bill war Pflüger auf der Home Farm und Ernie arbeitete als Gärtner für Old Hall. Im Sommer 1914 nahm Bill an einem Busausflug nach Southwold teil …»

«Woher weißt du das alles? Du warst doch damals noch gar nicht auf der Welt.»

Laurence lachte. «Stimmt. Gut aufgepasst! Ich bin im Jahr darauf geboren. Mein Kindermädchen hat mir die Geschichte erzählt, als ich fünfzehn war und gerade angefangen habe, mich für Mädchen zu interessieren. Es sollte eine Warnung sein – sie wollte mir zeigen, was jungen Männern passieren kann, wenn sie vom Pfad der Tugend abweichen und der Versuchung nachgeben.» Er kitzelte Nells Wange mit einem Grashalm. «Aber ich fand die Geschichte eigentlich nur traurig.»

Mit einer trägen Bewegung wehrte Nell den Grashalm ab. «Und weiter?»

«Wo war ich? Ach ja. Also, Bill ging auf diesen Ausflug, und als er zurückkam, redete er nur noch von einem Mädchen, das er auf der Promenade kennen gelernt hatte. Das war kurz vor Kriegsbeginn, und er heiratete sie, obwohl er sie keine drei Wochen kannte. Sie wohnte dann mit ihm und Ernie bei der alten Mrs. Beale. Ernie war schon fast dreißig und ein überzeugter Junggeselle. Außerdem hatte er schon damals ziemlich schlimm Arthritis. Bill war zweiundzwanzig, ein stattlicher, gut aussehender junger Mann, hinter dem alle Mädchen her waren, und die junge Frau, die er heiratete, fand ihn bestimmt hinreißend. Sie war hübsch, aber unglaublich schüchtern, sie machte nie den Mund auf, und Mrs. Beale tyrannisierte sie vom ersten Tag an. Hat mein Kindermädchen gesagt. Und nun frag mich nicht, was eine hübsche Neunzehnjährige an einem armen Krüppel wie Ernie finden konnte, aber irgendetwas muss es gewesen sein, denn die beiden haben sich unsterblich ineinander verliebt.»

«Woher weißt du das?» Nell drehte sich auf die Seite, sodass ihre Stirn Laurence' Schulter berührte. «Sind sie gemeinsam durchgebrannt?»

«Nein. Man hat sie erwischt, wie sie Hand in Hand auf einer Bank am Fluss saßen und sich Liebesschwüre ins Ohr flüsterten. Tja – im Gegensatz zu uns hatten sie kein geheimes Versteck, wo sie sich hätten treffen können, und du weißt ja, wie sich auf dem Land alles herumspricht. Ich glaube, sie haben verzweifelt versucht, alles richtig zu machen – Ernie hat sich sofort nach Kriegsausbruch freiwillig gemeldet. Die Spannungen müssen unerträglich gewesen sein, die vier wohnten ja auf engstem Raum in dem winzigen Reihenhäuschen in der Post Office Row. Aber Ernie wurde wegen seiner Arthritis nicht genommen, und als es ernst wurde mit dem Krieg, wurde Bill eingezogen. Er hatte nichts dagegen. Den Tratsch hat er nie richtig ernst genommen, er konnte sich einfach nicht vorstellen, dass seine schüchterne junge Frau den verkrüppelten, hässlichen alten Ernie ihm vorziehen könnte. Also zog er sorglos in den Krieg, und nun lebten die beiden allein mit Mutter Beale. Die Gerüchteküche brodelte noch heftiger, weil das Mädchen schwanger war, und da Bill beim Militär diente, hieß es, das Kind stamme von Ernie.»

«Und – hat es gestimmt?»

«Keine Ahnung. Ich glaube, das weiß keiner – bis heute, aber ich halte es eher für unwahrscheinlich. Meiner Meinung nach ist es ziemlich unmöglich, eine heimliche Liebschaft zu haben, wenn Mutter Beale die Aufpasserin spielt. Aber das arme Mädchen wurde im gesamten Dorf geächtet – die Leute haben ihr das Leben derartig zur Hölle gemacht, dass sie schließlich zu ihren Eltern nach Yorkshire geflohen ist. Und als Bill aus dem Krieg zurückkam, gab es für ihn keinen Zweifel – er konnte entweder mit seiner alten Mama und Ernie in der Post Office Row leben und für den Rest seines Lebens auf dem Gut arbeiten – oder er musste nach Norden ziehen, um irgendwann den Hof seiner Schwiegereltern zu erben und sein eigener Herr zu sein. Er übernahm den Hof, als seine Schwiegereltern in den Ruhestand gingen, seine Frau bekam einen Sohn, danach noch zwei Töchter – und wenn sie nicht gestorben sind, dann leben sie noch heute. Ernie spricht nie darüber. Ich glaube, sie haben keinen Kontakt mehr.»

«Der arme Ernie», murmelte Nell.

«Ja, der arme Ernie.» Laurence pflückte einen Grashalm und knickte ihn immer wieder. «Als er angefangen hat, sich um das Cottage hier zu kümmern, habe ich ihn einmal gefragt, ob er etwas anders machen würde, wenn er sein Leben noch einmal von vorn anfangen könnte.»

«Und was hat er geantwortet?»

Laurence zerpflückte den Grashalm in lauter kleine Schnipsel und drehte sie zwischen den Fingern. «Er hat gesagt: ‹Wenn ich die Zeit zurückdrehen könnte, würde ich abhauen, solang's noch geht.›»

«Oh …»

Laurence ließ die Grashalmstückchen auf die Decke schneien. «Mehr hat er nicht gesagt. Ich bin mir gar nicht sicher, ob er überhaupt wusste, dass ich die Geschichte kenne. Aber ich glaube, wenn er eine zweite Chance bekommen hätte, dann hätte er seine Geliebte genommen und wäre mit ihr durchgebrannt – ohne Rücksicht auf Verluste.» Er stützte sich auf einen Ellbogen und beugte sich über Nell, sodass ihr Gesicht im Schatten war. Leise sagte er: «Und deswegen wird er uns nicht verraten, mein Schatz …»

Sie gingen früh ins Bett, weil Laurence am nächsten Morgen mit Anbruch der Dämmerung aufstehen musste. Ehe sie sich auszog, suchte Nell in der obersten Schublade nach einem Taschentuch, als Ersatz für den Glücksbringer, den Laurence verloren hatte. Aber Laurence schüttelte den Kopf. «Ich habe gelogen», sagte er. «Es war nur ein Vorwand – ich konnte einfach nicht anders, ich musste zu dir kommen.» Er zog Nells Taschentuch mit dem Monogramm aus der Hosentasche, ordentlich zusammengefaltet und erstaunlich sauber, wenn man bedachte, was es in den vergangenen Monaten alles durchgemacht haben musste. Dann steckte er es behutsam wieder ein und begann sich auszuziehen. «Ich freue mich schon auf das nächste Mal», sagte er, als er zu ihr ins Bett kletterte. «Denn wenn ich das nächste Mal zu dir komme, heißt das, ich komme nach Hause.»

Mitten in der Nacht weckte er sie, weil er mit ihr schlafen wollte. Sie reagierte ein bisschen schläfrig, bis er begann, sie sanft zu streicheln. Ihre Brüste waren in diesem späten Stadium der Schwangerschaft üppig und schwer. Die Haut war mit blauen Adern durchzogen, durchscheinend und samtig, und bei jeder Berührung spürte sie die Erregung zwischen den Beinen.

«Ich kann dich schmecken …» Laurence' Stimme war heiser vor Verlangen, und als er Nell auf den Mund küsste, waren seine Lippen überraschend weich. «Sag ja, Nell», murmelte er. «Sag ein für alle Mal ja.»

«Ja», sagte sie.

Kapitel 18

Nell lag noch lange wach, während Laurence sanft und selig neben ihr schlief. Sie spürte seinen Körper warm an ihrem, sie hörte seinen Atem und in der Ferne das Rauschen der Bäume und den Ruf der Eule. Wenn sie die Hand ausstrecken würde, könnte sie seinen Herzschlag spüren, das regelmäßige *Poch*, *poch*, *poch* unter seinen Rippen. Sie widerstand der Versuchung, weil sie ihn auf keinen Fall wecken wollte, denn in knapp drei Stunden musste er gehen und brauchte dringend seinen Schlaf. Jetzt hatte sie Zeit zum Nachdenken. Sie hatten sich ihre Liebe gestanden, hatten alle Brücken hinter sich abgerissen, sie hatten sich einander versprochen, mit Körper und Seele. Ein Zurück gab es nicht. Sie konnten nicht mehr behaupten «Einmal ist keinmal – die Umstände waren so außergewöhnlich – wir haben uns hinreißen lassen». Sie hatten sich in der Nacht das vierte Mal geliebt, Nell war noch immer warm und feucht zwischen den Schenkeln.

Fast ihr ganzes Leben lang war Nell zweite Wahl gewesen –

die pflichtbewusste Tochter, unscheinbar und unauffällig. Mit fünfundzwanzig hatte sie sich längst mit ihrer Rolle abgefunden: Eleanor Carter, die allein stehende Frau, die für ihren Vater arbeitete und zu Hause lebte. Ma setzte ihre ganze Hoffnung auf Violet, nicht auf Nell. Und wenn sie und Pa zu alt waren, um sich selbst zu versorgen, dann würde Nell die Aufgabe der Pflegerin übernehmen. Kein Mensch hatte Nell je gefragt, ob sie damit einverstanden war – man hatte es als selbstverständlich vorausgesetzt. Es gab Tausende Frauen wie sie, das wusste Nell, vor allem seit dem Weltkrieg, aus dem so viele Männer nicht zurückgekehrt waren. Für diese Frauen ging der Traum, zu heiraten, Kinder zu bekommen, einen eigenen Hausstand zu gründen, nie in Erfüllung. Mach dir keine Hoffnungen, hatte man ihr gesagt, als sie siebzehn war und zu ihrem ersten großen Tanzabend ging, erwarte nicht zu viel – sonst wirst du nur enttäuscht. Du bist nicht hübsch, und die Männer geben sich nicht mit hässlichen Mädchen ab …

Sie betrachtete den schlafenden Laurence. Heute Nacht lag kein Nebel, der Himmel war klar, die Lichtung schimmerte im Mondlicht. Wie hatte es nur so weit kommen können? Sie war kein schlechter Mensch, und Laurence war ein aufrechter, ehrlicher Mann, der niemandem etwas zuleide tun wollte. Und doch zwang ihn seine Liebe zu einer schrecklichen Entscheidung. Würde er den Mut dafür aufbringen? Oder würde er es sich anders überlegen, wenn er Violet gegenüberstand und sie ihn mit ihren blauen Augen vertrauensvoll anschaute? So ganz konnte Nell es noch immer nicht glauben, dass er sie ihrer Schwester vorzog.

Beim Gedanken an Violet bekam sie sofort ein schlechtes Gewissen. Was sie getan hatten, war unverzeihlich. Aber ich konnte nicht anders, Violet, ich habe es nicht so gewollt … Wenn es doch einen besseren Weg gäbe! Schließlich kam es oft genug vor, dass die Liebe zwischen einem Mann und einer Frau abkühlte. Man musste sich nur Pa anschauen, den armen Pa, der hoffnungslos unterm Pantoffel stand und nie seine Ruhe hatte, weil ihn seine ehrgeizige, streitsüchtige Frau ständig piesackte – sie tat es mit der gleichen Gründlichkeit, mit der sie das Haus putzte. Hatte Pa sich schon einmal überlegt, sie zu verlassen? Und was war mit Marion Palmer und ihrem treulosen Ehemann – war sie je in Versuchung gewesen, einfach wegzugehen? Diese Frage brachte Nell wieder zu Violet und ihren Schuldgefühlen. Sie wusste keine Antwort, es gab keine Patentlösung – aber sie wollte Laurence, sie wollte ihr Kind, sie wollte das Glück, von dem sie nie zu träumen gewagt hatte. Sie konnte ihn nicht mehr hergeben.

Am Morgen lag wieder dichter Nebel. Sie verabschiedeten sich an der Haustür, Laurence in seiner zerknitterten Kleidung, Nell in ihrem Morgenmantel, und sie weinten beide. Laurence watete durch das feuchte Gras und wurde vom Nebel verschluckt. Nell hörte, wie er ein paar Mal vergeblich versuchte, den feuchten Motor zu starten, bis er ihn schließlich ankurbelte und losfuhr. Sie horchte so lange, bis sie nur noch die Tropfen hörte, die von den feuchten Bäumen ins Gras fielen, und das ferne Tuckern des Milchzugs, der durchs Tal in Richtung Südlondon ratterte. Dann schloss sie die Tür und ging wieder ins Bett.

Kapitel 19

Jetzt war es bald so weit. Sie fühlte sich so schwer, so unbeholfen, ständig hatte sie Rückenschmerzen, sie schwitzte unter den schweren Brüsten und musste fast jede Stunde aufs Klo.

Das Wetter blieb warm und beständig, und die Bäume dachten noch nicht daran, die Farbe zu wechseln. Violet gehe es nicht besonders gut, berichtete Marion, ihre Handgelenke und ihre Knöchel seien geschwollen und sie habe dauernd furchtbare Kopfschmerzen. Marion war kühl und distanziert, kam aber trotzdem jeden Tag vorbei, um nach Nell zu sehen. Sie brachte ihr Petroleum und Lebensmittel und nahm die Abfälle mit, die nicht vergraben oder kompostiert werden konnten. Es war alles auszuhalten, sogar Marions Vorwurfsmiene, denn jetzt hatte Nell eine Zukunft vor sich, auf die sie sich freuen konnte, aber sie war trotzdem ungeduldig. Sie wartete auf Nachricht von Laurence, der ihr versprochen hatte, er werde darauf hinarbeiten, möglichst bald Fronturlaub zu bekommen. Dann wollte er endlich mit Violet sprechen. Bis das geschehen war, konnte Nell nicht glauben, dass er wirklich ihr gehörte. Aber gleichzeitig wusste sie, dass sie ihr ganzes Leben nur auf eines gewartet hatte: auf ihn.

Der September ging zu Ende. Die Brombeersträucher hingen voll mit dunklen Beeren, und die Wildgänse rauschten mit lautem Flügelschlag ihrem Winterquartier im Süden entgegen. Ernie hatte das Gemüsebeet schon abgeräumt, nur der Rosenkohl und ein paar andere Kohlsorten waren noch da. Er hatte den Boden umgegraben und gedüngt, und nun wartete alles auf den Frühling. Bei seinem letzten Besuch hatte er Nell ein Geschenk mitgebracht: eine braune Papiertüte mit verkrusteten Wurzelknollen. «Alpenveilchen», sagte er. «Die blühen im Januar, schöne rosarote Blüten, genau dann, wenn man ein bisschen Aufmunterung braucht ...» Nell schaute ihm nach, als er mit dem Fahrrad in Richtung Old Hall fuhr. Wo mochte sie nächsten Januar wohl sein? In Kanada, um dort ein neues Leben zu beginnen? Ihr Kind, ihr Sohn, war dann schon auf der Welt. Sie fand den Gedanken unglaublich, spannend und aufregend, und die Schuldgefühle wurden von Tag zu Tag schwächer, je mehr sie sich daran gewöhnte, sich eine Zukunft mit Laurence vorzustellen. Aber eines Nachts schreckte sie aus dem Schlaf hoch und war von einer schrecklichen Vorahnung erfüllt. Sie zitterte richtig vor Angst. Nach einer Weile ließ die Angst nach, aber zurück blieb eine tiefe Trauer, die nicht weichen wollte. In der folgenden Nacht wollte sie gar nicht ins Bett gehen, weil sie befürchtete, die Angstzustände könnten wiederkommen. Die Trauer hatte sie sowieso den ganzen Tag begleitet, ohne Grund, diffus, aber beständig.

Als Marion in der Tür erschien, saß Nell am Tisch und studierte Laurence' alten Schulatlas. Mit dem Finger fuhr sie die Grenzen, die Flüsse und Gebirgszüge Kanadas nach und las sich dabei laut und feierlich die Namen vor: «Alberta, Saskatchwan, Manitoba, Snare River, Great Slave Lake, Goose Bay ...» Marions Anblick ließ sie zusammenzucken.

Wortlos legte Marion einen Brief auf den Tisch, tätschelte ihr unbeholfen die Schulter und ging wieder, leise. Nell starrte verdutzt auf den Brief. Er war an Violet adressiert. Beim ersten Lesen verstand sie kein Wort. Sie musste ihn noch einmal und ganz langsam lesen, bis sie begriff, was darin stand.

Dann schob sie den Brief weg und lehnte sich zurück. Ja, natürlich – wie dumm von ihr, sie hätte es wissen müssen. Die Trauer, deren Grund sie nun kannte, breitete sich über alles wie eine schwarze Decke, die ihr den Atem raubte.

Wie lange hatte sie so dagesessen? Das Licht hatte sich verändert, das Feuer war fast erloschen. Als sie die Beine ausstreckte, merkte sie, dass sie ganz steif waren. Sie stand auf, um das Feuer anzufachen, aber dann überlegte sie es sich anders und holte stattdessen ihr Tagebuch aus dem Brotofen.

Lange, lange grübelte sie, wie sie es beschreiben sollte, dass nun alle ihre Hoffnungen zerstört waren. Aber sie war überfordert, ihr Kopf funktionierte nicht richtig, deshalb nahm sie den Brief und schrieb ihn ab, Wort für Wort.

Danach klappte sie das Heft zu und steckte es wieder in den Ofen. Sie tastete nach Laurence' Pfeife, die sie vor Monaten dort versteckt hatte. Mit der Pfeife in der Hand setzte sie sich in den Sessel. Das war alles, was ihr von ihm geblieben war: der Geruch von kaltem Tabak und ein Stück Papier, dessen Wortlaut sie bis an ihr Lebensende nicht vergessen würde.

Kapitel 20

Ellis wanderte von Raum zu Raum und rief immer wieder Joes Namen. Sie schluchzte laut, die Einsamkeit erdrückte sie, aber als sie ihn über die Lichtung kommen sah und zur Tür rannte, um ihn hereinzulassen, stand nicht Joe auf der Schwelle, sondern Laurence. Sie wusste gleich, dass er es war, denn sein Hemd war durchnässt und seine Hose zerknittert, aber sein Gesicht konnte sie nicht richtig sehen, es war ganz verschwommen, wie wenn im Fernsehen bei der Rekonstruktion eines Verbrechens die Gesichtszüge des Täters oder des Opfers verfremdet wurden, damit man sie nicht erkannte. «Ich weiß, wer du bist», sagte sie vorwurfsvoll und kniff die Augen zusammen, um ihn besser sehen zu können, aber es half nichts. «Nell hat mir alles erzählt.» Laurence ignorierte sie, schob sie zur Seite und breitete weit die Arme aus und ging an ihr vorbei. Ellis drehte sich um und sah, dass er auf Nell zuging. Auch Nell wirkte schemenhaft, aber an ihren dichten fade braunen Haaren und an dem verwaschenen Schwangerschaftskleid konnte

Ellis sie erkennen. «Was tut ihr hier?», rief Ellis. Sie war sauer, weil die beiden gekommen waren und nicht Joe. «Und warum schiebt mich Laurence einfach beiseite?» Sie wollte ihm den Weg verstellen, er wankte, löste sich in Nebel auf – und die Tür fiel ins Schloss. *Peng* …

Ellis schreckte hoch und blickte sich verwirrt um. Sie saß noch immer auf der Treppe, völlig schief, die Beine angezogen, den Kopf an die Wand gelehnt. Nells Tagebuch lag jetzt mit den Seiten nach unten auf dem Fußboden neben ihr. Vom Wohnzimmer drang Licht in den Flur. Sie schaute auf die Uhr. Es war kurz vor sieben.

Sie hob das Tagebuch auf, fand die Stelle und starrte verschlafen auf die Seite, auf die Nell in Großbuchstaben geschrieben hatte:

Telegramm, DIENSTSACHE 2. OKTOBER 1941
MITTEILUNG DES LUFTFAHRTMINISTERIUMS
BEDAUERN IHNEN MITTEILEN ZU MÜSSEN DASS
IHR EHEMANN GESCHWADERFÜHRER OFFIZIER
LAURENCE PALMER SEIT DEM LUFTANGRIFF AM
30. SEPTEMBER 1941 ALS VERMISST GILT
ERMITTLUNGEN DURCH DAS INTERNATIONALE
ROTE KREUZ SIND IM GANGE ALLE WEITEREN
INFORMATIONEN WERDEN IHNEN UNMITTELBAR
ZUGESTELLT BRIEF FOLGT ZUR BESTÄTIGUNG
DIESES TELEGRAMMS.

Sie hatte diese Worte spätnachts noch gelesen und sich dann kurz auf die Stufen gesetzt, weil sie so erschrocken war und vor Müdigkeit kaum die Treppe hochkam. Irgendwann nach drei Uhr musste sie eingeschlafen sein, aber Nell und Laurence waren ihr bis in den Traum gefolgt. Ellis wollte aufstehen, doch ihre Beine waren ganz steif, und als sie sich an der Wand abstützte, glaubte sie, ein leichtes Vibrieren zu spüren. Erschrocken zog sie die Hand zurück. Sei nicht albern, schimpfte sie sich, das ist alles nur Einbildung, du hast schon Halluzinationen, weil du zu lange gelesen hast. Du träumst noch halb! Aber als sie die Wand noch einmal berührte, fühlte sie erneut die Schwingung. Sie musste sich schnell wieder hinsetzen, weil ihre Beine ganz zitterig wurden.

Wenn es nur Einbildung war, wieso fühlte es sich dann so real an?

Sie aß ein spärliches Frühstück. Ihr Kopf funktionierte noch nicht richtig – sie merkte, dass sie nicht genug geschlafen hatte. Am besten, sie ging aus dem Haus und machte irgendetwas Konstruktives, damit sie nicht mehr dauernd an die Geschichte denken musste. Um acht Uhr war sie so weit. Sie musste nur noch ihre Schlüssel suchen, die sie irgendwo auf den Tisch gelegt hatte. Ach, da waren sie, unter den Plänen für den Lavendelgarten, die ihr Vater ihr gestern gegeben hatte. War es wirklich erst gestern gewesen?

An der Haustür warf sie noch einen kurzen Blick zurück, ehe sie in die helle Morgensonne trat – und blieb abrupt stehen. Sie zitterte.

Das Zimmer war einfach eingerichtet – zwei Sessel, eher gemütlich als elegant, ein kleiner Tisch und zwei Essstühle mit geflochtener Sitzfläche. Weiß gestrichene Bücherregale rechts und links von dem riesigen gusseisernen Herd, wo sich vor den Umbauarbeiten der Brotofen und der gemauerte Kessel befunden hatten. Für das Fenster hatte Ellis einfarbige Baumwollvorhänge nähen lassen, außerdem hatte sie ein paar hübsche Teppiche aus ihrer Wohnung mitgebracht. Die Bilder, Meeresblicke in blauen, grauen und grünen Pastelltönen, lehnten allerdings noch an der Wand, weil sie noch nicht dazu gekommen war, sie aufzuhängen. Überall lagen Bücher herum; die Sonne schien auf den frisch verlegten Fußboden.

Aber als sie sich umdrehte, sah sie nicht die frisch gestrichenen Wände, nicht die bequemen Möbel, nicht ihre Teppiche und das Bücherchaos – nein, sie sah den rissigen, unebenen Steinfußboden, einen groben Tisch, einen uralten Ledersessel und ein improvisiertes Bücherregal aus Backsteinen und Brettern. Und sie atmete nicht die kühle Morgenluft ein, sondern das würzige Aroma von Pfeifentabak …

So geht's, wenn man die halbe Nacht wach bleibt und die intimen Geheimnisse anderer Menschen liest, dachte sie, während sie durch das taufeuchte Gras zu ihrem Auto ging. Sie hatte bei Nells Tagebuch oft das Gefühl gehabt, als würde sie jemanden belauschen – wie am Telefon, wenn sich die Leitungen kreuzen und man plötzlich mithört, wie zwei Unbekannte sich etwas anvertrauen … Man weiß genau, anstandshalber sollte man auflegen, aber man horcht, mit schlechtem Gewissen, aber auch mit einer gewissen voyeuristischen Lust. Warum hatte sie das Tagebuch nicht einfach weggelegt? Sie nahm sich vor, nicht weiterzulesen, sie wollte nicht noch einmal der Versuchung erliegen, so tief in die Vergangenheit einzutauchen … Aber Nell hatte ihren Namen auf das Paket geschrieben! Sie selbst hatte den Namen für ihre Großnichte ausgewählt, wie sie ihr damals, vor vielen, vielen Jahren, erzählt hatte. Konnte es sein, dass sie gewollt hatte, dass Ellis ihre Aufzeichnungen las? Aber warum?

Als sie den Zündschlüssel einsteckte, merkte sie, dass ihre Hand zitterte. Ohne Rücksicht auf den unebenen Boden fuhr sie hastig los. Ihre Zähne klapperten richtig, so sehr hoppelte ihr Auto zwischen den Bäumen hindurch. Immer mit der Ruhe, sagte sie sich, du bist übermüdet, mehr nicht, du bildest dir das alles nur ein. Aber was war mit Ellis geschehen, mit

Nells unehelichem Sohn? Weshalb hatte Nell für ihre Nichte denselben Namen ausgewählt?

Die Sonne kletterte immer höher, der Himmel war diesig blau – bestimmt wurde es ein schöner Tag. Sie würde einkaufen gehen, beschloss Ellis, als sie in die Landstraße einbog. Sie brauchte dringend ein paar Vorräte. Danach würde sie ihre Mutter besuchen, ihr von der Schwangerschaft erzählen. Und ihr erklären, warum sie den Vater des Kindes nicht heiraten konnte. William wollte sie es erst später sagen – sie redete lieber mit ihm allein, am besten im Kräutergarten. Ihrem heiß geliebten Vater zu offenbaren, in was für eine missliche Lage sie sich gebracht hatte, das schaffte sie jetzt noch nicht. Sie waren sich immer so nah gewesen.

Sie fuhr in Richtung Ipswich, konnte sich aber nicht so ganz auf den Verkehr konzentrieren – sie ertappte sich immer wieder dabei, dass ihr Blick von der Straße zur Landschaft schweifte und nach Hinweisen auf die Vergangenheit suchte. Beim Anblick der Häuser und Hecken, Felder und Scheunen fragte sie sich, wie diese wohl 1941 ausgesehen haben mochten. Wenn sie Nells Tagebuch nicht gleich wegpackte, wurde es noch zu einer Obsession!

Joe war inzwischen sicher aus Yorkshire zurück. Ob er gleich nach seiner Ankunft bei ihr vorbeigeschaut hatte? Hatte er nur die Achseln gezuckt, als er merkte, dass sie fort war? Ärgerte es ihn, dass er nicht wusste, wo sie sich aufhielt? Vielleicht hatte er ja erleichtert aufgeseufzt und war zur Tagesordnung übergegangen. Oder spürte er vielleicht doch ein leises Bedauern? Sie kniff die Augen zusammen, versuchte sich sein Gesicht vorzustellen, und plötzlich überkam sie dieses Gefühl der Wärme, das nur Joe in ihr wecken konnte. Es ist besser, wenn du allein bist, sagte sie sich. Vor der Beziehung mit Joe war ihr Leben in geregelten, berechenbaren Bahnen verlaufen …

Sie plante schon, wie ihr Leben mit Kind aussehen könnte, was Finanzen und den Alltag betraf. Auf jeden Fall wollte sie es so einrichten, dass sie weiterarbeiten konnte, ohne das Kind oder die Arbeit zu vernachlässigen. Schließlich gab es genug Frauen, die weniger klug und materiell schlechter abgesichert waren als sie und die es trotzdem schafften, ganztags zu arbeiten und gleichzeitig für eine Familie zu sorgen, ohne dass ein Mann sie unterstützte. Ach, könnte ich doch meine Gefühle genauso säuberlich planen und organisieren wie meine Einkäufe!, dachte sie, als sie auf den Parkplatz des Supermarktes einbog.

Sie erledigte alles wie in Trance, lud die voll gepackten Tüten in den Kofferraum und fuhr in Richtung Innenstadt, um den Besuch bei ihrer Mutter noch ein bisschen hinauszuzögern. Dann bog sie nach Norden ab, in Richtung Christchurch Park. Sie drosselte das Tempo, um die viktorianischen Gebäude zu betrachten, die früher das Mädchengymnasium beherbergt hatten, ihre akademisch sehr anspruchsvolle Alma Mater. Eine riesige Rasenfläche mit schattigen Bäumen gehörte dazu. Die Schule selbst gab es nicht mehr. Die Gebäude waren an einen Grundstücksspekulanten verkauft worden, der sie in einen eleganten Appartementkomplex verwandelt hatte. Sie parkte vor dem Eingang und dachte an den Geruch des Schulmittagessens, das Getrappel im Treppenhaus, das Geschrei in der Turnhalle …

Ellis' beste Schulfreundin hieß Grace Helliwell. Grace war nicht nur hübsch, sondern auch hochintelligent, und sie und Ellis hatten als die Stars ihres Jahrgangs gegolten, die Mädchen, denen man eine große Zukunft prophezeite – ehrgeizig, wild entschlossen, es zu etwas zu bringen. Ellis schlug die Universitätslaufbahn ein und erfüllte damit alle Erwartungen, aber Grace entschied sich für Ehe und Familie, für eine abgezirkelte Welt mit Putzfrau und Kindermädchen, mit Dinnerpartys für die Klienten ihres Mannes und mit zwei Auslandsreisen jedes Jahr.

Grace wohnte noch immer in Ipswich. Ihr Mann war der Leiter eines erfolgreichen Unternehmens mit Filialen in Diss und Bury St. Edmunds. Die beiden hatten zwei Kinder und lebten in einem eleganten grauen Backsteinhaus, nur einen Katzensprung von Ellis' alter Schule entfernt. Als sie sich das letzte Mal gesehen hatten, war Ellis sehr enttäuscht gewesen. Sie fand, dass ihre Freundin sich nicht für das Leben, sondern für einen *Lebensstil* entschieden hatte. Sie war bequem geworden, sie hatte ihren scharfsinnigen, kritischen Verstand abgeschrieben und wirkte selbstzufrieden und träge. Grace hatte genauso ablehnend auf Ellis' einsames akademisches Leben reagiert – es hatte ihr gar nicht gefallen, dass Ellis das wichtigste aller Statussymbole fehlte, nämlich ein Ehemann.

Aber der Gedanke an ihre frühere Freundin munterte sie trotzdem auf. Wenigstens bin ich nicht so wie Grace, dachte sie, ich bin nicht arrogant, desinteressiert und langweilig. Es war richtig, dass sie ihr Leben allein in die Hand nahm – für sie und für Joe. Wenn sie ihn nur nicht so schrecklich vermissen würde …

Es war nach zehn, als sie aus Ipswich herausfuhr. Allmählich wurde es schon wieder heiß, die Sonne flimmerte auf dem Asphalt. William arbeitete jetzt, also war ihre Mutter allein zu Hause. Da war es bestimmt leichter, ihr von der Schwangerschaft zu erzählen. Sie bog in die Straße ein, die sie so gut kannte – wie oft war sie mit dem Schulbus hier entlanggefahren! Jetzt wurde es ernst.

Als sie sich der Kirche oben auf dem Hügel näherte, fühlte sie sich plötzlich ganz erschöpft – ein typisches Symptom in dieser Phase der Schwangerschaft. Sie hielt am Straßenrand, gegenüber vom Friedhofstor, lehnte sich zurück und schloss die Augen. Sie wollte ein paar Minuten ausruhen und warten, bis ihre Energie wiederkehrte.

Sie war schon lange nicht mehr in der Kirche gewesen. Selbst als sie noch zu Hause wohnte – mit achtzehn war sie ausgezogen –, hatte sie eigentlich nur zu Weihnachten und zu Ostern den Gottesdienst besucht, höchstens noch zum Erntedankfest, wenn William mit Gaben aus seinem Garten den Altar schmücken half und darauf bestand, dass sie ihn begleitete. Ellis' Vater war ein gläubiger Mensch, und zwar auf eine unkomplizierte Art, wie sie es auch gern wäre – unhinterfragt begleitete ihn sein Glaube in allen Lebenslagen, vierundzwanzig Stunden am Tag, munterte ihn auf und tröstete ihn, wenn nicht alles nach Plan lief. Ellis hingegen hatte zunehmend das Gefühl, dass die Kirche ein Relikt aus der Vergangenheit war und nicht mehr viel mit dem modernen England zu tun hatte, sondern nur mit dem England der Vergangenheit, als Tradition und Sitte das ländliche Alltagsleben prägten. Aber heute sehnte sie sich zum ersten Mal seit Jahren nach dem Frieden, den nur die Stille eines leeren Kirchenraums vermitteln kann. Mühsam rappelte sie sich auf, stieg aus, ging über die Straße und betrat den Friedhof.

Der Kies knirschte unter ihren Schuhen, und wieder musste sie an Nells Tagebuch denken – an die Abkürzung durch den Friedhof am Silvesterabend 1940/41. Und dass sie auf der Patronatsbank der Familie Palmer für Laurence' Sicherheit gebetet und sich eingeredet hatte, dass sein Wohlergehen ihr nur am Herzen lag, weil er der Mann ihrer Schwester war. Ellis blieb stehen. Von der Nacht auf der Treppe waren ihre Beine noch immer steif. Sie fand den schmalen Pfad, der durchs hohe Gras zur Post Office Row führte und von vielen Generationen festgetrampelt worden war.

Die Kirche war nicht verschlossen, was im Zeitalter der Diebe und Vandalen eher ungewöhnlich war. Als Ellis auf die Klinke drückte, hörte sie das Echo im gewölbten Innenraum. Die Luft im Kirchenschiff fühlte sich auf ihrer sonnengewärmten Haut kühl und belebend an, und ihre Schuhe quietschten laut, als sie auf den Altar zuging. Doch dann sah sie etwas, worauf sie nicht gefasst war.

Sein Name stand auf der Ehrentafel. Es war eine Liste von fast sechzig jungen Männern, die in den beiden Weltkriegen ihr Leben für das Dorf gelassen hatten. Die Holztafeln hingen nebeneinander an der weiß gestrichenen Wand, auf dem Sockel darunter lag jeweils ein Kranz aus Stoffblumen. Die fünfunddreißig Namen auf der ersten Liste, davon sechs von einer einzigen Familie, waren aus dem Ersten Weltkrieg – *Sharman*, *Jarret*, *Overton*, *Bishop*. Fast eine ganze Generation von jungen Männern war ausgelöscht worden. Auf der zweiten standen vierundzwanzig Namen. Immer wieder dieselben Familien. Vierundzwanzig Männer, getötet im Krieg von 1939 bis 1945. Für eine so kleine Gemeinde waren diese Zahlen einfach horrend.

Hawley, *Ware und Smith* – auch sie waren dabei, sie waren nicht nur Nebenfiguren in Nells Leben, sondern reale Menschen, die Väter, Mütter, Brüder, Freundinnen und Ehefrauen zurückgelassen hatten. Ellis erschrak, als sie den Namen ihres Großvaters in säuberlichen Großbuchstaben ins Holz geritzt sah. *Palmer*, *L.*, in der letzten Spalte, etwa auf halber Höhe, zwischen *Overton*, *J.* und *Smith*, *B.*, ein Opfer des Krieges wie alle anderen auch.

Da stand sie in dieser schlichten Dorfkirche, hielt sich an der Rückenlehne einer Holzbank fest und versuchte sich vorzustellen, was diese Verluste bedeutet haben mussten – nicht nur für Nell, auch für die anderen, für Violet und Marion Palmer, für die Mutter der Hawley-Jungen, für Geoffrey Wares

Vater, für den Dorfpfarrer, der seine Gemeindemitglieder jeden Sonntag trösten musste und gleichzeitig um seinen eigenen Sohn trauerte, für Betty Smith von der Home Farm, die innerhalb eines Monats ihren Mann und ihre beiden Söhne verloren hatte. Tränen traten ihr in die Augen.

Als sie schließlich aus der dämmrigen Dunkelheit wieder ins strahlende Sonnenlicht hinaustrat, war sie so geblendet, dass sie kurz die Augen schließen musste. Dann machte sie sich daran, die Namen auf den alten Grabsteinen zwischen dem hohen Gras zu studieren.

Laurence' Grab konnte sie nicht finden, aber sie entdeckte andere Namen, die sie aus Nells Tagebuch kannte: Ernie Beale und seine Mutter, die nebeneinander lagen und deren Namen in denselben Grabstein gehauen waren. Mrs. Downes vom Dorfladen, Charlie Bewson, dessen Schweine bei dem deutschen Bombenangriff verbrannt waren, Miss Ames, die unverheiratete Lehrerin, und der arme Arthur Mulligan, Nells Freund aus Liverpool, der auch hier begraben lag, Hunderte von Meilen von seiner Familie entfernt. Wo befand sich Laurence' letzte Ruhestätte? War er vielleicht in Frankreich begraben? Lag er auf dem Grund der Nordsee oder tief in einem fernen Moor in Norfolk? Sie musste an das Kind denken, das wie sie den Namen Ellis bekommen hatte. Er war ihr Onkel, und wenn er noch lebte, musste er Mitte fünfzig sein. Oder hatte Nell womöglich eine Totgeburt gehabt und zur Erinnerung an ihren Sohn den Namen Ellis an sie weitergegeben? Es war wie bei einer dieser russischen Puppen – in jedem Rätsel, das sie löste, steckte ein neues.

Marion war in der Grabstätte der Palmers begraben. *1880 bis 1960* stand da, *Marion, die treue Ehefrau von Gerald, die liebevolle Mutter von Laurence, requiescat in pace*. Sir Gerald war zwei Jahre vor ihr gestorben, und sein Name stand auf der anderen

Seite des Grabmals – selbst im Tod hielt er Distanz zu seiner Frau. Ihr Grabstein, ein mit Voluten und Schnörkeln verzierter Steinsarkophag, war einer der imposantesten auf dem Friedhof. Aber Violet lag nicht hier. Ellis ging die Namen aufmerksam durch. Der Name Ellis Carter kam auch nicht vor, aber andererseits war nicht anzunehmen, dass Nells unehelicher Sohn im palmerschen Familiengrab liegen würde.

Auf Nell stieß sie fast zufällig, als sie zu ihrem Auto zurückging. Ihr Grab befand sich in einer feuchten, mit Unkraut überwucherten Ecke am nordöstlichen Rand des Friedhofs. Es war nur mit einem kleinen, verwitterten Stein gekennzeichnet, der zwischen den größeren Grabsteinen fast unterging. Ellis beugte sich vor, um die Inschrift besser entziffern zu können: *Eleanor Mary Carter, 1915 – 1965, RIP.* Sie war nur fünfzig Jahre alt geworden, aber der vierjährigen Ellis war sie damals so uralt wie das Cottage vorgekommen, in dem sie lebte. Die Buchstaben waren kaum lesbar, die Zeit, die Witterung und die mangelnde Pflege hatten ihre Spuren hinterlassen. Bald würde nichts mehr Zeugnis ablegen von Nells Existenz, außer einem schiefen, überwucherten Stein mit unentzifferbaren Hieroglyphen.

«Ruhst du in Frieden?», fragte Ellis und zupfte ein bisschen Unkraut, eine sinnlose, sentimentale Geste, als könnte sie mit ein paar Handgriffen das Grab ihrer Großtante wieder in Ordnung bringen. «Oder drehst du dich im Grabe um, nachdem du nun deine Sünden gestanden hast? Wäre es dir lieber, du hättest dein Geheimnis für dich behalten? Möchtest du mir noch etwas mitteilen?»

Sie musste an die Schwingung denken, die sie heute Morgen gespürt hatte, als sie die Wand im Cottage berührt hatte. Und an die Vision von Nells Wohnzimmer, an den Tabakgeruch … War das alles nur Einbildung gewesen, weil sie zu wenig geschlafen und zu viel gelesen hatte? Oder steckte mehr dahinter?

Auch in diesen Grabstein war kein Ellis eingraviert, kein zusätzlicher Name stand da, nirgends ein Hinweis auf ein tot geborenes Kind. Hatte Nell ihren Sohn doch weggegeben – ihrer Cousine Molly vielleicht, so wie sie es Marion versprochen hatte? Wie wenig sie doch über ihre Familiengeschichte wusste.

Auf der Seite ihres Vaters gab es keine großen Geheimnisse – Thomas Jones, der Sohn eines verarmten Bauern aus Wales, war in den zwanziger Jahren nach Suffolk gekommen, weil die Landpacht dort so niedrig war und weil es in Ipswich viele Nonkonformisten gab. Er hatte ein Mädchen aus der Gegend geheiratet, war in den Krieg gezogen, nach Suffolk zurückgekommen und hatte sich dort niedergelassen, um eine Familie zu gründen. Aber dann hatte ihn das Heimweh gepackt und er war mit seiner Frau und den beiden jüngeren Kindern wieder nach Wales gezogen, während William, der älteste Sohn, in Suffolk geblieben war. Granny und Grandpa Jones waren inzwischen beide schon Ende achtzig, zwei ehrenhafte, fromme, zurückhaltende Menschen. Sie lebten am Stadtrand von Llandudno, und Ellis hielt Kontakt mit ihnen, indem sie ihnen zum Geburtstag und zu Weihnachten schrieb und gelegentlich pflichtbewusst anrief. Sie waren nie nach Suffolk gekommen, und Ellis hatten sie in ihrem Leben höchstens ein Dutzend Mal besucht. Diese Besuche in Wales waren immer kurz und anstrengend gewesen. Irgendetwas schien den Großeltern an ihrem ältesten Sohn und seiner Frau nicht zu passen, und Ellis war natürlich auch davon betroffen, was sie aber nie so recht verstand – sie hatte sich immer gefragt, was sie eigentlich verbrochen hatte, um so vorwurfsvolle Blicke zu verdienen.

Dass Laurence, ihr Großvater mütterlicherseits, nicht mehr lebte, wusste sie schon lange. Sie war sechs oder sieben gewesen, als sie das erste Mal nach ihm fragte. Es war kurz vor Weihnachten, und in der Schule bastelten sie Karten, beklebten sie mit Buntpapier und Glitterzeug und schrieben dann für Eltern und Großeltern gute Wünsche darauf. Das Mädchen neben ihr war schon bei der dritten Karte, sie arbeitete wesentlich zügiger als Ellis, die diese Aufgabe furchtbar langweilig fand und lieber ein Buch gelesen hätte.

«Du hast zu viele Karten gemacht», sagte sie zu ihrer Nachbarin und beugte sich hinüber, um ihre wackeligen Grußbotschaften zu lesen.

«Stimmt doch gar nicht!»

«Doch», beharrte Ellis, «du hast doch schon eine für Oma und Opa – hier!» Die Karte war ein besonders scheußliches Exemplar, vom Klebstoff aufgeweicht und ganz mit grüner Farbe beschmiert. Ellis deutete auf die Weihnachtswünsche: *Für Oma und Opa B., fröhliche Weihnachten von Jennifer.*

Jennifer musterte sie verächtlich. «Die Karte ist für Oma und Opa Burton. Die andere ist für Oma und Opa Hancock, du Dummkopf.»

Ellis ging nach Hause und fragte sofort, warum sie nur ein Großelternpaar hatte, während Jennifer Burton zwei aufweisen konnte. Ihre Mutter wollte nicht antworten, sondern konzentrierte sich plötzlich ganz auf ihre Plätzchen.

«Dein Großvater ist im Krieg gestorben», erklärte sie schließlich, als Ellis nicht lockerließ. «Ich habe ihn gar nicht gekannt.»

«Und was ist mit der Großmutter?», wollte Ellis wissen. «Ist sie auch im Krieg gestorben?»

Laura schwieg lange – so lange, dass Ellis die Frage wiederholte, weil sie dachte, ihre Mutter hätte sie gar nicht gehört. «Nein», sagte Laura. «Wir reden nicht miteinander, das ist alles.»

Was Laura anging, war das Thema damit abgeschlossen. Aber die Tatsache, dass ihre Mutter nicht darüber sprechen wollte, stachelte Ellis nur noch mehr an. Laura redete nie über ihre Kindheit, sie erzählte nie von ihrer Mutter oder von ihren Großeltern. Je mehr Laura auswich, desto hartnäckiger wurde Ellis. Je mehr Laura versuchte, auf andere Dinge abzulenken – zum Beispiel, was sie zum Abendessen haben wollte oder ob sie ihre Hausaufgaben schon gemacht hatte –, desto eigensinniger bestand Ellis auf einer Antwort. Sie weigerte sich, die Sache auf sich beruhen zu lassen, sie bombardierte ihre Mutter wochenlang mit Fragen und ließ sich nicht davon abbringen. Laura wurde immer gereizter. Nach einer Weile musste Ellis ihre Großmutter nur erwähnen, und schon verließ Laura den Raum – wenn sie nicht in Tränen ausbrach.

Aber Ellis gab nicht auf. Sie wurde so stur, dass ihr Vater sie eines Tages beiseite nahm. Er war ein sanfter, wenig ehrgeiziger Mann und mischte sich selten in die Erziehung seines einzigen Kindes ein. Das Gespräch war so ungewöhnlich, dass Ellis sich fast wörtlich daran erinnern konnte.

«Ellis, ich möchte, dass du sofort aufhörst, deine Mutter mit diesen Fragen zu belästigen.»

«Aber, Daddy –»

«Kein Aber, junge Dame. Es regt sie auf, und ich kann das nicht dulden. Sie will nicht über das Thema sprechen, und ich wäre dir wirklich sehr dankbar, wenn du sie in Ruhe lassen könntest.»

Ellis, die sich gerade in einer aufsässigen Phase befand, war empört. «Aber das ist nicht fair! Meine Fragen sind doch nicht unverschämt. Ich möchte nur wissen, woher ich komme, mehr nicht. Warum will sie mir das nicht sagen? Ist meine Großmutter eine Mörderin oder was?»

Ihr Vater lächelte. Die Redegewandtheit seiner Tochter belustigte ihn immer wieder. «Du bist wirklich ein komisches Kind – ich kenne keine Siebenjährige, die so gut argumentieren kann wie du. Nein, deine Großmutter war keine Mörderin. Und jetzt hör bitte auf, Ellis, sonst werde ich noch böse.»

Ellis war ein Papakind, und der Gedanke, dass ihr Vater, der noch nie ernsthaft mit ihr geschimpft hatte, böse werden könnte, war für sie eine schlimme Drohung. Widerstrebend fand sie sich damit ab, dass sie das Thema fallen lassen musste.

Im Lauf der Zeit trat die Frage nach ihrer Herkunft immer mehr in den Hintergrund. Als Teenager nahm sie sich noch vor, eines Tages darauf zurückzukommen. Wenn sich eine günstige Gelegenheit bot, wollte sie das Thema noch einmal ansprechen und sich nicht mehr mit Ausreden abspeisen lassen ... Aber dann ließ sie sich so von ihrer akademischen Laufbahn vereinnahmen, dass sie die Suche nach ihren Wurzeln mehr oder weniger vergaß.

Unterwegs hatte sie immer wieder ein paar Informationen aufgeschnappt, weil jemand, meistens William, unabsichtlich eine Bemerkung fallen ließ. Schon als Kind hatte sie erfahren, dass der Küchengarten mit der Mauer, von dem aus ihr Vater sein Kräutergeschäft betrieb, früher ihrem Urgroßvater gehört hatte und dass der Old Hall Country Club, die große Villa im italienischen Stil, die auf dem Hügel auf der anderen Seite des Tals lag, der Mittelpunkt des Landgutes ebendieses Urgroßvaters gewesen war und damals nur Old Hall genannt worden war. Sie wusste, dass das Dower House von Lady Marion Palmer, ihrer Urgroßmutter, an ihre Mutter vererbt worden war und dass Laura erst nach Suffolk gekommen war, um ihr Erbe anzutreten. Als sie einmal für ein Schulprojekt die regionale Geschichte studierte, hatte sie erfahren, dass Sir Gerald Palmer, der sechste und letzte Baronet, Ende der vierziger Jahre Bankrott gemacht hatte und das Landgut aufgeteilt und verkauft worden war, um die Schulden zu tilgen. Sie wusste, dass Großtante Nell den Kräutergarten gegründet hatte und William ihr geholfen hatte, ihn zu einem profitablen Gartenzentrum auszubauen. Laura hatte ihr erzählt, es sei sehr großzügig von Nell gewesen, William einzustellen, denn damals hätte ihm sonst niemand einen Job gegeben. Aber Ellis hatte nie versucht, die Informationsteilchen zu einem Bild zusammenzusetzen. Bis Joe gekommen war, hatte sie sich im Grunde für nichts anderes interessiert als für ihre Karriere.

Jetzt spürte sie plötzlich wieder diese kindliche Neugier. Sie ließ ihren Wagen stehen und beschloss, den Fußweg zur Post Office Row zu nehmen. Sie wollte Nells Spuren folgen.

Zuerst würde sie ihrer Mutter erzählen, dass sie schwanger war. Und wenn sie den schwierigen Teil hinter sich hatte, dann ... ja, dann wollte sie endlich Antwort auf ihre Fragen.

Kapitel 21

Ellis hatte immer mit ihrer Mutter Probleme gehabt. Als Kind hatte sie gedacht, Laura sei enttäuscht, weil ihre Tochter nicht so hübsch war wie sie. Deshalb hatte sie sich in der Schule immer doppelt angestrengt, um diesen Mangel wettzumachen, aber es hatte nichts geholfen. Ihre Mutter hatte sie zwar immer für ihren Fleiß und ihre Leistungen gelobt, aber nach Wärme und Nähe hatte Ellis sich vergeblich gesehnt. Wie gern hätte sie mit ihrer Mutter gelacht und Späße gemacht, so wie ihre Freundinnen. Es war nicht so, dass Laura sie nicht liebte – *das* konnte sich Ellis jedenfalls nicht vorstellen – nein, manchmal, zumindest als sie noch kleiner war, hatte sie einfach das Gefühl gehabt, dass Laura sie nicht besonders mochte.

Ihrem Vater stand sie viel näher. Er stammte zwar aus einer streng methodistischen Familie, bei der die Männer das Sagen hatten und die Frauenrolle klar definiert war. Aber William war ganz anders als sein strenger Vater. Er erinnerte eher an einen knuddeligen Teddybären, er war freundlich und lustig und liebte seine Frau und seine Tochter über die Maßen.

Ellis fand, dass er ein Herz aus Gold hatte. Aber je mehr er sich um Laura bemühte, desto kühler wies sie ihn zurück. Die ewige Spannung zwischen der Unzufriedenheit ihrer Mutter und den tapsigen Versuchen ihres Vaters, ihr eine Freude zu bereiten, hatte in Ellis' Kindheit immer wieder zu Auseinandersetzungen geführt. Zwar hatten sich ihre Eltern meistens hinter verschlossenen Türen gestritten, aber Ellis hatte trotzdem sehr darunter gelitten. Erst viel später hatte sie es geschafft, einen Schritt zurückzutreten und ihre Eltern etwas objektiver zu sehen. Ihr wurde klar, wie sehr ihre Mutter unter der Alltagsroutine litt und wie verzweifelt (und meistens vergeblich) ihr Vater sich bemühte, sie glücklich zu machen. Laura erfüllte ihre häuslichen Pflichten sehr gewissenhaft, um nicht zu sagen zwanghaft, aber sie hasste die Hausfrauenrolle, und Williams Versuche, sie zu verwöhnen, genügten nie. Seine Geschenke – Blumen, Schmuckstücke, Pralinen – nahm sie ungerührt entgegen, manchmal reagierte sie sogar richtig verärgert, und wenn sie sich aus irgendeinem Grund gekränkt fühlte, schmollte sie aus Rache oft tagelang. Es dauerte Jahre, bis Ellis verstand, dass die Kälte ihrer Mutter nichts mit ihr zu tun hatte – nein, sie war einfach unzufrieden mit ihrem Leben. Die Ehe war nicht glücklich, und sie war den ganzen Tag mit einem kleinen Kind im Haus eingesperrt, also war es kein Wunder, dass sie ihre Launen an der nächstbesten Person ausließ, und das war Ellis. Inzwischen waren sie sich näher gekommen, aber es fiel ihr noch immer schwer, mit Laura über persönliche Probleme zu reden. Wahrscheinlich hatte sie sich einfach als Kind angewöhnt, solchen Gesprächen aus dem Weg zu gehen.

Mit jedem Schritt wuchs die Liste der Fragen, die sie ihrer Mutter stellen wollte: Warum war Violet gleich nach Lauras Geburt mit ihr nach London gezogen? Hatte sie von der Beziehung zwischen Nell und Laurence erfahren? Wie hatte Nell den Küchengarten mit der hübschen Orangerie erworben, von wo sie bis zu ihrem Tod ihren Kräuterhandel betrieben hatte? Über das Malletts Cottage hatte Laurence nach Belieben verfügen können, aber der Küchengarten war Teil des Landguts gewesen. Warum hatte sie den Garten an William übergeben und nicht an Laura, die Tochter ihrer Schwester? *Wo war Nells Sohn Ellis?*

Nell würde das Dorf bestimmt nicht wieder erkennen, dachte Ellis, als sie die Straße zum Dower House hinaufging. In den fünfziger Jahren waren die Grundstücke zwischen den kleinen alten Fachwerkhäusern mit modernen Gebäuden bebaut worden, außerdem gab es eine kleine Siedlung mit Sozialwohnungen, und eine Reihe mit hübschen Einfamilienhäusern hatte die Reihenhäuser an der Post Office Row ersetzt. Selbst für Ellis hatte sich seit ihrer Kindheit vieles bis zur Unkenntlichkeit verändert. Den Laden am Fuß des Hügels gab es nicht mehr, dort befand sich jetzt ein Gebrauchtwagenhandel, und sämtliche Häuser – auch die ehemaligen Sozialwohnungen, die unter Margaret Thatcher eine nach der anderen verkauft wurden – waren inzwischen Privatbesitz. Wahrscheinlich erinnerte sich nur eine Hand voll Einwohner daran, wie der Ort in den vierziger und fünfziger Jahren ausgesehen hatte. Aber jetzt war es zu spät, um Fragen über diese Zeit zu stellen – sie hätte viel früher damit anfangen sollen.

Nell und William hatten bis zu Nells Tod zusammengearbeitet – fünf Jahre lang. Warum war sie die Einzige gewesen, die ihn einstellte? Hatte Nell als Gegenleistung von ihrer Nichte gefordert, sich zwischen ihr und Violet zu entscheiden?

Ellis verlangsamte ihren Schritt. Ihr wurde richtig schwindelig von all diesen Fragen. Vielleicht sollte sie die Dinge doch lieber auf sich beruhen lassen und nicht riskieren, dass sie womöglich in ein Wespennest stach und alte Familienfehden aufwühlte. Aber wie konnte sie die Finger davon lassen, nachdem sie jetzt einen Teil von Nells Geschichte kannte? Sie *musste* herausfinden, was dahinter steckte, sonst hatte sie Nell vergeblich belauscht.

Als sie das Dower House erreichte, kam Laura gerade aus dem Haus.

«Oh, hallo, mein Schatz!», rief sie und hielt ihr die Wange zum Begrüßungskuss hin. «Was für eine hübsche Überraschung. Ich habe gar nicht erwartet, dass wir dich schon so bald wieder zu sehen bekommen. Ist alles in Ordnung?»

«Ja, klar», erwiderte Ellis, nachdem sie ihrer Mutter pflichtbewusst ein Küsschen auf die Wange gedrückt hatte. «Alles läuft bestens. Ich dachte nur, ich komme mal vorbei – hast du ein bisschen Zeit?»

«Ich denke schon.» Laura schaute kurz auf die Uhr und musterte Ellis mit ihren großen blauen Augen. Violets Augen? Oder Laurence'? Seine waren ebenfalls blau gewesen, er hatte sie als einziges körperliches Merkmal von seiner Mutter geerbt … Selbst jetzt noch, mit Mitte fünfzig, war Laura eine Schönheit. Ihre Haut war makellos, die blonden Haare dicht und glänzend, die Figur schlank und grazil. Offensichtlich war es reine Glücksache, ob man seine Gene vom richtigen Elternteil bekam, überlegte Ellis, als sie ihre Mutter mit einem ganz neuen Blick musterte.

«Ich wollte gerade nach Market Needing», erklärte Laura. «Aber das kann warten. Wie wär's mit einer Tasse Kaffee?»

Nell hätte auch das Dower House nicht wieder erkannt, dachte Ellis, als sie ihrer Mutter folgte. Im Verlauf der Jahre war so viel angebaut worden, dass das Haus jetzt fast doppelt so groß war wie früher. Es hatte ein neues, geräumiges Wohnzimmer, darüber ein drittes Schlafzimmer, eine Doppelgarage, einen Wintergarten für die Fuchsien, die William seit den achtziger Jahren als Ergänzung zu den Kräutern züchtete. Nach einem besonders guten Geschäftsjahr hatte er ein Stück Land am Fuß des Hügels gekauft und dort nach der Lithographie, die im Wohnzimmer über dem Kamin hing, einen Knotengarten angelegt. Ellis wusste jetzt, woher diese Lithographie stammte – Nell hatte sie in ihrem Tagebuch erwähnt. War sie über die Generationen weitergereicht worden? Hatte die Familie sie behalten, nachdem das Gut aufgelöst worden war? Der Knotengarten war von April bis Oktober für das Publikum geöffnet, sozusagen als Werbung für Williams Geschäft, aber bis zum gestrigen Abend hatte Ellis keine Ahnung davon gehabt, dass es eine Verbindung zwischen dem wunderschön gestalteten Garten und dem zerbombten Feld hinter Youngmans Schmiede gab, wo der arme Arthur Mulligan ums Leben gekommen war. Nichts als Fragen!

Laura war wie aus dem Ei gepellt, ihr Make-up perfekt, die blonden Haare korrekt frisiert – ganz im Gegensatz zu Ellis' widerspenstigen Locken. Sie trug ihre übliche Uniform: eine klassisch geschnittene Bluse, einen gerade geschnittenen Rock und elegante flache Schuhe. Diese Disziplin war ihr zur zweiten Natur geworden, sie brauchte sie als Überlebensstrategie, um damit fertig zu werden, dass ihr Mann so hoffnungslos chaotisch war. «William verschwendet seine ganze Energie darauf, seine langweiligen Kräuter in Ordnung zu halten», sagte sie manchmal. «Für die Familie bleibt nur das Chaos.» In dieser Hinsicht schlug Ellis ihrem Vater nach, wie in vielen anderen Dingen auch – ihr Karteikartensystem wurde von allen belächelt, die Notizen für ihre Vorlesungen waren unleserlich, aber trotzdem erzielte sie erstklassige Ergebnisse. Selbst bei der Arbeit trug sie Hosen und lange Hemden, und früher hatte sie sich oft gefragt, ob sie überhaupt mit ihrer Mutter verwandt war. Jetzt wusste sie wenigstens, von wem Laura ihr Aussehen geerbt hatte – auch wenn es für sie nicht mehr gereicht hatte.

Laura wirtschaftete in der Küche herum, holte den Kaffeefilter, maß das Kaffeepulver ab, goss Wasser auf, legte ein paar Plätzchen auf einen Teller und stellte alles mit Zucker, Milch und zwei Tellerchen auf ein Tablett. Dann ging sie voraus in den hinteren Teil des Hauses.

Der Wintergarten mit seinen exotischen Pflanzen, den hübschen Messingverzierungen und den pseudogotischen Fenstern war Williams erfolgreichstes Projekt im Haus. Trotz der Hitze draußen war es hier angenehm kühl, weil die Jalousien die Wärme abhielten, ohne das Licht zu blockieren, und zwischen den rosaroten, violetten und roten Blüten von Williams Fuchsien summte und brummte es von Bienen und Hummeln. Ellis ließ sich müde in den nächstbesten Sessel sinken.

«Wie fühlst du dich in deiner Behausung?», fragte Laura, während sie Tassen, Untertassen, Teelöffel und den Milchkrug auf das Tischchen stellte, alles sehr förmlich, als wäre Ellis eine Bekannte aus ihrem Bridgeclub und nicht ihre Tochter. «Wie lange hast du vor, dort zu bleiben?»

«Eine ganze Weile, Mum», begann Ellis. «Ich wollte dir etwas –»

«Möchtest du einen Keks?», fragte Laura und stellte noch den Zucker, den Kaffee und den Teller ab.

«Nein danke, Mum. Es gibt –»

Laura musterte ihre Tochter. Ihre Wangen waren gerötet von dem Spaziergang, sie hatte sich das Baumwollhemd um die

Taille geschlungen und trug, wie meistens, Jeans. «Du siehst sehr gut aus, mein Schatz», sagte sie. «Bist richtig aufgeblüht, könnte man sagen. Und du hast auch ein bisschen zugenommen, stimmt's? Steht dir gut.»

«Ja, stimmt, ich habe zugenommen, und zwar –»

Aber sie hatte ihr Stichwort verpasst, Laura war schon beim nächsten Thema. «Das Malletts Cottage sieht völlig anders aus als bei deinem ersten Besuch damals, erinnerst du dich?» Sie goss Kaffee ein, nahm Ellis gegenüber Platz und schlug die Beine übereinander. «Schlimmer als damals könnte es ja kaum sein, stimmt's?»

Ellis löffelte Zucker in ihren Kaffee und versuchte sich zu entspannen. «Ja, allerdings», meinte sie. «Aber jetzt ist es phantastisch. Ihr müsst mich bald besuchen.»

An Ellis' einundzwanzigstem Geburtstag waren sie vom Dower House zum Malletts Cottage gelaufen. Es war ein sonniges Maiwochenende gewesen, und Ellis hatte sich von der Universität weglocken lassen, weil ihre Eltern ihr eine große «Überraschung» versprochen hatten. Ellis erinnerte sich genau, wie schockiert sie gewesen war, als sie auf der Lichtung stand und ihr «Erbe» vor sich sah. Seit Nells Tod hatte niemand mehr das Cottage besucht – nur der Wind, der Regen und die nistenden Vögel. Der eine Teil war fast vollständig ausgebrannt, eine nackte Ruine aus verkohlten Balken und rußgeschwärzten Wänden. Nur dem gusseisernen Herd, dem Kessel und dem Brotofen hatten die Flammen nichts anhaben können. Der andere Teil war dem Feuer entgangen, aber ohne das Strohdach waren die Mauern von der Feuchtigkeit ganz grün geworden, die Fensterrahmen vergammelten, die Glasscheiben fehlten samt und sonders. Ellis war die schiefe Treppe ins Schlafzimmer hinaufgestiegen. Dort hatte unter offenem Himmel noch immer Nells eisernes Bettgestell gestanden, ein absurder Anblick. Aus der aufgerollten Matratze quoll die Füllung, und zwischen den Bettfedern hatte sich ein Rotkehlchen eingenistet. Der Lagerraum, in dem lauter verkohltes oder schimmeliges Gerümpel herumstand, stank penetrant nach Mäusen und Ruß. Das einzig Erfreuliche an der Besichtigungstour war der weiße Fliederbusch gewesen, der in voller Blüte stand. Sein schwerer, süßer Duft erfüllte die Luft, und Ellis hatte sich sofort an ihren ersten Besuch bei Nell erinnert, der siebzehn Jahre zurücklag. In dieser trostlosen Umgebung wirkte der üppige Fliederbusch fast wie ein Wunder.

«Sehr malerisch», hatte sie zu ihrer Mutter gesagt, als sie zur Straße zurückgingen. «Hoffentlich erwartet ihr nicht von mir, dass ich da einziehe.»

Damals hatte es sie nicht im Geringsten interessiert, wie Nell auf die Idee gekommen war, das Malletts Cottage ihr und nicht ihrer Mutter zu vererben. Nein, sie hatte sich nur geärgert, weil sie wegen so einer überflüssigen Aktion von der Uni weggeholt worden war. Sie stand kurz vor dem Abschluss des letzten Studienjahrs und arbeitete eigentlich nonstop. Wenn ihr damals jemand gesagt hätte, dass sie einmal in dieser traurigen Ruine wohnen würde, hätte sie nur laut gelacht. Ohne die Geschichte des Hauses zu kennen, hatte sie das Bettgestell behalten, es reparieren lassen und mit einem neuen Rost versehen. In diesem Bett würde sie heute Nacht schlafen, falls sie ein Auge zutun konnte, und morgen früh würde sie dort aufwachen – genau wie Nell während der langen, einsamen Monate ihrer Schwangerschaft.

«Erinnerst du dich an das Bett?», fragte sie jetzt ihre Mutter. «Du weißt doch, oben im Schlafzimmer, in dem sich das Rotkehlchen ein Nest gebaut hatte. Ich habe es herrichten lassen, und es sieht jetzt richtig schön aus.»

«Ja, ich erinnere mich vage.» Mit nachdenklichem Gesicht

nippte Laura an ihrem Kaffee. «Nell hat mich immer aufgefordert, im Wohnzimmer beim Herd Platz zu nehmen, wenn ich sie besucht habe – viel weiter als bis zur Spülküche bin ich nie gekommen. Eigentlich habe ich mich nie wohl gefühlt bei ihr. Ich hatte immer den Eindruck, sie erwartet etwas von mir, aber ich wusste nicht, was. Also konnte ich ihren Erwartungen natürlich nicht entsprechen. Sie hat mich angeschaut, aber sobald ich ihren Blick erwidert habe, hat sie sich abgewandt – das hat mich ganz nervös gemacht. Und sie war so streng! Wusstest du eigentlich, dass sie zu William gesagt hat, sie gibt ihm den Job nur, wenn wir dich nach einer alten Freundin von ihr nennen? Und als ich sie mit dir besucht habe – du warst damals höchstens vier, aber sie hat dich mit Fragen überhäuft wie bei einem Intelligenztest! Mit mir hat sie das auch gemacht, als sie mich das erste Mal gesehen hat, und dann meinte sie, es sei nicht zu leugnen, wessen Tochter ich bin, und hat mich weggeschickt. Sie hat mir richtig Angst eingejagt mit ihrem Zigeunerinnengesicht und dieser grässlichen Pfeife …»

«Mit welcher Pfeife?», hakte Ellis nach.

«Wusstest du das nicht?» Laura musterte ihre Tochter erstaunt. «Die Pfeife hat sie umgebracht! Sie hat jahrelang Pfeife geraucht. Damit angefangen hat sie im Krieg, glaube ich. Das Feuer ist ausgebrochen, weil sie mit brennender Pfeife im Sessel eingeschlafen ist, hieß es. Vor dem Herd lag ein alter Flickenteppich, da brauchte es nur einen Funken. Anscheinend gehört es zu den häufigsten Brandursachen, dass die Leute beim Rauchen einschlafen …»

Ellis hörte ihr gebannt zu. Laura redete so selten über persönliche Dinge, und jetzt rückte sie freiwillig Informationen heraus, sie nannte sogar Namen, ohne dass Ellis sie zwingen musste. Die Fragen in ihrem Kopf überschlugen sich. Worüber hatten sich Nell und Laura unterhalten, wenn sie im Cottage am Feuer saßen? Hatte Nell ihr von ihrer Affäre mit Laurence erzählt? Vorsicht, ich darf sie nicht bedrängen. Bestimmt weiß sie nichts von Laurence und Nell. Woher der Name Ellis stammt, ahnt sie offenbar auch nicht, sonst hätte sie die Geschichte mit der «alten Freundin» nicht geschluckt …

«Als wir an deinem einundzwanzigsten Geburtstag dort waren, habe ich das erste Mal das Schlafzimmer betreten. Nach dem Brand hat sich dein Vater um alles gekümmert –»

Ellis vergaß ihre guten Vorsätze. «Erzähl mir mehr!», bettelte sie. «Hast du Nell als Kind oft gesehen? Ist Violet mit dir hingegangen?» Noch ehe sie den Satz zu Ende gesprochen hatte, wusste sie, dass sie einen Fehler gemacht hatte.

«Nein.» Die Kaffeetasse klirrte leise auf ihrer Untertasse. Gerade noch waren die Erinnerungen aus Laura herausgesprudelt, als würde sie immer über diese Dinge reden. Aber jetzt hatte Ellis den Finger in eine Wunde gelegt. Den Namen Violet konnte man in ihrer Gegenwart immer noch nicht nennen, ohne dass sie sich aufregte. «Nein, ich habe Nell erst kennen gelernt, als ich nach Suffolk gezogen bin – das heißt mit neunzehn.»

Ellis konnte sich nicht bremsen. «Aber hast du denn nie die Ferien auf Old Hall verbracht? Hat Vi – ich meine, hat deine Mutter nie mit dir deine Großmutter besucht?»

«Nein, das habe ich doch eben gesagt.» Laura wurde ungehalten.

Wahrscheinlich hatte Violet etwas dagegen gehabt, dass ihre Tochter allzu häufig bei Nell war – aber wieso hatte sie auch den Kontakt mit Marion abgebrochen? Marion war doch auf ihrer Seite gewesen – oder? Immerhin war Laura ein Mitglied der Familie Palmer, sie war Laurence' Tochter und Marions Enkelin!

Aber diese Fragen waren zu intim, zu indiskret, das spürte Ellis. Also änderte sie ihre Taktik. «Erzähl mir vom Malletts Cottage. Warum hat Nell es ausgerechnet mir vererbt?»

Laura zuckte die Achseln. «Sie konnte damit machen, was sie wollte – und sie hatte einen Narren an dir gefressen, das ist alles. Sie fand, du hättest Ähnlichkeit mit ihr. Weil du so fix bist.»

«So fix?»

«Ja, fix im Denken, klug, intelligent.» Laura räusperte sich und rang sich ein Lächeln ab. «Du hast es bei unserem Besuch sogar selbst zu ihr gesagt. Vermutlich erinnerst du dich nicht, aber Nell fand es sehr amüsant.»

«Wieso gehörte das Cottage eigentlich ihr?»

Wieder ein Achselzucken. «Kann sein, dass sie es von meinem Großvater gekauft hat.»

Das beantwortete eine von Ellis' Fragen: Wenn Laura dachte, das Cottage hätte zu Geralds Erbe gehört, dann wusste sie nichts von der Beziehung zwischen Nell und Laurence. Aber gleichzeitig tauchte eine neue Frage auf: Hatte Laurence ein Testament hinterlassen und seinen wertvollsten Besitz seiner Geliebten vermacht? War dadurch alles ans Tageslicht gekommen?

Laura fingerte an ihrer Kaffeetasse herum, stellte sie wieder ab, zupfte ihren Rock zurecht.

«Weißt du, warum Nell den Kräutergarten angelegt hat?»

«Keine Ahnung. Ist das wichtig?» Laura schaute müde aus dem Fenster, und Ellis begann zu quengeln.

«Bitte, Mom. Erzähl mir doch ein bisschen vom Gut deines Großvaters. Erzähl mir von Nell. Erzähl mir … einfach alles! Ich muss es wissen!»

«Ach, Ellis!» Laura war nun wirklich ungehalten. «Weshalb fängst du wieder damit an? Wie oft muss ich dir noch sagen, dass ich nicht darüber sprechen möchte?»

Ellis kam sich vor, als wäre sie wieder sieben Jahre alt. Auf einmal erschien es ihr unglaublich wichtig, dass sie über ihre Familiengeschichte Bescheid wusste – als könnte sie mit ihrem Kind nur zurechtkommen, wenn sie es in einen Kontext einordnen konnte, wenn sie ihm eine Geschichte gab. Die Beziehung von Nell und Laurence, die Kluft zwischen Violet und Laura, ihr Namensvetter Ellis, Nells verschwundener Sohn – irgendwie gab es da einen Zusammenhang, aber sie wusste noch nicht, welchen. «Bitte, bitte, Mum!», flehte sie ihre Mutter an. «Warum willst du nicht darüber sprechen? Ich *muss* es wissen.»

Laura befeuchtete ihre Lippen und starrte in die Ferne. «Nein», erwiderte sie. «Ich kann es nicht und ich will es nicht.» Dann schlug sie die Hände vors Gesicht und begann zu schluchzen.

So kam es, dass Ellis aufgab. Als ihre Mutter zu weinen anfing, versicherte sie ihr schnell, es sei nicht so wichtig, sie frage aus reiner Neugier. Es tue ihr Leid – sie habe nicht gedacht, dass dieses Thema immer noch so heikel sei. Sie versuchte die Wogen zu glätten. Laura, selbst in diesem aufgebrachten Zustand noch elegant und gepflegt, schaute sie mit feuchten blauen Augen an und erklärte traurig: «Es tut mir schrecklich Leid, Ellis, aber ich will über diese Dinge nicht reden.» Ellis sagte, sie verstehe das. Sie wechselte das Thema und redete über Belanglosigkeiten: dass die Handwerker vor dem Cottage einen Haufen Sand zurückgelassen hatten, dass es für die Möbelpacker gar nicht so leicht gewesen war, den Schreibtisch durch die Haustür zu manövrieren. Solche Gespräche führte sie mit ihrer Mutter, seit sie denken konnte. Dann verabschiedete sie sich, entschuldigte sich noch einmal und ging den Flur zur Eingangshalle hinunter – vermutlich der einzige Teil des Hauses, den Nell wieder erkennen würde, dachte sie, als sie an der Kammer unter der Treppe vorbeiging. An der Tür sagte sie zu Laura, sie würde sie und William gern für den folgenden Abend zum Essen einladen. Und ihnen von ihrer Schwangerschaft erzählen, beschloss sie.

Warum fällt es mir nur so schwer, mit meiner Mutter zu reden?, überlegte sie, als sie in ihr Auto stieg. Im Wagen war es brütend heiß und sie kurbelte schnell die Fenster herunter, um ein bisschen Durchzug zu schaffen, starrte durch die Windschutzscheibe und dachte an Nells Tagebuch. Sie hatte keine Wahl – sie musste es zu Ende lesen. Nachdem sie einmal angefangen hatte, musste sie auch den Rest erfahren.

Kapitel 22

Für William gab es außer seiner Frau und seiner Tochter nur eins im Leben, und das war der Kräutergarten. Jeder Familienurlaub hatte darunter gelitten, dass ihr Vater am liebsten gleich wieder nach Hause gefahren wäre. Er konnte das nicht verbergen, und man spürte es schon, wenn sie mit dem voll gepackten Auto losfuhren. Denn er traute seinen Mitarbeitern nicht zu, dass sie sich genauso gewissenhaft um seine geliebten Kräuter kümmerten wie er. Die wunderbaren Ferienorte, die Laura auswählte, interessierten ihn nicht: dass er möglichst schnell wieder von Broadstairs oder Barcelona wegwollte, machte Ellis' Mutter immer sehr böse. Schließlich kam man zu dem Schluss, dass es keinen Sinn hatte, ihn von seiner Arbeit wegzulocken, weil die gemeinsamen Ferien für alle eine Qual waren. Aber erst mit Mitte zwanzig begriff Ellis, wie stark sie ihrem Vater ähnelte, wie sehr die Arbeit ihr Leben bestimmte.

Beim Studium konzentrierte sie sich ganz auf ihre Veranstaltungen, und während sie die Karriereleiter immer höher hinaufkletterte, rückten ihre ehemaligen Studienfreunde zunehmend von ihr ab, ohne dass sie es richtig registrierte. Die meisten von ihnen entschieden sich für eine Laufbahn außerhalb des akademischen Elfenbeinturms. Sie wurden Journalisten oder Werbemanager, Broker oder Unternehmer. Alle waren inzwischen verheiratet, die meisten hatten Kinder, und obwohl Ellis mit einigen ihrer Altersgenossinnen Kontakt hielt, ihnen zu Weihnachten eine Karte schickte und gelegentlich auch anrief, hatte sich das Verhältnis verändert – sie waren nicht mehr dieselben, nicht mehr so sorglos wie damals während des Studiums.

Der Vorschlag, jedes Jahr mit Laura eine Woche Urlaub zu machen, stammte von Ellis. Sie wollte ihrer Mutter näher kommen, eine gemeinsame Basis schaffen. Vielleicht konnten sie ja unterwegs besser miteinander reden. Und wen hatte sie überhaupt noch, außer ihrer Familie?

Es funktionierte wunderbar – jedenfalls bis zu einem gewissen Grad. Laura hatte sich gefreut und sich geschmeichelt gefühlt, als Ellis sich an sie wandte. Im Laufe der Jahre hatten sie phantastische Reisen unternommen, sie hatten Städte und Länder gesehen, die keine von beiden allein besucht hätte, und sie hatten sich besser kennen gelernt – Ellis rief ihre Mutter öfter an, hielt sie auf dem Laufenden, was ihre Karriere betraf, und wenn sie zu Besuch kam, erzählte sie ihr amüsante Anekdoten aus dem Universitätsleben. Laura wiederum war ihr gegenüber viel wärmer und offener geworden. Aber egal, was sie besichtigten, die griechischen Ruinen, das Tal der Könige, die alten Inkastätten oder die primitiven französischen Höhlenmalereien – nie gingen ihre Gespräche über das Alltägliche hinaus, nie rührten sie an tiefer schürfende Fragen. Sie unterhielten sich über die herrliche Aussicht, über die Mängel der regionalen Küche und die Exkursion am nächsten Tag. Sobald Ellis das Gespräch auf eine persönlichere Ebene bringen wollte, wechselte ihre Mutter unauffällig das Thema. Und auch jetzt war sie wieder zu weit gegangen – genau wie mit sieben Jahren.

Erst als sie ihre Einkäufe auspackte, merkte sie, wie müde sie war. Sie schleppte die Tüten ins Haus und stapelte die Fertiggerichte, für die sie sich der Bequemlichkeit halber entschieden hatte, in der Gefriertruhe im ehemaligen Klohäuschen. Der Rest blieb in der Küche: Mehl, Brot, Butter, Salat, Champignons und krümeliger Cheddarkäse.

Seit Joe nach Yorkshire gefahren war, hatte sie vor allem eins versucht: ihre Situation in den Griff zu bekommen. In letzter Zeit hatte sie angefangen, mit ihrem ungeborenen Kind zu sprechen, als wäre es – sie? – eine reale Person, der sie ihre Ängste anvertraute und mit der sie ihre Pläne diskutierte. «Als Erstes müssen wir mal klar Schiff machen», sagte sie jetzt, während sie Kartoffeln und Zwiebeln in der kleinen Speisekammer hinter der Küche verstaute. «Es war eine blöde Idee, deine Großmutter und deinen Großvater für morgen zum Essen einzuladen. Ich gehe heute Nachmittag rauf zum Kräutergarten und erkläre Dad, dass ich leider noch keinen Besuch haben kann.»

Du schiebst es vor dir her, meldete sich ihr Gewissen. Dauernd findest du neue Ausreden. Du hast Angst vor ihnen! Und jetzt hast du Laura geärgert und dadurch alles noch schwieriger gemacht. Laura hatte richtig erleichtert gewirkt, als Ellis sich verabschiedete, und auch die Einladung hatte sie eher zögernd angenommen.

«Klar, eigentlich ist es völlig einerlei, ob sie mit meiner Entscheidung einverstanden sind», versicherte Ellis ihrer Tochter.

«Wir kommen schon zurecht, mit oder ohne ihre Unterstützung. Wir haben Geld auf dem Konto, ein Dach über dem Kopf, und jetzt … jetzt haben wir auch was zu essen im Haus», schloss sie, während sie Suppenwürfel und Olivenöl im obersten Regal deponierte.

Sie legte die Hände auf den Bauch, an die Stelle, wo sie das Baby vermutete, und drückte leicht. Und was ist mit Joe?, flüsterte ihr Gewissen. Wie passt Joe in dieses Szenario? Dieses Baby ist auch sein Kind. Heißt das nicht, dass er gewisse Rechte hat? Und Pflichten?

«Kaffee!», verkündete Ellis und schob den Gedanken beiseite. «Wo habe ich den Kaffee hingestellt?»

Sie stellte den Liegestuhl zwischen Teich und Fliederstrauch in den Schatten, trug Salat und Käse, frisches Baguette und ein Glas Orangensaft nach draußen, um im Freien zu essen. Friedlich lag das Cottage in der warmen Mittagssonne. Von außen ahnte man nicht, dass sich drinnen überall Bücher und Papiere stapelten und noch immer keine Bilder aufgehängt waren. Was würde Joe von ihrem Häuschen halten? Würde es ihm gefallen – so wie es ihr inzwischen gefiel? Oder würde ihn die isolierte Lage stören, der mangelnde Komfort, würde er sich nach dem Lärm und dem Tempo der Großstadt sehnen? Im Grunde wusste sie sehr wenig über ihn, sie hatten nie über ihre Familien und ihre Herkunft gesprochen – immer nur über Bücher und Theaterstücke, über Politik und ihre Lieblingsdichter …

Sie trank einen Schluck Orangensaft, lehnte sich zurück und hielt die Hand über die Augen. Würde Joe Nells Gegenwart auch so deutlich spüren wie sie? Was würde er von ihrem Tagebuch halten, das noch immer auf der Treppe lag und darauf wartete, dass sie den Mut fand weiterzulesen?

Als sie nach Hause gekommen war, hatte sie getestet, ob sie

die Vibration spüren konnte. Vorsichtig hatte sie die Hand neben der Wohnzimmertür auf die Wand gelegt, aber nur das kühle Mauerwerk gespürt, nicht die geringste Schwingung. Sie war erleichtert gewesen, aber irgendwie auch enttäuscht. Siehst du – du bist total kindisch!, hatte sie sich streng zurechtgewiesen. Es gibt keine vibrierenden Wände, du hast dir das alles nur eingebildet. Aber irgendwie fand sie es schade, dass sie ganz allein im Haus war. Plötzlich fühlte sie sich entsetzlich einsam, als hätte ihr Nell ihre Geheimnisse anvertraut und sie dann sich selbst überlassen.

Selbstverständlich gab es eine absolut logische Erklärung für das, was ihr heute Morgen passiert war. Sie bekam manchmal einen Schlag von ihrem Auto und vom Teppich in ihrem Büro. Das war nicht gefährlich, höchstens unangenehm – aufgeladene statische Elektrizität. «Mehr ist es nicht», sagte sie, während sie das letzte Stückchen Brot mit Käse aß, ohne richtig zu merken, wie es schmeckte. «Mit Nell hat das gar nichts zu tun. Es war nur einfach zu viel Statik.»

Als sie aufwachte, war es Abend. Das sah sie an den langen Schatten. Ihre Arme glühten von der Sonne, eine Wespe surrte verzweifelt in ihrem Saftglas, halb ertrunken und zu klebrig, um herauszukrabbeln. Ellis reckte sich und schaute auf die Uhr. Schon zwanzig vor sieben! Wenn sie das Abendessen mit ihren Eltern noch einmal verschieben wollte, musste sie jetzt gleich zu ihrem Vater fahren, sonst erwischte sie ihn nicht mehr. Einen Moment lang bedauerte sie, dass sie kein Telefon hatte, aber dann fiel ihr ein, dass William ohnehin um halb sechs die Telefone im Kräutergarten abstellte, damit er ungestört seine Buchführung machen konnte.

Sie ließ den Blick über die Lichtung schweifen. Die Bäume hatten nach und nach immer mehr Platz erobert – hier eine

Esche, dort ein Ahornbaum, und an der Stelle, wo sich Nells Gemüsegarten befunden haben musste, stand jetzt eine junge Eiche. Als würde Birnams Wald immer näher auf Dunsinan vorrücken, wie in *Macbeth*. Zwischen dem hohen Gras waren überall Brombeersträucher und wilde Rosen und Maulwurfshügel. Sie musste ihren Vater um Rat fragen, ob sie die ganze Lichtung räumen oder nur die größten Bäume fällen sollte.

Die Sonne schickte ihre letzten Strahlen über die Lichtung, und Ellis musste schützend die Hand über die Augen legen, um nicht geblendet zu werden. War das dort drüben ein Rosmarinstrauch? Und links – war das die rosarote Kerze einer Lupine, die sich selbst ausgesät hatte? Da, wo sie jetzt saß, musste sich Nells Kräutergarten befunden haben. Hier hatte alles angefangen! Ellis wurde ganz aufgeregt, aber gleichzeitig wurde ihr bang ums Herz – es war die gleiche Beklommenheit, die sie schon auf dem Weg zum Dower House empfunden hatte. Was war, wenn ihr das, was sie herausfand, nicht gefiel? Was dann?

Sie stand auf. Wenn sie gleich losfuhr, traf sie ihren Vater noch an. Um diese Jahreszeit arbeitete er meist bis spätabends. Vielleicht konnte sie ihm erzählen, dass sie das Tagebuch gefunden hatte. Ihn um Rat fragen. Er war so bodenständig, so klug und nüchtern. Bestimmt konnte er ihr helfen, alles ein bisschen zurechtzurücken. Ihm durfte sie auch die Fragen stellen, die ihre Mutter nicht beantworten wollte. Oder sie konnte sich einfach zu ihm ins Büro setzen, eine Tasse von seinem grässlichen Tee trinken und sich an dem unermüdlichen Enthusiasmus für seine Kräuter freuen.

Sie rettete die Wespe und trug das Tablett mit dem Geschirr ins Haus zurück. Das Gras war schon feucht vom Abendtau. Dann steckte sie die Schlüssel in ihre Hosentasche und wollte gehen.

Bewusst vermied sie es, die Wände zu berühren, und sie

schaute sich nicht um, sondern konzentrierte sich darauf, keinen der Bücherstapel umzustoßen. Aber im Flur angekommen, konnte sie es sich nicht verkneifen, sich noch einmal umzudrehen. Aber diesmal sah sie Nells alten Ledersessel nicht, sie roch auch keinen Tabak. Siehst du? Es ist niemand hier. Nur du, verspottete sie sich. Die Vision war verschwunden.

Nells Tagebuch lag noch auf der Treppe. Sie sollte es wegräumen und ein paar Tage warten, bis sie sich ein bisschen beruhigt hatte –

Klack!

Jemand rüttelte von außen an der Tür. Ellis wich erschrocken zurück. Kurz dachte sie, es könnte Laurence sein, ihr Großvater, der fünfzig Jahre zu spät zurückkehrte, um seine Geliebte zu holen. «Wer ist da?», rief sie. «Was wollen Sie?» Mach dich nicht lächerlich, schimpfte sie mit sich, das kann doch nur Dad sein, der auf dem Heimweg vorbeischaut, weil er wissen will, wie's dir geht. Oder einer der Handwerker bringt die letzte Rechnung vorbei. Aber warum antwortete ihr Besucher nicht? Ellis bekam plötzlich Angst und drückte Nells Tagebuch an sich, als könnte es sie beschützen gegen ... ja, wogegen?

«Wer ist da?», rief sie noch einmal. «Dad, bist du das?»

«Nein, ich bin's!»

Joe? Ellis starrte fassungslos auf die Tür. Sie fing an zu zittern, ihr Herz klopfte wie verrückt, ihr Mund war plötzlich ganz trocken. Sie sah ihn vor sich, so wie er ausgesehen hatte, als sie ihn vor vielen Monaten von ihrem Bürofenster aus beobachtete – und dieses Bild brachte sie noch mehr durcheinander, ihr wurde schwindelig vor Schreck und vor Freude. Sie musste sich an der Wand abstützen, um nicht das Gleichgewicht zu verlieren – und da spürte sie es wieder, dieses leichte Vibrieren. Voller Panik zog sie die Hand weg.

«Joe? Joe, bist du das?»

«Wer denn sonst, verdammt nochmal?»

Ellis reagierte mit Nells Worten: «Geh bitte.»

Joe schien Laurence' Antwort zu kennen: «Nein», sagte er. «Du hast mich gerufen.»

«Ich habe dich nicht gerufen!» Da fiel ihr der Traum ein, in dem sie durchs Cottage geirrt war und seinen Namen gerufen hatte. Hatte es etwa auch eine Wirkung, wenn man jemanden im Schlaf rief? «Wie hast du mich gefunden? Ich habe strikte Anweisungen gegeben –»

«Offensichtlich waren sie nicht strikt genug. Lässt du mich jetzt rein?»

«Nein.»

«*Lasst mich ein, ihr Kinder, 's ist so kalt der Winter ...*»

Wider Willen musste Ellis lächeln, aber dann wurde sie gleich wieder ernst, denn sie hörte erneut Nells Stimme. «Geh bitte!»

Stille, dann ein schmeichelndes Flüstern: «‹*Wir sind des Wanderns müde, teurer Freund ...*›»

Dichtung. Wie albern, wie unverschämt – und wie typisch für Joe, in so einem Augenblick ein Gedicht zu zitieren! ... Wie war sie je auf den Gedanken gekommen, die Geschichte mit ihm sei zu Ende?

«Ich bin noch da.»

Was sollte sie tun?

«Gut, dann warte ich eben.»

«Nein, ich habe gesagt, du –»

«Mach die Tür auf, Ellie. Ich kann dich nicht hören.»

Ellis trat einen Schritt näher, wie von einem Magnet angezogen. «Wie hast du mich gefunden? Ich habe der Verwaltung ausdrücklich gesagt, dass sie meine Adresse nicht herausgeben sollen.»

«Ich habe mich umgehört.»

«Wo? Wen hast du gefragt?»

«Deine Freundin Harriet. Mach auf, Ellie.»

Ellis schloss die Augen – Joe war der Einzige, der sie Ellie nannte. Nimm dich zusammen, sagte sie sich. Das ist genau das, was du nicht wolltest: Joe Leavis, der vor der Tür steht und in dein Leben zurückkommen möchte. Genau das wolltest du vermeiden, deswegen hast du dir solche Mühe gegeben, deine Spuren zu verwischen. «Du lügst», sagte sie. «Harriet weiß nicht einmal, dass dieses Cottage existiert. Du hast mit meiner Mutter gesprochen, stimmt's?»

«Komische Frau, deine Mam.»

«Wie meinst du das?»

«Ich glaube, sie war nicht besonders begeistert, als sie mich gesehen hat.»

«Wie hast du sie dann dazu gekriegt, dir zu sagen, wo ich bin?»

«Tja ...» Er hatte tatsächlich den Nerv zu lachen! «Kein Problem. Ich habe ihr gesagt, du erwartest ein Kind von mir.»

«Wie bitte?»

«Ich habe ihr gesagt, du –»

«Schon gut, ich hab's verstanden!» Er musste es die ganze Zeit gewusst haben. Wie hatte sie nur so dumm sein können zu glauben, sie könnte es ihm verheimlichen?

«Lass mich rein – sonst muss ich leider die Tür eintreten.»

Ellis sah, wie sich ihre Hand ganz von allein auf den Riegel zubewegte – und zog sie blitzschnell zurück. «Unter einer Bedingung.»

Nach einer langen Pause kam ein verdrossenes: «Und die wäre?»

«Keine faulen Tricks.»

«Keine faulen Tricks? Das klingt wie in 'nem schlechten Film.»

«Ich meine es ernst.»

«Gut, meinetwegen – ganz wie du willst. Keine faulen Tricks.»

Ellis öffnete die Tür, wollte aber gleich rückwärts ins Wohnzimmer fliehen und stolperte dabei fast über einen Stapel Bücher. Die ganze Zeit drückte sie Nells Tagebuch an die Brust.

«Also dann, Dr. Jones.»

In den Türrahmen gelehnt blieb er stehen. Er trug ein dunkelblaues T-Shirt, verwaschene Jeans und dazu ziemlich abgetragene Wüstenstiefel. Sein Gesicht und seine Arme waren braun gebrannt, als hätte er die letzten Monate hauptsächlich im Freien zugebracht. Seine Haare waren wesentlich kürzer als vorher, wodurch er älter, härter wirkte. Er hatte einen Dreitagebart und seine Kleidung war zerknittert, als hätte er darin geschlafen. Ellis wollte etwas zu seiner Erscheinung sagen, aber dann machte sie den Mund wieder zu – sie musste Distanz halten, kühl und reserviert bleiben.

«Wann wolltest du's mir sagen?»

«Was meinst du?» So nicht, Ellis, red nicht mit ihm, als wäre er ein Idiot!

«Red nicht mit mir, als wär ich ein Idiot!», sagte Joe und trat ins Zimmer.

Ellis hatte ganz vergessen, wie groß er war und was mit ihren Knien passierte, wenn er in ihre Nähe kam. Ihre guten Vorsätze waren wie weggeblasen – eine schlaflose Nacht, ein anstrengender Tag und zu viel Sonne genügten, und sie wurde schwach. «Weißt du ...» Sie wich noch ein Stück zurück. «Ich ... äh ... du hast mich überrumpelt. Ich habe nicht erwartet, dass ...»

«Du hast mich gerufen», beharrte Joe. «Also bin ich gekommen. Und jetzt willst du, dass ich gehe und im hohen Gras meditiere, bis du bereit bist, mich gnädig zu empfangen?»

«Nein, überhaupt nicht.»

«Gut. Ich habe auch keine Lust dazu, ehrlich gesagt.» Er klang schroff, fast unfreundlich. «Draußen ist nämlich schon alles nass, und es hat mir noch nie gefallen, wenn mein Hintern feucht wird.»

«Joe, bitte, hör auf –»

«Ich dachte schon, du sagst gar nichts dazu.» Jetzt grinste er. Wie entwaffnend dieses Grinsen war! Ellis konnte sich genau vorstellen, wie er Laura um den Finger gewickelt hatte, damit sie ihm das Versteck ihrer Tochter verriet. «Ich hab meine Sachen draußen», sagte er. «Bin gleich wieder da.» Er zog den Kopf ein, um nicht gegen den Türbalken zu stoßen, und verschwand.

Ellis schloss die Augen. Wenn er zurückkam, musste sie's ihm sofort sagen. Sie hätte ihn überhaupt nicht hereinlassen dürfen. Sie hatte die Situation aus der Hand gegeben, aber wenn sie ihm die Regie überließ, konnte er mit ihr machen, was er wollte.

Sie hörte Gescharre im Flur, dann erschien Joe mit einem großen alten Rucksack in der Tür. Er ließ ihn auf den Boden sinken. «Entschuldige», sagte er. «Das sind alle meine irdischen Güter. Verdammt schwer.»

Ellis starrte ihn ungläubig an. «Joe – du hast mir doch versprochen, keine faulen Tricks! Ich denke, ich habe mich deutlich genug ausgedrückt –»

«Ja, klar. Aber ich weiß nicht, wohin – Mam hat mich rausgeworfen.»

«Warum? Was hast du verbrochen?»

Er begann an den Gurten seines Rucksacks herumzuziehen und redete dabei über die Schulter. «Womit soll ich anfangen? Ich habe eine Affäre mit einer Frau, die vierzehn Jahre älter ist als ich und außerdem noch Dozentin an meiner Uni –»

«*Du hattest.*» Ellis war empört, dass er in der Gegenwart

sprach – wie konnte er so arrogant sein und sich noch immer weigern zu akzeptieren, dass es aus war! «Du *hattest* eine Affäre mit einer Dozentin. Vergangenheit –»

«Ich habe eine Affäre mit einer Dozentin», wiederholte Joe unbeirrt. «Ich habe sie angebufft, wie mein guter alter Dad zu sagen pflegte, ich habe mein Studium hingeschmissen –»

«Wie bitte?» Ellis setzte sich auf den nächsten Stuhl und starrte ihn entsetzt an.

«Ja, ich habe mich vorgestern exmatrikuliert.» Er reckte sich wie eine dünne, drahtige Katze. Offenbar war er ganz zufrieden mit dieser Entscheidung. «Die letzten beiden Nächte habe ich in meinem Auto verbracht. Eine Rasur würde mir nicht schaden.» Er trat ans Fenster und schaute hinaus in die untergehende Sonne, mit dem Rücken zu ihr, die Hände tief in den Hosentaschen, die Schultern hochgezogen – der einzige Hinweis darauf, dass er sich doch nicht ganz wohl fühlte. «Schön hier. Es gibt also keinen Grund mehr, dass wir nicht da weitermachen können, wo wir aufgehört haben.»

Ellis war sprachlos. Wie konnte er nur? Wie konnte er so dumm sein und seine ganze Zukunft wegwerfen – ihretwegen? Sie legte Nells Tagebuch auf den Tisch und schlug mit der flachen Hand auf den zerfetzten Umschlag, um ihre Worte zu unterstreichen. «Du musst zurückfahren und sagen, dass du es dir anders überlegt hast», sagte sie. «Jetzt sofort, bevor es zu spät ist. Sag dem Typen in der Verwaltung, du warst betrunken oder so was. Das versteht er schon, er hat schon viel erlebt, Studenten machen oft blöde Fehler, wenn sie –»

«Hör auf!», rief Joe.

Erst als er die Arme vor der Brust verschränkte und sie anfunkelte, begriff Ellis, wie wütend er war.

Wieder geriet sie in Panik. Sie stand auf, kramte in ihrer Hosentasche, nahm den Haustürschlüssel vom Schlüsselbund

und legte ihn auf den Tisch, auf Williams Lavendelgartenpläne. Dann ging sie zur Tür.

«Ich dachte, du hättest es kapiert», sagte sie betont langsam und deutlich, als wäre er schwerhörig oder minderbemittelt. «Es ist vorbei, Joe. Wir hatten eine Affäre. Es tut mir Leid, wenn du dachtest, es ist mehr, aber ich kann nicht die Verantwortung dafür übernehmen, dass du etwas in unsere Beziehung hineininterpretiert hast, was gar nicht da war. Ich gehe jetzt. Du kannst dich waschen und rasieren, aber wenn ich zurückkomme, bist du weg. Wenn du auch nur einen Funken Verstand besitzt, dann gehst du morgen zur Verwaltung und sagst, du möchtest deinen Studienplatz wiederhaben, ehe sie dein Zimmer im Wohnheim weitervermieten. Ich fahre zu meiner Mutter und erkläre ihr alles. Den Schlüssel legst du am besten draußen hin ...» Wieder musste sie an die Vergangenheit denken, Nells Worte klangen in ihr nach. *Hier sagen die Leute Bumby* ... «Den Schlüssel legst du am besten auf das Brett im Bumby.»

«Im was?»

Ellis schüttelte den Kopf, als könnte sie dadurch die Vergangenheit abschütteln. «Gleich hinter dem Haus ist das ehemalige Klohäuschen. Neben der Tür ist ein Brett» – *für eine Kerze, ein Haken für das Zeitungspapier* – «Da kannst du den Schlüssel hinlegen.»

Sie wollte an ihm vorbei, aber er stellte sich ihr in den Weg. «Weißt du, was deine Mam gesagt hat?»

«Lass mich vorbei.» Sie wollte seitlich an ihm vorbei, aber er ließ sie nicht.

«Stimmt das, Ellie?»

«Was?»

«Ich habe ihr gesagt, es war ein Versehen, das Kind. Und weißt du, was sie da gesagt hat? ‹Heutzutage wird keine Frau schwanger, wenn sie es nicht will.› Sie meinte, wenn du ein Kind bekommst, dann deswegen, weil du ein Kind haben möchtest und es so geplant hast. Sie hat gesagt …» Er trat zur Seite, redete aber weiter. «Sie hat gesagt, viele Frauen entscheiden sich für ein Kind und gegen den Vater. Ich hab ihr geantwortet, dass es bei uns anders ist. Ich hab doch Recht – oder, Ellie?»

Bei dem, was sie jetzt sagte, konnte Ellis ihm nicht in die Augen sehen. Sie starrte auf ihre Füße. «Es spielt keine Rolle, ob es Absicht war oder nicht. Ich bleibe bei meinem Entschluss.» Natürlich hatte er Recht, aber was Joe von ihr dachte, durfte nicht wichtig sein. Die Beziehung war zu Ende. In gewisser Weise war es sogar leichter für ihn, wenn er das Schlimmste vermutete. Wenn er dachte, dass sie ihn nur als Mittel zum Zweck benutzt hatte, kam er schneller darüber hinweg. Ob sie darüber hinwegkam, stand auf einem anderen Blatt.

«Vergiss nicht abzuschließen, wenn du gehst», sagte sie noch.

Mit dieser Antwort schien er nicht gerechnet zu haben – er machte keinerlei Anstalten, sie aufzuhalten. Schnell ging sie in den Flur, um außer Reichweite zu sein, ehe er sich erholte und noch einmal versuchte, sie zu überreden. Erst als sie sich an seinem rostigen Ford Fiesta vorbeigequetscht hatte, der so dicht neben ihrem Auto stand, dass sie auf der Beifahrerseite einsteigen musste, bekam sie sich wieder einigermaßen unter Kontrolle. Es war leicht, sich einzureden, dass ihr Entschluss richtig war, solange Joe nicht vor ihr stand – aber in seiner Gegenwart fiel es ihr unendlich schwer. In den vergangenen Monaten hatte sie sich sogar überlegt, ob sie nicht ihre Stelle aufgeben und sich mit wissenschaftlichen Veröffentlichungen über Wasser halten sollte. Dann konnte Joe unbehindert sein Studium abschließen und sie konnten zusammen sein, ohne sich zu verstecken. Aber dann meldete sich immer gleich die Vernunft zu Wort: Sie hatte ihr ganzes Erwachsenenleben auf diese Art von Stelle hingearbeitet. Sie unterrichtete für ihr Leben gern, sie liebte die Universität – selbst der Entschluss, ein Sabbatjahr einzulegen, hatte sie Überwindung gekostet. Früher oder später würde sie es bedauern, wenn sie das alles aufgeben würde, und sie würde Joe innerlich Vorwürfe machen. Und wie würde Joe es aushalten, dass sie seinetwegen unglücklich war?

Aber jetzt hatte Joe es getan – er hatte alles für sie aufgegeben. «Und es geht trotzdem nicht!», rief Ellis laut. Sie hielt das Lenkrad nur mit einer Hand und fuhr sich mit der anderen über ihre feuchten Augen. «Es geht einfach nicht, du Idiot!»

Langsam fuhr sie den Pfad entlang und bog dann links in die kleine Straße ein, die unter der Landstraße hindurchführte und sie auf die andere Seite des Tals brachte, zum Dower House. Sie musste sich bei ihrer Mutter entschuldigen, ihr erklären, dass sie vorgehabt hatte, ihr bei dem Besuch am Morgen von der Schwangerschaft zu erzählen. Sie hatte doch nicht gewollt, dass sie es auf diesem Weg erfuhr! Was Laura jetzt wohl dachte! Joe war wirklich unmöglich. Je wütender sie wurde, desto besser fühlte sie sich.

Sie wollte eigentlich direkt zum Dower House fahren, aber unterwegs verließ sie der Mut und sie bog ab, hoppelte über das Viehgitter, an den Schildern *Old Hall Country Club* und *Kräutergarten* vorbei in den Park. Viertel nach sieben. Der Abschied von Joe hatte weniger als zwanzig Minuten gedauert. Vielleicht erwischte sie ihren Vater ja noch.

Die Sonne stand tief, auf beiden Seiten der Straße lagen schwarz gesichtige Schafe unter den Bäumen – sie hatten bereits ihr Nachtquartier bezogen. Oben auf dem Hügel stand Old Hall. Mit seinen schmucken Türmchen, Balkonen und

Balustraden hob sich das Gebäude majestätisch vom blauen Abendhimmel ab, die Fenster waren bereits erleuchtet. Ellis hörte Gläser klirren und Geschirr klappern. Die Geräusche kamen aus den offenen Fenstern des Esssaals. Als sie an dem nächsten *Kräutergarten*-Schild vorbeikam, hörte sie scheppernde Pfannen und die laute Stimme des Chefkochs, der im Nordflügel seine Untergebenen anblaffte. Als das Haus noch den Palmers gehört hatte, waren dort die Dienstbotenzimmer gewesen. Dort hatte Marion während des Krieges gewohnt, dort hatte Violet den letzten Teil ihrer Schwangerschaft verbracht, dort war Laura geboren …

Unter dem Schild hing ein zweites, auf dem *Geschlossen* stand, aber das hatte nichts zu bedeuten – William ging immer als Letzter, lange nachdem sich seine Angestellten verabschiedet und das Schild umgedreht hatten. Nach weiteren hundert Metern kam Ellis zu der hohen roten Backsteinmauer des ehemaligen Küchengartens und bog auf den gekiesten Parkplatz ein. Sie stieg aus, lehnte sich an die Kühlerhaube und blickte hinüber zum Wald, der das Tal durchzog. Irgendwo in diesem grünen Forst lag, gut versteckt, das Malletts Cottage. Sie versuchte, es ausfindig zu machen, wenigstens einen Schornstein, ein Stückchen Dachziegel oder eine Spur des Pfades, auf dem Ernie Beale damals immer mit seinem Fahrrad von Old Hall zu Nell gefahren war. Vergeblich. Ob Joe noch da war und auf sie wartete? Auf einmal fühlte sie sich unendlich einsam und voller Zweifel.

Williams zerbeulter Kombi stand auf der anderen Seite des Parkplatzes neben dem ungenutzten Grundstück am Ende der Vermehrungsbeete. Wie begeistert ihr Vater gestern Abend von seinen Plänen für dieses Stück Land gesprochen hatte – wie er es strukturieren wollte, welche Lavendelsorten er anpflanzen wollte. Seit mehr als zwei Jahren dachte er über dieses Projekt nach, kaufte neue Sorten, schnitt Stecklinge, teilte die Stauden, topfte sie ein, damit er zum entsprechenden Zeitpunkt über genug buschige, gesunde Pflanzen verfügte. Sie hätte seinen Entwurf mitnehmen sollen, dachte Ellis jetzt, aber der lag noch im Malletts Cottage, unter ihrem Schlüssel. Wo war Joe jetzt? Stand er noch immer im Wohnzimmer und schaute mit hochgezogenen Schultern aus dem Fenster? Oder war er im Badezimmer und rasierte sich? Sie hatte ihm immer gerne im Bad zugeschaut, die angeklatschten schwarzen Haare, sein Körper, bleich, schlank und verblüffend unbehaart für einen so dunklen Typ, die langen Beine ... aber das war jetzt alles vorbei. Sie war hier wegen Joes großer Klappe – nicht weil er einen wunderbaren Körper hatte und in den unmöglichsten Situationen Gedichte zitierte, nicht weil er sie zum Lachen bringen konnte, auch wenn sie unbedingt ernst bleiben wollte. Es nützte nichts zurückzublicken, sie musste sich der Zukunft stellen ...

Die Vermehrungsbeete, Holz und Glas auf gemauerten Sockeln, mit ihrem eigenen System für Bewässerung und Nährstoffzufuhr und mit einer automatischen Belüftungsanlage, hatten erst vor fünfzehn Jahren Nells wackelige Plastikfolientunnel ersetzt. Sie hatten den Platz für Jungpflanzen verdoppelt, und William war gezwungen gewesen, ein hohes Darlehen aufzunehmen, da Laura sich strikt weigerte, das Dower House mit einer Hypothek zu belasten. «Das Haus gehört mir», hatte sie erklärt. «Und ich habe keine Lust, es zu verschulden, damit du dir deine kindischen Träume erfüllen kannst.» Als William grinsend und erleichtert von der Bank zurückkam, hatte Laura ganz typisch reagiert: «Mit dem Geld hätten wir zwei Weltreisen machen können, aber dein idiotischer Kräutergarten hat natürlich Vorrang.» Der Lavendelgarten lieferte also schon jetzt neuen Konfliktstoff, obwohl er noch gar nicht existierte.

Als Ellis den Wagen zuschloss, rechnete sie in Gedanken

nach: Falls Joe vom Dower House direkt zum Malletts Cottage gefahren war, hatte Laura keine Möglichkeit mehr gehabt, William anzurufen – er hatte das Telefon schon abgestellt gehabt. Wenn Joe schon die Dreistigkeit besessen hatte, ihrer Mutter alles zu sagen, wollte sie wenigstens bei ihrem Vater die Erste sein. Sie atmete tief durch, steckte die Autoschlüssel in die Hosentasche und ging über den Kies zum großen Eisentor. Im Garten beschleunigte sie ihren Schritt. Dad würde dafür sorgen, dass es ihr besser ging. Das war schon immer so gewesen, seit ihrer frühesten Kindheit.

Kapitel 23

Es war so still, so friedlich hier. Die letzten Angestellten waren gegangen, obwohl sie nach Geschäftsschluss immer noch mindestens eine Stunde blieben, um die Pflanzen zu gießen, die Einkaufswagen einzusammeln und die Töpfe wieder gerade zu rücken, die von übereifrigen Kunden verschoben worden waren. Das war die schönste Zeit am Abend: Der Garten war leer, die Schatten legten sich über die Kräuterbeete, und die Hitze in den hohen Mauern wurde durch das kalte Wasser aus den Schläuchen gelindert – gegossen wurde immer erst am Abend, damit die Sonne nicht durch die Feuchtigkeit Flecken auf die Blätter brannte.

Ellis liebte den satten Geruch feuchter Erde. Die Gummischläuche lagen wie schwarze Schlangen zusammengerollt am Rand der betonierten Wege, bereit für den nächsten Tag. Auch hier hat sich seit Nells Zeiten vieles verändert, dachte Ellis, während sie auf das Backsteinhäuschen am Ende des Hauptweges zuging, das früher ein Topfschuppen gewesen war und jetzt als Williams Büro diente. William hatte eine Glyzinienlaube angelegt, um die Kunden anzulocken, und außerdem noch einen Knotengarten, um sein Angebot vorzuführen, eine Art Miniaturausgabe des großen Gartens auf der anderen Seite des Tals. Zu Vorführzwecken hatte er die Kiesbeete erhöht, damit die Leute sich nicht dauernd bücken mussten, und an der zentralen Kreuzung der Gartenwege befand sich ein kleiner runder Teich mit Seerosen und einer Fontäne in der Mitte. Das Rauschen des Wassers bildete ein angenehmes Hintergrundgeräusch zu dem lebhaften Gemurmel der Kundschaft, zu den scheppernden Einkaufswagen und dem Klingeling der Kassen am Eingang zur Orangerie. Der vordere Teil der Orangerie war in einen Laden mit Artikeln aller Art verwandelt worden – es gab Gläser mit Honig aus der Gegend, Pralinenschachteln, bunte Kerzen, Mittel gegen Schwamm und Ungeziefer, Samentütchen (Williams eigene Marke – oben stand in goldener Schrift das Logo *Der Kräutergarten*), Blumentöpfe aus Ton, Gießkannen, Gartenmöbel – Liegen und Sonnenschirme, Plastiktische und Liegestühle – sowie Kohlensäcke und Feuerholzbündel. Am hinteren Ende, wo das hohe Glasdach auf die Gartenmauer traf, hatte William für die Fuchsien, seine neueste Leidenschaft, einen Raum im Raum geschaffen. Die Fenster waren jetzt dunkel, das Glas schimmerte im letzten Tageslicht, und die Waren sahen aus wie rätselhafte Schatten. Diese Welt war Ellis' Kindheit, hier spielten viele ihrer frühesten Erinnerungen. Ihr Vater bedauerte es sehr, dass sie keine Begabung für die Pflanzenwelt besaß, obwohl er sich so bemüht hatte, ihr seine Begeisterung zu vermitteln.

Die Bürotür stand offen, Licht fiel auf den Weg, und in einer Ecke surrte unermüdlich ein Ventilator. Alles sah aus wie immer. Eine alte Vitrine, deren Oberfläche im Lauf der Jahre unzählige Flecken und Kratzer abbekommen hatte, stand kompakt und scheußlich an der hinteren Wand. Eine der Türen hing schief in den Angeln, die andere fehlte vollständig. Auf der Vitrine standen schmutzige Kaffeetassen, ein ziemlich ramponierter Wasserkocher und eine offene Tüte Zucker, außerdem zwei angebrochene Milchtüten, eine Schachtel mit Teebeuteln und eine Dose Kaffee ohne Deckel. Dazwischen jede Menge Teelöffel in klebrigen kleinen Pfützen. Neben der Vitrine befanden sich unter einem Bücherbrett mit Gartenbüchern zwei uralte Aktenschränke, die aussahen wie fette, brütende Metallhühner. Jede Menge Blumentöpfe und Gartenzeitschriften stapelten sich kreuz und quer unter einer kaputten Holzbank, auf der verschiedene Gartenhandschuhe lagen, die alle nicht zusammenpassten. Trotz des Ventilators war die Luft schwül und stickig.

Ellis' Vater saß mit hochgekrempelten Ärmeln auf einem Küchenstuhl vor einem billigen Schreibtisch, dessen Plastikbeschichtung sich schon an mehreren Stellen ablöste. Seine Glatze schimmerte im gedämpften Licht. William war fast kahl, aber der verbliebene Haarkranz und die Augenbrauen schienen von Jahr zu Jahr buschiger zu werden. Mit einem großen, zerknitterten Taschentuch wischte er sich die Stirn. Seine Hände waren nicht gerade sauber, unter den Fingernägeln sah man die Gartenerde. Auf den unordentlichen Papierstapeln, die er offensichtlich gerade bearbeitete, hatte sich teilweise schon Staub angesammelt. Überall lagen Pläne für den Lavendelgarten herum – er kritzelte seine Einfälle auf alle möglichen Zettel: alte Rechnungen und Quittungen, neues Briefpapier mit Briefkopf oder hinten auf irgendwelche Postkarten. Im ganzen Raum musste dringend Staub gewischt werden. Ellis blieb in der Tür stehen. Wieder einmal staunte sie über den krassen Gegensatz zwischen dem untadeligen öffentlichen Erscheinungsbild des Gartens und dem privaten Chaos.

«Ellis!» William erhob sich erfreut, musste allerdings den Kopf ein bisschen einziehen, um nicht gegen die Glühbirne zu stoßen. «Was für eine hübsche Überraschung! Ich habe gerade Wasser gekocht – wie wär's mit 'ner Tasse Tee, Kleines?»

«Mmmm.» Ellis erwiderte seine Umarmung nur zu gern, setzte sich dann auf den Rand seines Schreibtischs und schaute ihm zu. Als der Tee lange genug gezogen hatte, deponierte er die Teebeutel neben dem Wasserkocher, den Zucker nahm er direkt aus der Tüte, obwohl der Löffel vom Umrühren noch nass war. Wenn man die schlampige Art ihres Vaters mit der methodischen Teezubereitung ihrer Mutter verglich, brauchte man sich nicht zu wundern, dass ihre Eltern nicht miteinander auskamen – sie waren einfach grundverschieden.

«Danke.» Sie nahm den angesplitterten Becher entgegen, nahm einen kleinen Schluck und verzog das Gesicht. William wusste nie, wer seinen Tee wie trank, deswegen machte er ihn immer so, wie er selbst ihn am liebsten mochte: mit Milch und Zucker. Aber weil er ein so liebenswürdiger Mensch war, brachte es niemand übers Herz, sich zu beschweren, und er verharrte in seinem seligen Zustand des Nichtwissens.

«Also gut.» Er ließ sich wieder auf seinen Stuhl sinken, der empört knarzte. «Was kann ich für dich tun, Kleines? Wie geht's in deinem kleinen Versteck?»

«Alles bestens», log Ellis. «Noch ein bisschen chaotisch, aber wenn ich erst mal alles eingeräumt habe …» Sie trank noch einen Schluck Tee und sah William über den Becherrand hinweg an. «Dad …»

«Ach – alles bestens?» William pustete kräftig in seinen Tee und stellte den Becher auf den Schreibtisch. «Was quält mein kleines Mädchen so sehr, dass es den weiten Weg zurücklegt, nur um mir zu sagen, dass alles bestens ist?»

«Merkt man mir das gleich an?» Ellis setzte sich ein bisschen bequemer hin und stellte ihre Füße seitlich auf Williams Stuhl. «Ich habe Mum aus der Fassung gebracht.»

«Ach, du meine Güte. Ihr zwei kommt wohl in letzter Zeit nicht so besonders gut miteinander aus.» Er legte die Stirn in Falten. «Es war aber doch nichts Ernstes, oder?»

Ellis zögerte. Warum hatte dieser verdammte Joe nicht den Mund gehalten? Wieso hatte er sich eingemischt? Sie stellte ihre Tasse auf eine von Williams Skizzen und verschränkte die Arme schützend vor der Brust. «Ich hab mal wieder nach meiner Großmutter gefragt», sagte sie. Die wichtigere Nachricht musste noch warten. «Und dann fing sie an zu weinen.»

«Aha.» William lehnte sich zurück und rieb sich das Kinn, das am Ende des Tages immer mit silbernen Stoppeln bedeckt war. «Warum hast du sie wieder gefragt, Kleines? Ich dachte, du hast schon vor Jahren damit aufgehört.»

Ellis zuckte die Achseln. «Ich wollte nur –» Ach, verdammt, es hatte keinen Sinn, noch länger zu warten. William würde es sowieso gleich erfahren, dank Joes tatkräftiger Mithilfe, und er sollte es von ihr hören und nicht von Laura. «Ich bin schwanger», platzte sie heraus. «Und ich muss wissen, woher ich komme.»

William trank einen Schluck Tee.

«Sag doch was, Dad!»

«Willst du ’nen Keks?» Er erhob sich mühsam und kramte in der Vitrine. «Ich hab hier irgendwo Ingwerkekse. Das waren deine Lieblingskekse, als du noch klein warst – erinnerst du dich?» Er beförderte eine zerbeulte *Quality-Street*-Dose ans Tageslicht, setzte sich wieder hin, bot Ellis die Dose an und bediente sich selbst. «Diese Kekse kann man wunderbar in den Tee tunken. Julia hat sie mir mitgebracht – Julia ist meine neue Angestellte, ich glaube, die kennst du noch gar nicht, oder?» Er biss ein Stück Keks ab, kaute in Gedanken versunken. «Ein sehr liebes Mädchen, sie gefällt dir bestimmt. Auf dem Weg zur Arbeit kauft sie immer Kekse für mich, sie verwöhnt mich richtig. Gestern hat sie Jaffa-Kekse angeschleppt.» Er stellte die Dose auf den Schreibtisch. «Was sagt deine Mutter dazu?»

Ellis knabberte verlegen an ihrem Keks. «Ich hab's ihr noch gar nicht gesagt. Ich wollte – aber sie hört ja nie zu. Du kennst sie doch.»

«Das war bestimmt keine böse Absicht», erwiderte er, loyal wie immer. «Wahrscheinlich hat sie dich nicht richtig verstanden. So langsam wird sie nämlich schwerhörig, aber das würde sie nie im Leben zugeben.» Er trank seinen Becher aus und stellte ihn neben den von Ellis. «Und wie geht's jetzt weiter? Wenn du willst, kann ich es ihr sagen, wenn ich heimkomme.»

Das war typisch William. Er fragte nicht, wie das passieren konnte, sondern bot gleich seine Hilfe an. «Das ist nicht nötig», entgegnete Ellis. «Sie hat es auf anderem Weg erfahren. Deswegen bin ich hier – ich traue mich nicht, zu ihr zu gehen.»

«Wie bitte?» William kratzte sich am Kopf und hinterließ dabei eine kleine Dreckspur. «Das versteh ich nicht so ganz, Kleines. Wenn du's ihr nicht gesagt hast – wer dann?»

Da brach alles aus ihr heraus: Sie erzählte von Joes unerwartetem Besuch im Cottage und dass er vorher bei Laura im Dower House war. William hörte schweigend zu und trommelte nur mit den Fingern gleichmäßig auf den Teebecher, während er aus dem Fenster in den dunkel werdenden Himmel schaute.

«Und – war es geplant?», fragte er schließlich.

«Die Schwangerschaft? Nein. Eher ein blöder Unfall – ich habe nicht richtig aufgepasst. Übrigens – es ist ein Mädchen. Das habe ich vor zwei Wochen beim Ultraschall erfahren. Und ich möchte das Kind behalten – falls du das als Nächstes fragen wolltest.»

«Aha.» William nahm sich noch einen Keks. «Und was ist mit dem …»

«Mit dem Vater?» Ellis griff auch noch einmal in die Dose und kaute eine Weile. «Nein, den Vater will ich nicht behalten.»

«Aha. Und weiß er das schon?»

«Ja.»

«Hm. Und er ist damit einverstanden?»

«Ja», log Ellis. Dann dachte sie an Joes Wutausbruch, bevor sie gegangen war. «Das heißt nein. Nicht so richtig.»

«Aha.» William knabberte an seinem Keks, dann fiel ihm sein Allheilmittel ein: «Wie wär's mit noch 'ner Tasse Tee?»

«Nein danke, ich hab meine erste noch nicht mal ausgetrunken.» Ellis stellte sich vor, wie Joe vom Cottage wegfuhr – und wieder überrollte sie eine Welle der Einsamkeit. «Aber ich hätte nichts dagegen, wenn ich mich mal so richtig ausweinen könnte.»

William nickte. «Na, dann fang mal an.»

Sie erzählte ihm alles. Von Joe, von dem Altersunterschied und dass eine Beziehung zwischen einem Studenten und einer Vertreterin des Lehrkörpers einfach unmöglich war, weil die Leitung das nicht duldete. Sie erzählte ihm, wie schwer es ihr fiel, sich vernünftig zu verhalten, und dass Joe es ihr noch schwerer machte, weil er nicht akzeptieren wollte, dass die Beziehung zu Ende war. Was für eine Erleichterung, dass sie endlich mit jemandem über die ganze Geschichte sprechen konnte, nicht nur mit Joe! «Aber du musst dir keine Sorgen machen, Dad. Ich habe alles genau durchgerechnet, ich werde euch nicht zur Last fallen, das verspreche ich. Du brauchst nicht zu denken, dass du –»

«Ich nehme nicht an, dass ihr heiraten wollt, oder?»

«Wie bitte?»

«Ihr könntet heiraten! Die Universität kann nichts dagegen haben, wenn die Beziehung amtlich ist, oder? Aber vermutlich tut man so was heutzutage nicht mehr. Heiraten, meine ich.»

Ellis seufzte. «Dad – Joe ist vierzehn Jahre jünger als ich. Wie lange kann so eine Ehe gut gehen? Wozu soll man heiraten, wenn man von vornherein weiß, es funktioniert nicht?»

«Hm …» William nickte verständnisvoll. «Das ist also der Grund für die ganzen Aktivitäten! Deswegen hast du das Malletts Cottage renovieren lassen und ein Jahr freigenommen!»

«Mhm.» Ellis schwenkte den Rest Tee in ihrem Becher, immer im Kreis. Zwischen ihr und Joe war das Wort «Heirat» nie gefallen – sie hatte diese Möglichkeit von Anfang an ausgeschlossen. «Dad –»

«Liebst du ihn, Kleines?»

Eine einfache Frage, die ein einfaches Ja oder ein Nein forderte. «Dad …»

«Kleines?»

«Erzähl mir vom Kräutergarten», sagte Ellis, anstatt zu antworten. «Warum hat Nell ihn dir vererbt und nicht Mum?»

«Was?» Der Themenwechsel kam etwas plötzlich. William lehnte sich zurück, kippelte mit dem Stuhl nach hinten, legte die Füße auf die unterste Schublade des Schreibtischs und schaute hinauf zur Decke mit den Spinnweben. «Weil ich ihn haben wollte. Nein – weil sie wusste, dass ich ihn liebe.» Er verschränkte die Hände im Nacken und schaute seine Tochter an. «Warum fragst du? Interessierst du dich endlich auch dafür?»

Er sagte das mit einer gewissen Wehmut, als hätte er die Hoffnung noch nicht ganz aufgegeben, dass seine Tochter es sich anders überlegen könnte und eine *Leidenschaft für die Erde* entdecken würde, wie Nell es in ihrem Tagebuch formuliert hatte. Wollte Ellis etwa doch ihre akademische Karriere an den Nagel hängen und sich von ihm anlernen lassen, damit sie das

Geschäft übernehmen konnte, wenn er in den Ruhestand ging? In den letzten beiden Jahren hatte er sich oft Sorgen um die Zukunft gemacht. Er war jetzt fast vierundsechzig, hatte aber noch keinen passenden Nachfolger gefunden. Er suchte jemanden, der das gleiche instinktive Gefühl für Pflanzen besaß wie Nell und er. «Ich kann nicht bis in alle Ewigkeit weitermachen», hatte er letztes Jahr zu Weihnachten zu Ellis gesagt. «Und wenn du keine Lust hast – was passiert dann mit dem ganzen Laden, wenn ich nicht mehr kann?»

Sie stand auf und ging an ihm vorbei zur Vitrine. «Die Sache ist die …» Wie sollte sie sich ausdrücken? Wie konnte sie ihm ihr Interesse erklären, ohne falsche Hoffnungen zu wecken? «Die Sache ist die: Manchmal habe ich das Gefühl, mir fehlt meine halbe Geschichte. In ein paar Monaten kommt mein Kind auf die Welt, und ich weiß noch immer nicht, woher ich komme und wohin ich gehöre.» Sie begann aufzuräumen, trennte die gebrauchten Tassen von den sauberen, sammelte die Teelöffel ein, faltete die Zuckertüte zu. «Klar, über meine walisische Seite weiß ich einigermaßen Bescheid. Ich weiß, dass Nell meine Großtante ist und dass sie dir einen Job gegeben hat, aber von Nells Familie habe ich keine Ahnung, ich weiß nichts über meine Großmutter und meine Urgroßmutter. Ich weiß nicht, wie Nell zu diesem Garten gekommen ist und warum sie dich eingestellt hat. Ich weiß nicht, weshalb meine Mutter nicht mit meiner Großmutter spricht. Hat das etwas mit Nell zu tun?»

«Was?» William schien verblüfft, dass sie da eine Verbindung vermutete. «Nein, mit Nell hat das überhaupt nichts zu tun. Es war … wie kommst du überhaupt auf die Idee?»

«Aber wenn es nichts mit Nell zu tun hat – was war denn dann der Grund? Worüber haben sie sich gestritten? Mum will es mir nicht sagen. Kannst du mich nicht aufklären?»

«Ich habe versprochen, dass ich …» William fühlte sich sichtlich unwohl. Er nahm die Füße vom Schreibtisch. Die Stuhlbeine landeten wieder auf dem Boden, was eine kleine Staubwolke auslöste. «Willst du wirklich keinen Tee mehr, Kleines?»

«Na gut, meinetwegen.» Sie ging an William vorbei zurück zum Schreibtisch. «Kannst du mir wenigstens vom Kräutergarten erzählen, wenn du schon nicht über meine Großmutter sprechen willst?»

«Was möchtest du wissen?» William schaute über die Schulter und goss dabei heißes Wasser neben den Becher.

«Alles! Von Anfang an – wie hat Nell den Garten angelegt – wie war es, als du ihn übernommen hast?»

«Einverstanden.» William setzte sich mit seinem zweiten Becher Tee an den Schreibtisch und nahm sich noch einen Ingwerkeks. «Das kann nicht schaden. Ich soll am Anfang anfangen, was? … Also. Nell kam während des Blitzkriegs nach Suffolk und hat sich mit den Gärtnern von Old Hall angefreundet. Und als sie dann zurückgekommen ist –»

«Was heißt ‹zurückgekommen›?»

«Na ja, sie musste Anfang einundvierzig wieder nach London, weil ihr Vater sie brauchte.»

«Wer hat dir das erzählt?»

«Hm?» William überlegte. «Keine Ahnung – das weiß ich nicht mehr, Kleines. Lady P. vielleicht. Nell kam Ende 1940 nach Suffolk, um deiner Großmutter Gesellschaft zu leisten. Im darauf folgenden Frühjahr ist sie nach London zurückgegangen, und nachdem deine Mutter geboren wurde, ist sie wieder hierher gekommen, um mit dem Baby zu helfen.»

Ellis glaubte ihm: Er erzählte ihr das, was er für die Wahrheit hielt, weil Marion es ihm so gesagt hatte. Das bedeutete, dass nur eine Hand voll Menschen Nells Geheimnis kannten, und die waren inzwischen alle tot – bis auf Violet und vielleicht Nells Sohn. «Aber ist Violet – meine Großmutter – nicht gleich nach der Geburt mit Mum nach London gezogen?»

William zuckte die Achseln. «Hmmm …» Jetzt wurde er wieder verlegen. «Vielleicht fand sie, dass sie Nell zu viel herumkommandiert oder so was. Jedenfalls hat Nell beschlossen, hier zu bleiben – ob mit oder ohne Schwester. So ist das mit Suffolk – irgendwann packt's jeden. Sie wohnte im Malletts Cottage, und dort hat sie auch schon einen Kräutergarten angelegt. Sie hat Setzlinge verkauft, um die Kriegsanstrengungen zu unterstützen – du weißt schon, diese Wohltätigkeitsveranstaltungen, bei denen jeder was spendet –, und danach gab's kein Halten mehr.» William lachte und breitete die Arme aus, um sein Kräuterreich zu umschließen. «So geht's einem eben, weißt du!» Ellis lachte mit ihm. «Nell gehörte zu den Leuten, die es nicht ertragen können, nichts zu tun», fuhr er fort. «Und es gab damals bestimmt nicht viele Möglichkeiten für sie – eine Londonerin mitten im tiefsten Suffolk, mitten im Krieg. Nach einer Weile befand sie, dass sie ihr Hobby zum Beruf machen sollte, aber um Kräuter anzubauen und damit Geld zu verdienen, braucht man viel Platz, also hat sie mit Lady P. geredet – Lady Palmer war deine Urgroßmutter, nebenbei bemerkt, die Großmutter deiner Mutter väterlicherseits –»

Ellis nickte. Wahrscheinlich wusste sie mehr über Marion als ihr Vater! «Und dann?»

«Sie hat also Lady P. dazu gebracht, ihr diesen Garten zu überlassen. Er war völlig verwahrlost, als sie ihn übernommen hat, weil eben Krieg war und so, aber nachdem sie mal angefangen hatte, konnte keiner sie bremsen. Im Sommer 1943 hatte sie schon die erste Anzeige für den Kräutergarten in der hiesigen Zeitung, und 1945 lief es richtig gut, und sie kriegte Bestellungen aus dem ganzen Land. Klar, sämtliche Gärtnereien mussten im Krieg vor allem Gemüse anbauen – ich glaube, mehr als zehn Prozent Blumen waren nicht erlaubt –, aber Nell hat den Vertreter des Ministeriums überzeugt, dass ihre Kräuter kulinarischen Wert besitzen, also hat er ihr durchgehen lassen, dass sie nicht nur Kohl und Mohrrüben anbaute. 1947 war sie bei der ersten Nachkriegsmesse in Chelsea, und als das Gut im Jahr darauf unter den Hammer kam, hatte sie genügend Geld gespart, um den Küchengarten und das benachbarte Stück Land zu erwerben, wo jetzt die beiden Vermehrungsbeete und der Parkplatz sind. Sie war ihrer Zeit um Jahre voraus, eine allein stehende Frau, die ein erfolgreiches Unternehmen leitet ...»

Er trank noch einen Schluck Tee. Ellis wartete. Sie hätte gern gefragt, warum das Gut verkauft wurde, welche Rolle Marion bei dem Ganzen spielte, aber sie traute sich nicht, weil sie befürchtete, er könnte sich verschließen – wie Laura.

«Der Kräutergarten war das Wichtigste in Nells Leben», fuhr er fort. «Die ganze Energie, die andere Frauen in ihre Familie investieren, hat sie in die Pflanzen gesteckt. Aber es gibt trotzdem Grenzen, was eine Frau allein schaffen kann, auch wenn sie noch so tüchtig ist. Als sie mich eingestellt hat, da hatte sie schon mehr als zehn Jahre den ganzen Laden so gut wie allein geschmissen. Ernie Beale, der Mann, der sie überhaupt auf die Idee mit dem Kräutergarten gebracht hat, war schon lange tot. Sie hatte ein halbes Dutzend junge Angestellte, aber denen hatte sie immer nur die Routinesachen anvertraut. Die eigentliche Arbeit wollte sie nicht abgeben, sie hat die Pflanzen eingetopft, sie hat die Sämlinge vermehrt, sie hat Stecklinge geschnitten und die Buchführung gemacht. Sie ist eine der stärksten Frauen, die ich je kennen gelernt habe, sie war unheimlich fit und belastbar, aber mit der Zeit wurde es ihr doch ein bisschen zu viel ...» Er schaute in Ellis' Becher, um den sich ein feuchter Ring gebildet hatte. «Na, schmeckt dir der Tee nicht? Du hast ja fast nichts getrunken.»

Brav nippte Ellis an ihrem Becher, hielt ihn zwischen beiden Händen und atmete den warmen Geruch ein. «Hat Nell dir von sich erzählt?»

«Guter Gott – nein!» William lachte leise. «Nell hat nie über Persönliches gesprochen, das war nicht ihre Art. Lady Palmer hat mir erzählt, wie alles angefangen hat. Sie war ziemlich stolz auf Nell, glaube ich, obwohl man nie gedacht hätte, dass die beiden sich mögen, wenn man gehört hat, wie sie sich angifteten.»

Er schwieg.

«Erzähl weiter!», bat ihn Ellis.

«Nell hat mich nicht einfach so eingestellt, sie hat mich genau beobachtet, aber dann war sie davon überzeugt, dass ich weiß, was zu tun ist.»

«Wusstest du schon viel über Pflanzen, als du angefangen hast?»

William schlürfte seinen Tee. «Nein, gar nichts. Ursprünglich hat Nell deiner Mutter nur einen Gefallen getan. Aber es hat nicht lang gedauert, bis sie eingesehen hat, dass ich der Richtige bin – ich war sofort in meinem Element ...»

Nell hat deinem Vater einen Job gegeben, als ihn sonst niemand eingestellt hätte. Aber warum wollte niemand ihn einstellen? Ellis trank einen Schluck Tee, um sich am Weiterfragen zu hindern. Denk daran, was bei deiner Mutter passiert ist, ermahnte sie sich.

«Und sie hat mir den Kräutergarten hinterlassen, weil sie wusste, ich werde mich darum kümmern. Ihr war sonnenklar, dass ich ihn genauso liebe wie sie.»

«War Mum denn nicht beleidigt, weil sie übergangen wurde?»

«Ein bisschen schon.» William setzte sich anders hin. «Aber sie hatte ja schon das Dower House …»

Warum? Wenn Marion das Dower House in der Familie behalten wollte – weshalb hatte sie dann eine Generation übersprungen? Wieso hatte sie das Dower House nicht Violet vermacht? Ellis biss sich auf die Unterlippe. So viele Fragen …

«Es war nicht als Kränkung gemeint», sagte William. «Nell bedeutete der Kräutergarten einfach zu viel, da wollte sie sich nicht nur von Familienloyalität leiten lassen. Sie war eine unverheiratete ältere Frau, mit ihrer Mutter kam sie nicht gut aus, sie hatte sich mit ihrer Schwester zerstritten …» Er schwieg, schaute Ellis an und zog eine Grimasse. «Frag bitte nicht, warum – das gehört zu den Familiengeheimnissen, die ich nicht kenne. Also, jedenfalls hatte Nell keinen Mann, keine Familie. Der Kräutergarten war für sie das Kind, das sie nie hatte.»

«Oh …» Sie hatte also richtig vermutet. In den letzten Jahren ihres Lebens hatte William Nell näher gestanden als alle anderen, *und trotzdem wusste er nichts von dem anderen Kind namens Ellis.* Es war ein komisches Gefühl, dass sie etwas über die Familie wusste, wovon nicht einmal ihr Vater etwas ahnte.

Aber Violet musste es wissen! Von Violet konnte sie erfahren, was mit Nells Sohn passiert war. Vorausgesetzt, sie lebte noch …

«Wegen des Malletts Cottage hat sie sich allerdings ganz schön geärgert, kann ich dir sagen. Nell hat ihr Testament geändert, und zwar am Tag vor ihrem Tod. Kurz nachdem deine Mutter sie mit dir besucht hat, erinnerst du dich? Ursprünglich hatte sie Malletts für deine Mum vorgesehen, aber als sie dich gesehen hat, war sie so hin und weg, dass sie es sich anders überlegt hat. Sie hat sich sogar den Vormittag freigenommen, das war eine absolute Seltenheit, und ist extra nach Ipswich gefahren.»

Das Stück Himmel hinter dem Fenster hatte sich jetzt dunkelrot verfärbt. William schaute auf die Uhr. «Ich muss los, Kleines. Sonst denkt deine Mum noch, mir ist was zugestoßen.» Er erhob sich schwerfällig von seinem Stuhl. «Lass den Tee ruhig stehen, die Mädels räumen morgen früh auf.» Er schlurfte durch den Raum, stellte den Ventilator ab, löschte das Licht und sie standen plötzlich im Dunkeln. Als er die Außenbeleuchtung anknipste, wurde der Raum in bläuliches Licht getaucht. «Fertig?»

Widerstrebend verließ Ellis ihren Platz auf dem Schreibtisch. Sie kam sich vor, als hätte sie schrecklichen Durst und würde den Wasserhahn aufdrehen – und dann tröpfelte das Wasser nur. Wie frustrierend!

William rüttelte an der Tür, um zu überprüfen, ob sie richtig abgeschlossen war, dann ging er den breiten Weg entlang in Richtung Fontäne. Der Garten war in gleißend weißes Licht getaucht. Durch die hellen Scheinwerfer, die in regelmäßigen Abständen an der Mauer angebracht waren, wirkten die Farben ganz verwaschen, die Schatten der Dunkelheit waren in die hintersten Ecken verbannt. «Zwei Minuten – dann gehen die Lichter aus!», warnte William. «Da fällt mir ein – sie wollte dir noch etwas vermachen. Jedenfalls hat sie das angekündigt. Aber sie meinte, sie will es noch einpacken und mir am nächsten Tag vorbeibringen, damit ich es für dich aufbewahre, falls ihr etwas zustößt – sie hatte vielleicht eine – eine – wie heißt das gleich? Ach ja, eine Vorahnung. Wer weiß. Ich sollte das Geschenk für dich an einem sicheren Ort deponieren, bis du volljährig bist. Das war ihr sehr wichtig. Und dann hat sie noch gesagt, ich darf es keinem zeigen, nicht mal Laura. Es sei nur für dich bestimmt, und wenn du es nicht haben willst, dann sollst du es verbrennen. Ich hab natürlich gefragt, was es ist, aber da hat sie nur geantwortet: Das geht dich nichts an, und hat mich weggeschickt, damit ich die grünen Blattläuse sprühe.»

«Was ist mit dem Geschenk passiert?» Ellis spürte, wie ihr vor Aufregung ganz beklommen ums Herz wurde.

«Keine Ahnung.» William kratzte sich am Kopf und hinterließ wieder eine Dreckspur. «Es muss irgendwo im Cottage gewesen sein. Ich habe überall danach gesucht, als ich es aufgeräumt habe, aber nichts gefunden. Na ja, ich hatte ja auch keine Ahnung, wonach ich suchen soll – ob es zehn Zentimeter groß ist oder einen Meter oder was. Bestimmt ist es verbrannt.»

War es aber nicht. Nell hatte es im Brotofen versteckt, dem einzigen Ort, wo es vor den Flammen geschützt war, weil die Mauern aus Backstein und die Tür aus Gusseisen waren. Und als sie mit energischer Schrift *Ellis* darauf schrieb, hatte sie tatsächlich sie gemeint, ihre Großnichte, nicht ihren Sohn.

«Hat sie irgendwie angedeutet, warum es gerade für mich ist und was ich damit tun soll?», fragte Ellis. Sie musste ziemlich laut sprechen, weil die Fontäne so rauschte.

«Nein.» William bückte sich, um einen schiefen Topf, den seine Angestellten übersehen hatten, gerade zu rücken. «Sie hat nur gesagt, wenn du es nicht willst, dann sollst du es vernichten. Aber das ist nicht mehr wichtig, Kleines. Jetzt geht es um dein Baby!»

Sie durchquerten jetzt den Mini-Knotengarten – vier dreieckige Kräuterbeete mit Küchen- und Heilkräutern, säuberlich getrennt durch niedrig gestutzte Hecken. Sie bildeten ein symmetrisches Rautenmuster, mit dem Teich in der Mitte, «damit die Leute sehen, wie man so was macht». Das war Williams persönliches Reich. Die Kunden konnten nach Belieben herumwandern, an den Kräutern schnuppern, Fragen stellen, Rat suchen. Während der Öffnungszeiten war William meistens hier anzutreffen. Egal, was er gerade tat – er war immer bereit, eine Pause einzulegen und über Pflanzen zu fachsimpeln. Wie oft hatte Ellis im Verlauf der Jahre beobachtet, wie er mit den Leuten redete, ihnen Mut machte und Tipps gab. Er erwartete nichts dafür – höchstens ein Lächeln oder einen anerkennenden Kommentar. Die Leute kauften ihre Kräuter bei William, weil seine Begeisterung sie ansteckte und sie sich vorstellen konnten, dass ihnen der Umgang mit Pflanzen genauso viel Freude machen könnte wie ihm, der seit fast fünfunddreißig Jahren in diesem Metier arbeitete.

Die aufsteigende Fontäne wirkte im Scheinwerferlicht schwarz und silbrig zugleich, und die kleinen Wellen im Teich glitzerten kühl. Ellis spürte die Gischt wie sanften Sommerregen. «Mach dir keine Gedanken wegen deiner Mutter, Kleines», sagte William, hakte sich bei ihr unter und tätschelte ihre Hand. «Ich bieg das schon wieder hin, wenn ich nach Hause komme, und dann können wir zu den praktischen Fragen übergehen.»

Ellis verstand genau, was er meinte – ihr Vater wollte als eine Art Puffer dienen und Lauras Ärger auf sich lenken. Dann konnte sie ihre Wut darüber, dass Joe so plötzlich aufgetaucht war und Ellis ihr nichts von der Schwangerschaft erzählt hatte, an ihm auslassen. «Das ist sehr lieb von dir, Dad», sagte sie, «aber ich glaube, ich bin alt genug, um für meine Fehler geradezustehen. Sag ihr nur, es tut mir schrecklich Leid und ich komme morgen vorbei.»

Etwas Feuchtes streifte sie am Bein. Ellis pflückte ein tropfnasses Blatt ab und roch daran. Der Duft hatte etwas Zitroniges, herb und frisch. «Was ist das?», fragte sie und hielt das Blatt William hin.

Er rieb es vorsichtig zwischen den Fingern. «Ah, das ist Stabwurz oder Eberraute. Früher hieß es *Garde-Robe*.»

Weil es die Motten vertreibt. Manche nennen es auch Jungfernleid…

In dem Moment gingen die Lichter aus. Kurze Zeit konnten sie in der Dunkelheit nichts mehr erkennen, und die Kräuter schienen noch intensiver zu duften. Ellis sah lauter Bilder vor sich: Nell und Laurence, Joes wütendes Gesicht, als sie das Cottage verließ ... Die Stimme ihres Vaters holte sie in die Gegenwart zurück.

«*Artemisia abrotanum*», erklärte er. «Das war bei Nell wirklich komisch – von allen Pflanzen kannte sie auch die lateinischen Namen, aber sie benutzte sie nur, wenn sie ausdrücklich danach gefragt wurde. Am besten gefielen ihr die alten Bezeichnungen, die Ernie ihr beigebracht hatte, zum Beispiel Maßliebchen, Ochsenzunge, Tausendgüldenkraut ...» Er hakte sich wieder bei Ellis unter und ging langsam den betonierten Weg weiter. Obwohl sie noch immer nicht richtig sehen konnte, fühlte sich Ellis absolut geborgen, denn William kannte sich hier aus wie in seiner Westentasche.

«Wie war Nell?», fragte sie im Schutz der Dunkelheit. «Ich kann mich gar nicht richtig an sie erinnern. Beschreib sie doch mal.»

«Tja ...» William war vorsichtig, um nicht aus Versehen etwas auszuplaudern, vermutete Ellis. «Als ich sie kennen lernte, habe ich sie erst einmal ganz falsch eingeschätzt – ich dachte, sie ist ein schlichtes Gemüt, aber sie war eher exzentrisch – sie hatte wilde, widerspenstige Haare, und dann ihre Kleidung, sie trug immer nur Männerhosen, die sie mit einem Stück Schnur zusammenband, und übergroße Wollstoffhemden, im Sommer wie im Winter.» Ellis drückte seinen Arm, um ihn zum Weiterreden zu ermuntern. «Viele Leute dachten zuerst, sie ist ein Mann – oder eine der Angestellten, und wollten mit ihrem Chef sprechen. In Bezug auf das Malletts Cottage war sie auch eigenartig. Sie hatte nie Besuch, sie wollte ganz für sich sein. Als ich sie 1960 das erste Mal besucht habe, lebte sie noch immer unter sehr primitiven Bedingungen.» Er lachte beim Gedanken daran. «Ich hab jahrelang versucht, sie dazu zu bringen, Wasserleitungen legen zu lassen und eine richtige Sanitäranlage einzubauen, aber davon wollte sie nichts wissen. Sie sagte immer, wenn das Cottage gut genug war für die Leute, die vor ihr dort gewohnt haben, dann reiche es auch für sie. Marion hat mir erzählt, Nell hätte die Wasserwerke schon mal weggeschickt, als 1953 im ganzen Dorf Rohre verlegt wurden, und als das Cottage abbrannte, hatte sie keinen Strom, kein Innenklo, kein fließendes Wasser.»

Sie gingen in Richtung Orangerie. In der Dunkelheit konnte man sie gar nicht richtig erkennen. «Sie hatte ganz ungewöhnliche Hände. Keine feinen Hände, sie war überhaupt alles andere als zart gebaut, sondern kräftige, zupackende Pranken mit knotigen Fingern, und die Handknochen sahen aus wie die Fächer eines Ventilators. Eigentlich eher Männerhände. Aber mit den Pflanzen ging sie so behutsam um wie ein Gehirnchirurg. Ihre Haut war ganz dunkel, rissig und faltig wie altes Leder, und geredet hat sie auch nicht viel – eigentlich hat sie nur den Mund aufgemacht, wenn es unbedingt nötig war. Aber wenn ihr mal was nicht passte, war sie nicht besonders geduldig, da konnte sie sogar ziemlich heftig werden. Dabei hat sie einem aber nie direkt in die Augen geschaut – selbst wenn sie einen zur Schnecke machte.» Er verlangsamte seinen Schritt und drückte Ellis zärtlich die Hand. «Manchmal erinnerst du mich ein bisschen an sie, ehrlich gesagt – muss wohl an den Genen liegen ...»

Sie hatten den längeren Weg eingeschlagen, mussten deshalb an der Orangerie rechts abbiegen und den schmaleren Pfad, der zum Garteneingang führte, ein Stück zurückgehen. Die Luft war warm und feucht, fast drückend. Ellis hatte sich inzwischen an die Dunkelheit gewöhnt und konnte sich wieder einigermaßen orientieren. Warum hatte Nell niemandem in die Augen geschaut? Hatte das etwas mit ihrem Äußeren zu tun?

Als sie anfing zu unterrichten, hatte Ellis sich richtiggehend zwingen müssen, die Studenten direkt anzusehen. Für ihren Job war Blickkontakt extrem wichtig, um Autorität aufzubauen. Das hatte sie schnell begriffen, aber diese Fähigkeit musste sie erst erwerben – und das war ihr nicht leicht gefallen. Heute beherrschte sie die Kunst souverän, jedenfalls im beruflichen Kontext, da wirkte sie kompetent und strahlte eine natürliche Würde aus, aber im persönlichen Umgang war sie längst nicht so selbstbewusst. Ging das allen Frauen so, die nicht besonders hübsch waren?

Als sie zu Hause auszog, um zu studieren, beschloss sie, mehr unter Menschen zu gehen als bisher, um nicht als einsamer Blaustrumpf zu enden. «Wer immer nur arbeitet, wird langweilig», sagte ihre Freundin Grace beim Abschied. «Such dir doch endlich 'nen Freund, Ellis!» Sie gab sich größte Mühe, am Sozialleben teilzunehmen, ging auf sämtliche Partys, in den Pub, in die Disco, in die Studentenbar, aber sie fand es furchtbar frustrierend. Die Männer schauten an ihr vorbei, lächelten über sie hinweg, redeten durch sie hindurch. Die anderen Mädchen waren hübscher und attraktiver als sie und wussten genau, wie sie die Männer um den Finger wickeln mussten. Ellis schaute den Männern nicht in die Augen, wenn sie ihnen vorgestellt wurde – sie konnte die abschätzenden Blicke nicht ertragen, die Enttäuschung, das Desinteresse. Nach einiger Zeit hatte sie genug von dem ganzen Zirkus und kehrte erleichtert zu ihren Büchern zurück. Sie bemühte sich nicht mehr um die Welt außerhalb des Elfenbeinturms, sie stürzte sich nicht mehr ins Getümmel, das Leben ging ohne sie weiter. Warum sollte sie sich aufreiben, wenn sie sich am Schluss doch nur unzulänglich fühlte? Wenn ihr die erwünschten Attribute fehlten, wenn sie nicht den Sexappeal besaß, der von einer Frau erwartet wurde, dann wollte sie das dadurch wettmachen, dass sie klüger war als alle anderen. Und weil sie ihr Bestes gab, schaffte sie es auch.

Aber bei Joe hatte sie nicht weggeschaut. Sie hatte nicht weggeschaut, weil er *sie* anschaute, sie wirklich wahrnahm, weil sie in seinem Blick ihr eigenes Verlangen widergespiegelt sah. Und manchmal, wenn er sie einfach nur ansah und lächelte – nein, grinste, von einem Ohr zum anderen – oder wenn er, während sie sich liebten, plötzlich innehielt und sie verzückt betrachtete –, dann wusste sie, dass er auf sie gewartet hatte, so wie sie ihr ganzes Leben auf ihn gewartet hatte. So etwas gab es nur einmal auf der Welt. Nein, nicht ganz. Wie hatte Nell es in ihrem Tagebuch beschrieben? *Die seltsame Chemie der erotischen Anziehungskraft* …

«Die Tageszeit jetzt mochte Nell am liebsten – das heißt, eigentlich muss man ja schon von Nachtzeit reden.» William drückte ihren Arm. Ellis spürte, dass er sich wieder Sorgen machte, was aus dem Kräutergarten werden würde, wenn er zu alt war.

«Du wirst schon jemanden finden», beruhigte sie ihn, ohne dass er es aussprechen musste. «Früher oder später wird der oder die Richtige vorbeikommen. Wie wär's, wenn du deine neue Angestellte richtig anlernen würdest?»

«Julia?», knurrte William. «Die ist viel zu unzuverlässig. Du weißt doch, wie Mädchen in diesem Alter sind. Die haben nur Jungs und Discos im Kopf. Ich hätte schon vor Jahren anfangen sollen zu suchen. Jetzt bin ich dreiundsechzig! Wie viel Zeit bleibt mir noch? Fünf Jahre? Oder zehn, wenn ich Glück habe?»

Sie waren wieder an einer Kreuzung angelangt. William blieb stehen, ließ seinen Blick über die schlafenden Kräuterbeete, die rauschende Fontäne, die schimmernde Orangerie am Ende des Gartens wandern. «Meinst du nicht, du könntest dich doch für dieses Gewerbe erwärmen, wenn ich es dir …»

«Nein», unterbrach Ellis ihn sanft, aber bestimmt. «Wenn ich ein Talent dafür hätte, würde ich es versuchen, Dad. Aber du weißt so gut wie ich, dass ich den Aufgaben nicht gerecht werden könnte. Du wirst es schon merken, wenn der Richtige kommt – genau wie Nell damals bei dir.»

William stellte die Sicherheitsbeleuchtung ein und schloss das Tor ab. «Du kannst ja eine Anzeige aufgeben», schlug Ellis vor. «Auf diesem Weg findest du vielleicht einen Verwalter, der ein bisschen älter ist und Erfahrung hat und dir ein Stück Verantwortung abnehmen kann.» Sie küsste ihn zärtlich auf die Wange. «Du arbeitest viel zu viel für einen Mann in deinem Alter.»

William lächelte. Er hatte seine Sorgen schon wieder abgeschüttelt. «Was bleibt mir anderes übrig?» Wieder breitete er die Arme aus, als wollte er den ganzen Garten umfassen. «Aber du hast natürlich Recht. Es wird Zeit, dass ich ein bisschen kürzer trete.» Er gab ihr auch einen Abschiedskuss und ging zu seinem Auto. «Fahr vorsichtig, Kleines», rief er ihr noch zu. «Und mach dir keine Gedanken wegen deiner Mutter. Ich krieg das schon hin.»

Ellis sah, wie die Innenbeleuchtung in seinem Wagen anging und seine massige Gestalt sich auf den Fahrersitz hievte. Der Motor sprang an, die Scheinwerfer leuchteten auf und beschienen das Stück Land, wo er den Lavendelgarten anlegen wollte, dann wendete er und fuhr Richtung Straße.

Es war neblig geworden, weiße Schwaden hingen in der Luft wie Spinnweben. William hielt noch einmal neben ihr an, kurbelte des Fenster herunter und drückte ihr die Hand. Sie beugte sich zu ihm und sah ihn flehend an. «Dad – ich muss unbedingt wissen, woher ich komme. Das ist sehr, sehr wichtig, kannst du das verstehen?»

Er nickte. «Ja, klar. Ich werde sehen, was ich tun kann.» Er fuhr wieder ein Stückchen, bremste, setzte zurück, lehnte sich aus dem Fenster und rief: «Da war noch irgendwas, aber ich kann mich beim besten Willen nicht erinnern!» Damit verabschiedete er sich endgültig. Ellis schaute den Rücklichtern nach, bis sie hinter der Biegung verschwunden waren, dann ging sie zu ihrem Wagen. Das Malletts Cottage lag im Westen. Der Wald war jetzt pechschwarz, nirgends blinkte ein Licht. Zu spät, dachte sie. Jetzt kann ich nichts mehr ändern. Joe ist fort – für immer.

Sie spürte einen Druck auf der Brust, der sich zu einem quälenden Schmerz steigerte.

Als sie das Tal entlangfuhr, geriet sie immer wieder in dichte Nebelbänke. Fast hätte sie die Abzweigung verpasst. Sie verlangsamte das Tempo, weil sie nicht bestätigt sehen wollte, was sie ohnehin schon wusste: dass sein Wagen nicht mehr da stand, dass Joe weg war. Die blanken Fenster ihres Häuschens schienen sie zu verhöhnen, als ihre Scheinwerfer kurz darüber streiften, sie waren so leer und kalt. Ellis stellte den Motor ab, blieb aber noch eine Weile sitzen. Mit den Händen das Lenkrad umklammernd, wartete sie, bis ihre Augen sich an die Dunkelheit gewöhnt hatten.

Ich muss ins Bett, sagte sie sich, als sie im dunklen Klohäuschen nach dem Schlüssel tastete. Wenn ich heute Nacht richtig schlafe, geht es mir morgen gleich viel besser.

Im Flur war alles still. Sie blieb stehen und horchte, dann legte sie vorsichtig die Hand auf die Wand. Die Wand war kühl, sie vibrierte nicht. Ellis knipste das Licht an. Statische Spannung, etwas anderes konnte es nicht gewesen sein.

Alles war so, wie sie es verlassen hatte. Man ahnte nur einen leichten Seifengeruch in der Luft. Sie ging gleich durchs Arbeitszimmer ins Bad. Es war ordentlich aufgeräumt, nur das Fenster war beschlagen, in der Badewanne stand noch eine kleine Pfütze schaumiges Wasser, im Waschbecken waren ein paar Flecken – sonst verriet nichts, dass Joe hier gewesen war. Sie nahm das Handtuch vom Halter und hielt es sich an die Wange. Es war noch feucht, aber kalt. Er war also schon eine ganze Weile weg. Roch es nach Joe – oder bildete sie sich das nur ein? Sie ließ es auf den Boden fallen, ging zurück in den Flur und die Treppe hinauf ins Schlafzimmer, um in Nells Eisenbett zu schlafen.

In den frühen Morgenstunden schreckte sie hoch. Reglos starrte sie hinauf zu den Balken über ihrem Bett. Vom offenen Fenster wehte kühle Luft herein. Ellis stand auf, um auf die Lichtung hinauszuschauen. Der Nebel hatte sich aufgelöst, die Rehe waren gekommen. Nells Rehe und ihre Nachkömmlinge, sie ästen neben dem Fliederbusch, rupften das Gras und hoben den Kopf, um Witterung zu nehmen. Ellis setzte sich aufs Fensterbrett, zog die Knie an und rollte die Zehen ein, weil der Stein so kalt war. Sie spürte keine Vibration unter den Fußsohlen.

Hier hatte Nell gesessen und auf Laurence gewartet. *In fünfzig Jahren werden die Frauen selbst entscheiden* … Als Nell das schrieb, war es ihr bestimmt ganz einfach vorgekommen. Aber so leicht war das gar nicht! Die praktische Seite – Geld, Organisation, ein Einkaufswagen voller Wegwerfwindeln – war vergleichsweise unkompliziert. Und die Einstellung gegenüber ledigen Müttern hatte sich auch geändert, aber der Rest wurde dadurch nicht unbedingt leichter: Ganz auf sich selbst gestellt zu sein und allein die Verantwortung für ein anderes Menschenleben zu übernehmen …

Der Steinsims wurde langsam ungemütlich, und sie begann zu frösteln. Vielleicht sollte sie doch lieber wieder ins Bett gehen! Aus Versehen stieß sie mit dem Ellbogen gegen den Fensterflügel, der laut schepperte. Erschrocken schauten die Rehe hoch und suchten blitzschnell unter den Bäumen Schutz. Morgen fange ich ein neues Leben an, nahm sie sich vor, während sie unter die Bettdecke kroch. Ich werde ganz von vorn beginnen und aufhören, der Vergangenheit nachzuweinen.

Sie wachte auf, weil die Sonne ins Zimmer schien und die Vögel fröhlich zwitscherten. Es war acht Uhr. Sie stand auf, und zwanzig Minuten später hatte sie bereits gefrühstückt und das Geschirr weggeräumt. Sie trat vors Haus, um die morgendliche Welt zu begrüßen, dann ging sie daran, die Wäsche zu sortieren und die Waschmaschine im Bad anzuwerfen. Heute muss ich mit Laura sprechen, dachte sie, während sie die Bedienungsknöpfe drückte. Sie musste sich entschuldigen und ihr alles erklären. Außerdem sollte sie endlich die tausend Bücherstapel einsortieren. Sie ging ins Wohnzimmer und begutachtete das allgemeine Chaos. Nells Tagebuch lag noch immer auf dem Tisch. Sie scheute davor zurück, es in die Hand zu nehmen. Wovor hatte sie Angst? Befürchtete sie, dass Nell sie wieder so fesseln würde, dass sie das Buch nicht mehr weglegen konnte?

Sie räumte ein Stück Fußboden frei, stellte die Bücher ins Regal, ordnete sie neu, fügte andere hinzu, machte sich eine Tasse Kaffee. Als sie schließlich den Mut fand, das Tagebuch in die Hand zu nehmen, war es schon nach zehn Uhr. Irgendwie hatte sie das Gefühl, es müsste ebenfalls vibrieren, und erst der modrige Geruch, der ihr beim Blättern in die Nase stieg, erinnerte sie daran, dass diese Geschichte der Vergangenheit angehörte und mit ihrem gegenwärtigen Leben so gut wie nichts zu tun hatte. Es brachte nichts, wenn sie sich so intensiv auf Nells

Leben einließ. Und irgendwie war es auch albern, dass es sie dermaßen beeindruckte. Sie wollte das Tagebuch gerade wieder auf den Tisch legen, als sie den Zettel sah.

Offensichtlich hatte Joe das Briefpapier mit Williams Briefkopf verwendet, eine Skizze vom Lavendelgarten, und auf die leere Rückseite hatte er mit Kuli geschrieben: *Das nächste Mal, wenn du mich rufst, werde ich dich nicht hören.* Er hatte den Zettel in das Tagebuch gelegt, damit sie ihn dort finden sollte. Sonst nichts – keine Adresse, auch nicht die Bitte, sie solle es sich doch noch einmal überlegen. Er hatte sie beim Wort genommen. Ellis wurde richtig wütend – sie knallte das Tagebuch auf den Tisch und ging hinaus. Sie brauchte unbedingt frische Luft. Als sie ins Freie trat, sah sie, dass der Wagen ihres Vaters gerade am Rand der Lichtung erschien.

William wollte nicht hereinkommen. Er fühlte sich offenbar nicht wohl. «Ich muss gleich weiter, Kleines», brummelte er. «Ich wollte nur kurz vorbeischauen und dir sagen, was los ist – deine Mum will dich sehen.»

«Ja, das kann ich mir vorstellen. Wie hat sie –?»

«Wie hat sie reagiert?» William fuchtelte unbeholfen mit seinen breiten Händen herum. «Besser, als ich gedacht habe. Im Ganzen jedenfalls. Klar, sie war ziemlich … enttäuscht, dass sie die Neuigkeit nicht von dir persönlich erfahren hat, und sie findet es unter diesen Umständen auch nicht so gut, wenn wir heute Abend zum Essen zu dir kommen. Aber sie möchte alles mit dir besprechen. Du weißt schon.»

Er sah müde aus. Um Jahre gealtert, dachte Ellis, völlig ausgebrannt – und sie war schuld daran.

«Ich hab dir etwas mitgebracht.» Er holte einen zerknitterten, unordentlich aufgerissenen Briefumschlag aus der Jackentasche. «Ich weiß nicht, ob das richtig ist. Wahrscheinlich nicht – aber du hast gesagt …» Verlegen hielt er ihr den Umschlag hin. «Deine Mum weiß nichts davon. Aber das geht jetzt schon so lange, und wenn sich nicht bald was ändert, dann ist es zu spät. Die Entscheidung musst du selbst treffen. Wenn du nicht willst, brauchst du nichts zu unternehmen.»

«Wovon redest du, Dad?»

William zuckte die Achseln. «Na ja, du hast doch gesagt, du willst wissen, woher du kommst. Aber ich hab deiner Mum mein Wort gegeben. Mehr als das hier kann ich nicht tun. Und du musst mir eines versprechen.»

Worauf wollte er hinaus?

«Versprich mir, dass du keine voreiligen Schlüsse ziehst, wenn du mit ihr redest.»

Wie meinte er das?

«Jede Geschichte hat zwei Seiten.» Er verzog gequält das Gesicht. «Wenn ich nur wüsste, ob das, was ich mache, richtig ist ...»

Welche Geschichte meinte er?

«Im Grunde ist es ziemlich unwahrscheinlich, dass sie noch immer da wohnt – nach all den Jahren. Aber das wäre auch nicht weiter schlimm. Ich wollte eigentlich immer selbst etwas tun, aber du weißt ja, wie es ist – bei solchen Sachen bin ich ein bisschen feige, und die Zeit vergeht wie im Flug. Am besten erwähnst du unser Gespräch von gestern Abend gar nicht. Und jetzt muss ich wirklich los, Kleines, heute wird der Oberboden für den Lavendelgarten geliefert, und ich bin mit dem Entwurf für die Anlage noch nicht hundertprozentig zufrieden, irgendwie gefällt mir die *Stimmung* noch nicht so ganz.» Er atmete tief durch, gab ihr einen Kuss auf die Stirn und ging, ehe Ellis etwas sagen konnte. Sie schaute ihm nach. Auf dem Weg zu seinem Auto hinterließ er eine Spur im Gras. Sie horchte lange, bis das Brummen seines Motors im fernen Surren des Verkehrs auf der Landstraße untergegangen war.

Der zerknitterte Umschlag war an *William Jones Esq., Der Kräutergarten, Old Hall Estate* adressiert. Er enthielt zwei Briefe, die mit einer rostigen Büroklammer zusammengehalten wurden. Der erste war mit Maschine geschrieben, der zweite von Hand, in einer ordentlichen runden Jungmädchenschrift. Die Tinte war verblasst, das Papier vergilbt und brüchig. Die Daten lagen keine Woche voneinander entfernt, und als Absender stand oben auf dem handgeschriebenen Brief *Rosemount, 14 Lyford Road, London N13.*

Die Unterschrift lautete: *Mit freundlichen Grüßen, Violet Palmer.*

Kapitel 24

Lieber Mr. Guthrie,

Bezug nehmend auf Ihr Schreiben vom 15. Juni möchte ich Ihnen mitteilen, wie sehr ich es bedaure, dass Ihre Briefe an Miss Carter vom Postamt zurückgeschickt wurden. Ich kann Ihnen nur vorschlagen, sich an Mr. William Jones zu wenden. Die Geschäftsadresse lautet Der Kräutergarten, Old Hall Estate, Ipswich. Falls meine Schwester tatsächlich die Gegend um Ipswich verlassen haben sollte, hat sie bestimmt bei Mr. Jones eine Nachsendeadresse hinterlegt. Wie Sie wissen, möchte ich die Geschäfte meiner Mutter schnellstmöglich regeln, und ich wäre Ihnen daher sehr verbunden, wenn Sie sich dieser Sache ohne Verzögerung annehmen könnten.

Mit freundlichen Grüßen
Violet Palmer

Der Brief war vom 17. Juni 1965 datiert. Ellis begann nun den zweiten Brief zu lesen, der sehr offiziell aussah.

Lieber Mr. Jones,
wie Sie aus dem beigelegten Schreiben ersehen können, wäre uns daran gelegen, in Erfahrung zu bringen, wo sich Miss Eleanor Carter derzeit aufhält. Wir wären Ihnen sehr verbunden, wenn Sie uns dabei helfen könnten. Von ihrer Schwester, Mrs. Violet Palmer, wissen wir, dass Miss Carter zuletzt unter der Adresse Malletts Cottage, Old Hall Estate, Ipswich, Suffolk, zu erreichen war. Würden Sie bitte die Freundlichkeit besitzen, uns dies zu bestätigen oder uns gegebenenfalls Miss Carters neue Adresse mitzuteilen.

Mit freundlichen Grüßen
Leonard E. Guthrie
Guthrie, Booth und Taylor
Rechtsanwälte

Dieser Brief trug das Datum 23. Juni 1965. Ellis schloss die Haustür, ging zurück ins Wohnzimmer, trat ans Fenster und schaute hinaus auf die sonnige Lichtung. Gestern Abend hatte sie vergessen, den Liegestuhl hereinzuholen, er stand noch immer unter dem Fliederbusch.

Der Fliederbusch ... Genau! Welche Daten hatten auf Nells Grabstein gestanden? *1915–1965, RIP.* An dem Tag, als Laura mit ihr zu Nell gegangen war, hatte der Flieder geblüht. Und fünf Tage nach diesem Besuch war Nell gestorben. Die Blütezeit war im Mai, oder? Ellis hatte am 11. Mai Geburtstag, und damals, an ihrem einundzwanzigsten Geburtstag, hatte ebenfalls der Flieder geblüht. Wenn also Violets Anwalt im Juni 1965 versucht hatte, mit Nell Kontakt aufzunehmen, war das Malletts Cottage bereits ausgebrannt gewesen. *Ich möchte die Geschäfte meiner Mutter schnellstmöglich regeln.* Hatte Violet deshalb versucht, Nell zu finden? Um ihr mitzuteilen, dass ihre Mutter gestorben war? Aber Nell hätte das doch gewusst, oder? Und hatte Violet etwa nichts von Nells Tod erfahren?

Nell und Violet hatten nicht mehr miteinander gesprochen, und es gab nur eine Person, die unter normalen Bedingungen als Vermittlerin fungiert hätte. Sie hätte Nell vom Tod ihrer Mutter erzählt und Violet von Nells Tod. Aber diese Person – Laura – wechselte ja mit ihrer eigenen Mutter kein Wort mehr!

Rosemount, 14 Lyford Road, London N13.

«Nell?», sagte Ellis. «Was soll ich tun, Nell?» Zögernd berührte sie die Wand, spreizte die Finger und drückte mit der Handfläche gegen den Verputz. «Sag mir, was ich tun soll. Bitte.»

Da war es wieder, das Vibrieren, kaum spürbar, aber doch eindeutig. Ellis legte die Briefe und den zerrissenen Umschlag auf den Fenstersims, dann drückte sie auch mit der anderen

Hand gegen die Wand und schloss die Augen. Hinter den geschlossenen Lidern konnte sie noch immer den Fliederbusch sehen. Seine dichten weißen Rispen waren so nah, dass sie sie fast berühren konnte. Sie holte tief Luft, um den Duft einzuatmen … aber stattdessen roch sie scharfen, würzigen Pfeifenrauch.

«Gut, von mir aus – wenn du meinst.» Sie ließ die Arme sinken, öffnete die Augen. Die Lichtung sah aus wie vorher, heiß, still, und der Fliederbusch würde erst im nächsten Frühjahr wieder blühen.

«Aber ich warne dich!», murmelte Ellis. «Gib ja nicht mir die Schuld, wenn alles schief geht.»

Sie steckte die Briefe in den Umschlag. Wenn sie vor Mittag aufbrechen wollte, musste sie noch einiges erledigen.

Aber dann schnappte sie sich ihre Schlüssel und ging aus dem Haus, ohne sich auch nur umgezogen zu haben. An einem Geldautomaten in Ipswich zog sie ein bisschen Bargeld, dann suchte sie eine Telefonzelle, um William anzurufen.

«Hallo, Dad? Ich bin's, Ellis. Hör zu …»

«Ist alles in Ordnung, Kleines?», fragte William. «Also, ich hab mir das nochmal überlegt – am besten ignorierst du die beiden Briefe, meinst du nicht? Es hat keinen Sinn, alles nochmal aufzuwühlen, nur um –»

«Genau deswegen rufe ich an.» Ellis klemmte den Hörer zwischen Kinn und Schulter und kramte in ihrer Handtasche nach einer 10-Pence-Münze. «Könntest du bitte Mum sagen, dass ich heute doch nicht vorbeikomme? Sag ihr, ich komme, sobald es geht. Sag ihr … ach, sag einfach, ich hätte ein paar unentbehrliche Unterlagen in meiner Wohnung vergessen und müsste sie unbedingt holen.»

«Ellis –», begann William.

«Und noch was, Dad …»

«Was willst du sagen, Kleines?»

«Vielen Dank», sagte Ellis. «Ich werde dein Vertrauen nicht missbrauchen, das verspreche ich dir.»

«Ellis, was hast du –?»

Ellis konnte keine Münze mehr auftreiben, also nahm sie den Hörer wieder in die Hand. Vielleicht war es besser, wenn das Gespräch gar nicht so lang war. «Dad, ich muss los, sonst verpasse ich meinen Zug.»

«Deinen Zug? Welchen Zug?» William klang ganz beunruhigt.

«Den Zug nach London. Ich möchte Violet besuchen. Heute, jetzt gleich.» Dann verabschiedete sie sich rasch – bevor er es ihr wieder ausreden konnte.

Sie nahm ihre Handtasche, stieß die Tür auf, ging zum Auto und stieg ein. «Auf geht's!», ermunterte sie sich selbst. Sie tätschelte mit beiden Händen den Bauch. «Das mache ich für dich», sagte sie zu ihrer Tochter. «Damit du weißt, wo du herkommst.»

Sie parkte im Schatten des Bahndamms, rannte quer über den Parkplatz, kaufte sich eine Tagesrückfahrkarte und ging auf den Bahnsteig.

Eigentlich hätte sie sich nicht zu beeilen brauchen. Der Zug nach London kam erst in einer halben Stunde. Frustriert, weil nicht alles so schnell ging, wie sie es gern gehabt hätte, kaufte sie sich eine Zeitung und setzte sich auf eine Bank in der Sonne. Aber sie konnte nicht lesen, sie musste sich ganz darauf konzentrieren, ruhig zu bleiben. Wie sehr interessierten sich eigentlich andere Menschen für ihre Familiengeschichte?, überlegte sie, während sie die Pendler und Touristen beobachtete. Nehmen sie es als selbstverständlich hin, dass sie eine Familie haben, und machen sie sich keine großen Gedanken über ihre Vorfahren? Oder sind ihnen die Erinnerungen ihrer Eltern wichtig, ziehen sie daraus Erkenntnisse für ihr eigenes Leben? Plötzlich fiel ihr etwas ein. Sie stand auf, ging zurück in die Halle und suchte ein Telefon.

«Auskunft», meldete sich eine Frauenstimme. «Welche Stadt?»

«London», antwortete Ellis. «Der Name lautet Palmer, Violet Palmer. Adresse Rosemount, 14 Lyford Road.»

Eine Pause, ein Klicken, dann eine Stimme vom Band, unpersönlich, desinteressiert. «Die gewünschte Rufnummer lautet ...» Ellis legte auf. Du hast es gewusst, sagte sie zu Nell. Du hast gewusst, dass sie noch lebt.

Jetzt *musste* sie fahren.

Kapitel 25

Die Lyford Road war gesäumt von gepflegten Vorstadtvillen. Dem Dichter Sir John Betjeman hätte die Straße bestimmt gut gefallen, vielleicht wäre er sogar hierher gezogen und hätte eine Hymne auf die wunderschönen Erkerfenster verfasst, auf die hübschen bunten Lichter über den sorgfältig hergerichteten Eingangstüren, auf die gestutzten Hecken und die bunten Blumenampeln. Wenigstens lebt Violet nicht in einem Slum in der Innenstadt, dachte Ellis, während sie den breiten Gehweg entlangging.

Sie hatte den Taxifahrer gebeten, sie an der Ecke abzusetzen, weil sie sich Rosemount und Violet in ihrem eigenen Tempo nähern wollte. Das Haus Nummer 14 befand sich allerdings ganz am anderen Ende der langen Straße, und es ging die ganze Zeit bergauf. Auf halber Strecke wünschte sie sich, sie hätte sich doch direkt vors Haus fahren lassen. Sie trug leichte Leinenschuhe ohne Strümpfe, die Füße taten ihr weh, ihre Haut fühlte sich klebrig und verschwitzt an, ihr Mund war ausgetrocknet – der Staub und die Hitze Londons blieben nicht ohne Wirkung. Dass sie auch feuchte Hände hatte, hing allerdings eher mit ihrer Nervosität zusammen als mit den Temperaturen.

Sie zählte mit: achtundneunzig, sechsundneunzig … zweiundsiebzig, siebzig … sechzig, achtundfünfzig … Die Häuser wurden immer vornehmer, die geparkten Autos immer teurer – lauter Zweitwagen, vermutete Ellis, mit denen die Kinder in die Schule gebracht und die Einkäufe erledigt wurden. Range Rover, Shogun, BMW. Zweiundzwanzig, achtzehn, sechzehn … Sie blieb mitten auf dem Gehweg stehen.

Nummer vierzehn wirkte wie ein Furunkel im hübschen, glatten Gesicht dieses Wohnviertels! Die niedrige Mauer am Bürgersteig hatte lauter Risse, ein Teil neigte sich schon bedenklich in Richtung Straße. Ein einsamer Rosenstrauch mit schwarzen und gelben Flecken hing wie von einer tödlichen Krankheit gezeichnet völlig apathisch über den Fußweg, der zur Haustür führte. Die Fläche vor dem Haus war mit Steinplatten und Zement bedeckt und voller Löcher und Risse, an den Rändern wucherten Brennnesseln und Löwenzahn. Ellis musste gleich an die Beschreibung in Nells Tagebuch denken: *Ma hat alles mit Steinplatten und Zement zugepflastert* … Wieder hatte sie ein Stück des Puzzles entdeckt.

Das war also Ma Carters Haus. Das Haus, in das Violet nach Lauras Geburt geflüchtet war. Das Gartentor hing schief in den Angeln, mit einiger Mühe konnte man erkennen, dass es früher einmal blau gestrichen gewesen war. Am Pfosten war das Schild eines Immobilienmaklers angebracht, mit dem diagonalen Aufkleber VERKAUFT. Ellis geriet in Panik. Kam sie doch zu spät?

Das Haus selbst wirkte mindestens so trist wie der Garten: Die Farbe blätterte ab, die Fensterrahmen moderten vor sich hin, auf dem Dach fehlten mehrere Ziegel. In den oberen Fenstern hingen vergilbte Tüllgardinen. Die Regenrinnen hatten sich gelockert und ragten bedrohlich in die Luft. Im Untergeschoss waren beim rechten Fenster die schmuddelig gelben Vorhänge zugezogen, sie hatten von der Feuchtigkeit unten am Saum lauter braune Flecken. Beim Erkerfenster links von der Tür waren die seitlichen Fenster ebenfalls zugehängt, sodass nur durch die mittleren Scheiben Licht ins Zimmer dringen konnte.

Zögernd ging Ellis den Fußweg entlang und die zwei Stufen zur Tür hinauf. Der mit Grünspan überzogene Türklopfer klemmte. Ellis holte tief Luft und hämmerte mit den Knöcheln gegen die Glasscheibe.

«Ja?»

Die Frau war vermutlich Anfang fünfzig – mager, mit fettigen grauen Haaren, die sie zu einem dünnen Pferdeschwanz zurückgezurrt hatte. Sie trug eine schmutzige rosarote Nylonkittelschürze, unter der ein Stück Unterrock hervorlugte, dazu Badeschlappen aus Gummi. Sie öffnete die Tür nur so weit, dass Ellis nicht ins Innere schauen konnte. War sie die Putzfrau? Die Haushälterin? Mit ihren verächtlich heruntergezogenen Mundwinkeln und den misstrauischen kleinen Augen konnte sie jedenfalls nicht Violet sein. Und sie war ja auch viel zu jung. Ellis war so perplex, dass sie im ersten Moment kein Wort herausbrachte.

«Was wollen Sie?», blaffte die Frau sie an.

«Äh …» Nimm dich zusammen!, ermahnte sich Ellis. «Ich möchte gern Mrs. Palmer besuchen.» Bei der Telefonauskunft war Violet unter dieser Adresse registriert, und Nell vermutete sie ebenfalls hier. Ellis schaute der Frau direkt in die Augen, wie sie es sich im Umgang mit ihren Studenten antrainiert hatte. «Mrs. Violet Palmer. Könnten Sie ihr bitte sagen, dass ich hier bin?»

Die Frau kniff argwöhnisch die Augen zusammen. «Wozu? Sind Se vom Sozialamt?»

Ellis ließ sich nicht einschüchtern. «Ich bin Mrs. Palmers Enkeltochter», erklärte sie. «Würden Sie mich jetzt bitte –»

«*Wer* sind Se?»

Offenbar brachte diese Information die Frau aus dem Konzept. Besonders erfreut war sie nicht, ihrer grimmigen Miene nach zu urteilen. Sie murmelte etwas Unverständliches und wollte die Tür schon wieder schließen, aber Ellis begriff rechtzeitig, dass sie handeln musste – wenn die Tür einmal geschlossen war, würde sie sich nicht mehr öffnen. Sie drückte kurz entschlossen dagegen.

«He!» Die Frau stolperte rückwärts in den dunklen Flur, ihre Sandalen klatschten auf den Boden. «Was soll das? Se können nich einfach reinkommen!» Die Tür fiel ins Schloss.

«Ich habe Ihnen gesagt, wer ich bin. Ich möchte meine Großmutter besuchen. Wo ist sie? Hier drin?»

Sie ging zur ersten Tür links, die zu dem Zimmer mit dem Erkerfenster führte, weil sie glaubte, dort einen Fernseher zu hören. Aber die Tür ging nicht auf. Die Frau verschränkte trotzig die Arme vor der Brust. «Es is echt nich richtig! Die arme alte Frau in dieser Bruchbude und ganz allein. Ich mach, was ich kann, aber ich kann ja auch nich alles –»

«Ist die Tür zugeschlossen?», fragte Ellis und rüttelte am Knauf.

«Nee, nee», knurrte die Frau, die sich dem Unvermeidlichen inzwischen gefügt hatte. «Die klemmt nur – wie alles hier im Haus.» Sie kam angeschlappt und stemmte sich mit der mageren Schulter gegen die Tür, bis diese aufsprang. An der Wand sah Ellis den Widerschein des Fernsehers. «Besuch!», brüllte die Frau und fügte an Ellis gewandt hinzu: «An manchen Tagen is se gar nich richtig da, müssen Se wissen.» Und dann mit erhobener Stimme: «Stimmt's, Vi?»

Im Zimmer roch es widerlich nach menschlichen Exkrementen. Die Haushälterin – oder wer immer sie sein mochte – sah Ellis' Gesicht und roch selbst. «Warum geht se nich ins Heim?», sagte sie. «Die kann sich doch nich mehr allein versorgen, oder? Ich tu mein Bestes, aber ...»

«Das glaube ich Ihnen», sagte Ellis, obwohl sie vom Gegenteil überzeugt war. Im Halbdunkel des Zimmers sah sie eine zusammengesunkene Gestalt in einem großen Ohrensessel beim Fenster sitzen. «Aber jetzt bin ich ja hier, da braucht meine Großmutter Sie nicht mehr – vielen Dank.»

Damit wollte sich die Frau nicht abspeisen lassen. «Se können doch nich einfach hier reinspaziert kommen und alles in die Hand nehmen. Ich sorg jetzt schon fast 'nen ganzen Monat für se, und wo war die Verwandtschaft die ganze Zeit? Und Geld hab ich auch noch nich bekommen. Se schuldet mir.» Wieder verschränkte sie die Arme vor der Brust, um zu unterstreichen, dass sie nicht weichen würde, ehe sie nicht abkassiert hatte. Die Gestalt im Sessel drehte ihr blasses Gesicht in die Richtung, woher der Lärm kam.

«Raus hier!», zischte Ellis. Sie packte die Frau am Arm und zog sie hinaus auf den Flur. Fast hätten sie dabei beide das Gleichgewicht verloren. Ellis schloss die Tür hinter sich.

«Wie viel?»

Da sich ihre Augen inzwischen an das gedämpfte Licht gewöhnt hatten, konnte sie den berechnenden Blick der Frau genau sehen. Wie viel kann ich rausschlagen? Wie viel kann ich dir abluchsen?, schien sie zu fragen. «Na ja, die Bezahlung für vier Wochen …» Sie schwieg kurz, als würde sie abschätzen, was Ellis schlucken würde. «Zwei Stunden am Tag … drei Pfund … und fünfundsiebzig Pence pro Stunde. Und dann hab ich noch die Einkäufe gemacht. Jede Woche, und se hat mir keinen Penny gegeben …»

Ellis rechnete kurz zusammen, zog das, was sie bisher für die Fahrkarte und das Taxi ausgegeben hatte, von ihrer Bargeldsumme ab – und bluffte. «Ich hab nicht genug Bargeld bei mir», sagte sie. «Da muss ich Ihnen leider einen Scheck geben.»

«Was?» Wieder verschränkte sie die Arme und machte ein noch pampigeres Gesicht als vorher. «Nur über meine Leiche! Ich geh hier nich weg, bevor ich nich mein Geld hab!»

«Dann müssen Sie sich mit dem zufrieden geben, was ich bei mir habe.»

«Wie viel?»

Sie brauchte noch Geld für ein Taxi zur nächsten U-Bahnstation, etwas für eventuelle Notfälle und vielleicht noch für eine Tasse Kaffee in der Liverpool Street. Und dann zog sie noch einmal zehn Pfund ab, weil ihr die Visage der Frau nicht gefiel. «Zweiundsechzig Pfund», sagte sie. «Entweder das oder gar nichts.»

Die Frau zischte empört, widersprach aber nicht. Verdammt, dachte Ellis, ich wäre auch mit weniger durchgekommen. Sie wandte sich ab und holte das Geld aus ihrer Handtasche: drei Zwanzig-Pfund-Scheine, den Rest in Münzen. Schweigend drückte sie der Frau das Geld in die ausgestreckte Hand. Dann wiederholte sie mit Nachdruck: «Mrs. Palmer braucht Sie jetzt nicht mehr. Sie sollten also lieber gehen.»

«Das Zeug is in der Küche.» Sie ging den schmalen Gang hinunter und kam mit zwei großen Einkaufstüten zurück. «Ich hab ’nen Anspruch, schließlich hab ich dafür bezahlt, oder?»

Ellis hielt ihr die Haustür auf und schaute ihr nach, wie sie den Fußweg entlangschlappte. Selbst von hinten konnte man sehen, wie ungerecht sie sich behandelt fühlte. Ellis schloss die Tür. Hätte schlimmer kommen können, dachte sie. Wenn die Frau hier gewohnt hätte, wäre alles wesentlich komplizierter. Eine Fliege surrte müde gegen die farbige Glasscheibe oben in der Tür, und der Fernsehapparat im Wohnzimmer plapperte vor sich hin. Es gab kein Zurück mehr. Jetzt war *sie* für die alte Dame verantwortlich! Sie wartete, bis die Panik nachließ, dann stieß sie mit der Schulter die Wohnzimmertür auf.

Die Gestalt im Sessel war wieder in sich zusammengesunken. Der Raum war voll gestellt: eine Kommode, auf der ein paar in Silber gerahmte Fotos standen, und ein einbeiniger Plastiktisch auf Rädern, den man über ein Bett oder einen Sessel schieben konnte. Momentan stand darauf ein Plastikbecher, in dem rosarot ein Gebiss schimmerte, daneben lag eine große Brille mit Schildpattgestell. Zum Mobiliar gehörten außerdem ein Schrank mit Spiegeltüren, eine Waschschüssel auf einem Ständer und an der hinteren Wand ein schmales Bett, das unordentlich mit einer alten Wolldecke zugedeckt war, ein schwerer runder Tisch, auf dem sich allerhand Krimskrams angesammelt hatte – eine Schachtel mit Kleenextüchern, die aus dem Schlitz herausquollen, Medikamente, ein Wasserkrug, ein umgedrehtes Glas, ein Tablett mit einem kärglichen Frühstück und eine Rolle Klopapier. Der Tisch mit seinen zwei Stühlen nahm die ganze Mitte des Zimmers ein. Darunter stand ein einfacher elektrischer Heizkörper und daneben ein altmodischer Nachtstuhl. Er war aufgeklappt, und man konnte sehen, dass das Nachtgeschirr benutzt worden war.

Im Fernsehen lief gerade eine australische Seifenoper, was Ellis am näselnden Akzent erkannte. Sie trat neben die alte Dame: Spucke lief ihr aus dem Mundwinkel, das Kinn war auf die Brust gesunken, sie schien zu schlafen, aber ihre rechte Hand zitterte stark, als hätte sie ein Eigenleben. Ihr Atem ging schwer.

Als Erstes machte sich Ellis daran, den Nachtstuhl zu leeren. Mochte sie sich noch so ekeln – sie musste die Geruchsquelle beseitigen. Das Badezimmer befand sich im ersten Stock. Es war schwarzweiß gekachelt, der Spülkasten hoch unter der Decke, der Klodeckel aus Holz und uralt. Die Emaillewanne war vom vielen Schrubben stumpf, und wo der Wasserhahn immer tropfte, hatten sich grüne Flecken gebildet. Überall lagen tote Fliegen herum. Ellis spülte den Inhalt des Nachttopfs die Toilette hinunter, aber als sie sich am Waschbecken die Hände waschen wollte, stellte sie fest, dass es weder Seife noch Handtücher gab. Das Wasser war rostbraun. Offenbar hatte seit Monaten niemand mehr den Hahn aufgedreht. Ellis gab auf und trat wieder hinaus auf den Treppenabsatz.

Hier oben war es ganz still, sie musste die Ohren spitzen, um den Fernseher zu hören. Vorsichtig wollte sie die nächste Tür öffnen. Sie ging nicht auf. Klemmte wahrscheinlich, wie alles hier. Sie versuchte ihr Glück bei zwei weiteren Türen und kam zu dem Schluss, dass sie nicht klemmten, sondern abgeschlossen waren. Das einzige Möbelstück hier oben auf dem Treppenabsatz war eine Kommode gleich gegenüber der Treppe. Die Schubladen waren halb herausgezogen. Hatte jemand sie durchwühlt? Ellis konnte nichts Interessantes finden, nur stapelweise Bettwäsche – Laken und Kissenbezüge in Säcken, die aussahen, als hätte jemand sie aus einer alten weißen Damasttischdecke genäht. Manche der Laken waren ordentlich mit Flicken versehen. Eine der Schubladen war fast leer, sie enthielt nichts als ein paar zerknüllte Taschentücher und ein altes Lavendelsäckchen, das genauso muffig roch wie der

Rest der Kommode – außer den Lebensmitteln schien die Putzfrau nichts Stehlenswertes gefunden zu haben.

Ellis räumte alles wieder ein und schob die Schubladen zu. Sie wusste genau, dass sie das alles nur tat, um Zeit zu gewinnen und nicht nach unten gehen zu müssen. Aber sie hatte die ganze Fahrt doch nur gemacht, um Violet zu sehen! Sie holte den Nachttopf aus dem Bad, atmete tief durch und ging die Treppe hinunter.

Im Wohnzimmer roch es schon ein bisschen besser. Die australische Seifenoper lief noch immer, ein paar Teenager aalten sich in der Sonne, während von einem Holzofengrill im Hintergrund blauer Rauch aufstieg. Violet schnarchte leise. Ellis schob den Topf wieder in den Nachtstuhl und klappte den Deckel zu. Dann kniete sie vor Violet nieder, legte ihr die Hand aufs Knie und rüttelte sie behutsam.

Die alte Dame trug ein Flanellnachthemd, dazu eine rosarote Bettjacke und Hausschuhe aus Samt. Ihre Fußknöchel waren bläulich geschwollen – schlechte Durchblutung, vermutete Ellis –, aber ihr Knie fühlte sich unter dem Nachthemd eher knochig an.

«Violet …?», flüsterte Ellis. «Ich bin's, Ellis.»

Violets Kopf schnellte hoch. Die untere Gesichtshälfte war eingefallen, weil sie keine Zähne hatte, aber ihre großen Augen waren noch immer blau, noch immer schön.

«Hallo, Granny. Ich bin's, Lauras Tochter. Ich wollte dich besuchen.»

Die alte Dame schien noch halb zu schlafen. Ihr schütteres weißes Haar stand vom Kopf ab und ihr Kinn war feucht von Spucke. Einen Moment lang starrte sie ihre Besucherin verständnislos an. Dann beugte sie sich vor und nahm Ellis an der Hand. Sie krallte sich so fest, dass sich ihre Fingernägel in Ellis' Handfläche gruben.

«Nell?», rief sie mit hoher Stimme, atemlos vor Staunen. «Nell, bist du's wirklich? Bist du gekommen, damit alles wieder gut wird?»

Kapitel 26

Jetzt war sie richtig wach. Sie setzte sich auf, sie verstand, was Ellis sagte. Nach einer Weile begriff sie sogar, dass Ellis nicht Nell war, wollte sich aber nicht davon abbringen lassen, dass sie die neue Pflegerin sein musste. «Du gefällst mir besser als Norah», sagte sie. «Die hat mich dauernd angeschrien. Würdest du mir bitte eine Tasse Tee bringen?»

Norah hatte Regale und Schränke geplündert, stellte Ellis fest, als sie versuchte, sich in der Küche im hinteren Teil des Hauses zurechtzufinden. Als Erstes musste der Grundvorrat aufgestockt werden! Da sie die alte Dame jetzt nicht allein lassen konnte, brauchte sie außerdem eine Zahnbürste, Zahncreme, Seife und ein Deo. Sie verbrachte fast eine halbe Stunde damit, das Chaos zu beseitigen, das Norah hinterlassen hatte – vorher konnte sie nicht einmal eine Tasse Tee kochen. Wenigstens funktionierte das schwarze Bakelittelefon auf dem kleinen Tisch bei der Eingangstür. Als sie gerade vom Einkaufen zurückkam, klingelte es. Eine Vertreterin des Pflegedienstes fragte in aggressivem Tonfall, ob Mrs. Palmer heute Abend eine Helferin brauche – «nachdem Sie Norah ohne jede Vorwarnung entlassen haben!».

«Nein, vielen Dank», erwiderte Ellis. «Mrs. Palmer braucht heute Abend keine Pflegerin, morgen auch nicht und überhaupt nie mehr. Wenn Sie sehen könnten, wie es hier aussieht, dann wüssten Sie auch, warum!»

Als sie den Hörer auf die Gabel knallte, fühlte sie sich richtig gut, aber es war nur ein kurzer Triumph, denn sofort folgte eine Welle der Panik – jetzt war sie ganz allein zuständig für die alte Frau im Wohnzimmer, die teilnahmslos auf den Fernseher glotzte, mit Brille, aber ohne Zähne. Da fiel ihr der «Verkauft»-Aufkleber auf dem Schild des Immobilienhändlers ein. Hatte Violet vor, in nächster Zeit umzuziehen? Hatte Norah das gemeint mit ihrer Bemerkung, die alte Dame wolle nicht ins Heim? Ellis notierte sich die Nummer auf dem Schild, rief bei der Agentur an und verlangte die Person, die den Verkauf des Objekts 14 Lyford Road abgewickelt hatte.

Die junge Frau war entzückt, als Ellis sich als Violets Enkeltochter vorstellte. «Oh, wie schön, dass Sie anrufen!», rief sie. «Ihre Großmutter ist so eine nette alte Dame, und die Pflegerinnen haben sich wirklich nicht richtig um sie gekümmert. Ich hoffe, Sie halten mich nicht für aufdringlich, aber ich habe oben alle Türen verschlossen. Die Frau, die in den letzten Wochen für Ihre Großmutter gearbeitet hat, hat jeden Tag was mitgehen lassen. Ich glaube, dieser Pflegedienst bezahlt seine Angestellten nicht so gut wie die anderen, weil er weniger Geld von den Patienten nimmt – aber es ist ja sicher keine besonders dankbare Aufgabe, sich um alte Leute zu kümmern, da findet man nicht so leicht gutes Personal. Also, was kann ich für Sie tun?»

«Ich muss wissen, wann die Übergabe stattfindet», erklärte Ellis. «Das Haus ist noch immer möbliert, und wenn meine Großmutter noch einen ganzen Monat hier wohnt, muss ich mir meine Zeit so einteilen, dass ich länger bleiben kann.»

«O nein!», rief die junge Frau fröhlich. «Sie müsste demnächst ausziehen, warten Sie einen Moment, ich sehe kurz nach …»

Ellis wartete.

«Mir ist gerade eingefallen, dass ich mich noch gar nicht vorgestellt habe!», sagte die Frau, als sie wieder zum Hörer griff. «Manchmal bin ich so was von geistesabwesend … Ich heiße Janice, Janice Wainwright. In den letzten Monaten hatte ich viel Kontakt mit Ihrer Großmutter, weil ich den Interessenten das Haus gezeigt habe. Es ist eins dieser Objekte – sehr viel Interesse, aber ewig lange kein konkretes Angebot, dann zwei potenzielle Käufer nacheinander, die beide im letzten Moment abspringen. Aber so habe ich Ihre Großmutter näher kennen gelernt. Wir haben uns sofort wunderbar verstanden. Ich erinnere sie an ihre Tochter, meint sie – stimmt es, dass sie nicht mehr miteinander sprechen, Mutter und Tochter? Ist das nicht traurig? Na ja. Ach, ich hab einen Vorschlag. Ich könnte doch nach der Arbeit kurz bei Ihnen vorbeischauen, für mich ist das kein Umweg, und dann kann ich Ihnen alles persönlich erklären, das wäre doch wesentlich einfacher. Ehrlich gesagt – ich habe mir schon richtig Sorgen um Ihre Großmutter gemacht; seit sie den Schlaganfall hatte, baut sie immer mehr ab, und ich weiß nicht, ob die Pflegerin überhaupt diesen Titel verdient hat und ihr genug zu essen gibt, seit sie aus dem Krankenhaus raus ist.» Sie schwieg kurz, aber nur, um Luft zu holen, dann ging es schon wieder weiter. Ellis hatte Mühe mitzukommen. Schlaganfall? Was für ein Schlaganfall? Welches Krankenhaus? Hatte irgendjemand William und Laura informiert? Mussten in solchen Fällen nicht die nächsten Verwandten angerufen werden? War die Kluft zwischen Laura und Violet wirklich so tief?

«Aber ich will Sie nicht länger aufhalten», sagte Janice jetzt. «Meine Mutter sagt immer, ich bin eine schreckliche Quasselstrippe.» Ihr Kichern war so ansteckend, dass Ellis auch lachen musste. Es tröstete sie, dass diese muntere, gesprächige Person ein Auge auf Violet gehabt hatte. «Wie finden Sie die Idee, dass ich vorbeikomme? Ich kann ja die Unterlagen mitbringen, dann können Sie sich selbst ein Bild machen. In ’ner knappen Stunde bin ich bei Ihnen, einverstanden?»

«Ausgezeichnet», erwiderte Ellis. «Ich bin mir sicher, dass Violet –» Daran würde sie sich erst gewöhnen müssen. Wie *Hawley, Ware und Smith*, wie Nell und Laurence, so war auch Violet nicht mehr nur ein Name aus einer Geschichte. «Ich bin mir sicher, dass meine Großmutter sich sehr freut, wenn Sie kommen.»

Zum Abendessen bereitete Ellis für ihre Großmutter ein Omelett zu, und nachdem Violet ihr Gebiss eingesetzt hatte, aß sie es mit gutem Appetit, verdrückte außerdem noch drei Scheiben Brot mit Butter und eine große Portion Eis. Die linke Hand konnte sie nicht richtig bewegen – Ellis musste alles für sie klein schneiden –, aber durch das Essen bekam sie wieder etwas mehr Kraft. Ellis fragte sich, ob Janice Recht hatte und die Pflegerin ihr tatsächlich nicht genug zu essen gegeben hatte. Sie half ihr auf den Nachtstuhl, wusch ihr Gesicht und Hände. Als sie den Waschlappen ausspülen wollte, fasste Violet sie plötzlich an der Hand.

«Vielen, vielen Dank, meine Liebe», sagte sie. «Das fühlt sich *so* gut an!» Und sie lächelte das erste Mal.

Das Lächeln ließ sie zwanzig Jahre jünger aussehen. Ihr Teint war hell, sie hatte erstaunlich wenig Falten, und trotz der Brille, trotz der unglaublich künstlich aussehenden Zähne konnte Ellis sehen, von wem Laura ihr hübsches Äußeres geerbt hatte.

Als Janice kam, war Ellis gerade dabei, das Geschirr abzuwaschen. Janice war eine schlanke Blondine in einem eleganten Kostüm und plapperte auch jetzt wie ein Wasserfall. Sie brachte einen Stapel Unterlagen mit, den sie auf dem Tischchen im Flur deponierte, bevor sie ins Wohnzimmer ging, um Violet zu begrüßen. Fast zwanzig Minuten redete sie ohne Punkt und Komma auf die alte Frau ein, während Ellis alles wegräumte und noch eine Tasse Tee für Violet kochte. Als Janice schließlich Violet zum Abschied auf die Wange küsste und aus dem Zimmer ging, wirkte Violet richtig traurig. Ellis folgte ihr und schloss leise die Tür hinter sich.

«Ich glaube, wir gehen am besten in die Küche, meinen Sie nicht?», schlug Janice vor. «Ich möchte nicht, dass Violet denkt, wir reden hinter ihrem Rücken über sie.»

Während Janice redete, trank sie drei Tassen Kaffee und aß ein Schälchen Vanillepudding. Es war geplant, dass Violet in der nächsten Woche umziehen sollte. Janice war zumindest teilweise dafür verantwortlich, dass Violets Haus verkauft worden war. Sie hatte auch eine Umzugsfirma organisiert und dafür gesorgt, dass ein Auktionsbüro das Haus leer räumte. Sie hatte sogar Violets Pensionsscheck jede Woche auf das entsprechende Konto eingezahlt. «Und sie hat jetzt wenigstens eine Pflegeversicherung.» Ellis war sehr beeindruckt von so viel großzügiger Fürsorge und bedankte sich überschwänglich, aber Janice winkte ab.

«Violet hat das meiste selbst gemacht», erklärte sie. «Den Heimplatz hat sie zum Beispiel selbst gefunden, ich hab sie nur mal hingefahren, mehr nicht. Und mit den Leuten vom Auktionsbüro hat sie verhandelt wie ein Profi, das hätten Sie mal sehen sollen!» Sie stand auf, um Wasser aufzusetzen. «Noch 'ne Tasse Kaffee? Nehmen Sie's mir nicht übel, wenn ich die Regie übernehme – ich kann's nicht lassen. Wenn Sie sich umsehen, werden Sie feststellen, dass praktisch alle Möbelstücke kleine rote Aufkleber haben, damit die Männer vom Auktionshaus wissen, was sie mitnehmen können. Wahrscheinlich war das alles einfach zu anstrengend für sie – dauernd sind Leute hier gewesen und haben ihre Sachen inspiziert. Vielleicht hatte sie deswegen den Schlaganfall. Ich glaube, so viel Trubel ist sie nicht gewöhnt.»

Janice holte eine bunte Broschüre hervor. «Da zieht sie hin: Britannia Court. Gleich am anderen Ende der großen Straße, ein hübscher kleiner Wohnkomplex, sehr gut angelegt. Wenn man dort krank wird, kann man rund um die Uhr versorgt werden, nicht wie in manchen Seniorenheimen, in denen das Personal nur von neun bis fünf da ist. Sie hat die neuen Möbel schon ausgewählt, das war noch vor dem Schlaganfall, und die werden diese Woche geliefert. Es wird aber trotzdem eine ziemliche Umstellung für sie sein – eine Zweizimmerwohnung nach diesem großen Haus! Sie hat doch ihr ganzes Leben hier gewohnt – entschuldigen Sie, wahrscheinlich denken Sie, ich bin furchtbar neugierig, aber wenn Vi erst mal anfängt zu erzählen, hört sie nicht mehr auf. Nur während des Krieges war sie ein Jahr lang weg. Das ist alles so traurig! Mir sind fast die Tränen gekommen, als sie es erzählt hat. 1940 ist sie aus London weggegangen, frisch verheiratet – und ein halbes Jahr später war ihr Mann schon tot. Er war Pilot, ein unheimlich flotter Typ, das ist er, da auf der Kommode. Er ist über der Nordsee abgeschossen worden, und sie war schwanger – ach, was red ich denn, Sie wissen das doch alles! Violets Tochter ist Ihre Mutter, stimmt's? Und dann saß sie ganz allein da, hochschwanger, mitten im Krieg. Das ist doch wirklich tragisch, finden Sie nicht?»

Der Wasserkessel pfiff, Janice nahm die Tassen, gab jeweils einen Löffel Pulverkaffee und noch ein bisschen Zucker hinein. «Sobald das Kind auf der Welt war, ist sie natürlich wieder nach Hause gegangen, ohne Rücksicht auf die Bomben. Sie hat es einfach nicht ausgehalten in … äh …»

Ellis räusperte sich. «In Suffolk», sagte sie.

«Wo?»

«In Suffolk», wiederholte Ellis. Komisch, die Geschichte ihrer Großmutter von einer Unbekannten zu hören. «Meine Mutter wurde in Suffolk geboren. Sie heißt Laura.»

«Hmmm.» Janice brachte die Tassen an den Tisch und setzte sich wieder hin. «Es ist doch absurd, dass die beiden nicht mehr miteinander sprechen, nachdem sie so viel durchgemacht haben, finden Sie nicht?»

Ellis trank einen Schluck Kaffee. Sehr stark, sehr süß! Ja, absurd, und mindestens so absurd ist es, dass ich mit einer jungen Frau, die ich erst vor einer Stunde am Telefon kennen gelernt habe, in der Küche meiner Großmutter sitze und diese Frau mir von meiner Familie erzählt, als hätte sie alle Beteiligten genau gekannt – nachdem meine eigene Mutter die ganzen Jahre den Mund nicht aufmachen wollte!

«Warum eigentlich?», fragte Ellis.

«Warum sie nicht mehr miteinander sprechen?» Janice zuckte die Achseln. «Hat Ihre Mutter Ihnen das nicht erzählt? Irgendwie hat es mit einem falschen Freund zu tun, das heißt, eigentlich war er nicht falsch, sondern er war mit einer anderen verlobt – und Ihre Mutter ist schwanger geworden und hat dadurch die Hochzeit verhindert ...» Sie musterte Ellis mit unverhohlener Neugier. «Na ja, damals galten eben strengere Spielregeln als heute. Wenn man sich mit jemandem eingelassen hat, der schon vergeben war, gab's ein fürchterliches Drama. Meine Mum hat die wilden sechziger Jahre erlebt, die hat auf den Putz gehauen, sagt sie, aber ihre Mutter hat ihr ständig Moralpredigten gehalten. Damals war es sozusagen eine Todsünde, wenn eine Frau mit einem Mann geschlafen hat, mit dem sie nicht verheiratet war, und wenn die Frau dann auch noch schwanger wurde, das war das Ende. Heutzutage kommt einem das total bescheuert vor, da ist das eher schon normal – Sie sind doch auch im dritten Monat, wenn ich recht sehe, oder schon im vierten? Und weit und breit kein Ehering –» Sie schlug sich die Hand vor den Mund und wurde vor Verlegenheit rot. «Ach, du lieber Gott, bitte, entschuldigen Sie, tut mir schrecklich Leid, ich wollte nicht – viele Frauen tragen keinen Ehering, und vielleicht sind Sie ja gar nicht schwanger – o Gott, warum kann ich nur den Mund nicht halten!»

Aber Ellis lachte laut, sie fand Janice' Taktlosigkeit sehr erfrischend. «Sie sind eine ausgezeichnete Beobachterin», sagte sie. «Es stimmt – noch fünf Monate, und ich bin eine allein erziehende Mutter. Und was meine eigene Mutter angeht –»

«Es tut mir echt Leid!» In ihrer Verlegenheit sprang Janice auf und stellte die Tassen in die Spüle. «Da bin ich wieder mal in ein Fettnäpfchen getreten.» Hektisch blätterte sie in ihren Unterlagen. «Ich glaube, ich sollte jetzt lieber gehen. Meine Mutter macht sich sonst noch Sorgen um mich. Der Typ vom Auktionsbüro kommt am Freitag, um die Sachen abzuholen, die versteigert werden. Sie sind alle gekennzeichnet, und er ist sehr nett, keine Bange – und am Montag kommen dann die Möbelpacker und erledigen den Rest. Vi nimmt nicht viel mit, ihre neue Wohnung ist nicht besonders geräumig, deshalb reicht für den Umzug sicher der Vormittag. Ich habe ihr gesagt, dass ich am Donnerstag komme, um ihr zu helfen, die persönlichen Dinge zu sortieren.» Sie grinste. «Ich find's gut, dabei Gesellschaft zu haben, und Vi ist sicher froh, wenn noch jemand hilft – das heißt natürlich, wenn Sie nichts dagegen haben …»

Als Janice sich fast eine Stunde später mit einem fröhlichen Winken verabschiedete und den Fußweg zur Straße hinunterrannte, war Ellis ganz benommen. Violet hatte ihr auf Janice' Vorschlag hin die Hausschlüssel übergeben und hatte endlich kapiert, dass sie Ellis hieß (auch wenn sie das Verwandtschaftsverhältnis nicht nachvollziehen konnte). Sie war von ihrem Sessel aufgestanden, um ohne Hilfe den Nachtstuhl zu benutzen, und entschuldigte sich immer wieder dafür, dass sie so viel Mühe machte, bedankte sich bei Ellis für ihre Hilfe und schlief dann prompt in ihrem Sessel ein, das Gebiss noch im Mund und die Brille bedenklich schief auf der Nasenspitze. Ellis fand es unvorstellbar, dass sie mit irgendjemandem Streit haben konnte. Wie war es möglich, dass diese sanfte Frau sich seit dreißig Jahren weigerte, mit ihrer Tochter zu sprechen? Offenbar hatte Laura etwas getan, was in Violets Augen unverzeihlich war – sofern Janice' Version der Geschichte stimmte.

Wenn Janice Recht hatte, dann hatte Laura einer anderen Frau den Mann gestohlen, indem sie absichtlich von ihm schwanger wurde.

Nachdem Janice sich verplappert hatte, wollte sie nicht weiterreden. Das dürfe sie nicht, sagte sie, als Ellis sie anflehte, doch noch mehr zu erzählen – sie dürfe nicht hinter Violets Rücken über Ellis' Mutter reden. «Ich fände es auch nicht gut, wenn Sie das bei meiner Mum machen würden», meinte sie. Ellis' Bitten stießen also auf taube Ohren. «Fragen Sie Vi», sagte Janice nur. «Sie erzählt es Ihnen bestimmt, wenn sie mal begriffen hat, wer Sie sind.»

Die alte Dame döste den größten Teil des Abends vor sich hin. Ellis ließ absichtlich den Fernseher an, damit die plötzliche Stille sie nicht aufweckte, bevor sie die Schlüssel nahm und sich daranmachte, das Haus zu erforschen. Es ist okay, sagte sie sich, als sie die Treppe hinaufging, ich schnüffle nicht herum, denn ich gehöre zur Familie. Zur Familie? Sofort meldeten sich andere, widersprüchliche Gefühle.

Es war wie in einem Museum, wo niemand mehr Staub wischte, niemand putzte und niemand je die Ausstellungsstücke anschaute. Die altmodischen Möbel mit den klobigen Griffen und den hässlichen Schnörkeln, die verblassten Vorhänge, die abgetretenen Axminster-Teppiche und die plissierten Lampenschirme – alles wirkte wie ein Mikrokosmos aus einer anderen Epoche. Die Decken und Türen waren braun und beige gestrichen, die geblümte Tapete war vergilbt und hatte an vielen Stellen grüne Flecken, weil es durchs Dach geregnet hatte. In den Räumen herrschte eine drückende Hitze und alles war furchtbar ordentlich. Nach einer Weile merkte Ellis, dass sie auf Zehenspitzen schlich – sie kam sich überhaupt nicht vor wie ein Familienmitglied, sondern eher wie eine Diebin, die Violets intimste Geheimnisse ausspionierte.

Sie begann mit dem Schlafzimmer über Violets Wohnzimmer. Es hatte ebenfalls ein Erkerfenster. Das Doppelbett mit einem Kopf- und Fußbrett aus Mahagoni und mit bestickten Daunendecken sah aus, als wäre es gerade eben gemacht worden, und die Frisierkommode mit dem staubigen Volant war mindestens so ordentlich wie das Bett. Die Parfümfläschchen, Cremedosen, Tablettenröhrchen standen in Reih und Glied, wie Soldaten bei der Parade. Das Set aus Kamm und Bürste lag genau parallel zu Spiegel und Kante. In die Silberbeschichtung waren die Buchstaben *AC* eingraviert. Für wen stand das A? Amelia? Alice? Ariadne? Oder hatte die Bürste ihrem Urgroßvater gehört – Arthur, Albert, Anthony? Alles war so pedantisch, dass die Spinnwebe in einer der Spiegelecken äußerst deplatziert wirkte, und als Ellis aufstand, schob sie instinktiv den Hocker wieder ganz gerade hin, um nur ja nicht die Symmetrie des Raumes zu stören.

Auch der große Schrank war mit einer fast schon obsessiv zu nennenden Ordentlichkeit aufgeräumt – Hutschachteln, Schuhe, Schals, alles militärisch präzise geordnet. Im nächsten Schlafzimmer – es musste Pa Carter gehört haben – war es das gleiche Bild: Schuhe mit Schuhspannern, die Krawatten säuberlich abgezirkelt, abnehmbare Kragen und Manschetten in den entsprechenden Schachteln – alles exakt, alles penibel. Man hatte fast Angst zu atmen.

Das dritte Schlafzimmer hatte offenbar Violet gehört. Es wirkte nicht ganz so steril. Kleine Dinge wiesen darauf hin, dass noch vor kurzem jemand hier gewohnt hatte und dass diese Bewohnerin nicht ausgesprochen zwanghaft gewesen war. Auf dem Nachttisch lag ein Buch, in der Kristallschale auf der Frisierkommode hatte sich alles Mögliche angesammelt – Haarspangen, ein Lippenstift, ein vereinzelter Ohrclip. Auf der Kommode stand ein silbergerahmtes Foto, das zum Bett hin gedreht war, sodass Violet es im Liegen sehen konnte. Ellis nahm es in die Hand.

In dem Dämmerlicht waren die Einzelheiten schwer zu erkennen, also knipste sie die Nachttischlampe an.

«Oh …»

Es war ein Schwarzweißfoto, das sich an den Rändern schon langsam bräunlich verfärbte. Ein junger Mann in Uniform, ein Pilotenabzeichen und eine Reihe von Orden dekorierten seine linke Brust und in der Hand hielt er eine Fliegermütze. Er sah auf altmodische Weise gut aus, aber er wirkte gedankenabwesend, weit weg – es war das Gesicht eines Träumers. Ellis wusste natürlich sofort, wen sie vor sich hatte. Laurence Palmer. Ihr Großvater, der Mann, dem das Malletts Cottage gehört hatte, der Mann, der mitten im Krieg zwei Kinder gezeugt hatte und gefallen war, ohne ihre Geburt mitzuerleben – und um eine Spur von Zwietracht und Misstrauen zu hinterlassen, die auch nach einem halben Jahrhundert noch nicht beseitigt war …

Beinahe erwartete Ellis, dass das Glas unter ihren Fingern vibrieren würde, aber sie spürte nichts. Hier waren keine Geister, jedenfalls keine, die mit ihr Kontakt aufnehmen wollten.

Mit dem Finger zeichnete sie sein Kinn nach, strich über die verträumten Augen. Wenn es einen Ort gibt, den du noch immer heimsuchst, dann ist es ein kleines Cottage in Suffolk, stimmt's? Aber Violet hängt noch immer an dir – warum hätte sie sonst dein Bild aufgestellt, nicht nur hier in ihrem Zimmer, sondern auch unten auf der Kommode. Aber dennoch redet Violet seit fünfunddreißig Jahren nicht mehr mit der Tochter, die du ihr geschenkt hast. Warum?

Ellis wollte in dem kleinen Zimmer im hinteren Teil des Hauses schlafen. Vom Fenster konnte man auf den grünen Garten hinter dem kahlen Hof von Nummer 14 blicken. Die Aussicht erinnerte wohltuend daran, dass es noch andere Menschen auf der Welt gab, normale Menschen, die ein normales, unordentliches Leben führten. Der Großteil der Möbel aus diesem Raum war nach unten gebracht worden, übrig gebliebenen waren nur ein schmales Bett, eine leere Kommode und ein Frisiertisch. Aus der Kommode im Gang holte Ellis frische Laken und wechselte die Bettwäsche, bevor sie wieder nach unten ging, um nach Violet zu sehen.

Das Licht im Wohnzimmer war aus, im Fernsehen kamen gerade die Neunuhrnachrichten, deren blauer Widerschein über das Gesicht der alten Dame flimmerte. Sie schien zu schlafen, aber als Ellis einen der Essstühle nahm und sich neben sie setzte, schlug sie die Augen auf und lächelte.

«Nell», seufzte sie. «Wo hast du nur gesteckt?» Sie träumte anscheinend noch. Sie tätschelte Ellis' Hand. «Wir haben uns doch früher immer so gut verstanden, stimmt's?» Sie wandte den Kopf ab und starrte ins Halbdunkel. «Ich hätte bleiben sollen, glaube ich. Aber ich konnte nicht großmütig sein, ich war so wütend, deshalb wollte ich nur noch weg – möglichst weit weg von dir. Aber dann hat Ma mir alles aus der Hand genommen und mich behandelt wie ein kleines Kind. Ich konnte mich einfach nicht gegen sie durchsetzen. Vielleicht wär's anders gewesen, wenn du hier gewesen wärst … Wenn ich stärker gewesen wäre, wenn ich mich gewehrt hätte, dann hätte meine Laura vielleicht nicht …»

Ellis schwieg. Sie fühlte sich ganz ruhig, fast friedlich. Deshalb hatte Nell sie also hierher geschickt. Sie sollte zuhören. Falls – wenn – sie etwas tun sollte, würde sie es schon merken, aber in der Zwischenzeit brauchte sie nicht einzugreifen. Im Gegenteil. Wenn sie nur geduldig war, würde sich alles finden.

«Kannst du dir überhaupt vorstellen, wie ich mich gefühlt habe?» Violets Augen schimmerten feucht hinter den dicken Brillengläsern, und die Hand im Schoß zitterte. «Ich konnte dir nicht verzeihen. Das war zu viel verlangt. Ich musste mein Kind beschützen …» Sie musterte Ellis prüfend. Auf einmal schien sie unsicher zu werden. «Du warst immer viel stärker als ich. Wenn ich geblieben wäre, hättest du sie mir weggenommen. So wie du mir Laurie weggenommen hast.» Ihre Hände verflochten sich ineinander, als würde die eine die andere ruhig halten wollen. «Du hast ja versucht, mich zu warnen. Gleich am Anfang hast du mir gesagt, was passieren wird, aber ich wollte es nicht hören …»

Plötzlich wusste Ellis genau, was sie sagen musste. «Sie wollte das Richtige tun. Sie wollte vorher gehen. Sie hat es nicht absichtlich getan.»

«Und ich hab dich überredet, bei uns zu bleiben.» Violet schüttelte den Kopf. «Nein, ich habe Laurie gebeten, dich zu überreden. Das war das erste Mal, dass er mich betrogen hat, stimmt's? Besonders klug war ich nie, stimmt's, Nell?»

Eine Träne kullerte ihr über die Wange. Tröstend nahm Ellis ihre Hände. «Es war keine Absicht», sagte sie. «Sie wollten dir nicht wehtun.»

Violets Hände flatterten wie zwei gefangene Vögelchen.

«Aber du hast mir wehgetan», flüsterte sie. «Ach, und wie. Und Laura hast du auch wehgetan. Mein süßes Mädchen …»

Kurz flackerte der Fernseher etwas heller und erleuchtete ihre Gesichter. Violets Miene verdüsterte sich. «Du bist ja gar nicht Nell!», sagte sie scharf. «Wer bist du überhaupt?»

«Du weißt, wer ich bin», sagte Ellis und umklammerte ihre Hände fester. «Ich bin Ellis, Lauras Tochter, erinnerst du dich? Nell schickt mich.» Das sagte sie, ohne zu überlegen. «Sie will alles wieder in Ordnung bringen.»

«Ellis?» Violet überlegte kurz, doch dann schien sie wieder wegzudriften. «Tut es dir Leid, Nell? Willst du dich mit mir versöhnen? Vielleicht, wenn wir … Lauras Tochter, hast du gesagt?» Ellis konnte sehen, wie die alte Dame sich bemühte, ihr Gedächtnis wach zu halten. «Nein, das muss ein Irrtum sein, du bist nicht Lauras Tochter, unmöglich. Laura sieht aus wie ich. Du bist Nells …»

«Nein», sagte Ellis sanft. «Nell hatte einen Sohn, erinnerst du dich?»

«Wirklich?» Violet schaute zunächst ein wenig irritiert. «Ja, ich erinnere mich …», murmelte sie dann zögernd. «Dr. Hills war da. Und Marion … Warum hat mir Marion nicht gesagt, was los ist? Warum hat sie nichts dagegen unternommen?» Vergangenheit und Gegenwart vermischten sich wieder, und erneut redete sie mit Nell. «Aber du musstest dafür bezahlen, oder? Am Ende hast du sie beide verloren, Laurie und … und …»

Nun liefen ihr die Tränen unaufhaltsam übers Gesicht. Mit nassen Augen schaute sie Ellis an. «Was hast du mit ihm gemacht?», wollte sie wissen. «Nein, du bist nicht Nell, stimmt's? Du bist Lauras Tochter … Ich war mir so sicher, dass sie Laurie ähnlich sehen würde. Aber er hat alles dem Jungen gegeben, stimmt's, Nell? Ich hätte sie beide haben sollen.

Und hätte sie ja auch gehabt, wenn du sie mir nicht weggenommen hättest … So ein hübsches Kind, meine Laura …»

Ellis räusperte sich. «Laura ist sehr unglücklich», sagte sie.

Violets Unterlippe zitterte. Sie versuchte, sich aus Ellis' Griff zu befreien. Aus Angst, sie könnte ihr die Knochen brechen, ließ Ellis ihre Hände los.

«Es war genau das Gleiche», klagte Violet. «Ich hatte das Gefühl, alles geht von vorne los. Ich habe ihr gesagt, sie soll es sein lassen, aber sie hat nicht auf mich gehört. Ich hab ihr gesagt, dass ich es nicht ertragen kann. Ich habe gesagt, sie ist eine – Das hätte ich nicht sagen dürfen. Aber dieser Brief …» Plötzlich sackte sie in sich zusammen. War sie ohnmächtig geworden? Oder hatte sie womöglich wieder einen Schlaganfall erlitten? «Violet?», fragte Ellis leise und nahm wieder ihre Hand. «Violet, was ist los?»

Müde schaute Violet sie an. Sie schien noch mehr geschrumpft – als bestünde sie nur noch aus Haut und Knochen. «Sie ist nicht mehr nach Hause gekommen», sagte sie. «Und ans Telefon ist sie auch nicht mehr gegangen. Deshalb musste ich ihr einen Brief schreiben, aber hinterher war mir klar, ich hätte es nicht tun sollen. Und sie hat mir geantwortet. Geschriebene Wörter können alles vergiften. Das gesprochene Wort kann man zurücknehmen, man kann so tun, als hätte man es anders gemeint oder als hätte man alles falsch verstanden, man kann es vergessen, aber wenn es mal schwarz auf weiß geschrieben steht …»

Ellis holte die Kleenex-Schachtel vom Schreibtisch, nahm der alten Dame die Brille ab und trocknete ihr die Tränen. «Wenn du mal böse auf jemanden sein solltest, dann schreib deine Gedanken auf keinen Fall auf», fuhr Violet fort. «Du kannst sie nie wieder zurücknehmen … Entschuldige, meine Liebe, aber ich muss auf die Toilette.»

Ellis geleitete sie vorsichtig und behutsam zum Nachtstuhl. Dabei dachte sie an das, was Joe hinten auf Williams Lavendelgartenplan gekritzelt hatte: *Das nächste Mal, wenn du mich rufst, werde ich dich nicht hören.* Ein Gefühl ohnmächtiger Trauer überkam sie.

«Ich hätte nie mit Laura hierher kommen sollen», verkündete Violet am nächsten Abend. Ellis hatte den Tag damit verbracht, das Haus zu putzen. Außerdem hatte sie Violets Bettwäsche gewechselt, ihr ein frisches Nachthemd angezogen, Mittagessen gekocht, sie gewaschen und ihr ein Buch aus der Bibliothek vorgelesen, einen anrührenden Liebesroman mit einem zu erwartenden, aber dennoch wunderbaren Happy-End, genau das Richtige. Als es dunkel wurde, hatten sie gemeinsam ferngesehen. «Ich vermute, Sie gehen bald, oder?», hatte Violet einmal gesagt, weil sie wieder dachte, Ellis sei die Pflegerin. «Norah ist immer gleich nach dem Abendessen gegangen.» Als Ellis ihr versicherte, sie habe nicht die Absicht zu gehen, war sie ganz erleichtert.

«Ich hätte in Suffolk bleiben müssen», sagte sie jetzt. «Ich hätte das Risiko eingehen sollen, auch wenn ich sie vielleicht verloren hätte ...» Sie stockte, weil der Film im Fernsehen sie ablenkte – Geschrei, Schritte, Schüsse. «Es war Marions Schuld. Sie hat versucht, Nell und mich mit ihrem Testament wieder zu versöhnen. Weil sie gewusst hat, dass ich das Dower House nicht möchte, hat sie es Laura vermacht, aber unter der Bedingung, dass sie sechs Monate dort wohnt. Sie dachte, ich komme dann auch, aber ich konnte einfach nicht zurück. Laura war neugierig und wollte unabhängig sein. Als sie das erste Mal da war, hat sie mich angerufen, aber mit keinem Wort hat sie erwähnt, was sich alles abspielte, sie hat nur gesagt, was für ein netter Mann der Anwalt ist, wie hilfsbereit, und dabei hat sie die ganze Zeit … Später haben wir nicht mehr miteinander gesprochen, und sie hat mir einen Brief geschrieben, einen ganz wütenden Brief, nichts als Vorwürfe … Sie wusste genau, dass das, was sie tut, nicht richtig ist, aber um sich besser zu fühlen, hat sie *mir* die Schuld gegeben – ich hätte sie die ganzen Jahre unterdrückt, hat sie geschrieben, das Haus hier sei wie ein Gefängnis, dieser Mann sei ihr Fahrschein in die Freiheit, sie würde ihn niemals aufgeben. Und dann gab's einen Riesenskandal, und sie hat gesagt, ich würde sie nicht lieben, sonst würde ich mich auf ihre Seite stellen. Sie hat einfach nicht verstanden, warum ich so böse war – wie hätte sie auch? Sie hatte ja keine Ahnung, wie es sich anfühlt, wenn du die Betrogene bist, keine Sekunde hat sie an die andere Frau gedacht, aber ich wusste mehr als genau, wie sie sich fühlen musste. Ich hatte das Gefühl, als müsste ich alles noch einmal durchmachen …» Sie schwieg und schloss die Augen. «Sie war so ein liebes Mädchen. Margaret hieß sie. Margaret Hargreaves. Sie ist zu mir nach London gekommen und hat mich angefleht, ich soll Laura daran hindern, dass sie ihr den Verlobten wegnimmt. Die beiden waren schon über fünf Jahre verlobt und wollten in einer Woche heiraten. Die Einladungen waren schon verschickt, die Hochzeitstorte war bestellt. Was soll ich mit den Kleidern für die Brautjungfern tun?, hat sie mich gefragt – als könnte ausgerechnet ich ihr einen Rat geben. Dabei war ich doch völlig ahnungslos. Mein ganzes Leben lang haben andere Leute für mich entschieden. Ma, Nell, Laurie, Marion. Und dieses arme Mädchen dachte, ich kann ihr helfen, ihren Mann zurückzubekommen! Ich hab's ja nicht mal geschafft, meinen eigenen Mann zu halten – wie sollte ich da verhindern, dass meine Tochter einer anderen den Mann stiehlt? Ich habe alles nur noch schlimmer gemacht. Und dann hat sich auch noch Ma eingemischt. Das hätte ich nicht erlauben dürfen, ich hätte ihr sagen müssen, sie soll sich raushalten … Aber es war zu spät. Laura war schon schwanger. Genau wie Nell. Sie hat das absichtlich gemacht. Das hat sie in diesem grauenvollen Brief sogar zugegeben … und dass sie ihn nicht aufgeben will. Er sei ihr Fahrschein in die Freiheit …»

Ellis starrte auf den flimmernden Fernseher. Aus Violets Erzählung konnte sie sich einiges zusammenreimen: William – ihr Vater – war mit einer anderen Frau verlobt gewesen. Und ihre Mutter hatte ihn mit dem ältesten Trick der Welt an sich gebunden. Sie hatte schon immer gedacht, dass die Ehe ihrer Eltern etwas einseitig war. Aber mit einer so dramatischen Vorgeschichte hatte sie nicht gerechnet. Es war ihr ganz selbstverständlich erschienen, dass ihr Vater sich loyal und integer verhielt, aber der William, von dem Violet sprach, hatte mit einer Frau ein Kind gezeugt, während er mit einer anderen verlobt war … Er hatte eine fünfjährige Beziehung ein paar Tage vor der Hochzeit aufgekündigt. Und Laura hatte William nur geheiratet, weil sie der erdrückenden Atmosphäre entfliehen wollte, in der sie aufgewachsen war, und nicht etwa, weil sie ihn liebte.

Die ganzen positiven Dinge, die sie mit ihrem Vater verband, waren sie also nur kindliches Wunschdenken? Hatte sie ihn zum Helden stilisiert, ohne seinen wahren Charakter zu kennen, nur weil sie jemanden brauchte, den sie bewundern konnte?

Vom vielen Sitzen waren ihre Beine ganz steif. Sie stand auf und zog die Vorhänge zu. Dann beugte sie sich über Violet und strich ihr die feinen weißen Haare aus der Stirn. Der Film spielte jetzt in irgendeinem düsteren Gemäuer, bleiche, hässliche Gesichter flackerten auf dem Bildschirm, im Hintergrund hörte man bedrohliche Musik. In der indirekten Beleuchtung konnte sie das Gesicht ihrer Großmutter kaum erkennen. Aber wenn sie das Licht anmachen würde, wäre der Bann gebrochen, und Violet würde nichts mehr erzählen. «Violet», sagte sie leise, «es ist Zeit, schlafen zu gehen. Möchtest du vorher noch eine Tasse Ovomaltine?»

Sie schlief sehr schlecht. Immer wieder schreckte sie aus Albträumen hoch, wie als kleines Kind. Damals hatte sie immer geträumt, ihre Mutter würde sie irgendwo allein zurücklassen, auf einem Bahnhof, an einem Strand, im Supermarkt oder vor dem Schultor. Nun rief sie nach ihrem Vater, aber ihr Vater ging einfach weg, während sie flehend die Arme ausstreckte …

Am nächsten Morgen brachte sie Violet das Frühstück, und während die alte Dame ihren Tee trank, rief Ellis vom Telefon im Flur ihren Vater an.

«Was ist los, Kleines?», fragte William. «Wo steckst du denn?»

Seine Stimme klang wie immer. «Ich bin in London, Dad – ich hab sie gefunden!»

«Violet? Tatsächlich? Du guter Gott. Meinst du wirklich, es ist richtig, was du da machst?»

«Ich wäre fast zu spät gekommen. In einer Woche zieht sie um. Sie ist krank, Dad. Und dann kommt immer so eine nette junge Frau vorbei, die sich um alles kümmert –»

«Nicht so schnell, nicht so schnell –»

«Ich muss hier bleiben», sagte Ellis. Bei Tageslicht konnte sie sich kaum vorstellen, dass ihr Vater ein paar Tage vor der Hochzeit seine Verlobte verlassen hatte … Aber am Telefon wollte sie ihn nicht fragen, wie seine Version der Geschichte lautete, dafür musste sie sein Gesicht sehen, sie musste sich rückversichern können, dass er noch immer derselbe Mensch war wie früher – der Mann, der sie immer und in allem unterstützt hatte. «Ich kann nicht weg – sie braucht mich. Könntest du bitte Mum sagen, dass mir etwas dazwischengekommen ist?» Und was war mit Laura? Sie hatte sich absichtlich schwängern lassen, um William von Margaret Hargreaves wegzulocken – so hieß sie doch, die andere Frau, oder? «Sei mir nicht böse, dass ich dir das ausgerechnet jetzt zumute, wo du doch so mit den Vorbereitungen für deinen neuen Garten beschäftigt bist –»

«Hör zu, Kleines. Was den Garten angeht, wollte ich dir noch etwas sagen –»

«Dad …» Es war schrecklich, dass sie nicht mehr genau wusste, wer er war. Und bis sie richtig mit ihm reden konnte, musste sie noch mindestens eine Woche warten. «Violet hat mir ein paar Sachen erzählt. Sie sagt – sie hat mir von Margaret erzählt, und sie sagt, dass Mum –»

«Hör zu, Kleines –» William klang jetzt doch beunruhigt. Ellis wurde immer beklommener. Ihr Vater war der Fels in der Brandung, sie brauchte ihn. Nachdem Joe endgültig aus ihrem Leben verschwunden war, hatte sie sonst niemanden mehr! «Ich hab dir gesagt, du sollst keine voreiligen Schlüsse ziehen. Jede Geschichte hat zwei Seiten, erinnerst du dich? Es ist so leicht, jemanden zu verurteilen …»

Ellis hörte ein Geräusch im Wohnzimmer, Metall auf Porzellan, dann ein Klirren. Sie hatte Violet eine Schale Cornflakes gegeben. «Ich muss los, Dad – ich glaube, Violet hat ihre Cornflakes runtergeworfen. Ich ruf dich morgen wieder an.»

«Ich möchte noch etwas zum Lavendelgarten sagen –»

«Tschüs, Dad», rief sie schnell, und damit sie sich beide besser fühlten, fügte sie ein «Ich liebe dich» hinzu.

Sie legte den Hörer auf, rührte sich aber nicht vom Fleck. Die Vergangenheit veränderte die Gegenwart. Die Konstanten, die sie als unverrückbar hingenommen hatte, gerieten ins

Wanken: das Bild von ihren Eltern, von ihrer Ehe, von ihrem Verhältnis zueinander und zu ihr. Auf einmal bekam sie Angst. In ihrer Kindheit war William immer derjenige gewesen, auf den sie sich verlassen konnte. Bis Joe gekommen war und ihr Leben aus den Angeln gehoben hatte, war William der wichtigste Mensch in ihrem Leben gewesen. Und wenn er nun überhaupt nicht der Mann war, für den sie ihn immer gehalten hatte?

Der Gedanke quälte sie so, dass sie ihn nicht zu Ende denken konnte – sie musste ihn wegschieben. Ich werde mich jetzt erst mal um Violet kümmern, dachte sie und atmete tief durch. Alles andere kommt später.

Kapitel 27

Mit jedem Tag ging es Violet ein Stückchen besser und sie registrierte klarer, was um sie herum geschah. Sie wusch sich morgens selbst, zog sich an und ging im Zimmer hin und her. Als Ellis sie dafür lobte, freute sie sich wie ein kleines Kind, und sie wurde ganz rot vor Verlegenheit, als Ellis meinte, sie sehe richtig gut aus.

Ellis tat Dinge, die sie noch nie in ihrem Leben getan hatte: Sie putzte ihrer Großmutter die Zähne, bürstete ihr die Haare, schnitt das Essen klein, damit sie es besser kauen konnte, verabreichte ihr die verschriebenen Tabletten, leerte den Nachtstuhl, und da es im Haus keine Waschmaschine gab, wusch sie die Unterwäsche von Hand. Nicht nur das – sie wusch der alten Frau Gesicht und Hände, sie wusch sie unter den Armen und zwischen den Beinen. Violet ertrug das alles mit freundlicher Resignation, aber für Ellis war dieser intime körperliche Kontakt eine völlig neue Erfahrung. Sie kannte ihre Großmutter doch erst seit ein paar Tagen! Aber ihre Zuneigung wuchs von Tag zu Tag. Bisher hatte sie Violet nur durch Nells Augen gesehen, aber jetzt hatte sich ihre Perspektive völlig verändert.

Violet schien ihre Gegenwart auch zu genießen. Sie lächelte, wenn Ellis sie morgens begrüßte, sie seufzte zufrieden, wenn Ellis sie frisierte oder ihr nach dem Frühstück mit einem feuchten Handtuch die Mundwinkel säuberte, sie streckte erwartungsvoll die Hände aus, wenn Ellis ihr eine Tasse Tee brachte. Allerdings begriff sie noch immer nicht recht, warum eine solche starke Verbindung und Nähe zwischen ihnen bestand. Aber eigentlich spielte das auch keine Rolle – denn ganz unabhängig davon wusste Ellis, dass Violet diese Nähe so empfand wie sie, und das war eine der beglückendsten Erfahrungen in Ellis' Leben.

Manchmal redete die alte Dame mit Ellis, manchmal führte sie Selbstgespräche, in denen sie sich immer wieder mit der Vergangenheit auseinander setzte. Oft tauchten kleine Puzzleteile auf, die Ellis dann an die passende Stelle einfügte. Offenbar dominierte Ma Carter ihre jüngste Tochter selbst jetzt noch – zwanzig Jahre nach ihrem Tod. Es war bestimmt schrecklich gewesen, mit Ma zu leben, mit ihrem fanatischen Ordnungszwang, ihren Regeln und Vorschriften, mit ihrer herrischen, kleinlichen Art, ihren Launen. Wenn Violet vor sich hin brabbelte und von einer Erinnerung zur anderen flatterte, erfuhr Ellis immer etwas Neues, zum Beispiel über Pa, über seine vergeblichen Versuche, sich gegen seine Frau durchzusetzen, über seine Geduld, seine Selbstaufopferung, die für ihn die einzige Möglichkeit gewesen war, sich gegen Mas erdrückende Präsenz zu behaupten. Sie konnte sich immer besser vorstellen, wie schwer es für Violet gewesen sein musste, mit Laura in dieses penibel aufgeräumte Haus zurückzukehren, und warum Laura, dieses brave, fügsame Kind, sich später so verzweifelt dagegen auflehnte.

«Ich hätte in Suffolk bleiben müssen», sagte Violet immer wieder. «Ich hätte das Risiko eingehen sollen. Nell und ich sind in diesem Haus aufgewachsen – ich hätte wissen müssen, dass Ma viel zu verhärtet war, um sich noch zu ändern.»

«Aber jetzt ist alles anders, stimmt's?», sagte sie am dritten Morgen, während sie Ellis beim Fensterputzen zuschaute. «Zu meiner Zeit durften Kinder nur reden, wenn sie gefragt wurden. Wir haben unseren Eltern gehorcht, ob wir einverstanden waren oder nicht. Ich habe mich richtig davor gefürchtet, von hier wegzugehen! Als Laurie auf der Hochzeitsreise mit mir nach Suffolk gefahren ist, bin ich das erste Mal im Leben aus London herausgekommen! Laurie war sehr lieb zu mir, sehr sanft. Wenn mein Eheleben auf Old Hall angefangen hätte, wäre ich vor Angst gestorben. Aber andererseits hätte ich dort niemanden gebraucht, der mir Gesellschaft leistet.»

Ellis war fertig mit den Fenstern, die Sonne schien jetzt ungehindert ins Zimmer, und während Ellis ihrer Großmutter die Bluse zuknöpfte, weil sie das mit ihren verkrüppelten Händen nicht mehr selbst tun konnte, redete Violet weiter. «Es war Nells Aufgabe, sich um Ma zu kümmern, als sie alt wurde. Ich war die Hübsche, ich hätte meine eigene Familie haben sollen, so war das gedacht gewesen. Aber Ma hätte Nell ja gar nicht hereingelassen, nachdem … du weißt schon … selbst wenn Nell bereit gewesen wäre, zu kommen. Als ich mit Laura nach Hause kam, hat Ma noch am selben Tag Nells Zimmer ausgeräumt. Sie hat ihre ganzen Sachen zusammengepackt und im Garten verbrannt, Bücher, Kleidung, einfach alles. Und ich habe ihr dabei geholfen. Das hat richtig Spaß gemacht – es hat mir gut getan, alles, was mich hier an Nell erinnerte, zu vernichten. Endlich war *ich* wichtig. Ich habe sogar auf sämtlichen

Fotos Nells Gesicht übermalt, ich wollte sie ganz und gar aus meinem Leben verbannen. Aber die Geschichte von Nell und … du weißt schon … die habe ich Ma nie erzählt. Sie hat tatsächlich bis zu ihrem Tod geglaubt, der arme Soldat sei an allem schuld. Schon allein das konnte sie Nell nicht verzeihen, für sie war das ein Verstoß gegen die Moral …»

Hier verstummte sie und brach in Tränen aus. Über eine Stunde blieb Ellis noch bei ihr sitzen und hielt ihr die Hand, bis sie einschlief, erschöpft von ihren Erinnerungen.

Ellis studierte die Fotos, die säuberlich aufgereiht auf dem Klavier im Esszimmer standen. Hochzeitsfotos, Schnappschüsse von Ferienreisen. Violet, süß und brav in ihrer Schuluniform; Pa in der Eingangstür zu seinem Textilgeschäft – er trug einen dunklen, schmal geschnittenen Anzug, hielt sich mit den Händen am Revers fest und starrte unbeholfen in die Kamera, ein hagerer, unauffälliger Mann mit langen, schlaksigen Armen und Beinen, einer Hakennase und einem freundlichen, aber etwas angespannten Gesicht. In den verblassten Zügen sah Ellis zum ersten Mal, von wem sie ihr Aussehen geerbt hatte. Immer wieder musste sie das Foto anschauen, weil sie sich unwiderstehlich zu diesem Mann hingezogen fühlte – offenbar war die Verbindung über vier Generationen hinweg nicht abgebrochen.

Der Buchstabe A, der in Mas Haarbürste eingraviert und in ihre Taschentücher eingestickt war, stand wohl für Angela, denn auf einem der Fotos stand der Name in kupferfarbener Prägeschrift. Angela als junge Braut, hübsch und adrett lächelnd neben Pa, der mit seinem Schnurrbart sehr ernst wirkte. Angela als etwas ältere, aber noch immer schöne Matriarchin bei der Hochzeit von Laurence und Violet. Sie stand mit dem glücklichen jungen Paar vor der Kirche, daneben Laurence' Eltern,

Gerald und Marion Palmer. Gerald sah seinem Sohn wirklich verblüffend ähnlich: ein ausgesprochen gut aussehender Mann, genau wie Nell ihn beschrieben hatte. Marion wirkte neben ihm sehr klein und untersetzt. Sie schaute zu ihrem Sohn und seiner Braut hinüber, und man konnte ihr ansehen, dass sie nicht ganz einverstanden war. Ganz vorne stand noch jemand, groß und unbeholfen, in einem schlecht sitzenden dunklen Kostüm, die dichten Haare unter einen potthässlichen Hut gestopft: Nell. Sie musste es sein, denn das Gesicht war übermalt, sie sah aus wie eine von Ellis' verschwommenen Visionen. Ma blieb bis ins Alter schön, aber man konnte ihrem Gesicht immer deutlicher ablesen, wie geizig und kleinlich sie war: Die Mundwinkel verzogen sich immer mehr nach unten, die Falten zwischen den Augen vertieften sich, das Kinn schob sich noch resoluter nach vorn.

In der ganzen Galerie gab es kein einziges Foto von Laura. Hatte Ma sie aussortiert? Oder hatte Violet ihre Tochter aus dem Kreis der Familie verstoßen, so wie sie versucht hatte, Nell auszulöschen? Ellis wollte Violet keine Fragen stellen, aber in der Nacht hatte sie wieder wirre Träume, in denen schattenhafte Gestalten mit unkenntlichen Gesichtern auftauchten, die sie alle zu kennen glaubte, ohne genau zu wissen, wer sie waren.

«Er gehörte einer anderen Frau», sagte Violet am nächsten Tag, als Ellis ihr die Fingernägel schnitt. «Aber Laura blieb stur, sie wollte ihn nicht hergeben.» Sie konnte die Hand nicht stillhalten, was Ellis die Arbeit nicht gerade erleichterte. «Und was soll ein Mann denn machen, wenn eine Frau ihm sagt, sie ist schwanger?»

«Ich hätte um ihn kämpfen müssen, dann hätte ich ihn vielleicht festhalten können. Aber ich habe keinen Finger gerührt.» Es war Donnerstag, Violet und Ellis tranken Tee und warteten auf Janice. «Als ich Nells Taschentuch in seiner Tasche gefunden habe ...» Ellis' Herzschlag setzte kurz aus. «Ich habe es gewaschen und gebügelt und wieder in die Hose gesteckt. Und sie waren beide immer so verkrampft, wenn sie zusammen waren ... Und seine Pfeife lag im Cottage auf der Kaminplatte. Pfeifenrauch riecht nämlich anders als Zigarettenrauch ...» Sie studierte Ellis' Gesicht, als würde sie etwas darin suchen, vielleicht eine Spur von sich selbst. «Ich war viel, viel hübscher als sie. Du hättest mich sehen sollen mit zwanzig – ich war eine Schönheit, alle Leute fanden das, ich hätte jeden haben können. Aber genützt hat es mir gar nichts. Letzten Endes war das Äußere unwichtig. Was zählt, ist ... ich weiß nicht, was zählt! Ich weiß es bis heute nicht. Was war es denn nur, was zählte?», fragte sie verzweifelt. Selbst jetzt noch, nach fünfzig Jahren, versuchte sie verzweifelt zu begreifen, was damals geschehen war.

Die seltsame Chemie der erotischen Anziehungskraft hatte Nell es in ihrem Tagebuch genannt. Aber wie konnte sie das Violet begreiflich machen, die mehr als ein halbes Jahrhundert mit den Folgen dieser *seltsamen Chemie* gelebt hatte? Wie sollte ihre Großmutter verstehen, dass da nichts genützt hätte – dass sie Laurence nie zurückbekommen hätte, weil das, was er bei Nell gefunden hatte, viel zu stark war, um es zu bekämpfen ...

Als Janice kam, nutzte Ellis die Gelegenheit, um ein paar Einkäufe zu erledigen. Was für ein komisches Gefühl, wieder unter Menschen zu sein und auf den Straßenverkehr achten zu müssen! Sie hatte die letzten Tage ganz in der Vergangenheit gelebt, in einem Wirrwarr aus Fakten und Gefühlen. Jetzt kaufte sie Unterwäsche, ein paar T-Shirts, Größe XXL, eine Herrenjeans (zwei Nummern größer als sonst, damit sie genug Platz hatte). Dann eilte sie schon wieder nach Hause, weil sie sich bereits Sorgen um Violet machte.

Violet und Janice waren in der Küche: Violet saß am Tisch, Janice räumte die Schränke aus und fragte Violet, was sie behalten und was sie verkaufen wollte. Tee- und Kaffeegeschirr, Teller, Krüge – alles stapelte sich auf dem Tisch. Janice stellte gerade eine Kristallschale auf die Geschirrablage und winkte Ellis zur Begrüßung zu.

«Vi ist absolut gnadenlos!», lachte sie. «Sind Sie wirklich sicher, Vi, dass Sie das Kaffeegeschirr nicht wollen? Wenn es erst mal weg ist, können Sie es nicht mehr zurückholen.» Sie schaute Ellis an. «Versuchen Sie's doch mal! Ich rede mir den Mund fusselig, aber sie glaubt mir nicht, dass es ihr bestimmt Leid tun wird, wenn sie die ganzen Sachen weggibt.»

Ellis drückte ihrer Großmutter einen Kuss auf die Stirn. Vor ein paar Tagen noch hatte die alte Dame nach Exkrementen und Urin gerochen, jetzt duftete sie nach Talkumpuder und Shampoo. «Was meinst du, meine Liebe? Ich glaube, Janice hat Recht», sagte sie und setzte sich neben Violet.

«Ellis – wie schön! Du kannst dir gar nicht vorstellen, wie viel Spaß mir das macht.» Sie strahlte richtig, ihre Augen blitzten, ihre Wangen waren gerötet. «Wenn ich euch zwei früher kennen gelernt hätte, dann hätte ich das Zeug schon vor Jahren rausgeschmissen!» Und mit verschwörerisch gesenkter Stimme fügte sie hinzu: «Ma hätte nie und nimmer erlaubt, dass ich –» Sie schwieg, schaute sich in der Küche um und begann dann plötzlich zu kichern, wie ein freches kleines Mädchen. Janice fing auch an zu lachen und steckte Ellis an. Violets Hände zitterten so, dass sie gegen den Tisch stieß und eine hübsche Untertasse mit Blumenmuster auf den Boden warf. Einen Moment lang starrte sie verdutzt auf die Scherben, dann ergriff sie kurzerhand eine blauweiß gestreifte Tasse und schleuderte sie ebenfalls auf den Boden.

Ellis und Janice starrten völlig verdattert auf die Scherben, aber Violet seufzte genüsslich: «Ihr könnt euch nicht vorstellen, wie gut mir das tut!»

Um ein Uhr wurde Violet sichtlich müde. So viel Aufregung war sie nicht gewohnt. Ellis machte Sandwiches, brachte dann ihre Großmutter zu ihrem Sessel und zog die Vorhänge zu, damit sie ein Schläfchen halten konnte. Janice hatte sich vorübergehend verabschiedet, und Ellis war froh, dass sie allein sein konnte. Das Gefühl der Unwirklichkeit wollte nicht weichen. Sie musste unbedingt mit ihrem Vater reden, sie musste versuchen, die ganzen Informationen zu ordnen. Sie machte sich eine Tasse Kaffee, und als sie annahm, dass Violet eingeschlafen war, rief sie im Kräutergarten an.

William nahm gleich nach dem ersten Klingeln den Hörer ab. «Ich komme fast um vor Sorge! Geht's dir gut?»

Er klang müde, nervös – aber trotzdem wie William. Ellis lehnte sich an den Tisch im Flur, weil ihr vor Erleichterung die Knie weich wurden.

«Ja, Dad, es geht mir gut. Ich ...» Wie sollte sie sich ausdrücken, wenn sie es selbst nicht richtig wusste, was sie empfand? «Dad, ich habe –»

«Ja, ich weiß. Es klingt alles ziemlich übel.» Ellis hörte, dass er ganz hektisch atmete. «Es wäre mir lieber, du würdest heimkommen, Kleines. Ich hab deiner Mum gesagt, was los ist, das erschien mir das Beste, aber sie sagt ... Ach, Gott, Ellis – kannst du nicht kommen, damit wir über alles reden können?»

«Dad?»

«Ja, Kleines?»

«Bereust du es, dass du Mum geheiratet hast?», platzte sie heraus.

Lange kam nichts, dann sagte er ruhig: «Nein. Nein, ich bedaure nur, dass wir anderen Menschen Schmerz zugefügt haben, nicht zuletzt meinen Eltern – sie haben sich so für mich geschämt, dass sie in eine andere Gegend gezogen sind.» Wieder Stille, ein tiefer Seufzer. «Für deine Mutter kann ich allerdings nicht sprechen.»

«Warum nicht?», fragte Ellis. Immer hatte Laura genörgelt und geschimpft, nie war sie mit William zufrieden gewesen. «Warum hat sie dich überhaupt geheiratet? Warum hat sie sich die Mühe gemacht, dich einer anderen Frau wegzunehmen, wenn sie dich gar nicht geliebt hat?»

Das hätte sie nicht sagen sollen ... Als ihr Vater antwortete, konnte sie hören, wie sehr er litt.

«Nun ja ...», begann er. «Enttäuschung ist ein sehr starkes Gefühl. Ich glaube nicht, dass sie mich nicht geliebt hat, sie hatte nur ... sie hatte sehr hohe Erwartungen, würde ich mal sagen, und diese Erwartungen konnte ich nicht erfüllen. Man kann niemandem einen Vorwurf machen, es war einfach so. Ellis – komm bitte bald nach Haus. Da ist nämlich noch etwas, was ich dir –»

Er unterbrach sich mitten im Satz, und Ellis hörte, dass er mit jemandem redete. Es stimmte – am Telefon konnten sie nicht über ein Thema sprechen, dem sie so lange ausgewichen waren. Sie wollte sein Gesicht sehen, sie musste wissen, dass er immer noch ihr Vater war, der Mensch, den sie ihr ganzes Leben lang geliebt hatte – auch wenn er sich vor ihrer Geburt noch so mies verhalten hatte.

«Dad?»

«Ja, Kleines?»

«Liebst du mich?»

«Ja, natürlich, Kleines!»

«Danke.» Ellis spürte stechende Tränen in den Augen. «Dad ...»

«Ja, mein Kind?» Seine Stimme bebte leicht.

Plötzlich strömten die Worte aus ihrem Mund, sie konnte sie nicht aufhalten, die Gefühle waren zu stark: «Du müsstest sie sehen, Dad. Sie ist so klein, so zerbrechlich. Ich mag sie sehr, Dad, so wie ich dich mag, verstehst du? Als hätte ich sie schon immer gekannt. Ich möchte sie beschützen, und ich habe ein richtig schlechtes Gewissen, weil ich erst jetzt hierher gekommen bin. Sie redet über die Vergangenheit, als hätte sie die ganze Zeit nur darauf gewartet, dass ich komme und sie mir alles erzählen kann – ich kann erst wieder weg, wenn ich weiß, dass sie gut versorgt ist.»

«Wenn du das so empfindest, Kleines, dann musst du es auch tun», sagte William. «Aber ehe du auflegst, muss ich dich noch etwas fragen, was ich neulich schon mal gefragt habe, aber da hast du mir keine Antwort gegeben, und seither muss ich dauernd darüber nachdenken.»

«Welche Frage meinst du?»

«Dein junger Freund.» Er schwieg, holte tief Luft und fragte dann: «Hast du ihn geliebt, ich meine – liebst du ihn?»

Die Sonne drang durch das Fenster oben in der Haustür. Ellis spürte die wärmenden Strahlen auf ihrem Gesicht, sie spürte den glatten, schweren Telefonhörer in ihrer Hand, die Kante des Tischchens, die gegen ihre Hüfte drückte. Sie spürte ihren dicker werdenden Bauch und legte schützend die Hand auf die Stelle, wo sie das Baby vermutete. «Ja», sagte sie. «Ich liebe ihn.»

«Aha», sagte William. «Dann ist ja alles gut.»

Am Nachmittag kam Janice zurück und sie machten sich daran, die restlichen Sachen im Erdgeschoss auszusortieren. Violet schien richtig beflügelt durch den bevorstehenden Umzug und wollte bei allen Entscheidungen dabei sein, aber die beiden jüngeren Frauen bestimmten das Tempo. Sie machten öfter eine kleine Pause, tranken Tee, aßen Kekse. Sie schoben den kleinen, aber bequemen Sessel, den Janice im hinteren Salon aufgetrieben hatte, von einem Zimmer ins andere, damit Violet alle Aktionen im Sitzen dirigieren konnte. Kurz nach fünf verabschiedete sich Janice, und Ellis merkte auf einmal, wie still es ohne sie war.

Sie aßen im Wohnzimmer zu Abend und schauten nebenbei die Serie *Neighbours* an. Das Fenster stand offen, eine leichte Brise wehte herein. «Bevor *EastEnders* anfängt, haben wir noch Zeit, um oben ein paar Sachen zu erledigen», sagte Violet, während sie das letzte Stückchen Quiche aß.

Sie wirkte merkwürdig erregt, fast fiebrig, und Ellis fand, dass sie für einen Tag genug getan hatte. «Das können wir doch morgen früh machen», schlug sie vor. «So eilig ist es nicht.»

Aber Violet blieb hartnäckig. «Ich möchte es hinter mich bringen», sagte sie. «Mehr als dreißig Jahre schiebe ich es vor mir her, und deshalb will ich jetzt keine Minute mehr verschwenden.»

Als sie oben an der Treppe angekommen war, triumphierte sie – es war das erste Mal seit ihrem Schlaganfall –, aber sie musste sich kurz ausruhen und hielt sich am Geländerpfosten fest. Zu Ellis sagte sie nur: «Ich habe ganz vergessen, wie tot es hier oben ist.»

Von Mas Sachen wollte sie nichts. Sie winkte immer ab, es war, als bereitete ihr allein der Anblick der Dinge Schmerzen. Bei ihrem Vater war es anders. Seine Haarbürste mit dem Elfenbeinrücken, seine Melone, sein Spazierstock aus poliertem hellem Holz mit dem silbernen Reif gleich unter dem Griff – all das setzte viele Erinnerungen frei. Der Stoff seines Sonntagsanzugs erinnerte sie daran, wie sie sich auf dem Weg zur Kirche bei ihm untergehakt hatte, an den Geruch von Zigaretten und Haaröl, der ihn immer einhüllte, an seinen Schnurrbart, der sie an der Wange kitzelte, wenn er ihr einen Gutenachtkuss gab. «Aber Nell war immer sein Liebling», klagte sie. «Nell war so klug, so fix …» Ein Schleier senkte sich über ihre Augen, sie schien sich in eine andere Zeit zu begeben. «Nell schlug Pa nach und ich Ma …» Sie seufzte tief. «Und Laura schlug mir nach.»

Sie wirkte so zerbrechlich, wie sie da auf dem Stuhl mitten in Pas Zimmer saß. Auf einmal wusste Ellis, dass sie es zumindest versuchen musste. «Wenn ich Laura überreden könnte, hierher zu kommen – hättest du …?»

Violet hob den Kopf und schaute sie an. «Würdest du das tun? Könntest du – meinst du wirklich –? O ja!»

Aus ihrem eigenen Zimmer wollte sie nur das Foto ihres toten Mannes. Ellis bot ihr an, gemeinsam die Schränke durchzugehen, aber sie schüttelte energisch den Kopf. «Du kannst den ganzen Krempel verbrennen! Ich will nichts davon haben.» Das hintere Schlafzimmer, in dem sich Ellis einquartiert hatte, wollte sie gar nicht erst betreten.

«Das war Nells Zimmer», sagte sie. «Und später hat Laura da gewohnt. Ma hat es ausgeräumt, als Laura …»

Sie redete nicht weiter, aber Ellis verstand – Laura war, wie vor ihr ihre Tante, ausgemustert worden und hatte nur ein anonymes Zimmer hinterlassen: Es roch nicht nach ihren Kleidern, man ahnte nichts von ihren Hobbys, von den Schwärmereien ihrer Kindheit, kein einziges Foto erinnerte Violet an den Fehltritt ihrer einzigen Tochter.

«Hast du das gewollt?», fragte Ellis und deutete auf das kahle, unpersönliche Zimmer. «War das deine Absicht?»

Violet hatte Tränen in den Augen. «Nein», flüsterte sie, «natürlich nicht.» Sie brauchte fast eine Stunde, um sich wieder zu beruhigen, und Ellis schämte sich für ihre Taktlosigkeit.

Wie vereinbart kamen am Freitag die Leute vom Auktionsbüro. Sie nahmen alle Stücke mit rotem Aufkleber mit, auch den klobigen Schrank und den schweren runden Tisch aus Violets Wohnzimmer. Den Schrank hatten Violet und Ellis vorher ausgeräumt.

«Ich fange nochmal ganz von vorne an», verkündete Violet, als Ellis sie fragte, ob sie sich ihrer Entscheidung auch ganz sicher sei. «Mein Finanzberater bei der Bank sagt, dass ich finanziell ganz gut dastehe, wenn das Haus verkauft ist. Die neuen Möbel werden geliefert …» Sie runzelte die Stirn. «Es ist so ärgerlich, wenn man sich nicht richtig erinnern kann! Aber egal – der Hausmeister lässt die Lieferanten rein. Alles ist fertig: Der Teppich ist verlegt, die Vorhänge sind aufgehängt, ich habe sogar eine Waschmaschine – obwohl ich sie wahrscheinlich gar nicht bedienen kann. Diese neuen Geräte sind schrecklich kompliziert … Janice hat mir bei den Möbeln geholfen, aber das war vor dem Schlaganfall, und ich kann mich gar nicht mehr genau erinnern, was wir gekauft haben.» Sie kicherte belustigt. «Das wird eine schöne Überraschung!»

Sie wandte sich den Männern in ihren grauen Kitteln zu, die geduldig darauf warteten, endlich anfangen zu können. «Das ist meine Enkeltochter, müssen Sie wissen», erklärte sie. «Sie ist so ein liebes Mädchen und kümmert sich wunderbar um mich.»

Ellis versuchte sich daran zu erinnern, ob Laura sie je in diesem zärtlichen Ton als «liebes Mädchen» bezeichnet hatte. Nein, nie. Auf einmal vermisste sie Joe. Wo war er jetzt? Hatte er die Sache mit der Uni geregelt, hatte er sich mit seiner Mutter versöhnt? Warum fehlte er ihr plötzlich noch mehr als sonst, nur weil eine alte Frau, die sie erst vor einer Woche kennen gelernt hatte, ihren Umzug vorbereitete?

Nachdem die Männer gegangen waren, wirkte das Haus unheimlich still und leer. Das Wohnzimmer machte ohne die schweren Möbel einen fast freundlichen Eindruck. Violet hatte nur das Notwendigste behalten: die Kommode, in der sie ihre persönlichen Dinge aufbewahrte, den großen Ohrensessel, den Nachtstuhl, das Bett und den unentbehrlichen Fernsehapparat. «Sieh nur, wie viel Platz ich jetzt habe!», jubelte sie, als Ellis ihr nach dem Mittagessen half, es sich vor dem Fernseher bequem zu machen. «Ist das nicht herrlich?»

Man konnte sich vorstellen, dass das Haus Potenzial hatte, obwohl es so heruntergekommen war. Die meisten der ursprünglichen edwardianischen Details – die Stuckrosen an den Decken, die Kamine, die Kassettentüren, die Glaslampen – waren noch intakt und mussten nur ein wenig renoviert werden. Zögernd betrat sie Mas Schlafzimmer, wo zum ersten Mal seit Jahren Licht durchs Fenster strömte, weil die Vorhänge abgenommen worden waren. Violet hatte fast ihr ganzes Leben in diesem Haus gelebt, und jetzt konnte sie es kaum erwarten, endlich auszuziehen. Eigentlich schade, dachte Ellis und beobachtete, wie der Staub im Sonnenlicht tanzte. Violet war hier aufgewachsen, hatte als junge Witwe ihre Tochter hierher gebracht. Aber man hatte keine Sekunde das Gefühl, dass hier je Kinder gewohnt hatten.

Ellis dachte an ihre eigene Kindheit. Sie war ein unordentliches Kind gewesen – und oft sehr ungeschickt, weil sie einfach den Überblick über ihre Arme und Beine verlor, was bei hoch begabten Kindern nicht selten vorkam. Ihr Gehirn arbeitete viel zu schnell, der Rest kam da nicht mit. Sie hatte Laura zur Verzweiflung getrieben, weil ständig etwas passierte – sie verlor ihren Füllfederhalter, verlegte ihre Schulhefte, ließ ihre Socken herumliegen, riss Löcher in ihre Blusen. War Laura nur deshalb so intolerant, weil sie in diesem Haus gelebt hatte? «Ich bin nicht so wie du», erklärte Ellis jetzt so laut, dass ihre

Stimme in dem leeren Zimmer widerhallte, «ich werde nicht die gleichen Fehler machen.» Sie tätschelte ihren Bauch und spürte als Antwort von innen einen leichten Tritt. Dann ging sie aus dem Zimmer und schloss vorsichtig die Tür hinter sich.

Sie konnte ihre Schwangerschaft jetzt nicht mehr verbergen. Hatte Laura tatsächlich nichts gemerkt? Zum ersten Mal ließ Ellis die Gefühle zu, die seit einer Woche unter der Oberfläche brodelten: Wut und Enttäuschung. War ihre Mutter so blind – oder interessierte es sie einfach nicht? Warum war Laura nicht zu ihr gekommen, nachdem Joe ihr alles erzählt hatte? Nichts hätte sie daran hindern können, wenn sie es gewollt hätte! Wieso hatte sie Ellis nicht gefragt, ob sie ihn überhaupt sehen wollte – statt ihn einfach zu ihr zu schicken? Beim Gedanken an Violet, die unten im Wohnzimmer unter ihrer Decke schlief, empfand Ellis eine solch liebevolle Zärtlichkeit, wie sie sie für ihre Mutter noch nie empfunden hatte. Liebe muss erwidert werden, sonst kann sie nicht gedeihen, sie welkt dahin, wenn sie nicht angenommen und zurückgegeben wird. Was war sie doch für eine Idiotin, dass sie das, was sie mit Joe gehabt hatte, einfach weggeworfen hatte …

Lief sie Gefahr, so zu werden wie Laura? Gab es ein Muster, etwas, das sie von Ma und Pa Carter und von der armen Violet lernen konnte? Violets Leben war nicht nur durch einen treulosen Ehemann zerstört worden, sondern auch durch ihre Unfähigkeit, selbständig zu werden. Die Beziehung zu ihrer Tochter war gescheitert, weil sie sich zu sehr ihrer Mutter unterworfen hatte.

Erst jetzt, mit ihren fünfundsiebzig Jahren, hatte Violet den Mut gefunden, sich von allem zu befreien. Was wäre passiert, wenn sie in Suffolk geblieben wäre? Hätte sie sich mit Nell versöhnt? Hätte sie von Marion, der gutherzigen, großzügigen Marion, den Umgang mit ihrem Kind gelernt? Wenn Laura in

Suffolk aufgewachsen wäre, mit Menschen, die sie liebten – wäre sie dann jetzt fähig, Zuneigung zu schenken, statt immer nur zu nehmen, ohne sich wirklich zu freuen? Und hätte Marion es vielleicht geschafft weiterzumachen, wenn sie eine kleine Enkelin gehabt hätte, die sie verwöhnen konnte? Hätte sie das Gut weitergeführt? Wenn, wenn, wenn …

Eines Tages würde auch ihre Tochter erwachsen werden. Sie würde ausziehen, ihr eigenes Leben leben, eine Familie gründen. Plötzlich sah Ellis ihre Zukunft mit erschreckender Klarheit vor sich. William war bald Mitte sechzig. Wenn ihre Tochter zwanzig war, hatte er die achtzig schon überschritten. Und Joe – ach, es war zu spät. Sie hatte ihn weggeschickt, sie konnte ihn nicht zurückholen.

Würde sie enden wie Violet, als einsame alte Frau, die auf die Hilfe von Fremden angewiesen war und nur noch auf den Tod wartete?

Die Bezirksschwester kam am Montagmorgen, gerade als der Umzugswagen vorfuhr. Sie entschuldigte sich immer wieder und wirkte sehr gehetzt. «Tut mir schrecklich Leid, dass ich letzte Woche nicht vorbeigekommen bin», sagte sie zu Violet, «aber bei uns sind zurzeit zwei Leute krank, drei Stellen sind nicht besetzt, und die Verwaltung hat mir noch mehr Fälle aufgebrummt.» Dann, an Ellis gewandt: «Sie sind sicher die Pflegerin. Gut, dass ich Sie sehe. Ist alles in Ordnung?»

«Ja, alles bestens», antwortete Ellis. «Violet geht es wieder richtig gut, stimmt's?»

Violet strahlte. «Das ist meine Enkeltochter», erklärte sie. «Sie ist wunderbar.»

Die Schwester schaute von einer zur anderen und nickte erleichtert. Sie müsse Violets Blutdruck überprüfen und ihr Blut abnehmen, um zu kontrollieren, ob das Warfarin richtig dosiert sei, außerdem brauche sie eine Urinprobe. Sie hörte Herz und Lungen ab, leuchtete Violet mit einer kleinen Taschenlampe in die Augen und notierte die Ergebnisse in ein Heft.

«Ihre Großmutter hat erstaunliche Fortschritte gemacht, seit ich das letzte Mal hier war», sagte sie beim Abschied zu Ellis und fügte leise hinzu: «Ehrlich gesagt, ich habe mir weniger wegen des Schlaganfalls Sorgen gemacht, der war gar nicht so schlimm und hat sie körperlich kaum beeinträchtigt. Ich glaube, es war eher ihre psychische Verfassung, die sie runtergezogen hat. Sie hatte sich aufgegeben. Bei alten Menschen ist es extrem wichtig, dass sie wieder gesund werden *wollen*, denn sonst – aber das wissen Sie ja selbst. Ich würde gern öfter vorbeikommen, aber ich habe einfach nicht genug Zeit. Früher hat es zu meiner Arbeit gehört, dass ich mich hinsetze und mich mit den Leuten unterhalte, aber wenn ich das mache, dann stehle ich den anderen Patienten die Zeit.» Sie tätschelte Ellis die Hand und warf einen Blick auf ihren Bauch. «Wir brauchen doch alle das Gefühl, dass wir geliebt und gebraucht werden. Ist es das Erste? Da freut sich Ihr Mann bestimmt!»

Der Möbelpacker brauchte keine drei Stunden, um das Besteck, die Küchengeräte, die wenigen Möbelstücke und die restlichen Kleinigkeiten zu verstauen. Er fuhr los, und Ellis und Violet sollten später folgen. Die ganze Zeit über konnte Violet nicht aufhören zu lächeln.

«Die Leute, die hier einziehen, haben Kinder», sagte sie, als das Taxi losfuhr. «Zwei kleine Mädchen.»

«Wie schön», sagte Ellis und warf noch einmal einen Blick zurück. «So eine Familie bringt neues Leben ins Haus, du wirst schon sehen. Sie werden alles renovieren, die Fenster aufreißen, die Spinnweben wegpusten. Und die Kinder werden durch die Zimmer toben und das Treppengeländer hinunterrutschen.»

«Wir durften nie Krach machen», klagte Violet. «Ma konnte Kindergeschrei nicht ausstehen.»

Violets Wohnung im Britannia Court befand sich im Erdgeschoss. Das Wohnzimmer ging nach Süden, mit Blick auf den Gemeinschaftsgarten. Als Ellis und Violet eintraten, schien die Sonne durch die Balkontür. Ellis öffnete sie weit, um die warme, nach Rosen duftende Luft hereinzulassen.

Die neuen Möbel waren bereits geliefert worden. Die Stoffe waren alle rosatürkis gemustert, das Holz in hellem Apricot – nicht unbedingt Ellis' Geschmack, aber Violet war entzückt. «Weißt du – es ist das erste Mal in meinem Leben, dass ich etwas selbst ausgesucht habe. Ist das nicht wunderschön?» Ellis konnte richtig sehen, wie belebend, ja, verjüngend diese helle, freundliche Wohnung auf ihre Großmutter wirkte, wie sehr sie die flauschig feminine Einrichtung liebte. «Es ist alles so wunderhübsch hier», schwärmte die alte Dame immer wieder.

Ellis verbrachte den Nachmittag damit, die Betten zu beziehen, die Küchenschubladen einzuräumen, die Möbel herumzuschieben, und nach einem relativ frühen Abendessen mit Suppe und Rührei setzte sie sich schließlich zu Violet und sie schauten gemeinsam *Coronation Street* an. Beim ersten Werbeblock war Violet jedoch schon fest eingeschlafen.

Vielleicht gab es ja doch Grund zu Optimismus – seit Ellis nach London gekommen war, ging es ihrer Großmutter jeden Tag ein Stückchen besser, und vielleicht setzte sich dieser Prozess noch fort, wenn sie sich erst hier eingelebt hatte. Die Wohnanlage war neu und erst zur Hälfte belegt, aber die Bewohner gehörten alle zu einer Generation, für die es noch eine Selbstverständlichkeit war, anderen zu helfen – im Lauf des Tages war immer wieder jemand vorbeigekommen, um sich vorzustellen und um Unterstützung anzubieten. Violet war noch keine Stunde in ihrer Wohnung gewesen, da hatte sie bereits vier Einladungen erhalten: zweimal zum Frühstück, einmal zu einem Kuchenverkauf zugunsten eines Vereins zum Schutz von Katzen und dann noch zu einer Hausversammlung, bei der besprochen werden sollte, ob man einen Kurs in Gesellschaftstanz einrichten könnte.

Am nächsten Morgen war Violet allerdings ganz durcheinander. Sie verwechselte Ellis mit Nell, schien irritiert durch die Aussicht aus ihrem Schlafzimmerfenster und die unbekannten Möbel, und ihre linke Hand zitterte so stark wie seit Ellis' Ankunft nicht mehr. Das geht vorbei, sagte sich Ellis, während sie die alte Dame ins Badezimmer führte. Sie ist erschöpft, das ist ja nur verständlich.

Und tatsächlich, schon nach dem Frühstück ging es Violet besser, sie wusste wieder, wo sie war, und erkannte Ellis als ihre Enkelin.

«Hör am besten gar nicht auf mich», sagte sie. «Ich bin nur eine dumme alte Frau.» Allerdings waren diese zeitweiligen Verwirrungszustände doch immer wieder ein Hinweis darauf, dass es keine Wunderkur für das Alter gab. Wenn Violet weiterhin in ihrer eigenen Wohnung bleiben wollte, brauchte sie Hilfe. Ellis überredete sie, ein Schreiben aufzusetzen, das sie berechtigte, sich um Violets Finanzen zu kümmern. Danach machte sie sich gleich auf den Weg zu Violets Steuerberater.

Der Kontostand war einwandfrei, und die Ausschüttungen von verschiedenen Investmentfonds, hauptsächlich Schatzbriefe, polsterten ihre Rente alle sechs Monate auf. Sie verfügte über ein beträchtliches Vermögen, was mit Pas klugen Geschäftspraktiken zusammenhing, wie ihr der Steuerberater erklärte. Und da sie das alte Haus für wesentlich mehr verkauft hatte, als die neue Wohnung kostete, war es noch gewachsen.

Es beruhigte Ellis, dass ihre Großmutter sich die bestmögliche Pflege leisten konnte. Sie rief die verschiedenen Pflegedienste in der Gegend an, verglich die Preise, holte Referenzen ein, besuchte die Büros. Als sie einen Pflegedienst gefunden hatte, der ihrer Meinung nach Violets Bedürfnissen am besten entsprach, machte sie gleich Nägel mit Köpfen: Ab nächster Woche sollte dreimal am Tag jemand bei Violet vorbeischauen, sieben Tage in der Woche, die Wäsche besorgen, einkaufen und sich darum kümmern, dass sie täglich drei vernünftige Mahlzeiten zu sich nahm.

Gegend Ende der Woche fühlte sich Violet in ihrer neuen Wohnung schon richtig zu Hause. Ellis hatte die Küche auf Vordermann gebracht und die schönsten Porzellanteile in die Vitrine im Wohnzimmer gestellt. Auf dem Tisch stand ein Blumenstrauß, und die hübschen Kleinigkeiten, die Violet mitgenommen hatte, waren dekorativ im Zimmer verteilt.

Bei den Fotos war Violet sehr wählerisch: Laurence in Uniform. Violet bei ihrer Kommunion, unglaublich hübsch in einem weißen Kleid mit breiter Schärpe und mit einem Blumenkränzchen im Haar. Ein Foto, das am Tag ihrer Hochzeit aufgenommen worden war: Violet Wange an Wange mit Laurence, ein glückliches Lächeln auf dem Gesicht. Und als Letztes das Bild von Pa vor seinem Textilgeschäft. Mehr nicht.

«Nein, nein», meinte sie, als Ellis erstaunt nachfragte, warum das alle Fotos seien, die sie behalten wollte. «Ich kann doch keinen Neuanfang machen, wenn Ma mir die ganze Zeit über die Schulter schaut.»

«Grandma – ich glaube, es wird Zeit, dass ich nach Hause fahre», sagte Ellis später. «Ich habe nicht mal ein zweites Paar Schuhe dabei, und außerdem muss ich meinen Lebensunterhalt verdienen.» Sie kniete neben Violet, die in ihrem Sessel am offenen Fenster saß. Der Fernseher lief, wie meistens, und Violet verfolgte mit halbem Ohr eine Diskussion über das Thema Scheidung. «Ich komme bald wieder, und ich rufe dich an, sooft ich kann, das verspreche ich.»

Violet blinzelte hinter ihrer Brille, in Gedanken noch bei der Fernsehsendung. «Es ist bestimmt nicht leicht, wenn man gar keine Regeln hat, an die man sich halten muss», murmelte sie und legte nachdenklich den Kopf schief. «Heutzutage ist alles erlaubt, hab ich Recht? Man muss sich ja nur *EastEnders* oder *Coronation Street* anschauen.» Ellis wusste nicht ganz, worauf sie hinauswollte, doch dann sagte Violet ganz unvermittelt: «Wenn dein Baby geboren ist, kommst du vorbei und zeigst es mir, versprochen?»

«Was?» Ellis hatte absichtlich nichts von ihrer Schwangerschaft erzählt, um ihre Großmutter nicht zu schockieren. «Woher weißt du, dass ich ein Kind bekomme?»

Ein zufriedenes Lächeln huschte über Violets Gesicht. «Ich mag ja alt sein, junge Lady», sagte sie. «Und ich bin sicher nicht besonders klug. Aber blind bin ich nicht.»

Kapitel 28

Es fiel ihr schwer, von ihrer Großmutter Abschied zu nehmen – so schwer, dass sie die Abreise eine ganze Weile vor sich herschob. Sie blieb noch einen Tag. Und dann noch einen. Immer neue Ausreden fielen ihr ein. Sie half Violet mit den Rechnungen, die sich seit ihrem Schlaganfall stapelten. Sie sorgte dafür, dass das Pflegepersonal genau wusste, was zu tun war. Aber als die dritte Woche anbrach, war ihr klar, dass sie nun endgültig gehen musste. Sie war in der ganzen Zeit mit zwei Jeans (von denen eine in der Taille nicht mehr zuging) und ein paar billigen T-Shirts ausgekommen.

«Deine Mutter findet das alles gar nicht gut», sagte William jedes Mal, wenn sie anrief. «Ist auch wirklich alles in Ordnung?» Er wollte sich versichern, dass sie nicht vorschnell urteilte und nicht unbedingt Partei für Violet ergriff. Ellis sehnte sich zunehmend nach der Ruhe von Malletts Cottage. Und sie wollte unbedingt die Sache mit ihrer Mutter in Ordnung bringen – aber trotzdem fühlte sie sich hin und her gerissen, weil sie genau wusste, dass Violet sie brauchte. Es tat ihr richtig weh zu sehen, wie zerbrechlich sie war – vielleicht blieb ihnen nicht mehr viel Zeit, das, was sie erst jetzt entdeckt hatten, auch zu genießen.

Schließlich nahm Violet ihr die Entscheidung ab. Sie sei sehr dankbar für alles, was Ellis für sie getan habe, erklärte sie. «Das war sehr, sehr lieb von dir, Ellis, aber jetzt musst du dich wieder um dein eigenes Leben kümmern.»

Am nächsten Nachmittag fuhr Ellis dann schließlich weg. Sie zog ihr Bett ab und stellte die Waschmaschine an, sammelte ihre Siebensachen ein und packte sie in eine große Plastiktüte. In zwei Stunden kam die Pflegerin, um für Violet das Abendessen zuzubereiten. Als Ellis ihr am Ende des ersten Tages das Geld geben wollte, hatte sie abgelehnt: «Oh, nein, Miss, das läuft alles über die Agentur!» Die Pflegerin wusste, dass sie über William mit Ellis Kontakt aufnehmen sollte, falls sie sich auch nur im Geringsten um Violets Gesundheitszustand Sorgen machte. Bei dringenden Notfällen war der Heimdienst sofort zur Stelle, und Ellis hatte jetzt eigentlich keine Angst mehr, dass ihre Großmutter nicht zurechtkommen könnte. Und selbstverständlich hatte sie ihr versprochen, regelmäßig zu Besuch zu kommen.

«Mach dir keine Gedanken um mich, mein Kind», sagte

Violet, als sie sich von ihr verabschiedete. «Ich schaff das schon.» Sie schaute hinaus in den Garten. «Es ist so schön hier – so hell, so freundlich. Ich hätte schon vor Jahren hierher ziehen sollen! Und vergiss bitte nicht ...» Sie schwieg und legte ihre knochige Hand auf Ellis' Hand. Ellis spürte, dass sie zitterte. «Ich meine, wegen Laura ...» Sie tätschelte sie ein bisschen und ließ sie los. «Und wenn du das nächste Mal kommst, musst du deinen Freund mitbringen. Das würde mich sehr freuen. Und außerdem ...»

«Ja?»

«Nur noch eins.» Ihr Blick verschleierte sich. «Ganz unten im Schrank in meinem Schlafzimmer steht ein Schuhkarton. Den sollst du haben.»

«Ja?»

«Den braunen Karton. Oder ist er grün? Nein, das ist ... Ach, mein Kind, es ist so lästig, wenn man sich nicht mehr richtig erinnern kann.»

Als Ellis den braunen Schuhkarton aus dem Schrank holte, glitt er ihr aus den Händen, und ein ganzer Stapel Briefe landete auf dem Fußboden. Sie wusste sofort, was für Briefe das waren.

Bitte, zeig Nell diesen Brief und sag ihr, ich hoffe, dass sie nicht zu traurig ist.

All diese Briefe, an die eine Schwester adressiert, aber für die andere gedacht – und trotz allem hatte Violet sie über ein halbes Jahrhundert aufbewahrt. Wie traurig, dachte Ellis, wie unendlich traurig. Sie legte die sorgfältig zusammengefalteten Blätter zurück in die Schachtel und warf einen kurzen Blick auf Laurence, der von dem Foto neben Violets Bett verträumt in die Ferne schaute. Pass gut auf sie auf, sagte sie zu ihm. Das bist du ihr schuldig, findest du nicht?

«Den hier meine ich», sagte Violet und zeigte auf den grünen Karton. «Du sollst ihn haben.» Sie zögerte kurz. «Dürfte ich dich dafür um einen kleinen Gefallen bitten?»

«Aber natürlich», antwortete Ellis. «Was immer du möchtest.»

«Ich wüsste gern ...» Plötzlich stiegen ihr Tränen in die Augen. «Ich wüsste furchtbar gern, was aus dem Jungen geworden ist ...»

Kapitel 29

Nachdenklich wanderte Ellis mit ihrer Plastiktüte die Hauptstraße entlang. Sie kam an dem Immobilienbüro vorbei, in dem Janice arbeitete, ging aber nicht hinein. Sie nahm den Bus, und als sie endlich im Zug nach Ipswich saß – sie hatte einen Fensterplatz bekommen, weil der Wagen halb leer war –, stellte sie den grünen Schuhkarton vor sich auf das Tischchen und fuhr mit dem Fingernagel am Deckelrand entlang, um das Klebeband zu lösen.

Der Geruch erinnerte sie an Nells Tagebuch – genauso modrig, muffig, verstaubt. Der Geruch der Vergangenheit.

Der Karton war randvoll mit Fotos, mit rissigen, verblassten Fotos, die sich am Rand aufrollten, und manche klebten von der Feuchtigkeit sogar zusammen. Ellis war sprachlos. Das waren die verschwundenen Bilder von ihrer Mutter, die Violet versteckt hatte, damit Ma sie nicht finden konnte – damit Ma nicht die einzige Erinnerung an ihre verlorene Tochter vernichtete.

Lauras Taufe. Ihre ersten Schritte, unsicher an der Hand der Mutter. Laura beim Sandburgenbauen am Strand, Pa in einem kragenlosen Hemd, die Hosenbeine aufgerollt, mit zärtlichem

Blick seine Enkelin beobachtend, während Laura hoch konzentriert mit einer winzigen Schaufel auf einen winzigen Eimer klopfte. Je älter Laura wurde, desto stärker glich sie Violet. Es gab viele Fotos mit den beiden, aber auch mit allen dreien: Ma, Violet und Laura, drei Generationen, und alle drei wunderschön. Laura flirtete mit der Kamera, den Kopf kokett zur Seite geneigt, während Ma kerzengerade dastand und Violet auf ihre Füße starrte. Dutzende von Familienporträts, Violet und Laura, Ma und Pa – Angela und George, echte Menschen, mit richtigen Namen. Und ganz unten, unter einem zerkratzten Foto von Laura in einem Ballettröckchen, ein kleines Schwarzweißfoto von der jungen Violet. Neben ihr, liebevoll untergehakt, das Gesicht leicht abgewandt, als wäre es ihr unangenehm, sich der Linse des Fotoapparats auszusetzen, stand –

«Oh!», sagte Ellis bei sich, aber doch so laut, dass die ältere Frau, die ihr gegenübersaß, aus ihrem Halbschlaf hochschreckte.

Die Ähnlichkeit mit Pa war unübersehbar. Aber wie war dieses Foto zwischen die Bilder von Laura geraten? Hatte Ma es bei ihrer Strafaktion übersehen? Oder war es dazwischengerutscht, als Violet die Bilder von ihrer Tochter vor Mas Zerstörungswut rettete? Hatte Violet es vielleicht absichtlich aufbewahrt, eine letzte Erinnerung an ihre Schwester, die früher ihre beste Freundin gewesen war?

Der Zug verlangsamte das Tempo, überall um sie herum standen die Leute auf und sammelten ihre Sachen ein: Jacken und Taschen, Schirme und Aktenkoffer. Ellis blieb sitzen und starrte noch immer auf das Foto in ihrer Hand. Sie kannte sie, diese Frau, mit ihrer Adlernase und den widerspenstigen Haaren, mit den intensiven, klugen Augen – sie kannte sie ganz genau, nicht nur ihre Geschichte, ihren Familienstammbaum, sondern ihre geheimsten Gefühle, ihre Ängste, Hoffnungen, Sehnsüchte ... Hier war sie endlich: Nell Carter.

Der vorbeigehende Schaffner holte sie aus der Vergangenheit zurück. Der Zug hatte längst gehalten, alle anderen Passagiere waren schon weg. Hastig legte Ellis das Foto zurück in die Schachtel, nahm ihre Tüte und stieg aus.

Sie fuhr aus dem Bahnhofsparkplatz heraus, und als sie die ländliche Gegend erreichte, freute sie sich richtig. Eine angenehme Brise blies ihr ins Gesicht. Hin und wieder warf sie einen Blick auf die grüne Schuhschachtel auf dem Beifahrersitz. Das Kind in ihrem Bauch flatterte wie ein Schmetterling. Sie hatte ihm eine Geschichte schenken wollen – jetzt war sie fast vollständig. Es war keine besonders erfreuliche Geschichte, keine Vergangenheit, auf die man stolz sein konnte, keine Familie zum Vorzeigen. Und wie würde sie ihrer Tochter ihre eigenen Entscheidungen erklären? Zum Beispiel, warum Joe nicht Teil ihres Lebens war? Würde sie es ihr übel nehmen, dass sie ihn weggeschickt hatte?

Beim Gedanken an Joe überkam sie gleich wieder eine verzehrende Sehnsucht. Die Liebe war eine seltsame Sache – diese plötzlichen Zärtlichkeitsgefühle, dieser überwältigende Wunsch, ein bestimmtes Gesicht zu sehen, eine Stimme zu hören ... Warum tat es nur so weh, wenn man jemanden vermisste, den man liebte? Als wäre das Getrenntsein ein körperliches Leiden ...

Sie fuhr zuerst zum Malletts Cottage – bevor sie mit ihrem Vater reden konnte, musste sie eine Weile allein sein. Und sie war noch weit davon entfernt, sich mit Laura auseinander setzen zu können. Aber als sie von der Straße in den holperigen Weg einbog, hob sich ihre Stimmung. Am Rand der Lichtung parkte sie den Wagen, lehnte sich zurück und lächelte. Egal, was passierte – hier war sie zu Hause, so wie sie es in ihrer Wohnung in der Stadt nie gewesen war.

Sie ließ das Auto unter den Bäumen stehen und überquerte die Wiese. Das Gras schien noch ausgebleichter als bei ihrer Abreise. Es war brüchig und trocken, weil seit Wochen die Sonne schien. Im Moment war der Himmel zwar bedeckt – laut Wetterbericht sollte es gegen Abend regnen –, aber es rührte sich kein Lüftchen. Die Blätter hingen müde an den Zweigen. Eine Taube flog auf und ließ sich auf einem Fliederzweig nieder, der unter ihrem Gewicht gefährlich wippte. Ellis nahm sich vor, endlich den Liegestuhl hineinzutragen, damit er später nicht nass wurde.

Im Cottage war es kühl. Ellis blieb im Flur stehen, widerstand aber der Versuchung, die Hand auf die Wand zu legen – Geister gibt's nicht, ermahnte sie sich. Sie roch keinen Pfeifenrauch, hörte kein geflüstertes Lob von Nell, dass sie sich in den vergangenen drei Wochen gut gehalten habe. Was hast du erwartet?, verspottete sie sich selbst, als sie die Tür zum Wohnzimmer öffnete. Rasselnde Ketten? Telekinese? Eine Erscheinung? Aber Nell war noch immer anwesend – Ellis konnte sie fühlen, eine unsichtbare, unhörbare Präsenz.

Das Tagebuch lag noch dort, wo sie es hingelegt hatte … Aber zuerst musste sie ein paar dringende Dinge erledigen. Sie ließ Wasser in die Wanne laufen, räumte den Kühlschrank aus und warf die ganzen Lebensmittel weg, die sie vor ihrer überstürzten Abreise nach London gekauft hatte. Sie machte eine Einkaufsliste, holte eine Suppendose aus der Speisekammer und ein Brot aus dem Gefrierschrank, das sie auf die Spüle legte, damit es auftauen konnte, solange sie badete. Das war jetzt genau das Richtige …

Sie wusch sich die Haare, lehnte sich zurück und schloss die Augen. Das heiße Wasser tat ihren müden Muskeln gut – wenn sie schon nichts gegen die Herzschmerzen machen konnte. Als sie die Augen wieder aufschlug, war es dunkel geworden. Das beschlagene Badezimmerfenster sah bedrohlich blauschwarz aus. Sie stieg vorsichtig aus der Wanne. In der Ferne grollte der Donner.

Sie war jetzt schon über zwanzig Wochen schwanger, ihr Bauch rundete sich unübersehbar und war mit feinen bläulichen Adern durchzogen. Vom Bauchnabel führte eine braune Linie zu den Schamhaaren. Mit dem Finger fuhr sie diese Linie nach, und als Antwort spürte sie einen heftigen Tritt ihrer Schmetterlingstochter. Sie war ein fast fertiges Lebewesen, mit Armen und Beinen und allen Organen … Ellis wurde von derselben Zärtlichkeit überschwemmt, die sie während der letzten Wochen immer wieder für ihre Großmutter empfunden hatte. Sie hängte das Handtuch an den Haken und betrachtete sich im Spiegel. «Gib's zu», sagte sie zu ihrem Ebenbild, «du hast einen Fehler gemacht. Du hättest Joe nicht wegschicken sollen.»

Das nächste Mal, wenn du mich rufst, werde ich dich nicht hören. Wie bringt man jemanden, der nicht mehr hören will, dazu, trotzdem zu antworten?

Ich gehe jetzt zu Dad, beschloss sie, während sie eine frische Bluse und eine Jogginghose anzog. Dad wird dafür sorgen, dass es mir besser geht.

Kapitel 30

Es war schon nach fünf, als sie in den Parkplatz des Kräutergartens einbog, aber es standen noch immer jede Menge Autos da. Das hintere Ende des Parkplatzes war abgetrennt, und hinter der Sperre lud gerade ein Mann mit einem Gabelstapler eine Palette mit Backsteinen von einem Laster, während ein zweiter Mann, ans Fahrerhäuschen gelehnt, ihn dirigierte. Dort, wo William normalerweise parkte, wartete schon ein riesiger Erdhaufen für die neuen Beete. Aber wozu die Backsteine? In Williams Plänen für den Lavendelgarten hatte Ellis keine Backsteine gesehen. Überhaupt fand sie es verblüffend, dass das Projekt in ihrer Abwesenheit so weit gediehen war. Normalerweise war William nicht so schnell, zumal ja die Pläne bei ihrer Abfahrt noch gar nicht fertig gewesen waren.

Sie fuhr in die letzte Parklücke und stellte den Motor ab. Gerade war ein Bus mit einer Gruppe von behinderten Gartenfreunden angekommen, die sich jetzt am Eingang versammelten. Der Fahrer hatte den Bus in einem möglichst günstigen Winkel zum Eingang geparkt, wodurch er ein halbes Dutzend Parkplätze blockierte. Solche Gruppen kamen regelmäßig, und meistens ließ William es sich nicht nehmen, sie persönlich herumzuführen. Ein Mann im Rollstuhl wurde mit einem hydraulischen Lift auf dem Boden abgesetzt. Aber wo steckte ihr Vater? Ellis entdeckte, dass er auf der anderen Seite des Lastwagens stand. Offenbar diskutierte er mit jemandem, der durch den Truck verdeckt war. Er gestikulierte lebhaft, kratzte sich an seinem kahlen Schädel und nickte dann zustimmend. Ellis beschloss, ihn vorerst nicht zu stören, und folgte dem letzten Rollstuhlfahrer in den Kräutergarten.

So sah es hier im Sommer immer aus – überall Kunden, die die Wege entlangschlenderten, sich zu den Schildchen hinunterbeugten, Töpfe hochhoben, um die Pflanzen genauer zu inspizieren und die Vorzüge der verschiedenen Arten gegeneinander abwägen zu können. Auch in der Orangerie gingen die Kunden mit ihren Drahtkörben zwischen den Regalen hin und her, wählten Samentütchen und Schnittblumen aus oder warteten an der Kasse mit einem Arm voller Fuchsien. Ellis lauschte auf das Rattern der Einkaufswagen, das allgemeine Volksgemurmel und das träge Summen der Bienen, die den Pollen hin und her trugen.

Die Angestellen – «meine Kinderchen», sagte William immer – hatten alle Hände voll zu tun. Die meisten waren noch jung, und fast alle, die Ellis kennen gelernt hatte, waren auch sehr intelligent und kompetent gewesen. Aber die besten Leute blieben am kürzesten. Nicht, weil William kein guter Arbeitgeber war, im Gegenteil, er war umgänglich und übernahm auch selbst oft irgendwelche Dreckarbeiten, aber nach einer Weile hatten die Leute genug von einem Job ohne Aufstiegsmöglichkeiten und suchten sich etwas anderes. Die Aufgaben, die William ihnen zuteilte – Gießen, Aufräumen, das Auffüllen der Regale, der Kassendienst –, verlangten keine Spezialkenntnisse und wurden auch nicht sonderlich gut bezahlt. Ellis war fest davon überzeugt, dass einige der Angestellten, die William im Lauf der Jahre gehabt hatte, sehr wohl fähig gewesen wären, ihm einen Teil der Last abzunehmen, wenn er sich nur die Mühe gemacht hätte, sie richtig anzulernen. Aber nein, er bestand darauf, dass sie das richtige *Gespür* haben mussten – nur wer die Kunst des Kräuterzüchtens quasi durch Osmose erlernte, kam für ihn als ernsthafter Bewerber in Betracht. In diesem Punkt war er absolut unflexibel, um nicht zu sagen starrsinnig.

Ellis schlängelte sich zwischen den Kunden durch bis zur Fontäne und ging dann nach links zum Büro ihres Vaters. Innerhalb der hohen Backsteinmauern war die Luft ziemlich stickig, und die Wolken am Himmel wurden zusehends dunkler. Man spürte richtig die elektrische Spannung, das Donnergrollen kam unaufhaltsam näher. Als Ellis das Büro erreicht hatte, flammte ein greller Blitz auf und tauchte den ganzen

Garten für einen Moment in ein bläuliches Licht, die Kunden begannen zu rennen und warfen besorgte Blicke zum Himmel. Trotz der Geräuschkulisse, die sich durch die allgemeine Eile noch verstärkte – Schritte, ratternde Räder, der rauschende Brunnen –, senkte sich eine merkwürdige Stille über alles, als halte der Garten in Erwartung des Unwetters den Atem an.

Wieder ein Blitz, diesmal gefolgt von einem krachenden Donner. Ellis, gegen den Türrahmen des Büros gelehnt, hatte das Gefühl, ihn von den Schultern bis zu den Zehen zu spüren. Die Wege waren jetzt wie leer gefegt – die Kundschaft hatte hinter den Glasfenstern der Orangerie Zuflucht gesucht. Nur eine einsame Rollstuhlfahrerin brauste am Teich vorbei. Jemand hatte ihr Hilfe angeboten, aber sie hatte abgelehnt und kurbelte jetzt die Räder mit den Händen an, wie eine Teilnehmerin der Paralympics. Sie kam viel schneller voran, als wenn jemand sie geschoben hätte. Als sie die Orangerie erreichte, öffnete sich sofort die Tür und man half ihr hinein. Ein paar Leute applaudierten und Ellis hörte die Frau lachen. Die stille Luft trug das Geräusch zu ihr, obwohl sie fast zweihundert Meter entfernt war.

Als hätte jemand eine riesige Sprinkleranlage angestellt, begann es plötzlich heftig zu regnen. Die Temperatur fiel innerhalb weniger Minuten um fast zehn Grad, und Ellis fröstelte. Sie blieb noch einen Moment stehen, beobachtete, wie der Regen auf die Wege prasselte, die Blätter niederdrückte und den Boden dunkel verfärbte, dann betrat sie schnell das Büro. Der Regen trommelte auf das Dach, es spritzte, gurgelte, strömte, rauschte. Auf den Wegen bildeten sich Pfützen. Wieder blitzte es. William war bestimmt schon nass bis auf die Haut. Am besten, sie machte ihm eine Tasse Tee, das würde ihn wieder aufwärmen.

Sie hörte schwere Schritte, Gelächter, Stampfen. Als sie gerade das Wasser in die Becher goss, erschien er mit zwei Männern in der Tür.

«Ellis!», rief er erfreut. «Ich habe dich erst morgen erwartet, Kleines. Was für eine wunderschöne Überraschung!»

Sein Gesicht war dreckverschmiert, wie bei einem kleinen Jungen, der im Matsch gespielt hat. Schultern und Kopf waren klatschnass. Er breitete die Arme aus, Ellis stellte den Wasserkessel ab und ging ihm entgegen, schmiegte den Kopf an seine breite Brust, sog den vertrauten Geruch von Erde und frischer Luft ein und seufzte erleichtert. Denn als sie sein Gesicht gesehen hatte, wusste sie, dass alles okay sein würde. Egal, was William in der Vergangenheit getan hatte – er war noch immer der Mann, den sie ihr ganzes Leben geliebt hatte. Sie stellte sich auf die Zehenspitzen und drückte ihm einen herzhaften Kuss auf die Wange.

«Hallo!», sagte sie. «Ich freu mich auch, dass ich wieder hier bin.»

Williams Begleiter, zwei kräftige, fröhliche junge Männer mit Helmen, schmutzigen Jeans und zerrissenen T-Shirts, sahen eher aus wie Maurer als wie Gärtner. Beim einen klebte ein Klumpen Zement an der Hose, ihre Hände waren grau vor Staub, und als sie die Helme abnahmen, rieselte ihnen der Sand aus den Haaren. Sie seien hier, um beim Verlegen der Wege zu helfen, erklärte William, während Ellis schnell noch zwei Tassen ausspülte und frisches Wasser aufsetzte.

«Welche Wege?»

«Hmm.» William setzte sich an seinen Schreibtisch und kramte ungeschickt in der Hintertasche seiner Moleskinhose. «Pflasterwege, in so ’nem Fischgrätenmuster, und dazwischen die Lavendelhecken. Wir haben die perfekten Backsteine, sehr günstig bekommen, Ausschussware, aber einwandfrei, ein schönes helles Rot und sehr strapazierfähig. Schau dir das mal an!» Er zog einen zusammengefalteten Plan aus der Hosentasche, breitete ihn auf seinem chaotischen Schreibtisch aus und winkte Ellis zu sich. «Ist das nicht großartig?» Die Pflasterleger, die den Entwurf natürlich längst kannten, traten an die Tür und schauten hinaus in den strömenden Regen.

Ellis blickte ihm über die Schulter, die Teetasse in der Hand. Die Skizze war farbig, sehr viel klarer als alle bisherigen Entwürfe, ein Muster aus ineinander verwobenen geometrischen Formen. Schmale Pfade trennten die verschiedenen Lavendelsorten, deren Namen William in seiner krakeligen Handschrift eingetragen hatte. *Lavandula* dies und *Lavandula* das, jede Gruppe in der entsprechenden Farbe einschraffiert. «Es ist absolut genial!», schwärmte William. «Siehst du – eine Art Irrgarten! Die Backsteinwege locken die Leute herein. Wir pflanzen in Farbblöcken, und zwar fangen wir außen mit dem dunkelsten Violett an – hier, diese Sorte, sie heißt ‹Hidcote Twickel Purple›, nach und nach wird's heller – ‹Royal Purple›, ‹Grappenhall› und dann ‹Munstead›, aber da habe ich mich noch nicht endgültig entschieden – danach geht's in Hellblauviolett und Rosa über – die Sorte hier heißt ‹Miss Katherine›, sie duftet ganz wunderbar und hat eine tolle Farbe, ich musste sie bei einem Spezialhändler kaufen, bei Norfolk Lavender in Heacham – und schließlich die *Lavandula nana alba*, die Weiße, ganz in der Mitte. Die Anlage soll die Leute inspirieren und anregen – man muss den Farben vom Dunklen zum Hellen folgen, um zur Mitte zu kommen, und es gibt natürlich jede Menge Irrwege. Zum Beispiel der Pfad hier.» Er deutete mit seinem dicken Zeigefinger auf eine Sackgasse und hinterließ einen Fleck auf dem Papier. «Und hier kommt man am entsprechenden Hinweis vorbei.» Wieder deutete er, wieder blieb ein Fleck. «Siehst du? Hier wächst ‹Munstead›, dann ‹Loddon Pink› und nochmal ‹Munstead›, also ein rosaroter Block zwischen dem

Blauviolett, und das zeigt einem, dass man auf der falschen Fährte ist. Dadurch sieht man sich die ganze Zeit die Pflanzen richtig an, und wir lassen sogar eine Postkarte machen, mit Farbfotos der verschiedenen Sorten, das heißt, man kann das Spiel auch spielen, wenn gerade nichts blüht, dann muss man nur die Namen auf den Schildchen lesen und mit denen auf der Postkarte vergleichen. Ich bin so glücklich, Kleines! Genau so hab ich's mir vorgestellt. Lavendel eignet sich perfekt für niedrige Hecken, und so ein Irrgarten greift das Motiv des Knotengartens wieder auf, die waren in der Renaissance auch sehr populär. Hast du gewusst, dass es hier seit der Römerzeit solche Irrgärten gibt? Und Lavendel haben wir seit dem sechzehnten Jahrhundert. Besser geht's nicht!» Er kippelte mit dem Stuhl nach hinten und strahlte sie an. «Na? Was sagst du?»

«Ganz toll!», sagte Ellis. «Hast du dir das alles allein ausgedacht?»

«Nein, ich … äh …» William räusperte sich. «Ich … ich hatte ein bisschen Hilfe, Liebes.»

Da war irgendetwas, was er ihr nicht sagen wollte, merkte Ellis. Aber was? Sein Stuhl kippte wieder nach vorn, und William schaute sich verlegen im Raum um.

«Wo hab ich meinen Tee abgestellt?»

«Hier.»

Ellis holte die Tasse unter dem Plan hervor. Der Regen schien etwas nachzulassen, das Getrommel über ihren Köpfen wurde schwächer, und der Himmel, eingerahmt vom Fenster über Williams Schreibtisch, wurde wieder heller. Die Pflasterleger hatten ihren Tee ausgetrunken und wurden unruhig. Der eine stellte die Tassen zurück auf die Kommode. «Also dann, Bill», sagte er. «Ich glaub, es hört auf. Wir machen uns mal wieder an die Arbeit.»

William nickte, hob zum Abschied die Hand. «Ich komme

auch gleich», sagte er. Dann trank er einen Schluck Tee und strich den Plan glatt.

«Dad – du hast meine Frage nicht beantwortet.»

William zuckte verlegen die Schultern. «Welche Frage?»

«Wie bist du auf die Idee mit dem Irrgarten gekommen?»

«Ähm …» William drückte seine Teetasse an die Brust. «Wir müssen uns mal länger unterhalten, Kleines. Seit über zwei Wochen versuche ich, mit dir zu reden, aber jedes Mal –»

«Dad – du weißt doch, warum das so war. Ich habe dir gleich am Anfang gesagt, dass ich am Telefon nicht darüber reden möchte. Es war schon schlimm genug, als ich erfahren habe, dass du und Mum –»

Er winkte ab. «Nein, nein. Kleines, das meine ich doch gar nicht. Ich wollte dir nur sagen, dass … Ach, Gott, das ist so schwierig. Ich wollte es nicht, ich schwör's dir, aber ich habe erst kapiert, wer er ist, nachdem wir schon eine ganze Weile geredet hatten, und als ich dich gefragt habe –»

«Was wolltest du nicht?»

William verzog gequält das Gesicht. «Ich will nur sagen, dass ich es nicht gewusst habe, bis er –»

«Hast du eine Minute Zeit, Bill?»

Ellis erstarrte, die Teetasse in der Hand. Im Gegenlicht konnte sie sein Gesicht zwar nicht richtig erkennen – die Sonne war herausgekommen und stand hinter ihm –, aber sie wusste sofort, wen sie vor sich hatte. Wie gut sie seine Körperhaltung kannte, die leicht hochgezogenen Schultern, das Timbre seiner Stimme! Er war nass, die Haare waren am Kopf angeklatscht, und sein blaues T-Shirt wirkte fast schwarz vom Regen. Ihr Herz begann zu rasen, und sie empfand die gleiche fast schmerzende Sehnsucht wie vorhin im Malletts Cottage. Aber die Freude war überlagert von Angst und Unsicherheit. Wie war er hierher gekommen? Warum stand Joe Leavis in der

Tür von Williams Büro, warum duzte er ihren Vater, als würde er – als würde er für ihn *arbeiten*?

«Ach Gott ...», seufzte William. «Genau das wollte ich dir gerade erzählen.»

Ellis hörte, wie das Wasser von der Dachrinne tropfte, wie der Betonmischer auf der anderen Seite angeworfen wurde, wie jemand auf dem Parkplatz seinen Wagen startete.

«Dad –»

«Ich ... ähm ...», stammelte William.

«Dad, was geht hier vor?»

Die Kunden kamen wieder aus der Orangerie. Ellis hörte ihre patschenden Schritte auf dem nassen Zement, hörte, wie jemand geräuschvoll einen Blumentopf in seinen Einkaufswagen stellte. Joe wartete noch immer, trat dann aber aus dem Sonnenlicht.

«Ich wollte es dir gerade erzählen, Kleines», brummelte William und rutschte verlegen auf seinem Stuhl hin und her. Ellis hörte das Ächzen seines Stuhls, drehte sich aber nicht um. Sie konnte die Augen nicht von Joe nehmen.

Joe starrte sie ebenfalls an. Einen Moment lang schien er schockiert – offenbar hatte er sie genauso wenig hier erwartet wie sie ihn –, aber er hatte sich schnell wieder unter Kontrolle. Er richtete sich auf, vergrub die Hände in den Hosentaschen, zuckte die Achseln. Sein Mund – ach, diese Lippen!, dachte Ellis, wie wunderbar sie sich anfühlten, wie schön sie aussahen, wenn er grinste – sein Mund verzog sich zu einer schmalen, trotzigen Linie. Selbst auf die Entfernung spürte Ellis die Feindseligkeit, die von ihm ausging. Sag ja nichts dagegen, dass ich hier bin, schien er zu sagen, ich habe ein Recht dazu!

«Ich wollte nicht stören, Bill», sagte Joe höflich, «aber die Arbeiter sind gerade gekommen. Sie wollen wissen, wie viel Erde sie für den Mutterboden abtragen sollen.»

«Gut, gut, mein Junge», sagte William. «Ich bin gleich da. Ich muss nur noch schnell …»

Er stand von seinem Schreibtischstuhl auf, schüttete sich dabei Tee über die Hand und stieß natürlich mit dem Kopf gegen die nackte Glühbirne. Diese pendelte wild hin und her und warf schwirrende Schatten an die Wand. Ellis merkte, dass sie rot geworden war wie ein junges Mädchen, das plötzlich seinem großen Schwarm gegenübersteht. Um eine Stütze zu haben, lehnte sie sich an den Schreibtisch und umklammerte ihren Teebecher mit beiden Händen. Joe klang ganz souverän, er schien den Schock überwunden zu haben. Nur seine Augen verrieten ihn. Sie bewegten sich kaum, er blinzelte nicht. Obwohl er mit William redete, sah er die ganze Zeit Ellis durchdringend an. Dieser Blick machte sie ganz kribbelig und sie konnte sich nicht rühren, sie konnte nicht wegschauen. William kam ihr zur Hilfe, indem er zwischen sie und Joe trat, wie ein Lehrer, der auf dem Schulhof zwei prügelnde Kinder trennt.

«Ich muss noch etwas mit Ellis besprechen», verkündete er.

«Gut», meinte Joe und machte auf dem Absatz kehrt, ohne einen Blick zurück.

William schaute sie mit einem Armesündergesicht an und spielte verlegen mit den Münzen in seiner Hosentasche. Der Anblick war so komisch, dass Ellis hysterisch loskicherte, vom Schock noch immer ganz benommen.

«Heißt das, du bist mir nicht böse, Kleines?», fragte William erleichtert.

«Doch, ich bin dir böse, verdammt böse!», entgegnete Ellis. «Was hast du dir dabei nur gedacht?»

William wühlte auf seinem Schreibtisch nach der Keksdose. «Ja, weißt du …» Er hielt seiner Tochter die Dose hin. «Willst du einen? Wunderbare Butterkekse.»

«Nein danke, Dad. Aber jetzt mal im Ernst – was soll das Ganze?»

«Ach, je. Du brauchst es mir nicht zu sagen. Ich bin ein alter Mann, der es einfach nicht lassen kann, sich in alles einzumischen. Aber es war keine Absicht, wirklich nicht. Er ist plötzlich aus dem Nichts hier aufgekreuzt. Genau an dem Tag, als du nach London gefahren bist. Du weißt ja, was für Schwierigkeiten ich mit meinen Entwürfen für den Lavendelgarten hatte, irgendwie hab ich die Kurve nicht gekriegt. Ich stand stundenlang da, hab auf den Platz gestarrt und auf eine Inspiration gewartet. Ich war kurz davor aufzugeben. Und dann kam er und hat mich gefragt, was ich mit dem Grundstück vorhabe …»

Ellis konnte es sich lebhaft vorstellen. William redete für sein Leben gern über Gartenprobleme – mit jedem, der bereit war, ihm zuzuhören. Joe musste nur darauf eingehen, Interesse heucheln …

«Wie hätte ich ihn da wegschicken können?» William breitete entschuldigend die Arme aus. «Ich musste ihn einfach nehmen. Ich bin noch nie einem Menschen mit so viel Gespür für Gärten begegnet. Es ist kaum zu glauben. Unvorstellbar! Dein Joe ist ein hoch begabter junger Mann.»

Ihr Joe? Ellis schaute ihren Vater verdutzt an – er strahlte richtig vor Freude. Aber Joes Begabung lag doch nicht in der Gartenarbeit! Seine Begabung lag darin, dass er im unpassendsten Moment Gedichte zitierte. Dass er sie zum Lachen brachte. Seine Begabung lag im Bett und darin, dass er sie glücklich machen konnte. Und unglücklich.

«Dad – ich hab dir doch gesagt, er ist nicht mehr mein Joe», sagte sie müde. «Zwischen uns ist es aus. Du hast selbst mitgekriegt, wie er mich gerade angeschaut hat. Wie konntest du ihn nur einstellen, ohne mich vorher zu fragen?»

William setzte sich wieder auf seinen Stuhl und beugte sich

über die Keksdose. «Er hat gesagt, es würde dir nichts ausmachen», murmelte er seinen Butterkeksen zu. «Weil es dich sowieso nicht mehr interessiert, was er mit seinem Leben macht –»

«Es interessiert mich nicht mehr?» Ellis wurde richtig wütend. «Kapierst du überhaupt, was du da gemacht hast? Als er bei mir im Malletts Cottage war, habe ich gedacht, er ist zur Vernunft gekommen und geht an die Uni zurück. Und jetzt erfahre ich, dass mein Vater, mein eigener Vater, ihm einen ordinären Gärtnerjob angeboten hat. Er hat seinen Studienplatz aufgegeben! Wenn ich dich gebeten hätte, sein Leben zu ruinieren, hättest du's nicht besser machen können!»

«Du scheinst zu vergessen, dass ich selbst seit fünfunddreißig Jahren ein ordinärer Gärtner bin», sagte er leise.

Er machte ein Gesicht, wie wenn Laura an ihm herumnörgelte: verletzt, irritiert, verwirrt. Ellis stellte schnell ihre Tasse auf die Vitrine und schlang ihm die Arme um den Hals.

«Ach, Dad – entschuldige!», flehte sie ihn an. «Du weißt doch, dass ich es nicht so meine. Es ist nur so – Joe kann alles, du hast keine Ahnung, wie superklug er ist, die Welt steht ihm offen – und er schmeißt alles hin!»

William befreite sich sanft aus ihrer Umarmung. «Setz dich hin, Kleines. Ich glaube, wir müssen ein paar Dinge klären.»

Sie wurden von Julia unterbrochen, die fragte, ob William die Behindertengruppe herumführen wolle, weil es jetzt nicht mehr regnete. «Nein, heute nicht», sagte William. «Sag doch bitte Pete, er soll das übernehmen.» Da wusste Ellis, dass er es ernst meinte. Er kochte noch einen Tee und setzte sich auf seinen Schreibtischstuhl, während Ellis auf dem Schreibtisch Platz nahm. Er kippelte wieder mit dem Stuhl nach hinten und schaute zur Decke. «Du denkst also, dass ich mein Leben vergeudet habe, stimmt's?»

«Nein, natürlich nicht!», erwiderte Ellis. Ach, hätte sie das Thema doch nie angesprochen!

«Warum meinst du dann, dass Joe sein Leben vergeudet, wenn er für mich arbeitet?»

«Weil …» Wie sollte sie ihm das erklären, ohne seine Gefühle zu verletzen? «Weil Joe ganz anders ist als du. Er hat einen erstklassigen Verstand –»

William lachte leise. «Und ich habe einen drittklassigen?»

«Ach, Dad!» Ellis rieb sich das Gesicht. Irgendwie konnte sie es nicht richtig sagen. «Du weißt doch, was ich meine. Du bist absolut genial in dem, was du tust. Joes Gaben gehen in eine andere Richtung, das ist alles. Er hat immer die besten Noten geschrieben, er ist hoch intelligent – an der Universität kann er es weit bringen. Harriet meint, seine Referate in den ersten beiden Quartalen waren absolut genial. Das soll deine Verdienste nicht schmälern, es bedeutet nicht, dass er besser ist als du, es heißt nur –»

«Habe ich dich richtig verstanden? Willst du sagen, die Arbeit eines Gärtners ist nicht anregend genug – intellektuell anregend –, und deshalb ist das nicht der richtige Beruf für deinen Joe?»

«Nein, so meine ich das nicht!», protestierte Ellis. «Natürlich ist es ein guter Beruf für einen intelligenten Menschen … es ist nur so … ich wollte, dass Joe …» Sie schwieg. Mit jedem Wort machte sie alles nur noch schlimmer.

«Na, schön», konstatierte William ironisch. «Ellis – hat dir Violet erzählt, wie wir uns kennen gelernt haben, deine Mutter und ich?»

«Ja – das heißt nicht so richtig, ich weiß keine Einzelheiten. Du hast in einer Anwaltskanzlei gearbeitet.»

«Hmmm.» William nahm sich noch einen Keks, kaute eine Weile, ohne etwas zu sagen, spülte dann alles mit einem

Schluck Tee hinunter und stellte den Becher vorsichtig auf den Schreibtisch. «Das stimmt, ich habe in einer Anwaltskanzlei gearbeitet. Aber hat dir Violet auch gesagt, dass es eine der renommiertesten Kanzleien in ganz East Anglia war? Hat sie vielleicht nebenbei erwähnt, dass man mich gerade gebeten hatte, als gleichberechtigter Partner einzusteigen? Der jüngste Anwalt, den sie je hatten? Hat sie einfließen lassen, dass ich mein Studium in Cambridge mit dem besten Examen meines Jahrgangs abgeschlossen habe?» Ellis machte den Mund auf und klappte ihn gleich wieder zu. Sie war sprachlos. William nahm sich noch einen Keks, trank noch einen Schluck Tee, schaute zur Decke hinauf. «Hat sie dir gesagt, dass ich – na ja, sagen wir mal – dass ich eine Art Junggenie war?»

William? Der gute, alte, chaotische William? Der so gern seine Kekse in den Tee tunkte? William mit dem dezenten, selbstironischen Humor? Der die Natur liebte, das Leben im Freien und der immer dreckige Hände hatte? William – ein Junggenie? Partner in einer erfolgreichen Anwaltskanzlei? Ein smarter Jurist in Anzug und Krawatte? Ellis verschluckte sich an ihrem Tee.

William musste lachen. «Kommt dir komisch vor, was? Aber es stimmt, ich kann's belegen. Du darfst nicht immer denken, dass alle Menschen dasselbe wollen wie du.»

Ellis wischte sich den Tee vom Kinn. «Das denke ich doch gar nicht!», rief sie und fügte dann ein bisschen unsicher hinzu: «Oder doch?» William musterte sie belustigt. «Wahrscheinlich hast du Recht», sagte Ellis, nahm sich einen Keks, lehnte sich an die Wand, schaukelte mit den Beinen, schlug mit den Absätzen gegen die Schreibtischschubladen, wie früher als kleines Mädchen, als William sie auf den Schreibtisch hochheben musste, weil sie es allein nicht schaffte. Die Ausflüge in den Kräutergarten hatten sie alle beide regelmäßig in Schwierigkeiten gebracht, weil Ellis immer mit Dreck an den Schuhen und mit verschmiertem Gesicht nach Hause gekommen war und ihre Mutter sich maßlos aufgeregt hatte.

«Meinst du, ich bin ein unerträglicher Intellektuellen-Snob?»

William lachte wieder. «Ja, ganz schlimm. Aber Selbsterkenntnis ist der erste Schritt zur Besserung.»

«Hast du wirklich das beste Examen gemacht?»

«Klar!», schmunzelte William. «Bist du schockiert, weil ich meine Begabung verschleudert habe?»

«Ja. Nein. Ich weiß es nicht.» Ellis schüttelte verwirrt den Kopf. «Ich weiß ja noch immer nicht alles. Violet meint, dass Marion dich und Mum zusammengebracht hat, stimmt das?»

William nickte. «Nicht absichtlich, würde ich sagen. Aber es stimmt.»

«Erzähl weiter!» Ellis stellte den rechten Fuß auf einen Stapel Rechnungen, umfasste den Knöchel mit den Händen und legte das Kinn aufs Knie. «Erzähl mir alles, Dad. Ich bin mein ganzes Leben im Dunkeln getappt! Erzähl mir, wie ihr euch kennen gelernt habt, du und Mum, wie ihr euch verliebt habt. Vielleicht verstehe ich es ja dann.»

Kapitel 31

«Hast du sie eigentlich gut gekannt?», fragte Ellis als Erstes. «Marion, meine ich.»

«Lady P.? Nein, nicht besonders. Aber ich glaube, in der kurzen Zeit hätte man sie kaum besser kennen lernen können.

«Wieso war die Zeit so kurz?»

«Hm ... Das erste Mal war sie Ende 1959 bei mir. Sie hatte

erfahren, dass ihr Mann nicht mehr lange leben würde, und sie wollte ihr Testament umschreiben. Um einen Streit zu beheben, sagte sie –» William verzog das Gesicht. «Das scheint irgendwie in der Familie zu liegen, könnte man fast denken. Also, jedenfalls wollte sie den Streit zwischen Nell und Violet schlichten, und sie wusste nicht, wie. Nach Sir Geralds Tod haben wir uns zusammengesetzt und die verschiedenen Möglichkeiten durchgespielt.»

«Wie sahen die aus?»

«Tja …» William zögerte kurz. Alte Gewohnheiten legte man nicht so schnell ab, doch dann zuckte er die Schultern und redete weiter. «Das palmersche Landgut war Ende der vierziger Jahre Bankrott gegangen, und als Lady Palmer mich das erste Mal aufsuchte, gingen sie und Sir Gerald schon längst getrennte Wege. Nach Sir Geralds Tod wurde seine Wohnung in Albany verkauft, damit Marion eine jährliche Rente bekommen konnte, aber die erlosch mit ihrem Tod. Also blieb nur noch das Dower House. Sie hat sich Folgendes ausgedacht: Wenn sie Violet dazu bringen konnte, wieder nach Suffolk zu kommen und sich mit deiner Großtante Nell auseinander zu setzen, dann würden die beiden vielleicht ihre Differenzen beilegen. Aber sie wusste genau, dass Violet nicht wegen des Hauses umziehen würde – zu viele traurige Erinnerungen hingen daran, sagte sie –, doch sie hat gehofft, wenn sie Laura dazu bewegen kann, kommt Violet vielleicht auch.» Er nahm sich noch einen Keks. «Dein Urgroßmutter war sehr herrisch, irgendwie konnte sie es nicht lassen, sich wie eine Gutsherrin zu verhalten, obwohl es schon längst kein Gut mehr gab. Aber sie war wirklich ein guter Mensch, und als sie starb, hatte ich sie längst ins Herz geschlossen. Sie trank ziemlich viel, und weil sie so lange allein im Dower House gelebt hat, war sie ziemlich exzentrisch geworden – milde ausgedrückt. Sie hatte sich in den Kopf gesetzt, dass ich als Einziger in der Kanzlei ihren Fall bearbeiten kann. Sie redete mit keinem anderen, aber trotzdem behandelte sie mich wie ihren Butler oder Obergärtner und nannte mich immer ‹Jones›, als wäre ich einer ihrer Lakaien.» Er lachte leise in sich hinein. «Das habe ich natürlich unterbunden. Ich glaube, ich war der erste Mensch, der ihr Paroli geboten hat – außer Nell. ‹Ich mag Sie›, hat sie mal zu mir gesagt. ‹Sie sagen, was Sie denken, und Sie machen diesen blöden Zirkus nicht mit, dass der Kunde immer König sein muss.› Danach haben wir uns blendend verstanden. Hat Violet dir erzählt, dass sie deine Mutter nach London mitgenommen hat, als sie noch keine achtundvierzig Stunden alt war – und die arme Lady P. hat ihre Enkelin danach nie wieder gesehen?»

Ellis schüttelte den Kopf. «Nein, das wusste ich nicht. Aber ich wollte dich noch was Wichtiges fragen, Dad – am Telefon hast du gesagt ‹Enttäuschung ist ein starkes Gefühl›. Wie hast du das gemeint?»

William schaute wieder zur Decke. «Wie würdest du dich fühlen, Kleines? Als deine Mutter mich kennen gelernt hat, war ich ein viel versprechender junger Anwalt, ich hatte eine große Zukunft vor mir. Sie war jung und naiv, sie war unglaublich behütet aufgewachsen, und ich glaube, sie hat sich geschmeichelt gefühlt, weil ich …» Er zog eine Grimasse. «Sie wusste nicht, was auf sie zukommen würde, und als sie es herausgefunden hat, war es zu spät. Sie war schon … na ja … du warst schon unterwegs.»

«Wie, was auf sie zukommen würde?»

«Die Sache mit Margaret, meiner Verlobten.»

«Violet hat mir von ihr erzählt.»

«Maggie und ich waren damals schon über fünf Jahre verlobt.»

Ellis nickte. «Ja, das weiß ich.»

William warf ihr einen kurzen Blick zu und schaute dann wieder zur Decke. «Margaret und ich sind miteinander aufgewachsen. Unsere Mütter haben gemeinsam die Suppenküche organisiert, unsere Väter waren im Krieg im selben Regiment, wir gehörten zur selben Kirchengemeinde. Alle haben immer ganz selbstverständlich angenommen, dass wir eines Tages heiraten. Wir mochten einander sehr –»

«Aber?»

«Es war alles sehr bequem.» William schaukelte mit seinem Stuhl, der laut protestierte. «Maggies Vater, Henry Hargreaves, war mein Chef. Er hatte geplant, an unserem Hochzeitstag in den Ruhestand zu gehen, und ich sollte sein Nachfolger in der Kanzlei werden – darauf hatte er mich schließlich mehr als sechs Jahre getrimmt. Meine Teilhaberschaft war sein Hochzeitsgeschenk für Maggie.»

«Und als du ihm eröffnet hast, dass du Maggie nicht heiraten wirst …?»

«Da hat er mich selbstverständlich rausgeworfen, er hat mich fristlos entlassen. Und außerdem hat er mir mehr als deutlich zu verstehen gegeben, dass er dafür sorgt, dass ich nie wieder als Anwalt arbeiten kann.»

«Oh.»

«Und er hat Wort gehalten.» Abrupt hörte William auf zu schaukeln. «Er war ein hoch angesehener Mann, der in Juristenkreisen jede Menge Kontakte hatte. Innerhalb eines Monats war ich nicht nur arbeitslos, sondern ohne jede Perspektive.»

«Und dann hat Nell dir einen Job angeboten.»

«Genau.» William zupfte nachdenklich an seinen Augenbrauen. «Kannst du dir jetzt vorstellen, wie schwierig das für deine Mutter war? Sie hat gedacht, sie bekommt einen erfolgreichen Anwalt, und stattdessen kriegt sie einen Versager!

Maggie war sehr beliebt, und ihr Vater hat überall verbreiten lassen, was ich ihr angetan hatte. Als wir ins Dower House einzogen, wurden wir vom ganzen Dorf geschnitten, und wenn Laura auf die Straße ging, war es für sie jedes Mal ein Spießrutenlaufen – die Leute lauerten hinter den Vorhängen, sie flüsterten, tratschten, zeigten mit dem Finger auf sie. Statt im Luxus zu leben, saß deine Mutter in einem kleinen Haus, ohne Geld, ohne Freunde, verheiratet mit einem –» er warf Ellis einen spöttischen Blick zu – «mit einem ordinären Gärtner.»

Ellis verzog entschuldigend das Gesicht. «Arme Mum. Armer Dad –»

«Ich, arm?» William stand auf und begann, seine Pläne zusammenzufalten. «Mich musst du nicht bedauern, Kleines. Mit mir und Maggie – das wäre nie gut gegangen. Sie ist längst glücklich verheiratet, mit einem Steuerberater, und hat drei wunderbare Kinder. Ihr Mann ist ein netter Typ, viel zuverlässiger als ich, und er liest ihr jeden Wunsch von den Augen ab. Sie haben ein schönes Leben, ein großes Haus –»

«Und du?»

«Ich?» William lachte. «Was kann sich ein Mann Besseres wünschen, Kleines – eine schöne Frau, eine kluge Tochter, ein hübsches Haus, all das hier …» Wieder breitete er die Arme aus, um den ganzen Garten einzuschließen. «Und demnächst noch eine Enkeltochter – ich bin der glücklichste Mann auf der Welt!»

Aber gleich wurde er wieder nachdenklich. «Im Moment ist die Lage allerdings ziemlich verzwickt. Ich habe versucht, deine Mum zu bearbeiten, bin aber nicht weit gekommen. Könntest du – ich meine, würde es dir viel ausmachen, möglichst bald zu ihr zu gehen? Und ihr erklären, warum das alles so wichtig für dich ist?»

«Ja, natürlich, Dad. Versprochen. Und nimm's mir nicht

übel, dass ich dich in so eine schwierige Situation gebracht habe.»

Er musterte sie sehr ernst. «Und jetzt zu deinem Joe …»

«Lass nur, Dad», winkte Ellis ab. «Du kannst da nichts tun. Joe denkt – das heißt, ich habe es ihm gesagt –, dass ich absichtlich schwanger geworden bin. Das wird er mir nie verzeihen, glaube ich.»

Das Rätsel war nun also fast vollständig gelöst. Die meisten Puzzleteile hatten ihren Platz gefunden. Alles würde sie nie erfahren – aber es gab noch eine Sache, die sie unbedingt herausfinden musste.

William begleitete sie bis zur Fontäne. Zum Abschied drückte sie ihm einen Kuss auf die Wange. Die Behinderten hatten sich am Teich versammelt und blockierten mit ihren Rollstühlen den Weg. Williams Liebe zu seinen Kräutern gewann die Oberhand, und er ließ sich sofort von der Gruppe vereinnahmen. Mit langsamen Schritten ging Ellis in Richtung Ausgang. Die nassen Wege dampften richtig in der Sonne.

«Geh zu deiner Mutter!», rief er ihr nach. «Bitte!»

Die Luft war jetzt ruhig, aber am Horizont brauten sich schon wieder dunkle Wolken zusammen, sodass man mit mehr Regen und kühleren Temperaturen rechnen musste. Ellis machte noch einen kurzen Abstecher in die Orangerie, um einen Sack Kohlen, ein Bündel Feuerholz und eine Schachtel Kerzen zu kaufen. Sie plauderte ein bisschen mit dem Kassierer, den sie von früher kannte. Heute Abend würde sie ein schönes Feuer machen und bei Kerzenlicht etwas Gutes essen. Dann würde sie sich an den Kamin setzen und das Tagebuch ihrer Großtante zu Ende lesen. Sie hatte Violet versprochen, nach Nells Sohn zu fahnden, und da konnte ihr nur Nell selbst weiterhelfen.

Nun machte sie sich endgültig auf den Heimweg, das Holz etwas wackelig auf dem Kohlensack balancierend. Williams Geschichte ergänzte das, was Violet erzählt hatte. Sie konnte sich alles gut vorstellen – Laura hatte in William eine Möglichkeit gesehen, um endlich von Mutter und Großmutter wegzukommen, er war der Weg in die Unabhängigkeit und in ein Leben in Wohlstand. Er war etwas älter als sie und sollte demnächst als Partner in eine renommierte Anwaltskanzlei einsteigen. Bestimmt hatte sie das unglaublich chic und aufregend gefunden. Was hatte sie sich ausgemalt? Ein vornehmes Haus in Woodbridge? Diamantringe, Urlaub in exotischen Ländern, Ansehen in der Gemeinde? Hatte sie sich nur in Williams Status verliebt und den Mann selbst gar nicht richtig wahrgenommen?

Ellis hievte die Kohlen in den Gepäckraum ihres Wagens und ließ den Blick über die anderen Autos auf dem Parkplatz schweifen.

Es war inzwischen fast sechs Uhr, und der Platz war so gut wie leer. Die anderen beiden Männer waren noch bei der Arbeit, aber Joes zerbeulter Fiesta war nicht zu sehen. Sie knallte die Klappe zu und ging dann zu dem abgesperrten Gelände.

Einer der Pflasterleger war gerade aus dem Fahrerhäuschen seines JCB geklettert. «Tut mir Leid, junge Frau», sagte er. «Vor zehn Minuten ist er abgehauen, wie ein geölter Blitz.»

«Oh. Vielen Dank.»

«Keine Ursache. War's was Dringendes?»

«Ja», antwortete Ellis. «Das heißt nein. Ich ...»

Es hatte keinen Sinn, nach ihm zu suchen. Wenn er weg war, dann doch nur deswegen, weil er sie nicht sehen wollte. Ich hab alles vermasselt, Baby, sagte sie zu ihrer Tochter, als sie aus dem Parkplatz herausfuhr und sich auf den Weg zum Dower House mache. Tut mir Leid.

Wie soll es nun weitergehen?, fragte sie sich. Ihre Abhandlung für die Uni hatte sie seit Wochen nicht angerührt, sie hatte keine Lust zu recherchieren, aber ohne Recherchen kam sie nicht weiter. Außerdem müsste sich noch einmal alles durchlesen, was sie bisher geschrieben hatte. Aber sie wusste, erst wenn sie Nells Tagebuch zu Ende gelesen hatte, erst wenn der Ausflug in die Vergangenheit ein für alle Mal abgeschlossen war, konnte sie sich wieder anderen Dingen zuwenden. Also: Im Cottage würde sie etwas essen, ein gemütliches Feuer machen – und lesen.

Aber vorher musste sie noch bei ihrer Mutter vorbeischauen.

Kapitel 32

Laura erwartete sie schon. Kühl musterte sie ihre Tochter und ging dann den dunklen Flur voraus in die Küche. Sie war gepflegt wie immer. Aber wieder einmal dachte Ellis, dass sie im Grunde keine Ahnung hatte, was sich hinter dieser perfekten Fassade verbarg – obwohl sie so oft mit ihrer Mutter Ferien gemacht hatte und sich in den letzten Jahren sehr bemüht hatte, ihr näher zu kommen.

Ihre Hoffnung auf eine schnelle Versöhnung wurde gleich enttäuscht. «Wie konntest du nur!», schimpfte Laura los, als sie in der Küche waren. «Wie konntest du das hinter meinem Rücken tun, nachdem ich dir ausdrücklich gesagt hatte, ich will nicht, dass du in der Vergangenheit herumstocherst!»

Ellis ließ sich auf den nächsten Stuhl fallen. «Hör zu, Mum – ich habe neulich verzweifelt versucht, dir ein paar Fragen zu stellen, aber du hast mir nichts –»

«Und außerdem habe ich von einem Fremden erfahren, dass du schwanger bist!», schimpfte Laura. «Was denkst du wohl, wie ich mich da gefühlt habe? Selbst dein Vater wusste vor mir Bescheid!»

«Mum …»

«Und jetzt glaubst du, du weißt alles. Du hast dir ein Urteil gebildet und denkst, ich bin die Böse in dieser Geschichte – genau wie alle anderen hier im Dorf.»

«Nein!», protestierte Ellis. «Das ist nicht fair. Wie oft habe ich dich angefleht, mir deine Seite der Geschichte zu erzählen!»

Laura nahm den Wasserkocher, ließ Wasser einlaufen, knallte ihn wieder auf den Untersatz und stellte ihn an. «Wie konntest du nur!», murmelte sie noch einmal.

«Mum – ich mache dir keine Vorwürfe. Ich versuche doch nur, die Sache ins Lot zu bringen. Bitte, beruhige dich, wir kriegen das schon wieder hin. Ganz bestimmt.»

Laura stand neben dem Wasserkocher, trommelte mit den Fingernägeln auf die gekachelte Arbeitsfläche, den Mund zu einem schmalen Strich verkniffen. Ellis begann zu reden: Sie erzählte von Joe und dass sie bei ihrem letzten Besuch versucht hatte, von ihrer Schwangerschaft zu erzählen. Sie entschuldigte sich zögernd, erklärte, warum sie unbedingt herausfinden wollte, woher sie kam, damit sie sich selbst und ihr Kind in einem Familienkontext sehen konnte. Aber noch während sie redete, hatte sie das Gefühl, dass Laura ihr gar nicht zuhörte.

«Und ich nehme an, meine Mutter hat dir gesagt, dass ich ein ganz gemeines Miststück bin und dass ich die Verlobung deines Vaters absichtlich habe platzen lassen.»

«Mum –»

«Sie hat doch keine Ahnung, was wirklich passiert ist! Dein Vater war derjenige, der angefangen hat. Und als wir uns kennen gelernt haben, wusste ich gar nicht, dass er verlobt ist!»

Sie klang wütend und verbittert. Ihr konnte niemand einen Vorwurf machen, fand sie: Sie war ein Opfer ihrer Erziehung, ihre Mutter hatte nie auf ihre Gefühle Rücksicht genommen, William hatte sich geweigert, von Suffolk wegzugehen, nachdem der Skandal bekannt geworden war. «Wir hätten nach London ziehen können. Überallhin hätten wir ziehen können! Schließlich war er hoch qualifiziert, er hätte sofort einen Job bekommen, wenn wir irgendwo hingegangen wären, wo ihn keiner kannte. Er hätte etwas aus seinem Leben machen können.» Violet kam nicht besser weg. «Sie war meine Mutter. Sie hätte mich unterstützen müssen, aber das hat sie nie getan, kein einziges Mal. In meiner Kindheit hat nur meine Großmutter regiert. Meine Großmutter hat bestimmt, wann ich abends zu Hause sein muss, was für Kleider ich anziehe, welche Schule ich besuche, welche Frisur ich habe.» Geräuschvoll stellte sie Tassen und Teller auf den Tisch. «Du hast keine Ahnung, wie unglücklich ich war. Ich wollte nur eins – weg!» Sie setzte sich Ellis gegenüber, beugte sich über den Tisch und sagte fast drohend: «Du hast es wirklich gut!»

«Inwiefern?», fragte Ellis ruhig.

«Heutzutage würde sich keiner mehr über mich aufregen.»

Das Wasser kochte, der Kessel stellte sich automatisch ab. Laura stand auf, um den Kaffee aufzugießen, knallte die Schranktüren zu und klapperte mit den Löffeln.

«In meiner Jugend war das alles tabu», sagte sie wütend über die Schulter, während sie das kochende Wasser in die Cafetiere goss. «Sex vor der Ehe, Zusammenleben ohne Trauschein – so was gab's nicht. Man hat erst gemerkt, ob man zusammenpasst, wenn es schon zu spät war. Und wenn man sich einmal festgelegt hatte, gab's kein Entkommen mehr. Dann wurde von einem erwartet, dass man bleibt – bis zum bitteren Ende.» Krachend stellte sie den Kocher zurück auf den Untersatz, warf die Teelöffel auf die Untertassen. «Heute wechseln die Leute ihre Partner wie ihre Autos. Nein», verbesserte sie sich, «öfter als ihre Autos!» Sie schnaubte laut und unvornehm, was gar nicht zu ihr passte. «Ich habe deinen Vater 1966 kennen gelernt. Du weißt genug über die sechziger Jahre, freie Liebe, lockere Sitten und so weiter. Aber das ist ein Mythos. Mehr nicht. Ja, vielleicht bei den Studenten in London, aber für die große Mehrheit der Bevölkerung war die so genannte tolerante Gesellschaft etwas, worüber man höchstens in der Zeitung las. Die Wirklichkeit sah so aus, dass man vor der Hochzeitsnacht nicht miteinander schlafen durfte. Eine Frau musste sich aufbewahren, und Ehebruch war praktisch eine Todsünde.» Sie stellte den Zucker auf den Tisch und setzte sich wieder hin. «Ich hatte keine Ahnung von Verhütung, und kein Arzt hätte einer unverheirateten Frau etwas verschrieben. Aber du ...» Wütend deutete sie mit dem Finger auf ihre Tochter. «Du kannst selbst entscheiden, ob du ein Kind möchtest, auch wenn du nicht verheiratet bist, und im Notfall unterstützt dich sogar der Staat. Deine Generation – ihr nehmt es als selbstverständlich hin, dass ihr euer Leben selbst bestimmt. Du kannst zwei Komma vier Kinder kriegen und trotzdem arbeiten, du kannst dich scheiden lassen, wenn dir dein Mann nicht mehr gefällt, du kannst auch ganz ohne Mann leben, wenn du willst –»

«Mum!», rief Ellis, aber Laura war jetzt nicht mehr zu bremsen.

«Wenn man früher einen Ring am Finger trug, war's aus. Der Mann ging aus dem Haus, um zu arbeiten, die Frau ist daheim geblieben, hat auf die Kinder aufgepasst, den Haushalt geschmissen und sich abends für den Ehemann hübsch gemacht. Und kein Mensch hat uns gewarnt. Keiner hat uns gesagt, wie todlangweilig das ist ...»

Sie konnte nicht aufhören. Sie beklagte sich über die mangelnde Aufklärung, die zu ihrer Schwangerschaft geführt und sie gezwungen hatte, William zu heiraten. Es war fast so, als würde Laura sie, Ellis, dafür verantwortlich machen, dass es 1960 so wenig Informationen über Geburtenkontrolle gab. Nach einer Weile versuchte Ellis gar nicht mehr, irgendetwas zu sagen, sondern hörte nur noch schweigend zu, während ihre Mutter die ganze Frustration, die ganze Wut ausspuckte, die sich in mehr als dreißig unglücklichen Ehejahren aufgestaut hatte. Und als Laura vor Selbstmitleid zu weinen begann und ihr die Chance gab, sie zu trösten, merkte Ellis, dass sie gar nichts sagen konnte. Erst später, als sie zu ihrem Auto ging, fiel ihr auf, was sie gestört hatte: Ihre Mutter hatte sich mit keinem Wort nach Violet erkundigt ...

Wäre es besser gewesen, nicht an die Vergangenheit zu rühren und die höfliche Fassade familiärer Zuneigung zu bewahren, die sie und ihre Mutter im Lauf der Jahre aufgebaut hatten? Jetzt würde es nie wieder so sein wie früher – zu viel war gesagt worden, zu viele Wunden aufgerissen. Ellis bezweifelte, dass sie je erfahren würde, ob sie aus Liebe oder aus Ehrgeiz gezeugt worden war, zufällig oder absichtlich. Wahrscheinlich konnte sie nicht einmal herausfinden, wer wem hinterhergelaufen war. Hatte Laura ein Auge auf William geworfen, oder hatte William ohnehin schon Zweifel an seiner bevorstehenden Hochzeit gehabt und sich deshalb in Lauras hübsches Gesicht verliebt? Waren diese Gefühle stärker gewesen als die Loyalität gegenüber seiner Verlobten?

Während sie unten am Hügel darauf wartete, bis sie in die große Straße einbiegen konnte, dachte sie daran, wie oft sie das Gefühl gehabt hatte, ihre Mutter zu enttäuschen, wie wenig Wärme sie in ihrer Kindheit von ihr bekommen hatte. Für einen kurzen Augenblick ließ sie den Kopf aufs Lenkrad sinken, weil das Gefühl der Einsamkeit sie zu ersticken drohte.

Egal, was an der Ehe ihrer Eltern stimmte oder nicht, eins war klar: Ihre Mutter hatte sie nie gewollt, höchstens als ein Mittel zum Zweck.

Als sie den holprigen Weg zum Cottage entlangfuhr, war es schon nach sieben. Auf der Lichtung war es jetzt kühler, das Haus wirkte dunkel und friedlich. Ellis watete durch das feuchte Gras, um den Liegestuhl zu holen. Kurz entschlossen verstaute sie ihn im Klohäuschen neben dem Gefrierschrank und machte sich dann daran, das Abendessen zu kochen.

Ohne große Begeisterung bereitete sie einen Gemüseeintopf zu, aber der Appetit war ihr vergangen. Die Kerzen konnte sie auch nicht finden – hatte sie die Schachtel womöglich in der Orangerie an der Kasse liegen lassen? Draußen wurde der Himmel wieder ganz dunkel, im Westen türmten sich dicke schwarze Wolken, die von der untergehenden Sonne dramatisch rot angestrahlt wurden.

Ellis räumte den Tisch ab und beschloss, ein Feuer zu machen. Sie hatte keinerlei Erfahrung damit, denn im Dower House hatte Laura den Kamin zumauern lassen, als die Zentralheizung eingebaut wurde, weil sie den Dreck nicht ertragen konnte. «Siehst du?», hatte sie jedes Mal geschimpft, wenn William Feuer gemacht hatte. «Überall Ruß und Asche!» Mit dem Zeigefinger war sie über den Kaminsims gefahren und hatte angeekelt ihr zartes Näschen gerümpft. Als Ellis zehn war, gehörte das Knistern eines Kaminfeuers schon der Vergangenheit an.

Sie kniete sich vor der Kaminplatte nieder und starrte hilflos auf den Feuerrost. Den alten Herd hatte sie grundlegend renovieren lassen, der brüchige Backsteinabzug war neu gemauert worden, die Messinggriffe und die Trockenstange hatte sie ersetzt. Ellis legte die Hand auf das Gusseisen. Es war ganz kalt.

Seit über hundert Jahren stand dieser Kaminherd hier, und für Generationen einsamer Wildhüter war er die einzige Wärmequelle gewesen. Mallett, der erste Bewohner, hatte sich hier die Hände gewärmt, hatte seinen rußgeschwärzten Topf über die Flammen gehängt, um Gemüseeintopf mit Hasenfleisch zu kochen. Laurence Parker hatte hier seine Brotscheiben geröstet, und Nell Carter hatte hier das Wasser für ihren morgendlichen Tee zum Kochen gebracht, in ihrem Kessel mit der Kippvorrichtung …

Ellis nahm sich ein Stück Zeitung und knüllte es zusammen. Hier eine Papierkugel, dort eine, murmelte ihr Nell ins Ohr. Jetzt die Späne. Kreuz und quer verteilt, und dann die Kohlen. Ellis spähte in den Sack. Schwarze, glänzende Kohlestücke. So ist's gut, sagte Nell, arbeite vom Rand zur Mitte hin. Vergiss nicht, ein paar Lücken zu lassen, damit das Feuer Zug hat. Ellis lehnte sich zurück und beobachtete ihr Werk, zündete ein Streichholz an und hielt es an eine Papierkugel.

Die Zeitung fing sofort Feuer, eine kleine gelbe Flamme breitete sich aus. Ellis ging zur nächsten Papierkugel über, wartete, bis sie brannte, und warf schnell das Streichholz in den Aschekasten, ehe sie sich die Finger verbrannte, und zündete dann das nächste an. Drei – vier – fünf. Fünf gelbe Flammen waren es jetzt, die am Feuerholz züngelten und um die schwarz glänzenden Kohlestücke leckten. Als Ellis tief durchatmete, musste sie husten, weil ihr plötzlich eine Rauchwolke entgegenschlug. Der Schornstein ist kalt, gab Nell zu bedenken, das Feuer zieht erst richtig, wenn er angewärmt ist. Sie trat einen Schritt zur Seite und beobachtete den Rauch. Jetzt konnte man schon die Wärme spüren, sie hörte das Metall ächzen. Dunkle Schatten senkten sich über den Raum. Wo waren die Geister? Ellis erhob sich und legte die Streichhölzer auf den Tisch. In der Ferne hörte sie wieder Donnergrollen.

Das Gewitter tobte durchs Tal. Sie schaute hinaus auf die Lichtung. Wenn ein Blitz aufzuckte, sahen die Bäume aus wie schwarze Skelette. Der Regen peitschte das Gras und trommelte gegen das Fenster.

So muss es gewesen sein, als Nell hier gelebt hat, dachte sie, während sie die züngelnden Flammen beobachtete. Das Feuer knisterte und zischte. Dazu der Geruch von feuchter Kohle und Holzrauch. Die Wände flackerten in warmem Rotgelb, wenn die Flammen höher schlugen, und verblassten wieder zu fahlem Grau, wenn sie erloschen. Hinter den Büchern, die noch immer in Stapeln auf dem Boden lagen, sprangen bei jedem Blitz nachtschwarze Schatten auf.

Das Feuerholz war fast verbrannt, die Kohlen glühten. Ellis nahm noch ein paar Kohlen, legte sie sorgfältig auf die Pyramide, die sie gebaut hatte, rüttelte dann mit dem Schürhaken zwischen den Stäben des Rostgitters, sodass glühende Asche in den zerbeulten Aschekasten regnete. Jetzt zog das Feuer besser und die Flammen loderten wieder auf. Sie rieb sich die Hände und beglückwünschte sich, schüttelte dann aber den Kopf, weil sie sich doch irgendwie kindisch fand. Lächerlich, von einer Frau, die seit dreißig Jahren tot war, Ratschläge fürs Feuermachen zu bekommen. In dem Moment krachte ein lauter Donnerschlag, und sie schrie leise auf vor Schreck.

Das Gewitter zog weiter. Ellis ging im Zimmer auf und ab, begleitet von ihrem Schatten. Allmählich wurde es warm und gemütlich in ihrem Cottage. Sie zog die Vorhänge zu, um die Nacht auszusperren. Es war schon fast halb neun – genau der richtige Zeitpunkt, um sich wieder in Nells Tagebuch zu vertiefen.

Sie wollte Licht machen, aber es funktionierte nicht. Sie probierte den Lichtschalter im Flur. Nichts. In der Küche dasselbe Ergebnis. Schließlich überprüfte sie den Sicherungskasten in ihrem Arbeitszimmer, aber keine der Sicherungen war herausgesprungen. Das Problem musste außerhalb des Hauses liegen. Sie trat vor die Tür und spähte über die Lichtung, ob sie vielleicht irgendwo im Tal Lichter sehen konnte. Nichts. Es war kalt geworden, die Luft roch nach Regen und feuchtem Gras. Einen Moment blieb sie stehen und horchte, wie das Wasser vom Dach tropfte, dann schloss sie die Tür und ging zurück ins Wohnzimmer.

Es war zu dunkel, um zu lesen. Sie ging am Tisch vorbei und strich dabei über Nells Tagebuch. Dann setzte sie sich vor den Herd, zog die Beine an und stützte das Kinn in die Hände. Was war aus Nells Sohn geworden? Wohin hatte Nell ihn gebracht? Jedenfalls nicht zu ihrer Cousine Molly, denn das hätte Violet sicher gewusst. Vielleicht hatte sie sogar noch Kontakt zu ihm. War er in ein Waisenhaus gekommen? Hatte ihn ein fremdes Paar adoptiert? Oder war er bei Dr. Barnardo aufgewachsen? Vielleicht wohnte er ja unten im Dorf – oder tausend Meilen entfernt. Vielleicht hatte er sechs erwachsene Kinder. Vielleicht war er tot.

Sie kam nicht zur Ruhe. Also stand sie auf und tastete sich im Halbdunkel in die Küche. Sie wollte Wasser für eine Tasse Kaffee heiß machen.

In der Küche war es heller als im Wohnzimmer. Die Wetterfront war weitergezogen, im Westen rissen die Wolken auf. Über den Bäumen erschien ein Streifen blauer Himmel, mit rosaroten Sprenkeln, da die Sonne gerade hinter dem Horizont verschwand. Ellis spülte ihr Geschirr, suchte in der Schublade nach einem Handtuch und trocknete ab, den Blick gedankenverloren auf die schattige Lichtung gerichtet. Von da, wo sie jetzt stand, konnte sie das Klohäuschen sehen, dahinter ragten silhouettenhaft die Bäume auf. «Joe!», rief sie. «Joe, wo bist du?» Sie lehnte sich an den Spülstein und beobachtete, wie der blaue Streifen immer breiter wurde. «Joe! Hörst du mich?»

Als sie den letzten Teelöffel weggeräumt und das Handtuch an den Haken hinten an der Tür gehängt hatte, war der Himmel dunkel geworden, die ersten Sterne blinkten. Sie konnte ihre Uhr nicht mehr lesen. Eigentlich hatte sie gar keine Lust mehr auf Kaffee. Sie ging ins Wohnzimmer und versuchte unterwegs noch einmal ihr Glück mit dem Lichtschalter, aber ohne Erfolg. Sie beschloss, sich eine Weile in ihren Sessel zu setzen und nachzudenken. Es war jetzt kuschelig warm, und ins Bett konnte sie sowieso noch nicht gehen, sie war viel zu unruhig.

Das Feuer brannte langsam herunter. Sie holte noch ein paar Kohlen aus dem Sack. Sie brauchte unbedingt eine richtige Kohlenschaufel, einen richtigen Kessel für den Herd, falls wieder einmal der Strom ausfiel. Wie dumm von ihr – Kerzen zu kaufen und sie dann zu vergessen!

Auf das Klappern des Türriegels war sie nicht gefasst gewesen. Als sie sich umdrehte, stand Joe im Türrahmen.

Eine Sekunde lang dachte sie, er hätte sie rufen gehört. Völlig verrückt! Sie schaute ihn an. Ihr Herz klopfte viel zu schnell, ihr Atem ging stockend. Joe hielt eine Schachtel Kerzen in der Hand und eine Einkaufstüte vom Kräutergarten.

«Die hast du an der Kasse liegen lassen», sagte er und hielt ihr die Kerzen hin. «Bill meinte, du brauchst sie vielleicht.»

«Oh.» Ellis schluckte. «Vielen Dank.»

Langsam trat er näher. Er musste aufpassen wegen der Bücherstapel. Ellis konnte den Blick nicht von ihm nehmen.

«Du hast Überstunden gemacht.» Sie redete viel zu laut, viel zu hektisch.

«Ja, klar. Wir haben immer noch nicht entschieden, wie wir die Mitte des Irrgartens gestalten wollen. Deshalb haben wir erst nach acht aufgehört.» Er wollte Licht machen. «Komisch – sonst ist nirgendwo der Strom ausgefallen, glaube ich. Hast du die Sicherungen überprüft?»

«Ja», antwortete Ellis. «Die sind alle okay.»

«Hm. Hast du ein paar Kerzenständer?»

«Ja, aber ich weiß nicht genau, wo ich sie hingeräumt habe ...»

Er zuckte mit den Achseln. Ellis sah genau, wie sich seine Schultern hoben und senkten, dunkle Schatten vor einer dunklen Wand. «Vielleicht kannst du mir ja zwei Teller geben.»

«Ja, klar. Ich seh mal nach, was ich auftreiben kann.» Sie ging in die Küche, hielt sich am Spülstein fest und starrte hinaus in die Dunkelheit. Sie konnte den Großen Wagen erkennen. Die Schatten unter den Bäumen waren tiefschwarz und scharf umrissen – der Mond war also auch schon aufgegangen.

Ich habe ihn gerufen, dachte sie. So ganz konnte sie es noch immer nicht fassen. Ich habe ihn gerufen, und er ist gekommen. Was jetzt?

Sie holte zwei Untertassen aus dem Schrank, hätte sie aber beinahe fallen lassen, weil ihre Hände so zitterten.

«Danke.»

Verlegen reichte sie Joe die Tellerchen, dann trat sie ein Stück zurück und schlang die Arme um sich.

«Streichhölzer?»

«Liegen auf dem Tisch.»

Sie stand mit dem Rücken zum Feuer, spürte die Hitze an den Beinen, roch die Asche, die in den Aschekasten rieselte.

Joe tastete nach den Streichhölzern. Dabei stieß er gegen einen Stapel Papiere, erwischte ihn aber noch rechtzeitig und legte ihn auf den Boden. Er fand die Streichhölzer, schüttelte die Schachtel, räumte den Tisch um die Untertassen herum großräumig frei, schob einen Stapel Bücher und Nells Tagebuch zur Seite. Dann nahm er eine Kerze und zündete ein Streichholz an.

Die Flamme loderte auf. Er hielt sie an den Docht. Sein Gesicht wirkte in dem gelben Licht scharf und kantig, die konzentrierte Falte zwischen den Augenbrauen sah aus wie eine tiefe schwarze Furche. Er hielt die Kerze schräg, sodass sie auf die Untertasse tropfte, drückte sie dann in das weiche Wachs und hielt sie fest, bis sie nicht mehr umkippen konnte.

«So», sagte er zufrieden, nachdem er auch die zweite Kerze aufgestellt hatte, und trat einen Schritt zurück. «Das tut's, bis der Strom wiederkommt.»

«Danke», murmelte Ellis. Dann schwiegen beide. «Ich habe dein Auto gar nicht gehört», sagte sie schließlich, weil sie es nicht mehr ertragen konnte und weil sie ihn noch ein bisschen festhalten wollte.

«Ich bin gar nicht mit dem Auto hier.»

Sie konnte sein Gesicht nicht sehen, denn er wandte ihr den Rücken zu und starrte in die Kerzen.

«Wie dann?»

«Zu Fuß. Nach einem Gewitter riecht alles so gut.»

Es war ein ziemlich langer Weg vom Kräutergarten zum Cottage und in der Dunkelheit nicht ungefährlich. «Hattest du eine Taschenlampe dabei? Die Autos auf der Landstraße rasen immer so –»

«Ich bin nicht die Straße entlanggegangen», entgegnete er. «Es gibt einen Weg durch den Wald.»

«Wo?» Ellis war verdutzt. «Ich habe ihn neulich gesucht, aber nicht gefunden.»

«Es ist ein Dachsweg. Viele Fußwege entstehen so. Die Dachse kommen gern möglichst direkt von A nach B.» Er vergrub die Hände in den Hosentaschen und trat von einem Fuß auf den andern. «Ich glaube, ich sollte jetzt lieber gehen.»

«Ja, gut», sagte Ellis. «Vielen Dank nochmal.»

Er ging zur Haustür, legte die Hand auf den Riegel.

«Geh nicht!», stieß sie plötzlich hervor.

Er drehte sich nicht um. «Ich hab's dir gesagt», murmelte er. «Ich habe dir gesagt, dass ich –»

«Ich weiß.» Zögernd ging Ellis einen Schritt auf ihn zu. Noch einen. Wie gern hätte sie ihn berührt, die Arme um ihn geschlungen, damit er nicht weggehen konnte … «Aber du hast den langen Weg gemacht, um mir die Kerzen zu bringen –»

«Bill hat mich darum gebeten. Weil er selbst fürs Abendessen zu spät dran war.» Die Tür knarzte, die Kerzen flackerten im Luftzug. «Tschüs.»

«Arbeitest du weiter für meinen Vater?»

Ein Schulterzucken. «Keine Ahnung. Ich bin nur eingesprungen, um beim Lavendelgarten zu helfen. Er findet jederzeit einen Ersatz für mich.»

«Das stimmt nicht.»

«O doch.» Einen Moment lang schien die lakonische Fassade zu bröckeln. «Einen ganz ordinären Gärtner findet man immer.»

Er benutzte dieselbe Formulierung wie sie selbst vor ein paar Stunden. «Warum hast du alles aufgegeben?», fragte sie.

«Was?»

«Deinen Studienplatz. Die Uni. Warum hast du das alles aufgegeben?»

Sein Gesicht war undurchdringlich. Ich kenne dich gar nicht!, dachte Ellis plötzlich voller Panik. Ich liebe dich – aber ich kenne dich nicht.

Er ließ den Riegel los und sah sie an. «Was war der wichtigste Geruch in deiner Kindheit?», fragte er unvermittelt. «Was riechst du, wenn du an früher denkst?»

«Keine Ahnung», stammelte Ellis. Ihre Knie wurden weich.

Sie setzte sich auf einen Stuhl und starrte ihn an. Er kam wieder ins Wohnzimmer und nahm ihr gegenüber Platz. Das flackernde Kerzenlicht veränderte die Konturen seines Gesichts und ließ seine kurzen Haare ganz stachelig aussehen. Wieder spürte Ellis dieses fast quälende Verlangen, ihn zu berühren. Wenn sie ihm wenigstens kurz durch die Haare fahren könnte, um zu wissen, wie sie sich jetzt anfühlten!

«Sag schon!» Er wurde ungeduldig.

«Ich weiß es nicht. Darüber habe ich noch nie nachgedacht.» Sie legte die Stirn in Falten. Dann fiel ihr plötzlich ihr Zimmer im Dower House ein, wenn sie für Klassenarbeiten lernte. «Möbelpolitur», sagte sie. «Es roch nach Möbelpolitur und Essig.»

Laura hatte ihr Zimmer jeden Tag aufgeräumt, die Bücher ins Regal gestellt, die sich aufgeschlagen und in organisiertem Chaos auf ihrem Schreibtisch stapelten – und Ellis hatte dann nicht mehr gewusst, auf welcher Seite sie war. Aber Laura musste unbedingt Staub wischen, und die Bücher waren ihr im Weg. Die Fenster putzte sie mit Essigwasser. Und manchmal roch es im Badezimmer so penetrant nach Bleichmittel, dass einem die Tränen kamen. «Und nach Bleichmittel. Möbelpolitur, Essig, Bleichmittel und Desinfektionsmittel.»

«Meine Kindheit roch nach Geranien», sagte Joe. Er nahm den Filzstift, der auf dem Tisch lag, zog die Kappe ab, steckte sie wieder auf, drehte den Stift zwischen den Fingern. «Nach Geranien und Paraffin. Es ist ein ziemlich … penetranter Geruch. Geranien kriegt man so schnell nicht los.»

Ellis nickte. Sie wusste, was er meinte – William hatte ihr einmal eine Geranie zum Geburtstag geschenkt. Das war einer seiner Versuche gewesen, ihr Interesse an Pflanzen zu wecken. Sie hatte den Topf auf den Fenstersims gestellt und zu gießen vergessen. Die Pflanze war eingegangen.

«Mein Vater war Pflasterleger», sagte Joe. «Mit fünfzehn hat er ganz unten angefangen, als Mörtelträger. Aber er war fix, er hat sich gut geschlagen – als er starb, hatte er sein eigenes Unternehmen. Meine Brüder haben es übernommen.» Er drehte den Stift nachdenklich hin und her. «Aber es war immer ein Kampf. Als er sich selbständig gemacht hat, gab's ständig finanzielle Engpässe – immerhin musste er eine Frau und fünf Kinder unter fünfzehn versorgen.» Der Stift wirbelte zwischen seinen Fingern. «Als er den ersten großen Auftrag bekommen hat, hat er sofort ein Haus gekauft. In einem Dorf außerhalb von Middlesbrough, drei Schlafzimmer und eine Abstellkammer. Das Bad im Untergeschoss.» Jetzt nahm er sich ein Stück Papier und begann zu kritzeln. Ellis schaute ihm fasziniert zu. «Wir mussten uns regelrecht stapeln – fünf Kinder, zwei Erwachsene, alle auf engstem Raum zusammengepfercht. In einer großen Familie ist immer Krach, man kann sich nirgends zurückziehen, man ist nie ungestört. Hinten am Haus war ein kleiner Anbau, eine Mischung aus Werkstatt und Wintergarten.» Je länger er redete, desto stärker wurde sein Akzent. «Dad hatte den Schuppen gebaut, damit er 'nen Raum für sich hat, weg von dem ganzen Tohuwabohu. Es war nichts Besonderes, im Grunde nur ein paar Bretter und ein Fenster, mehr konnte er sich gar nicht leisten, und das Dach war aus gewelltem Plastik, bei Regen hat man gedacht, es hagelt Kieselsteine. Jahrelang hat er nicht viel damit gemacht, eigentlich nur seine Arbeitsstiefel dort abgestellt und aus ein paar Brettern einen Werktisch gezimmert, damit er unsere Fahrräder reparieren kann und so. Aber dann hat ihm unsere Katie zum Geburtstag eine rote Geranie geschenkt – wir hatten immer wenig Geld, mehr war nicht drin. Und für die Geranie war nirgends im Haus Platz, außer in Dads Schuppen.»

Er blickte auf und lächelte, aber Ellis machte sich keine Illusionen – dieses Lächeln galt nicht ihr. «Nachdem er mal angefangen hatte, gab's kein Halten mehr. Er war das absolute Stadtkind, seine Kindheit hat er in einem Hochhaus verbracht, ohne Balkon. Da, wo er herkam, meinten die Leute, Blumen sind nur für Weicheier. Lauch vielleicht, im Schrebergarten, aber Blumen sind nichts für richtige Männer.» Die Kerze tropfte, Joe blickte wieder kurz hoch, dann kritzelte er weiter. Im Grunde redete er mit sich selbst. «Ich habe oft stundenlang dagesessen und ihm zugeschaut. Mir hat er das erlaubt, weil ich ein stilles Kind war, ich habe nicht so viel gequasselt wie die andern. Er saß auf einem Hocker und hat Stecklinge geschnitten, eingetopft, Samen ausgesät. Seine ganze Freizeit hat er damit verbracht, Sommer wie Winter. Er hat Mam zum Wahnsinn getrieben. Als er starb, waren sie zehn Jahre lang nicht in Urlaub gefahren – er wollte nicht weg, weil er seine blöden Geranien nicht allein lassen konnte.»

«Genau wie mein Vater.»

«Stimmt.» Joe nickte. «Genau wie dein Vater. Also, diese erste Pflanze breitete sich immer mehr aus. Er baute Regale ein, bis man kaum mehr gehen konnte, und überall blühten Geranien – rote, weiße, rosarote, violette, orangefarbene, einfache, gefüllte. Der Duft war berauschend. Ich kann mich genau erinnern, wie er Stecklinge schnitt. Mein Dad hatte ziemliche Pranken, aber bei dieser Arbeit war er so geschickt, es sah aus, als würde er ein kompliziertes Muster sticken. Im Winter hatte er vierundzwanzig Stunden am Tag ein Paraffinöfchen brennen, damit die lieben Pflanzen nur ja keinen Frost abbekamen. Wenn man die Tür aufmachte, schlugen einem die Düfte entgegen – Geranien, Paraffin, Kompost, Feuchtigkeit. Wenn mein Vater bei der Arbeit war, bin ich manchmal in den Schuppen gegangen, habe mich auf seinen Hocker gesetzt und ein Blatt zwischen den Fingern zerrieben.» Wieder lächelte er einem unsichtbaren Bild zu, das in seiner Erinnerung auftauchte. «Während die anderen Kinder in unserer Straße Klebstoff geschnüffelt haben, habe ich mich an Geranien berauscht.»

Das Feuer begann zu knistern und zu zischen. Joe stand auf, um nachzulegen. Er tat das mit einer Selbstverständlichkeit, von der Ellis nur träumen konnte. «Meine Brüder und Schwestern sind alle verheiratet», fuhr er fort, während er herumhantierte. «Ich bin der Jüngste. Meine Brüder führen den Familienbetrieb, eine meiner Schwestern ist Friseuse, sie fährt mit einem kleinen Bus durch die Gegend und onduliert alten Damen die Haare, die andere hat einen Teilzeitjob bei Marks and Spencer. Insgesamt haben sie neun Kinder. Das zehnte ist unterwegs.» Er kniete sich hin, legte den Schürhaken auf die Kaminplatte und hielt die Hände in die Wärme. «Ich war immer der Gescheite, der es weit bringen würde. Meine Mutter war irre stolz, als ich das Stipendium bekommen habe. Sie hat große Hoffnungen in mich gesetzt und sich immer alles Mögliche ausgedacht. Ich habe brav gemacht, was von mir erwartet wurde, ich wollte, dass sie stolz auf mich ist ... Schon bei dem Wort ‹Universität› strahlte sie nur so vor Glück! ‹Mein Sohn geht später mal auf die Universität›, hat sie immer zu ihren Freundinnen gesagt, als ich noch klein war. ‹Mein Sohn wird Anwalt oder Arzt oder Architekt.› Er wischte sich die Hände an seiner Jeans ab. Der Kohlenstaub hinterließ einen schwarzen Streifen. ‹Mein Sohn ist ein superschlauer Kopf.›»

«Joe –», begann Ellis, aber er ließ sie nicht zu Wort kommen.

«Ich will aber nicht superschlau sein! Zuerst schon – man merkt ja erst, was man will oder nicht will, wenn man es ausprobiert. Dad hat mich als Kind oft aufgezogen und gesagt, ich würde spinnen. Ich habe dauernd Gedichte zitiert und die

Nase in irgendwelche Bücher gesteckt. Dafür musste ich in der Schule einiges aushalten, bis ich groß genug war, um die andern zu verdreschen. Ich habe mir die Universität anders vorgestellt, aber dann habe ich schnell kapiert, dass es da zugeht wie in der Schule, nur dass man Bier trinken darf und leichter an Mädchen rankommt.» Er richtete sich auf und starrte ins Feuer. «Aber auf dem Gebiet kannte ich mich ja längst aus, als ich an die Uni gekommen bin. Ich habe nur weiterstudiert, weil du da warst. Einen anderen Grund gab es nicht.»

Ellis war glücklich, dass er endlich von ihr redete – aber es ging anders weiter. «Mam begreift einfach nicht, dass ich nicht so leben will, wie sie es sich vorstellt. Es gibt Tausende von jungen Leuten da draußen, die meinen Platz mit Handkuss nehmen würden!» Mit einer Handbewegung deutete er auf das nachtdunkle Fenster. Dann schaute er sie an. Er wirkte so ernst, so jung. «Aber jetzt ... jetzt weiß ich, was ich will. Bill erinnert mich an mich selbst – so wie ich als Kind war, wenn ich meinem Vater zugeschaut habe, wie er Geranien vermehrt.» Er setzte sich wieder an den Tisch und sah ihr in die Augen. Für einen kurzen Moment war er ihr ganz nah. «Ich beneide dich», sagte er. «Ich habe gesehen, wie du deine Vorlesungen vorbereitest, ich habe gesehen, was für ein Gesicht du dabei machst. Dein Dad sieht genauso aus, wenn er sich um seine Pflanzen kümmert, absolute Konzentration, absolute Hingabe. Ich kenne das auch. Neulich bin ich abends im Kräutergarten herumgelaufen, und die ganzen Gerüche, die Farben, die Formen – da hätte ich am liebsten –» Plötzlich schlug er mit der Faust auf den Tisch. Die Kerzen flackerten. Er wurde rot, blinzelte, verschränkte die Arme vor der Brust, als müsste er versuchen, sich zu beherrschen. «Ich glaube, ich sollte jetzt wirklich gehen.»

Er hatte sich wieder in sein Schneckenhaus zurückgezogen.

Ellis sah es ihm an, sie spürte es an der Atmosphäre im Raum. Sie fröstelte, trotz des Feuers. Sie hatte ihn verloren – er war wieder weit weg, irgendwo, wo sie ihn nicht erreichen konnte. Er wollte ihr nicht zuhören. Zu lange hatte er von ihr immer nur eine Botschaft bekommen, die er nicht verstehen wollte. Aber jetzt war es die einzige Botschaft, die er verstand.

Wie gern hätte sie gesagt: «Ich habe mich geirrt», aber der Satz kam ihr nicht über die Lippen. «Du bist unglaublich britisch», hatte Joe sie am Anfang geneckt, als sie stotternd versucht hatte, ihm ihre Gefühle zu gestehen. «Typisch britisch, typisch Mittelschicht – verklemmt, verschüchtert. Sprich mir einfach mal nach: Ich – liebe – dich. Siehst du? War doch ganz einfach, oder?» Jetzt müsste sie es ihm wieder sagen, aber ihre Zunge klebte am Gaumen.

Er nahm die Plastiktüte vom Kräutergarten, die noch immer auf dem Boden stand, und legte sie auf den Tisch. «Fast hätte ich's vergessen», sagte er. «Das soll ich dir von Bill geben. Er sagt, er hat es aus dem Feuer gerettet und ob du es haben möchtest?» Er schaute auf die Uhr, stand auf. Der Stuhl schrappte laut über die Steinfliesen. «Ich muss los. Meine Vermieterin dreht durch, wenn ich zu spät nach Hause komme.»

«Was hast du vor?», fragte Ellis.

«Ich habe mich für ein paar Abendkurse eingeschrieben, um Gartenbau zu studieren.» Er ging hinaus in den dunklen Flur.

Gleich würde er gehen – endgültig. Verzweifelt rief Ellis: «Joe?!»

Mit gerunzelter Stirn erschien er im Türrahmen. «Was ist?»

«Du hast mich gehört», sagte sie, um ihn zu provozieren. «Ich habe dich gerufen, und du hast mich gehört.»

«Natürlich habe ich dich gehört.» Er weigerte sich, auf das einzusteigen, was sie wirklich sagen wollte. «Ich bin ja nicht taub.»

«Joe …», wiederholte sie flehentlich.

«Ja?» Er lehnte sich an den Türpfosten.

Ellis schluckte. «Pass gut auf dich auf.»

«Ja klar. Man sieht sich.» Er wandte sich zum Gehen, drehte sich dann aber noch einmal um. «Du hast es mir nicht gesagt. Das kann ich einfach nicht begreifen.» Dann hörte sie, wie die Tür ins Schloss fiel.

Sie blieb wie angewurzelt auf ihrem Stuhl sitzen. Wenn sie auch nur ein Gramm Mut hätte, würde sie jetzt hinter ihm herlaufen und ihn anflehen, bei ihr zu bleiben! Sie zog die Plastiktüte näher zu sich und schaute hinein.

Es war ein Modellflugzeug aus leichtem Holz, mit Stoffflügeln und komplizierten Verstrebungen, wie von einem geschickten Schuljungen gebastelt. Als sie es mit den Fingerspitzen berührte, fühlte sie, wie es vibrierte.

Das war das Flugzeug, das Nell gesehen hatte, als sie das erste Mal ins Malletts Cottage kam. Das war das Flugzeug, das sie im Herbst 1941 ins Schlafzimmer gebracht hatte, um Platz für ihre Pflanzen zu machen. Ellis nahm Nells Tagebuch und strich mit der Hand über den zerfledderten Deckel. Sie hätte schwören können, dass auch das Buch vibrierte. «Was jetzt?», fragte sie leise. «Was soll ich jetzt tun, Nell?»

Sie schaute auf die Uhr. Es war nach zehn. Wie lange saß sie schon so? Die Kerzen und das Feuer waren fast heruntergebrannt. Sie nahm das kleine Flugzeug und trug es behutsam zum Fenster, teilte die Vorhänge und stellte es neben die Tiffany-Lampe auf den Sims, wo es sich langsam nach links neigte.

«Vielleicht sollte ich darüber schlafen?», überlegte sie, und wie auf ein Zeichen gingen beide Kerzen aus. Bestimmt zieht es irgendwo, dachte Ellis verwirrt, Joe hat wahrscheinlich die Haustür nicht richtig zugemacht.

Als sie sich vorbeugte, um die glühenden Dochte mit Daumen und Zeigefinger auszudrücken, ging plötzlich die Tiffany-Lampe an. Ellis blinzelte kurz, dann nickte sie. Nell hatte für sie entschieden. Sie dämmte das Feuer ein, stellte Wasser auf, um sich einen Kaffee zu machen. Dann nahm sie Nells Tagebuch und setzte sich in den Sessel. Sie schlug es auf, überflog ein paar Stellen noch einmal. Es war, als würde sie die Tür zu einem lange verschlossenen geheimen Zimmer öffnen.

Sie fand die Stelle, an der sie aufgehört hatte, und las das Telegramm noch einmal: ... BEDAUERN IHNEN MITTEILEN ZU MÜSSEN DASS IHR EHEMANN GESCHWADERFÜHRER OFFIZIER LAURENCE PALMER ...

Dann blätterte sie weiter und begann zu lesen.

Kapitel 33

Der Brief, der auf das Telegramm folgte, sprach von *tiefem Mitgefühl mit Ihrem Kummer* und drückte die vage Hoffnung aus, Laurence könnte noch am Leben sein. Marion klammerte sich an diesen Strohhalm – vielleicht ist er in Gefangenschaft gekommen, sagte sie zu Nell. Oder in Frankreich untergetaucht. Vielleicht ist er verwundet und irgendwo an einen Strand gespült worden und hat das Gedächtnis verloren! Nell sagte nichts, weil sie ihr die Illusion nicht nehmen wollte, aber sie wusste, dass jeder Optimismus unbegründet war. Ihre eigene Trauer schlug in Wut um, in unbändige, hilflose Wut – wie konnte Laurence ihr das antun, nach allem, was er ihr versprochen hatte!

Vier Tage nach dem Brief kam noch ein Telegramm, dann

wieder ein Brief; Augenzeugen hatten Laurence' brennendes Flugzeug über der Nordsee abstürzen sehen.

Das Luftfahrtministerium bittet mich, Ihnen mein tiefstes Beileid auszusprechen, stand da. Marion brachte Nell diesen Brief, so wie sie ihr alle anderen gebracht hatte, nahm ihn aber gleich wieder mit, damit Violet nichts merkte. «Obwohl das ziemlich unwahrscheinlich ist. Im Moment ist sie völlig weggetreten.»

In den letzten Tagen hatte Marion ihre ganze Munterkeit, ihren ganzen Kampfgeist verloren. Sie hatte Nells Taschentuch im hohen Gras am Rand der Lichtung gefunden. Es war Laurence aus der Tasche gefallen, als er im Nebel den Wagen ankurbelte. Sie brachte es ins Cottage, aber Nell wäre es lieber gewesen, sie hätte es nicht getan, denn als sie das Tuch in der Hand hielt, wusste sie genau, wie Laurence gestorben war, und die Wut, die ein bisschen nachgelassen hatte, loderte wieder auf und drohte sie zu ersticken.

Er hatte nicht gleich gemerkt, dass er seinen Glücksbringer verloren hatte. Als er sich bei seinem Geschwader zurückmeldete, hatte er seine Taschen überprüft – aber da war es zu spät, er musste ohne sein Maskottchen starten. Er hatte gewusst, dass er keinen Schutz mehr hatte und dass er alles verlieren konnte. Seine Angst, seine Todesangst war es gewesen, die Nell in den dunklen Morgenstunden aufgeschreckt hatte. Er war verbrannt, wie der neunzehnjährige Soldat, von dem er ihr erzählt hatte. Bei lebendigem Leibe war er verbrannt, schreiend wie ein in die Enge getriebener Fuchs.

Es hatte nicht lange gedauert, nur ein paar Sekunden, während die brennende Maschine in einer nicht enden wollenden Abwärtsspirale ins Meer trudelte, und als er auf dem Wasser aufschlug, musste der Tod ihm wie eine Erlösung vorgekommen sein. Nell starrte auf das bestickte Taschentuch, ordentlich gefaltet und noch feucht vom Tau, und sie hörte das Zischen, als die Flammen erloschen, sie fühlte den ätzenden Schmerz, als das Salzwasser seine verbrannte Haut berührte. Verzweifelt schloss sie die Augen, doch da roch sie das verkohlte Fleisch im Cockpit seiner brennenden Spitfire. Während dieser letzten Sekunden hatte er sich nicht mehr gewehrt, er hatte den Kampf aufgegeben, unaufhaltsam wurde er in die Eiseskälte und die abgrundtiefe Dunkelheit des Meeres gesogen …

Marion wollte sie aufmuntern und brachte ihr ein kleines Stück Rindfleisch, aber Nell musste es wegwerfen, weil sie den Geruch nicht ertragen konnte.

Wie konntest du mir das antun? schrieb sie empört in ihr Tagebuch. *Wie konntest du mich allein lassen?*

Es waren nur noch wenige Tage bis zur Geburt ihres Sohnes. Der Gedanke daran hätte sie eigentlich trösten sollen, aber das, worauf sie sich vor ein paar Tagen noch gemeinsam mit Laurence gefreut hatte, schien nur noch eine unerträgliche Last, die sie möglichst schnell loswerden wollte.

Marion kam jeden Tag vorbei, um nach ihr zu sehen, pflichtbewusst wie immer. «Für den Fall des Falles», sagte sie. Bei jedem Besuch brachte sie etwas mit: Talkpuder, Zinkcreme, Seife, Kolik-Arznei, einen Stapel alte Windeln, Lebertran und einen Sack mit Babysachen, die sie auf Old Hall auf einem Speicher gefunden hatte. Sie brachte zusätzliche Handtücher, sogar ein Korbbettchen. Sie kam immer nach Einbruch der Dunkelheit und schmuggelte die Sachen ins Haus. Aber man merkte ihr an, wie sehr sie unter dem Tod ihres Sohnes litt – und dass sie sich Sorgen um Violet machte. Dr. Hills sei auch beunruhigt, weil Violets Knöchel so geschwollen seien, erzählte sie, außerdem leide sie an Kopfschmerzen, die von Tag zu Tag schlimmer würden. Seit der Nachricht von Laurence'

Tod war ihre Lethargie einer fast hysterischen Verzweiflung gewichen. Es breche ihr das Herz, dieses Elend mit ansehen zu müssen, sagte Marion und musterte Nell aufmerksam, ob möglicherweise auch bei ihr Anzeichen eines Zusammenbruchs zu beobachten waren.

Dass Nell keine Trauer zeigte, zumindest nicht in ihrer Gegenwart, schien Marion zu irritieren, aber das kümmerte Nell nicht weiter. Ihre Wut ließ keinen Raum für andere Gefühle. Die Zukunft interessierte sie nicht mehr, so wenig wie das Kind oder was sie nach seiner Geburt tun würde. Sie spürte nichts, nur kalte, zerstörerische Wut. Warum war Laurence nur so leichtsinnig gewesen? Warum hatte er sich so dumm verhalten?

Marion erkundigte sich nicht nach ihren Plänen. Sie sah schrecklich aus, alt, verhärmt, grimmig, und sie versuchte gar nicht, ihre Bitterkeit zu verstecken. Gerald sei noch immer in London, sagte sie, sie habe ihn noch gar nicht gesehen seit Laurence' Tod, nur am Telefon mit ihm gesprochen. Manchmal war sie schon betrunken, wenn sie kam, sie lallte fast und bewegte sich so unsicher, dass sie gegen die Möbel stieß. Sie gab sich selbst die Schuld an Laurence' Tod – wenn sie nicht mit ihm gestritten hätte, wenn sie nicht so hartnäckig darauf bestanden hätte, ihren Willen durchzusetzen, wäre es nicht passiert. Sie müsse sich immer in alles einmischen, und dafür werde sie jetzt bestraft. Dann wieder machte sie Nell Vorwürfe – wenn sie ihn nicht von Violet weggelockt hätte, wenn er bei seinem letzten Fronturlaub nicht nach Hause gekommen wäre, «wenn er euch verdammte Carter-Mädels nie kennen gelernt hätte …» Manchmal klagte sie auch Laurence an, aber Nell hörte ihr gar nicht richtig zu. Violets Probleme und Marions Selbstanklage gingen sie nichts an. Jeder Mensch hat das Recht, seinen eigenen Weg in den Untergang zu wählen, dachte sie, während sie mit trockenen Augen und kaltem Herzen Marion nachschaute, die sich, diesmal besonders betrunken, auf den Heimweg machte. Weshalb sollte sie Marions Verhalten kritisieren?

Laurence' Testament war knapp und klar. Er hatte es schon vor Monaten aufgesetzt – im Frühling, als die Schlüsselblumen blühten. Alle seine weltlichen Besitztümer – das Cottage, die Einrichtung und eine kleine Geldsumme – vermachte er Nell. Marion war sprachlos vor Entsetzen, als sie eine Woche nach seinem Tod Nell die Nachricht überbrachte.

Es war schon spät, und Nell wollte gerade ins Bett gehen. Zögernd öffnete sie die Tür. «Violet weiß es noch nicht», verkündete Marion, die sich wie immer ans Feuer setzte und in großen Schlucken ihren Whisky trank. «Ich habe ihr das Testament noch nicht gezeigt, und ich werde es ihr auch nicht zeigen. Sie braucht nur zu wissen, dass ihr Kind» – sie fixierte Nell mit vom Alkohol geröteten Augen –, «dass ihr Kind das Gut erben wird. Das hier könnte sie endgültig aus dem Lot bringen», sagte sie zum Abschluss und hielt Nell das Testament vorwurfsvoll unter die Nase. Nell nickte zustimmend. Nachdem Marion gegangen war, blieb sie noch lange sitzen, starrte ins Feuer und fragte sich, warum das alles wichtig sein sollte, wenn Laurence sowieso nicht mehr nach Hause kam.

Du bist die Starke, sagte sie sich. Du bist diejenige, die alles hinter sich lassen wollte, um noch einmal ganz von vorn anzufangen, erinnerst du dich? Sie stocherte im Feuer, sodass die Funken sprühten. Aber das war vorher gewesen. Bevor das Bild des Glücks gemalt wurde, bevor die Versprechen ausgetauscht wurden, bevor wir zusammen waren. Sie ließ den Schürhaken fallen und stand auf. Sie wollte ins Bett gehen, alles vergessen, schlafen. Sie löschte die Öllampe, tastete sich an der Wand entlang, um die Verdunkelung abzunehmen. Am Fenster blieb sie einen Moment stehen und lauschte. Es regnete, die Tropfen trommelten aufs Dach. Schwer stützte sie sich auf den Fenstersims.

Sie spürte es nur kurz, ganz schwach, und sobald sie sich darauf konzentrierte, war es verschwunden. Sie spreizte die Finger und rührte sich nicht, sie hielt den Atem an – aber da war nichts, nur der kalte Stein unter ihren Händen. Denk an etwas anderes, sagte sie sich, denk an etwas, was nichts damit zu tun hat, an irgendetwas – was soll ich morgen frühstücken? Gibt es heute Nachtfrost? Sollte ich noch aufs Klo gehen, bevor ich mich schlafen lege?

Wenn der Himmel klar ist und man die Milchstraße sehen kann, hatte ein Onkel zu ihr gesagt, als sie noch klein war, dann ist es klüger, wenn man nicht direkt hinschaut, sondern sich vom Rand her nähert – man kann die einzelnen Sterne deutlicher erkennen, wenn man sie sozusagen überrumpelt. Also begann Nell in Gedanken aufzuzählen, was sich alles in ihrer Speisekammer befand. Plötzlich merkte sie, wie sich die Schwingung unter ihren Fingern verstärkte, und sie wusste, dass sie bleiben musste. Marion war bestimmt nicht damit einverstanden, aber das spielte keine Rolle. Nur eines zählte: dass Laurence noch immer bei ihr war, wenn sie hier blieb.

Als sie die Treppe ins Schlafzimmer hinaufging, spürte sie, wie ihr Kind sich bewegte. Sie blieb in der Schlafzimmertür stehen und legte die Hände auf ihren dicken Bauch. Was soll ich mit dir anstellen? Was, in Gottes Namen, mache ich mit unserem Sohn?

Kapitel 34

Nell war im Garten und jätete die Kräuterbeete, als sie die ersten Vorwehen spürte. Zuerst begriff sie gar nicht, was los war, es waren kurze, krampfartige Stiche, die im Kreuz anfingen und sich nach vorne ausbreiteten. Aber als sie in immer kürzeren Abständen und größerer Intensität wiederkamen, wurde ihr alles klar. Sie hatte keine Angst, aber sie freute sich auch nicht, dass die Schwangerschaft jetzt zu Ende gehen sollte. Die Wut verschwand. Geradezu stoisch akzeptierte Nell ihr Schicksal. Es war fast so, als könnte sie nichts mehr empfinden, weil sie zu intensiv gefühlt hatte. Sie arbeitete weiter – die leichten Wehen, die sich über den ganzen Tag hinzogen, waren absolut erträglich, solange sie nicht auf sie achtete. Erst später, als sie die Verdunkelung aufgehängt hatte und die Lampe anzündete, wurde sie unruhig. Sie schälte Kartoffeln und schnitt Kohl für ihr bescheidenes Abendessen – und wünschte sich sehnlichst, dass Marion käme. Oder sonst irgendjemand! Gegen acht Uhr fing sie an, stoßweise zu atmen, sie ging laut stöhnend auf und ab und fühlte Panik aufsteigen. Was sollte sie tun, wenn keine Hilfe kam? Als Marion klopfte, war ihre Fruchtblase schon geplatzt und sie saß zusammengekrümmt und aschfahl in ihrem Ledersessel, schaukelte erschöpft vor und zurück und wimmerte wie ein Tier.

«Hier unten kannst du das Kind nicht auf die Welt bringen», erklärte Marion. Nell roch den Whisky in ihrem Atem. «Wir müssen dich irgendwie nach oben bringen.»

«Nein!» Nell klammerte sich an die Armlehnen ihres Sessels. «Hier. Ich will hier unten bleiben, vor dem Feuer.»

«Stell dich nicht so an – im Bett hast du's bequemer.»

Nell verzog gequält das Gesicht, weil sie von der nächsten Wehe überrollt wurde. «Ich bewege mich nicht vom Fleck.»

«Doch!»

«Nein!»

Marion schüttelte den Kopf. «Ich habe keine Zeit für deine Launen! Die arme Violet liegt auch in den Wehen, und es geht ihr gar nicht gut. Ich konnte nur weg, weil Dr. Hills bei ihr ist. Ehrlich gesagt, du hättest dir keinen ungünstigeren Zeitpunkt aussuchen können –»

«*Ungünstig?*», ächzte Nell. Jetzt, da Marion bei ihr war, hätte sie sie am liebsten wieder weggeschickt. «Warum gehst du nicht einfach? Warum gehst du nicht zu Violet und lässt mich in Ruhe?»

Marion schnaubte empört. «Sei nicht albern. Dr. Hills hat schon Hunderte von Kindern auf die Welt gebracht. Er kommt schon mit Violet zurecht. Ich lass dich auf keinen Fall allein!»

Sie holte Wolldecken aus dem Schlafzimmer und stopfte Nell ein paar Kissen in den Rücken. Sie brachte Handtücher und einen feuchten Waschlappen, mit dem sie Nell den Schweiß von der Stirn wischte. Nachdem sie noch einen Kessel für heißes Wasser aufgehängt hatte, zog sie den Schaukelstuhl näher heran, setzte sich mit ihrem Whisky neben Nell und wartete.

Drei Stunden saßen sie da, Nell keuchte und stöhnte mit jeder Wehe, während Marion auf sie einredete und mit schöner Regelmäßigkeit ihren Whisky trank. Am Anfang redete sie über nichts Bestimmtes, aber mit steigendem Alkoholkonsum wurde sie immer emotionaler, sprach über ihren Mann, der ihr wie immer nicht zur Seite stand, über seine Geliebte, über Laurence – bald wehmütig, bald anklagend.

«Er sah phantastisch aus», sagte sie über ihren Mann. «Er hätte jede Frau haben können, aber er hat sich für mich entschieden.»

Nell hielt die Luft an, zählte bis zehn und biss sich auf die

Unterlippe, bis die Wehe vorbei war. Inzwischen kamen sie alle zwei Minuten.

«Klar, er wollte mich nur wegen meines Geldes … das hat er nie verheimlicht. Aber ich hätte ihn richtig für mich gewinnen können, wenn sie mir nicht in die Quere gekommen wäre.»

«Sie?»

«Ja, diese hübsche, zarte, nichts sagende Oberschichtnutte …» Noch ein Schluck Whisky. «Und auch jetzt, in diesem Moment, ist er bei ihr. Frauen wie wir» – sie tippte Nell auf die Nasenspitze und beugte sich näher zu ihr –, «hässliche Frauen wie wir können da nicht mithalten. Stimmt's? Wie sollen wir einen Mann halten, wenn solche Frauen …» Sie lehnte sich wieder zurück und starrte ins Leere. «Die einzige Ausnahme bist du, versteht sich …»

Nell biss wieder die Zähne zusammen. Sie konnte Marion nicht zuhören. Warum hatte ihr niemand gesagt, dass es so wehtun würde?

Marion kniff die Augen zusammen, um besser sehen zu können. «Du hättest ihn heiraten sollen. Du hättest ihn heiraten sollen, als es noch möglich war – dadurch hättest du Violet viel Kummer erspart. Warum hast du ihn nicht geheiratet?»

«Ich hab's dir doch gesagt –» Wieder eine Wehe, schlimmer als die vorherige. Nell schloss die Augen, konzentrierte sich auf ihren Atem. «Weil ihn Violets hübsches Gesicht verführt hatte, ehe ich ihn überhaupt kennen gelernt habe.»

«Warum hast du dann nicht die Finger von ihm gelassen?»

«Weil er mich daran gehindert hat. Weil ich nicht anders konnte.»

«Du hättest ihn retten können.»

Seit Laurence' Tod hatten sie dieses Gespräch ein Dutzend Mal geführt. Marion griff zur Flasche, schaute Nell an und musterte ihr schweißnasses Gesicht.

«Wie geht's?»

«Nicht besonders gut», ächzte Nell und schaukelte vor und zurück. «Könntest du mir einen Schluck Whisky geben?»

«Gute Idee.» Marion erhob sich schwankend. «Hätte ich schon vorher drauf kommen sollen.» Sie stolperte zum Eckschrank, kam mit einem großen Glas zurück, füllte es bis zur Hälfte mit Johnnie Walker und reichte es Nell ganz vorsichtig, um nur ja nichts zu verschütten. Dankbar atmete Nell den Geruch ein, dann krümmte sie sich wieder zusammen. Marion nahm ihr das Glas ab und stellte es weg.

«Ich glaube, es ist so weit», sagte sie und rollte die Ärmel hoch.

Kapitel 35

Um drei Uhr war alles vorbei. Völlig benommen hörte Nell Marion reden, während sie die Nabelschnur durchschnitt und das Kind sauber machte, aber sie kam sich vor wie unter Wasser, die Wörter ergaben keinen Sinn. Das wimmernde Bündel, das Marion ihr in die Arme legte, wollte sie nicht annehmen, sie hätte sich sogar gewehrt, wenn sie nicht zu schwach gewesen wäre. Dieses rote, wütende Gesichtchen hatte keinerlei Ähnlichkeit mit Laurence, und Nell empfand keine Muttergefühle, sie freute sich nicht darüber, dass sie Laurence' Kind im Arm hielt.

Ungeschickt wiegte sie das kleine Wesen, das Marion in einen weichen Schal gewickelt hatte, in ihrer linken Armbeuge, während sie mit der rechten Hand die Mauer berührte – die Wand war tot, kalt, leblos. Genau wie Laurence, dachte sie, während sie in die Augen ihres Kindes schaute. Aber die Augen waren weder blau noch braun, sie konnte die Farbe nicht erkennen. «Ich will das nicht», sagte sie und drehte den Kopf zur Seite.

Marion versuchte sie zu besänftigen. «Sei nicht albern. Es geht dir besser, wenn du das Kind das erste Mal gestillt hast. Der Mutterinstinkt setzt sich immer durch, du wirst schon sehen.» In ihrem Trancezustand registrierte Nell, dass Marion fleißig herumwirtschaftete. Neben ihr erschien das Korbbettchen, das Bündel wurde ihr abgenommen, und auf einmal fühlte sich ihr linker Arm ganz leicht an. Marion redete ganz nah an ihrem Ohr, wieder roch sie nach Whisky: «Der Mutterinstinkt kommt, wart's nur ab. Und jetzt schläfst du am besten eine Weile. Ich bin gleich wieder da ...» Nells Augen fielen zu, sie schlief ein.

Beim Aufwachen spürte sie die Sonne auf dem Gesicht und hörte ein Kind schreien. Fragend schaute sie zur Decke. Warum sorgte niemand dafür, dass dieses Gebrüll aufhörte und sie weiterschlafen konnte? Sie lag, in warme Decken gewickelt, auf dem Flickenteppich vor dem Herd. Als sie sich aufstützen wollte, merkte sie, dass ihr der ganze Bauch wehtat.

Das Gesicht des Kindes konnte sie nicht sehen, nur ein winziges strampelndes Füßchen. Marion hatte das Korbbett auf Kopfhöhe neben ihr improvisiertes Lager gestellt. Verzweifelt starrte Nell darauf und wartete, dass sich endlich der viel zitierte Mutterinstinkt melden würde. Vergeblich. Sie ärgerte sich nur, dass das Kind immer weiter schrie.

Wahrscheinlich hat es Hunger, überlegte sie. Neugeborene müssen dauernd gestillt werden, oder? Und ich muss es wickeln. Marion hatte ihr in der vergangenen Woche die wichtigsten Handgriffe beigebracht, hatte ihr immer wieder gezeigt, wie man die Baumwollwindeln falten musste, und sich krankgelacht, weil Nell sich so ungeschickt anstellte. Mühsam richtete sie sich auf. Jeder Muskel schmerzte. Wieder legte sie die Hand auf die Wand. Nichts. Gerade wenn sie ihn am dringendsten brauchte, ließ Laurence sie im Stich. Sie schloss die Augen, sank in die Kissen zurück, versuchte, das immer lauter werdende Brüllen auszublenden. Dann holte sie tief Luft und rieb sich mit beiden Händen über das Gesicht. «So geht das nicht», sagte sie streng. «Steh auf. Steh auf und drück dich nicht länger davor.»

Sie gehorchte, stand auf, beugte sich über das Bettchen. Sie spürte, wie Blut in die Binde rann, die Marion ihr nach der Geburt umgelegt hatte. Sie roch die volle Windel, über die sich das Kind so lautstark beschwerte, nahm sie ihm ab, wickelte es und wechselte ihre eigene Binde. Bald kommt der Mutterinstinkt, sagte sie sich, während sie die Sagrotanlösung, die Marion bereit gestellt hatte, in den Zinkeimer goss, damit sie die schmutzige Windel hineinlegen konnte.

Aber der Mutterinstinkt regte sich nicht. Sie setzte sich in den Schaukelstuhl und starrte hinaus auf die Bäume, deren Laub sich jetzt allmählich verfärbte. Das Kind wimmerte und jaulte an ihrer Brust. Nach einer Weile konnte sie das Hungergeheul nicht mehr ignorieren. Sie presste ihre Brust, bis ein paar Tropfen Flüssigkeit austraten, dann steckte sie die Brustwarze in den roten, aufgerissenen Mund und hoffte, so den Saugreflex des Kindes zu wecken. Es nuckelte und leckte, und Nell konnte ihren Gedanken nachhängen. Ernie hatte versprochen, ihr zu zeigen, wie man Schlehenlikör macht, außerdem musste sie Brombeermarmelade einkochen … Die Brustwarze rutschte weg, das Kind wollte nicht saugen und begann wieder empört zu schreien. Mit zusammengebissenen Zähnen machte Nell noch einen Versuch. Bald, bald werde ich etwas fühlen, tröstete sie sich, um die wachsende Panik zu vertreiben. Du bist Laurence' Kind. Laurence und ich, wir haben dich gemacht.

Also muss ich dich doch lieben, oder? Aber sie empfand nichts, nur ein dumpfes Gefühl der Resignation. Was blieb ihr anderes übrig, als ihren Pflichten nachzukommen, um dieses kleine Wesen am Leben zu erhalten?

Die Stunden vergingen, und sie fühlte sich immer elender. Sie brachte nur ein paar ärmliche Tropfen Milch zustande, und durch das viele Drücken und Quetschen waren ihre Brustwarzen schon ganz wund. Die Wände blieben kalt und tot, ihre Panik wuchs. Da tauchte ein Bild aus ihrer frühesten Kindheit auf: Ma, die Violet die Flasche gab und die Temperatur auf dem Handrücken prüfte. Vielleicht musste sie gleich zu dieser Methode übergehen, da sie offenbar nicht genug Milch hatte. Aber für die Möglichkeit, dass das Kind nicht trinken wollte und die Mutter keine Milch produzierte, hatte Marion nicht vorgesorgt. Sieht so meine Zukunft aus?, dachte Nell, während sie im Wohnzimmer auf und ab ging und das kleine Wesen zu beruhigen versuchte, bin ich bis in alle Ewigkeit mit diesem schreienden Bündel hier eingesperrt? Fast achtundvierzig Stunden dauerte der Albtraum, immer wieder versuchte sie, das Kind dazu zu bringen, an ihrer Brust zu saugen – bis sie endlich den Türriegel und Marions vertraute Schritte hörte.

«Gott sei Dank!», rief sie. «Wo warst du so lange?»

«Frag lieber nicht», antwortete Marion heiser. Sie hatte dunkle Ringe unter den Augen und war richtig grau im Gesicht. «Du musst sofort mitkommen. Violet braucht dich.» Sie fuhr sich beim Sprechen mit der Hand über die Augen und schwankte vor Erschöpfung.

«Was ist passiert?», fragte Nell aufgeregt. «Geht es ihr gut?»

«Ja, natürlich geht es ihr gut», erwiderte Marion schroff. «Du musst das Kind warm einpacken. Draußen ist es kalt. Beeil dich.»

Nell legte das Kind in sein Bettchen, kauerte sich einen Moment nieder und betrachtete das rote, wütende Gesichtchen, die fuchtelnden kleinen Fäuste. «Es tut mir Leid», flüsterte sie. «Ich bin an allem schuld. Aber jetzt geht's dir gleich besser – Marion ist hier.»

Marion übernahm das Kind, während Nell das Feuer eindämmte und die Lampe löschte. Gemeinsam gingen sie zu Marions Morris, der auf der anderen Seite der Lichtung unter den Bäumen geparkt war. Nell spürte, wie der Saum ihrer Hose vom feuchten Gras nass wurde. Das Kind jammerte ununterbrochen. Und als sie unbeholfen auf den Beifahrersitz kletterte, merkte sie erst, dass sie zum ersten Mal seit über sechs Monaten das Malletts Cottage verließ.

Alles tat ihr weh, Arme, Beine, Bauch, Brüste. Sie hatte nur einen Wunsch: schlafen. Oder sterben – selbst der Tod erschien ihr wünschenswerter als dieser Zwischenzustand, diese leblose Leere. Marion konzentrierte sich ganz auf die Strecke. Trotz ihrer beruhigenden Worte war völlig klar, dass irgendetwas nicht stimmte. Was immer es sein mochte – Nell war fest davon überzeugt, dass es ihre Schuld war. Von Anfang an war alles ihre Schuld gewesen.

Sie schaute hinaus auf die vorbeifliegende Landschaft, die ihr nach sechs Monaten Einsiedlertum ganz unbekannt erschien. Der Mond hing tief am Himmel, es war fast Vollmond. Immer wieder huschten dünne Wolkenfetzen vorbei. Es war kalt im Auto, aber wenigstens hatte das Kind aufgehört zu schreien. Das Brummen des Motors und die schüttelnde Bewegung hatten es in den Schlaf gewiegt.

Sie fuhren durch das große Tor, vorbei an den Militärfahrzeugen, die auf dem Rasen parkten. Marion kurbelte das Fenster herunter und begrüßte den Soldaten, der auf der anderen Seite des Viehgitters Wache schob. Im Mondlicht sah Nell die

Zelte, eines neben dem anderen auf der großen Wiese bis hinauf nach Old Hall, lauter kleine schwarze Dreiecke, die sich vom Nachthimmel abhoben. Sie roch den Tabakrauch, der aus der Hütte des Wachpostens drang. Der Kiesweg führte an der imposanten Fassade des Hauses entlang und dann unter einem hohen Bogen hindurch in den Hof hinter dem Haus, wo Marion endlich vor dem bescheidenen Dienstboteneingang parkte. Nell war geblendet von dem elektrischen Licht, als sie mit Marion den breiten Korridor hinunterging, an einer riesigen Küche vorbei, aus der Kohlgeruch wehte, immer weiter, bis sie schließlich zu einem dunklen Treppenhaus gelangten.

Plötzlich hörten sie lautes Gelächter und schwere Schritte. Die Geräusche drangen durch die mit grünem Filz bezogene Tür, die sie gerade passiert hatten. Marion blieb kurz stehen. «Das ist die Offiziersmesse», murmelte sie verächtlich. «Eigentlich der Salon. Ich bin gespannt, in welchem Zustand sich das Gebäude befindet, wenn ich es zurückbekomme.»

Im ersten Stock gingen sie nach links, einen etwas schmaleren Flur entlang. Auf der rechten Seite gingen verschiedene Türen ab, während man links durch die hohen Fenster auf den Hof hinausblickte. Die Verdunkelungsvorhänge waren abgenommen, aber das durch die Scheiben fallende Mondlicht gab gerade genügend Helligkeit. Das Kind schlief noch immer. Es schniefte und schmatzte wie ein kleines Tierchen, sein Gewicht lag schwer in Nells Armen, die Schultern taten ihr weh. Sie merkte, dass das Blut ihre Binde durchweicht hatte und innen am Bein hinunterlief. Sie wollte ihre Last ablegen, ein Bett finden und schlafen. Marion stapfte jedoch unbeirrt weiter und schaute nur ab und zu nach hinten, um sich zu vergewissern, dass Nell ihr folgte.

Im Auto hatten sie kaum ein Wort gewechselt. Es war eine merkwürdig angespannte Situation gewesen, wie bei zwei

Nachbarn, die sich plötzlich in einem völlig ungewohnten Kontext begegnen und feststellen, dass das Einzige, was sie verbindet, die nachbarschaftliche Nähe ist. Als Nell schließlich in die Stille hinein gesagt hatte, das Kind wolle nicht trinken, hatte Marion nur geknurrt und war mit sturem Blick weitergefahren. Sie war so kurz angebunden, so abwesend gewesen, dass Nell sich gefragt hatte, ob sie überhaupt etwas verstanden hatte.

Sie kamen wieder an eine Treppe, diesmal nur aus sechs Stufen bestehend, dann ging es wieder zwei Stufen abwärts, und sie hatten das Zentrum des Gebäudes erreicht. Als Marion das Licht anknipste, schloss Nell die Augen, weil die Helligkeit sie blendete.

«Schaffst du's?», fragte Marion. «Es ist wie in einem Kaninchenbau – aber gleich sind wir da.» Wieder ging es einen Gang entlang, diesmal mit Türen auf beiden Seiten. Er war mit Teppichen ausgelegt, die allerdings schon ziemlich dünn waren. An den Wänden hingen Bilder, die für die Umgebung fast zu grandios wirkten, ernste, schöne Porträts, Landschaftsbilder, Kinder, Haustiere. Hin und wieder glaubte Nell in einem Gesicht eine gewisse Ähnlichkeit mit Laurence zu entdecken, dann verlangsamte sie ihren Schritt, blickte von den bleichen, teilnahmslosen Mienen auf den Gemälden zu dem Kind in ihren Armen und suchte nach einer Verbindung. Vielleicht würde sie ja doch etwas empfinden, wenn sie diese Verbindung herstellen konnte. Aber sie spürte nichts. Dort, wo ihre Gefühle sein mussten, war nur ein weißer Fleck. Wieder geriet sie in Panik, ihr Herz raste. Was sollte sie tun, wenn da sonst nichts war – nur dieses schwarze Loch, diese bodenlose Leere?

Marion war stehen geblieben. Sie schaute sich kurz um und klopfte dann an eine schwere Eichentür. Von drinnen hörte man Schritte, dann wurde die Tür geöffnet. Ein Mann erschien. Nell sah hinter ihm ein Schlafzimmer mit einer hohen Decke, das mit nur einem Waschtisch, einer billigen alten Kommode und einem hohen, schmalen Bett sehr sparsam möbliert war – ein Dienstmädchenzimmer, vermutete sie. Über dem Bett hing ein Marienbild, unter dem Bett stand ein angeschlagener Nachttopf aus Emaille. Die Bodenplanken waren nackt, sodass die Schritte viel lauter als im Flur klangen.

Der Mann, der sie ins Zimmer führte, war noch jung, höchstens fünfunddreißig. Er war sichtlich nervös, sein linkes Auge zuckte dauernd, als würde er einem zuzwinkern. «Lady Palmer – ich habe mir überlegt –»

Mit einer Handbewegung unterbrach Marion ihn mitten im Satz. «Machen Sie es nicht noch komplizierter, als es schon ist. Es ist beschlossene Sache. Eleanor – du kennst doch Dr. Hills?»

Nell nickte gehorsam. Sie hatte ihn ein paar Mal gesehen, vor vielen Monaten – oder waren es Jahre? –, als sie noch in der wirklichen Welt gelebt hatte, vor Laurence, vor Malletts Cottage, vor ... sie schaute hinunter auf das kleine Gesicht ... vor *dem* hier. Sie hatte Dr. Hills im Dorf wenig beachtet, ein großer, hagerer Mann mit einem schwachen, fliehenden Kinn und tiefen Sorgenfalten. Sie begrüßte ihn mit einem Kopfnicken, das er erwiderte, dann wandte sie den Blick ab. Verhielt er sich ihretwegen so seltsam? Wie musste sie auf die Außenwelt wirken? Die Frau, die ihrer Schwester den Mann weggenommen hatte und die nun die Dreistigkeit besaß, ihr uneheliches Kind in das Haus zu bringen, in dem ihre Schwester lebte. Nell merkte, dass ihr die Röte ins Gesicht stieg. Beschämt senkte sie den Kopf.

«Wie geht es Violet?», fragte Marion. «Und haben Sie – ähm –?»

Dr. Hills schluckte, sein Adamsapfel hüpfte auf und ab.

«Ja», sagte er. «Es geht ihr nicht sehr gut. Körperlich wird sie sich bald erholen, aber psychisch …»

«Na gut», unterbrach ihn Marion wieder. «Deswegen sind wir ja hier.»

Auf ihre Anweisung hin nahm Dr. Hills das Kind entgegen, wickelte es aus und untersuchte es, beugte die winzigen Arme und Beine, testete den Greifreflex, schaute ihm in die Augen und in den Mund. Seine Hände zitterten.

«Ein kräftiges, gesundes Kind», verkündete er schließlich. Das Kind begann wieder zu wimmern. «Etwas dehydriert, aber das ist rasch behoben … Wie geht es der Mutter?» Er musterte Nell kurz, und zu ihrer Verwunderung stellte sie fest, dass sein Blick eher mitleidig als verächtlich war.

Er wandte sich ab, zog Marion in eine Ecke des Zimmers und flüsterte ihr etwas ins Ohr. Marion nickte, schüttelte den Kopf, rief «Nein!» und ließ ihn dann einfach stehen.

Das Kind brüllte jetzt wieder jämmerlich. Es hatte Hunger und Durst. Seit der Geburt waren zwei Tage vergangen, und so lange durfte ein Neugeborenes eigentlich nicht ohne Muttermilch sein. Dr. Hills nahm die Sache in die Hand, indem er seine Finger im Waschkrug befeuchtete und das Wasser von seinen Fingerspitzen in das weit aufgerissene Mündchen tropfen ließ. Nell empfand enorme Erleichterung, dass ihr jemand die Verantwortung abgenommen hatte.

«Komm mit», sagte Marion. «Es wird Zeit, dass das Kind gestillt wird.» Sie ging zur Tür. Dr. Hills reichte Nell das Kind, blieb aber selbst zurück. Erst später, als alles vorbei war, begriff Nell, warum. Er wollte nichts damit zu tun haben. Wenn er nichts wusste, konnte man ihn auch für nichts zur Rechenschaft ziehen.

Das Zimmer, in das Marion sie jetzt brachte, war größer als das andere – vielleicht war es das Zimmer einer Haushälterin oder einer Gouvernante. Auf dem Nachttisch brannte eine Lampe mit einem Seidenschirm und Quasten. Sie tauchte den Raum in ein weiches gelbes Licht. Ein Doppelbett, eine kleine Kommode, auf der ein Wasserkrug stand, ein türkischer Teppich. Im Kamin loderte ein Feuer, und um das große Fenster zu bedecken, zog sich ein Verdunkelungsvorhang die ganze Wand entlang. Es war warm im Zimmer, fast zu warm nach dem kalten Flur. Nell überkam wieder der überwältigende Wunsch zu schlafen.

Violet lag in einem Berg aus Federkissen, den Kopf zur Seite geneigt, die Augen geschlossen. Sie sah so zerbrechlich aus, so dünn – als könnte ein Windstoß sie wegpusten, dachte Nell. Sie hatte dunkle Ringe unter den Augen und eingefallene Wangen. Irgendwie erinnerte sie an Ophelia, bleich, ätherisch, ihr Haar auf dem Kissen wie ein goldener Heiligenschein. Nell blieb in der Tür stehen. Wie hatte sie nur so dumm sein können! Wie war sie je auf den Gedanken gekommen, Laurence könnte ihretwegen Violet verlassen? Wie hatte sie es wagen können, sich auszumalen, mit ihm zusammenzuleben und ihn ihrer armen, unschuldigen Schwester wegzunehmen? Reglos stand sie da und brachte vor schlechtem Gewissen und vor Kummer keinen Ton über die Lippen.

Es war das Kind, das Violet mit seinem Hungergewinsel aufweckte. Ihre Lider flatterten, ihr Gesicht hellte sich auf, und einen Moment lang sah sie aus wie das Mädchen, das Nell ihr ganzes Leben lang gekannt hatte: die strahlende junge Frau, die an ihrem einundzwanzigsten Geburtstag ins Zimmer gestürmt kam und verkündete, sie habe gerade den Mann fürs Leben kennen gelernt. Die wunderschöne Braut, die an ihrem Hochzeitstag anmutig und glücklich durch den Ballsaal im großen Hotel wirbelte. Die charmante Ehefrau, die mit ihrem feschen Piloten-Ehemann tanzte und am Silvesterabend in der Dorfhalle von allen Männer unter sechzig hofiert wurde.

Marion trat an Violets Bett und flüsterte ihr etwas ins Ohr. Violet schaute ihre Schwester an, und ihr strahlendes Lächeln verschwand.

Nell fröstelte. Nirgendwo im Zimmer stand eine Wiege. Nichts war zu hören außer dem Geschrei ihres eigenen Kindes …

«Violet – wo ist dein –»

Marion ging an ihr vorbei zur Tür und legte ihr im Vorbeigehen die Hand auf den Arm. Stumm flehte Nell: Bitte, lass mich jetzt nicht allein! Marion hatte den gleichen Gesichtsausdruck wie vorhin Dr. Hills. Mitleid und Verlegenheit … Sie schob Nell zu ihrer Schwester. Dann fiel die Tür ins Schloss.

Nell atmete tief durch. «Hallo, Violet», sagte sie. «Ich bin's …»

Später konnte Nell sich nicht genau erinnern, welche Worte sie gewechselt hatten. Sie trat ans Bett und begegnete zum ersten Mal seit sechs Monaten dem Blick ihrer Schwester. Keinen Augenblick zweifelte sie daran, dass Violet Bescheid wusste, und als Violet die Arme ausstreckte, reichte sie ihr ohne Zögern das Kind. Es kam ihr vor, als spielte sie eine Rolle in einem Theaterstück, als nähme sie an einer genau festgelegten Zeremonie teil, an einer Art Bußgottesdienst. Dann trat sie einen Schritt zurück und schaute zu, wie Violet langsam ihr Nachthemd aufknöpfte und ihre Brust entblößte. Das Geschrei verstummte. Das Kind maunzte wie ein kleines Kätzchen, legte sein Händchen auf Violets schwere Brust, suchte kurz mit dem Mund und begann dann zufrieden zu nuckeln.

In gerade diesem Moment schoss Nells Milch ein, warm und

feucht spürte sie die Flüssigkeit unter ihrem dicken Baumwollhemd. Fast hätte sie vor Schmerz aufgeschrien. Endlich spürte sie die Wunde, und der Schmerz war umso grausamer, weil sie sich ihn selbst zufügen musste.

Auf einmal ergab alles einen Sinn – Dr. Hills mitleidiger Blick, Marions Hand auf ihrem Arm. Ja, sie hatte von Anfang an gewusst, dass sie dafür bezahlen musste. Der Augenblick war gekommen. Sie hatte ihrer Schwester den Mann weggenommen, und nun forderte Violet ihr Kind. Die Milch kühlte schnell ab und tropfte auf den Bund ihrer Hose. Sie empfand keinen Groll, nur eine tiefe, tiefe Trauer, eine tödliche Müdigkeit. Als Violet zu weinen begann und die Tränen über ihre Wangen liefen und auf das kleine, schrumpelige Gesicht des Kindes tropften, da wusste Nell, dass alles vorbei war.

«Was …», begann Violet. «Ich meine, was ist …?»

«Ein Mädchen», antwortete Nell. «Es ist ein Mädchen.» Die nächste Frage schien unumgänglich: «Wie willst du sie nennen?»

«Laura», sagte Violet und hob den Kopf. In ihren blauen Augen standen noch immer Tränen, aber ihr Gesicht war ganz ruhig. «Ich nenne sie Laura … nach ihrem Vater.»

Marion wartete im Flur. Sie sagte nichts, streichelte nur Nells Hand und nickte zustimmend, als wäre Nell ein Kind, das eine schwierige Aufgabe gut hinter sich gebracht hatte. Zur Abwechslung roch sie nicht nach Whisky, aber sie hatte Tränen in den Augen, genau wie Violet, und sie stolperte kurz, als sie vor einer weiteren Tür Halt machte.

«Ich muss dich um noch einen Gefallen bitten», sagte sie. «Es ist das Beste – für alle.» Sie holte ein Taschentuch aus der Rocktasche und putzte sich die Nase. «Es wäre sowieso nie gut ausgegangen», sagte sie. «Aber das hast du selbst gewusst, stimmt's?» Nell antwortete nicht. Ja, dachte sie, es wäre sowieso nie gut gegangen …

Marion führte sie in ein langes, schmales Zimmer. Die Wände waren vom Boden bis zur Decke mit offenen Regalen bedeckt, in denen sich Leintücher, Bettbezüge, Kissenbezüge und Handtücher stapelten. Die Fenster hatten keine Vorhänge, und der Mond warf ein gespenstisch blaues Licht auf die Szenerie. Das große Schiebefenster am anderen Ende des Zimmers war weit offen, die Luft eisig, vor allem im Vergleich zu Violets warmem Zimmer. Nachdem Nells Arme so lange eine Last getragen hatten, fühlten sie sich leicht an und ihre Finger prickelten.

«Es tut mir sehr Leid», sagte Marion. «Ich würde es selbst tun, aber ich kann Violet jetzt nicht allein lassen – du hast ja selbst gesehen, in welcher Verfassung sie ist.»

«Was meinst du?»

Marion wandte sich ab, holte ein Bündel aus dem Regal mit den Laken und hielt es Nell hin.

Nell verschlug es den Atem. «Nein! Bitte nicht. Das kannst du nicht von mir verlangen, Marion.»

«Du musst es tun.» Marion hob den Kopf. Nell sah ihre Augen im Mondlicht schimmern. «Du bist die Einzige, die es tun kann.»

«Nein. Bitte, Marion …»

«Ich werde dich nie wieder um etwas bitten. Aber das musst du tun.» Sie war unnachgiebig. «Das bist du deiner Schwester schuldig. Und Laurence.»

Nell kapitulierte und nahm das Bündel entgegen. Dann wandte sie sich ab.

«Es ist ein Junge», sagte Marion, als sie an der Tür war.

Violets tot geborenes Kind war ein Junge.

Kapitel 36

Alles war still; weder in Violets Zimmer noch in dem Raum, in dem Dr. Hills sich versteckte, war etwas zu hören. Nell begegnete keiner Menschenseele, und auch in der Offiziersmesse auf der anderen Seite der grünen Filztür rührte sich nichts. Niemand fragte sie, was sie hier eigentlich verloren habe, als sie ins Freie trat.

Irgendwie hatte sie erwartet, dass jemand sie aufhalten würde – ihre Schritte hallten auf den Pflastersteinen, als sie den Hof überquerte. Aber es kam niemand. Von dieser Seite des Hauses konnte man das Zeltlager nicht sehen, so wenig wie den Wachposten, der eine halbe Meile entfernt war.

Der Mond verschwand für kurze Zeit hinter einem dünnen Wolkenschleier. Die Luft war feucht und kalt, und Nell fror, trotz ihres warmen Mantels. Sie schaute starr geradeaus, weil sie den winzigen, stummen Leichnam in ihren Armen nicht sehen wollte. Sie hatte schon tote Tiere gesehen – als sie auf der Farm ihres Onkels arbeitete, hatte sie miterlebt, wie ein Schwein geschlachtet wurde. Sie hatte auch die blutigen Kadaver von Hunderten von Ratten gesehen, eine neben der anderen aufgereiht, nachdem die Terrier sie erledigt hatten. Und eine tote Katze, der die Fallschlinge fast das Hinterbein ausgerissen hatte. Ihre Zähne waren entblößt gewesen, sodass es aussah, als würde sie grinsen, und ihre Vorderpfoten hatten himmelwärts gezeigt. Ihr Onkel hatte ihr erklärt, die Totenstarre setze schon nach einer Stunde ein, das hatte sie nie vergessen. Sie wusste, es war eine absurde Idee, das Unvermeidbare hinauszögern zu wollen, indem sie die Leiche des Kindes an sich drückte, um sie zu wärmen.

Am anderen Ende des Hofs war ein Tor in die Mauer eingelassen. Mit nur einer Hand öffnete Nell den schweren Eisenriegel, bevor sie nach draußen glitt und kurz stehen blieb, um sich zu orientieren. Rechts von ihr erstreckte sich der Park bis zur großen Zufahrt. Vor ihr hatte sich eine Schafherde für die Nacht niedergelassen und links begann der Wald, der leicht bergab zum Fluss, zur Straße und zur Eisenbahnlinie führte. Sie konnte sich nur auf ihr Gefühl verlassen. Irgendwo am Waldrand musste der Weg beginnen, den Ernie immer genommen hatte, wenn er sie besuchte, und auf dem Marion jeden zweiten Tag zu ihr ins Cottage gekommen war.

Weil sie in der Dunkelheit sehr aufpassen musste, kam sie nur langsam voran. Nach etwa hundert Metern traf sie auf eine rote Backsteinmauer, an der sie ein Stück entlanggehen musste. Als dann plötzlich der Mond hinter den Wolken hervorkam, sah sie durch ein schmiedeeisernes Tor, dass hinter der Mauer ein verwahrloster Garten lag.

Die Beete waren mit Unkraut überwuchert, überall lagen zerbrochene Blumentöpfe herum, und die schimmernden Fensterscheiben der Orangerie hatten lauter stumpfe schwarze Löcher. «Oh …», flüsterte Nell hingerissen, «sieh nur …», und einen Moment lang vergaß sie alles. Sie hob das Kind hoch und betrachtete sein Gesicht.

Der kleine Junge war ein Bild der Vollkommenheit. Wie Marmor schimmerte seine Haut im Mondlicht, weiß, durchsichtig. Er sah aus, als schliefe er friedlich in den Armen seiner Mutter. Die Ähnlichkeit mit Laurence war verblüffend. Wieder schoss ihre Milch ein, warm gegen das kalte, feuchte Hemd. Sie spürte eine Zärtlichkeit in sich aufsteigen, ein so hoffnungsloses, hilfloses Sehnen, dass sie gar nicht weitergehen konnte. Das ist mein Kind, dachte sie. Das ist das Kind, das ich all die Monate in mir getragen habe, der Sohn, den ich von Laurence empfangen habe. Sie drückte den kleinen Körper fest an sich und starrte durch das Eisentor in den mondhellen Garten. Als sie noch keine zehn Jahre alt gewesen war, hatte ihr eine Tante zu Weihnachten Frances Hodgson Burnetts Roman *Der geheime Garten* geschenkt. Dieses Buch hatte sie verzaubert. Noch Wochen danach hatte sie überall nach ihrem eigenen geheimen Garten Ausschau gehalten. Und jetzt …

Fast zehn Minuten stand sie da, erst dann ging sie zögernd weiter, blieb aber immer wieder stehen, um sich noch einmal umzuschauen. Das Glasdach der Orangerie leuchtete über dem schwarzen Rand der Mauer. Hypnotisiert von der Magie dieses verlassenen Gartens, berührte sie die Wange des Kindes. Es war gar nicht tot, es schlief nur.

Seine Haut war eiskalt. Es gab keine Hoffnung. Noch einmal drehte Nell sich zu dem Garten um. Hier kann ich Frieden finden, dachte sie. Ich kann meine Kräuter anbauen und kann dort sein, wo Laurence ist … und mein Sohn.

Den Pfad entdeckte sie ganz zufällig, weil sie ein Geräusch im Gestrüpp hörte und einem Dachs folgte, der mit der Schnauze am Boden schnüffelte. Der schmale Weg wand sich deutlich sichtbar zwischen den Bäumen entlang.

Obwohl es im Unterholz raschelte und murmelte, obwohl die Blätter wisperten und rauschten, hatte sie keine Angst. Als sie schließlich die Wiese vor ihrem Cottage erreichte, war ihr Sohn schon so starr, dass sie sich nicht länger vormachen konnte, er würde noch leben. Sie öffnete die Tür, trat in den dunklen Flur und überlegte sich, was sie nun als Nächstes tun sollte.

Im Wohnzimmer war es warm, denn das eingedämmte Feuer glühte noch. Sie ging zu dem Korbbettchen, in dem das andere Kind gelegen hatte – Violets Kind –, und legte ihren eigenen Sohn hinein, schlang den Schal um sein Gesichtchen, damit er nicht fror – obwohl ihm Kälte und Wärme ja längst nichts mehr anhaben konnten. Dann ging sie zum Tisch und zündete die Lampe an.

Schatten fielen auf die Wand, und sie musste kurz die Augen vor dem Licht schließen. Die Arme taten ihr weh, ihre Augen brannten. Sie nahm die Lampe mit in den Lagerraum, um die Schaufel zu holen. Dann stellte sie die Lampe im Flur auf den Boden und trat hinaus auf die Lichtung, ins Mondlicht. Im Vorbeigehen nahm sie die braune Papiertüte mit, in der ihr Ernie die Wurzelknollen der Alpenveilchen gebracht hatte.

Es dauerte lange. Bauch und Rücken taten ihr weh, sie hatte keine Kraft. Sie bettete den kleinen Jungen tief in die Erde und markierte die Stelle mit den Alpenveilchen. Dann trampelte sie die lockere Erde fest und ging wieder ins Haus.

Sie faltete die blutbefleckten Decken zusammen und hob die Kissen vom Fußboden auf. Danach holte sie ihr Tagebuch aus dem Brotofen und setzte sich ans Feuer, um aufzuschreiben, was sie getan hatte. Als sie fertig war, löschte sie die Lampe und tastete sich zum Fenster, um die Verdunkelung abzunehmen. Es wurde schon fast hell – das Graben hatte lange gedauert –, und das fahle Licht, das jetzt ins Zimmer fiel, ließ ihre Augen tränen.

Oben an der Treppe blieb sie stehen und legte die Hände auf die Wand. Nichts rührte sich. Sie starrte geradeaus, konzentrierte sich ganz auf die Messingknäufe am Fußende ihres Bettes, aber es half nichts. Also beugte sie sich, auf den Sims gestützt, aus dem Fenster. Niemand würde je von den Ereignissen dieser Nacht erfahren. Mit der Zeit würde der Baum ihrem Kind Schatten spenden, und die Alpenveilchen würden seine letzte Ruhestätte kennzeichnen, aber nur sie wusste, dass dort ihr Sohn begraben lag.

Jetzt war sie ganz allein. Sie musste ohne Schutz ihren eigenen Weg finden. Da erschien ein Bild vor ihren Augen: der Garten hinter der Mauer, ruhig und heiter im Mondschein, und sie wusste, dass sie nicht mehr schlafen konnte.

Morgen, dachte sie, morgen gehe ich zu Marion und frage sie, ob ich ihn haben kann.

Kapitel 37

Marion kam am nächsten Tag, aber nicht wie sonst im Schutz der Dunkelheit, sondern mitten am Nachmittag. Sie ging gebeugt, als hätte sie Schmerzen, und sie konnte Nell nicht in die Augen sehen. Violet habe beschlossen, mit dem Kind nach London zu gehen, berichtete sie. Sie, Marion, habe sie angefleht zu bleiben, aber Violet sei unerbittlich.

«Sie meint, es ist das Beste für uns alle», sagte Marion, trank einen Schluck Whisky und starrte traurig ins Feuer. «Sie findet, dass sie das Kind hier nicht großziehen kann, wo du ja in der Nähe bist und wir ihr dauernd über die Schulter sehen. Ihrer Meinung nach ist es das einzig Richtige für das Kind. Wenn es uns ständig sehen würde, käme es durcheinander, sagt sie. Meine liebe Nell, denkst du nicht, du solltest auch nach London zurückgehen? Natürlich nicht zu deiner Mutter, aber du könntest dir irgendwo ein Zimmer nehmen und für deinen Vater arbeiten. Man weiß ja nie, vielleicht kannst du Violet ja umstimmen –»

«Nein», sagte Nell nur. Sie saß am Tisch. Sie hatte Pläne entworfen, Skizzen gezeichnet. Noch in den frühen Morgenstunden war sie den Pfad zurückgegangen, zurück zu dem Garten hinter der roten Mauer. Das Verlangen war unglaublich stark gewesen – sie hatte selbst nicht so recht verstanden, warum. Sie war die Mauer entlanggeschlichen, wie eine Diebin in der Nacht, und tatsächlich, das Eisentor war nicht verschlossen gewesen. Sie hatte der Versuchung nicht widerstehen können, lange war sie zwischen den verwahrlosten Beeten hin und her gegangen, hatte sie vermessen, hatte immer wieder eine Hand voll Erde genommen und durch ihre Finger rieseln lassen, hatte überlegt, geplant, entworfen. Als die Sonne aufging, stand ihr Entschluss unumstößlich fest.

«Ich möchte dich um etwas bitten», sagte sie jetzt.

Marion seufzte und goss sich Whisky nach.

«Ich hätte gern den Küchengarten.»

Sie war nicht imstande, ihre Bitte diplomatischer zu formulieren, denn der Wunsch war so stark, dass er keine Höflichkeitsfloskeln zuließ. Sie stand auf und setzte sich Marion gegenüber in den Schaukelstuhl. «Am Anfang kann ich dir keine Pachtgebühr bezahlen, aber wenn ich erst einmal die ersten Kräuter verkauft habe –»

Marion schwenkte ihr Glas. «Warum nicht?», sagte sie. «Er gehört dir. Mach damit, was du willst.» Sie nahm das Glas in die andere Hand, wischte sich die Hand am Rock ab. «Aber was ist mit dem Kind? Wie kannst du es ertragen, nicht mit –»

«Es ist hier», sagte Nell. «Mein Sohn ist hier. Genau wie Laurence. Ich kann die beiden nicht verlassen.»

Einen Moment lang war Marion sprachlos, dann zuckte sie die Achseln – sie war zu müde, um zu widersprechen. «Also, das wäre dann beschlossen?», fragte sie.

Sie trank ihr Glas leer, stellte es auf die Kaminplatte und erhob sich ziemlich wackelig. Ihr Gesicht war ganz verzerrt vor lauter Kummer. «Keine Besuche, sagt Violet. Ein klarer Schnitt.» Sie richtete sich auf, atmete tief durch, bog die Schultern zurück. «Gib mir ein paar Tage, damit ich im Dorf die Neuigkeit verbreiten kann, dass du wieder hier bist.» Ihre

Unterlippe zitterte, trotzig schob sie das Kinn vor und unterdrückte die Tränen. «Jetzt können wir das Spiel auch noch bis zum bitteren Ende spielen, oder?»

Sie schwankte zur Tür. «Ich wünschte, ich könnte ihn auch hier fühlen», sagte sie und verschwand im Flur.

Nell folgte ihr hinaus auf die Wiese und schaute ihr nach, wie sie durchs Gras zu ihrem Auto stapfte. Sie sah aus dem Auspuff ihres Morris eine blaue Abgaswolke aufsteigen. Marion verstand ihre Entscheidung nicht – wie auch? Sie verstand sie ja selbst nicht richtig. Sie war fest davon überzeugt gewesen, dass ihr Kind ein Junge war, weil sie tief in ihrem Inneren gedacht hatte, wenn sie schon Laurence nicht haben konnte, dann wenigstens seinen Sohn. Deshalb war die ganze Liebe, die sie für ihre Tochter hätte empfinden sollen, auf Violets toten Sohn übergegangen. Und nun schien keine Liebe mehr übrig zu sein.

Sie ging zurück ins Wohnzimmer, und während sie ihr Tagebuch aus dem Brotofen holte, dachte sie, dass es ihr vielleicht helfen könnte, alles aufzuschreiben.

Als sie einen Schritt rückwärts machte, verfing sich ihr Fuß in dem Flickenteppich, und sie musste sich an der Wand abstützen, um nicht zu fallen. Da spürte sie seine Anwesenheit, sie spürte die Schwingung unter den Fingern.

«Ach …», seufzte sie. «Da bist du ja wieder.» Sie setzte sich an den Tisch und schlug eine neue Seite auf, holte das Tintenfass ein bisschen näher und tunkte die Feder ein.

Wo warst du? schrieb sie. *Ich habe dich so vermisst.*

Kapitel 38

Ellis blätterte weiter, aber die Seiten waren leer. Sie klappte das Buch zu, trat ans Fenster und schaute hinaus auf die Lichtung. Das Grab konnte überall sein – unter dem Bergahorn am Waldrand, unter dem Weißdorn beim Teich oder vielleicht unter dem Holunderbusch mit seinen schwarz glänzenden Beeren, der das alte Klohäuschen überschattete?

Sie stützte die Hände auf den Steinsims. Irgendwo rief eine Eule, und als sie mit ihren Augen den Waldrand absuchte, entdeckte sie einen plumpen Dachs, der kurz seine rüsselartige Schnauze hob und dann langsam auf die Lichtung wanderte. Sein weiß gestreifter Kopf blieb immer dicht am Boden, und seine kurzen Beine schlurrten durch das dichte Gras. Ellis merkte sich die Stelle, an der er aus dem Wald herausgekommen war – zwischen der Weißbirke und dem Dornengestrüpp aus Brombeeren und Zaunrosen. Irgendwo dort musste der Pfad sein, den Ernie immer mit dem Fahrrad gefahren war, den Marion entlanggegangen war, um nach Nell zu sehen. Irgendwo dort war der Pfad, auf dem Joe vor ein paar Stunden gekommen war, um ihr die Kerzen und das Modellflugzeug zu bringen …

Nichts schien mehr sicher. Ihre Großmutter war nicht ihre Großmutter, sondern ihre Großtante. Nells Sohn, der ihren Namen getragen hatte, war gar kein Sohn gewesen, sondern eine Tochter, Violets Nichte, ihre eigene Mutter, und irgendwo am Rand der Lichtung lag Violets Sohn begraben, sein Grab war mit rosaroten Alpenveilchen markiert …

Wie unter Zwang ging Ellis nach draußen. Sie bekam sofort nasse Schuhe, weil das Gras so feucht war, sie fror, aber zielsicher strebte sie auf die im Mondlicht fast silbern glänzende Weißbirke zu.

Jetzt konnte sie ihn sehen, den schmalen Pfad, der im blassen Licht in die Ferne führte. Irgendwo, am anderen Ende, wartete Joe auf sie. Wenn jemand sie gefragt hätte, woher sie das wisse, hätte sie keine Antwort gehabt. Ihr gesunder Menschenverstand sagte ihr, dass Joe längst fort war. Aber sie roch den Pfeifentabak, und die Wand im Flur hatte vibriert.

Sie wusste es einfach.

Mit schlafwandlerischer Sicherheit ging sie weiter, noch immer nicht ganz in die Gegenwart zurückgekehrt. Sie folgte dem schmalen Pfad, den Blick auf ein winziges Licht am Ende des Weges gerichtet, wo der Wald aufhörte und das Farmland begann. Sie hatte keine Angst vor dem nächtlichen Geraschel und Getuschel rings um sie herum, sie merkte kaum, dass sie immer wieder von Dornengestrüpp zerkratzt wurde und dass die Zweige ihr Haar und ihre Kleider streiften.

Als sie aus dem Wald trat, stand tatsächlich sein Wagen da. Genau, wie sie gedacht hatte, mitten auf dem leeren Parkplatz, die Türen standen weit offen, und Joes Rucksack lehnte am Hinterrad. Im Kräutergarten brannte Licht, das schmiedeeiserne Tor war angelehnt. Ellis wunderte sich nicht, sie fand es nicht komisch, dass Joe einen Schlüssel hatte, und auch nicht, dass er überhaupt noch hier war, obwohl er doch schon vor vier Stunden für immer gegangen war. Überdeutlich hörte sie, wie ihre Schritte im Kies knirschten, sie spürte, dass ihre feuchte Jogginghose an den Beinen klebte, aber sie hatte das Gefühl, als würden die Geräusche und die Nässe gar nichts mit ihr zu tun haben.

In der Orangerie war alles hell erleuchtet. Sie sah, dass Joes Schlafsack auf einer gestreiften Gartenliege lag. Hatte William ihm erlaubt, hier zu schlafen? Joe selbst kauerte an dem kleinen Teich in der Mitte des Gartens. Er wandte ihr den Rücken zu und spielte mit dem Wasser, fuhr mit einem abgebrochenen

Zweig immer wieder durch die Fontäne, sodass kleine Regenschauer in das wellige Wasser tropften. Er hörte sie nicht kommen, er bemerkte sie erst, als sie schon neben ihm stand und ihr Schatten über sein Gesicht fiel. Erschrocken blickte er hoch.

«Es tut mir Leid», sagte Ellis und breitete hilflos die Arme aus. «Joe …»

Betont langsam richtete er sich auf und schaute sie an. Ellis hörte die Fontäne rauschen, spürte die feine Gischt auf der Haut … Warum sagte er nichts? Unglücklich senkte sie den Kopf und stand einfach nur da. Das Blut brauste ihr in den Ohren. Tausend Bilder gingen ihr durch den Kopf – der Moment, als sie ihn das erste Mal sah, die Nacht, als er zu ihr in die Wohnung kam und sie sich das erste Mal liebten, ihre letzte Begegnung, die flackernden Kerzen, der Feuerschein – wie ein Film, der vor den Augen einer Ertrinkenden vorüberzieht.

«Joe …» Sie machte einen zaghaften Schritt auf ihn zu. «Hilf mir. Mach es nicht noch schwerer, als es schon ist.» Joe starrte sie mit versteinerter Miene an. «Es tut mir Leid», wiederholte sie. «Ich habe mich geirrt. Bleib bei mir.»

«Warum?» Seine Stimme klang heiser, zornig.

«Weil ich dich darum bitte. Weil ich dein Kind erwarte.»

«Und? Das war nicht meine Entscheidung.»

«Meine auch nicht. Es war ein Unfall.»

«Das hast du aber nicht –»

«Ich habe einen Fehler gemacht.» Sie hörte, wie ihre Stimme ungehalten wurde, weil sie das Rauschen des Springbrunnens zu übertönen versuchte. «Hast du noch nie einen Fehler gemacht?»

«Doch.» Er drehte sich weg und schlug wieder mit dem Zweig in die Fontäne, sodass in alle Richtungen Tropfen sprühten. «Ich habe dir vertraut.» Das Wasser lief ihm über den Arm, tropfte wie flüssiges Quecksilber von seinen Fingern. «Ich habe gedacht …» Ellis spürte, wie ihre Hoffnung schwand.

Schau ihm in die Augen!, sagte sie zu sich selbst. Sieh ihm direkt in die Augen und zwinge ihn dazu, dir zu glauben. Zwinge ihn dazu, dich anzusehen und zu begreifen. Wozu hatte sie sich unter Qualen beigebracht, den Studenten ins Gesicht zu sehen und der Welt wenigstens mit einem Hauch von Selbstvertrauen entgegenzutreten, wenn sie diese Fähigkeit im Ernstfall nicht einsetzen konnte? «Sieh mich an!», befahl sie ihm und fasste ihn am Arm, damit er sich umdrehte. Sie konnte sich nicht mehr rational und vernünftig verhalten, sie war nur noch verzweifelt.

«Warum soll ich dir noch glauben?», fragte er sie anklagend.

Ellis roch den Duft, der von dem Zweig ausging, zitronig, scharf. Es war Eberraute, Jungfernleid. Sie dachte an Nell. Da fielen ihr plötzlich die richtigen Worte ein, wie eine Eingebung. Es waren die letzten Zeilen der letzten Strophe eines Gedichts von Rupert Brooke. Joe hatte das Gedicht für sie zitiert, als sie das erste Mal miteinander geschlafen hatten, und sie hatte die Worte nie vergessen.

«‹*Ich hab es nie geahnt, mein Freund, Doch fand ich keine Ruh*’ …»

Überrascht schaute er auf, sein Gesicht wurde weich, die Wut verflog. Er zupfte ihr die Blätter aus den Haaren, und sie spürte seine Finger, eiskalt und nass, auf der Wange. «‹*Nun weiß ich es für alle Zeit, Die Liebe – das bist du.*›»

Dann schwiegen sie beide. Ellis hörte das Sprudeln des Springbrunnens, spürte die kalten Tropfen in ihrem Nacken. Und an der Haltung seiner Schultern, an der Art, wie er sich zu ihr beugte, um sie auf den Mund zu küssen, merkte sie, dass vielleicht, ganz vielleicht, doch noch alles gut werden würde.

Kapitel 39

Es schneite, als die Wehen einsetzten. Die ganze Nacht schon hatte es geschneit, große, schwere Flocken, die auf dem Boden liegen blieben und die Welt zudeckten, jeden Baum, jeden Strauch, jeden Grashalm. Als Joe losging, um den Zustand der Straße zu überprüfen, war Ellis auf das Schlimmste gefasst. Und sie hatte Recht. Der Schneepflug sei gerade durchgefahren, sagte er, als er zurückkam, und habe eine halbe Tonne dreckigen Schnee ausgerechnet direkt an der Abbiegung abgeladen. Es würde Stunden dauern, ihn wegzuschaufeln.

Bisher hatte der Zeitplan, den sie sich ausgedacht hatten, gut geklappt. Von Dienstag bis Donnerstag arbeitete Ellis in ihrer Wohnung in der Stadt. Sie hatte ihren Computer wieder dort aufgestellt, um einen Internet-Anschluss zu haben. Vormittags recherchierte sie in der Bibliothek. Auf diese Weise hatten sie beide genug Bewegungsfreiheit – Ellis musste kein schlechtes Gewissen haben, wenn sie bis nachts um drei schreiben wollte, und Joe konnte Überstunden machen oder zusätzliche Kurse an der Hochschule besuchen, ohne zu denken, er müsste eigentlich nach Hause gehen und ihr Gesellschaft leisten. Ellis überlegte allerdings, ob sie nach ihrem Sabbatjahr ein halbes Deputat beantragen sollte, damit sie mehr Zeit gemeinsam verbringen konnten. Und für das Baby hatte sie schon eine Tagesstätte gefunden.

Joe war jetzt ganz ins Cottage gezogen, arbeitete im Kräutergarten und besuchte dreimal in der Woche Abendkurse an der Fachhochschule für Gartenbau in Ipswich. Zusätzlich hatte er sich an der Offenen Universität eingeschrieben, um noch einen Abschluss in Biologie zu machen, und wenn er mit William redete, benutzte er immer mehr unverständliche Wörter wie «lanzettlich», «bigenerisch» oder «diözisch», die Ellis noch nie gehört hatte. Er studierte Gebiete wie Schädlingsbekämpfung, Vermehrung, Düngemittel und die Behandlung von Pilzerkrankungen. Außerdem brachte ihm William alles bei, was er wusste, und manchmal kam sich Ellis angesichts dieses geballten Wissens richtig ungebildet vor.

Der Lavendelgarten war fast fertig, nur das Mittelstück war noch immer nicht bepflanzt, weil Joe und William sich nicht entscheiden konnten. Die beiden Männer waren in den vergangenen Monaten gute Freunde geworden, fast zu gut für Ellis' Geschmack, die sich noch immer Sorgen um ihre langfristige Zukunft machte. Sie hatte ihren Vater noch nie so lustig und lebhaft gesehen und vor allem noch nie so optimistisch, was den Kräutergarten betraf.

Sie hatte keine Hausgeburt geplant, sondern sich in dem Krankenhaus angemeldet, das ganz in der Nähe ihrer Stadtwohnung lag. In drei Tagen sollte die Geburt eingeleitet werden – sie sei immerhin schon fünfunddreißig, hatte man ihr bei ihrer letzten Voruntersuchung gesagt, und schon mehr als eine Woche überfällig. Bei älteren Müttern müsse man immer mit Komplikationen rechnen. Joe wollte ausnahmsweise einen Tag freinehmen, um ihr bei der Geburt die Hand zu halten. Er gab sich überhaupt große Mühe und verhielt sich absolut vorbildlich, aber in letzter Zeit hatte Ellis wieder sehr schlecht geschlafen und sich damit gequält, was wohl passieren würde, wenn alles vorbei war …

Das Baby drängte sich zwischen sie, es rief Spannungen hervor, die es früher nicht gegeben hatte. Manchmal, wenn sie mitten in der Nacht wach lag, während Joe neben ihr schlief, überlegte sie sich, wie es wohl wäre, wenn sie die Schwangerschaft geplant hätten, wenn Joe sich von Anfang beteiligt gefühlt hätte. Wenn sie einigermaßen ehrlich war, wusste sie genau, dass er nie ja gesagt hätte, wenn sie ihn vorher gefragt hätte, ob er ein Kind wolle.

Er strengte sich fast zu sehr an. Er begleitete sie zu den Vorbereitungskursen und ins Krankenhaus, er hatte ihr geholfen, ein Kinderbettchen auszuwählen, er war geduldig mit ihr bei Mothercare einkaufen gegangen, hatte gewartet, während sie Babydecken, Tragetaschen und Wickelunterlagen begutachtete und ihre Entscheidungen mit einem Lächeln und einem Schulterzucken gebilligt. Aber sie merkte doch die ganze Zeit, dass er nicht mit ganzem Herzen bei der Sache war – er tat es ihretwegen, um ihr einen Gefallen zu tun.

Sie war sich dieses Problems eigentlich seit ihrer Versöhnung bewusst. In jener Nacht hatten sie den Kräutergarten abgeschlossen und waren den schmalen Pfad zum Cottage zu Fuß gegangen. Joes Wagen hatten sie einfach auf dem Parkplatz stehen lassen. Und seither wohnte Joe mit ihr im Malletts Cottage. Aber in den paar Monaten hatte er schon dramatische Veränderungen vorgenommen: Er hatte die selbst ausgesäte Esche und die Brombeersträucher entfernt, die sich mitten in der Lichtung angesiedelt hatten, er hatte ein neues Gemüsebeet angelegt, die Kräuterbeete wieder ins Leben gerufen und am Eingang eine Kletterrose gepflanzt. Ellis hatte schon Bedenken, dass es ihm schwerer fallen würde als ihr, von hier wegzugehen, falls es zu einer Trennung kommen sollte. «Mein Gott, Ellis!», sagte er, als sie ihm ihre Ängste anvertraute. «Niemand geht hier weg. Lass gut sein, ja?»

Seit jener Nacht im Kräutergarten hatte sich ihr Verhältnis zueinander verändert – sie waren eher gleichberechtigt, nicht mehr Dozentin und Student, Lehrende und Lernender. Aber sie brauchten eine ganze Weile, um ihre zerbrechliche Beziehung zu reparieren und das zerstörte Vertrauen wieder aufzubauen. Obwohl Ellis die Zeit genoss, die sie gemeinsam verbrachten, hatte sie manchmal das Gefühl, dass sie das eine Thema, über das sie eigentlich reden mussten, systematisch ausklammerten. Weil es die Grundfesten ihrer Beziehung erschüttern konnte.

In der ersten Nacht hatte sie es noch versucht. Sie hatten gerade das erste Mal seit fast zwei Monaten miteinander geschlafen, lagen warm und schläfrig nebeneinander in Nells Bett, und sie fühlte sich ihm wieder so unvorstellbar nahe, wie immer … Das Fenster stand offen, es wehte eine kühle Brise, der Himmel wurde gerade hell, man ahnte die Morgendämmerung. Als sie Joe fragte, ob er sich auf das Baby freue, war die Antwort in ihrer Ehrlichkeit typisch für ihn: «Ich weiß es nicht», sagte er. «Ich hatte eigentlich nicht vorgehabt, Vater zu werden – jedenfalls jetzt noch nicht.» Und nach kurzem Schweigen fuhr er fort: «Im Moment denke ich vor allem daran, dass ich dich dann mit jemandem teilen muss. Und da bin ich mir noch nicht sicher, ob mir das gefällt.» Er entschuldigte sich jedoch gleich, weil er spürte, dass er etwas Falsches gesagt hatte. Er versuchte, seine Aussage abzuschwächen: «Ich meine es nicht so. Ich hab mich einfach noch nicht an die Vorstellung gewöhnt. Das ändert sich bestimmt, sobald es da ist. Ich weiß, es braucht einen Vater. Wenn es erst mal auf der Welt ist …»

«Sie», sagte Ellis. «Wenn *sie* auf der Welt ist. Es ist ein Mädchen.»

Sie spürte ihn mit den Achseln zucken. Offenbar fand er dieses Detail unwichtig. «Okay, meinetwegen, wenn sie auf der Welt ist, fühle ich mich vielleicht anders. Genügt dir das?»

«Ich habe keine andere Wahl. Joe?»

«Ja?»

«Ich liebe dich.»

Er drückte sie an sich. «Ich liebe dich auch», sagte er und schlief ein.

Seither dachte sie immer, dass er einfach noch nicht auf ein Kind vorbereitet war – auch wenn er ihr noch so aufmerksam zuhörte, wenn sie Pläne für ihre gemeinsame Tochter machte, auch wenn er selbst voller Begeisterung über ihre Zukunft als Familie redete.

«Ich weiß nicht», sagte er ganz offen, als sie ihn ein zweites Mal fragte. «Im Moment habe ich überhaupt keine – Vatergefühle.» Er räumte gerade das Gestrüpp weg, das rund um den Teich gewuchert war, und Ellis hatte ihm einen Becher Kaffee gebracht. Auf seine Schaufel gestützt trank er einen Schluck. «Mach dir keine Sorgen», beruhigte er sie. «Es wird alles gut, wenn es erst mal so weit ist. So ist es doch immer, oder?»

Er grub weiter. Und machte damit deutlich, dass er nicht mehr ausgefragt werden wollte. Aber Ellis dachte an Nell, an ihre Panik, weil sie für ihre neugeborene Tochter nichts empfinden konnte. Ach, hätte sie die Frage doch nie gestellt …

«Wir müssen dich sofort hier wegbringen», sagte Joe jetzt. «Bevor das Wetter noch schlechter wird.»

Seine Sorge rührte Ellis. «Dann brauchen wir vermutlich einen Hubschrauber», meinte sie scherzhaft. «Oder du musst mir bei der Geburt assistieren.»

Er runzelte die Stirn. Für ihn war das alles gar nicht lustig. «Ach, Unsinn. Ich rufe den Notdienst, die kommen sofort und räumen den Schnee weg.» Sein Gesicht hellte sich auf. «Im Zweifelsfall können die sogar einen Hubschrauber schicken! Wo ist dein Handy?»

Ellis verzog nur das Gesicht, weil sie von der nächsten Wehe überrollt wurde.

Besorgt kniete Joe vor ihr nieder. «Wo ist das Telefon, Ellie? In deiner Tasche?»

Es war eine sehr vernünftige Entscheidung gewesen. Sie brauchte ein Telefon, um Violet anrufen zu können, und die praktischste Lösung war ein Handy. Überhaupt hatten sie alle Eventualitäten durchgespielt. Im Arbeitszimmer stand jetzt ein Holzofen mit einem Boiler für heißes Wasser und zwei Radiatoren, damit das Baby auch bei Stromausfall nicht frieren musste. Sie hatte einen Kohlenschuppen neben der Hintertür anbauen lassen, Holz gestapelt und einen Wäschetrockner angeschafft.

Aber das Handy – plötzlich fiel es ihr ein, als sie Joe aufgeregt in ihrer Tasche wühlen sah: das Handy lag auf ihrem Schreibtisch in der Stadt. Dort hatte sie es gestern Abend hingelegt, um den Akku aufzuladen. Es hätte genauso gut auf dem Mond sein können.

«Ich gehe zu Fuß zum Kräutergarten und telefoniere von dort», verkündete Joe. Seit Monaten hatte er als einziger von Williams Angestellten einen Schlüssel.

Wieder eine Wehe. Ellis stöhnte. «Nein», sagte sie, als sie wieder sprechen konnte. «Nein, geh nicht weg. Ich brauche dich hier.»

«Aber ich habe keine Ahnung von Geburtshilfe!»

Seine Stimme klang fast schrill vor unterdrückter Panik. «Na und?», sagte sie. «Frauen bekommen seit Jahrtausenden Kinder, ach, noch viel länger …»

Es war eine ganze Weile her, seit Nell sich das letzte Mal gemeldet hatte. Die Wände vibrierten nicht mehr, seit Ellis das Tagebuch zu Ende gelesen hatte. Es hatte auch nie mehr nach Pfeifentabak gerochen. Doch jetzt spürte Ellis ihre Gegenwart plötzlich, stärker als seit vielen Monaten. «Ich möchte, dass du mir hier unten ein Bett machst.» Sie war auf einmal ganz ruhig und gefasst. «Vor dem Feuer. Ich schaff das schon, keine Bange.»

Während Joe Decken, Kissen und den alten Schlafsack anschleppte, lehnte sich Ellis in ihrem Sessel zurück, zählte die

Minuten zwischen den Wehen und dachte an die Zukunft. So vieles war noch ungelöst. Joe war sehr nett zu Violet, die beiden hatten sich auf Anhieb verstanden, als Ellis ihn das erste Mal mitnahm. Er war durchaus bereit, sie in ihr gemeinsames Leben zu integrieren, ja, es schien ihm sogar Freude zu bereiten. Bei Laura war es schwieriger. Sie weigerte sich nach wie vor, Violet zu sehen, auch wenn es auf neutralem Terrain gewesen wäre, und obwohl Violet sich in ihrer neuen Wohnung wohl fühlte, spürte Ellis doch ganz genau, dass sie vor allem einen Wunsch hatte: Sie wollte sich mit der Frau versöhnen, die sie als ihre Tochter großgezogen hatte. Aber die Erfüllung dieses Wunsches schien unerreichbar. Ellis setzte ihre ganze Hoffnung auf das Baby. Vielleicht konnte dieses Kind die beiden Frauen zusammenführen. Das Grab des kleinen Jungen hatte sie noch nicht gefunden, obwohl sie die ganze Lichtung nach Alpenveilchen abgesucht hatte. Vielleicht waren die Knollen nie aufgegangen, vielleicht hatte ein Dachs sie ausgegraben, vielleicht hatten die Bauarbeiter sie mit ihrem Lastwagen zerquetscht. Aber Violet fragte sie jedes Mal nach dem kleinen Jungen, wenn sie anrief oder sie besuchte, und jedes Mal musste sie die alte Frau enttäuschen.

Sie hatte Nells Geheimnis für sich behalten: Sie wusste ja gar nicht, ob sich Violet noch erinnerte, was in jener Nacht passiert war. Und es war bestimmt nicht ihre Aufgabe, es ihr ins Gedächtnis zu rufen. Sie betrachtete Violet nach wie vor als ihre Großmutter, an ihrer Zuneigung zu ihr hatte sich nichts verändert, seit sie die Wahrheit wusste, und sie sah keinen Grund, daran zu rütteln.

Die nächste Wehe – viel stärker als die vorige. Joe stand in der Tür, da er sich nicht entschließen konnte, ob er Hilfe holen oder bei ihr bleiben sollte. Sie musste ihm eine Beschäftigung geben.

«Tee», murmelte sie. «Meinst du, du könntest mir eine Tasse Tee bringen? Und eine Scheibe Toastbrot wäre auch nicht schlecht.»

Er verschwand in der Küche. Ellis berührte die Wand hinter ihr. Nichts, keine Schwingungen. «Fast haben wir's geschafft, Nell», flüsterte sie. «Nicht mehr lange.»

Eleanor Carters Urenkel wurde kurz vor Tagesanbruch geboren, mitten in einem Schneesturm. Als er mit einem lauten Schrei die Welt begrüßte, war Ellis viel zu erschöpft, um sich Gedanken um Joes Gefühle zu machen, aber als ihr Sohn – «Ein Junge? Bist du ganz sicher?» – in ihrem Arm lag, mit seinem dichten schwarzen Haarschopf und feuerrot vor Empörung, da betrachtete sie ihn durch einen Tränenschleier hindurch und wusste, dass sie sich wegen ihres Mutterinstinkts nicht zu sorgen brauchte.

Nachdem Joe mit verblüffender Geschicklichkeit seinen eigenen Sohn ans Licht der Welt befördert hatte, war Ellis beim Feuer eingeschlafen, genau wie Nell vor mehr als einem halben Jahrhundert. Sie war zu erschöpft, um auch nur eine Minute länger wach zu bleiben. Erst am späten Nachmittag, nachdem Joe es geschafft hatte, einen Autofahrer anzuhalten und ihn um Hilfe zu bitten, und nachdem der Arzt endlich da gewesen war, wurde sie wieder richtig wach.

Eigentlich weckte sie das Schreien eines Kindes. Joe saß am Tisch, er hielt seinen Sohn in den Armen, schaute versunken hinunter auf den dunklen Wuschelkopf, und Ellis sah, wie eine winzige Hand seinen Finger umklammerte. Joe versuchte, den Kleinen zu beruhigen, indem er ihn hin und her schaukelte und eine Melodie für ihn summte. Sein Gesicht strahlte vor Stolz, vor Freude, vor Glück. Als er merkte, dass Ellis sich bewegte, schaute er auf.

«Hi, Ellie!», sagte er und wandte sofort den Blick wieder dem Baby zu, als wäre es ein Magnet. «Ich kann es nicht fassen ...» Er kam zu ihr, kniete sich nieder und beugte sich über sie, um sie zu küssen, wobei er sorgfältig darauf achtete, dass er seinen Sohn nicht quetschte. «Ich glaube, er hat Hunger», sagte er und fügte ganz schnell hinzu: «Das hab ich nicht gewusst, Ellie – warum hast du mir nicht gesagt, dass ich mich so fühlen würde?»

Er hatte Tränen in den Augen. Ellis nahm das Baby entgegen, legte es in die Armbeuge und lächelte zu Joe hoch. «Erinnerst du dich an den Abend, als du mir von deinem Dad erzählt hast, von seinen Geranien?», fragte sie.

«Klar.» Joe runzelte die Stirn. «Wie kommst du jetzt darauf?»

«Weil es genau passt», antwortete Ellis. «Wo wärst du jetzt, wenn dein Vater nicht so gewesen wäre, wie er war, wie er dir gegenüber war?»

Ihr Sohn begann wieder zu schreien, er wollte gestillt werden. Als sie wieder hochschaute, stand die Zimmertür weit offen, und Joe war verschwunden.

Erst zwanzig Minuten später kam er zurück, mit Schnee an den Schuhen. Wieder kniete er neben Ellis nieder und berührte vorsichtig den Kopf seines Kindes. «Schau mal, was ich gefunden habe», sagte er und hielt ihr sein Geschenk hin. «Sie wachsen unter dem Fliederbusch beim Teich, Dutzende, direkt an den Wurzeln, die müssen schon vor Jahren da angepflanzt worden sein, als der Busch noch klein war. Du könntest einen ganzen Monat nach ihnen suchen und würdest sie nie finden, wenn es nicht schneit ... Das hat mich auf eine tolle Idee gebracht. Genau das brauchen wir, einen Fliederbusch in der Mitte des Irrgartens. Einen weißen Fliederbusch – wie findest du das? Ich muss es unbedingt Bill erzählen, das ist total perfekt …»

Ellis nahm mit ihrer freien Hand sein Geschenk entgegen. Ein Alpenveilchen, eine einzelne, winzig kleine rosarote Blüte. *Mit der Zeit wird der Baum über seinem Grab ihm Schatten spenden …* Natürlich, das hätte sie sich doch denken können … Sie lehnte sich in die Kissen zurück, schaute auf die zarten Blütenblätter und dachte an jenen anderen Blumenstrauß, den ein Mann vor vielen, vielen Jahren hier gepflückt hatte.

Ihr Sohn war der erste Vertreter einer neuen Generation. Er hatte eine Geschichte – und eine Zukunft. Er würde die verfahrene Situation durchbrechen, da war sie sich ganz sicher, er würde Laura und Violet miteinander versöhnen. So wie Marion es einst mit Violet und Nell versucht hatte. Nur mit mehr Erfolg. Ellis legte ihre Hand auf die Wand, und einen Augenblick lang spürte sie die vertrauten Schwingungen, roch den Pfeifenrauch. Sie spreizte die Finger, drückte fester, doch dann war da nichts mehr als der kalte Verputz. «Ist es das, was du wolltest, Nell?», murmelte sie.

«Was?» Joe hatte sich in den Sessel auf der anderen Seite des Feuers gesetzt. «Was hast du gesagt?»

«Nichts», antwortete Ellis. «Ich wollte nur wissen, ob alles in Ordnung ist.»

«Ja, klar.» Joe streckte die Beine aus, legte den Kopf zurück und schloss die Augen. «Ja», wiederholte er und ein breites Lächeln erschien auf seinem Gesicht. «Es geht mir absolut, total supergut!»

Kapitel 40

Es dauerte fast drei Monate, bis Ellis dazu kam, sich um Nells Tagebuch zu kümmern. Inzwischen hatten sie und Joe einen Namen für ihr Kind ausgewählt: Thomas William, nach ihren beiden Vätern. Laura hatte sich endlich entschlossen, in die allgemeine Freude einzustimmen, wenn auch mit einigem Widerstand; Violet war entzückt von ihrem «Urenkel», wie sie und Ellis ihn beide sahen, und selbst Joes Mutter schmolz dahin, als sie ihren Enkel das erste Mal auf den Arm nehmen durfte. Joe war glücklicher, als Ellis ihn je erlebt hatte, und das galt auch für ihren Vater.

Sie wartete, bis Joe bei der Arbeit war. Dann machte sie sich daran, ein Loch zu graben. Um die Hände frei zu haben, hatte sie Thomas mit einem Tragetuch vor ihren Bauch gebunden. Sie passte auf, dass sie nicht zu nah an die Wurzeln des Fliederbuschs herankam, um das Grab nicht zu stören. Dann holte sie das Tagebuch und Laurence' Flugzeug. Und als sie das Buch in die Erde legte, sah sie den kleinen Strauß, er lag zwischen den letzten Seiten, die Stiele waren mit schwarzem Bindfaden zusammengebunden, die Blüten breiteten sich fächerartig aus, ein winziger Primelstrauß, vor mehr als fünfzig Jahren gepresst. Die Blütenblätter waren verblasst, und als Ellis versuchte, sie vom Papier zu lösen, zerfielen sie und flogen davon. Behutsam senkte sie das Buch in die Erde und nahm nun das Flugzeug in die Hand.

Thomas schnappte danach, seine kleinen Finger erwischten eine der Verstrebungen und trennten sie vom Rumpf. Der Stoff zerriss. Als Ellis vorsichtig die Beute aus dem festen Griff ihres Sohnes befreite, krümelte das Holz wie Schnee auf das Tagebuch.

Im tiefen Gras kniend, schaufelte sie die Erde zurück in das

Loch. Als sie fertig war, hockte sie sich auf ihre Fersen und schaute hinauf in den Fliederbusch. Schon konnte man die Blütenrispen erkennen. In einem Monat würden sie sich öffnen. Dann würde sie einen großen Strauß pflücken und ihn Violet bringen. Sie würde ihr sagen, wo der kleine Junge begraben lag, und danach würde sie noch einen Versuch unternehmen, Laura zu überreden, dass sie die alte Dame besuchte.

«Wolltest du das, Nell?», fragte sie, aber sie roch keinen Pfeifentabak, sie spürte keine Vibration unter ihren Füßen. Von Nells Anwesenheit war nichts mehr zu spüren. Eine kühle Brise wehte durch die Zweige über ihrem Kopf, und Thomas kickte energisch gegen ihre Rippen. Ihre Großmutter hatte sich für immer verabschiedet. Und genau so soll es auch sein, dachte Ellis, drückte ihren Sohn an sich und ging zurück zum Cottage, wo es schön warm sein würde.

Bald würde Joe nach Hause kommen. Lächelnd beschleunigte sie ihren Schritt.

Die Gabe einer Liebe

Roman

Deutsch von Tamara Willmann

Für Giles, in Liebe

Danksagung

Mein besonderer Dank gilt Hilary Johnson von der Romantic Novelists Association für ihre Unterstützung und ihren Rat, meiner Agentin Sarah Molloy, die auch, wenn ich mutlos war, noch an mich glaubte, und allen Leuten bei Little, Brown, vor allem Imogen Taylor, weil sie mir mein Baby nicht zerstückelt hat.

1

«Vielleicht mache ich mich heute an den Dachboden.» Emma klapperte im großen steinernen Spülbecken mit den Frühstückstellern. «Nächsten Sonntag kommt George, und ich habe ihm versprochen, oben zu entrümpeln.»

Er sah von seiner Skizze auf. «Warum die Eile, George drängt doch nicht? Eigentlich könnte er das auch selbst erledigen. Ich weiß gar nicht, wieso du dich überhaupt darauf eingelassen hast.»

«Weißt du wohl.» Sie ließ Spülmittel über das Geschirr laufen, drehte die Hähne auf und verteilte das Wasser mit der Hand. «Hättest du es mit dem Einzug nicht so furchtbar eilig gehabt, wäre ihm genug Zeit geblieben, den Dachboden selbst aufzuräumen. Außerdem hat George seine Eltern sehr gern gehabt. Er fand es schon schlimm genug, dass er das Haus entrümpeln musste, ohne sich auch noch mit dem Dachboden abgeben zu müssen. Und mir macht es nichts aus. Ich stöbere ganz gern in anderer Leute Plunder.»

Er legte den Bleistift hin, schob den Stuhl zurück, sodass er über den Fliesenboden schrammte, kam durchs Zimmer und stellte sich hinter sie. «Nur wenn sie gestorben sind: Bei Lebenden würdest du nicht herumstöbern.» Er fuhr ihr mit den Fingerrücken über den Nacken unter ihren dicken Zopf, was sie wie immer angenehm erschauern ließ. «Tote können sich nicht mehr beschweren, können dich nicht mehr wegen der Verletzung ihrer Privatsphäre belangen.»

Sie lachte und lehnte sich in seine Wärme. «Und wer wird

unseren Plunder durchstöbern, wenn es uns nicht mehr gibt? Sollen wir ihn den Hunden hinterlassen?»

Sie schauten zum wirren Haufen aus Fell und Pfoten, der ausgestreckt vor dem warmen Ofen lag, dann nahm Emma die Teller aus dem dampfenden Wasser, stellte sie zum Abtropfen hin und wechselte das Thema. «Vielleicht sollten wir den Dachboden ausbauen. Er ist so riesig, reine Platzverschwendung, das könnte sich beim Verkauf günstig auswirken, wenn wir mal wegziehen ...» Sie drehte sich um und sah ihn erwartungsvoll an, während er über ihre Schulter hinweg in die Morgensonne starrte, die schräg auf den Rasen zwischen den Renekloden fiel. Sie musste über seinen Gesichtsausdruck lächeln. «Als ich dich heute Nacht schnarchen hörte, dachte ich allerdings, wir könnten diesmal vielleicht bleiben.» Sie warf ihm einen verstohlenen Blick zu, um zu sehen, wie er reagierte. «Du weißt schon, endlich Wurzeln schlagen, denn wir sind ja schließlich nicht mehr die Jüngsten. Ich könnte dem Frauenverein beitreten, du könntest Mitglied im Rotary Club werden ...» Sie beobachtete amüsiert, wie ein Ausdruck äußersten Entsetzens über sein Gesicht flog. «Im Schaufenster des Dorfladens hängt eine Postkarte. Es werden Helfer für die Spielgruppe gesucht, drei Vormittage die Woche. Ich dachte, ich könnte mich vielleicht melden ...»

«Muttergefühle?», fragte er stirnrunzelnd. Das hatte sie nun davon. Sie klapperte mit den letzten Teelöffeln im Spülbecken, zog den Stöpsel heraus und trocknete sich die Hände ab.

«Nein.» Sie drehte sich um, sah ihn an und legte beruhigend die Arme um seine Taille. «Bloß ein biologischer Schluckauf.»

«Aber wir haben doch noch Zeit. Sieh dir Silly Jilly an.»

«Wenn, dann müsste es bald sein. Ich werde demnächst

fünfundvierzig.» Sie drückte ihn fester und sagte leichthin: «Denk nur an all deine Samen, die im Laufe der Jahre auf steinigen Boden gefallen sind.»

«Nein», er erwiderte den Druck und verschränkte die Hände hinter ihrem Rücken, «denk nur an all das, was du in deinen Körper aufgenommen hast. Wie viel von mir ich dir geschenkt habe.» Er lächelte und beugte sich zu ihr herunter, um sie zu küssen. «Und außerdem schnarche ich gar nicht.» Er ließ sie los und ging hinüber zum Ofen, um sich noch eine Tasse Kaffee einzugießen. Zwei fedrige Schwänze wedelten halbherzig, eine tapsige Pfote hob sich, und ein rosiger Bauch wurde zur Belohnung sanft mit dem Fuß gerubbelt. «Noch Kaffee?», fragte er und schwenkte die Kanne.

«Hmm.» Emma lehnte sich gegen den Spülstein, sah ihm beim Eingießen zu und ließ sich von dem vertrauten Gefühl zärtlicher Zuneigung überschwemmen. «Also, bleiben wir nun oder nicht?»

Er zuckte mit den Schultern. «Wie du willst. Ob in Norfolk oder anderswo spielt wohl keine große Rolle.»

Wie durchschaubar du bist, dachte sie. Wenn das vielleicht auch nur daran liegt, dass wir schon so lange zusammen sind.

«Danke.» Sie ergriff die hingehaltene Tasse, nahm sie in die andere Hand und nippte. «Also, falls du es schon so wohnlich findest, dass wir uns ein paar Tage Renovierungspause leisten können, dann fange ich mit dem Dachboden an. Gehst du mit den Hunden raus?»

Sie sah ihm zu, wie er entspannt in der Küche umherging und seinen Kaffee schlürfte, leicht gebeugt, in einem verblichenen Viyellahemd, die langen Beine in Kordhosen. Dein Haar ist zwar weiß, dachte sie, aber immer noch voll. Eine Glatze wirst du nicht bekommen. Außerdem wirkt dein Gesicht freundlicher als früher. Ob das an mir liegt?

«Woher das plötzliche Bedürfnis nach Sesshaftigkeit», fragte er, «wenn kein Kinderwunsch dahinter steckt? Das kenne ich gar nicht an dir.»

«Vielleicht, weil Josie nicht mehr da ist. Sie war mein Prellbock gegen das Ende, meine letzte Hoffnung auf Unsterblichkeit.» Dann, nicht ganz logisch: «Ich habe Angst, einmal ganz allein zu sein.»

«Wenn Eltern ein Prellbock sind, bin ich schon vor Jahren entgleist. Aber ich will mir auf jeden Fall Mühe geben, hundert zu werden.» Er klopfte auffordernd auf seinen Schenkel: «Na, wollen wir?», und wartete, bis die beiden graubraunen Jagdhunde munter wurden, sich räkelten und schüttelten, an ihm hochsprangen und bellend herumtanzten.

Emma sah ihm nach, wie er davonging, hörte ihn «Newton, Flotman, bei Fuß» rufen, als er durchs Gartentor in die Wildnis dahinter trat, und lächelte über die komische Folge von Namen – angefangen bei «Tooting» –, die ihre Hunde im Laufe der Jahre hatten ertragen müssen. Dann wandte sie sich vom Fenster ab und suchte in einem Schrank nach Plastiksäcken.

Das Telefon klingelte, als sie auf der Treppe war. Sie blieb lauschend stehen, den Kopf zur Seite geneigt, lief dann weiter nach oben, wandte sich auf dem Treppenabsatz nach rechts und ging zum Flurfenster. Sie lachte, als sie den Hörer abnahm.

«Darf ich mitlachen, meine Süße?»

«Oh, Bill!» Kichernd hockte sie sich auf die breite Fensterbank. «Wie nett. Du bist Schuld, dass ich ein Telefon entdeckt habe, von dem ich gar nicht wusste, dass es überhaupt existiert.»

Sie hörte sein vertrautes kehliges Lachen. «Das ist der Stoff, aus dem die Späße sind. Habt ihr euch schon einigermaßen eingerichtet, mein Kleines? Können wir euch besuchen?»

«Aber ja, das wäre *herrlich*. Wann?»

«Kommendes Wochenende, von Freitagabend bis Sonntagnachmittag. Am Donnerstag ist die Abschiedsparty, und das gute, alte Mädchen ist zutiefst deprimiert. Du weißt schon, kein Lebensinhalt mehr, niemand mehr, um den man sich kümmern könnte, überflüssig, wie üblich völlig überkandidelt. Ich sage immer ...»

«Sag dem dummen Gänschen, dass wir dringend auf euren Besuch warten. Uns würde etwas fehlen, wenn ihr nicht kommt.»

«Solltest du nicht erst einmal mit dem Einsiedler sprechen? Er ist womöglich gar nicht so erfreut.»

«Der Einsiedler», korrigierte Emma ihn streng, «wird entzückt sein. Ihr seid die Einzigen, die er nicht als Eindringlinge betrachtet.»

«Dich ausgenommen», sagte Billy trocken. «Vergiss nicht, dich zu diesem erlesenen Club dazuzurechnen.»

Sie lachte. «Mich ausgenommen. Übrigens kommt auch George mit seiner Brut am Sonntag zum Lunch, ihr überschneidet euch also. Ihr könntet dem Einsiedler ein wenig die Stacheln stutzen.»

«Gut», sagte Bill. «Ganz wie in alten Zeiten.»

Es gab eine winzige Pause.

«Nicht ganz», sagten sie unisono und versanken stumm in Erinnerungen.

«Also, in Ordnung», sagte Emma abrupt. «Freitagabend zum Essen. Der Einsiedler wird kochen.»

«Gott sei Dank!» Wieder ein gutturales Lachen. «Wir freuen uns darauf. Alles Gute, mein Mädchen.»

Bill und ich, dachte sie, während sie die steile Treppe zum Dachboden hinaufstieg, haben beide gleichzeitig angefangen, ein lockeres Leben zu führen, was uns beiden nicht gut bekommen ist. Und dann sind wir doch noch so glücklich geworden. Auf der anderen Seite, wenn Alison damals nicht mit ihrem Herumflirten Schluss gemacht hätte, hätte dann nicht alles auch ganz anders kommen können …? Sie schüttelte sich, während sie die Tür zum Dachboden aufstieß, die trostlos in ihren Angeln quietschte. Sollte man nicht vergessen, dachte sie. Es hätte alles auch ganz anders kommen können. Wie oft mir das im Laufe der Jahre wohl durch den Kopf gegangen ist?

Wir waren so jung, so lächerlich jung. «Ich war ja noch ein Kind», teilte sie den staubigen Schatten mit und seufzte bei der Erinnerung.

2

Mit dem Zug kam sie zurecht, aber vor der U-Bahn hatte sie Angst. Sie war zwar schon mit Josie und Tante Mabel bei Ausflügen zum Victoria and Albert Museum oder zum British Museum damit gefahren, aber allein fand sie es beängstigend. Außerdem war ihre Mappe unangenehm sperrig, mit der ungewohnten Last unterm Arm konnte sie keine Abstände schätzen und stieß aus Versehen ständig Leute an.

Sie schrak zusammen, als die U-Bahn aus dem Tunnel donnerte, wurde mit einer großen Menschenmasse in den Zug geschwemmt, fand dann keinen Sitzplatz und musste sich die ganze Strecke ab Liverpool Street an einer Schlaufe festhalten. Zwischen Bank und St. Paul's versuchte ein Mann, ihren Hintern zu betatschen, und als sie sich von ihm wegdrehte, rammte sie einem anderen Mann die Mappe in die Hoden. Er gab ein lautes «Autsch» von sich und fasste sich zwischen die Beine, und alle starrten sie an. Schweißgebadet, rot im Gesicht und den Tränen nahe, trat sie schließlich an der Tottenham Court Road ans Tageslicht.

Das Büro befand sich im dritten Stock, und sie musste zweimal nachfragen. Es wimmelte von selbstbewussten, auffällig gekleideten Studenten mit lauten Stimmen, die alle irgendwohin wollten. Die Sekretärin, bei der sie ihre Arbeiten abgab, wirkte nicht besonders interessiert.

«Sie wissen doch, wo das hin muss?»

«Ja, Schätzchen, keine Angst, ich kümmere mich schon darum.»

«Ich könnte schwören, dass wir noch nie so junge Bewerber hatten wie dieses Jahr», sagte die Sekretärin zu ihrer Kollegin und schaute hinter Emma her, als sie das Büro verließ. «Die sieht ja aus wie zwölf.»

«Das liegt an den Sommersprossen. Und den Augen. Erinnert mich an die jungen Hunde in den Anzeigen: ‹Am Nordring ausgesetzt, liebevolles Zuhause gesucht›.» Sie lachten.

Sie hatte die Mappe allein zusammenstellen müssen. Die Kunstlehrerin, neu an der Schule und um Autorität bemüht, wollte keine ihrer Arbeiten herausgeben. «Auf keinen Fall. Sie sollten die Schule beenden, bevor Sie sich amüsieren gehen.» Sie selbst war auf der Akademie nicht angenommen worden und hatte sich mit dem Lehramt begnügen müssen.

Also erledigte Emma das allein und bekam in weniger als sechs Wochen ihre Mappe zusammen: Zeichnungen von Pflanzen, Landschaften, immer wieder Blätter mit Modezeichnungen – dünne, überlange Frauen mit spitzen Ellbogen und langen Beinen in schmalen Röcken und engen, knapp sitzenden Oberteilen. Zurzeit waren hautenge Rippenpullover modern und die Säume wanderten nach oben, aber kein Gedanke daran, dass sie selbst ihre Beine zeigen durfte. Josie würde tot umfallen.

«Du lieber Himmel, Ma», sagte sie. «Wir haben 1964!» Aber ihre Mutter schnaubte nur und presste die Lippen zusammen. Sie war müde, wie immer.

Zum Vorstellungsgespräch wollte Josie dann unbedingt mitkommen, aber Emma bestand darauf, dass sie auf der Straße wartete, wandte den Blick ab, als sie winkte, und tat so, als würde sie sie nicht kennen. Sie wurde als Letzte aufgerufen.

Es waren drei: der Rektor, der Leiter des Vordiplomkurses und noch jemand, dessen Name Emma nicht verstand. Sie saß auf einem Stuhl in der Mitte des Raumes, während die drei ihre Arbeiten durchsahen und sie mit Fragen bombardierten. Sie hatten Probleme mit ihrem jungen Alter und kamen immer wieder darauf zurück.

«Wo wollen Sie denn wohnen?», fragte überraschend der Rektor.

«Zu Hause.» Wo sonst?

Weitere Diskussionen. Dann der Leiter des Vordiplomkurses, groß, onkelhaft, kahlköpfig. «Was sagen denn Ihre Eltern dazu, dass Sie so früh von der Schule abgehen?»

«Ich habe keinen Vater mehr, nur noch Ma, und die weiß Bescheid. Es bringt doch nichts, weiter zur Schule zu gehen, wenn ich keine Lust mehr habe, oder?» Die Aufsässigkeit war unwillkürlich, unbewusst.

Sie diskutierten stundenlang, bevor sie sie aufnahmen.

«Juhu!», schrie Emma, sprang von ihrem Stuhl auf, rannte durchs Zimmer und beugte sich über den Tisch, um ihnen die Hände zu schütteln. «Danke, danke, oh, vielen Dank!», sagte sie begeistert und errötete verlegen. Sie lachten. Der dritte Mann, der, dessen Namen sie nicht verstanden hatte, erhob sich, um sie hinauszubegleiten.

«Denken Sie daran», sagte er, «das bleibt streng unter uns. Es gibt eine Menge hoffnungsvoller Kinder da draußen, die erst in etwa einer Woche Bescheid bekommen.»

Emma ging so würdevoll wie möglich zur Tür. «Vielen Dank», wiederholte sie unnötigerweise, ihr Zopf flog ihr schwer gegen den Rücken, als sie sich zum Gehen umwandte, und sie hörte sie wieder lachen, als sie die Tür schloss.

Neben dem Aufzug stand ein Mädchen, ein umwerfend schönes Mädchen, das sich lebhaft mit einer Gruppe Jungen unterhielt. Ihr blondes Haar, ein ungewöhnliches, dunkles Honigblond, nicht gefärbt, war vorne zu einem Pony geschnitten und fiel ihr hinten glatt über die Schultern. Es wogte bei jeder Bewegung. Ihre Haut war braun, fast exotisch, ihre Augen, mit denen sie beim Sprechen und Lachen flirtete, waren beinahe schwarz, sodass das Weiß um die Iris ungewöhnlich leuchtete. Als Emma vorbeikam, lächelte sie sie strahlend an.

«Hallo, wie hat's geklappt?»

«Prima.» Emma lächelte hingerissen zurück.

«Dann sehen wir uns ja im nächsten Semester. Ich bin Alison.»

Der große, dunkelhaarige Mann, der an der Wand neben der Treppe lehnte, fiel Emma nicht auf, aber sie ihm.

Der Brief mit der Bestätigung ihrer Zulassung und weiteren Informationen zum Einschreibeverfahren traf eine Woche später ein. Außerdem hatte der Rektor handschriftlich die Bitte hinzugefügt, Josie möge ihm bestätigen, dass Emma, die erst im August sechzehn wurde, ihrem Alter entsprechend untergebracht sei. Ihre Mutter war immer noch skeptisch.

«Stell dir vor, was du tagsüber alles anstellen kannst», orakelte sie.

Auf dem Weg zur Einschreibung sah sich Emma genauer an, wie manche Mädchen angezogen und geschminkt waren. Sie wirkten alle beängstigend unabhängig. Niemand sagte: «Da muss ich meine Mutter fragen», oder: «Nein, ich kann nicht, ich muss um zehn Uhr zu Hause sein.»

Sie war schon auf dem Weg nach draußen zum Zug in Richtung Heimat, als das exotisch aussehende Mädchen, das sie beim Vorstellungsgespräch getroffen hatte, sie ansprach.

«Du hast es also auch geschafft. Prima! Wir wollen alle zusammen Kaffee trinken gehen. Kommst du mit?» Mit einem Haufen Jungen im Schlepptau fegte sie an Emma vorbei die Treppe hinunter und nahm dabei zwei Stufen auf einmal. «Los!» Ihre Stimme hallte durch den Aufzugschacht neben dem Treppenhaus, und alle, einschließlich Emma, beschleunigten den Schritt, um nicht zurückzubleiben oder, schlimmer noch, ausgeschlossen zu sein.

Sie liefen über die Charing Cross Road nach Soho, folgten ihr gehorsam wie die Kinder dem Rattenfänger. Sie kamen an Nachtlokalen vorbei, vor denen Türsteher im Abendanzug die Passanten ansprachen: «Liveshows, tolle Mädchen ...» Sie kamen an Prostituierten vorbei – geschminkten Huren, wie Emma sie noch nie gesehen hatte, mit hochtoupierten Frisuren, kurzen Röcken, breiten Lackgürteln und gelangweilten Mienen – und studierten die Speisekarten der fremdländischen Restaurants: chinesisch, griechisch, indisch, italienisch. Alison führte sie lässig an, rückwärts hüpfend und ununterbrochen redend und gestikulierend, während ihr das goldene Haar ums Gesicht wogte. Sie hatte lange Beine und ihr waghalsig kurzer Rock endete etwa zehn Zentimeter überm Knie.

Als sie in einem Café verschwand, marschierten sie alle folgsam hinter ihr her, hinab ins Untergeschoss, wo sie sich einen Espresso bestellten, heiß, süß und schaumig. Alison klatschte in die Hände.

«Also», sagte sie, «wir sollten uns jetzt gegenseitig kennen lernen. Du fängst an.» Sie zeigte auf den Jungen rechts neben ihr.

«George, George Campbell, neunzehn, äh ... Ich bin der kleine Mops aus Norfolk ... Ursprünglich aus Schottland. Dad ist Anwalt ... äh, ich habe zwei jüngere Schwestern ...» George zögerte, überlegte, was er sonst noch über sich erzählen könnte, und Alison, die sich bereits langweilte, wandte ihre Aufmerksamkeit einem anderen zu.

«Und du?»

«Jay Hammond.»

Alison wartete. «Das ist alles? Name, Rang und Seriennummer? Wie alt bist du?»

«Sechsundzwanzig.» Er klappte den Mund zu wie eine Falle, sodass sie sich gezwungen sah, entweder den Nächsten anzusprechen oder stumm dazusitzen.

«Emma Versey. Meine Mutter ist Sekretärin, und mein Vater war Vertreter und ist zwei Monate vor meiner Geburt gestorben. Wie meine Mutter erzählt, wurde er vor unserm Haus von einem Auto überfahren, als er eine Wiege für mich kaufen wollte.» Und mit welcher Leidensmiene sie das immer gesagt hatte, dachte sie, ganz Märtyrerin, die schwer kämpfen musste, um mich allein groß zu ziehen. «Ich bin sechzehn.»

«Na, dann bist du ja noch ein richtiges Kind», sagte Alison freundlich, beugte sich über den Tisch und lächelte sie strahlend an. Sie hatte kleine Zähne, sehr weiß und gleichmäßig, und lächelte so, dass man alles für sie getan hätte, nur damit sie wieder so lächelte.

Begierig auf den Klang ihrer eigenen Stimme, erklärte sie, sie sei jetzt an der Reihe. «Alison Brown. Furchtbar langweiliger Name. Aber schrecklich passend. Meine Mutter war Malaiin und soll sehr schön gewesen sein, und von ihr habe ich mein Aussehen.» Falsche Bescheidenheit lag ihr fern: Sie wusste genau, wie sie wirkte.

«Gewesen?»

«Gewesen. Sie ist bei der Geburt meines jüngsten Bruders Ricky gestorben. Mein teurer Vater, der alte Mistkerl, hat uns alleine groß gezogen und war darin ziemlich beschissen.» Sie lachte wieder. «Okay, jetzt bist du dran.»

William, hellhaarig, rundgesichtig und stupsnasig, ein Junge vom Land, der zum ersten Mal in der Hauptstadt war, fand das alles berauschend. «Appleyard, Bill. Hab eigentlich nichts zu erzählen. Dad ist Doktor und Mutter ist Hausfrau, richtig langweilig.» Er lächelte Emma zaghaft an, und Alisons schwarze Augen flogen von einem zum anderen.

«Na, ihr beiden passt zusammen», sagte sie, «eurer Kleidung nach zu urteilen seid ihr beide brave Kinder vernünftiger Eltern.» Emma war tief getroffen. «Und eure Kinder kriegen bestimmt mal rote Haare und Sommersprossen.» Nun waren sie beide getroffen und liefen gleichzeitig rot an.

«Lass sie in Ruhe! Merkst du nicht, wie gemein du bist?», sagte Jay kühl.

Alison war sofort zerknirscht. «Tut mir Leid, ihr Guten. Ich bin ein bisschen aufgedreht. Sind wohl die Nerven.»

«Danach siehst du gar nicht aus.» George, lockig, braunäugig, auf gesunde Weise hübsch und von sich selbst überzeugt, war schon in sie verknallt und nahm die anderen nur zur Kenntnis, wenn Alison einmal schwieg. Jay sprach fast überhaupt nicht. Mit langen, schlaksigen Gliedern, Hakennase, dunklem, glattem Haar, das schwer über eine hohe Stirn fiel, und blauen Augen mit langen Wimpern saß er zurückgelehnt da und beobachtete nur. Emma fühlte sich unbehaglich, wenn er sie ansah.

Alison hatte sich wohl in ihn verguckt, denn sie wandte sich oft mit Fragen an ihn, die er meist nicht beantwortete, neckte ihn, stützte das Kinn in die Hand und sah ihm tief in die Augen. Bei George wirkte das, er schmolz sichtbar dahin, aber Jay war offenbar immun. Er war es, der die Party beendete.

«Bis nächste Woche dann», sagte er und stand unvermittelt auf.

Alison war niedergeschlagen. «Musst du schon gehen?»

«Muss meinen Zug erwischen.» Er war kurz angebunden, blieb ungerührt von ihren Bitten, doch noch zu bleiben, und sie brachen auf, verabschiedeten sich laut auf der Old Compton Street und gingen auseinander, um ihre Busse und Bahnen zu erwischen. Alison lief mit Emma zur Tottenham Court Road.

«Hast du es weit?»

«Cheshunt.»

«Aha, Vorstadt. Komm ich auch her, Richmond. Könnte schlimmer sein, nehme ich an, und der alte Mistkerl meint, ich dürfte mir nächstes Jahr, wenn ich ins Hauptstudium komme, eine Wohnung nehmen.»

«Ist er denn so schlimm?»

Alison lachte hell. «Ja, ganz schlimm. Er ist so …», sie stockte und suchte nach dem richtigen Wort, «fordernd.»

«Was meinst du damit, fordernd?»

Alison sah sie mit ihren schwarzen Augen kurz von der Seite an. «Für dich ist das wohl in Ordnung», sagte sie. «Ich wette, dein Vater war kein Genie.»

«Weiß ich nicht. Ich hab ihn ja nicht kennen gelernt.»

«Ach je, typisch, da habe ich mich schon wieder ins Fettnäpfchen gesetzt. Tut mir Leid, das wollte ich wirklich nicht. Hast du Geschwister?» Emma schüttelte den Kopf. «Ich hab zwei Brüder. Pete ist dreiundzwanzig und ebenfalls ein Genie, deshalb hatte Vater nie Probleme mit ihm. Und dann komm ich. Ich bin auch ziemlich clever. Nur weil ich sonst abgehauen wäre, bin ich überhaupt hier.» Sie lachte wieder. «Ricky, der ist das Problem. Aber das interessiert dich bestimmt nicht.» Sie gingen zusammen zum U-Bahnhof hinunter, und an ihrem Bahnsteig verabschiedete Alison sich. «Das wird bestimmt eine tolle Zeit», sagte sie. «Bis nächste Woche.»

Emma sah zu, wie sich die Leute nach Alison umdrehten, und fragte sich, warum um alles in der Welt ein solches Mädchen sich ausgerechnet sie für die Rolle der Bewunderin ausgeguckt hatte, dann machte sie sich auf den Weg zu ihrem Zug, zur Liverpool Street Station und zur Heimreise in die Vorstadt.

3

Als Emma an ihrem ersten Collegetag das Haus verlassen wollte, bemerkte ihre Mutter den nachts heimlich umgenähten Rocksaum und sprach ein Machtwort.

«Du siehst ja aus wie ein Flittchen. *So* läufst du mir an deinem ersten Tag nicht herum, Schluss, aus! Entweder du ziehst dich um, oder du bleibst hier!»

Emma stürmte nach oben und warf sich in Jeans und Schlabberpulli. «Dumme Kuh», murmelte sie vor sich hin, während sie die Haustür hinter sich zuwarf. *Dumme Kuh!*, wiederholte sie stumm auf der ganzen Zugfahrt nach London.

Eine Liste am schwarzen Brett teilte ihr mit, in welchen Raum sie musste. Die Jungen waren in einer anderen Gruppe, wie auch Alison – ihre Namen begannen mit den Buchstaben aus der ersten Hälfte des Alphabets –, und Emma geriet in Panik und kreiste um das schwarze Brett, bis sie zu spät dran war. Als sie den Raum schließlich fand, hatte man bereits angefangen, und bei der Unterbrechung wandten sich ein Dutzend Augenpaare in ihre Richtung. Oh, wenn man doch unsichtbar wäre!

Der dicke, ältere Mann, der in der Mitte des Raumes saß, trug nichts als ein schwarzes Suspensorium und eine gelangweilte Miene. Emma hatte noch nie so viel Fleisch gesehen. Seine Brüste wallten ihm über den Bauch, Haut traf auf Haut in weißen teigigen Hügeln, und seine hängenden Hinterbacken flossen seitlich von seinem Sitz. Emma überlegte, wie wohl der Penis unter dem Suspensorium aussah. Sie war noch nie so nah daran gewesen, einen zu Gesicht zu bekommen. Wurden Penisse eigentlich auch einfach so dick, nicht nur, wenn sie erigiert waren? Oder hieß das Penii? Warum hatte sie bei den unanständigen Wörtern in der Schule nicht besser aufgepasst?

Der Dozent holte ihr eine Staffelei – eine hölzerne Bank mit einer Latte vorne, auf der sie ihr Zeichenbrett aufstützen konnte –, und die Klasse arbeitete in beinahe absoluter Stille weiter bis zum späten Vormittag.

«Holen Sie sich einen Kaffee», sagte er dann. «Sehen Sie sich ein wenig um und orientieren Sie sich.»

Sie zogen verschüchtert ab, zur Mensa zwei Stockwerke tiefer, und bei dem Lärm und Getümmel verlor sie auch den letzten Rest ihres Selbstvertrauens. Sie stand mit gesenktem Kopf in der Schlange und tat so, als suchte sie etwas in ihrer Handtasche, weil sie nicht wusste, wo sie hinschauen sollte, und als sie dann ihren Kaffee und einen Schokoriegel hatte, wusste sie nicht, wo sie hingehen sollte. Sie kam sich unförmig, auffällig vor, mit einem Gesicht wie ein Feuermelder, riesigen Händen und Füßen, ein richtiges Monster. Sie hätte auf der Schule bleiben sollen, wo man an ihre monströsen Proportionen gewöhnt war, an ihr Quasimodo-Gesicht.

Als Alison im Eingang auftauchte, drehten sich ein paar Dutzend Köpfe nach ihr um. Sie warf mit Blicken um sich, produzierte sich vor ihrem Publikum, bis sie Emma entdeckte, den blonden Kopf zurückwarf und ihre Zähne zu diesem umwerfenden Lächeln entblößte. Emma hörte massenhaftes männliches Luftschnappen, und zwanzig Augenpaare folgten Alison beim Durchqueren des Raumes.

«Hallo. Bist du so lieb und hältst mir einen Platz frei? Bin gleich wieder da.» Alison wollte sich ans Ende der Schlange stellen, als sie George entdeckte und ihm mit vielen Gesten bedeutete, er möge ihr einen Kaffee mitbringen. Er sah so erfreut aus, dass es fast lächerlich war, und sonnte sich in der allgemeinen Aufmerksamkeit. «Komm», sagte sie, «suchen wir uns einen Platz», und wunderbarerweise wurde ein Tisch frei gemacht und ihr in tiefer Ergebenheit überlassen.

George kam mit Bill und Jay. Irgendwie, Emma begriff nicht ganz, wie, gelang es Alison, Jay neben sich zu platzieren, was George verärgerte. Die Jungen nannten sie bereits Ali und wetteiferten um ihre Aufmerksamkeit, bis auf Jay, der sich zu Emma hinüberbeugte und sie mit aufmerksamen blauen Augen fixierte. Wieder fand Emma ihn beängstigend.

«Also, wo wollen wir nachher essen gehen?», fragte Alison. «Ganz in der Nähe ist ein Italiener, sollen wir es da versuchen? Jay?»

Jay stimmte achselzuckend zu. «Wenn die anderen nichts dagegen haben. Emma?»

«Gut, ich komme mit.» Emma hätte allem zugestimmt,

um nicht allein in der Mensa bleiben zu müssen. Ihr Schokoriegel lag unberührt in ihrer Tasche, denn sie war zu gehemmt zum Essen.

«Ich bin dabei.» George war verärgert. Ali hatte *ihn* nicht gefragt, ob *er* mit wollte. Seiner Meinung nach war das Günstlingswirtschaft. War er nicht genauso gut wie Jay? Und außerdem sah er besser aus.

Bill ließ den Blick von Gesicht zu Gesicht wandern, mit vor Aufregung geweiteten Augen. Er würde alles mitmachen, er war unkompliziert.

«Gut. Dann um halb eins.»

Die Kaffeepause hatte die Zungen gelöst und die von der Anspannung des ersten Tages bloßliegenden Nerven beruhigt. Wieder im Unterrichtsraum, begannen die anderen Studenten sich gegenseitig Zigaretten anzubieten, Witze zu erzählen und Anspielungen zu machen, Jungen und Mädchen sich wechselseitig zu mustern und bereits Paare zu bilden. Ich weiß nicht, wie das geht, dachte Emma, ich kann das nicht und ich will das auch nicht. Und so zeigte sie ihr Näherkommen-verboten-Schild, das verschlossene, abweisende Gesicht, das ihr schon in der Schule als Schutz gedient hatte, wenn jemand ihr zu nahe kam. Es funktionierte auch hier, mit durchschlagendem Erfolg, man hielt sie für kalt und hochnäsig und ließ sie in Ruhe.

Sie gingen zum Italiener, aßen so viel Risotto, wie für fünf Shilling auf ihre Teller ging, und tranken Unmengen Kaffee. Emma schlang alles wie ausgehungert hinunter und hätte noch mehr geschafft. Alison nahm eine halbe Portion für zwei Shilling Sixpence und bewältigte selbst die nur mit Mühe.

«Morgen», verkündete sie, «gehen wir in einen Pub. Hier in der Gegend gibt es bestimmt viele.»

Als sie im Zug nach Hause saß, war Emma erleichtert. Es gelang ihr, einen Sitzplatz zu ergattern, und sie sah müßig zu, wie die Pendler ihre Kreuzworträtsel lösten, die Morgenzeitung weiterlasen, verstohlen in der Nase bohrten und jeden Blickkontakt vermieden. Ich bin in weniger als vierundzwanzig Stunden um zwanzig Jahre gealtert, dachte sie, auch wenn ich immer noch genauso wenig über das männliche Geschlechtsorgan weiß wie heute Morgen, als ich das Haus verließ. Wieso sind weibliche Modelle eigentlich immer vollkommen nackt und männliche nicht?

Womit sich nur ihre Befürchtung bestätigte: Im Vergleich zu all den beängstigend abgebrühten Erwachsenen, mit denen sie den Tag verbracht hatte, war sie nur ein Kind, ein richtiges Wickelkind.

Das lag nur an dir, Ma, dachte sie, fast achtundzwanzig Jahre später, während sie im Eingang zum Dachboden stand und in die Finsternis starrte. So überbehütend, so erdrückend um meine Tugend besorgt, hast du mir die Möglichkeit genommen, mich zu diesen selbstbewussten jungen Leuten zugehörig zu fühlen, die miteinander sprachen und lachten, als hätten sie sich schon ein Leben lang gekannt. Du hast mich regelrecht zu Hause eingesperrt, aus Angst, ich könnte entfliehen und dich allein lassen. Aber rückblickend hast du wohl mehr mitbekommen, als ich dir zugetraut hätte.

Sie lächelte, als ihr die Unterhaltung an jenem ersten Abend wieder einfiel, ihre Mutter so begierig, so aufdringlich in ihrem Wunsch nach Information, in ihrem verzweifelten Verlangen, ihren Einfluss aufrechtzuerhalten.

Emma krümmte sich innerlich zusammen, als sich Josie mit einem großen trockenen Sherry neben Tante Mabel niederließ und über die leeren Teller beugte, damit ihr ja kein Wort entging.

«Also, wie war es? Wie sind die anderen? Was hast du heute gemacht? Erzähl!»

«Da gibt es nicht viel zu erzählen.»

«Sei nicht albern, mein Schatz. *Irgendwas* musst du doch gemacht haben. Tante Mabel und ich sind schon den ganzen Tag wahnsinnig gespannt.»

Blöde alte Schrulle! Steckt ihre Nase überall rein. «Ich habe ein bisschen gezeichnet.» Das wird sie gerade mal für zehn Sekunden zufrieden stellen, du Schaf ... Ich habe einen nackten Mann gezeichnet, und der hatte einen großen, dicken, riesig langen Pimmel. Das wird ihr die Sprache verschlagen. «Ist noch Pudding da?»

«Ja, Schatz. Vanillesauce?»

«Hmm, bitte.» Mit vollem Mund spricht man nicht.

«Also, was hast du denn nun gezeichnet, mein Schatz?»

«Einen nack... einen Mann.» Mit einem riesigen ... Nein. Das käme nicht gut an. «'tschuldigung, Ma, ich bin kaputt. Morgen erzähl ich dir alles.»

Oben auf dem Dachboden suchte Emma nach dem runden, altmodischen Lichtschalter, knipste ihn an und starrte dann mit einem Seufzer auf das Meer aus Gerümpel, das Georges Eltern zurückgelassen hatten. Eventuell hätte sie der guten Tante Mabel von dem Tag erzählt, der Schwester ihrer Mutter, die früher, als sie noch klein war, manchmal auf sie aufgepasst hatte. Mabel betrieb am Earl's Court eine Pension, die ihr vor vielen Jahren ein unbekannter Wohltäter vermacht hatte. Ihre Tante hatte schon allerlei erlebt, war voller Verständnis für die Jugend, und Josies Vorbehalte gegen sie erhöhten noch ihren Reiz. Sie hatte ein Skelett im Schrank und war daher interessanter als Ma.

Ach, Mabel, dachte Emma, als sie sich zwischen den zerbrochenen Stühlen, den Teekisten, den chaotischen Überbleibseln aus vierzig, fünfzig Lebensjahren von Georges Eltern hindurchschlängelte. Du hast dir meinetwegen so viel Mühe gegeben, Jugendclubs, Cafés und Abendkurse vorgeschlagen, dich für meine Freiheit eingesetzt, aber Ma hat nur das Kinn vorgeschoben und trotzdem getan, was ihrer Meinung nach das Beste für ihre Kleine war.

Sie sah in der Dunkelheit auf die einschüchternde Unordnung, überlegte, wo sie anfangen sollte, und musste lächeln, als ihr das Ende der Unterhaltung zwischen den beiden Frauen einfiel, das sie an jenem Abend mit angehört hatte.

«Meine liebe Tochter», sagte Josie nachdrücklich, «sie lebe glücklich bis ins hohe Alter.»

«Ein Widerspruch in sich», konterte Mabel trocken. «Glück und Alter.»

4

Jay war nicht der Einzige, der Emma verunsicherte, nur der Einschüchterndste. In den ersten Semesterwochen geriet sie allgemein in den Ruf, überheblich und hochmütig zu sein, und wurde als Eisblock bezeichnet. Jemand anders verpasste ihr dann den Spitznamen eiserne Jungfrau.

Ihr war bewusst, dass sie sich von den anderen absonderte. Sie lernte sich selbst besser kennen, und ob die anderen sie seltsam fanden, war ihr egal, solange man sie in Ruhe ließ. Nur hin und wieder verspürte sie das Bedürfnis, so zu sein wie Alison, die nach der Hälfte des Semesters mit fünf Jungen angebändelt und wieder Schluss gemacht hatte und mit dem Dozenten Passmore auf eine mittägliche Sauftour gegangen war. Völlig betrunken wurde sie im Aufenthaltsraum abgeladen, und Emma, die nicht wusste, was sie mit ihr anstellen sollte, war empört. «Es ist ja bekannt, dass Harry Passmore einem hübschen Gesicht nicht widerstehen kann», erklärte sie ihrer Freundin entrüstet. «Aber er ist verheiratet und hat drei Kinder, verdammt nochmal. Natürlich bist du selber Schuld, wenn du mit ihm ausgehst, trotzdem ist es ein starkes Stück, dich so abzufüllen, nur damit er dich betatschen kann.» Alison stöhnte und rannte zur Toilette.

Passmore fand es ausgesprochen komisch, als das hoch aufgeschossene Kind mit den Sommersprossen ihn auf dem Gang anhielt, um ihm die Meinung zu sagen, aber als sie mit ihm fertig war und sich ein Dutzend kichernder Zuschauer versammelt hatte, war ihm das Lachen vergangen.

«Du warst toll», meinte George später. «Ich wünschte, ich hätte den Mumm gehabt.»

«Hast du aber nicht.» Jay lächelte Emma an. «Genauso wenig wie ich, nur Emma hatte ihn.»

Emma war über sich selbst erschrocken. Als hätte sie in der Schule einen Aufstand bei der Rektorin gemacht.

«Weißt du was?» Jay, der Emma wie immer genau beobachtet hatte, nutzte die Gelegenheit. «Wir lassen die letzte Stunde sausen und gehen zusammen Kaffee trinken.»

Emma erklärte sich kurz entschlossen damit einverstanden. Sie kam sich mittlerweile dermaßen idiotisch vor, dass sie nur noch weg wollte, und sei es mit Jay. Als sie gingen, wurde Alison gerade von der Sekretärin ins Büro geführt, wo man schwarzen Kaffee in sie hineinschüttete.

«Ein paar von unseren geschätzten Dozenten sollten Warnschilder um den Hals tragen», bemerkte sie zu ihrer Kollegin. «Nun sieh dir mal an, in welchem Zustand das Mädchen hier ist!»

Als Alison wieder nüchtern war, schickte man sie nach Hause, aber sie sah die beiden: Emma und Jay im Café. Er beugte sich über den Tisch, lächelte sie an und hatte sie gerade mit irgendeiner Bemerkung zum Lachen gebracht. Miststück, dachte Alison im Vorbeigehen, du hinterhältiges, elendes Miststück!

Und damit, dachte Emma, während sie einen Stofffetzen aufhob und über einen dreibeinigen Couchtisch kletterte, um zum Fenster am hinteren Ende des Dachbodens zu gelangen, hatte ihre Freundschaft mit Alison eigentlich erst richtig begonnen – mit zögernden Geständnissen aufgrund von Schuldgefühlen. Wie Ali sie ausgelacht hatte! Wie albern sie sich wohl angehört hatte!

Sie rieb über das schmutzige Glas, hauchte die Scheiben an und rieb wieder. Die Sonne schien schräg aufs Gras, und wo noch Tau lag, verwandelte sie Grün in Grau. Auf dem feuchten Boden konnte sie die gewundenen Fußspuren des Einsiedlers erkennen. Wie schön es hier ist, dachte sie, und wie gut, dass wir schließlich hier gelandet sind, an einem Ort, den du schon so lange im Auge hattest. Wie seltsam, dass du und er das Gleiche dafür empfandet, und für mich.

Es dauerte drei Tage, bis Alison wieder mit ihr sprach, und selbst dann musste sie sie auf dem Weg zur U-Bahn noch dazu überreden, ja zwingen.

«Bitte», bettelte sie, «würdest du wieder mit mir sprechen? Ich hab nicht den Hauch einer Ahnung, warum du so sauer bist.»

Alison starrte sie wütend an, dann gab sie schulterzuckend nach. «Na gut», sagte sie resigniert. «Ich spendier dir einen Kaffee. Du hast offenbar wirklich keinen Schimmer.»

Sie setzten sich in ein Café in der Nähe der Oxford Street. «Es geht um Jay», sagte Alison.

Emma war verblüfft. «Was ist mit Jay?»

Ali kramte in ihrer Handtasche nach einer Zigarette. «Ich weiß immer noch nicht, warum ich rauche.» Sie lachte über sich selbst. «Ich habe nur damit angefangen, um interessant zu wirken. Er gefällt mir unheimlich, und neulich hab ich dich gesehen, wie du mit ihm im Café gesessen und ihn über deinen Espresso hinweg angeguckt hast.»

Emma lachte sie aus. «Du bist albern», sagte sie. «Ich bin doch überhaupt nicht in ihn verliebt.»

Das stimmte. Er hatte an jenem Nachmittag keine Annäherungsversuche gemacht, sich nur mit ihr übers College und über Illustrationen unterhalten, und als sie nach Hause ging, hatte sie ein wenig die Scheu vor ihm verloren, ja, sie stellte sogar fest, dass sie ihn eigentlich ganz gut leiden konnte.

«Es hatte überhaupt nichts zu bedeuten, ehrlich.»

Alison war skeptisch. «Na gut, wenn du nicht in Jay verknallt bist, in wen bist du kann verknallt? In irgendjemanden *musst* du doch verknallt sein.»

Sie begannen, mit den Studenten aus dem Diplomstudiengang auszugehen. Sie waren die Elite und bereits im «richtigen» Studium. Sie wussten, wo die Partys stattfanden, Partys, die anders waren als alles, was die Neulinge bisher kennen gelernt hatten. Emma konnte zu den ersten nicht mit, auch Alison nicht, aber die Jungen erzählten ihnen davon. Die brauchten ja auch nicht um Erlaubnis zu fragen, als Jungen konnten sie immer irgendwo auf dem Fußboden übernachten. Ihre Eltern machten sich keine Sorgen, dass sie verführt werden könnten, und sich zu betrinken gehörte einfach zum Erwachsenwerden dazu.

Alison war frustriert. Sie hatte doch das Leben kennen lernen wollen und konnte nun aus Mangel an Gelegenheit keine Erfahrungen sammeln. Da sie mittlerweile den Appetit ihrer Freundin kannte, ging sie mit Emma zum Italiener, spendierte ihr ein Pilzrisotto und zwei Portionen neapolitanisches Eis und versicherte sich ihrer Unterstützung.

«Wenn ich sage, ich würde bei dir übernachten, kann ich dem alten Mistkerl entwischen. Für dich tue ich dann das Gleiche.»

«In Ordnung», sagte Emma. «Aber bei mir ist das nicht nötig, kein Interesse.» Alison nahm das mit einem Schulterzucken zur Kenntnis und stürzte sich ins Vergnügen.

Auf einer Party in Notting Hill Gate verlor sie ihre Unschuld an einen Unbekannten, den sie nicht einmal nach seinem Namen fragte. «Wir haben es im Badezimmer auf dem Boden gemacht», erzählte sie Emma hinterher kichernd. «Dort lag auch ein Betrunkener, der völlig weggetreten war, und ich hatte fürchterliche Probleme mit meinem Schlüpfer. Er ging nicht runter bei all dem Gefummel und so.»

«War es gut?»

«Eigentlich nicht. Vorher fand ich es ganz schön, das Küssen und Streicheln. Er hatte ein großes Ding. Dann kam ich mir allerdings ein bisschen betrogen vor, denn es ging alles so schnell. Aber ich habe wohl einfach den falschen Typ erwischt.»

«Und jetzt ist Jay an der Reihe?»

Ali schüttelte den Kopf. «Nein, den heb ich mir für später auf. Ich möchte es erst richtig können, sonst läuft er mir noch weg. Ich habe den Eindruck, dass er schon ein bisschen herumgekommen ist, und ich möchte ihm gewachsen sein. Bin ich nicht schrecklich?» Sie lachte und zündete sich die nächste Zigarette an.

Eine Woche später wollte Jay mit Emma ausgehen. «Und warum nicht?», fragte er, als sie ablehnte.

Weil ich, hätte sie erklären können, Angst vor dir habe,

vor deiner weltmännischen Ausstrahlung, deiner Erfahrung. Aber das sagte sie nicht, sie murmelte nur: «Ich möchte lieber, dass wir Freunde bleiben», womit sie ihn verletzte.

«Ich hatte keineswegs die Absicht, dich zu vergewaltigen», sagte er wütend, und sie kam sich vor wie ein kompletter Idiot.

Ali war hinter Barry her, einem Graphikstudenten im zweiten Jahr. Groß, schlank und gut aussehend, wie er war, mit breiten Schultern und schmalen Hüften, stellte sie es sich als angenehm vor, mit ihm Erfahrungen zu sammeln.

Zur Semestermitte fand im Aufenthaltsraum ein Tanzabend statt: Bier, Chips, laute Musik, Tamla Motown, die Beatles, die Stones und hin und wieder ein paar langsame Stücke für die Schüchternen, Sandy Shaw und Dusty Springfield. Emma ging hin, nur um sich ihre Unabhängigkeit zu beweisen, und tanzte anfangs ausschließlich mit Bill und George, denn das waren die einzigen Jungen, bei denen sie sich wohl fühlte. Jay war nicht gekommen.

George war über Alison hinweg und jetzt in eine Graphikstudentin aus dem ersten Semester namens Jilly Fox verliebt. «Aber ich komme nicht an sie ran wegen all dieser anderen Typen», erklärte er Emma, indem er den Krach überbrüllte. «Was soll ich machen, Em, was meinst du?»

«Woher soll ich das wissen?», brüllte sie zurück, mit ihren eigenen Problemen beschäftigt, und er ließ sie stehen, um seinen Kummer in Alkohol zu ertränken.

Als sie später ein paar Gläser intus hatte, wurde sie mutiger und tanzte mit einem Jungen namens Ian, einem Studenten der Malerei. Seinen Familiennamen bekam sie nicht mit, weil gerade «House of the Rising Sun» von den Animals lief und die Musik zu laut war, aber er wirkte nett, normal und harmlos.

«Gehst du morgen mit mir ins Kino?», fragte er beim Hämmern der Musik beiläufig.

«Okay», artikulierte Emma stumm, vom Alkohol ermutigt, und er verabschiedete sich. Es war überraschend einfach.

Alison stürzte sich auf sie. «Na? Worüber habt ihr euch unterhalten? Küsst er gut? Ist das nun der Richtige?»

Emma lachte sie aus. «Nein, er ist nicht *der* Richtige. Er ist nur nett. Ich weiß nicht, ob er gut küsst – er hat mich nicht geküsst.»

Alison war enttäuscht, nahm es aber als gutes Zeichen, als Emma ihr vom Kino erzählte. Dann bestehe ja noch Hoffnung, meinte sie.

Am Mittwochabend ging er mit ihr in den College-Filmclub, wo Sternbergs *Der blaue Engel* gezeigt wurde: Marlene Dietrich, der herzlose Dekadenz aus jeder Pore troff. Als zum Schluss ihr Liebhaber so grausam gedemütigt und vernichtet wird, hatte Emma einen Kloß im Hals. In Wirklichkeit war bestimmt niemand so grausam, meinte sie.

Ian lachte sie aus. «Aber sicher. Denk mal an deine Freundin!» Emma war verblüfft. «Deine Freundin Alison. Die spielt doch mit jedem, auch mit dir. Barry hat sie bereits an der Leine. In der blinden Hoffnung, dass er bei ihr ankommen würde, hat er seiner Freundin den Laufpass gegeben, und dabei sieht doch jeder, dass sie ihn nur an der Nase herumführt. Du etwa nicht?»

Emma trat unbehaglich von einem Bein aufs andere. «Sie kann nichts dafür», verteidigte sie Alison. «Sie hat doch diesen schrecklichen Vater.»

«Quatsch», sagte Ian verächtlich. «Sie ist ganz einfach ein Biest.» Er hatte eben keine Ahnung.

Sie nahmen die U-Bahn zur Liverpool Street, und er wartete mit ihr auf dem Bahnsteig, bis Emmas Zug einfuhr.

Dann küsste er sie auf die Wange, drückte ihr die Hand und verabschiedete sich.

«Danke», sagte sie. «Es war ein schöner Abend.»

«Ich fühle mich geehrt.» Er grinste sie an. «Du hast nämlich einen Ruf.»

«Was meinst du damit, einen Ruf?»

«Man hält dich für unnahbar. Zwei Jungen aus meinem Semester wollten dich auch fragen, aber keiner hat sich getraut.»

Emma fühlte sich gedemütigt und beschämt.

«Na komm.» Ian lächelte sie an. «Das ist schon in Ordnung. Ich bewundere dich, denn du lässt dich von niemandem drängen. Wie alt bist du eigentlich?»

«Sechzehn.»

«Dachte ich mir.» Er nickte viel sagend. «Du hast noch viel Zeit.»

Am nächsten Nachmittag stürzte sich Alison auf sie. «Ach, du meine Güte, was ist denn mit dem Trottel los?», rief sie aus, als sie erfuhr, dass er nicht einmal versucht hatte, Emma richtig zu küssen. «Ist er schwul?»

«Schwul?

«Du weißt schon, vom anderen Ufer, ein warmer Bruder, ho-mo-se-xu-ell. Muss ich dir das auch erklären?»

«Nein. Nein, natürlich nicht.» Emma war sich sicher, dass er nicht so einer war. «Er weiß eben, dass ich nicht will.»

Bis zum Ende des Semesters ging Ian noch ein halbes Dutzend Mal mit Emma aus, ins Café oder zum Essen. Sie redeten und lachten harmlos miteinander wie Bruder und Schwester, und abends nahm sie den letzten Zug nach Hause nach Cheshunt zu ihrer Mutter. Josie erzählte sie, sie wäre mit Alison weg gewesen.

Josie fand es immer schwieriger, ihre Autorität zu wahren – Emma zog sich immer mehr zurück, und Josie fürchtete, sie ganz zu verlieren, wenn sie sich beklagte.

Jay redete gar nicht mehr mit Emma.

«Das pfeifen doch die Spatzen von den Dächern: Der ist schrecklich in dich verliebt. Weißt du das denn nicht?», sagte Ian.

«Nein … ja, vermutlich.» Emma wollte Jays offensichtliches Interesse nicht zur Kenntnis nehmen, denn sie hatte Schuldgefühle gegenüber Alison. «Aber ich habe ihm bereits erklärt, dass ich nicht mit ihm ausgehen will. Allerdings sehe ich nicht ein, warum wir nicht trotzdem Freunde sein können.»

«Du hast ihn verletzt. Du hast ihn abgewiesen und bist mit mir ausgegangen.»

«Aber das ist doch was anderes, du würdest nie …»

«Was würde ich nie, mit dir ins Bett gehen wollen? Das weiß er doch nicht.» Ian wirkte für einen Moment verärgert und wechselte das Thema.

5

Das Wintersemester 1965 war ein Fortschritt. Die Leute aus dem Vorstudiengang lernten sich allmählich kennen. Einige von den Älteren hatten sich in der Stadt eine Bude gesucht, möblierte Zimmer am Earl's Court oder in den Nebenstraßen der King's Road, und Emma konnte mittlerweile in die Mensa gehen, ohne sich wie der Glöckner von Notre-Dame zu fühlen.

In der Akademie in Chelsea gab es ein Rock-Konzert mit Long John Baldry und Julie Driscoll, und sie gingen alle zusammen hin, nur Jay nicht. Emma blieb zum ersten Mal von zu Hause weg, nachdem sie bei ihrer Mutter gebettelt und gefleht hatte, sie doch gehen zu lassen.

Josie wollte unbedingt Alis Vater anrufen, um sicherzugehen, dass ihm das auch recht war, und er hätte fast Alisons Alibi platzen lassen, als er pompös meinte: «Nachdem meine Tochter so oft bei Ihnen war, ist das doch das Mindeste.» Glücklicherweise war Josie an dem Abend müde, und Emma gelang es, die Bemerkung achselzuckend als Irrtum abzutun. Doch es war knapp und versetzte den Mädchen einen Schock.

Sie fuhren oben im letzten Doppeldeckerbus nach Richmond, vom Lärm und Watneys' Red Barrel berauscht, und trommelten auf den Lehnen herum, verschwitzt von der Hitze, der körperlichen Anspannung und zu viel Alkohol.

Der Mistkerl war noch auf, als sie heimkamen. Er war riesig, fast einen Meter neunzig groß, rotgesichtig und blond. Emma fand ihn auf Anhieb unsympathisch. Er hatte einen grausamen Zug um den Mund und das Gespräch mit ihm glich einem Verhör. Warum Emma so früh von der Schule gegangen sei? «Welche Noten hatten Sie denn? Wissen Sie, was Alison für Noten hatte?»

«Ach, sei still, Daddy. Em will meine blöden Noten gar nicht wissen.»

«Alison hat ein ausgezeichnetes Zeugnis.»

Ali sah ihn böse an. «Komm, Em, wir gehen ins Bett.»

«Woran lag es denn bei Ihnen, mein Fräulein?», wollte er wissen. «Nicht intelligent genug?»

Da Emma von seiner aggressiven Art und Weise eingeschüchtert war, murmelte sie nur: «Ich hatte einfach keine Lust mehr auf Schule», und eilte hinter ihrer Freundin her.

Das Haus war riesig, alt und elegant von außen, luxuriös und aufdringlich von innen. «Viel Geld und wenig Geschmack», meinte Alison, deren Zimmer sich stark vom Rest der Wohnung unterschied, ganz in Stahl und Glas, mit weißen Decken überm Bett, mit weißem Sofa, weißem Teppich und großen, leuchtend farbigen Drucken an den weiß gestrichenen Wänden. «Wenn ich mal so reich bin wie Daddy, hänge ich mir Originale auf», sagte sie.

Sie war überdreht, redete wie besessen über das Konzert, über Männer, über Sex. Es dauerte eine Stunde, bis sie wieder auf den alten Mistkerl kam. «Ist er nicht einfach grauenhaft?»

«Warum hat er's so mit den Noten?»

Alison drehte sich auf ihrem weißen Bett auf den Bauch, kreuzte die nackten Beine in der Luft und stützte das Kinn in die Hände. «Er ist ein intellektueller Snob, ein Genie mit einem Intelligenzquotienten von ich weiß nicht was, der sich aus dem Nichts zu all dem hier hochgearbeitet hat.» Sie wies mit einer verächtlichen Handbewegung auf ihre Umgebung. «Seine Eltern waren Arbeiter, glaube ich, aber ich habe sie nie kennen gelernt, er erwähnt sie nicht einmal. Sein Geld hat er nach dem Krieg mit Geschäften verdient, weißt du, indem er Restbestände billig aufgekauft und mit riesigem Gewinn wieder verkauft hat, aber jetzt ist er an der Börse und macht da seinen Reibach. Er liebt alles, was mit Macht zu tun hat, und er meint, Schulabschlüsse und akademische Grade würden einem zu Macht verhelfen, wie Geld und Adelstitel. Er hätte gern einen Adelstitel, aber er kennt nicht die richtigen Leute.» Sie lachte und genoss ihre Verachtung. «Er hat Geld in Massen und keine Klasse.» Sie reckte sich nach dem Nachttisch und tastete nach ihren Zigaretten. «Er ist ein Eins-a-Mistkerl. Pete, das ist mein großer Bruder, der studiert Mathe in Oxford und arbeitet an seiner Doktorarbeit. Der ist auch ein Genie. Mit dem hatte Daddy noch nie Probleme. Der wollte das so und Daddy brauchte ihm nur die richtige Richtung zu zeigen. Ich bin auch ziemlich intelligent …»

«Wie intelligent?»

«Wirklich ziemlich intelligent. Ich sollte zur Uni gehen: Ich hatte einen Platz in Somerville für Geschichte und Wirtschaftswissenschaften.»

«Und warum bist du nicht gegangen?»

«Aus zwei Gründen.» Alison rollte sich auf den Rücken, zündete ihre Zigarette an und sah nachdenklich durch den Rauch zur Zimmerdecke. «Einmal aus Trotz – ich hatte die Nase voll davon, mir immer alles von ihm sagen zu lassen. Und zweitens gefiel es mir nicht. Er hatte ein reines Mädchencollege ausgesucht, weil er meinte, da wäre man weniger abgelenkt.» Sie rollte sich wieder auf den Bauch und zeigte grinsend ihre vollkommenen weißen Zähne. «Du kannst dir vorstellen, wie mir das geschmeckt hat. Ich hab ihm erklärt, wenn ich dahin müsste, würde ich weglaufen und er würde mich nie wieder sehen. Aber dieses Jahr muss ich noch zu Hause wohnen, damit er ein Auge auf mich haben kann. Und ich darf gar nicht daran denken, wie er Ricky behandelt hat.»

«Wie hat er Ricky denn behandelt?»

Alison setzte sich auf und kreuzte die Beine. «Also … Ricky ist mein kleiner Bruder. Er ist weg.»

«Ist der auch so intelligent?»

«Ja und nein. Man hat ihn mit acht getestet, dann wieder, als er dreizehn war, und einen IQ von 125 oder 130 festgestellt. Das ist nicht ganz so gut wie bei mir und nicht einmal andeutungsweise so toll wie bei Pete, aber immer noch ganz gut. Das Problem war, er versagte. Als er sechs war, bestellte der Lehrer Daddy zu sich und erklärte ihm, Ricky wäre schwachsinnig.» Sie hielt inne, um blauen Rauch in die Luft zu blasen. «Daddy war immer streng zu ihm. Vielleicht, weil er der Jüngste war und mit mir und Pete mithalten musste. Wie auch immer, es stellte sich heraus, dass er eine Art ...», sie zuckte mit den Schultern und spielte mit der Asche im Aschenbecher herum, «tja, Wahrnehmungsstörung hatte. Also, er erfasst die Wörter nicht richtig. Wenn er ein Buch oder eine Zeitung anschaut, sieht er das nicht wie du oder ich – es ist einfach ein Durcheinander.» Sie sprang vom Bett auf und wühlte in einer Schublade. «Das hat er geschrieben, als er ungefähr zehn war.» Sie reichte Emma ein Blatt mit Eselsohren. Zwischen einigen Buchstaben gab es Lücken, und Emma meinte, hin und wieder ein Wort erkennen zu können. «Nud» konnte «und» bedeuten und etwas hätte «der» heißen können, nur dass das «d» verkehrt herum geschrieben war. Der Rest war einfach nicht zu entziffern. Sie gab es zurück.

«Verstehst du, was ich meine? Du kannst dir nicht vorstellen, wie schlimm Daddy das fand. Ein Mann, der alles aus eigener Kraft erreicht hatte, und nun gab es da, nach zwei schlauen Kindern, diesen totalen Schwachkopf. Er wollte es jahrelang nicht wahrhaben und gab den Schulen die Schuld, denn es konnte einfach nicht sein Problem sein. Im letzten Grundschuljahr nahm Rickys Rektorin dann Daddy beiseite und sagte ihm ihre Meinung, sagte, Ricky sei ein heller kleiner Junge mit einem Lernproblem. Sie unterzog ihn allen möglichen komischen Tests, um zu beweisen, wie klug er war, aber das fand Daddy nur noch schlimmer. Er dachte, wenn Ricky helle war, dann versagte er nur, weil er sich keine Mühe gab, deshalb begann er ihm zu Hause Nachhilfe zu geben, und als Ricky es nicht packte, schrie er herum und schimpfte. Ricky hatte eine Todesangst vor ihm. Es endete in Tränen, und Daddy warf die Bücher durchs Zimmer und schlug wutentbrannt die Tür hinter sich zu.» Alison rauchte aromatische schwarze Sobranie mit farbigen

Filtern, paffte heftig, zündete eine an der Glut der anderen an und drückte dann die Stummel aus, bis ein bunter Haufen Zylinder im Aschenbecher lag.

«Und was ist dann passiert?»

«Ich bin weggegangen. Ich war dreizehn und Daddy hat mich in einem Internat untergebracht, aber Ricky wurde nirgendwo angenommen, deshalb beschloss er, ihn zu Hause zu unterrichten. Er war mittlerweile zwölf und Daddy hätte das durchaus gekonnt, ich meine, er hatte das nötige Wissen, aber was er nicht hatte, war Geduld. Er hatte nicht die geringste Ahnung, wie Ricky sich vor ihm fürchtete. Als ich im ersten Jahr damals nach Hause kam, hatte Ricky angefangen zu stottern, und als er dann vierzehn war, konnte er nicht nur nicht lesen und schreiben, er konnte auch nicht mehr sprechen.» Zornestränen liefen ihr über die Wangen. «Ich hasse ihn!», rief sie aus. «Ich hasse den alten Mistkerl bis aufs Blut!» Emma holte ihr ein Papiertaschentuch, ein fast sauberes, und sie wischte sich die Tränen ab. «Tut mir Leid.» Sie schnäuzte sich lautstark. «Das ist der Alkohol, der macht mich trübsinnig.»

«Und wo ist er jetzt?»

«Wer, Ricky? Ich habe dir doch gesagt, er ist weg, auf einer Sonderschule. Aber er ist Ende des Schuljahrs fertig, und dann muss er wieder nach Hause, damit ihn sein lieber Daddy wieder quälen kann.»

Sie zogen sich schweigend aus, und Alison stolperte sofort ins Bett und schlief ein. Emma lag wach, dachte über das nach, was sie erfahren hatte, und sah ihre farblose, überarbeitete Mutter in neuem Licht. Sie schliefen lange, und Alison wachte mit einem Kater auf.

Für den Rest des Semesters sahen sie sich nur selten. Zu viele wunde Stellen lagen bloß, und sie scheuten sich beide vor weiteren Intimitäten. Ali wollte kein Mitleid. Sie wollte gemocht, geliebt, bewundert werden, aber nicht bemitleidet.

Die Ferien waren eine Erlösung.

6

Während des Sommersemesters stellten sie alle fest, dass sie sich ein wenig anstrengen mussten, falls sie ins Hauptstudium wollten.

Ali wollte Graphikdesign studieren. Sie liebäugele mit Werbung, sagte sie. «Massenhaft Geld, Ruhm und Männer.»

«Die armen Tölpel ahnen ja nicht, was auf sie zukommt», sagte Jay beißend, um sie zu reizen.

Er und Alison wechselten kaum noch ein Wort miteinander. Sie hatte auf einer Party in St. John's Wood Annäherungsversuche gemacht und war abgewiesen worden. Mit Emma redete er auch nicht, weil sie sich immer noch mit Ian traf. Wenn er sich auch auf den ersten Blick in sie verliebt hatte – ich brauche sie nicht, sagte er sich, wenn der Drang, die beiden zu erwürgen, allzu stark wurde, ich liebe sie nicht. Sie würde mein Leben nur verkomplizieren. Seit dem Zusammenstoß mit Alison suchte er seine flüchtigen Vergnügungen weit entfernt vom College, verborgen vor den neugierigen Augen seiner Mitstudenten.

Die letzten Wochen waren hektisch, alle bemühten sich, ihre Mappen zusammenzubekommen, und stellten fest, dass sie nicht fleißig genug gewesen waren. Bis auf Jay, den stillen, hämischen Jay, der wusste, das er genug getan hatte. Er war sehr gut, sehr, sehr gut und selbstsicher bis zur Arroganz. Er hatte sich für ein Graphikstudium entschieden und war sich ganz sicher, dass er angenommen würde.

George wollte ebenfalls Graphik studieren – er wusste, er würde hinterher einen gut bezahlten Job bekommen –, doch Bill wollte zur allgemeinen Überraschung Modedesigner werden.

«Keine Ahnung», sagte er, als man ihn nach dem Grund fragte. «Scheint mir eben das Richtige.»

Emma wollte ebenfalls in die Modebranche, während Alison, ganz typisch, dreimal ihre Meinung änderte, bevor sie sich schließlich dazu entschloss, sich Bill und Emma anzuschließen, vor allem, weil ihr der Dozent für Textildesign gefiel.

«Wenn es mir nicht zusagt, kann ich ja immer noch wechseln», meinte sie leichthin.

Alle wurden angenommen und verzogen sich am letzten Tag des Semesters in den Pub, um das zu feiern und sich endgültig in die langen Ferien zu verabschieden.

Ian entdeckte in einer Ecke Emma, die sich in einer aufgeregten Unterhaltung mit Bill befand. «Natürlich kannst du», sagte sie. «Warum fragst du sie nicht? Wie George und Ali.»

«Was wie George und Ali?»

Emma wandte sich um und lächelte Ian an. «Mich lächelst du nie so an», beschwerte sich Bill, aus reiner Gewohnheit flirtend, und sie lachte ihn aus.

«Also, worum geht's?»

«Um meine Tante Mabel.» Emma rückte zur Seite. «Ali und ich wollen unsere Eltern überreden, uns nächstes Jahr ausziehen zu lassen. Ich habe bei Ma bereits darauf hingearbeitet. Wenn sie selbst schon kein Auge auf mich haben kann, dann wäre Mabel die zweitbeste dafür. Sie wohnt nämlich am Earl's Court. Etliche ihrer Studenten ziehen diesen Sommer aus, und wir sind ja alle so respektabel, dass sie entzückt sein dürfte, wenn ich meine lieben Freunde dazu überreden könnte, bei ihr ein Zimmer zu mieten. Sie weiß natürlich nicht, was für ein schlimmer, unanständiger Haufen ihr seid.»

Bill tat beleidigt. «Wie kannst du es wagen! Hier bin ich, die reinste Unschuld vom Lande, und die liebe Alison, der Inbegriff einer eisernen Jungfrau ...»

Alle lachten bei dem Gedanken an Alison als eiserner Jungfrau, der Titel gebührte immer noch Emma. Ein Witzbold hatte Alison «Fahrrad» getauft – jeder könnte sich auf ihr abstrampeln –, aber das hinderte keinen Jungen daran, hinter ihr her zu sein.

«Wenn du Interesse hast», sagte Emma, «dann musst du dich beeilen. Sie ist fast belegt.»

«Wie Alison», bemerkte Bill trocken.

Oben auf dem Dachboden räumte Emma ein paar kaputte Lampenschirme zur Seite. Sie hatte den anderen nie erzählt, wie schwierig es war, Josie herumzukriegen. «Wie kannst du mich so im Stich lassen?», fragte Josie. «All die Jahre habe ich geknausert und gespart, mich für dich aufgeopfert, und wozu? Nur damit du dich so schnell wie möglich davonmachst?»

Emma war geduldig, praktisch. «Ich bräuchte dann weniger Fahrgeld. Tante Mabel wird wohl kaum Miete von mir verlangen, deshalb gibt es keine Mehrausgaben außer Strom und Gas. Für dich ist es weniger anstrengend, wenn du nicht nach Hause hetzen musst, um für zwei zu kochen, keine Wäsche, kein Bettenbeziehen mehr für uns beide. Und ich» – offene emotionale Erpressung – «müsste dann nicht mehr spätabends durch ganz London fahren oder Vorlesungen ausfallen lassen, damit ich den frühen Abendzug noch erwische.» Ihre Mutter gab nach.

Und nun ist es zu spät, dachte Emma, während sie vom Dachbodenfenster aus in den sonnenbeschienenen Garten tief unter ihr starrte, meine kalte Nichtachtung von Mas Bedürfnissen zu bedauern. Mir kam es nicht einmal in den Sinn, dass sie überhaupt Bedürfnisse hatte, Träume und Sehnsüchte, genau wie ich. Sie kam mir damals so alt vor und ich war jung. Jetzt ist es zu spät, sich zu entschuldigen.

7

Emma nahm das große Zimmer im Erdgeschoss, dessen Flügelfenster nach hinten auf den Stadtpark hinausgingen, mit steinernem Waschbecken, hölzernem Abtropfregal und einer Kochplatte. Ali hatte ein Auge auf das Schlafzimmer über Emma geworfen, direkt neben dem Gemeinschaftsbad. Die anderen Zimmer im Erdgeschoss und im ersten Stock waren bereits vermietet, an einen Jurastudenten und ein Mädchen, das Englisch an der London University studierte. Tante Mabel bewohnte den zweiten Stock, und das Untergeschoss war für die Jungen vorgesehen, allerdings noch für ein paar Wochen von zwei Studenten und einem Dozenten der Wirtschaftswissenschaft belegt.

Emma organisierte in der ersten Ferienwoche ein Treffen, informierte alle, wo genau das Haus war, was sie anziehen und wie sie sich Tante Mabel gegenüber verhalten sollten. Nur Jay hatte kein Interesse. Er hatte kein Bedürfnis nach Gesellschaft, bis auf die von Emma.

Es war ein langer heißer Sommer. Bevor sie auseinander gingen, gab Ian Emma seine Telefonnummer, aber sie brachte es nicht über sich, ihm ihre zu geben. Sie bekam einen Job in einem Großhandelsmarkt, packte von acht bis halb zwei Hundefutter in Regale, eilte von da aus zum Mittagessen nach Hause und nahm dann den Bus zum Supermarkt, wo sie von halb vier bis halb elf an der Kasse saß. Jeden Abend ging sie mit geschwollenen Füßen und Rückenschmerzen ins Bett, träumte von Kassen und Kassenzettelrollen und verdiente acht Pfund und zehn Shilling die Woche.

Als sie Ende September kündigte, hatte sie fast hundert Pfund angesammelt, doch sie gab nichts davon aus: Das Geld war für die neue Wohnung gedacht. Sie hatte sich geweigert, Mabel und Josie auf ihre spätsommerliche Urlaubsreise nach Southwold zu begleiten, und fuhr stattdessen zehn Tage vor Semesterbeginn nach London. Ian hatte sie seit dem Treffen bei Mabel nicht mehr gesehen, und sie fragte sich flüchtig, ob sie ihn hätte anrufen sollen, machte sich jedoch weiter keine Gedanken darüber – es war nicht so wichtig. Oder war Ian selbst nicht so wichtig?

Ohne Mabel konnte sie dort tun und lassen, was sie wollte, und diese Freiheit war berauschend, wie der erste Schwips. Sie dachte kurz daran, Ali anzurufen, ließ es aber bleiben, sie war viel zu zufrieden und entdeckte zum ersten Mal in ihrem Leben das Vergnügen, ganz allein zu sein.

Die anderen tauchten am Samstag in einem Sammelsurium von Familienkutschen auf, die mit Schachteln, Teekisten, Koffern und geduldig leidenden Eltern voll geladen waren. Bills waren still und bescheiden wie Bill selbst; Georges auf Anhieb sympathisch, ruhig, gelassen und ein bisschen schottisch. Ians Eltern hinterließen bei Emma nicht den geringsten Eindruck. Und der Mistkerl war genau so ungehobelt wie beim letzten Mal. Mabel, die Jahre der Unsichtbarkeit in einem besseren Fall als dem des ungeschliffenen Mr. Brown erduldet hatte, nahm sofort Anstoß.

«Er ist ja vielleicht im Grunde ganz nett», gestand sie Josie, die gerade angekommen war, «aber ehrlich gesagt, dafür kann ich keinerlei Anzeichen entdecken. Der Mann ist rettungslos gewöhnlich.»

Während die anderen sich in ihre Zimmer verteilten, drückte sich Ian noch herum.

«Du hast mich nicht angerufen ...»

«Tut mir Leid, ich habe einfach so viel gearbeitet ...»

«Und du hast mir deine Telefonnummer nicht gegeben, damit ich dich anrufen konnte.» Er starrte sie streitlustig an. «Ich war sehr geduldig, Em, aber manchmal glaube ich, dass du mich nur benutzt, um auf bequeme Weise hartnäckigere Verehrer abzuschrecken. Das ist nicht fair.»

Er hörte sich vorwurfsvoll und gekränkt an, und Emma begab sich sofort in die Defensive. Sie hatten eine Abmachung, und er hatte die Regeln akzeptiert. Sie fühlte sich von seiner Hartnäckigkeit bedrängt, missbraucht.

«Ich zahle immer selber», meinte sie schmollend, wie zur Entschuldigung.

«Darum geht es doch gar nicht, und das weißt du auch.» Das fand Ian ja gerade so bedauerlich, denn er konnte ja kaum Druck auf Emma ausüben, wenn er noch nicht einmal behaupten durfte, Geld für sie ausgegeben zu haben. Nicht ein einziges Mal war es ihm gelungen, alles für sie zu bezahlen, wenn sie abends ausgegangen waren, und ausdrücklich darauf hinzuweisen war einfach nicht fair von ihr. Er wollte sie küssen, aber sie drehte den Kopf weg und hielt ihm die Wange hin.

«Vielleicht sollte ich mich anderweitig umtun, statt neben dem Telefon zu hocken», sagte er zornig und polterte nach unten.

Sie schloss die Tür hinter ihm und setzte sich ins offene

Fenster. Es war immer noch sommerlich, und der Abendwind roch gut, nach Benzin, warmem Teer und Gras. Sie versuchte sich ein Leben ohne Ian vorzustellen, was ihr ohne weiteres gelang. Wenn er ihr den Laufpass gab, würde sie eben wieder allein sein, nur dass sie jetzt wirklich auf sich gestellt war. Sie konnte hören, wie die anderen sich unten einrichteten: gedämpftes Poltern, Stimmen, Gelächter, dann das dumpfe Bum, Bum, Bum von Rockmusik. Das störte sie nicht, nicht mehr als das Rauschen des Verkehrs oder der Australier nebenan, der im Bad einen unanständigen, antipodischen Gassenhauer sang. Sie war für sich allein.

Josie war am Sonntag heimgefahren, tränenreich und niedergeschlagen. «Das Haus wird mir so leer vorkommen», schniefte sie kummervoll ins Taschentuch, mit laufender Nase und roten, wässrigen Augen. «Du isst bestimmt nicht ordentlich, wenn ich nicht auf dich aufpasse.»

«Vielen Dank für dein Vertrauen.» Mabel war nüchtern, sarkastisch und konnte das Gejammer ihrer Schwester nicht ertragen. «Nun ist aber Schluss, Josie. Ich achte schon darauf, dass Emma auf dem Pfad der Tugend bleibt, das verspreche ich dir.» Josie schniefte.

Sie begleiteten sie zum U-Bahnhof, winkten ihr oben von der Rolltreppe aus nach und grinsten sich dann verschwörerisch an.

«Und du benimmst dich lieber, mein Fräulein», drohte Mabel ohne große Überzeugung, «sonst schicke ich dich wieder heim zu Muttern.»

8

Sie fuhren zusammen mit der U-Bahn zum College, alle bis auf Ian, der früher losging, um Emma nicht zu begegnen. Sie waren ziemlich laut, mit Absicht, um die anderen Pendler zu ärgern.

«Nun guck dir nur diese Langweiler an.» Bill schnippte seinen Pferdeschwanz verächtlich von seinem Kragen. «Das personifizierte Mausgrau.»

Er trug eine schwarze Jacke mit Samtkragen, tiefen Taschen und Schulterpolstern, ein Hemd in leuchtendem Türkis mit einem Ripsband als Krawatte und schwarze Röhrenjeans. Emma hatte ihre Augen zum ersten Mal nicht verstohlen in der Bahn, sondern zu Hause geschminkt und trug das Haar offen. Unter einem Armeemantel aus dem Secondhandshop hatte sie einen knöchellangen indischen Rock mit einem selbst gefärbten Oberteil an. Ali war ganz in Rot: rote Bluse mit langem, spitzem Kragen, roter, ausgestellter Rock mit breitem, schwarzem Gürtel und kurze, mit leuchtend schwarz-roten Blumen bestickte Jacke. Ihre Beine waren sehr braun und ihre hochhackigen Schuhe sehr spitz. Sie sah umwerfend aus und erntete unterwegs dutzendweise bewundernde Blicke. George trug eine sehr teure, pflaumenfarbene Lederjacke, die er von seinem Verdienst als Rettungsschwimmer erstanden hatte, sah aber trotzdem gammelig aus. Er war zu spät aufgestanden und hatte vergessen, sich zu rasieren, sein Haar war fettig und seine Jeans nicht allzu sauber.

Sie stolzierten die breiten Steinstufen hoch, grüßten vertraute Gesichter und blieben stehen, um ein Wort zu wechseln. «Wie waren die Ferien?» – «Hast du gearbeitet?» – «Wo ist denn der Dingsbums?»

Sie hatten jetzt einen neuen Stundenplan, an den sie sich

noch gewöhnen mussten. Es war nicht ganz einfach zu behalten, wo was stattfand, und sie verbrachten die erste Woche damit, sich neue Namen, neue Dozenten und neue Räume zu merken. Sie fanden sich unheimlich toll, waren aufgekratzt und übermütig.

Da sie in nun in verschiedenen Fachbereichen waren, trafen sie George seltener und Jay fast gar nicht mehr. Er wollte mittags nicht mit zum Italiener kommen, aber trotz seiner Abwesenheit war er ein Thema zwischen ihnen.

«Er ist der meilenweit Beste von uns», sagte George, «und weiß genau, was er will. Er besitzt ein sicheres Gespür für Wirkung, ‹kommerziellen Instinkt›, wie unser Dozent sagt.» Jay bekam schon Aufträge als freier Illustrator, nur aufgrund von Mundpropaganda. «Verdient Unsummen», sagte George sehnsüchtig. Er war erst seit einer Woche zurück, und sein Ferienverdienst schwand bereits dahin. Jilly war den Chinesen leid, deshalb hatten sie es mit Dinty Moore's versucht, dem Italiener an der Ecke, wo sich ein Großteil der Earl's Court-Studenten traf, aber auch da gefiel es ihr nicht. Sie liebte es feiner. «Sie wickelt mich immer um den kleinen Finger», gestand George Emma kläglich.

Alison brauchte weniger als eine Woche, um festzustellen, dass sie sich das falsche Zimmer ausgesucht hatte. Sie versuchte, Emma dazu zu überreden, mit ihr zu tauschen, aber die wollte nicht, deshalb becircte sie den ruhigen, zurückhaltenden Jurastudenten, der seit kurzem im Erdgeschoss zur Straße hin wohnte. Das Badezimmer wäre viel leiser als der Verkehr, versicherte sie ihm, und von ihrem Zimmer könnte man ins Grüne sehen. «Viel stiller», sagte sie und schlug groß die Augen zu ihm auf.

«Was hast du eigentlich vor?», fragte Emma misstrauisch.

Ali zwinkerte ihr zu. Sie lag faul auf Emmas Sofa, ließ die langen Beine über der Armlehne baumeln und auf ihrem Bauch balancierte bedenklich eine Tasse Kaffee. «Es ist nämlich so», erklärte sie, «im ersten Stock bin ich direkt unter Tante Mabels Schlafzimmer.»

«Na und?»

«Na ja, ich kann mir nicht gut vorstellen, dass Tante Mabel oben in ihrem jungfräulichen Bettchen liegt und sagt: ‹Wie schön, dass die kleine Alison heute Abend einen Freund zum Knutschen da hat.› Du vielleicht? Sie wäre in Windeseile unten und würde mich und den erwähnten jungen Mann vor die Tür setzen, wenn sie den Eindruck hätte, ich würde es in ihren heiligen Hallen mit jemandem treiben. Wenn ich allerdings das Zimmer im Parterre zur Straße raus hätte ...» Sie warf den goldenen Kopf zurück und lachte schallend.

Der Jurastudent fügte sich ihren Wünschen für nichts als ein hinreißendes Lächeln und ein flüchtiges Küsschen auf die Wange, und Alison beschloss, zur Feier des Umzugs eine Party zu geben.

Auch Tante Mabel wurde eingeladen, allerdings erst nachdem Alison sich vergewissert hatte, dass Mabel an dem Wochenende Josie besuchen wollte, und so bereitete es ihr nicht das geringste Problem, als Mabel die Einladung bedauernd ablehnte. «Aber bei der nächsten müssen Sie unbedingt dabei sein. Es ist ja auch gar keine richtige Party, Mabel» (sie nannten sich bereits beim Vornamen), «nur ein paar Freunde, und die meisten kennen Sie ja schon.»

Als Emma am Freitag in die Mensa kam, wartete Ian auf sie. Sie wusste, was er von ihr wollte, denn er hatte seit Tagen versucht, sie allein zu sprechen, doch sie war ihm aus dem Weg gegangen.

Er kam gleich zur Sache. «Ich muss wissen, was los ist. Gehen wir zusammen auf die Fete?»

«Nein», sagte sie zu ihrer eigenen Überraschung. «Nein, ich will nicht mehr mit dir zusammen sein.»

Er blieb einen Augenblick sitzen und starrte sie wütend an, dann schob er seinen Stuhl zurück und stand auf. «Gut», sagte er, «dann verabrede ich mich wohl besser mit jemand anders.»

«Tut mir Leid ...», setzte sie an, doch zu spät, er war bereits wutentbrannt auf dem Weg nach draußen.

Merkwürdigerweise fühlte sie sich erleichtert.

Die Mädchen verbrachten den Samstag vor dem mannshohen Spiegel in Alisons Zimmer, um sich für die Party chic zu machen. Bis zum Mittagessen türmten sich die ausgemusterten Kleidungsstücke auf dem Boden, und Alison war zu dem Schluss gekommen, dass sie etwas Neues brauchte, deshalb nahmen sie die U-Bahn nach Kensington und gingen zu Biba in der Abingdon Road, wo Alison ein Kleid mitgehen ließ. Es war kurz, schwarz und exquisit geschnitten. Es brachte ihre Beine und schön gebräunten Arme zur Geltung. Sie probierte es an, es gefiel ihr, sie stopfte es in ihren Jackenärmel und marschierte damit hinaus.

«Nun guck nicht so schockiert!» Sie lachte über Emmas Gesichtsausdruck. «Das machen doch alle, und außerdem hätte ich gar nicht die drei Pfund zehn dafür.»

Sie kamen kurz nach fünf zurück und stellten fest, dass die anderen fortgegangen waren. Sie hatten einen Zettel hinterlassen, *8 Uhr, Dinty Moore*, also verspeiste Emma eine Dose Ravioli mit geriebenem Käse, und dann probierten sie zum letzten Mal ihre Kleider an. Sie trug ein Jerseykleid, das sie in der Woche zuvor in der King's Road gekauft hatte: knöchellang, eng geschnitten, mit rundem Ausschnitt und breiten blau-gelben Streifen. Der Stoff, der sich über ihren vorstehenden Hüftknochen spannte, betonte den Mangel an Fleisch darunter: Sie sah aus wie eine hagere Wespe.

Alison musterte sie kritisch. «Du bist zu dünn», sagte sie. Sie selbst sah sensationell aus, strahlend schön, und sie wusste es.

Bill und George kamen aus dem Untergeschoss hoch, aber Ian ließ sich nicht blicken. «Er hat gesagt, er würde später zu uns stoßen», sagte Bill.

«Wo ist er denn hin?»

«Keine Ahnung, ich habe ihn nicht gefragt.»

«Der ist den ganzen Tag schon ziemlich schlecht gelaunt.» George war nicht gerade für seinen Takt berühmt. «Habt ihr Krach, Em?»

Emma antwortete nicht. Das ging niemanden etwas an.

Sie gingen zu Dinty Moore's, besetzten einen der großen Tische hinten im Restaurant, und im Laufe der nächsten Stunde trafen die anderen einzeln oder paarweise ein. Die Party sollte erst um zehn anfangen, aber bis neun waren sie schon zu vierzehnt und hatten elf Flaschen billigen Rotweins vertilgt. Barry kam um halb zehn und schmuggelte sich auf den Stuhl neben Alison. Das gestohlene Bibakleid sah umwerfend aus, und je mehr sie trank, desto mehr drehte Alison auf, bis sie alle anderen im Restaurant überstrahlte.

«Jetzt!», verkündete sie, gab das Startsignal, und alle sprangen auf, schoben die Stühle zurück, erhoben sich einmütig, tranken ihre Gläser leer und folgten ihrer Spur.

Emma war sauer. Sie war sauer über das geklaute Kleid, die Art, wie ihre Freundin alle manipulierte, die Tatsache, dass Alison diese Party gab, sie aber dazu gezwungen hatte, auch ihr Zimmer zur Verfügung zu stellen.

«Was ist denn mit dir und Ian los?» Bill hakte sich bei ihr ein, als sie auf die Straße kamen.

«Nichts. Wir haben nur Schluss gemacht.»

Damit hatte er nicht gerechnet. «Der arme alte Ian. Kein Wunder, dass er so schlechte Laune hatte.» Er umarmte sie fester. «Hat denn dann ein netter Junge vom Land eine Chance? Stubenrein, allgemein beliebt?»

Emma zwang sich zu einem Lachen. «Hm, laut Hörensagen allerdings bei ziemlich vielen Frauen.»

«In letzter Zeit nicht mehr, mein Mädchen, seit mindestens einer Woche nicht.»

Es war kalt geworden, und sie gingen schnell, alle, bis auf Emma. Sie trödelte, suchte Vorwände und wünschte sich verzweifelt, sie hätte sich geweigert, ihr Zimmer zur Verfügung zu stellen.

Es war zu spät, auf der Schwelle warteten bereits ein Dutzend Leute, und als sie in ihrer Tasche nach dem Schlüssel kramte, wurden Rufe laut: «Wie lange dauert das denn noch?», und man pfiff und stampfte mit den Füßen. Emma wurde immer saurer.

George ahnte, was in ihr vorging. «Na, komm», sagte er im Vorbeigehen, als er für Jilly etwas zu trinken holte, «es ist doch nur eine Party.»

Sie knirschte mit den Zähnen. «Merkt man mir das an?»

Ian war mit einer winzigen, wunderhübschen Japanerin erschienen und knutschte auf einem Sessel mit ihr herum.

«Mann!» Bill sah mit empörter Faszination zu. «Warum verschluckt er sie nicht einfach und fertig?»

Emma zog einen wackeligen Stuhl unter der Dachschräge hervor, wühlte dahinter und entdeckte einen Stapel alter, hölzerner Tennisschläger, einer immer noch im Spanner. Die Saiten waren ein Gewirr von Därmen, die Rahmen verbogen und vom Alter verdreht, nicht mehr zu reparieren. Als ihr jenes erste Mal wieder einfiel, hielt Emma inne und lächelte. Wie schön er war, erinnerte sie sich und wurde rot bei dem Gedanken daran, und ich war sofort in ihn verliebt.

Sie bahnte sich den Weg zu dem Berg von Gerümpel, der im Laufe ihrer Tätigkeit immer höher wurde («Nimm keine Rücksicht», hatte George ihr befohlen. «Ich bin nicht sentimental»), dann zog es sie wieder zum Fenster, wo sie ihn suchte, bis sie ihn endlich, die hechelnden Hunde wie Buchstützen neben sich auf der Bank, am Ufer des Flusses entdeckte, der sich am Rand der Wiese entlangschlängelte. Während sie ihn beobachtete, lehnte er sich zurück, die Hände hinterm Kopf verschränkt, die langen Beine gebeugt, und drehte sein Gesicht zur Sonne. Oh, ich liebe dich so, dachte sie. Aber als ich mich damals entscheiden musste, mein Gott, da brach es mir fast das Herz.

«Ricky!», überschrie Alison das Getöse und kletterte über Barrys Beine, um zu den Neuankömmlingen zu gelangen, die in der Tür standen und ihre Motorradhelme umklammerten. Einen von ihnen kannte Emma flüchtig, einen Kunststudenten, der wie Alison in Richmond wohnte. Der andere war zweifellos Alis Bruder, Rick.

Er war groß, etwa eins achtzig, mit dem Teint seiner Schwester, dunkle Haut, dunkle Augen, volles goldblondes Haar, war aber dünner als Alison, schmerzhaft dünn. Außerdem ging er gebeugt, mit eingezogenem Kopf, als erwarte er jeden Moment eine Ohrfeige oder einen Schlag. Doch trotz all dem, trotz des verbissenen Zugs um den Mund und der tiefen Falte zwischen den Augenbrauen, hielt Emma ihn für den schönsten Jungen, den sie je gesehen hatte. Es war Liebe, Liebe auf den ersten Blick, und sie wusste ohne jeden Zweifel vom ersten Moment an, dass sie ihn immer und ewig lieben würde.

Die Gabe seiner Schwester, einen Raum zu erhellen, hatte er jedoch nicht. Nachdem sie beiläufig auf die Getränke gewiesen hatte, begab sich Alison wieder zum Sofa, woraufhin sich der andere Junge ein Bier holte und ebenfalls abzog. Es war Bill, der gerade allein war und nichts Besseres zu tun hatte, der Rick zur Begrüßung anlächelte und ihm ein Glas Wein eingoss.

Er ging zum Fenster und starrte, mit dem Rücken zur stampfenden Musik, in den dunklen Garten hinaus, ohne Anstalten zu machen, sich in den Trubel zu stürzen. Niemand nahm ihn zur Kenntnis. Alison flirtete mit dem Jungen, der mit ihm gekommen war, und Barry wurde ärgerlich. Ian lag lang in einem der Sessel, auf seinem japanischen Mädchen, die Hände unter ihrem Rock, die Zunge in ihrem Mund. George und Jilly tanzten Wange an Wange zu «Ask Me Why» von den Beatles. Aber Rick Brown sah Emma nicht, die mit ihrem Weinglas immer noch allein auf ihrem Kissen hockte und sich nicht rührte. Sie starrte nur, von Gefühlen überschwemmt.

Bis zwei Uhr waren nur etwa zehn Leute übrig, aber Alison wollte noch weitermachen, denn sie amüsierte sich über den eifersüchtigen Barry. Als jemand rief: «Ali, Kaffee!», sah sie sich unwillig nach ihrem Bruder um.

«Ricky? Sei doch so lieb und mach Kaffee ...»

Zögernd bewegte er sich vom Fenster fort, in die Richtung, die Alisons Finger ihm wies, und Emma sah ihm nach. Wenn er nicht lesen konnte, würde er sich nicht zurechtfinden. Sie nahm ihr Glas und folgte ihm hinter den lackierten Wandschirm.

Er stand mit unsicher erhobener Hand vor einem der offenen Regale über dem Spülstein. Seine Finger waren sehr braun, die Knochen standen weiß unter der braunen Haut hervor, und Emma hätte ihn am liebsten gestreichelt.

Da standen drei Gläser, alle ganz gleich und mit «Tee», «Kaffee», «Zucker» beschriftet. Rick Brown hörte sie nicht kommen, und als sie an ihm vorbeigriff, sah sie ihn zusammenzucken und hörte, wie er scharf Luft holte, während sie den Kaffee herunternahm, den Zucker daneben stellte und ihn anlächelte.

«Das ist Kaffee und das ist ...»

Er starrte sie an, musterte sie nicht von oben bis unten, wie die meisten Jungen, die sie kannte, sondern starrte sie an, als hätte er noch nie so jemanden wie sie gesehen. Sie hob die Hand und berührte sein Gesicht. Sie hatte fürchterlich viel getrunken.

«Ich finde dich wunderschön», sagte sie.

Er lächelte zurück, eine plötzliche, blendende Erinnerung daran, wessen Bruder er war, und als ihre Finger sich von seiner Wange lösten, ergriff er ihr Handgelenk und hielt es fest.

«D-d-d-d ...» Er starrte ihr in verzückter Konzentration ins sommersprossige Gesicht und verfluchte seine Behinderung. Oh, dachte er, oh, ich dich auch, und er presste die Finger vor den Mund, um seine widerspenstige Zunge zu beruhigen. Emma fragte sich, wie sie nur vergessen konnte, dass er stotterte. Als er sie losließ, lächelte sie wieder, dann nahm sie ihr Glas und ließ ihn stehen, ging wieder zu ihrem Kissen in der Ecke, um dort die Augen zu schließen und den Kopf an die Wand zu lehnen, damit sie ihren Puls hören konnte, der ununterbrochen in ihren Ohren pochte. Etwas Ungeheuerliches, etwas Erstaunliches schien mit ihr zu geschehen.

Sie hörte, wie er mit Tassen klapperte, den Kessel füllte, dann eingoss und umrührte. Jemand hatte eine neue Platte aufgelegt, «Please Please Me» von den Beatles, und sie hörte, wie Tassen verteilt wurden und Alison mehr Zucker wollte. Als sich jemand neben sie setzte, wusste sie, dass er es war.

Er rückte ganz dicht neben sie, sodass er sie an der ganzen Seite berührte, aber sie reagierte erst, als das innere Beben nicht mehr auszuhalten war. Dann öffnete sie die Augen, hielt sie auf ihr Glas gerichtet und beobachtete, wie der Wein im Rhythmus mit dem Zittern ihrer Hand über den Rand schwappte. Sie betrachtete die Hand ernsthaft, als gehörte sie nicht zu ihr, dann wandte sie den Kopf, um zu sehen, ob er es bemerkt hatte.

Er starrte sie immer noch an, todernst und intensiv, und dachte dabei, wie schön sie sei. Als ihre Blicke sich trafen, streckte er die Hand aus, nahm ihr das Glas ab und stellte es sorgsam auf den Teppich neben sie, dann ergriff er ihre Hand. Sie sah fasziniert zu, wie seine braunen Finger sich um ihre schlossen.

«Ricky!»

Er fuhr auf und Emma mit ihm. So versunken waren sie in das, was mit ihnen geschah, dass sie die Welt um sich herum völlig vergessen hatten. Alison hatte nun genug, und es wurde Zeit, dass sie alle gingen.

Ian hatte sich bereits mit seinem japanischen Mädchen nach unten ins Bett verzogen, die anderen verschwanden nach und nach, und Rick ließ Emmas Hände los, kniete vor ihr nieder und fuhr ihr mit den Knöcheln langsam übers Gesicht.

«Kommst du wieder?» Sie wollte ihn berühren, tat es aber nicht, falls Alison zusehen sollte. Er nickte.

«N-n-n …»

«Nächste Woche?»

Wieder ließ er Alisons Lächeln aufleuchten, bei dem sie

innerlich zerfloss, dann stand er auf und ging zu seiner Schwester, die an der Tür wartete. Emma sah ihm nach. Oh Gott, er war so schön. Oh Gott, sie lehnte sich in ihr Kissen zurück und schloss die Augen, um das Gefühl besser auskosten zu können: Sie war verliebt.

In dieser Woche arbeitete Emma hart, noch härter als sonst, und sie ging Alison aus dem Weg, problemlos, denn Alison war mit ihrem neuen Freund beschäftigt. Als Mabel sich nach der Party erkundigte, sagte sie lässig, das heftige innere Zittern überspielend: «Danke, es war ganz gut, Tante Mabel», was bei ihrer Tante den Eindruck erweckte, es wäre nicht besonders toll gewesen. Aber sie ist ja noch jung, dachte Mabel zufrieden, sie hat noch viel Zeit für so etwas.

Bis Ende der Woche kam Emma das Ganze allmählich wie ein verschwommener Traum vor, wie einer dieser Schwarz-Weiß-Filme mittwochs abends im Filmclub.

Eine Woche später tauchte Alison abends mit einem halben Dutzend Freunde vor Emmas Tür auf, jeder mit einer Flasche Wein in der Hand. «Nur, um uns für die Party zu bedanken», und sie lächelte strahlend, zeigte Emma all ihre weißen Zähne und bettelte stumm um Einlass. Widerstrebend lächelte Emma zurück, machte schließlich die Tür weit auf, ging Gläser und einen Korkenzieher suchen, während sie sich im Zimmer verteilten, und begab sich dann an den Platz, an dem sie vorher gesessen hatte, ein großes Kissen an der Wand. Auf ihrem Beobachtungsposten kam sie sich wie eine Fremde vor, die durch ein erleuchtetes Fenster auf eine Szene schaut, die nichts mit ihr zu tun hat.

Da jemand «I Just Want to Make Love to You» von den Rolling Stones aufgelegt hatte, hörte sie die Klingel nicht. Erst der Klang seines Namens ließ sie den Kopf heben.

«Emma, könntest du Ricky was zu trinken holen?»

Sie stand auf und schlüpfte hinter den lackierten Wandschirm, ohne sich im Zimmer umzusehen. Ihre Hände zitterten, sie hatte Probleme mit der Flasche und starrte verständnislos auf die Weinpfütze, die sich in der Abtropfschale ausbreitete. Sie wusste, er würde kommen und sie finden, aber als er dann auftauchte, war sie trotzdem überrascht.

Aus den Augenwinkeln beobachtete sie fasziniert, wie seine braunen Finger die Innenseite ihrer Handgelenke zu streicheln begannen.

«Hallo», sagte sie lahm.

Als sie sich zu ihm umwandte, stieg eine Woge von Zärtlichkeit in ihr auf. Er streckte die Hand aus, die, mit der er sie gerade berührt hatte, die Handfläche nach unten, die Finger gespreizt, und sie lachte, weil sie ganz schön zitterten. Dann ergriff sie sie und drückte ihm die Weinflasche in die Hand.

Als sie sich zusammen ein Glas eingossen, kicherten sie über ihre Unfähigkeit, richtig zu zielen, doch dann griff Rick danach und nahm einen tiefen Schluck. Emma schenkte ihm sorgsam nach, und wortlos verließen sie die Intimität des Paravents und begaben sich zu den Kissen.

Sie setzten sich hin wie beim letzten Mal, berührten sich von der Hüfte bis zum Knöchel, von der Schulter bis zum Ellbogen, die Köpfe gegen die Wand gelehnt. Es lief gerade «Needles and Pins» von den Searchers, und die anderen lachten über eine komische Bemerkung Alisons. Als Emma Rick den Kopf zuwandte, starrte er sie bereits an. Sie hätte gern sein Gesicht gestreichelt, allerdings nicht vor so vielen Leuten. Aber das macht nichts, dachte sie, ich kann warten, du kannst warten, und sie blieb ganz still, erwiderte seinen Blick, der sie ohne Berührung streichelte.

Stundenlang saßen sie so, ohne ein Wort, bis Alison auf die Uhr sah und ihrem Bruder zurief: «Himmel, Ricky, weißt du, wie spät es ist? Mach dich lieber auf die Socken, sonst geht dir der Mistkerl an den Kragen.» Sie merkte gar nicht, wie dicht er neben ihrer Mitbewohnerin saß. Sie schaute, ohne etwas zu sehen.

Rick streckte die langen Beine, erhob sich dann, begab sich zur Tür, nahm seinen Helm vom Boden und ging. Komm mit, Emma, flehte er stumm, bitte.

«Mach's gut!», rief Alison. «Pass auf dich auf!» Sie wandte sich wieder ihrem Gesprächspartner zu und merkte nicht, dass Emma von ihrem Platz an der Wand aufgestanden war.

Rick wusste, sie würde hinter ihm herkommen, denn er wartete im Flur auf sie, den Helm neben sich auf dem Boden. Sie wollte ihn auf die Wange küssen, aber er drehte den Kopf, bis er so nah war, dass sie seine ausgeatmete Luft einatmete und sie den Wein fast schmecken konnte, dann legte er die braunen Finger an ihre Wange und küsste sie ungeschickt auf den Mund.

Als er sie losließ, verlor sie das Gleichgewicht, verwirrt von ihren Gefühlen. Er hielt sie fest, und sie barg ihr Gesicht an seiner Schulter, während er ihr übers Haar strich. Seine Jacke roch nach Leder und Motoröl, und sie spürte sein Herz schlagen, oder auch ihr eigenes, sie war sich nicht sicher. Wie auch immer, es war ein wunderbares Gefühl.

Sie standen ganz still, bis die Tür hinter ihnen aufging, woraufhin Rick sie unvermittelt losließ, seinen Helm wieder aufnahm und nach unten auf die Straße verschwand.

Alison nahm an, sie wäre im Bad gewesen. «Nacht, Em», sagte sie und klopfte ihr wohlwollend auf die Schulter. «Kommst du morgen Mittag mit in den Pub?»

Emma schlief gut, einfach wunderbar, und am Sonntag war sie mitteilsam und ausgelassen.

«Was ist denn in dich gefahren?», fragte Bill und sah ihr interessiert ins Gesicht.

«Nichts», log sie. Ihre Wangen waren vor erwartungsvoller Aufregung ganz rot.

Die ganze Woche über war sie himmelhoch jauchzend, flirtete sogar mit Jay, als sie ihm im College über den Weg lief, und warf ihm vor, er würde sie alle vernachlässigen. «Na, du hast wohl keine Zeit mehr für deine alten Freunde, jetzt, wo du ein großer Star bist.»

Er war mittlerweile recht erfolgreich, so erfolgreich, dass sein Dozent ihm Schwierigkeiten machte, weil er die Arbeit fürs College vernachlässigte, und er hatte sich von seinem Verdienst schon einen Gebrauchtwagen gekauft, einen schnittigen, rostroten Jensen. Er lachte über die Stichelei und sagte dann, plötzlich ernst: «Könntest du mir einen Gefallen tun?»

«Worum geht's denn?»

«Ich brauche einen Rat, und du bist die Einzige, die nicht gleich alles im ganzen College herumerzählt.»

Sie gingen zum Chinesen in einer kleinen Nebenstraße, die von der Gerrard Street abging. Jay war in Gedanken und sagte kaum etwas, bis sie mit dem Essen fertig waren, und Emma erkundigte sich auch nicht nach seinen Sorgen. Sie mochte ihn lieber ohne seine übliche überwältigende Arroganz.

«Ich verdiene eine Menge Geld», sagte er schließlich.

«Und was ist das Problem dabei? Ich wünschte, das könnte ich auch von mir sagen.» Sie lächelte ihn an, aber er lächelte nicht zurück.

«Ich weiß nicht, was ich machen soll.»

Er legte die Stäbchen hin, nahm sie wieder auf und begann ein Muster auf die Tischdecke zu zeichnen. Du hast hübsche Hände, dachte Emma zusammenhanglos, wie Ricky, hübsche lange Finger.

«Weißt du, die Sache ist die, man hat mir einen Auftrag angeboten. Es geht für mich um viel Geld, um viele hundert Pfund, und ich könnte mir einen Namen machen, aber ich muss mich in drei Tagen entschieden haben. Es würde sechs Wochen harte Arbeit bedeuten, Schwarz-Weiß-Illustrationen.»

«Und wo liegt das Problem? Nimm an! Es klingt doch zu schön, um wahr zu sein.»

«Ist es auch. Aber wenn ich annehme, kann ich nicht weiter aufs College gehen. Ich werde nie mein Diplom kriegen.»

«Ach so.»

«Ich weiß einfach nicht, was ich machen soll. Ich will das Diplom, ich habe das ganze Jahr dafür gearbeitet, aber ich weiß nicht, ob ich mir so eine Wahnsinnsgelegenheit entgehen lassen darf. Denn wenn ich die sausen lasse, kriege ich wahrscheinlich nie wieder eine solche Chance.»

«Schaffst du es denn?», fragte Emma. «Ich meine, wenn du annimmst, bist du gut genug?»

«Aber klar.» Er wurde wütend. «Ich bin gut, Emma. Ich bin verdammt gut, besser als alle anderen im unserem Jahrgang. Wenn ich bleibe, bestehe ich mit Auszeichnung.» Sein Gesicht wurde finster. «Ich würde einen Platz am Royal College kriegen. Ich bin wirklich brillant.» Er sagte das, als stellte er eine schlichte Tatsache fest. «Ich weiß nur nicht, ob ich noch drei Jahre warten will, bis ich das beweisen kann.»

Er begleitete sie zur U-Bahn und küsste sie auf die Wange.

«Danke, Emma», sagte er. «Hat gut getan, mal darüber zu sprechen.» Erst als sie sich zum Gehen wandte, ergriff er ihren Arm. «Emma, willst du nicht ...?»

Sie schüttelte den Kopf, denn sie wusste, was er fragen wollte, und er zuckte mit den Achseln. «Gib mir Bescheid, wenn du deine Meinung ändern solltest.» Er sah ihr nach. Zum Teufel, dachte er, wenn du wüsstest, was ich für dich empfinde, würdest du mir das nicht antun.

Als sie in der U-Bahn saß und die vielfarbige Menschenflut hinein- und hinausschwappen sah, fragte sich Emma, warum er sich ausgerechnet ihr anvertraut hatte.

Im Verlauf der Woche fiel es ihr schwer, ihre Aufregung zu zügeln. Sie vertrödelte den Samstagnachmittag, putzte ihr Zimmer, nahm wahllos Dinge in die Hand und legte sie wieder hin, räumte die Möbel um, kramte herum. Sie ging nach oben, weichte sich in einem heißen Bad ein, wusch sich die Haare, setzte sich, noch ganz rosig und feucht, vor ihren Spiegel am Bett und musterte prüfend ihr Spiegelbild. Ihr Haar klebte ihr in roten Schlangen am Hals und ringelte sich auf ihrer Haut. Sie war zu dünn, man konnte die Wirbel hinten am Hals und die Rippen unter ihren Brüsten sehen, ihre Hüftknochen standen hervor. Sie fragte sich, was sie tun würde, wenn Rick sie nicht wollte, und verfolgte mit sachlichem Interesse, wie Hals und Gesicht rot anliefen bei der Vorstellung, dass sie mit ihm ins Bett gehen würde.

Bis acht war sie angezogen, in Jeans und T-Shirt, ohne Make-up, betont zurückhaltend, das Haar war zum üblichen Zopf geflochten. Als er um neun klopfte, war sie für ihn bereit und lag in seinen Armen, bevor die Tür zufiel. Sie überraschte ihn so, dass er seinen Helm fallen ließ, der mit einem lauten Knall auf dem Boden landete.

Keiner von ihnen sprach. Emma hatte nicht das Bedürfnis und Rick konnte nicht. Das Schweigen machte sie gleich.

Stattdessen zog sie mit dem Finger die Konturen seines Gesichtes nach, fuhr über seine Wangen und sein Kinn. Sie berührte seine Augen und seinen Mund, vergrub die Finger hinten in seinem Haar, wo es sich an seine Nackenhaut schmiegte, dann schloss sie die Augen und stand ganz still, während er sie seinerseits erkundete. So sollte es sein, sagte sie sich – etwas Besonderes.

Sie setzten sich auf die großen Kissen, hielten Händchen, und Rick starrte auf die gegenüberliegende Wand, während er mit seiner Zunge kämpfte.

«Ich habe immer an d-d-dich ged-d …» Er schloss die Augen, ließ sich gegen die Wand sinken und verfluchte seine widerspenstige Zunge. «Ged-*dacht*.» Er stieß das Wort hervor, als könnte es ihn auf dem Weg hinaus beißen.

«Ich habe auch immer an dich gedacht.»

Mehr gab es offenbar nicht zu sagen, und als sie wieder anfingen, sich zu küssen, ergab sich alles Weitere ganz natürlich.

Sie waren unbeholfen, linkisch und ungeschickt. Es tat Emma weh, Rick kam fast sofort, und der Sex war ganz und gar nicht so, wie sie sich das vorgestellt hatten. Emma empfand keine körperliche Lust, doch das war unwichtig. Alison hatte gesagt, das erste Mal wäre immer ein Reinfall, und außerdem waren die Zärtlichkeit, die Liebe, ein Ausgleich für den Mangel an Erregung.

Das Gefühl der Nähe, einer überwältigend starken Bindung, wurde durch das Fehlschlagen des Liebesaktes keineswegs beeinträchtigt und brachte Emma zum Weinen. Er wischte ihr mit langen braunen Fingern die Tränen von den Wangen und hielt sie fest, bis sie einschlief. Als sie aufwachte, stand er auf der anderen Seite des Zimmers und zog sich die Jeans an.

«Ricky?» Zum ersten Mal sprach sie seinen Namen laut aus. Sie mochte den Klang, sagte ihn noch einmal. Er machte gerade seinen Gürtel zu und sah auf, lächelte strahlend, kam zu ihr und kniete sich neben sie. «Ich muss g-g-g …»

Erneut füllten sich ihre Augen mit Tränen. Sie fand seine Schwierigkeiten fast unerträglich.

«Das ist schon in Ordnung», sagte sie. «Du kannst gehen. Ich werde immer an dich denken.»

Er nickte heftig. «Ich w-werde immer an dich d-d-d …» Schulterzuckend gab er auf, klopfte sich an die Stirn, beugte sich über sie und küsste sie noch einmal auf den Mund. Ich werde immer an dich denken, erklärte er ihr stumm.

«Ich liebe dich», sagte Emma, wollte, dass er es wusste. Er entgegnete nichts, ging einfach zu seinen Sachen, zog sein T-Shirt an, seine Jacke, und schnürte seine Stiefel. Doch an der Tür zögerte er, kam noch einmal zurück und kniete sich vor sie hin. Sie hatte sich auf einen Ellbogen gestützt und ihr Zopf hing ihr schwer über den nackten Arm. Rick beugte sich vor und legte den Zopf zurecht, dann küsste er sie ein letztes Mal, nahm seinen Sturzhelm und ging.

Sie hörte sein Motorrad auf der Straße starten, lauschte auf das allmählich ersterbende Geräusch, dann raffte sie sich auf, ging langsam zu Bett und schlief ein.

Am Sonntag erhob das Gewissen sein müdes Haupt, und sie hatte Schwierigkeiten, Tante Mabel in die Augen zu sehen.

Als Josie anrief, beruhigte Mabel sie. «Sie treibt es nicht so bunt wie andere Mädchen», erklärte sie ihr. «Du brauchst dir keine Sorgen zu machen, Josie, du kannst dich auf sie verlassen.»

«Sie ist doch noch so jung», sagte Josie. «Sie ist doch bestimmt viel leichter zu beeindrucken als die meisten.» Sie seufzte. «Ich wünschte, ich könnte sie dazu überreden, am Wochenende nach Hause zu kommen. Ich habe sie das ganze Semester über nicht gesehen und sie hat es mir doch *versprochen.*» Ihre Stimme war schwer von unvergossenen Tränen, und Mabel sah stirnrunzelnd auf das Telefon. Albernes Weib, dachte sie ärgerlich, du hast nicht den geringsten Schimmer, was es heißt, jung zu sein.

Emma war sich sicher, dass alle es merken würden. Sie dachte, jeder könnte es ihr ansehen, aber der Einzige, der es erriet, als sie ihm am nächsten Mittwoch über den Weg rannte, war Jay.

«Du siehst so anders aus.» Er musterte sie misstrauisch. «Was hast du getrieben?»

«Nichts», protestierte sie allzu vehement.

«Prima. Wenn ich dich schon nicht kriegen kann, hätte ich was dagegen, wenn jemand anders dich vögelt.» Er lachte über ihren verletzten Gesichtsausdruck. Er hatte gerade seine Papiere im Sekretariat abgegeben. «Ich höre auf», informierte er sie. «Aber du wirst mich nicht so leicht los: Ich ruf dich an.» Mehr sagte er nicht, aber sie ahnte, dass er Bescheid wusste.

Am Donnerstag bekam sie mit, wie Alison mit Rick telefonierte. «Wo warst du letzten Samstag, zum Teufel? Ich bin extra früher von einer Party zurückgekommen. Ich hatte mit den Jungs vereinbart, dass du abends bei ihnen bleiben kannst, und du machst dir nicht mal die Mühe, mir Bescheid zu sagen …»

Eine lange Pause, dann wieder Alison. «Du liebe Güte, sprich doch bitte ein bisschen zusammenhängender. Ich verstehe kein verdammtes … Was? Welcher Pub? Was heißt das, du warst stattdessen im Pub? Menschenskind, Ricky, behältst du denn *gar nichts*?» Wieder langes Schweigen, dann Alison, zornig: «Ach, verdammt nochmal, lass es. Also, ich bin Samstagabend hier. Um elf. Sei bitte pünktlich.

Und vergiss es nicht. Falls ich noch nicht zu Hause sein sollte, klopf einfach an Emmas Tür.» Dann knallte sie den Hörer hin.

Er kam um sechs. Emma hatte die Tür nur angelehnt, saß im Morgenmantel vor dem Gasofen auf dem Boden und trocknete ihre Haare. Er ließ seine Sachen neben der Tür fallen und kniete sich neben sie.

«Ich hab dich vermisst», sagte sie.

Er nickte. Er war ganz aufgeregt, aber er brauchte zwanzig Minuten, um es ihr stockend zu erzählen, und die Frustration machte ihn wütend. Er berührte sie ununterbrochen: Gesicht, Hals, Schultern und ihre Hände, hielt sie an seinen Mund, um seine widerspenstige Zunge zu beruhigen, presste sie gegen seine Wange, wenn er sie nicht brauchte. Er wurde immer verzweifelter, umklammerte sie, dass es wehtat, während er versuchte, ihr seine Neuigkeiten mitzuteilen, und sie musste sich auf die Lippen beißen, weil der Schmerz ihr Tränen in die Augen trieb. Er hatte einen Job. Nichts Tolles, Arbeit auf einer Baustelle.

«B-b-ar auf die Hand», brachte er schließlich heraus, nach einem langen Kampf mit dem B. «Mein Vater b-b-braucht nicht zu wissen ...», er nahm einen langen Anlauf, «wie viel.» Aber sein Triumph war nicht von Dauer. Als er wieder anfing, klebte das Wort, das er gebrauchen wollte, an seinem Gaumen fest. In seiner Panik stand er auf, zog Emma mit sich hoch und vergaß dann, was er sagen wollte, nahm stattdessen ihr Gesicht in seine Hände und sagte kühn und ganz deutlich: «Ich liebe dich.»

Emma lachte ihn aus: «Weiß ich doch.»

Er blickte sich suchend im Zimmer um, zerrte sie dann zum Bett, wo sie sich hinsetzen musste, griff nach dem Block und dem Bleistift, die auf dem Tisch daneben lagen, und begann, den Stift ungeschickt in der Linken, ein kompliziertes, filigranes Muster zu zeichnen, wunderschön. Als er damit fertig war, zeichnete er ein neues, mit etwas, das wie eine Nadel aussah, und Emma stellte fest, dass es eine Brosche war. Dann zeichnete er einen Mann, der gebückt an einer Werkbank arbeitete und konzentriert auf etwas Kleines blickte.

Gespannt schaute er sie an, wollte, dass sie verstand. «G-g-geld», sagte er. «Ich w-w-will eine L-l-l …» Er fing nochmal an. «Ich will eine L-l-l …»

Plötzlich verstand Emma. «Du willst eine Lehre machen. Du willst», sie zeigte auf die Zeichnung, «Goldschmied werden?»

Er schubste sie grinsend aufs Bett und küsste sie heftig. Dann vergaß er den Skizzenblock, der auf den Boden fiel, und wandte sich ihr zu.

Sie hatte vom ersten Mal noch blaue Flecken, an den Hüften und zwischen den Schenkeln. War er das gewesen? Jetzt war er behutsam, bemühte sich, ihr nicht wehzutun, und langsamer. Diesmal war es besser, lieb, sanft, ja, für einen Augenblick sogar erregend, und hinterher blieben sie eine Ewigkeit vereint liegen, eng umschlungen.

«Ich will *S-s-silberschmied* werden.» Er zwang das Wort heraus, bevor es die Chance hatte, an seiner Zunge kleben zu bleiben. «Aber ich m-muss eine L-l-lehre m-machen. Ich hab jemanden g-g-gefunden, der mich nimmt, aber ich m-m-muss ihn b-b-bezahlen.»

«Ich könnte dir helfen. Ich könnte abends arbeiten gehen. Das brächte ein bisschen Geld.»

Er hielt ihr den Mund zu. «D-d-das m-m-muss ich s-s-selber m-machen.» Das S war anstrengend, und er verstummte. Sie versuchte nicht, ihn abzulenken.

Sie standen auf und zogen sich an, dann machte Emma

Kaffee, und sie setzten sich aufs Sofa, dicht nebeneinander. Sie redeten ein bisschen, übers College, unbestimmte Zukunftspläne, aber die meiste Zeit schwiegen sie, und Rick zeichnete. Sein künstlerisches Talent stand in umgekehrt proportionalem Verhältnis zu seiner Fähigkeit, das geschriebene Wort zu verstehen. Immer wieder zeichnete er Emma, mit Herzen und Pfeilen dazwischen, wie Liebespaare sie in Bäume schnitzen. Seine Zeichnungen waren besser als alles, was sie je gemacht hatte, besser als die von allen anderen, die sie kannte, mit Ausnahme von Jay vielleicht, aber Rick würde nie auf eine Kunstschule kommen, wenn er nicht lesen lernte.

Sie ergriff seinen Arm, beflügelt von der wilden Idee, dass sie ihn unterrichten könnte, dass die Liebe Erfolg haben könnte, wo alles andere versagt hatte, aber er wusste schon, was sie sagen wollte, und schüttelte den Kopf.

«S-s-sie h-h-haben a-a-alles versucht.» Sein Stottern wurde schon wieder schlimmer. Als er aufgestanden war, um zu gehen, und er sie küsste, zog sie seinen Kopf zu sich herunter, um ihn zu trösten.

«Es spielt keine Rolle», erklärte sie ihm. «Es spielt überhaupt keine Rolle.»

Am nächsten Wochenende kam er nicht. Emma, voll hoch gespannter Erwartung, hielt die Enttäuschung über sein Fernbleiben fast nicht aus. Es war ein dumpfer körperlicher Schmerz, der sich nicht vertreiben ließ und ständig schlimmer wurde. Im College konnte sie sich nicht konzentrieren und zu Hause war sie bissig und aggressiv.

«Was, zum Teufel, ist denn mit dir los?», beschwerte sich Alison, nachdem ihr Emma zum dritten Mal fast an den Hals gesprungen war. «Hast du Liebeskummer, oder was?»

«Blödsinn!» Emma starrte sie mit unverhohlener Abneigung an.

«Schon gut, schon gut, bin ja schon weg.» Alison ging rückwärts zur Tür. «Ich hab den Hinweis verstanden.»

Erst Mitte der folgenden Woche nahm Emma ihren Mut zusammen und fragte beiläufig: «Was machst du eigentlich am Wochenende?»

«Keine Ahnung. Warum?»

«Nur so.» Emma fummelte nervös an ihrem Zopf. «Bleibst du zu Hause, weil dein Bruder kommt?»

«Ricky? Nein, Daddy ist mit ihm für einen Monat weg. Sie machen irgendwo so ein Seminar, weißt du, so eine Eltern-Kind-Beratung.» Sie lachte. «Das wird dem Mistkerl gefallen. Der hat nämlich ein paar Ratschläge nötig. Ricky sehe ich erst Ende des Semesters wieder.» Emmas Gesichtsausdruck entging ihr. «Ich bin, ehrlich gesagt, ganz froh. Es ist ja alles schön und gut, aber der arme Teufel ist manchmal ganz schön lästig. Er sitzt die ganze Zeit nur da und *guckt*. Manche Mädchen finden ihn ja süß, aber die Jungen halten ihn alle für einen Schlappschwanz. Was machst du denn am Wochenende?»

«Ach, nichts Besonderes», sagte Emma und ging zurück in ihr Zimmer. Ihr war übel.

Ihre Magenschmerzen wollten nicht verschwinden. Während das Semester sich seinem Ende entgegenschleppte, ging es ihr eher schlechter als besser. Das ist doch albern, sagte sie sich. Wenn man es eine Woche aushält, hält man es auch einen Monat aus.

Jay rief an und fragte, ob er sich mit ihr treffen könnte. «Nichts Ernstes, ich brauche nur jemandem zum Reden.»

«Okay», sagte sie. Alles war besser, als in ihrem Zimmer zu hocken.

Er holte sie in einem gebrauchten Sunbeam Rapier ab,

mit Klappverdeck und Flossenheck. Er war elegant gekleidet, wirkte fast noch arroganter als sonst, und führte sie in ein Restaurant in irgendeinem Vorort, wo die Gäste nach Geld stanken und sie sich in ihrem Patchwork-Rock mit Musselin-Oberteil ziemlich ärmlich vorkam. Jay passte perfekt in diese Umgebung: teure Lederjacke und gut geschnittene dunkle Hosen. Er sah aus wie ein betuchter, wenn auch leicht chaotischer Werbemanager.

«Mir geht es gut», erzählte er. «In den letzten sechs Wochen habe ich über fünfhundert Pfund verdient und bis Weihnachten werden es weitere siebenhundertfünfzig Pfund sein.»

«Du meinst also, deine Entscheidung war richtig?», fragte Emma.

Er nickte. «Ich bin gut. Ich werde immer Aufträge haben. Und was ist mit dir? Wie geht's im College?»

«Ganz gut, denke ich.»

«Bist du immer noch so zurückhaltend, kleine Em?» Er musterte sie gründlich. «Was ist los mit dir? Als wir uns das letzte Mal getroffen haben, hast du ausgesehen wie eine Katze, die Sahne geleckt hat. Jetzt machst du den Eindruck, als ob die sauer geworden wäre. Hat dein Freund dich sitzen lassen?»

Sie fühlte sich ertappt, und ihr fiel keine Antwort ein.

«Los», beharrte er. «Erzähl schon. Du weißt doch, dass ich nicht quatsche.»

Sie stocherte in dem Essen auf ihrem Teller. «Eigentlich ist nichts, nur dieser …», sie zögerte, «Typ.»

«Typ, welcher Typ?»

«Nur ein Bekannter, jemand, mit dem …», wieder ein Zögern, «ich mich getroffen habe.»

«Du meinst, mit dem du geschlafen hast.» Er starrte sie streitlustig an. «Nun guck nicht so, Emma, das kann man dir doch am Gesicht ablesen. Du hast dich also endlich hingegeben und das fiese Schwein hat dich sitzen lassen. Stimmt's?»

«Nein», sagte sie heftig. «Er musste nur weg, das ist alles. Und zwar für eine Ewigkeit. Und ich vermisse ihn.» Zu ihrem großen Ärger traten ihr Tränen in die Augen.

«Und wer ist der Glückspilz, jemand, den ich kenne?»

«Alis Bruder.»

«Ihr großer Bruder?»

«Nein, ihr kleiner Bruder.»

«Aber, ich dachte, der wäre ...», Jay zögerte, zum ersten Mal sprachlos, «behindert, weißt du, ein bisschen daneben.»

«Ist er aber *nicht*.» Emma war plötzlich ärgerlich und wütend, nicht nur auf Jay, auf die ganze Welt, und sie schrie: «Er ist ganz und gar nicht blöd!» Sie merkte, dass die Leute zu ihnen herübersahen, aber das war ihr egal. «Er ist sogar schlauer als ich oder du. Aber niemand gibt sich die Mühe, sich mal mit ihm abzugeben. Niemand sieht über die eigene, dumme, engstirnige Nasenspitze hinaus.» Sie schob ihren Teller heftig über den Tisch und stand auf. «Du kannst mich jetzt nach Hause bringen, wenn du so nett sein würdest.»

Er folgte ihr wortlos zum Auto, rutschte neben sie und ließ den Motor an. Ich glaube, ich halte das nicht aus, dachte er, und stellte ihn wieder aus.

«Hör mal, Emma, ich wusste nicht, dass es so ernst ist. Ich wollte dich nicht verletzen.»

Emma starrte stur geradeaus. «Ist schon gut», sagte sie, «spielt keine Rolle.» Eine Träne rollte ihr über die Wange.

«Emma ...»

«Was ist?»

«Wenn du mich jemals brauchen solltest, du weißt, dass

ich immer für dich da bin, ja?» Wie pathetisch, spottete er, wie kann man nur so einen Blödsinn reden.

«Das weiß ich.» Sie drehte sich zu ihm um. «Kannst du mir einen Gefallen tun?»

«Was du willst.»

«Erzähl das mit Ricky niemandem. Bitte!»

«Hab ich dir doch schon gesagt. Und du tust mir auch einen Gefallen. Solltest du jemals in Schwierigkeiten sein, sag mir Bescheid.» Bitte, ich *liebe* dich.

Nachdem er den Motor wieder angelassen hatte, sagte er überraschend: «Hast du daran gedacht, dass du schwanger werden könntest?» Fassungslos starrte sie ihn an. «Offensichtlich nicht. Sei vernünftig, Emma. Wie dieser Knabe sonst auch sein mag, soweit ich weiß, dürfte er kaum in der Lage sein, für seinen Lebensunterhalt zu sorgen, geschweige denn für dich und ein Baby. Du solltest bald die Pille nehmen, bevor es zu spät ist. Das ist wichtig. Du kannst dir dein Leben ruinieren.» Und meins dazu. Ein Baby würde dich unwiderruflich an ihn binden und mir keine Hoffnung mehr lassen. Lieber Gott, wie mir das alles *zuwider* ist.

Während der Fahrt sprachen sie kein Wort mehr. Als er am Straßenrand vor ihrem Haus anhielt, fragte er, ob er hereinkommen könnte, aber sie sagte nein, und als er sich zu ihr beugte, um sie zu küssen, bot sie ihm die Wange, nicht den Mund.

«Tut mir Leid», sagte sie. Er ließ sich seine Qual nicht anmerken und zuckte nur leichthin mit den Schultern.

«Ich kann warten», sagte er. «Gute Nacht, kleine Em.»

Am nächsten Dienstag ging sie zur Beratungsstelle und ließ eine peinliche Befragung und Untersuchung durch eine unwirsche Ärztin über sich ergehen. Sie bekam ihre Pille samt einer Belehrung über die Gefahren der Promiskuität, und merkwürdigerweise ging es ihr danach besser. Denn wenn sie die Pille nahm, müsste Rick doch wohl wiederkommen.

Das College war vom 17. Dezember an geschlossen, und wie jedes Jahr machte auch Mabels Haus über die Feiertage zu. Sie und Emma fuhren als Letzte ab, mit dem Morris hinaus nach Cheshunt, samt Geschenken und allem Nötigen für die Feiertage.

Emma hatte Alison gebeten, einmal anzurufen, in der Hoffnung, wenn sie Ali über Weihnachten traf, würde sie vielleicht auch Rick sehen. Ihre Bauchschmerzen wollten einfach nicht verschwinden und hielten sie nachts wach, doch seit sie wusste, wo er sich aufhielt, waren sie erträglich.

Zu ihrer Mutter war sie sehr lieb, freundlich und geduldig, erzählte ihr immer wieder, und heuchlerisch, wie gerne sie wieder zu Hause wäre. Sie erklärte ihr, womit sie sich jetzt am College beschäftigte, mit Schnittmusterentwürfen, mit dem Nähen von Nesselmodellen, mit Modezeichnen, und erfreute sie mit Berichten über Exkursionen ins Victoria and Albert Museum zum Studium historischer Kostüme und Besuche in der Webereifachschule. Über ihr Privatleben, mittlerweile Sexualleben, erzählte sie ihr absolut nichts.

Josie war erfreut und geschmeichelt, dass ihr einziges Kind so entgegenkommend war. «Du bist viel zu dünn», warf sie Emma vor und begann, sie mit Pasteten, Terrinen und nahrhaften Eintöpfen zu füttern. Emma verschlang, was immer man ihr auch vorsetzte, stillte einen Hunger, der nichts mit Nahrung zu tun hatte, und ignorierte ihr schlechtes Gewissen, das unter der Oberfläche brodelte wie ein Vulkan und sie daran erinnerte, dass es nicht genügte, fromme Sprüche von sich zu geben, und dass sie für Josies

Bemühungen dankbarer sein müsste. Dabei hätte sie so gern in London von Konserven gelebt, mit einem Jungen, der kaum zwei Worte zusammenbrachte und ihr nicht einmal einen Brief schreiben konnte, wie sie sehnsüchtig dachte.

Weihnachten war wie immer, sie drei allein. Neujahr war langweilig und die erste Januarwoche kalt und trübe, was ganz Emmas Stimmung entsprach. Sie verbrachte viel Zeit in ihrem engen Zimmer und arbeitete nach, was sie am Ende des letzten Semesters alles versäumt hatte.

Gleich nach Neujahr kam ein Anruf.

«Können wir uns morgen bei Mabel treffen?» Alison hörte sich aufgelöst an. «Ich bin nur für einen Tag da. Der Mistkerl will, dass wir in der letzten Ferienwoche alle zu Hause sind.»

«Bringst du R …?» Emma verschluckte das Wort.

«Was soll ich bringen?»

«Äh – deine Rolling Stones-Platten mit?»

«Nein, warum sollte ich?» Alison klang erstaunt. «Ich muss Schluss machen. Bis morgen … Ach ja, und Ricky lässt schön grüßen, oder eher g-g-grüßen.» Sie lachte, schrill und leicht hysterisch, dann war die Leitung tot. Emma stand im eisigen Flur, lauschte auf das Freizeichen, voller Hass auf Alison und voll schmerzlicher Sehnsucht nach Rick.

Sie erzählte Josie, sie müsste sich vor Semesterbeginn Arbeitsmaterial besorgen, und fuhr am nächsten Tag mit dem Zug nach London. Sieben Wochen hatte sie nun Rick nicht gesehen und eigentlich müsste sie mittlerweile darüber hinweg sein. Alison würde sich nicht sieben Minuten lang um einen Jungen grämen, geschweige denn sieben Wochen.

Ali war schon da, als Emma durch die Haustür trat, und zerrte sie sofort in ihr Zimmer. Sie hatte ihm bereits den

Stempel ihrer Persönlichkeit aufgeprägt, es war weiß wie ihr Zimmer in Richmond: weißer Bettüberwurf, weiße Wände, weiße Vorhänge. Die Stühle waren mit ungebleichter Baumwolle bezogen, die sie im College hatte mitgehen lassen, und an den Wänden hingen große, leuchtende Drucke, wie die, die sie zu Hause hatte.

Es war so kalt, dass sie ihren Atem sehen konnten, und sie behielten die Mäntel an. Alison kochte Kaffee und setzte sich dann im Schneidersitz aufs Bett.

«Ich bin schwanger», verkündete sie ohne Umschweife. «Na, sag schon *irgendwas*, und sei es: ‹Das geschieht dir recht!›»

«Ich dachte, du würdest die Pille nehmen.»

«Tu ich auch, hab ich auch.»

«Und wie …»

«Was meinst du? Weil ich ein schlimmes Mädchen bin. Ich hab vergessen, sie einzunehmen. Viermal letzten Monat.»

«Und wer ist es?» Emma starrte ihre leichtsinnige Freundin verzweifelt an. «Ich meine, der Vater?»

Alison zuckte mit den Schultern. «Keine Ahnung. Es gibt drei Kandidaten – Barry, John oder …», sie nahm einen großen Schluck aus ihrer Kaffeetasse und wich Emmas Blick aus, «Harry Passmore.»

«Passmore?», rief Emma. «Oh Ali! Oh, wie kann man nur so blöd sein!» Sie stand von ihrem Stuhl auf und setzte sich zu ihr aufs Bett. «Wie kann man nur?»

«Ganz einfach, Beine breit und los …»

«Lass die Witze. Du lässt mich den weiten Weg hierher kommen, um mir zu erzählen, dass du schwanger bist, womöglich von einem Dozenten mit Frau und drei Kindern, und alles was du kannst, ist, dämliche Witze darüber zu machen.»

Alisons Gesicht verzog sich. «Ich habe Angst, Em», flüsterte sie. «Was soll ich nur tun?»

Sie saßen stumm da, während Alison so tat, als würde sie die Alternativen bedenken.

«Möchtest du es denn behalten?», fragte Emma schließlich, aus Angst vor der Stille.

Ein vehementes Schütteln des goldenen Kopfes. «Du lieber Himmel, nein. Das würde alles versauen.»

Emmas Wissen über diese Dinge hatte sich mittlerweile enorm erweitert. «Du hast zwei Möglichkeiten. Entweder du bekommst es und gibst es dann weg, oder du lässt es abtreiben.»

Ali nahm sich etwa zehn Sekunden, denn sie hatte ihren Entschluss bereits gefasst, sogar schon einen Termin gemacht. Emma sollte nur zuhören. «Ich lasse es abtreiben.»

«Weißt du denn, wie so was abläuft?»

«Sicher. Du kennst doch Lizzie Dawson aus der Graphik? Du erinnerst dich, dass die letztes Semester ein paar Wochen weg war?»

«Hmm. Probleme mit dem Magen, hat sie gesagt.»

«Es war ein One-Night-Stand, irgendein Popstar, den sie auf einer Party kennen gelernt hatte. Ihre Mutter hat die Abtreibung bezahlt. Kostet etwa 150 Mäuse.»

Emma ächzte. «Wie, um alles in der Welt, willst du so viel Geld in die Finger kriegen?»

Alison lachte, erleichtert, dass sie den schlimmsten Teil der Angelegenheit hinter sich hatte. «Hab ich doch schon.»

«Woher denn? Der Mistkerl hat doch bestimmt nicht ...»

«Sei nicht albern.» Ali verzog höhnisch das Gesicht. «Ricky hat es mir geliehen. Er hat es sich in den Ferien verdient, auf dem Bau.»

Oh Gott, dachte Emma, das ganze Geld, das ganze schwer verdiente Geld, und du hast es einfach deiner beschissenen Schwester gegeben, damit sie eine Abtreibung bezahlen kann.

Ali hatte keine Ahnung, was sie angerichtet hatte. «Natürlich zahle ich es ihm zurück», fuhr sie heiter fort.» Aber vielleicht könnte ich auch Harry Passmore davon überzeugen, es wär von ihm. Er ist der Einzige, der Geld hat.» Sie kicherte nervös. «Den könnte ich immer noch erpressen.»

«Würdest du auch, oder?»

«Hmm», sagte Alison, plötzlich kleinlaut. «Schon möglich.» Sie wechselte das Thema. «Habe ich dir schon erzählt, dass Ricky wahrscheinlich irgendwo ein Mädchen hat? Er war in den Ferien ganz blass und elend, und als ich ihm vorhielt, er hätte wohl Liebeskummer, wurde er knallrot und ging raus. Er war richtig verlegen.» Sie redete so eifrig, dass ihr Emmas Gesichtsausdruck nicht auffiel. «Du musst mitkommen. Nach Stanmore, zur Klinik. *Bitte*, Em, ich möchte da nicht allein hin.»

«Na gut», sagte Emma widerstrebend. «Und wann?»

«Donnerstag.»

«So bald schon?» Es war also schon alles geregelt, bevor sie auftauchte. Sie war nur zur moralischen Unterstützung da, als Krücke, damit Alison etwas zum Anlehnen hatte.

«Ich bin schon in der neunten Woche. Wenn es noch länger dauert, ist es zu spät.»

«Na gut», sagte Emma noch einmal, «aber um Himmels willen, dass bloß Tante Mabel nicht mitkriegt, was los ist. Wenn sie je Wind davon bekommt, wirft sie dich raus und schickt mich nach Hause.»

«Ich bin doch nicht völlig bescheuert.»

«Darüber ließe sich streiten.» Emma versuchte nicht einmal, ihre Missbilligung zu verbergen.

Sie verabredeten sich für Donnerstag zehn Uhr. Als Alison sagte: «Ricky kommt auch mit», musste Emma sich abwenden, um sich die wilde Freude nicht anmerken zu lassen, die in ihr aufstieg. «Ich muss um zwölf in der Klinik sein, und wenn man zu spät kommt, ist der Termin weg, deshalb bringt er mich mit dem Motorrad her. Dem Mistkerl haben wir erzählt, wir gingen einkaufen.»

Auf dem Heimweg in der U-Bahn fragte sich Emma, wie Alison so dumm sein konnte, bis ihr einfiel, dass es ihr ohne riesiges Glück und Jays rechtzeitigen Rat nicht anders ergangen wäre. Mit einem Gefühl der Dankbarkeit und ängstlicher Verwirrung gestand sie sich ein, dass sie und Rick viel zu naiv gewesen waren, um von allein an das Offensichtliche zu denken, und dass erst ein Außenstehender sie darauf hinweisen musste. Und wie viel würde Rick von seinen schwer verdienten Ersparnissen noch bleiben, überlegte sie grollend, wenn er für den kleinen Unfall seiner Schwester bezahlt hatte?

Sie war um halb zehn in der Wohnung. Sie fütterte den Zähler mit Münzen und zündete das Gas an, dann wartete sie in der Kälte, aber sie konnte nicht still sitzen. Nach ein paar Minuten stand sie auf und begann umherzulaufen, nahm etwas in die Hand, legte es wieder hin, schob den Nippes auf dem Kaminsims hin und her, fast außer sich vor Ungeduld.

Sie hatte Musik aufgelegt, lautes stampfendes Zeug, um das Pochen des Blutes in ihren Ohren zu übertönen, deshalb hörte sie weder das Motorrad noch die Tür. Sie bemerkte ihn erst, als sie sich umdrehte und er vor ihr stand.

Ihr Inneres stürzte in ihrer Magengrube zu einem Haufen zusammen, wie früher beim Achterbahnfahren, und für einen Augenblick bekam sie keine Luft. Sie warf sich in seine ausgebreiteten Arme und umschlang ihn unter seiner Jacke, so fest sie konnte.

Als Alison hereinkam, waren sie in einem Kuss versunken und hatten alles andere um sich herum vergessen. Ali wurde von einer Welle boshafter Eifersucht erfasst, als sie da in der Tür stand und sie beobachtete. Das Gefühl überkam sie unvermutet, stieg brüllend aus den Tiefen ihres Bauches auf und geradewegs in ihren Mund.

«Wie niedlich», sagte sie scharf, gerade als die stampfende Musik zu Ende war, «die Jungfrau und der Halbgescheite.»

Sie fuhren auseinander und wandten ihr überraschte Gesichter zu. Laut hallten die Worte in der plötzlichen Stille, und Rick drehte seiner Schwester brüsk den Rücken zu.

«Jesus, Ricky», sagte Alison einlenkend, «ich hab es doch nicht so gemeint. Tut mir Leid.»

Beruhigend legte Emma die Hand an Ricks Gesicht und küsste ihn wieder. Dieses Miststück.

«Emma? Em, was zum Teufel ist hier los?»

«Siehst du das nicht? Ich dachte, du wärst so verdammt schlau.» Dieses Miststück. Dieses fiese, gemeine, missgünstige Miststück.

«Ricky?» Emma wandte sich ab, als Alison ins Zimmer kam, und hätte ihr am liebsten das Gesicht zerkratzt und die Haare ausgerissen.

«Du und Em, ihr seid ...? Ich versteh das nicht.» Die Zerknirschung schwand bereits aus ihrer Stimme. «Wie lange seid ihr ... ich meine, wie lange geht das schon so? Wie konntest du dir einbilden, du kämst so damit durch?»

Emma nahm Ricks Hand und stellte sich dicht neben ihn, schob sich schützend zwischen ihn und seine Schwester. «Wir sind damit durchgekommen, weil es niemandem aufgefallen ist, weil niemand hingeguckt hat, du am allerwenigsten. Du warst viel zu sehr mit dir selbst beschäftigt, um zu merken, was direkt vor deiner Nase passierte.»

«Aber warum die Heimlichtuerei?», fragte Alison.

Rick öffnete den Mund, und monatelang aufgestauter Ärger brach unkontrolliert aus ihm heraus: «W-w-weil es so m-m-miese Schweine wie d-dich gibt.»

Alison verspürte einen Anflug von Angst, denn wenn sie ihn allzu sehr aufbrachte, könnte er sein Geld zurückverlangen oder, schlimmer noch, alles dem Mistkerl erzählen.

«Aber ich finde es doch schön, dass ihr beiden zusammen seid», schmeichelte sie. «Wirklich … richtig *süß*. Ich bin nur gekränkt, dass ihr mir nicht vertraut habt.» Sie überschüttete sie beide mit dem Glanz ihres Lächelns.

Emma schnaubte verärgert, aber wie von Alison beabsichtigt, schwand ihre Entrüstung, genau wie Ricks, unter der Wirkung dieses unwiderstehlichen Lächelns, dem Einfluss ihres mühelosen Charmes. Außerdem gab es jetzt kein Zurück mehr, das Unglück war geschehen.

Sie fuhren zusammen durch London, zuerst mit der District Line bis Embankment, wo sie zur langen Reise in die Vororte in die Bakerloo Line umstiegen. Alison saß Rick und Emma gegenüber und beobachtete sie. Sie schwiegen und lösten den Blick nicht voneinander, wenn Ali sie nicht gerade ansprach, berührten sich jedoch ununterbrochen, und sie hatte ein Gefühl, als hätte sie einen Kloß im Hals, als müsste sie ersticken vor wütendem, sinnlosem Neid.

Diese Fahrt war ein Wendepunkt, erinnerte sich Emma, während sie auf dem Dachboden kauerte und einen Handarbeitsbeutel voll sorgfältig aufbewahrter Schnüre durchwühlte. Die wenigen Male, die sie mit Rick zusammen gewesen war, hatten sie sich in ihrem Zimmer aufgehalten. Sie waren nie irgendwo hingegangen, nicht ins Restaurant, ja, nicht einmal auf einen Drink in den Pub. Draußen unter Menschen kamen sie sich ausgesetzt und verletzlich vor, ihre zerbrechliche Beziehung war von der Außenwelt bedroht, von Leuten wie Alison.

Sie holte einen Stapel alter Tennisschuhe, die schwach nach Fußschweiß rochen, unter einem zerbrochenen Schirm hervor und warf sie auf den Haufen. Und doch habe ich die Fahrt genossen, dachte sie, als Neuanfang geschätzt, trotz des traurigen Anlasses. Wenn ich geahnt hätte, wo unser Ausflug in die große, weite Welt hinführen sollte, hätte ich mich dann anders verhalten?

Alison war von ihrem Schweigen überrascht. Sie selbst musste reden, das Geräusch ihrer eigenen Stimme hören, und die beiden unterhielten sich offensichtlich ohne Worte. In dem jungen Mann, der ihr angespannt gegenübersaß, erkannte sie ihren kleinen Bruder nicht wieder und auch ihre Freundin nicht in der distanzierten jungen Frau neben ihm.

Sie blinzelten, als sie aus dem letzten Tunnel ins Tageslicht kamen und durch Neasden und Wembley fuhren. Nach Wembley Park kam man in die eigentlichen Vororte: Meile um Meile geklinkerte Villen mit gepflegten Gärten und Gardinen. Rick holte einen winzigen Skizzenblock aus der Tasche und begann zu zeichnen, während Emma, den Arm fest bei ihm eingehakt, in den Nieselregen hinausstarrte, der gerade eingesetzt hatte.

«Ricky?», begann Alison, die dringend jemanden reden hören musste, und sei es sich selbst. Er sah auf. «Du bekommst das Geld wieder.» Sie beugte sich in ihrem Sitz vor, brauchte Aufmerksamkeit. «Ehrenwort.» Sie sah ihn mit einem Augenaufschlag an, lächelte, und er nickte, lächelte widerstrebend zurück. Sie war mehr als erleichtert.

Der Zug endete in Stanmore, und als sie aus dem Bahnhof kamen, war es kalt und regnerisch. Beim Einbiegen in die Nebenstraße trennten sich Rick und Emma, nahmen Alison wortlos in die Mitte und hakten sich bei ihr unter, zur seelischen Unterstützung.

An der Straße standen große viktorianische Einfamilienhäuser mit Schiebefenstern und Lünetten über der Eingangstür. Nummer 29 unterschied sich in keiner Weise von den anderen, nur dass der Vorgarten gekiest war, damit die Autos dort parken konnten, und dass ein diskretes Messingschild neben der Tür angebracht war.

Als Emma klingelte, ließ eine muntere Frau mittleren Alters sie ein und führte sie durch einen Flur in ein großes Wartezimmer, in dem bereits fünf Mädchen saßen. Das Mädchen gleich neben der Tür war mit ihrem Freund gekommen und weinte still in ihr Taschentuch, während er ihr die Hand tätschelte und den Eindruck machte, als würde er am liebsten davonlaufen. Die anderen vier waren allein. Sie unterschieden sich, fand Emma, während sie ihnen in die teigigen Gesichter sah, nur im Grad ihres Elends.

Eine nach der anderen verschwand. Der Freund durfte seine Partnerin nicht begleiten, deshalb blieb er sitzen und starrte Nägel kauend mit leerem Blick aus dem Fenster in den toten, winterlichen Garten. Als man Alisons Namen rief, sprang sie eifrig auf.

«Okay», sagte sie strahlend, «dann bringen wir's mal hinter uns.» In dem stillen Raum klang ihre Stimme sehr laut.

Hinterher war sie blass, erschöpft und wackelig auf den Beinen. Der Bauch täte ihr weh, jammerte sie.

Sie brachten sie im Taxi zum Earl's Court zurück, führten sie ins Haus, ließen sie dann mit einer Tasse Tee allein und begaben sich den kurzen Weg durch den Flur in Emmas Zimmer. Sie gingen für den Rest des Nachmittags ins Bett, und als es dunkel wurde und die Straßenbeleuchtung anging, schliefen sie eng umschlungen ein. Sie wurden immer besser im Bett.

Alison lag bei zugezogenen Vorhängen auf ihrem weißen Lager, lauschte auf den Verkehr draußen und die Geräusche, die durch die Wand drangen, und versuchte sich vorzustellen, wie Emma und ihr kleiner Bruder miteinander schliefen. Sie fühlte, wie das Blut warm und klebrig zwischen ihren Beinen herunterrann, an ihren Schenkeln. Sie hielt sich den schmerzenden Bauch, rollte sich fest zusammen und weinte sich in Schlaf.

9

Bis zum Semesteranfang hatte Alison sich offenbar wieder seelisch und körperlich erholt. Sie fand einen Job als Platzanweiserin in einem nahen Kino und begann, Rick jede Woche kleine Beträge zurückzuzahlen, wandte sich jedoch nicht an Harry Passmore.

Emma traf sich jetzt jeden Samstag mit Rick, wobei Alison als Alibi diente. Sie müsse sich ja mal revanchieren, sagte Ali in einem seltenen Anfall schuldbewusster Großzügigkeit. Aber Rick blieb nie bis zum Morgen, und Emma wäre so gern neben ihm eingeschlafen und morgens neben ihm aufgewacht.

Anfang Februar rief Jay an. «Ich stecke bis zum Hals in Arbeit», sagte er. «Kannst du eine Mappe zusammenstellen, um sie jemandem zu zeigen? Du würdest mir eine große Last abnehmen.»

Der Jemand entpuppte sich als die Zeitschrift *Honey*. Emmas Arbeiten gefielen, die Bezahlung war auch gut, aber sie spürte Jays kaum verhohlene Abneigung gegen ihr neu entdecktes Glück und beschloss, ihn nicht wiederzusehen.

Rick verbrachte mittlerweile zwei oder drei Abende die Woche am Earl's Court. Außerdem gingen sie neuerdings aus, ins Pub, ins Kino, zum Essen. Nach einer Weile merkte Emma jedoch, wie ungern Rick das tat, und ihre Ausflüge in die Außenwelt wurden immer spärlicher, bis sie wieder in ihre anfänglichen Gewohnheiten zurückfielen und in Emmas Zimmer blieben. Rick fühlte sich wohler dabei, und sie redete sich ein, es wäre ihr egal.

Sie arbeiteten oder lasen, oder saßen nebeneinander auf den großen Kissen und hörten Musik, oder gingen miteinander ins Bett. In manchen Nächten schliefen sie nicht einmal miteinander. Sie waren inzwischen gut im Bett, sie erlebten den Sex intensiver und befriedigender, doch wichtiger als die körperliche Seite ihrer Beziehung war die innige Zärtlichkeit, die sie füreinander empfanden, die seelische Übereinstimmung. Emma leuchtete in stillem Glück.

Mittlerweile hatten die meisten ihrer Collegefreunde erfahren, dass sie einen Freund hatte, obwohl sie sich weismachte, Jay und Alison wären die Einzigen, die seinen Namen wüssten. Und es konnte natürlich auch nicht ausbleiben, dass Mabel sich allmählich für das Motorrad interessierte, das so häufig vor der Haustür abgestellt war. Doch als sie danach fragte, sagte Emma leichthin: «Ach, das gehört nur Alis Bruder», und so beruhigt, beließ es Mabel dabei.

Emma und Alison begannen mit einem Ergänzungskurs in Siebdruck, und beide erwiesen sich als begabt. Sie teilten sich die Kosten für einen Ballen Baumwollbatist (Alison mit einem kleinen Beitrag und Emma mit einem größeren) und bedruckten ihn mit wilden, abstrakten Mustern in lebhaften

Farben. Sie verkauften ihn mit gewaltigem Profit an ein Geschäft in Pimplico, in dem es Casa-Pupo-Teppiche und teure Rattanmöbel gab, und erstanden einen neuen Ballen. Den verkauften sie an ein Geschäft in einer Nebenstraße der King's Road, wo er zu preiswerten Tellerröcken und langzipfligen Hemden verarbeitet wurde, sodass Alison ihre restlichen Schulden bezahlen konnte und noch etwas für eine Party übrig blieb. «Bitte, Em?»

Emmas Zimmer war schließlich das größte.

Es war nur eine kleine Party (Mabel war an dem Wochenende zu Hause), nur die Jungen von unten, die sie mittlerweile nicht mehr sehr häufig sahen, und ein paar andere. Gemeinsam, das heißt, Emma schnippelte und Alison kochte, bereiteten sie ein Curry und eine Riesenplatte Popadums zu, sodass das Zimmer nach heißem Öl stank, als die Jungen aus dem Untergeschoss mit Flaschen und zusätzlichen Tellern anmarschiert kamen.

Mabel kontrollierte sie gegen neun Uhr, unter dem fadenscheinigen Vorwand, es könnte vielleicht zu kalt sein. Von ihrem Platz auf dem Kissen aus konnte Emma sehen, wie sie den Hals reckte, damit sie an Alison vorbeischauen und erkennen konnte, was sich abspielte.

Mabel kam sich ziemlich albern vor. Normalerweise hätte sie die Jugend sich selbst überlassen, aber schließlich war Emma dabei, und sie fühlte sich verpflichtet, weniger ihrer Nichte als Josie gegenüber. Und da die Currydüfte den Haschgeruch überdeckten, kehrte sie beruhigt zu ihrem Sherry zurück.

«Wenn die wüsste», sagte Alison kichernd, als sie, den wieder zu Ehren gekommenen Barry im Schlepptau, an Emma vorbeikam.

Weil Rick sich geweigert hatte zu kommen, war Emma

allein. «Ich l-l-lass mich d-d-doch nicht b-b-beleidigen», hatte er stur und unnachgiebig auf jeden von Emmas Einwänden geantwortet.

«Darüber musst du dir klar sein», sagte Alison ungehalten, als Emma sie um Rat fragte. «Wenn du mit Ricky zusammenbleibst, wirst du dich damit abfinden müssen, dass er ein Einsiedler ist. Und nur weil du das gern hättest, ändert er sich ganz bestimmt nicht.» So hockte sie also allein da, wie bei der ersten Party, und schaute zu.

Ian hatte sich von seiner letzten Freundin getrennt und war solo erschienen. Gegen Ende des Abends kam er mit seinem Glas und setzte sich neben sie.

«Wie geht's?», fragte er.

«Ganz gut, und dir?»

«Prima. Man hat mir erzählt, du hättest einen Freund, stimmt das?»

«Ja.»

«Und wo ist er?»

«Er konnte nicht kommen.» Emma nippte an ihrem Wein und schaute an ihm vorbei.

«Und wer ist es, jemand, den ich kenne?»

«Nein, du kennst ihn nicht.» Als sie den Kopf wandte, um ihn anzusehen, starrte er hinüber zu Alison.

«Es ist doch ihr bekloppter Bruder, oder?»

«Ja», sagte Emma ruhig. «Es ist ihr bekloppter Bruder. Zum Wohl!»

Sie hob ihr Glas, als wenn sie mit ihm anstoßen wollte, goss ihm den Inhalt über den Kopf, stand dann auf und ging steifbeinig aus dem Zimmer. Unterwegs griff sie sich Schlüssel und Mantel, bevor sie laut die Tür hinter sich zuknallte.

Kurz vor elf kam sie zurück, blieb hinter den Gärten stehen, lehnte sich am letzten Haus ans Geländer und sah zu, wie alle die Treppe hinunterstolperten und um die Ecke verschwanden. Dann lief sie langsam die Straße entlang zur Haustür, die im Dunkeln weit offen stand.

Ein neue Empfindung überwältigte sie, eine Sehnsucht, einfach so zu sein wie die anderen, dazuzugehören, mitzumachen, statt immer nur als Zuschauerin daneben zu stehen. Sie wollte mitgehen, ihren Freund vorzeigen, statt ihn zu verstecken, als würde sie sich seiner schämen.

Ihr Zimmer roch nach Curry und kaltem Zigarettenrauch. Wutentbrannt räumte sie auf und goss sich dann ein Glas Wein ein. Es war billiges Zeug, und sie musste husten, so brannte er in der Kehle, doch sie nahm ihn trotzdem mit ans Bett, mit einem Buch und einem Teller zerkrümelter Popadums. Sie vermisste Rick, sehnte sich nach seiner Nähe. Sie fühlte sich – wieder eine neue Empfindung – einsam.

Sie hatte das Haus nicht abgeschlossen, und er kam kurz nach Mitternacht, öffnete lautlos die Tür. Noch mit dem Buch in der Hand war sie eingeschlafen, und er kniete neben dem Bett und betrachtete ihr Gesicht im Schlaf, bis sie plötzlich seine Anwesenheit spürte, erwachte und ihn mit verschlafenen nussbraunen Augen anstarrte.

«Du hättest hier sein sollen», warf sie ihm beleidigt vor. «Du hast mir gefehlt.»

«D-d-du hast m-m-mir auch g-g-gefehlt.»

«Und warum bist du dann nicht gekommen?»

«W-w-w-weil ...» Er schlug auf die Bettkante und stöhnte in hilfloser Frustration. «D-d-du w-w-w ...»

«Nein, ich weiß *nicht*, warum.» Emma war gereizt und immer noch nicht ganz wach. «Ich bin es leid, mich zu verstecken, so zu tun, als hätte ich nichts mit dir zu tun. Ich will wie die anderen sein. Ich will ...» Sie setzte sich im Bett auf und nahm sein Gesicht in die Hände, wollte ihm erklären, was sie empfand. «Ich will nicht allein auf Partys gehen, sondern mit dir zusammen. Warum ist das so schlimm?»

Er starrte sie zornig an, liebte und hasste sie gleichzeitig. «D-d-du verst-t-tehst das n-nicht.»

«Doch!» Sie war immer noch wütend auf Ian und außerstande, taktvoll zu sein. «Ich will ganz einfach *normal* sein.» Kaum waren ihr die Worte entschlüpft, hätte sie sie am liebsten zurückgeholt. Er war ja eben nicht normal.

Wie könntest du auch verstehen? dachte er. Woher sollst du wissen, wie es ist, wenn man sich wie eingeschlossen fühlt, schreien möchte, brüllen vor Frustration, und nichts erklären kann. Wenn man jemanden so liebt, wie ich dich liebe, und es nicht sagen kann? Er begann sie heftig zu küssen, ganz und gar nicht wie sonst, und als sie miteinander schliefen, war er grob, wollte ihr wehtun. Hinterher stand er fast sofort auf und begann sich anzuziehen.

«Willst du nicht bleiben?», fragte Emma, die sich benutzt und ungeliebt fühlte. Rick schüttelte den Kopf, immer noch zornig. «Bitte ...»

Er zögerte, die Jacke und den Helm in der Hand, dann ließ er sie auf den Boden fallen und blieb unschlüssig in der Tür stehen, bis Emma nackt durchs Zimmer tappte und ihn umarmte.

«Ich liebe dich», flehte sie. Er hielt sie fest, bis sie zu weinen aufhörte, küsste sie auf den Kopf und brachte sie wieder zu Bett. Dann ging er, außerstande, noch einen weiteren Gefühlsausbruch zu ertragen. Sie fragte nicht, wann er wiederkäme.

Die nächste Woche begann schlimm und wurde noch schlimmer. Emma fühlte sich den ganzen Mittwoch über leicht übel und ging um sieben ins Bett, weil sie das Gefühl hatte, der Kopf würde ihr platzen. Am Donnerstag kämpfte sie sich ins College, hielt aber nicht einmal bis mittags durch und fuhr mit der U-Bahn nach Hause, mit weichen Knien, revoltierendem Magen, klopfendem Schädel und farbigen Punkten vor den Augen.

Rick kam um fünf, gerade rechtzeitig, um ihr den Kopf zu halten, während sie ihr Frühstück erbrach, und er blieb, bis sie gegen Freitagmorgen in einen erschöpften Schlaf fiel. Und da wurden sie von Tante Mabel erwischt.

Als sie vom Laden an der Ecke kam, hörte sie, wie Emma sich übergab, aber als sie anklopfte, rief Emma: «Lass nur, mir geht's gut.»

Voller Sorgen um ihre Nichte und weil sie den Teufel Alkohol dahinter vermutete, konnte Mabel nicht einschlafen, deshalb warf sie sich den Morgenmantel über und ging auf Zehenspitzen nach unten. Ich will nur einen Blick hineinwerfen, dachte sie, als sie den Lichtspalt unter der Tür sah, nur um sicherzugehen.

Emma lag im Bett, das Gesicht vom nackten Arm beschattet und die Augen geschlossen. Auf dem Boden neben ihrem Kissen kniete ein Junge in T-Shirt und schmutzigen Jeans. Mabel fiel beinahe über den Sturzhelm neben der Tür.

Als er sie hörte, drehte er sich um. Mabel blickte in ein Paar überraschter schwarzer Augen unter einem dichten Vorhang goldener Haare und dachte: Dich kenne ich doch. Ja, ja, nur Alisons Bruder!

«Und was glauben Sie, was Sie hier treiben, junger Mann?» Der Junge wurde rot (verlegen, dachte Mabel) und wies auf die Kranke.

Rick war hilflos, besorgt um Emma, die seine Anwesenheit in den letzten drei Stunden nur sporadisch wahrgenommen hatte. Er konnte diese große, grauhaarige, mürrische Matrone nicht gebrauchen, die ihre Missbilligung wie einen übergroßen Mantel trug. Sie ist krank, schrie er stumm, sehen Sie das nicht? «S-s-s ...»

«Lassen Sie gefälligst Ihr Ssss. Hören Sie auf, mir in meinem eigenen Haus den Mund zu verbieten!» Mabel war aufgebracht. «Wie können Sie es wagen! Und lassen Sie meine Nichte in Ruhe. Sie haben hier nichts zu suchen.»

Rick stand abrupt auf, ließ dabei die Schüssel fallen, die er in der Hand hielt, sodass Emma gestört wurde, die unter ihren Decken tief aufseufzte.

«Wo ist Ihre Schwester?», wollte Mabel wissen, noch erboster, und als die Antwort ausblieb, fügte sie hinzu: «Was ist mit Ihnen los, warum antworten Sie nicht?» Sie ging ein paar Schritte auf ihn zu. «Sind Sie nicht ganz gescheit, oder was?»

Rick versuchte es noch einmal. «S-s-s ...», machte er. «S-s-s ... Teufel! Ich S-s-s ... Mist!» Er ging auf Mabel zu, fuchtelte mit den Armen und stotterte, während ihm Tränen der Frustration in die Augen traten, dann hob er, verzweifelt über seine Unfähigkeit, sich verständlich zu machen, seine Jacke und seinen Helm auf, ging an ihr vorbei und verließ das Zimmer. Er knallte die Haustür hinter sich zu.

«Na also!» Mabel lauschte auf das Aufröhren des Motorrads, dann fuhr sie ihre Nichte an. «Würdest du vielleicht die Güte haben, mir zu erklären, was hier vorgeht, mein Fräulein. Komme ich gerade noch rechtzeitig, oder ist es schon zu spät?»

«Zu spät? Zu spät für was?» Die Geräusche dröhnten in Emmas Kopf.

«Um zu verhindern, was immer sich da unter meiner einfältigen Nase abgespielt hat!»

«Wovon redest du eigentlich, Tante Mabel?» Emma langte über die Bettkante nach der Schüssel. Ihr war wieder übel.

«Einmal vom Alkohol und dann von wer weiß was noch. Über die Folgen wolltest du dir wohl später Gedanken machen, oder? Aber damit ist es nicht getan. So bekommt man als Mädchen mit Sicherheit Probleme.»

«Tante Mabel.» Emma würgte, erbrach, spuckte, wischte sich den Mund mit einem Streifen von einer Rolle Toilettenpapier ab und fiel erschöpft zurück. «Wovon auch immer die Rede ist, könnten wir uns morgen darüber unterhalten? Ich habe Bauchschmerzen.» Sie sah sich unsicher im Zimmer um. «Wo ist Ricky hin?»

«Den hab ich rausgeschmissen.» Mabels Stimme war streng vor Missbilligung. «Was ich schon vor Stunden hätte tun sollen.» Die Tür fiel hinter ihr zu.

Alison weckte Emma am Freitagmorgen, als sie ohne anzuklopfen hereingestürmt kam.

«Was, zum Teufel, ist denn mit der guten alten Mabel los?» Sie hockte sich auf Emmas Bettkante und sah sie in der Dunkelheit stirnrunzelnd an. «Und was ist mit dir los? Du siehst ja schrecklich aus.»

«Ich fühl mich auch schrecklich. Mir war schlecht. Ricky war hier, glaube ich zumindest. Und Mabel kam rein und brüllte rum. Aber vielleicht hab ich das auch nur geträumt, ich weiß nicht mehr genau.» Sie rieb sich die Augen. «Kannst du im College Bescheid sagen, dass ich krank bin?»

Ali nickte. «Was hast du denn?»

«Keine Ahnung.» Emma stemmte sich mit unangenehm schwimmendem Kopf auf den Kissen hoch. «Irgendeinen Infekt. Du solltest dich von mir fern halten.»

«Stimmt.» Alison stand rasch auf und ging zur Tür. «Sag mir Bescheid, wenn du was brauchst.»

Für den Rest des Tages ließ man sie in Ruhe. Mabel

wusste nicht so ganz, wie sie mit der Situation umgehen sollte. Wenn ich nichts unternehme, beschloss sie schließlich, wird sich das Problem schon von allein lösen. Ich übertreibe wahrscheinlich.

Es war dunkel, als Alison den Kopf durch die Tür steckte. «Ricky hat gerade angerufen, er kommt her.» Sie spähte ins Dunkel, traute sich nicht näher, um sich nicht womöglich anzustecken. «Stell dir vor, er hat zehn Minuten gebraucht, um mir das mitzuteilen.»

«Wann?»

«Wann was?»

«Wann kommt er?»

«Du meine Güte, wenn ich auch noch darauf gewartet hätte, hätte ich die ganze Nacht am Telefon bleiben müssen. Brauchst du noch was?»

Emma schüttelte den Kopf und drehte sich zum Schlafen um.

Sie hörte sein Motorrad nicht, aber Mabel hörte es, und sie kam zu einem Entschluss. Sie wartete an der Haustür, als Rick ankam, mit verschränkten Armen, zusammengepressten Lippen, bereit, die Dinge bereits im Keim zu ersticken, bevor sie gänzlich die Kontrolle darüber verlor. Dieser zurückgebliebene, schmuddelige Motorradfahrer, der keine zwei Worte hintereinander herausbrachte, war einfach indiskutabel.

«Wo wollen Sie eigentlich hin, junger Mann?», fragte sie, als er auf der obersten Treppenstufe erschien. «Ich dachte, ich hätte klipp und klar gesagt, dass Sie hier nicht willkommen sind. Oder sind Sie gekommen, um sich zu entschuldigen?»

Rick erstarrte.

«Also?»

Rick sah sie finster an. Dämliche alte Schrulle.

«Also?» Mabels hob die Stimme in zunehmendem Zorn. Ich bin hier *in loco parentis*, schalt sie sich selbst. Ich habe die arme Josie verraten, und daran ist nur dieser beschränkte Junge Schuld.

«Ich w-w-wol ...»

«Sie wollen!» Die von Schuldgefühlen getriebene Mabel blies sich vor rechtschaffener Entrüstung auf. «Und was haben Sie hier zu wollen, Sie – Sie Schmutzfink!» *Schmutzfink?* Was zum Teufel war in sie gefahren?

Rick versank in verstocktes Schweigen, als Alison aus ihrem Zimmer auftauchte, um zu sehen, was los war, und Mabel machte alles noch schlimmer. «Ich nehme an, Sie wissen davon?»

«Ich? Wovon denn?»

Mabel wies ärgerlich auf Rick, der sich mit blassem, finsterem Gesicht auf der Schwelle herumdrückte, und rechtfertigte sich mit der Erinnerung an das, was sie in der letzten Nacht gesehen hatte. «Hat sie ausgeführt, betrunken gemacht und dann ...»

«Sch-sch-stimmt nicht!»

«Stimmt wohl!»

«Sch-stimmt *nicht*!»

Du lieber Himmel, dachte Mabel, wir hören uns an wie ein paar Fünfjährige. Stimmt nicht! Stimmt wohl! Stimmt nicht! Was ist nur mit mir los?

«Stimmt bestimmt nicht. Was haben Sie eigentlich? Ricky trinkt fast nie.»

«Versuchen Sie nicht, mich weich zu kochen, Miss. Ich weiß, was ich gesehen habe. Sie lag splitternackt im Bett und musste sich vor meinen Augen in eine Schüssel übergeben. Es war abstoßend. Und das lasse ich mir nicht bieten, hören Sie?» Selbst beim Schimpfen dachte sie: Ich übertreibe doch. Ich verhalte mich hier völlig falsch. Ich sollte damit aufhören.

Rick starrte von einer zur anderen. Ist mir egal, was ihr denkt, wütete er stumm, ich muss Emma sehen, schob sich rücksichtslos an ihnen vorbei und lief mit großen Schritten durch den Flur.

Er kniete sich vors Bett und strich ihr übers Haar. Ihre Haut fühlte sich besser an, kühler, aber sie wachte nicht auf, obwohl sie sich im Schlaf hin und her warf und vor sich hin murmelte. Ich liebe dich, brüllte es in seinem Schädel, dann stöhnte er auf, ballte die Fäuste und senkte kurz den Kopf, um ihre heiße Schulter zu berühren, bevor er wieder ging. Dass er auf dem Weg nach draußen sowohl Mabel als auch seine Schwester ignorierte, empörte Mabel umso mehr.

«Was glaubt Ihr Bruder eigentlich, wer er ist? Kommt hier hereingestürmt, als wäre er hier zu Hause, und dann wieder raus, ohne auch nur Entschuldigung zu sagen? Also, Sie können ihm von mir ausrichten, mein Fräulein, wenn ich ihn noch einmal bei Emma erwische, bekommt er ernsthafte Schwierigkeiten. Ich werde Ihrem Vater erzählen, was los ist, und es wird Ihnen beiden Leid tun.» Sie warf Alison einen strengen Blick zu und fuhr dann fort: «Ich glaube allmählich, Sie haben einen schlechten Einfluss auf die kleine Emma.» Sie stapfte nach oben, um sich einen großen trockenen Sherry einzuschenken und sich zu beruhigen.

Und was jetzt? Warum konnte Emma sich keinen passenderen Jungen aussuchen, einen mit ein bisschen Verstand und Benehmen? Doch ihre Herablassung beschämte sie. Nun hör dir das an, geißelte Mabel sich selbst, eine schlichte Pensionswirtin, und das gleiche Getue und Gehabe, das du bei Josie so peinlich findest. Und selbst nach all den Jahren, in denen du die unsichtbare Hauswirtin gespielt hast, hast du dir immer noch nicht abgewöhnt, auf die meisten Mitmenschen herabzusehen. Aber, lieber Henry, seufzte sie und vermisste ihren längst verstorbenen Partner noch mehr als sonst, dieser beschränkte Brown ist vollkommen indiskutabel.

Josie erzählte sie nichts davon. Laut Alison war zwischen den beiden Kindern wohl nichts vorgefallen (die hatte Mabel das ganze Wochenende über bearbeitet, hatte Augenaufschläge und ihr Lächeln eingesetzt, bis Mabel ihrem Charme erlag und aus schierer Erschöpfung nachgab), und dann wäre ja nichts Schlimmes passiert. Und sie würde den Unglücksknaben von nun an rausschmeißen. Er würde es nicht wagen, sich noch einmal blicken zu lassen.

Als sie an diesem Sonntag mit Emma reden wollte, knallte ihre Nichte ihr die Tür vor der Nase zu.

Er kam nach Einbruch der Dunkelheit, stellte sein Motorrad hinter der Ecke ab und brachte einen Blumenstrauß mit. Emma empfand eine fast schmerzhafte Freude darüber, ihn zu sehen, ihn zu berühren, und er saß in ihrem Sessel, die dünnen Beine ausgestreckt, die Wange in die Hand gestützt, während sie ihm von ihrer Woche erzählte.

Er blieb allerdings nicht lange, wollte keinen erneuten Krach mit Mabel riskieren, und sie blieb unbefriedigt zurück, hätte sich mehr gewünscht. Kurz bevor er ging, sprach sie das Thema Semesterende an. Am letzten Samstag sollte im College eine Fete stattfinden, mit Musik und Bar.

«Alle gehen hin.»

Er antwortete nicht, aber sie sah, wie sein Gesicht diesen sturen Ausdruck annahm, wie sein Mund sich zu einer harten Linie zusammenpresste und die Falte zwischen seinen Augen sich vertiefte, und wusste, sie hatte ihm den Abend verdorben.

Bis Samstagnachmittag war sie zu der Auffassung gelangt, dass er nicht kommen würde, zog sich aber für alle Fälle trotzdem sorgfältig um, wählte ein seidiges, cremefarbenes Oberteil und einen knöchellangen Rock, der an den Hüften eng anlag und zum Saum hin ausschwang. Das Haar ließ sie offen, und die Augen zog sie sorgfältig mit schwarzem Lidstrich nach.

«Geht schon mal ohne mich», rief sie, als die anderen an die Tür klopften. «Ich komm dann nach.»

Sie hörte, wie sie albern auf der Straße lachten und drängelten, und setzte sich auf die Treppe, um auf ihn zu warten.

«Du siehst t-t-toll aus», sagte er, als er schließlich ankam. Er trug schwarze Jeans, ein T-Shirt und seine Lederjacke.

«Du brauchst nicht nervös zu sein», beruhigte sie ihn. «Es wird ganz bestimmt gut.»

Als sie angekommen waren, wich sie nicht von seiner Seite. Sie hatte sich überlegt, dass sie den Abend am besten auf der Tanzfläche überstehen würden – es war zu laut, um die eigenen Gedanken zu hören, geschweige denn, eine zusammenhängende Unterhaltung zu führen –, und sie erwischte sogar ein paar Mädchen dabei, wie sie lüsterne Blicke in Ricks Richtung warfen. Doch als der Discjockey beschloss, eine Pause einzulegen, wurde es plötzlich still, die Leute verließen die Tanzfläche und zerstreuten sich in alle Winkel des Gebäudes. Überall waren Pärchen, eng umschlungen, saßen auf dem Boden oder lehnten an Wänden, selbst oben auf dem Dach.

«Komm, wir holen uns was zu trinken», schlug Emma vor, matt vor Hitze und Nervosität.

«Na, aber hal-*lo*, ihr beiden!» Rotgesichtig und verschwitzt versperrte Ian ihnen den Weg. Er war betrunken, umklammerte einen Pappbecher, aus dem Bier auf seinen Arm schwappte, und schwankte unsicher auf den Füßen.

«Wer sagt's denn, wer sagt's denn, wenn das nicht die kleine Emma mit ihrem geheimnisvollen Freund ist», kicherte er und bemühte sich, Ricks Gesicht zu fixieren. «Guter Fick, das Mädchen. Du bist ein Glückspilz, weißt du das? Mich wollte sie nicht unter ihren Rock lassen.» Er wartete auf eine Reaktion, und als keine kam, stichelte er munter weiter: «Was ist los, alter Knabe, hat sie dich etwa auch noch nicht rangelassen? Ich würde aufgeben, wenn ich du wäre. Kennst du Emmas Spitznamen? Die eiserne Jungfrau.»

Er lachte wieder, ein schrilles Wiehern, das unvermittelt abbrach, als Rick ihn vorn am Hemd packte und gegen die Wand knallte.

«Huch!», stöhnte er, und das Bier verteilte sich überall, über sein Hemd, seine Hose und den ganzen Fußboden. Aber nachdem Rick ihn einmal da hatte, wusste er nicht, was er mit ihm anfangen sollte. Für eine Prügelei war Ian zu betrunken, und ihn zu beschimpfen, dazu war Rick nicht in der Lage. So verfluchte er ihn nur stumm, ließ ihn los und ging weg.

«Wie ich sehe, hast du es noch nicht geschafft, deinen kleinen Gorilla zu zähmen», höhnte Ian und spritzte Emma Bier ins Gesicht, sodass sie zurückzuckte. Alle starrten sie an.

Rick ging weiter, bekam die Stichelei aber mit. Emma rannte hinter ihm her, und als sie ihn einholte, war sein Gesicht rot vor Zorn und Scham.

«Komm, wir gehen», sagte sie im verspäteten Bemühen, alles wieder in Ordnung zu bringen, aber er ging weiter, als hätte er nichts gehört, in Richtung Treppe und Ausgang. Er war bereits unterwegs, ob sie nun mitkam oder nicht.

Schweigend fuhren sie zum Earl's Court zurück, dann hockten sie auf Emmas Sofa, und ihre Unterhaltung drehte sich über eine Stunde im Kreis, ohne dass einer wirklich den

Standpunkt des anderen verstanden hätte, allerdings beide sehr um Versöhnung bemüht. Es war Rick, der das Gespräch dann abrupt abbrach, erschöpft und frustriert von der Anstrengung, sich verständlich zu machen.

Als sie schließlich miteinander schliefen, war es zärtlicher als alles, was Emma bisher erlebt hatte. Wir gehören zusammen, sagte sie sich, von den Ereignissen des Abends überreizt, sind für immer und ewig zusammengeschweißt.

Sie überhörten Tante Mabels Türschlüssel. Erst als sie sagte: « Emma ? Emma, wo bist du ? », und die Deckenbeleuchtung einschaltete, merkten sie, dass sie da war.

« Ich kümmere mich schon um die Früchtchen ! Überlassen Sie das nur mir. »

« Oh G-g-gott ! », murmelte Ricky und rollte vom Sofa auf den Boden.

Wenn Josie an jenem Abend nicht angerufen hätte, wie üblich voller Sorge um die Moral ihrer Tochter, hätte Mabel alles auf sich beruhen lassen. Aber so rief sie, ohne die Folgen zu bedenken, seinen Vater an, als sie vom Fenster aus sah, wie Emma, unverfroren mit diesem Versager Händchen haltend, nach Hause kam.

Brown war dunkelrot vor Zorn, die Adern an Stirn und Hals standen wie ein knotiges Seil unter der Haut hervor, und er hatte die riesigen Hände zu Fäusten geballt.

« Steh auf, du Flittchen ! », brüllte er. « Und zieh dir was über, verdammt nochmal ! »

Er schleuderte Emma ihren Morgenmantel an den Kopf, während Rick wie wild nach seinen Jeans tastete. Während er sich verzweifelt bemühte, sie anzuziehen, begann sein Vater mit der flachen Hand auf ihn einzuschlagen und hinterließ erst weiße, dann rote Flecken auf Rücken, Kopf und Schulter, wo immer er hintraf.

«Dämlicher kleiner Scheißkerl!», brüllte er. «Blöder Wichser!»

Rick hüpfte auf einem Bein herum wie ein langer, brauner Storch, während sein Penis sinnlos in der Gegend herumstand, und kreischte bei jedem Schlag auf. Er konnte seine Unterwäsche nicht finden, und als es ihm schließlich gelang, ein Bein in seine Jeans zu bekommen, schlug ihn Brown erneut, und Rick verlor das Gleichgewicht. Er fand seine Unterhose im anderen Hosenbein, und plötzlich überkam Emma das wilde, hysterische Bedürfnis loszulachen, als er die Hose hervorzog wie ein Zauberer seine Kaninchen und in seine Tasche stopfte, während er sich aus seinen verhedderten Jeans zu befreien suchte.

Als Emma endlich in ihren Bademantel geschlüpft war, stürzte sie sich dazwischen, drosch wild auf Browns gewaltigen Körper ein und kreischte: «Lassen Sie ihn in Ruhe!», während sie mit ihren Fäusten auf ihm herumtrommelte. Er verscheuchte sie mühelos mit einer Hand.

So hatte Mabel sich das ganz und gar nicht vorgestellt. «Oh Gott, oh Gott!», rief sie, entsetzt darüber, wie beängstigend erfolgreich ihr Anruf dafür gesorgt hatte, die beiden Kinder auseinander zu bringen. Der Junge mochte ja ein Simpel sein, aber das hatte er nicht verdient. «Oh Gott, oh Gott! Jetzt reicht's! Aufhören! Haben Sie mich verstanden?»

Rick gelang es, sein T-Shirt über Kopf und Erektion zu ziehen, aber er musste einen Arm hoch halten, um die Schläge abzufangen, während er mit dem Reißverschluss kämpfte. Während er so herumfummelte, tobte Brown: «Trottel! Verdammter Idiot! Blödmann! Ist dir nichts Besseres eingefallen, du Ochse, als deine Zeit damit zu verplempern, so 'n halbwüchsiges Flittchen zu bumsen, während du eigentlich lesen lernen solltest?» Er wandte sich Emma zu.

«Und was dich betrifft, dir macht es wohl Spaß, du alberne Gans, mit einem nutzlosen, haltlosen, blöden Analphabeten ins Bett zu gehen, der seinem Vater nicht einmal Widerworte geben kann? Ich wusste ja, dass du ein bisschen dumm bist, aber für dermaßen blöd hätte ich dich nicht gehalten!» Als er fertig war, wurde es so still im Raum, dass Emma ihren eigenen Atem hören konnte und Ricks. Dann schlug Rick zu.

Er legte all seine Kraft in diesen Schlag, und er brach dem Mistkerl den Kiefer. Emma hörte es knacken. Brown fiel rückwärts gegen die Wand, und Rick folgte ihm, die Fäuste zu einem zweiten Schlag geballt. Er beugte den Arm, langsam, zielte genau, aber er konnte es nicht, nicht kaltblütig. Stattdessen hockte er sich vor seinen niedergestreckten Vater und zog ihn am Kragen hoch, wobei er vor Anstrengung fast vornüber fiel, bis er ihm direkt in die Augen sah.

«Das», sagte er, ganz deutlich und ohne jede Spur von Stottern, «war das allerletzte Mal.» Dann hob er seine Jacke und seinen Helm auf und ging, an Mabel vorbei, die schreckensstarr in der Tür stand, an seiner Schwester vorbei, die gerade heimgekommen war und mit offenem Mund im Hausflur stehen blieb, die Treppen hinunter und hinaus auf die Straße.

Mabel war entsetzt. Das ist meine Schuld, gestand sie sich reumütig ein, denn dieser abscheuliche Gewaltakt wurde in meinem Haus verübt, weil ich mich unbedingt einmischen musste. Aber wie hätte ich wissen sollen, dass der Mann sich so benehmen würde?

Emma zog ihren Morgenmantel eng um sich, ging dann zurück zum Sofa und ließ sich darauf fallen. Alison stieg vorsichtig über die ausgestreckten Beine ihres Vaters und setzte sich neben sie.

«Was geht hier vor?», zischte sie.

Emma sah sie kaum an. «Sie haben uns erwischt», sagte sie einfach.

«Was, du meinst … *dabei*? Ach du Schreck. Und warum liegt Daddy da drüben wie ein gefällter Ochse?»

«Ricky hat ihn geschlagen.»

«Ach du Schreck», sagte Alison noch einmal und verstummte.

Sie hörten, wie er hinter ihnen aufstand, und Alison beging den Fehler, sich nach ihm umzudrehen.

Die linke Seite seines Gesichts schwoll rapide an und sein Mund war verzerrt. Beim Anblick seiner Tochter verfärbte sich Brown erneut, und sie eilte zur Tür, wollte weg von ihm. Als sie an ihm vorbeikam, packte er ihr Haar, hielt es fest und drehte es zusammen, bis sie vor Schmerzen aufjaulte. Mabel war verschwunden.

«Pack deine Sachen. Wir gehen.» Durch die Schwellung, die ihm bereits ein Auge verschloss, klangen seine Worte dumpf.

«Nein!» Alison wand sich unter seinem Griff. «Das ist nicht fair. Ich kann nichts dafür.»

«Natürlich kannst du was dafür, zum Teufel. Du solltest doch auf ihn aufpassen, oder? Wo warst du denn, als er das dämliche Miststück hier gebumst hat?»

«Du lieber Himmel, Daddy, wir leben im Jahre 1966, nicht im Mittelalter. Das machen doch alle. Zum Henker, das ist doch *normal*!»

«Nein, für mich nicht. Jetzt pack deine Sachen. Wir fahren nach Hause.»

«*Ach, hau doch ab!*», kreischte Alison.

Mabel hatte die Polizei gerufen. Als die eintraf, schleuderten Vater und Tochter sich immer noch Schimpfworte an die Köpfe, und sie mussten gewaltsam getrennt werden. Sie weckten die halbe Straße auf, als sie die Treppe hinunterstolperten, und in erleuchteten Fenstern tauchten neugierige Köpfe auf. Bill und George, zurück vom Tanzen, kamen aus dem Untergeschoss nach oben, um sich die zweifelhafte Vorstellung anzusehen, während Alison zwei junge Beamte als Verteidiger rekrutierte.

«Das kann er doch nicht machen, oder? Er kann mich nicht zwingen. Ich bin doch schon fast einundzwanzig.»

Von ihrem Lächeln verführt, schlossen sich die Beamten ihrer Meinung an. Sie zerrten die Protagonisten auseinander, und Brown wurde in seinen Wagen verfrachtet. «Wir können auch auf die Wache, Sir, wenn Ihnen das lieber ist?», schlug einer von ihnen freundlich vor. Brown, der praktisch nicht mehr zu erkennen war, bekam vor Zorn fast einen Schlaganfall.

Emma saß immer noch zusammengesunken auf dem Sofa vor dem Gasofen, als Ali und Mabel zurückkehrten. Sie hatte sich eine Flasche Wein geholt und trank stetig, starrte blind ins Feuer und versuchte die Wörter, die in ihrem Kopf dröhnten, zu vertreiben: *Flittchen, bumsen, Idiot, Miststück*, als wären sie und Rick ein Paar brünstiger Tiere ohne Verstand. Sie war betrunkener, als sie je im Leben gewesen war.

Du lieber Himmel, dachte Emma, und stolperte im unbestimmten Licht des Dachbodens über einen Berg Flaschen, all der Wein – ich hätte eigentlich bewusstlos werden müssen. Vielleicht wäre das besser gewesen. Ich wünschte, ich wäre es am nächsten Tag gewesen. Ich wünschte mir damals, ich wäre wirklich gestorben, soweit ich mich erinnere. Sie warf die leeren Flaschen – Gin, Whisky, Wodka – ebenfalls auf den Abfallberg. Was war ich für ein Dummchen, grübelte sie, so melodramatisch, so voller Selbstmitleid.

Und was war Tante Mabel für eine Offenbarung. Warum, ach, warum nur habe ich sie damals nicht zu schätzen gewusst? Sie blieb ganz ruhig, machte kein Theater, schloss einfach die Tür und überließ uns uns selbst. Liebe Mabel, und doch dauerte es Monate, bis ich ihr verzieh.

«Was ist eigentlich so schlimm daran», wollte Emma wissen, als Alison wiederkam, neben sie plumpste und sich die wunde Hand rieb, «wenn man mit jemandem ins Bett geht, den man liebt?»

«Das darfst du mich doch nicht fragen.» Alison zog ein Gesicht. «Woher, zum Teufel, soll ich das wissen?»

Emma starrte in die Flammen und fragte sich in ihrem Alkoholdusel, wie die Erwachsenen aus der Liebe zwischen zwei Menschen so eine gemeine, schmutzige Angelegenheit machen konnten und warum die geflieste Wand hinter dem Gasofen sich so bedrohlich wellte. «Ich kann ohne ihn nicht leben», stöhnte sie, benebelt von Wein und Kummer, «es bringt mich um.»

«Ich treff mich wieder mit Harry Passmore.»

«Tst, tst. Wer ist denn hier das böse Mädchen?», meinte Emma sarkastisch, drohte ihrer Freundin strafend mit dem Finger, kippte dabei, beschwipst, wie sie war, allerdings um und verschüttete Wein auf den Teppich. Alison richtete sie wieder auf.

«Im Augenblick», schimpfte sie verärgert, «bist du nicht unbedingt in der Position, mir Vorwürfe zu machen, findest du nicht? Komm, mein Sonnenschein, Zeit, ins Bett zu gehen.»

Sie packte Emma zwischen die Laken, holte ihr für den Notfall noch eine Schüssel und ließ sie allein.

Am nächsten Morgen kam sie wieder. Sie habe über den Küchenanschluss zu Hause angerufen, sagte sie, um nicht ihren Vater ans Telefon zu bekommen, und habe mit der Haushälterin gesprochen.

«Sie war in einer fürchterlichen Verfassung. Ricky hatte sie mitten in der Nacht geweckt, als er die Treppe herunterfiel, und als sie nachsehen ging, saß er auf der untersten Stufe, das Gesicht voll blauer Flecken, auf den Knien eine offene, große Tasche, und sammelte Haufen von Kleidungsstücken und Pfundnoten auf, die er dann in die Tasche stopfte. Als sie ihn fragte, was er da täte, sagte er nur: ‹Abhauen.› Stell dir vor!» Ali war skeptisch. «Du weißt ja, wie zusammenhanglos er oft redet. Er kann alles Mögliche gemeint haben.»

Emma war sich ganz sicher, dass Abhauen genau das war, was er getan hatte. Er würde kommen und sie holen, und sie würden zusammen weglaufen. Und sie würde nie wieder trinken.

«Das ist ja alles ganz schön und gut, dieses Wahre-Liebe-Getue», schniefte Ali, «aber es ist euch beiden nicht besonders gut bekommen, oder?»

Was Ali oben in Mabels Wohnzimmer genau gesagt hatte, wusste Emma hinterher kaum noch. Es blieb nur die unauslöschliche Erinnerung an den überwältigenden Charme, an den Liebreiz, der Alisons einmaliges Überzeugungstalent ausmachte. Und Tante Mabel war gegen ihre Schliche nicht gefeiter als alle anderen.

Am Montag fuhren sie wieder ins College, in der Gewissheit, dass der Status quo beibehalten würde. Von Rick kein Wort, kein Zeichen.

Die letzte Woche des Semesters. Jeden Abend saß Emma in ihrem Zimmer und wartete auf Rick, jeden Abend wurde sie enttäuscht. Als der Kater nachließ, begann sie, einen lähmenden Schmerz in der Magengrube zu verspüren, der mit dem Näherrücken der Ferien immer stärker wurde, bis sie dann am letzten Tag einen Anruf bekam. Sie wusste, es war Rick, schon als sie den Hörer abnahm, noch bevor die Vermittlung sagte: «Da ist ein Anruf für Sie.»

Er befand sich in einer Telefonzelle. Anfangs klang er ganz verständlich, doch dann stotterte er immer mehr.

«Ich m-mmuss d-dich sehen.»

«Wo?»

«Bei d-d-ir.»

«Wann?»

«S-s-s-s ...»

«Samstag?»

Schweigen.

«Sonntag?»

«Ja.»

«Sonntag ... Aber ich soll Samstag mit Tante Mabel nach Hause fahren.»

«G-gut. D-dann s-s-sag ihr, d-du m-müsstest ...»

«In Ordnung, ich werde mir was einfallen lassen.»

Was für eine romantische Unterhaltung.

Sie erklärte Mabel, sie müsste noch einen Auftrag fertig machen. Sie zeigte ihr, was sie noch zu tun hatte, denn zufälligerweise stimmte die Ausrede sogar. Sie arbeitete an einem Satz Skizzen für Carnaby Street. Man zahlte zwar nicht viel, aber die Zeichnungen sollten, mannshoch vergrößert, im Schaufenster ausgestellt werden, und Emma hoffte, dass sich daraus weitere Aufträge ergeben würden. Mabel war skeptisch.

«Woher soll ich wissen, ob ich dir trauen kann?», fragte sie, immer noch in der Rolle des strengen Wächters.

Mit einem Augenaufschlag, wie sie ihn so oft bei Alison gesehen hatte, sagte Emma ernsthaft: «Weil ich meine Lektion gelernt habe, Tante Mabel, ehrlich.»

Er wagte nicht, sein Motorrad direkt vor dem Haus abzustellen, aber Emma wartete auf ihn, saß im Sonnenschein auf der obersten Stufe, das Kinn in die Hände gestützt. Sie rührte sich nicht, als sie ihn mit langen Schritten um die Ecke kommen sah, obwohl sie am liebsten über die Straße gerannt und sich in seine Arme geworfen hätte. Sie saß nur da, sah ihm entgegen und dachte, wie schön er ist, wie sehr ich ihn liebe.

Er blieb auf dem Bürgersteig stehen, dann kam er fast widerwillig die Stufen hoch, zögerte oben, bevor er sich neben sie setzte, allerdings gerade so weit weg, dass sie näher rücken musste, wenn sie ihn berühren wollte.

Ihr Blick hing an seinem Gesicht. Er hatte tiefe, schwarze Ringe unter den Augen, weil er nicht geschlafen hatte, und sah noch dünner aus als sonst. Es gab eine Schranke zwischen ihnen, unsichtbar, unfassbar, doch sie spürten sie beide. Emma wünschte sich, dass er mit ihr redete, ihr erzählte, das alles gut würde, aber mittlerweile waren zu viele Wörter gefallen: *bumsen, Miststück, Idiot,* die als Refrain im Hintergrund klangen, nie ganz deutlich hörbar, aber tückisch, so dass sie beide die Melodie unbewusst mitsummten, ohne es selbst zu merken.

«Sag, dass alles wieder gut wird», sagte sie, ohne ihn anzusehen.

«Das k-k-kann ich n-nicht.»

«Bitte, Ricky. Ich *liebe* dich.»

«Ich k-k-kann nicht.» Ich würde, wenn ich könnte. Und ich liebe dich auch, mehr, als ich dir je sagen kann. Er steckte die Hand in die Tasche und fischte ein Päckchen heraus, das in Zellstoff gewickelt und an einer Seite zusammengedreht war. Wortlos überreichte er es ihr.

«Soll ich es aufmachen?» Eifrig riss sie das Papier auf, ihre Stimmung hob sich. Alles würde wieder gut.

Es war die Brosche, die er vor all diesen Monaten für sie gezeichnet hatte. Sie war einfach großartig, zwar ein wenig ungeschickt verarbeitet, aber trotzdem hübsch, und er hatte ein Herz hinzugefügt, durchbohrt von einem winzigen, silbernen Pfeil mit einer Initiale an jedem Ende, R und E. Das R war verkehrt herum.

Sie begann zu weinen, und er rückte endlich näher, hielt sie fest, weinte mit ihr. Hinterher hatte Emma keine Ahnung, wie lange sie so gesessen hatten, aber schließlich schob er sie von sich weg, nahm ihr tränennasses Gesicht in beide Hände und küsste sie.

Es war kein Anfangskuss, kein Vorspiel, keine Einladung, es war ein Abschiedskuss, ein Lebewohl, und sie wussten es beide. Er dauerte eine Ewigkeit, meinte Emma, und war doch in einem Augenblick vorbei.

Als er zu Ende war, stand Rick auf und ging. Sie versuchte nicht, ihn aufzuhalten, sondern sah einfach hinter ihm her, wie er die Straße entlanglief und um die Ecke bog, während ihr die Tränen ungehemmt über die Wangen flossen. Dann saß sie unendlich lange in der Sonne, lehnte sich ans Geländer, stellte sich vor, er käme wieder, obwohl sie hörte, wie sein Motorrad aufröhrte und der Lärm dann im allgemeinen Rauschen des Verkehrs unterging. Als sie aufstand, um hineinzugehen, hörte sie Spencer Davies aus einem offenen Fenster schallen: «Keep on runnin' … Keep on hidin' …»

Ha, dachte sie bitter, ha, verdammt nochmal, ha.

Ian zog kurz nach Beginn des Sommersemesters aus, und zur allgemeinen, auch zur eigenen, Überraschung verkündeten George und Jilly ihre Verlobung. Bei Bill hingegen war es an der Mädchenfront völlig ruhig geworden.

«Ich glaube, er weiß nicht mehr so recht, wie er zu Frauen

steht», spekulierte Alison, «aber vielleicht war das ja schon immer so, und wir haben es nur nicht gemerkt.»

«Bill?», protestierte George. «Der und schwul? Seid doch nicht albern!» Aber als der Verdacht einmal geäußert war, begannen alle, sich das zu fragen – man sah, was Alison anrichten konnte.

Niemand fragte nach Emmas Liebesleben. Jeder hatte früher oder später einmal Liebeskummer, und sie erholte sich doch offenbar ganz prima. Gut, sagte sie, als Bill sich nach ihren Ferien erkundigte, die wären gut gewesen. Sie hätte sich eine Menge Arbeit mit nach Hause genommen und so wäre sie beschäftigt gewesen. Es gab keine Tränen, keinen Hinweis darauf, dass sie noch traurig war. Ali fragte nicht, was zwischen ihr und Rick bei diesem letzten Treffen vorgefallen war – es ging sie ja schließlich nichts an –, aber sie wusste, dass ihr Bruder fort war, vermutlich für immer.

Anfang Juni hatte Emma eine Mappe zusammengestellt und ging damit zu einer Werbeagentur in der Nähe des Colleges. Ihre Arbeiten gefielen, sie bekam zwei Aufträge, die bis Ende des Monats fertig sein sollten, und man versprach ihr weitere, wenn der Kunde mit dem Ergebnis zufrieden sein sollte. Die Bezahlung war großartig, und Emma war hoch gestimmt, weil sie wenigstens auf einem Gebiet Erfolg hatte.

Rick hatte sich nicht mehr blicken lassen und auch nicht angerufen. Tante Mabel erzählte Emma nicht, dass er da gewesen war. Sie hatte ihn fortgeschickt, sich gezwungen, vernünftig zu sein. Ihre Nichte war zu jung, um zu wissen, was sie wollte, und der Junge war einfach nicht das Richtige.

Eines Donnerstags wartete Rick vorm College, aber ein

paar Minuten bevor Emma die Treppe herunterkam, tauchte Ian auf.

«Die ist schon weg», sagte er verächtlich und lächelte in sich hinein, als er sah, wie der lange, dünne Knabe sich umwandte und in den Menschenmassen untertauchte.

Am nächsten Tag verschwanden alle in die Sommerferien.

Josie war lästig. Sie wollte einbezogen werden. Und weil ihr kleines Mädchen ihr entglitt, hielt sie sich ständig in ihrer Nähe auf, schaute Emma neugierig bei der Arbeit über die Schulter und kramte in ihrem Handwerkszeug.

«Was ist das denn, Schatz?»

«Ein Rapidograph.»

«Komischer Name. Und wozu ist der gut?»

«Zum Zeichnen. In der Mitte geht eine Nadel durch, damit die Tusche ...»

«Ach, wie kompliziert ... Was für welliges Papier.»

«Das ist besonders saugfähig, für Aquarelle ...»

«Wie faszinierend, Schatz.»

Sie brachte Tassen mit Kaffee und stellte sie an alle möglichen ungeeigneten Stellen.

«Nicht hierhin, Ma, und da auch nicht. Nein! Ma, ich *arbeite* da.»

Während die Ferien sich endlos dehnten, kam Emma zu dem Schluss, dass sie das nicht aushielte. Nachdem sie in den folgenden Tagen ihre letzten Arbeiten fürs College beendet und ihre Auftragsarbeiten fertig gestellt hatte, suchte sie sich einen Job in einem nahen Pub. Das brachte zwar nicht viel Geld, war aber besser als nichts, und sie kam aus dem Haus.

Josie war damit nicht einverstanden – abgesehen von allem anderen, war es illegal (Emma war bis August immer noch zu jung dafür), doch Emma scherte sich nicht um ihre

Meinung. Wie sehr Emma auf ihren Vater herauskam, diesen unfähigen, charmanten Versager Arthur Versey, dachte Josie. Die gleiche langgliedrige Gestalt, die gleiche blasse, sommersprossige Haut mit dem vollen, roten, lockigen Haar, dasselbe Talent, sie abzuweisen, sie auszuschließen. Sie war in Gefahr, Emma zu verlieren, und sie wusste nicht, was sie dagegen tun sollte.

Emma wollte die Hoffnung nicht aufgeben und rief Alison an.

«Hallo!» Alison klang erfreut, von ihr zu hören. «Alles in Ordnung?»

«Hmm. Hast du was von ihm gehört?»

«Von wem?»

«Von Ricky. Von wem denn sonst?» Emma musste sich Mühe geben, sich ihren Ärger nicht anmerken zu lassen.

«Ach so. Nein. Kein Wort. Aber er war hier und wollte dich sprechen, hat Mabel dir das nicht erzählt?»

«Nein.»

«Sie hat ihn weggeschickt», fuhr Alison fort, «hat ihm erklärt, dass du ihn nicht mehr sehen willst. Komisch, dass sie dir das nicht erzählt hat ...»

Raffinierte alte Hexe, natürlich nicht.

Die Stille danach wurde erst durch das Tuten unterbrochen, als Emma den Hörer auflegte.

10

Das zweite Jahr des Hauptstudiums, einen Schritt weiter, neue Arbeitstechniken, andere Dozenten, mehr Selbstbewusstsein.

Das Gefühl der Einsamkeit, das Emma nach Ricks Verschwinden überwältigt hatte, wollte nicht weichen. Weil sie den Anblick ihres leeren Zimmers nicht ertrug, ging sie eines Abends mit Bill auf eine Party in Swiss Cottage, wo sie zu viel trank und sich von einem Architekturstudenten umschwärmen ließ. Er war ein hübscher Junge, sehr beflissen, und von seiner jugendlichen Begeisterung aufgemuntert, ließ sie sich von ihm nach Hause bringen und überraschenderweise von ihm küssen, bevor sie ihn hinauswarf. Als sie sich zum Zubettgehen auszog, nachdem er gegangen war, fand sie, er hätte ihr gut getan – sie hatte sich amüsiert und sich weniger einsam gefühlt. Ein neuer Anfang, stellte sie beim Zähneputzen fest, das war es, was sie brauchte. Sie hatte ihm ihre Telefonnummer gegeben, eingewilligt, ihn wieder zu treffen. Wenn sie jetzt noch lernen könnte, ein wenig mehr wie Ali zu sein, die nie irgendwelchen Gefühlen gestattete, ihr Liebesleben zu komplizieren, wäre sie eigentlich geheilt. Am nächsten Wochenende traf sie sich wieder mit ihm, und drei Tage später ging sie mit ihm ins Bett, weil sie es leid war, sich gegen ihn zu wehren. Hinterher allerdings ging ihre Entschlossenheit in einer neuen Aufwallung von Einsamkeit unter. Sie begann einen wiederkehrenden Traum zu träumen – sie spazierte über eine Landzunge, plötzlich gab der Boden unter ihr nach und sie fiel metertief in eine erstickende schwarze Höhle, aus der sie einfach nicht wieder herauskam. Schluchzend wachte sie auf, voller Sehnsucht nach Rick. Sie begann eine Abneigung gegen geschlossene Räume zu entwickeln und mied den Lift im College und die U-Bahn, besonders in der Rushhour.

Anfang Dezember rief Jay an. «Ich habe einen Auftrag für dich. Ein Laden in der King's Road möchte ein paar Zeichnungen, wie die damals für Carnaby Street. Können wir uns zum Mittagessen treffen?»

Emma verließ das College früher, und sie gingen zu einem Griechen in der Frith Street, mit karierten Tischtüchern und Folkloregedudel im Hintergrund. Jay wusste offenbar nichts von Ricks Verschwinden. «Wie geht's dir?», fragte er.

«Gut.» Emma gab sich munter und strahlend.

«So siehst du aber gar nicht aus.» Wie üblich fühlte sie sich unbehaglich unter seinem prüfenden Blick. «Was hast du so getrieben?»

«Nichts.» Das war als Antwort wohl nicht ganz ausreichend, überlegte sie. «Überhaupt nichts. Ich bin nur ein bisschen erwachsener geworden.»

«Und was heißt das?»

«Das, was ich gesagt hab.» Er sah sie stirnrunzelnd an, und sie fühlte sich unter Druck gesetzt. «Ich habe nur aufgehört, mich wie eine kostbare kleine Jungfrau zu benehmen, das ist alles.»

Er war schockiert, das spürte sie, und das Gefühl, ihn so aus dem Gleichgewicht bringen zu können, bereitete ihr ein überraschendes Vergnügen.

«Wenn du damit sagen willst, dass du dich entschlossen hast, mit Hinz und Kunz ins Bett zu gehen wie die gute Alison, dann bist du ziemlich bescheuert, Emma Versey.» Jay zeigte ärgerlich mit dem Finger auf sie, und seine Heftigkeit überraschte sie.

«Ich dachte, wir wären hier, um über Geschäfte zu reden», sagte sie frostig. «Ich wusste nicht, dass mein Privatleben dich irgendetwas angeht.»

«Warum redest du dann mit mir darüber?» Es kostete ihn sichtlich Mühe, seinen Zorn zu beherrschen, und Emma war verwirrt, als er sich schließlich in seinem Stuhl zurücklehnte und sie kühl anlächelte. «Du hast Recht», sagte er. «Es geht mich überhaupt nichts an.» Dann wechselte er das Thema.

Sie sprachen kurz über den Auftrag, und dann begann Jay, was bei ihm selten war, über sich selbst zu reden. «Ich erweitere mein Angebot, kaufe Werke junger unbekannter Künstler und verkaufe sie dann wieder. Nichts Modernes. Ich will mich auf traditionelle Kunst spezialisieren. Dafür gibt es einen festen Markt, und ich will mir einen festen Kundenkreis schaffen, keine Kenner, sondern einfach Leute, die etwas an der Wand hängen haben wollen, das sie verstehen.»

«Und was ist mit deiner eigenen Arbeit?»

«Ich habe mehr, als ich bewältigen kann. Ich lehne mittlerweile Aufträge ab.» Er zuckte gleichgültig mit den Schultern. «So verdiene ich mehr. Hast du heute Abend schon was vor?» Emma schüttelte den Kopf. «Gut. Ich muss dir etwas zeigen; ich hole dich um fünf am College ab. Und sei bitte pünktlich, ich möchte nicht herumkurven müssen.»

Er fuhr sie zurück zum College und verließ sie dann mit einem knappen «Tschüs», nicht einmal ein Küsschen auf die Wange. Emma war irgendwie enttäuscht, wollte mehr. Mehr wovon, hätte sie allerdings nicht sagen können.

Als sie um zehn nach fünf am Straßenrand ankam, wartete er mit laufendem Motor, startbereit.

«Du kommst zu spät», begrüßte er sie ungeduldig, und Emma fühlte sich an früher erinnert, als sie ihn so einschüchternd fand. Ihr sank der Mut.

«Schimpf nicht», bat sie, «ich hatte zu tun.»

«Ha!» Er wandte sich kurz zu ihr um und sah sie an, und sie fing einen bestürzenden Blick voll ätzenden Zorns auf, bevor er ihn verbarg. Nur weil ich zehn Minuten zu spät komme, dachte sie defensiv, Blödmann.

Während sie über die Oxford Street fuhren und an Hyde Park Corner vorbei, schloss sie die Augen und lehnte sich müde in die teuren Lederpolster zurück. Was war mit Jay? Warum fand sie es so anstrengend, ihn sich vom Leib zu halten? Warum fand sie es so schrecklich wichtig, sich nicht vom ihm beeinflussen zu lassen?

Sie war tatsächlich eingeschlafen, erinnerte sich Emma, die sich auf dem Dachboden mit schmerzendem Rücken auf einem wackeligen Stuhl ausruhte, aber damals war sie eigentlich fast immer müde. Sie war hochgeschreckt, als sie am Brompton Cemetery stehen blieben, in den Verkehr verkeilt.

Sie ging wieder ans Dachfenster, ihre Augen suchten die Wiese nach den drei vertrauten Gestalten ab, aber sie waren aus ihrem Gesichtsfeld verschwunden. Merkwürdig, wie dann alles ausging.

Sie überquerten den Fluss über die Putney Bridge und bogen danach von der Uferstraße ab in einen Hof, der von großen Wohnhäusern aus rotem Ziegel umgeben war.

«Das ist es», sagte Jay.

«Das ist was?»

«Das ist es, was wir uns ansehen wollten. Komm, ich zeig's dir.»

Die Wohnung lag im dritten Stock. Es waren vier Zimmer mit Küche und Bad, und vom langen schmalen Wohnzimmer aus konnte man durch große Fenster nach Nordosten über die Themse blicken, gerade auf die Stelle, an der die Regatta zwischen Oxford und Cambridge startete. Es war eine wunderbare Aussicht, aber die Wohnung war schmutzig, braun und beige, mit abscheulich gemusterten Teppichen überall, nur nicht in der Küche, die dunkelrot und jadegrün gestrichen war.

«Was hältst du davon?»

Emma war ratlos, ihr fiel keine ermutigende Floskel ein. «Die Aussicht ist toll», sagte sie schließlich, und er brüllte vor Lachen.

«Der Inbegriff von Takt und Diskretion. Ich bin stolz auf dich. Also gut, sie ist scheußlich, aber wenn ich damit fertig bin, wird sie es nicht mehr sein.» Er zögerte und fügte dann mit einer Stimme, die Emma fast nicht wiedererkannte, hinzu: «Und sie gehört mir, ganz allein *mir*!»

Er hob sie plötzlich hoch, ohne jede Vorwarnung, und schwenkte sie durch die Luft, immer rundherum, bis ihr schwindelig war. Dann stellte er sie ab und küsste sie.

Der Kuss unterschied sich ziemlich von Ricks Küssen, auch von allen anderen, die sie bisher geschmeckt hatte. Er rief eine körperliche Reaktion hervor, die sie noch nie zuvor verspürt hatte, und das beängstigte sie. Als er sie losließ, war sie zutiefst verwirrt und beschämt, weil sie ihn so gierig erwidert hatte.

Jay triumphierte und war nicht im Geringsten verlegen. Er grinste sie an.

«Darauf habe ich schon lange gewartet», sagte er, «und da du ja jetzt keine kostbare kleine Jungfrau mehr bist ... Was ist los?»

«Ich ... äh ...», stammelte Emma. «Ich habe nicht damit gerechnet ...» Sie starrte auf ihre Füße, und er beobachtete sie, amüsiert über ihre Verlegenheit.

«Du hast wohl gedacht, ich würde immer der gute alte Onkel Jay bleiben, der sich bereitwillig deinen Kummer anhört und dir mitleidig die Hand streichelt, ohne etwas dafür zu wollen?» Er fuhr ihr mit dem Finger übers Gesicht. «Findest du das nicht ein bisschen naiv?»

«Ja», musste sie widerwillig zugeben, «das war es vermutlich.»

«Ich bin nicht Ian. Ich werde nicht aufgeben und mich

verziehen.» Er kam durchs Zimmer, stellte sich hinter sie und legte ihr die Hände auf die Schultern. «Es wird Zeit, dass du mal darüber nachdenkst.»

«Dräng mich nicht», begehrte Emma auf.

Du lieber Himmel, dachte er, dich *drängen*? «Das steht nochmal auf deinem Grabstein», sagte er. Er drehte sie um, sodass sie ihn ansehen musste. Sie wand sich unbehaglich, verstimmt darüber, wie leicht er sie manipulieren konnte, und überlegte flüchtig, ob sie ihm wohl eine Ohrfeige geben müsste, wollte aber eigentlich lieber noch einmal geküsst werden.

«Du bist dir deiner wohl sehr sicher?»

«Nicht besonders, aber ich kann gut bluffen.» Jay ließ sie los und trat zurück. Du hast dich gern von mir küssen lassen, jubilierte er stumm, du hast es genossen, und das allein zählt.

Er machte keine weiteren Anstalten, sie zu berühren, redete einfach über seine Pläne für die Wohnung, als wäre nichts geschehen, bis Emma sich dabei ertappte, dass sie dasselbe tat, sich widerstrebend gezwungen sah, sich normal zu verhalten.

«Du brauchst Leute zum Streichen», schlug sie vor und redete zu viel, um irgendwie ihr Gleichgewicht wiederzufinden. «Trommle einen Haufen Leute zusammen und versorge sie beim Arbeiten reichlich mit Getränken. Du kennst unsere Bande doch, die erledigen das umsonst, wenn du für genügend flüssige Stärkung sorgst.»

«Gut.»

Emma, die nur um des Redens willen redete, geriet völlig aus dem Konzept, als er so ohne Weiteres einverstanden war. «Wenn du mir die Maler besorgst, besorge ich die Getränke und das Material. Aber nicht zu viele, die Wohnung muss nicht unbedingt von Fremden wimmeln.»

Sie verabredeten sich für den kommenden Sonntag, dann fuhr Jay sie schweigend nach Hause, was Emma ausgesprochen unangenehm fand, ihn aber offenbar nicht im Geringsten störte. Er küsste sie auch nicht noch einmal, und sie stellte fest, dass sie wünschte, er würde es tun. Und sei es nur, um ihn fortzustoßen und ihm eine Ohrfeige zu geben, damit er von seinem hohen Ross herunterkam.

Sie trommelte sieben Leute zusammen: Ali, Bill, George und seine Jilly, Ians Nachfolger im Untergeschoss, einen Studenten der Wirtschaftswissenschaften namens Adrian mit einem Kommilitonen namens Dave, und Joe, einen Freund von Bill aus dem Kurs für Modedesign, der ein Jahr weiter war als sie.

Lachend und polternd nahmen sie zwei Stufen auf einmal, Jay hörte sie schon im ersten Stock. Bis sie im dritten waren, stand eine Reihe von Bierflaschen auf dem Absatz, geöffnet, zischend, und sie folgten der Spur durch den Flur bis in die Küche, wo Jay an das Spülbecken gelehnt auf sie wartete.

Emma fragte sich, warum niemand sonst den argwöhnischen, ja fast gehetzten Blick bemerkte, den er auf seine Gäste warf, während sie sich im Zimmer verteilten, und fragte sich, warum er, da ihm ihre Anwesenheit eindeutig unangenehm war, dem Vorschlag überhaupt zugestimmt hatte. Sie verspürte eine Aufwallung von Einsamkeit, mitten unter ihren Freunden. Was war nur mit ihr los?

Jay hatte die Arbeitsgeräte und das Material ausgebreitet, Töpfe, Pinsel, Rollen, Schalen, und er wies mit weit ausholender Gebärde um sich. «Sucht euch was aus.»

Er hatte nur weiße Farbe besorgt. «Ah», meinte Alison, «ein Mann nach meinem Herzen.» Sie schlug groß die Augen zu ihm auf, flirtete, aber Jay bemerkte es gar nicht, denn er beobachtete Emma, die sich mit Adrian um eine Farbrolle balgte. Sie war merkwürdig aufgedreht und flirtete ebenfalls, um Jay zu zeigen, dass er keinerlei Ansprüche auf sie habe.

Sie teilten sich zu Paaren auf: George und Jilly im großen Schlafzimmer, Bill und Joe in der Küche, Alison und der hübsche Dave im zweiten Schlafzimmer. Damit blieben zwei Zimmer für Jay, Emma und Adrian. Jay sah Adrian an, dann Emma.

«Ihr könnt das Wohnzimmer nehmen», sagte er, «ich nehm dann den anderen Raum.» Idiotischerweise war Emma enttäuscht, lächerlich, und wieder durchzuckte sie ein Gefühl der Einsamkeit.

Jay hatte eine Anlage aufgebaut: Stones, Tamla Mowtown, Everly Brothers, laute Musik mit viel Schlagzeug, und sie tranken auch bei der Arbeit Bier. Jay hielt seine Tür fest geschlossen und Emma kämpfte mit einer schwarzen Wolke aus Depression, die sie zu verschlingen drohte, und wünschte sich, er würde aus seiner selbst verhängten Isolation auftauchen und sich zu den anderen gesellen.

Bis Mitternacht waren sie fast fertig, und so zogen sie um in den nächsten Pub, alle wie Flüchtlinge aus dem Ersten Weltkrieg in ihren Klamotten vom Trödelmarkt, bis auf Jay, dem es tatsächlich gelungen war, völlig farbklecksfrei zu bleiben, und der wie immer elegant, wenn auch ein bisschen schlaksig wirkte.

Er bezahlte die Sandwiches, holte noch mehr Bier, und Emma stellte fest, dass die Angelegenheit ihn wahrscheinlich ebenso viel gekostet hatte, als wenn er einen professionellen Maler engagiert hätte. Aber das machte ihm offenbar nichts aus, denn seit sie sich auf neutralem Gebiet befanden, wurde er munter und lächelte gönnerhaft wie ein freundlicher Onkel, während sie immer alberner wurden. Er war der einzig Nüchterne unter ihnen.

Er begleitete sie zum Bus, dann wandte er sich um und ging allein fort, zurück zur Wohnung, um seinen Wagen zu holen. Angesäuselt sah Emma seinen Rücken kleiner werden und war grundlos verärgert, dass er sich nicht erboten hatte, sie nach Hause zu bringen, gereizt, dass er bei ihrem Abschied so unübersehbar erleichtert war, und neugierig auf sein Privatleben. Ihr fiel auf, dass sie nicht das Geringste über ihn wusste, nie gewusst hatte. Oh, Ricky, dachte sie, als sie sich in den Bus schwang, wo bist du? Und warum fühle ich mich heute Nacht so verloren?

George und Jilly saßen sich Händchen haltend gegenüber; Dave und Alison flüsterten und kicherten auf den Sitzen hinter ihr. Joe und Bill standen betont unauffällig nebeneinander und hielten sich an Halteschlaufen fest. Als Adrian an ihrem Ohr zu nuckeln begann, ließ sie ihn. Sie dachte kurz daran, dass sie die Trinkerei morgen bereuen würde, aber im Augenblick war ihr das ziemlich egal. Der Schmerz, der den ganzen Tag über an ihr genagt hatte, wurde von seinem warmen Atem an ihrem Hals betäubt, auf ein erträgliches Maß verkleinert, und sie war dankbar.

Sie liefen in Schlangenlinien zum Haus, forderten sich gegenseitig lauthals auf, leise zu sein, und brachen dann grundlos in hysterisches Gelächter aus. Dave und Alison verschwanden in Alis Zimmer, aber Emma stolperte mit den anderen ins Untergeschoss, weil sie nicht allein sein wollte, und Bill kochte Kaffee.

George und Jilly gingen fast sofort ins Bett, und dann erhob sich Joe, tat so, als wollte er nach Hause gehen: betont laute Verabschiedung auf der Treppe, eine zugeschlagene Tür, dann Schleichen und Flüstern.

«Nacht!», rief Bill vom Flur aus und schloss dann energisch seine Schlafzimmertür.

Das Geknutsche wurde jetzt ernsthafter. Emma leistete halbherzig noch etwas demonstrativen Widerstand, aber Adrian war hartnäckig und sie brauchte Trost. Und er war mehr als bereit, den zu geben.

Hinterher, als sie im Dunkeln neben ihm lag, merkte sie, dass sie einen Fehler gemacht hatte. Adrian schlief fast sofort ein, und ihr Gefühl der Einsamkeit war stärker, nicht schwächer als zuvor. Sie stand auf und zog sich an, ging auf Zehenspitzen aus dem Untergeschoss in ihr eigenes Zimmer, warf sich ihren Morgenmantel über und begab sich nach oben, um ein Bad zu nehmen.

Sie suhlte sich fast eine Stunde im heißen Wasser, bis ihre Finger schrumpelig waren, lauschte auf das ascotmäßige Gejohle und Geknalle über ihr, und eine Stimme in ihrem Kopf sagte ununterbrochen: «Ich fühl mich so allein, ich fühl mich so allein, ich fühl mich so allein.» In dieser Nacht konnte sie nicht einmal Ricks Gesicht heraufbeschwören, sie vermisste ihn allerdings mehr denn je.

Doch wider Erwarten tat Adrian Emma gut. Einerseits genoss sie es, mit ihm auszugehen und mit ihm zu schlafen, andererseits wahrte er ihre Grenzen und berührte sie nicht tief in ihrem Innersten.

Schließlich gingen die beiden mit Alison und dem hübschen Dave zum Weihnachtsball. «Ich schlafe nicht mit ihm», erklärte Alison Emma. Sie traf sich immer noch mit Harry Passmore und benutzte Dave als bequemen Deckmantel für ihre weniger statthaften Aktivitäten. «Harrys Frau wird allmählich misstrauisch, deshalb muss er im Augenblick ein bisschen vorsichtig sein. Er könnte seine Stelle am College verlieren, wenn das mit uns herauskommt.» Sie kam sich sehr tugendhaft dabei vor, dass sie ein platonisches Verhältnis mit einem Jungen hatte. «Na ja, fast platonisch.» Sie grinste boshaft.

Beim Hineingehen begegnete ihnen Ian. «Na, jemand Neues aufgegabelt, Emma?», begrüßte er sie.

«Was ist denn das für ein großmäuliger Idiot?», fragte Adrian verächtlich.

«Nur ein Ex-Freund.»

Später am Abend entdeckte Alison, wie Emma im Aufenthaltsraum auf Adrians Schoß saß und aus einem Pappbecher Bier trank, während er an ihrem Ohr knabberte. «Offenbar besteht noch Hoffnung für das gute Kind», erklärte sie dem verständnislosen Dave.

Emma und Adrian gingen früh, fuhren zum Earl's Court und legten sich auf den Teppich vorm Gasofen. Hinterher fand Adrian eine halb volle Brandyflasche, goss großzügige Portionen in angeschlagene Becher, und während sie tranken, bat er Emma um ihre Nummer zu Hause: «Damit wir Neujahr miteinander verbringen können.»

Sie gab sie ihm. «Aber erst nach Weihnachten anrufen.» Das würde ihr Zeit und Raum verschaffen, ohne ihn ein wenig durchzuatmen. Es wäre eine hübsche Abwechslung, das Jahresende nicht bei einem trockenen Sherry zu sitzen und Josie und Tante Mabel anzustarren.

«Ich bin wild entschlossen, so früh wie möglich im neuen Jahr ein williges Weib im Bett zu haben», erklärte Adrian. «Vielleicht auch schon eher, falls die Springbrunnen übervölkert sind.»

Am nächsten Tag fuhr Mabel mit Emma nach Hause. Unterwegs tat Emma so, als schliefe sie, und Mabel hielt wohlweislich den Mund. Halt dich raus, sagte sie sich, du hast schon einmal Blödsinn gemacht, lass dem Mädchen ein bisschen Raum zum Erwachsenwerden.

11

Josie war noch nicht von der Arbeit zurück, als Mabel den Wagen parkte, und sie luden schweigend ihr Gepäck aus. Das Haus war kalt und düster, und Emma kämpfte darum, sich nicht deprimieren zu lassen, während ihre Tante herumwirtschaftete.

«Wir sollten für deine Mutter etwas zum Abendessen vorbereiten. Sie wird müde sein, wenn sie nach Hause kommt.»

Emma wartete, bis Mabel sich in die Küche begeben hatte, dann schlüpfte sie hinaus und lief zum Pub. Als sie zurückkam, hatte sie ein paar Abendschichten hinter der Bar organisiert.

«Wo warst du denn? Du hättest mir ruhig ein bisschen helfen können, mein Fräulein, statt dich einfach so zu verdrücken.» Mabel war nicht besonders erfreut. «Allmählich solltest du auch mal an deine arme Mutter denken.»

«Ich habe an meine arme Mutter gedacht. Ich habe mir gerade eine Stelle besorgt, um in den Ferien meine Ausgaben bezahlen zu können.»

Mabel starrte sie ausdruckslos an. «Komm mir nicht damit, Mädchen. Deine Ausgaben zu bezahlen hat nicht das Geringste damit zu tun.»

«Wie hättest du's denn gern? Ich hab eine Stelle, damit ich nicht mehr Zeit als unbedingt nötig zu Hause verbringen muss? Soll ich das meiner Mutter erzählen?»

«Das wäre wenigstens ehrlich. Jetzt putz mir die Möhren, ehe ich wirklich wütend auf dich werde.»

Sie schnippelten und schälten in so unfreundlichem Schweigen, dass es eine Erlösung war, als sie Josies Schlüssel im Schloss hörten und ihre müde Stimme: «Ich bin wieder da.»

Sie wollte unbedingt etwas übers College hören. «Wie

kommst du voran, Schatz? Gefällt es dir? Hast du» (ein verstohlener Blick und ein aufreizend süßliches Kichern) «auch schon einen Freund?»

«Ja.» Emma genoss den verblüfften Gesichtsausdruck ihrer Tante, die vermutlich den Verdacht hegte, sie träfe sich immer noch mit Rick.

«Ach! Ach, wie *nett*. Ach, *Emma*! Wie heißt er denn? Erzähl mir alles über ihn.»

«Adrian. Er heißt Adrian.»

«Adrian? Du meinst Adrian Ward aus dem Untergeschoss?»

«Ja, Tante Mabel, gibt's da ein Problem?» Emmas Blick warnte sie, etwas dazu zu sagen, und angesichts Josies eifrigem, unschuldigem Gesicht fügte sich Mabel. «Ich habe ihn jetzt schon länger nicht gesehen.» Ihre Stimme war zu laut, aber sie konnte nichts dagegen tun. «Du magst ihn bestimmt, Ma, er ist nett.»

«Bring ihn mit, Schatz, wann immer du willst.» Josie war begeistert, denn das war zur Abwechslung mal echte Kommunikation.

«Ja, mach das», sagte Mabel betont. «Gute Idee.»

Emma warf ihrer Tante einen giftigen Blick zu. «Das würde ich gerne, Ma, aber ich kann nicht, ich hab seine Nummer nicht.» Das stimmte sogar, sie hatte nicht danach gefragt.

Sie spürte, dass Tante Mabel sie beobachtete und sich fragte, was sich da wohl vor ihrer Nase abspielte, und eine Welle der Schadenfreude stieg in ihr hoch. Das würde der alten Schachtel eine Lehre sein! Sich in ihr Leben einzumischen, als wäre sie ein Kind!

Sie ging früh zu Bett, schützte Kopfschmerzen vor, und eine halbe Stunde später kam Tante Mabel ins Zimmer marschiert, um sie zur Rede zu stellen.

«Was geht hier eigentlich vor, mein Fräulein?»

«Nichts. Hör auf, mich wie eine Zehnjährige zu behandeln.»

«Hast du etwa …»

«Es mit Adrian getrieben? Und wenn?»

Aus Emmas unschuldigem Mund solch rüde Reden zu hören, war ein Schock. Damit war klar, dass aus einem leichten Fall jugendlicher Verknalltheit ziemlich rasch lässige Promiskuität geworden war. Ich habe mich in dir getäuscht, dachte Mabel, dich für jung und albern gehalten, zu unreif, um zu wissen, was du tust. Das war mein Fehler.

«Ich will gar nicht wissen, was du treibst, du bist jetzt ein großes Mädchen und ich kann dich nicht hindern.» Emma blieb der Mund vor Erstaunen offen stehen, denn sie hatte noch eine Predigt erwartet. «Was mir Sorgen macht, ist deine Mutter. Sie verlässt sich darauf, dass ich auf dich Acht gebe, wenn du in London bist, und wenn du nicht aufpasst, kommst du in Schwierigkeiten. Wie sollten wir Josie das erklären? Kommen wir dann einfach mal vorbei und lassen fallen, dass ihre kostbare Tochter es geschafft hat, schwanger zu werden?»

«Ich werde nicht schwanger.»

«Ach? Und warum nicht? Hast du irgendeine Zauberformel, von der ich nichts weiß?»

«Weil ich die Pille nehme, deshalb.»

«Ach!» Das dämpfte Mabel ein wenig, weil sie ihre Nichte für zu naiv gehalten hatte, um so weit zu gehen. Ihre Erleichterung wurde von Schuldgefühlen getrübt, da sie unterschätzt hatte, wie erwachsen Emma geworden war, und weil sie den Verdacht hegte, dass das Kind das alles nur tat, um zu beweisen, dass sie es konnte. Doch jetzt war es zu spät, den Geist in die Flasche zurückzustopfen.

Mabel fuhr am nächsten Morgen nach London zurück,

allerdings nach den ungenierten Enthüllungen ihrer Nichte nicht ganz so munter wie sonst. Kaum hatte sie das Haus verlassen, ging Emma zur Telefonzelle.

Alison lag noch im Bett.

«Mabel ist unterwegs.»

«Verdammt», sagte die schläfrige Stimme am anderen Ende. «Okay, danke, Emma», und Ali legte den Hörer auf.

Als Mabel zu Weihnachten wiederkam, wurde sie von Josie wie ein Erlöser, von Emma wie eine Fremde begrüßt.

«Ich habe sie noch nie so schwierig erlebt», klagte Josie. «Ich weiß überhaupt nicht mehr, was ich mit ihr anstellen soll.» Die Atmosphäre wurde mit jedem Tag eisiger.

Am 23. Dezember erhielt Emma einen ziemlich großen Scheck für eine Auftragsarbeit, den Alison ihr nachgeschickt hatte, und das Geld bestärkte sie in einem Entschluss, der seit November in ihr gereift war. Am 27. meldete sie sich im Pub krank und fuhr nach London.

«Keine Ahnung», sagte sie brüsk, als Josie wissen wollte, wie lange sie fortbleiben würde.

An der Liverpool Street Station erstand sie eine Zeitung. Ihre Tante sollte nicht vor dem 7. Januar wieder am Earl's Court sein, was ihr unter Berücksichtigung von Neujahr etwa fünf Tage ließ.

«Weißt du auch, was du da tust?», fragte Alison beim Durchblättern der Wohnungsanzeigen. «Du kannst dir doch was anderes bestimmt gar nicht leisten?»

«Doch, kann ich. Ich habe bis auf ein oder zwei Pfund alles gespart, was ich im letzten Jahr verdient habe, und falls ich irgendwo etwas entsprechend Preiswertes finde, komme ich bestimmt monatelang damit aus, selbst wenn ich keinen Penny mehr verdienen sollte. Hier bleibe ich jedenfalls keine

Sekunde länger, wo dieses verdammte Weib ständig hinter mir herschnüffelt.»

«Aber Tante Mabel ist doch ein Schätzchen. Sie hat mich noch keine Sekunde lang gestört. Das, was passiert ist, kannst du ihr doch nicht zum Vorwurf machen – das lag an Daddy.»

«Ha!» Emma biss wild in ihr drittes Schokoladenteilchen. «*Sie* hat ihn doch angerufen. Und es war nicht der alte Mistkerl, der Ricky weggeschickt hat.» Sie starrte ihre Freundin mit finsterem Blick streng an. «Außerdem, in deine Angelegenheiten mischt sie sich ja auch nicht, denn du bist nicht ihre Nichte.»

«Das ist wahr.» Alison grinste, machte es sich mit gekreuzten Beinen bequem und widmete sich ganz ihrer Aufgabe.

In den meisten Anzeigen wurden Untermieter gesucht, aber vereinzelt gab es auch möblierte Zimmer – zu Weihnachten wurden viele Buden frei, weil die Studenten sie sich nicht mehr leisten konnten.

Sie verbrachten zwei Tage damit, von Swiss Cottage bis New Cross durch höhlenartige Zimmer zu ziehen, ohne etwas auch nur andeutungsweise Vernünftiges zu finden. «Du musst mehr anlegen», sagte Alison, und sie begannen noch einmal von vorn.

Am 30. Dezember fanden sie ein Zimmer am Baron's Court, zwei Treppen hoch, mit einer Tür auf einen winzigen Balkon hinaus, die als Notausgang diente, und ein Fenster mit einem spektakulären Blick über die Dächer.

«Es gibt eine richtige Kochnische», verkündete der Vermieter, «und ein eigenes Bad. Für das Geld, das ich verlange, kriegen Sie nirgendwo sonst was mit Bad.»

Das Zimmer war eng, nur knapp elf Quadratmeter groß, aber die Sonne schien, und Emma war allmählich verzweifelt. Es gab ein schmales Bett, das tagsüber als Sofa dienen konnte, einen mit scheußlichem grobem Tweed verhüllten Lehnstuhl und das viel gepriesene Bad mit einer verkürzten Wanne, das sogar noch winziger war als die Küche. Aber für die Kleider war ein tiefer Einbauschrank vorhanden, das Licht war gut, und sie war hier für sich. Eigentlich fast perfekt, sagte sich Emma und hinterlegte drei Monatsmieten.

Als sie nach Hause kamen, klingelte das Telefon. «Warum hast du mir nicht erzählt, dass du nach London kommst?», beschwerte sich Adrian. «Ich hätte hochkommen und dich besuchen können. Und was ist mit Mabel los? Ich hab gerade bei dir angerufen, und als ich dich sprechen wollte, hat sie mir fast den Kopf abgerissen. Normalerweise ist sie doch ein richtig nettes altes Mädchen.»

«Sie weiß, dass wir miteinander schlafen.»

«Was? Wie hat sie das denn rausgekriegt?»

«Ich hab es ihr erzählt», sagte Emma knapp. «Ich hatte die Nase voll davon, mich ständig von ihr herumkommandieren zu lassen, deshalb habe ich es ihr erzählt.»

Für einen Moment herrschte Schweigen, dann sagte Adrian: «War das nicht ein bisschen unklug? Ich meine, du weißt doch, wie sie sind, diese Generation. Es ist alles in Ordnung, solange man sie nicht mit der Nase darauf stößt ...»

Emma schnitt ihm das Wort ab. «Was willst du, Adrian? Ich packe gerade.»

«Warum das denn?»

«Ich ziehe aus.»

«Du ziehst aus?» Adrian klang niedergeschmettert. «Aber ich ... Kann ich dir helfen? Ich kann schon vormittags kommen, wenn du willst. Ich wollte dich morgen

Abend abholen, aber ich kann schon vormittags kommen, wenn …»

«Morgen Abend? Warum das denn?»

«Silvester.» Adrian war verwirrt. «Erinnerst du dich? ‹Auld Lang Syne›, Volkstanz, Springbrunnen, Anstoßen? Und natürlich Sex.» Er lachte unsicher. «Vergiss den Sex nicht.»

Oh Gott, wie hatte sie das vergessen können? «Gut», sagte sie hastig. «Natürlich, komm vormittags. Das wär prima, wir könnten noch ein paar Hände brauchen. Ich hab eine Wohnung in Baron's Court.»

«Aha.» Adrian klang jetzt matt, verletzt. «Na gut, ich bin gegen zehn da. Tschüs.»

«Na?», fragte Alison.

«Na was?» Emma stellte fest, dass sie beim Klang seiner Stimme nichts empfunden hatte, kein Vergnügen, keine Aufregung, keine Spannung, nichts. Oh, Ricky, dachte sie, ganz elend vor Sehnsucht, du fehlst mir so sehr. Wann kommst du und rettest mich?

«Na, was hast du nun mit dieser Wohnung vor?»

«Morgen bringen wir meine Sachen rüber. Adrian will helfen kommen.»

Alison starrte sie an. «Himmel, du musst ja wirklich richtig sauer auf sie sein.»

Alison verbrachte Silvester mit Harry. «Er redet davon, dass er seine Frau verlassen will», erklärte sie Emma.

«Ach komm.» Emma winkte ab. «Er hat drei Kinder. Eventuell würde er darüber nachdenken, sich von seiner Frau zu trennen, aber er würde keinesfalls seine Kinder im Stich lassen.»

Alison sah sie unfreundlich an. Das hatte sie nicht hören wollen. «Du bist ja so naiv.» Sie zündete sich eine Zigarette an und zog tief und gierig daran. «Er liebt mich. Diesmal ist es ernst, das kannst du mir glauben, ganz bestimmt.»

Emma, die an Jay denken musste, überlegte, ob Harry Passmores Anziehungskraft nicht teilweise auf seiner Unerreichbarkeit beruhte. Wenn Alison unbedingt Schwierigkeiten haben wollte, war sie machtlos, denn Ali wollte nicht auf sie hören. Sie wollte auf nichts gestoßen werden, was ihre Zukunftsträume störte, außerdem war sie Niederlagen nicht gewöhnt.

Den größten Teil von Emmas Sachen packten sie in alle verfügbaren Koffer und in Pappkartons, die sie sich im Laden um die Ecke besorgten. Als Adrian am nächsten Morgen eintraf, war fast alles verstaut, bis auf das Bettzeug, die letzten Tassen und Teller und ein paar Konservendosen und Lebensmittelpackungen.

Adrian hatte einen Lieferwagen aufgetrieben und bestand darauf, dass sie Emmas Sachen darin transportierten, statt ein Taxi zu bestellen. Sie kam sich schrecklich vor und hatte höllische Schuldgefühle, weil sie am Telefon so kühl gewesen war.

«Macht nichts», sagte er, als sie sich entschuldigte, und küsste sie auf die Wange. Dann begann er fröhlich pfeifend Kisten zu schleppen. Emma bekam erneut Schuldgefühle. Ihr Panzer war noch nicht völlig undurchdringlich.

Gegen elf tauchte Alison im Morgenmantel auf, immer noch mit schlafverquollenen Augen. «Haben wir dich geweckt?», fragte sie. «Harry ist gegen drei gegangen. Wir haben uns unglaublich gestritten. Ich fragte, ob er nicht bleiben könnte, aber er meinte nein. Schließlich ist er rausgerannt und hat die Tür hinter sich zugeknallt.» Sie kicherte, offenbar ungerührt. «Ich glaube, seine Frau hatte was auszubaden, als er nach Hause kam.»

Während die Mädchen sich unterhielten, schleppte

Adrian stur weiter Kisten zum Lieferwegen und ignorierte beflissen das Gespräch. Angesichts dieses untypischen Schweigens zog Alison die Augenbrauen hoch.

«Was ist los?», flüsterte sie, als er draußen war. «Habt ihr beiden euch auch gestritten?»

Emma schüttelte abweisend den Kopf. «Der ist bloß beschäftigt», sagte sie knapp.

Es herrschte dichter Verkehr. Es war Samstag, und die ganze Welt wollte zu den Silvestervorbereitungen nach Hause. Sie brauchten beinahe eine Stunde, um zum Baron's Court zu kommen, aber bis halb fünf waren sie fast mit dem Ausladen fertig, und Adrian zauberte plötzlich eine Flasche Wein hervor.

«Ganz ordentliches Zeug», sagte Ali nach einem Blick auf das Etikett. «Auf die Unabhängigkeit.»

«Darauf trinke ich.» Emma hob das Glas und nahm einen kräftigen Schluck, dann entschuldigte sich Alison in einer seltenen Anwandlung von Takt und ging. Diesmal hätte Emma ihre übliche Taktlosigkeit vorgezogen. Sie wollte nicht mit Adrian allein sein.

Sie setzte sich so weit weg von ihm wie möglich, ans Ende des Bettes, die Knie schützend ans Kinn gezogen. Adrian saß in dem Tweedsessel, die Beine über der Lehne baumelnd, sein Glas in einer Hand und ausnahmsweise eine Zigarette in der anderen. Sehr bald geriet die Unterhaltung ins Stocken.

Emma wusste nicht, was mit ihr los war. Sie hatte doch jetzt ihren Willen: eine eigene Wohnung und die Freiheit zu leben, wie sie wollte. Adrian, dachte sie, während sie ihn verstohlen über den Rand ihres Glases hinweg ansah, ist ein netter Junge. Aber er ist nicht Ricky. Ich will Ricky.

«Es wäre nett, wenn du mir erklären würdest, was das Ganze hier soll.» Selbst seine Stimme war ihr zuwider.

«Wie Ali schon sagte. Ich will meine Unabhängigkeit.» Emma starrte ihn an und wünschte sich, er ginge.

«Aber …»

«Aber was?»

Aber was ist mit uns, wollte Adrian sagen, was ist mit mir, wo bleibe ich bei dem Ganzen? Stattdessen erhob er sich aus seinem Sessel, stellte sein Glas sorgsam auf den Tisch und nahm seine Jacke.

«Ich muss den Lieferwagen zurückbringen. Bleibt es bei unserer Verabredung heute Abend?»

«Natürlich», sagte Emma brüsk, «warum denn nicht?» Sie hatte schließlich nichts Besseres vor, und es war ja auch kein Besserer da.

«Gut, dann hol ich dich um neun ab.» Adrian zögerte. «Tschüs dann.»

«Tschüs. Und danke für die Hilfe.» Sie sah ihm mit steinernem Gesicht nach, während er zur Tür ging. Als er fort war, goss sie sich noch ein Glas Wein ein.

Emma hielt in ihrer staubigen Arbeit inne und starrte auf den Pappkarton, den sie aus der dunkelsten Ecke des Dachbodens geborgen hatte. Darin befanden sich, jahrelang sorgsam aufbewahrt, ein Dutzend oder mehr Champagnerkorken, jeder mit einer halben Krone oder, aus späteren Jahren, einer Zehnpennymünze. So einen hatte Adrian ihr damals auch geschenkt, erinnerte sie sich: Er hatte mit seinem Messer einen Schlitz hineingeschnitten, während Big Ben das neue Jahr einläutete, dann die Münze hineingeschoben und ihn ihr in die widerstrebende Hand gedrückt. «Für dich», sagte er, «er soll dir Glück bringen.» Ich habe ihn weggeworfen, erinnerte sich Emma, kaum dass er gegangen war. Gott, was war ich für ein Miststück!

Sie schüttelte sich, stellte den Karton sorgfältig auf den

«Behalten»-Stapel, lächelte dann über ihre Albernheit und stellte ihn weg. Sie sollte skrupelloser sein, schalt sie sich selbst. George will doch den ganzen Kram nicht mehr.

Zu Silvester war sie skrupellos gewesen. Sie hatte den armen Adrian völlig durcheinander gebracht, ihn verunsichert, schließlich verletzt und immer noch Verständnis erwartet, obwohl sie selbst nicht wusste, warum sie sich so unmöglich benahm. Ich habe ihn benutzt, dachte sie, ihm gestattet, mich mit teurem Essen abzufüllen, mich in Champagner zu ertränken, und als ich dann beschwipst genug war, habe ich ihn mit in mein neues Bett am Baron's Court genommen. Und als ich dann meinen Spaß gehabt hatte, soweit mir das möglich war, habe ich ihn weggeschickt.

Und nach all diesen Jahren erinnere ich mich kaum noch daran, wie der arme Adrian Ward ausgesehen hat, geschweige denn an alle Einzelheiten dieses betrunkenen Abends.

In den folgenden Tagen kämpfte Emma heftig darum, sich wider alle Logik und gegen jeden gesunden Menschenverstand ein winziges Häppchen Optimismus zu erhalten, und klammerte sich an einen schwachen Hoffnungsschimmer: dass es nicht vorbei war, dass es nie zu Ende sein würde.

Eines Abends rief Adrian an. «Geht's dir gut?»

«Ja. Nein.» Lass mich in Ruhe. Ich möchte allein sein. Wenn ich mich an Ricky klammere, wird er zu mir zurückkommen. Wenn ich jetzt nicht an ihm festhalte, werde ich ihn für immer verlieren.

«Möchtest du mit mir Schluss machen?»

«Weiß ich auch nicht.» Sie wollte beide Eisen im Feuer lassen.

«Gut.» Adrian klang verlegen, verletzt. «Dann sag mir

Bescheid, wenn du dich entschieden hast. Du weißt ja, wo ich bin.»

Sie legte den Hörer wieder auf, stieg die Treppe zu ihrem Zimmer hinauf und setzte sich ans Fenster, sah reglos auf den vielschichtigen Flickenteppich aus Ziegeldächern, bis es zu dunkel wurde. Dann nahm sie ein Bad und ging ins Bett.

Als Alison am nächsten Morgen vorbeikam, blieb sie, wo sie war, zusammengekauert unter den Bettdecken, und brüllte: «Hau ab!» durch die Tür, bis Alison aufgab und davonging.

Sie überlebte die nächsten drei Tage mit einer Diät aus Crackers und Suppenwürfeln, ihr normalerweise unersättlicher Appetit war ihr völlig vergangen.

Es war Mittag, als Jay auftauchte, aber Emma hatte immer noch den Morgenmantel an. Sein Klopfen überraschte sie, sie dachte, es wäre wieder Alison, und brüllte wütend vom Bett aus: «Ich hab dir doch gesagt, du sollst abhauen!»

«Mach die Tür auf, Emma», sagte er ruhig durchs Holz, «oder ich brech sie auf.»

Beim unerwarteten Klang seiner Stimme zuckte Emma zusammen. «Zisch ab!»

«Ich meine es ernst. Mir ist das egal, denn du kriegst die Rechnung.»

«Lass mich in Ruhe.» Sie stieg aus dem Bett und ging misstrauisch zur Tür.

«Ich warte.»

Zögernd tapste sie die letzten Zentimeter bis zur Tür, öffnete sie einen Spaltbreit und spähte auf den schlecht beleuchteten Treppenabsatz.

«Was willst du?» Sie war mürrisch und argwöhnisch.

«Dich.» Jay stieß überraschend die Tür auf, Emma stolperte rückwärts und verlor von dem Stoß das Gleichgewicht. «Himmel, du siehst ja wüst aus. Wann hast du dir zum letzten Mal die Haare gewaschen?»

«Das geht dich einen Scheißdreck an. Wie hast du mich überhaupt gefunden?»

«Alison hat mich angerufen. Jetzt mach, dass du in die Badewanne kommst und dich in Ordnung bringst, du siehst ja völlig verkommen aus.»

«Warum sollte ich, zum Teufel?»

«Weil», Jay sah sie ungerührt an, «ich dir das gerade gesagt habe, und wenn du's nicht von allein tust, dann zieh ich dir den Bademantel aus und pack dich eigenhändig in die Wanne. Ich könnte mich glatt dazusetzen, wenn du nicht bald in die Gänge kommst.»

Bei der Vorstellung lief Emma ein leichter, unerwarteter Schauer der Erregung über den Rücken, und dann überkam sie ein mörderischer Zorn, denn er lachte sie aus. Doch sie gehorchte widerstandslos. Schützend zog sie ihren Morgenmantel um sich, stürzte ins Bad und knallte die Tür hinter sich zu.

Sie ließ Wasser in die Wanne laufen, wusch darin ihr Haar, steckte es hoch, stieg dann in das seifige Wasser und lehnte sich wutentbrannt zurück. Sie hörte, wie Jay es sich bequem machte, Musik, das dritte Programm, Streicher und Flöten, und das Klappern von Löffeln, Tassen und Kessel. Ihr Zorn zerrann, das warme Wasser fühlte sich wunderbar an, besser als alles andere seit Tagen, und sie entspannte sich, schloss die Augen und dachte an nichts mehr.

Jay wurde unruhig und donnerte gegen die Tür. «Bist du bald sauber?»

Emma, in Panik und voller Sorge, er könnte nachsehen kommen, rief: «Ja, ja! Bin schon draußen!», sprang auf und schwankte, als die Kombination von heißem Wasser und leerem Magen sie schwindeln ließ.

«Gut. Beeil dich, oder ich gehe davon aus, dass du Hilfe brauchst.»

Wieder ein Schauer der Erregung. Emma kletterte vorsichtig aus der Wanne, rubbelte ihr Haar trocken, so gut es ging, kämpfte sich wieder in ihren Bademantel und zögerte dann, weil ihr plötzlich bewusst wurde, dass der Mann auf der anderen Seite der Badezimmertür sie stets eingeschüchtert hatte und dass sich ihre Kleider in ihrem Zimmer befanden, wo er sich gerade aufhielt.

Als sie auftauchte, wartete Jay auf sie, lehnte mit einer Tasse Kaffee in der Hand an der Wand. «Gut», sagte er anerkennend, «du siehst schon verdammt viel besser aus als bei meiner Ankunft.»

Sie schob sich so weit von ihm entfernt wie möglich an der Wand entlang zum Schrank und kramte nach ihren Sachen.

«Keine Jeans.»

Erneut flammte ihr Zorn auf. Was glaubte er eigentlich, wer er war? Aber sie warf die unerwünschten Hosen in den Schrank, zu aufgeregt, um sich zu streiten, und holte ihren indischen Rock hervor.

«Ist Ihnen das genehm, Euer Lordschaft?»

«Wunderbar.» Er ließ kein Auge von ihr und weidete sich an ihrer wütenden Verlegenheit. Sie schnappte sich einen Baumwollpulli und stürzte, die Kleidungsstücke schützend vorm Körper, wieder ins Badezimmer, donnerte dann die Tür zum zweiten Mal vor seiner Nase zu, lehnte sich dagegen und wartete, bis ihr Herzklopfen nachließ. Sie hörte ihn lachen, während sie sich anzog, so langsam wie möglich, sie zögerte es hinaus, ihm gegenüberzutreten, und als sie schließlich erschien, lief er ungeduldig im Zimmer hin und her.

«Und was machst du mit deinem Haar?»

Sie zuckte abschätzig die Schultern. «Das trocknet schon. Ich gehe schließlich nirgendwohin.»

«Aber ja doch. Wo hast du deine Handtücher?» Da sie nicht antwortete, verschwand er im Badezimmer, und als er wieder auftauchte, hatte er welche in der Hand. Dann schob er sie zu ihrem ohnmächtigen Ärger durchs Zimmer zum Bett, wo sie sich auf den Boden setzen musste.

«Au!», jammerte sie. «Hau ab!»

«Klappe!»

Er schob ihre große Handtasche zur Seite, setzte sich aufs Bett, die langen Beine rechts und links von ihr ausgestreckt, und begann ihr Haar zu rubbeln. Er war grob, und obwohl sie stöhnte und wimmerte, war er gnadenlos und sagte ihr nur, sie solle still sein. Sie kapitulierte, zu müde, um sich mit ihm zu streiten, schloss die Augen und unterwarf sich schmollend seinen Anweisungen. Als es fast trocken war, zog er ihre Tasche heran und durchwühlte sie, bis er einen Kamm gefunden hatte.

«Au!», quietschte Emma empört, als er ihre dichte Mähne zu entwirren begann, doch als er anfing, sie zu flechten, verfiel sie in Schweigen und genoss widerwillig das Gefühl seiner Finger in ihrem Nacken.

Jay spürte die Veränderung am fast unmerklichen Weichwerden ihrer angespannten Muskeln, in der leichten Bewegung ihres Kopfes zu ihm hin, und seine Hände tasteten sich weiter vor.

«Lass das!», sagte Emma ärgerlich, und er gluckste und widmete sich gehorsam wieder seiner Aufgabe.

Als er fertig war, reichte er ihr den dicken Zopf über die Schulter. «Hol dir was zum Zusammenbinden. Und einen warmen Mantel.»

Sie erhob sich rasch, wollte dringend von ihm weg, und verschwand wieder in die Sicherheit des Badezimmers, stand dann vor dem Spiegel, starrte in ihr weißes Gesicht und erschrak über ihren eigenen Anblick. Sie sah schrecklich aus, schwarze Ringe unter den Augen und hohle Wangen. Als sie wieder ins Wohnzimmer kam, hatte er ihren Mantel geholt und hielt ihn ihr hin, bereit zum Aufbruch.

«Ich will aber nicht weggehen», protestierte Emma empört, eine letzte Bastion gegen die Dampfwalze, die sie förmlich vor sich her schob.

Jay zuckte mit den Schultern. «Gut. Dann bleiben wir hier.» Er grinste. «Ich kenn da ein paar hübsche Spielchen für gemütliche Abende.» Er legte die Hand in ihren Nacken, presste das feuchte Haar an ihre Haut und zog sie an sich. Erneut geriet Emma in Panik. Jay war unkontrollierbar, nicht wie Adrian oder die anderen. Sie trat schroff zurück, schlug seine Hand weg und schnappte sich im Gehen ihren Mantel.

«Also gut!», schimpfte sie. «Also gut, in Gottes Namen. Bringen wir es hinter uns. Vielleicht gehst du ja danach wieder und lässt mich in Ruhe.»

Er ging mit ihr in ein altmodisches Hotel mit üppigen Plüschsesseln, Axminster-Teppichen und schwerem Eichenmobiliar. Er führte sie durch den Speisesaal in die hinterste Ecke, trotz der Proteste des Obers, dann stieß er sie ohne Umstände in einen weichen Samtstuhl. Emma starrte ihn an, voller Hass. Ricky hätte sie niemals so behandelt.

Er bestellte Roastbeef, Yorkshire-Pudding und dreierlei Gemüse, während sie hartnäckig schmollte: «Ich bin nicht hungrig und ich esse das nicht.» Doch als das Essen kam, leerte sie einen riesigen Teller mit solcher Geschwindigkeit, dass sie fertig war, bevor Jay die Hälfte seiner Portion geschafft hatte.

«Geht's dir jetzt besser?», fragte er sarkastisch.

«Ich war wohl hungriger, als ich dachte», murmelte sie, und Jay zog eine Augenbraue hoch, legte Messer und Gabel hin und lehnte sich in seinem Stuhl zurück.

«Dann kannst du mir jetzt vielleicht mal erklären, was los ist.»

«Nichts ist los.» Emma starrte defensiv auf ihren leeren Teller. «Ich bin's nur ein bisschen leid, das ist alles. Was hat Ali dir denn erzählt?»

«Nicht viel, sie meinte nur, du wärst deprimiert, hättest dich eingeschlossen und ihr erklärt, sie solle sich verziehen, was mir bekannt vorkommt. Außerdem ...» Jay hielt inne, um sich Wasser einzugießen, und Emma sah zu, wie das Eis im Glas hüpfte und klingelte, dann schaute sie fort, als seine Augen sich wieder auf ihr Gesicht richteten. «Sie sagte, du hättest ... wie heißt er noch?»

«Adrian.»

«Adrian, danke.» Ich glaube, den bring ich um, falls er mir nochmal über den Weg läuft. «Du hättest Adrian ebenfalls zum Teufel gejagt. Sie macht sich Sorgen.»

«Braucht sie nicht. Bei mir ist alles in Ordnung.» Beim letzten Wort begann ihre Stimme zu zittern, und sie senkte hastig den Kopf, um die Tränen zu verbergen, die aus dem Nichts aufgetaucht waren und sie zu überwältigen drohten.

Jay zeigte kein Mitleid. «Ist das jetzt immer noch wegen Alisons Bruder? Oder was anderes?»

«Weiß ich nicht. Und es geht dich nichts an.»

Er legte die Hände auf den Schoß und ballte unterm Tischtuch die Fäuste. «Wie auch immer, das muss so langsam ein Ende haben. Und was ist mit diesem anderen Knaben, wie passt der da rein?»

«Gar nicht.» Es war nicht Jays Angelegenheit, allerdings hatte sie gerade auf seine Kosten riesige Mengen gegessen, was bedeutete, dass sie ihm etwas schuldig war. «Das ist nur ein netter Junge, das ist alles. Er bringt mich zum Lachen.»

«Ist er gut im Bett?»

«Das geht dich nichts an», sagte sie wieder. Dann, um es ihm heimzuzahlen, denn die Antwort würde er wohl kaum hören wollen: «Doch, ja, ist er, wenn du mich schon fragst.»

Es gelang ihr nicht, ihn auf die Palme zu bringen, und seine nächste Frage war noch kränkender. «Wenn er so gut vögelt, warum machst du dann nicht einfach die Beine breit und genießt es, statt immer noch hinter Alis Bruder herzujammern?»

«Das verstehst du nicht.» Als sie aufsah, musterte er sie mit kaum verhohlener Feindseligkeit und wartete auf eine Erklärung.

«Ich kann es nicht erklären», sagte sie. «Es hat nichts mit ‹gut im Bett sein› zu tun.»

«Dann, weil er der Erste war? Er war doch der Erste, oder nicht?» Und du wirst nie erfahren, wie sehr ich ihn dafür hasse.

«Du verstehst das ja doch nicht.»

«Versuch's.»

Unbehaglich rückte sie in ihrem Stuhl hin und her und begrüßte das Auftauchen des Kellners mit einem breiten, gekünstelten Lächeln der Erleichterung. Jay scheuchte ihn mit einer Handbewegung gebieterisch fort.

«Apfelkuchen», sagte er knapp. «Eine Portion. Na komm, Em. Erklär schon.»

Sie starrte ihn an, bis ihr unter seinem gespannten, reglosen Blick unbehaglich wurde.

«Es war einfach richtig, von dem Moment an, als ich ihn zum ersten Mal sah.» Los, lach schon, forderte sie ihn stumm heraus. Wie Ali. Mach mich nur lächerlich, mach ruhig schlecht, was wir einander bedeutet haben, wie alle anderen. «Ich *wusste* es einfach, das ist alles. Es war, als wäre er nur meinetwegen da aufgetaucht.» Sie begann aus der blauen Glasschale vor ihr kleine Häufchen Salz aufs Tischtuch zu löffeln, eine ordentliche Reihe weißer Hügelchen. «Und jetzt, wo er weg ist, ist es, als wenn ...» Sie verfiel in Schweigen, fing noch einmal an, wollte ihn wissen lassen, wie sie sich fühlte, brauchte sein Verständnis. «Es ist, als hätte mir jemand einen Arm abgeschnitten oder so.»

Sie stockte wieder, traute vorübergehend ihrer Stimme nicht und fügte dann kläglich hinzu: «Ich komme mir vor, als würde ich langsam verbluten.» Ihre Augen füllten sich wieder, und wie um ihren Kummer zu bekräftigen, rann ihr eine einzelne Träne über die Wange, landete in einem der Salzhäufchen und wurde aufgesogen, als hätte es sie nie gegeben. Zornig wischte sich Emma mit dem Handrücken übers Gesicht und drückte dann all ihre weißen Hügel zu ordentlichen, runden Punkten flach.

Zum Teufel, dachte Jay in einem plötzlichen Anfall heftiger, besitzergreifender Liebe, ich hoffe, der Mistkerl krepiert. «Also schön», sagte er ruhig. «Wie wollen wir die Wunde stillen?»

Er überraschte Emma. Zum einen hatte sie keine Ahnung, warum sie sich das alles von der Seele geredet hatte, und falls sie überhaupt eine Reaktion erwartet hatte, dann Spott. Jay gehörte nicht gerade zu den mitfühlenden Menschen. Sie starrte ihn an, während der Kellner ein großes Stück Apfelkuchen auf den Tisch stellte, und versuchte herauszufinden, ob er sich über sie lustig machte.

«Warum kümmert dich das?» Sie rührte ein Loch in den ersten Salzhügel, und ging dann weiter die Reihe durch, bis Jay ihr, von dem ständigen Gefummel gereizt, den Löffel wegnahm. «Warum vergeudest du deine kostbare Zeit damit, mir den Hals mit Roastbeef voll zu stopfen, nur weil ich alles satt habe? Hast du nichts Besseres zu tun?»

«Heute nicht, nein. Wenn du nächste Woche deprimiert sein solltest, bin ich unabkömmlich. Dann stecke ich bis zum Hals in Arbeit.» Ich *liebe* dich, brüllte er stumm, du dummes Ding, du Närrin, du blöde Kuh, genau so, wie du *ihn* liebst.

Unwillkürlich musste Emma lächeln, und er beugte sich vor, stützte die Ellbogen auf den Tisch und legte das Kinn in die Hände.

«Wir sind uns ähnlich, du und ich», sagte er. «Wir sind beide Einzelgänger. Und ich war mal in ein Mädchen verliebt, das ich nicht haben konnte. Vielleicht weiß ich deshalb, wie du dich fühlst.»

«Das tut mir Leid.» Emma hatte keinerlei Ahnung, was in Jay vorging, hatte sich noch nie genug dafür interessiert, um danach zu fragen. «Das hast du mir nicht erzählt. Ich wollte dich nicht ...»

«Schon gut.» Er zuckte verächtlich mit den Schultern, dann schob er den Apfelkuchen durch die weißen Salzhäufchen über den Tisch. «Iss!»

«Ist sie mit einem anderen weggelaufen?» Sie sah ihn zum ersten Mal direkt an, schaute in sein dunkles, angespanntes Gesicht, auf das glatte, dichte Haar, das ihm über die Stirn fiel, blickte auf den ironischen Zug um den Mund, und sah ihn fast zum ersten Mal als Menschen, nicht nur als den einschüchternden, sardonischen Jay, den, der sich weigerte, sich anderen anzupassen. «Es war aber nicht Ali?» Sie wusste, dass Jay nicht gerne teilte, und Ali war nicht gerade von der treuen Sorte.

Er lachte verächtlich. «Nein, es war nicht Ali. Die ist nicht mein Typ, und das war sie noch nie. Jetzt iss deinen Apfelkuchen und sei still. Du wirst allmählich albern.»

Er wich ihr aus, wie immer, ging jeder Frage, die ihm zu nahe kommen könnte, aus dem Weg, indem er sie überhörte, und pikiert schweigend beendete Emma ihre Mahlzeit. Jay bestellte Kaffee, lehnte sich dann wie immer zurück und gab nichts von sich preis, schaffte es jedoch, dass sie sich ausgesetzt und verletzlich vorkam. Nachdem er die Rechnung bezahlt hatte, folgte ihm Emma schüchtern aus dem Hotel zu seinem Wagen und ließ sich von ihm ins Auto helfen, erschöpft von der Anstrengung, den Fallstricken in der Unterhaltung mit ihm auszuweichen, und von der umfangreichen Mahlzeit, die sie gerade verzehrt hatte.

Jay steckte den Schlüssel ins Zündschloss, aber statt den Motor anzuwerfen, legte er die Hände aufs Lenkrad und starrte durch die Windschutzscheibe in den einsetzenden Graupelregen.

«Und was machen wir jetzt?»

«Du hast deine gute Tat für heute getan. Bring mich einfach nach Hause, und dann kannst du deiner Wege gehen, in dem erwärmenden Bewusstsein, dass du mich vor dem sicheren Hungertod errettet hast.» Emma starrte auf ihre ordentlich im Schoß gefalteten Hände und sehnte sich danach, allein zu sein. «Jay?»

«Hmm?» Er starrte immer noch durch die Windschutzscheibe, in Gedanken meilenweit fort.

«Danke fürs Essen.»

«Schon gut», sagte er abwesend, dann drehte er den Zündschlüssel und fuhr auf die matschige Straße hinaus.

Emma lehnte sich zurück und schloss die Augen, dankbar, dass sie endlich auf dem Heimweg war.

Als Emma die Augen öffnete, fuhren sie in zunehmender Dunkelheit über die Fulham Road nach Süden, in die vollkommen falsche Richtung.

«Du hast geschnarcht.» Jay schaute nur flüchtig hin, als sie sich in ihrem Sitz hochstemmte und protestierte. «Und du brauchst dich gar nicht erst aufzuregen, *ich* brauche immer noch Gesellschaft, und jetzt bist du dran mit den guten Taten.» Grollend fügte sich Emma, während sie über die Putney Bridge fuhren, und schweigend bogen sie auf den Parkplatz hinter dem Mietshaus.

Jay stellte den Motor aus. «Bist du denn überhaupt nicht neugierig, wie es jetzt fertig aussieht?»

«Du bist also eingezogen?» Was für eine dumme Frage, warum sonst hätte er sie an einem frostigen Winternachmittag, an dem ein regelrechter Schneesturm drohte, durch halb London gekarrt?

Sie liefen das kurze Stück vom Auto bis zum Eingang mit gesenkten Köpfen und hochgestellten Kragen zum Schutz gegen den beißenden Wind, der ihnen eisigen Regen ins Gesicht trieb. Emma wollte nicht in den Aufzug. Sie mussten drei Treppen hoch, und sie war außer Atem, bevor sie den zweiten Absatz erreicht hatten, litt noch unter der Übersättigung nach dem Hungern vorher.

«Ich bin froh, dass ich dich nicht häufiger so nach oben begleiten muss», meinte Jay trocken. «Es wäre vermutlich mein Tod», doch er schnaufte nicht. Er schloss die Tür auf, trat dann mit einer spöttischen Verbeugung zurück und ließ Emma vorgehen.

Bis auf die Küche, helles Holz und Marineblau, war es so, wie Emma es in Erinnerung hatte, alles weiß gestrichen, allerdings nicht so weiß wie bei Alison. Die Bodendielen waren poliert und mit Teppichen bedeckt, leuchtenden antiken Schönheiten, die sie am liebsten auf den Knien gestreichelt hätte. Unverstellt von Krimskrams wie Beistelltischchen, Nippes oder Hockern, schimmerten die Farben juwelengleich im unbestimmten Licht.

An jeder senkrechten Fläche hingen Bilder, nicht große, knallige moderne Drucke wie bei Alison, sondern Aquarelle, zurückhaltend und zart. Allerdings keins von Jay. Er zeigte ihr jedes Zimmer der Wohnung, einschließlich des großen Schlafzimmers mit dem Doppelbett am Ende des Flures, und nirgends hing ein Bild von ihm. Die waren, wie er sagte, alle zum Verkauf bestimmt, gehörten zum Geschäft. Emma fand das befremdlich und typisch.

Das zweite Schlafzimmer hatte er als Arbeitszimmer eingerichtet, mit einem großen Schreibtisch aus Eichenholz, von dem aus man auf den Parkplatz tief unten sehen konnte, und das kleinste Zimmer mit Blick nach Norden über den Fluss war ein Atelier mit einer Werkbank aus rostfreiem Stahl, die von einer Architektenlampe beleuchtet wurde. Er arbeitete an einem farbigen Layout, der Inneneinrichtung eines Restaurants. Daneben standen ordentlich in Schalen aufgereihte Tuschefläschchen. Er stellte sich neben Emma, während sie sich seine Zeichnung ansah.

«Du warst schon immer besser als wir anderen alle zusammen», sagte sie und rückte ein Stück von ihm weg.

«Stimmt, nicht wahr?»

Arroganter Mistkerl, dachte sie und stieß die Luft aus, die sie unbewusst angehalten hatte. Doch als er sie stehen ließ und in Richtung Tür und Küche ging, war sie seltsam enttäuscht. Ein Teil von ihr wollte von ihm geküsst werden, brauchte das erregende Lustgefühl, das er in ihr hervorrief.

«Kaffee?»

Er trug die Becher ins sparsam möblierte Wohnzimmer: weitere wunderschöne Teppiche, ein großes Sofa, an der Wand ein einfacher, heller Eichentisch mit zwei Stühlen, aber keine Gardinen, viele Bücher – eine ausgewählte Mischung aus Bänden über Kunst und Typographie, Biographien und schöner Literatur: Steinbeck, Hemingway, John

Hersey, P. G. Wodehouse, Proust, Bernard Malamud, Evelyn Waugh – und Schallplatten, nicht ganz so verschiedenartig, alle klassisch. Wie wenig ich über dich weiß, dachte sie erneut, während sie nervös an ihrem Kaffee nippte.

Jay holte eine Flasche Brandy aus einem Eckschrank und goss zwei großzügige Portionen ein. Er reichte Emma ein Glas, hob dann seins und prostete ihr zu.

«Auf das Stillen alter Wunden.»

Emma presste die Lippen zusammen und schnaubte, verletzt von der unterschwelligen Ironie in den Worten, nahm dann einen herzhaften Schluck und bekam einen Hustenanfall, weil der Alkohol so im Rachen brannte. Jay stürzte sein Glas auf einmal hinunter, goss sich noch eins ein, leerte auch das und ging dann mit dem Glas zum Fenster. Wie merkwürdig, dachte Emma wieder. Sie hatte ihn noch nie so viel auf einmal trinken sehen.

Mittlerweile schneite es richtig, dicke schwere Flocken, die gleichmäßig aus einem düsteren Himmel fielen. Das entfernte Ufer des Flusses war kaum noch erkennbar, und die Autos auf der Uferstraße hatten die Scheinwerfer an.

«Komm mal ans Fenster», sagte Jay.

Emma nahm ihr Glas, stellte sich zögernd neben ihn und starrte in das schneegefilterte, gelbliche Licht hinaus, Straßenlaternen und Zwielicht, durchdrungen von Auspuffdämpfen und Flussnebel. Wenn man nach oben schaute, konnte man sich einbilden, der Schnee stünde still und das warme Zimmer eilte durch die dicken Flocken dem bleiernen Himmel entgegen. Sie hörte schwach die Reifen der Autos auf der Straße unter ihnen knirschen.

«Meinst du, dein Haar ist schon trocken?»

Der Themenwechsel überraschte sie, verlegen, misstrauisch und unbehaglich trat sie von einem Fuß auf den anderen. Jay stellte sein Glas vorsichtig auf dem Fensterbrett ab, trat dann hinter sie und begann, den dicken Zopf, der ihr über den Rücken hing, zu lösen. Das Haar war durch das feste Flechten in unmöglichen Wellen geknickt. Er breitete es bedächtig auf ihren Schultern aus, fuhr mit den Händen hindurch, streichelte es und wickelte es um die Finger.

Erst nach einer Weile bemerkte Emma, dass sie verführt wurde, und als sie es schließlich begriffen hatte, war es zu spät. Jays Finger waren allzu überzeugend, ihre Wirkung auf sie allzu hypnotisch und wohltuend, und als er sie hochhob, war jeder Widerstand in ihr geschmolzen.

Von dem unbeleuchteten Zimmer, in das er sie trug, nahm sie nichts wahr. Ihr Körper verspürte nur eine nie erlebte Lust, ein Vergnügen, von dem sie nicht einmal geträumt hatte.

Hilflos erlebte sie ihren Höhepunkt und sank dann zusammen, erschrocken über die Heftigkeit ihrer Erregung, über die lässige Erfahrenheit ihres neuesten Liebhabers. Doch als Jay kam, laut aufwinselnd wie ein Tier, flackerte Antipathie in ihr auf. Er hatte offenbar keine Kontrolle mehr, und sie fand das Geräusch abstoßend und grollte Jay, nicht nur, weil er ihr etwas gegeben hatte, was sie bisher von niemandem sonst bekommen hatte, sondern auch wegen des kleinen, unerwarteten Zeichens von Schwäche, wo sie doch Stärke brauchte. Das hier ist nur Sex, sagte sie sich verzweifelt, auf keiner Seite sind Gefühle beteiligt. Wenn sie sich auf die körperliche Lust beschränkte, konnte sie ihren Schutzwall aufrechterhalten.

Als Jay sie noch einmal umarmen wollte, wehrte sie sich, stieß heftig gegen seine heiße Haut, wies ihn zurück, wie sie Adrian zurückgewiesen hatte, wie alle anderen, weil er nicht Ricky war.

Jay gab nicht nach. Er wusste, was sie wollte, und das verweigerte er ihr, ließ ihr keinen Raum zum Alleinsein.

Emma hatte ihm zwar die körperliche Verletzung ihres sorgsam errichteten Schutzwalls gestattet, doch dem grausameren Übergriff, seiner Weigerung, sie hinterher in Ruhe zu lassen, gab sie nicht nach. Starr und unzugänglich lag sie in seinen Armen, bis er, den Mund dicht an ihrem Ohr, mit einer Stimme, die ihm gar nicht ähnlich war, sanft und bebend vor Gefühl, bettelte: «Bitte, Emma, hör doch auf damit.»

Er überraschte sie. Sie hielt in seiner Wärme den Atem an, der Geruch seiner Haut umhüllte sie, und erschöpft gab sie nach.

«Ach, zum Teufel nochmal», fluchte sie heftig, und Jay zog sie fester an sich, während sie schluchzte, als bräche ihr das Herz.

Als sie aufwachte, war sie bis zur Taille zugedeckt und wusste für einen Augenblick nicht, wo sie sich befand. Schlaftrunken rollte sie sich auf den Rücken und sah stirnrunzelnd zur Decke. Erst als sie den Kopf wandte und Jay erblickte, der sie, auf einen Ellbogen gestützt, beobachtete, fiel es ihr wieder ein.

«Guten Abend.»

Sie blinzelte, von der prosaischen Begrüßung überrascht, und da sie plötzlich merkte, dass sie splitternackt war, rollte sie sich hastig zu einer Kugel zusammen, drehte sich um und zog das Laken schützend bis unters Kinn hoch.

«Ich habe alles gesehen, was du besitzt, Em», spottete er. «Du hast über eine Stunde lang geschlafen, und so ein Gentleman bin ich nicht, dass ich mir die Gelegenheit entgehen ließe.» Er lächelte, und mit brennenden Wangen öffnete sie wutentbrannt den Mund. Sie kam sich vor wie vergewaltigt.

«Warum? Wie konntest du mir das antun?»

Jay missverstand sie mit Absicht. «Dich verführen? Weil ich das wollte, weil ich das seit zweieinhalb Jahren will und nicht länger warten konnte.» Seufzend ließ er den Kopf auf ihre Schulter sinken. «Sollte ich lieber so tun, als wäre es aus reiner Menschenfreundlichkeit passiert? Mach ich, wenn du willst. Ich könnte dir erzählen, ich wäre mit dir ins Bett gegangen, damit du endlich aufhörst, deinem amputierten Arm nachzujammern.» Sie wandte das Gesicht ab, tief verletzt von der groben Beleidigung, doch er drehte es zurück. «Es wäre gelogen. Ich wollte dich einfach, das ist alles. Und das schon, seit ich dich zum ersten Mal gesehen habe. Und du hast mich auch gewollt, so wie ich dich.»

Genau das hatte sie doch hören wollen, redete Emma sich ein, dass Jay nichts für sie empfand, nicht mehr als sie für ihn, aber als sie es so dreist ausgesprochen hörte, fühlte sie sich gedemütigt und wurde wütend und zornig.

«Ich geh jetzt nach Hause.» Sie kämpfte sich aus dem Bett, tastete auf dem Boden nach ihren Kleidern und hielt sie mit den Armen schützend vor sich.

Jay machte zunächst keinerlei Anstalten, sie aufzuhalten. Erst als sie, Rock, Pullover, Schuhe und Höschen vor der Brust umklammert, aus dem Zimmer gehen wollte, sagte er etwas.

«Bleib bei mir, Emma. Bitte ...»

Sie blieb verunsichert stehen.

«Warum sollte ich?»

Er rollte herum und schwang die Beine auf den Boden. Es war mittlerweile fast dunkel, sie konnte nur einen verschwommenen Umriss erkennen, gebeugte Schultern, einen geneigten Kopf. «Weil ich dich liebe», murmelte er.

«Was?» Als sie den Kopf wandte, sah sie seine Augen im Licht vom Fenster her schimmern.

«*Weil ich dich liebe!*», brüllte er.

Emma stand ganz still und strengte ihre Augen an, um ihn genauer zu sehen. Sie kam sich vor, als befände sie sich in einem albernen Theaterstück, als wäre Jay ohne Vorwarnung von seinem Text abgewichen und sie stünde ohne Stichwort da und wüsste nicht, wie es weiterging.

Er stand auf und kam durchs Zimmer, nahm ihre Kleider und warf sie auf den Boden, dann führte er sie zum Bett zurück und stieß sie zurück auf die warme Stelle, die sie hinterlassen hatte. Emma blieb starr liegen, als er neben ihr ins Bett stieg, und musterte seinen schattenhaften Umriss in ablehnendem Schweigen. Das muss ich mir nicht gefallen lassen, dachte sie, ich gehe jetzt nach Hause. Aber sie brachte es offenbar nicht fertig, aus dem Bett zu steigen.

Als Jay erneut die Arme um sie schlang, hielt sie den Atem an und wehrte sich, und er hauchte seufzend warmen, brandybeladenen Atem gegen ihre Wange.

«Ist ja gut», murmelte er. «Ich tu dir doch nichts. Ich will nur mit dir *schlafen*.»

Er begann, sie zu streicheln, geduldig, sanft, und Emma spürte, wie ihre angespannten Muskeln sich gegen ihren Willen entkrampften. Dann, gerade als das Gefühl seiner Haut an ihrer sie zu erregen begann und sie sich ihm unwillkürlich zuwandte, schlief er ein. Er hielt ihre Hand fest, wollte sie nicht loslassen, als sie sie ihm entziehen wollte, und er seufzte und murmelte wie ein ängstliches Kind.

Zum zweiten Mal an diesem Abend war er verletzlich, als sie ihn stark erleben wollte, und das Chaos in ihrem Kopf erschöpfte sie. Es war warm unter den Decken, seine Haut war glatt und er roch gut. Ich muss aufstehen, sagte sie sich, und nach Hause gehen, bevor es zu spät ist. Sie überlegte gerade, wie sie im Dunkeln ihre Sachen finden sollte, als sie einschlief.

12

Er begann, kaum dass sie aufgewacht war, als hätte er auf sie gewartet: Hände, Mund, Zunge; verführerisch, zwingend, unwiderstehlich. Emma lag still, hielt den Atem an, schützte Gleichgültigkeit vor, bis sie es nicht mehr aushielt, bis er seinen Kopf herunterbeugte und sie seine Lippen in ihrer Halsgrube spürte.

«Bitte, liebe auch du mich», flüsterte er heiser. «Bitte, Emma», und sie jaulte auf, als täte er ihr weh.

«Oh!», jammerte sie. «Nicht!» Bettelte, er möge ihr helfen, ihm zu widerstehen. Er spielte nicht mit. Er reizte sie, quälte sie über das Erträgliche hinaus, bis sie nicht mehr anders konnte, als nachzugeben.

Sie überraschte ihn, entspannte sich unerwartet unter seinen Händen, und dann, plötzlich die folgsame Schülerin, berührte sie ihn ihrerseits. Jay brauchte einen Augenblick, um sich wieder zu fassen, dann spürte sie, wie er sich in triumphierendem Gelächter schüttelte, und er beugte sich zu ihr und flüsterte ihr ins Ohr: «Ansteckend, nicht wahr?», als wären Begierde und Lust Infektionskrankheiten.

«Ich bin, offen gestanden, überrascht, dass es dir gelungen ist, so lange Jungfrau zu bleiben.» Jay reckte sich träge, als sein Hunger gestillt war. «Wenn du einmal in Fahrt kommst, bist du im Bett fast so unersättlich wie bei Tisch.»

Er lachte, revanchierte sich für ihre erfolglosen Bemühungen, sich gegen ihn zu wehren, dann erhob er sich und begann, im Zimmer umherzugehen. Emma sah ihm zu, wie er seinen Morgenmantel holte, ihre abgelegten Kleider aufhob und sie dann lässig in einem unordentlichen Haufen aufs Fußende des Bettes warf. Sein Körper war kräftiger als

Ricks: locker, stärker gebaut. Und während sie ihm zusah, wollte sie ihn erneut.

Und doch, wie ähnlich sich Jay und Ricky sind, dachte sie sechsundzwanzig Jahre später dort oben auf Georges staubigem Dachboden. Das gleiche glatte, weiche Haar, einmal dunkel, einmal blond. Die gleichen langen Gliedmaßen, schöne Hände, die gleichen verschlossenen Gesichter, die gleiche Abneigung gegen Leute – große Menschenmassen (oder vielleicht auch Furcht davor).

Wie von einer unsichtbaren Schnur gezogen, ging sie zum Fenster, wobei sie über ein Fernglas stolperte, das sie aufhob. Ein Okular fehlte, und sie konnte es nur mit Mühe scharf stellen, dann suchte sie die Wiese ab, ein Auge geschlossen, um das verschwimmende Bild klarer zu bekommen, bis sie schließlich gefunden hatte, was sie suchte.

Er stand bis über die Knie in Butterblumen und Margeriten, während die Hunde, deren Anwesenheit sich nur durch das heftige Beben des langen Grases verriet, ihn umtobten. Er lachte. Emma lachte ebenfalls, als Newton (oder war es Flotman?) plötzlich mit gestreckten Beinen, flatternden Ohren und wehendem Schwanz aus dem Grün schoss, wieder ins wogende Meer tauchte und verschwand. Während sie ihn beobachtete, dachte sie: Du bist im Laufe der Jahre deinen Mitmenschen gegenüber ein wenig toleranter geworden, solange sie dir nicht zu nahe kommen. Ist das ein bisschen auch mir zu verdanken?

«In einer Viertelstunde gibt's Frühstück», sagte Jay und verschwand in Richtung Bad. Emma legte sich fast zehn Minuten lang in die Kissen zurück, bevor sie ihren Mut zusammennahm, nach dem Morgenmantel griff und zögernd aus dem Bett glitt, als könnte er sie dabei beobachten.

Der Mantel war ihr viel zu lang, und sie musste die Ärmel aufrollen, aber sie schaffte es darin bis ins Badezimmer, wo sie duschte, sich das Gesicht schrubbte, bis es rosig glänzte, sich dann mit Jays Bürste durchs Haar fuhr und es zu einem Pferdeschwanz zusammenband. Sie putzte sich so gut wie möglich mit dem Finger die Zähne, spülte sich den Mund aus, wobei sie ihren Anblick im Spiegel mied, und schlich sich dann in den Flur, um zu hören, ob Jay in der Küche herumklapperte.

Er lauerte ihr auf. «Du siehst aus wie zwölf», spottete er. «Ich kriege noch eine Anzeige wegen Sex mit Minderjährigen.» Sein Gelächter verfolgte sie noch, als sie ins Schlafzimmer floh.

Es gab Toast, Orangensaft und schwarzen Kaffee, aber Emma hatte keinen Hunger. Jay amüsierte sich darüber, dass sie so gar nicht gefasst war.

«Bitte», bettelte sie schließlich, «könntest du aufhören, mich ununterbrochen anzustarren? Das verunsichert mich.»

«Warum? Du solltest dich geschmeichelt fühlen, dass ich dich ansehen will. Es ist ein guter Test, wenn man den Partner am Morgen danach immer noch betrachtenswert findet. Es hindert dich nichts, das Gleiche zu tun.»

Sie schluckte den Köder, gab seinen direkten Blick zurück, doch sie hielt es nicht lange aus, und er machte sich wieder über sie lustig.

«Na? Verpasst du mir das nächste Mal einen Fußtritt, wenn ich zu dir ins Bett will?»

Emma zog eine Grimasse. «Ich bin mir nicht sicher, ob du dann auch gehen würdest.»

«Nein, da bin ich mir auch nicht sicher. Aber außerdem glaube ich nicht, dass ich dazu aufgefordert werde.» Sein schlecht versteckter Triumph beschämte und empörte sie. Sie kam sich vor, als säße sie splitternackt am Tisch.

«Ich muss nach Hause», sagte sie brüsk, doch er fasste ihr Handgelenk und zog sie wieder herunter.

«Nun iss deinen Toast. Beim Frühstück spiele ich normalerweise nicht den Verführer.» Er zögerte. «Obwohl ich bei dir eine Ausnahme machen könnte.» Er leerte seine Tasse und erhob sich, um Kaffee nachzuholen.

Er war lässig angezogen, in Jeans, mit einem verblichenen blauen Hemd, und er hielt es offenbar für ausgemacht, dass sie den ganzen Tag bleiben würde.

«Ich habe den Rest der Woche frei», betonte er, als könnte sie sogar noch länger bleiben. «Welche Zeitungen möchtest du lesen?» Er zog sein Jackett über, um eine holen zu gehen, dann blieb er in der Tür stehen. «Hast du gestern die Pille genommen?»

«Nein.» Panik. «Ich hab sie gar nicht …»

«Sie sind in deiner Handtasche. Bin gleich wieder da», und weg war er.

Emma fand zwar ihre achtlos auf den Boden geworfene Handtasche, aber ihre Pillen müssten doch eigentlich in Earl's Court auf der Ablage im Bad sein! Waren sie aber nicht – sie lagen hier in ihrer Tasche, wo Jay sie hingepackt hatte.

Wutentbrannt nahm sie die Pille für Donnerstag, stürzte dann wieder ins Schlafzimmer, zog sich an, ergriff ihre Tasche, verließ die Wohnung und knallte die Tür hinter sich zu. Ich hoffe, du hast keinen Schlüssel mitgenommen, schimpfte sie wütend. Ich hoffe, ich habe dich ausgesperrt.

Sie sprang die Treppe hinunter, immer zwei Stufen auf einmal, und erreichte die Eingangshalle gerade rechtzeitig, um atemlos in ihn hineinzurennen und ihm die Zeitungen aus der Hand zu schlagen. Dann erstarrte sie und versuchte wieder zu Atem zu kommen, während er alles wieder aufhob.

«Und warum?»

Emma war durch seine unerwartete Rückkehr wie gelähmt und schwieg verlegen, weil sie sich hatte erwischen lassen, als würde sie Schule schwänzen und Jay wäre der Rektor. Der selbstgerechte Ärger rann langsam aus ihr heraus.

«Wo willst du hin? Warum läufst du weg?»

Sie schluckte. «Ich will nach Hause. Ich weiß überhaupt nicht, warum ich mit hierher gekommen bin. Ich weiß nicht, warum ich mit dir ins Bett gegangen bin.»

«Das ist doch einfach.» Jay lächelte nachsichtig, als wäre sie ein Kind. «Du hast dich einsam gefühlt, und du magst mich. Außerdem hat es dir gefallen, wenn du auch findest, du hättest es nicht tun sollen.» Er fasste ihr unters Kinn und drehte ihr Gesicht so, dass sie ihn ansehen musste. «Nein, das stimmt nicht … es hat dir sogar wahnsinnig gut gefallen, oder?»

«Ich …» Emma schloss die Augen, verspürte den gleichen flüchtigen Schauer der Erregung wie eine Stunde zuvor, öffnete sie dann wieder und beklagte sich: «Was willst du eigentlich, Jay? Ich weiß überhaupt nicht, was du von mir erwartest.»

«Das sind zwei Fragen.» Er ließ die Hand sinken und starrte ausdruckslos auf sie herunter. «Da dir das offenbar so wichtig ist, will ich versuchen, beide zu beantworten. Was ich will?» Er holte tief Luft und stieß sie ganz langsam wieder aus. «Dich. Ich heirate dich auch, wenn es das ist, was du willst.»

Emma schluckte, ihr blieb die Luft weg.

«Nun guck nicht so schockiert. Warum denn nicht? Ich liebe dich. Ich nehme dich, unter welchen Bedingungen auch immer, solange ich dich nur haben kann. Was ich von dir erwarte? Bislang nichts. Nur, wenn ich die Wahl hätte, wäre es mir lieber, du würdest dich nicht mehr mit anderen Männern treffen. Ich teile nicht gern.» Ganz und gar nicht, am liebsten würde ich sie allesamt umbringen, zu blutigen Klumpen schlagen.

«Ich liebe dich aber nicht», sagte Emma tonlos. «Ich liebe Ricky.»

«Das hast du bereits erwähnt.» Und den ganz besonders. Gott, wie ich diesen Mistkerl hasse. «Das wird mit der Zeit schon kommen. Ich kann warten.» Er sagte das in einem Ton, als hätte sie nur einen Anflug von Masern, stellte sich dumm. «Möchtest du jetzt nach Hause?» Sie nickte heftig, und Jay drehte sich auf dem Absatz um und führte sie hinaus in den eisigen Wind, der um den Parkplatz wirbelte. Mit kalten Füßen und Kopfschmerzen vor Anspannung wartete Emma geduldig, bis er die Windschutzscheibe frei gekratzt hatte, dann fuhr er sie ohne ein Wort nach Hause, was ihm offenbar wieder nichts ausmachte, und ließ sie auf der Straße vor ihrer Wohnung aussteigen. Bevor er sie hinausließ, kritzelte er noch etwas auf ein Stück Papier, das er ihr zusammengefaltet überreichte.

«Meine Telefonnummer», sagte er. «Denk darüber nach, und ruf mich an, wenn du dich entschlossen hast.»

«Wozu?»

«Mir zu geben, was ich mir wünsche.» Die kühlen Worte passten zu seinem neutralen Gesichtsausdruck.

«Du bist aber ziemlich selbstsicher», beanstandete Emma.

Jay nickte, und sein dunkles Haar fiel ihm über die Brauen. «Ich rechne damit, dass du wiederkommst und mehr willst. Du bist bei mir auf den Geschmack gekommen, und früher oder später willst du es wieder tun.»

«Danke fürs Essen», sagte sie einfältig, dann tastete sie

nach dem Türgriff und wollte nichts wie raus. Er beugte sich zu ihr und packte ihr Handgelenk.

«Ich meine es ernst», sagte er. «Und warte nicht allzu lange, ich bin schon wieder hungrig.» Dann küsste er sie, absichtlich nicht auf den Mund, sondern auf die Wange.

Sie war tief enttäuscht und vollkommen außerstande, das zu verheimlichen. Ich habe dich, dachte er befriedigt, und ein Gefühl von Triumph wallte in ihm auf.

«Nächstes Mal», versprach er. Als sie aus dem Wagen stolperte, röhrte der Motor sofort auf, und Jay fuhr an, noch bevor sie die Tür richtig zugeworfen hatte. Sie blieb auf dem Bürgersteig stehen, starrte den verschwindenden Auspuffwolken nach und sehnte sich, wie er es angekündigt hatte, bereits nach mehr.

Drei Zettel lagen auf dem Boden, und die Wohnung war eiskalt. Emma hob die Zettel auf, sah sie kurz an, warf sie auf den Tisch und bückte sich, um das Gas anzuzünden. Dann zog sie den Mantel aus, warf sich der Länge nach aufs Bett und schlief auf der Stelle ein. Sie schrak hoch, als jemand wild gegen die Tür klopfte.

Alison war vom Treppensteigen außer Atem und platzte vor Neugier. «Wo warst du letzte Nacht?» Sie zündete sich eine Zigarette an und sah Emma durch eine Rauchwolke prüfend an. «Ich habe immer wieder angerufen. Um Mitternacht hab ich dann aufgegeben. Man hat mir gesagt, du wärst weggegangen.»

«War ich auch.»

«Mit wem? Laut Bill war Adrian den ganzen Abend unten.»

Um Alisons misstrauischem Blick auszuweichen, sah Emma sich im Zimmer um. «Da fällt mir ein, da war doch irgendwo ein Zettel …»

Er lag auf dem Tisch, wo sie ihn liegen gelassen hatte, mit zwei anderen, auf denen es hieß, Alison habe angerufen. Emma hielt ihn Ali hastig hin, als könnte sie sich daran vergiften.

Liebste Emma,
du willst mich offenbar nicht mehr sehen täte mir leid wenn ich dich irgendwie gekränkt haben sollte wollte ich ehrlich nicht ich schreibe das in der Hoffnung dass ich mich irre und es nicht an mir liegt und wenn das so ist bitte bitte ruf mich an ich vermisse dich nämlich.
Tausend und abertausend Grüße

Adrian
xxx

«Hat man dem Knaben noch nie was von Interpunktion erzählt?» Ali kicherte, als sie den Zettel zurückgab. «Wann willst du den armen Kerl von seinem Elend erlösen?»

«Weiß ich nicht», sagte Emma, der einfiel, dass es Alison war, die Jay auf ihre Spur gesetzt hatte, und der sie diese erneute Einmischung in ihre Angelegenheiten übel nahm. «Aber was ich vorhabe, und zwar gleich jetzt, ist, dich rauszuschmeißen, die Tür abzuschließen und wieder ins Bett zu gehen.»

«Schon gut, dann erzähl es mir eben nicht.» Kritisch musterte Alison ihre Freundin, blies nachdenklich eine Rauchwolke zur Decke und fing noch einmal an.

«Josie hat jeden Tag angerufen, und ich habe deinetwegen das Blaue vom Himmel heruntergelogen. Mabel will morgen wieder in London sein. Du musst irgendwas unternehmen, nach Hause fahren, am besten heute noch, und es ihnen persönlich erzählen, bevor sie es auf die harte Tour erfahren ...»

«Du hörst dich wie Mabel an», sagte Emma mürrisch.

«Na gut. Himmel, ist es schon so spät? Ich muss zurück. Und was hast du nun vor?»

Emma seufzte ergeben. «Ich fahr nach Hause. Warte eine Minute, dann komme ich mit.»

Sie stopfte ihren Kulturbeutel und Sachen zum Wechseln in ihren Rucksack, und sie liefen zusammen los, bis sie sich beim Earl's Court trennten. Emma lehnte den Kopf gegen das Zugfenster, sah zu, wie der blonde Kopf über den Bahnsteig zum Ausgang hüpfte, und wünschte sich, ihr Leben wäre so unkompliziert, wie Alisons offenbar war.

13

In Cheshunt ging sie vom Bahnhof aus zu Fuß, den Kragen gegen die Kälte hochgeschlagen, ihr Körper schmerzte vor Müdigkeit. Als sie die Wohnungstür aufschloss, schlug die Uhr im Flur gerade sieben. Sie saßen beim Essen in der Küche über Tellern mit selbst gemachter Ochsenschwanzsuppe.

«Hallo, Ma», sagte Emma und erstarrte vor Verlegenheit, als Josie vom Stuhl aufsprang und sie umarmte. Mabel rührte sich nicht.

«Ich hab nur meine Ruhe gebraucht», wiederholte sie stur auf alle Fragen ihrer Mutter, aß aber alles, was Josie ihr hinstellte. Sie wusste, dass sie sich schlecht benahm, doch sie konnte offenbar nicht anders. Als sich Mabel neben ihren Stuhl stellte, schützte sie Erschöpfung vor und zog sich hastig in ihr Zimmer zurück, wo sie sich mit geschlossenen Augen auf ihr schmales Bett legte und über Sex nachdachte, wie einfach das Leben ohne ihn wäre, und wie gerne sie mehr davon hätte, mit Jay.

«Ich mache mir Sorgen um Josie.»

Emma schreckte aus einem tiefen Schlaf hoch.

«Ich sagte, ich mache mir Sorgen um Josie. Sie nimmt das sehr schwer, dass du nicht mehr nach Hause kommst. Ich weiß, es ist nicht leicht, denn ich war auch mal jung, was immer du auch denkst, aber ich möchte nicht, dass deine Mutter verletzt wird.»

Emma war immer noch ziemlich gereizt. «Du willst nicht, dass meine *Mutter* verletzt wird? Und was ist mit mir? Es hat dir doch nichts ausgemacht, mich zu verletzen, als du ihn weggeschickt hast, oder ...?»

Oh Gott, dachte Mabel, da habe ich ja völlig falsch gelegen. Es ist jetzt bestimmt neun Monate her, und mittlerweile sollte sie darüber hinweg sein. Das kommt dabei raus, wenn eine alte Frau sich einmischt.

«Meinst du Alisons Bruder?» Sie ließ sich schwer am Fußende nieder, und Emma zuckte zurück, zog die Beine unter sich, um auf keinen Fall berührt zu werden. «Der ganze Kummer, immer noch seinetwegen? Ich dachte, es wäre nur ...»

«Was denn, nur die übliche Teenager-Verknalltheit? War es nicht. War es ganz und gar nicht. Es war das Wichtigste, was mir in meinem ganzen Leben passiert ist, und du hast es kaputt gemacht.» Emma begann zu schreien. «Du und Alisons Mistkerl von Vater, ihr habt es kaputt gemacht, und ich werde nie darüber hinwegkommen, *nie*!»

Seit mehr als vierundzwanzig Stunden hatte sie überhaupt nicht mehr an Ricky gedacht. Zum ersten Mal war sie ihm wirklich und wahrhaftig untreu gewesen, denn sie hatte vergessen, sich nach ihm zu sehnen, und sie konnte sich das nicht verzeihen.

«Emma, Liebes, es tut mir Leid.»

«Ach!» Mabels Entschuldigung kam unerwartet für

Emma, entwaffnete sie. Sie setzte sich auf, kreuzte die Beine und umfasste die Knöchel mit den Händen. «Ich habe eine Wohnung.»

«Du hast was?»

«Ich bin ausgezogen. Ich habe eine Wohnung am Baron's Court. Mit Küche und Bad und allem, du brauchst dir also keine Sorgen mehr um mich zu machen.»

«Nun mal langsam!», sagte Mabel bestürzt.

«Ich werde dieses Jahr neunzehn, und es wird Zeit, dass ich selbständig werde. Ich brauche einen Ort für mich allein ...»

«In Ordnung! Jetzt mal langsam, damit ich mich an den Gedanken gewöhnen kann. Es ist nun mal passiert, was immer ich auch davon halte, und wir werden es deiner Mutter beibringen müssen. Die kleine Alison hat in den letzten Tagen hier die Fäden gezogen und Josie um ihren verführerischen kleinen Finger gewickelt. Sie denkt, du wohnst immer noch am Earl's Court.»

«Und was hast du gedacht, wo ich bin?»

Mabel gluckste und überraschte ihre Nichte zum zweiten Mal. «Ich dachte, du wärst irgendwo mit Adrian unterwegs, um deine Unabhängigkeit zu beweisen.»

«War ich auch», log Emma, weil das einfacher war, als alles zu erklären.

«Netter Junge.»

Emma lachte plötzlich. «Mmm, armer Adrian. Viel zu nett für mich.» Sie streckte ihre Beine und kletterte vom Bett. Seit dem Vorfall damals kam ihr zum ersten Mal der Gedanke, dass Tante Mabel möglicherweise nur das Beste gewollt hatte. Außerdem war sie zu müde, um sich noch weiter zu streiten. «Komm, Tante Mabel», sagte sie. «Lass uns einen Sherry trinken.»

Nachdem sie sich drei große Gläser eingeschenkt hatten, kamen häppchenweise die Neuigkeiten zur Sprache. Josie nahm es sehr schwer.

«Warum hast du mich nicht gefragt? Wie kannst du das bezahlen? Du wirst dich einsam fühlen, so ganz allein. Du isst bestimmt nicht richtig.»

«Josie, du bist albern», protestierte Mabel verärgert. «Wie viel Emma isst, hat damit gar nichts zu tun. Ich verbringe doch nicht meine Zeit damit, in ihrem Vorratsschrank nachzuschauen, wie viel Toastscheiben sie in den letzten beiden Tagen gegessen hat, und außerdem ...»

«Und warum nicht?» Josie war empört. «Warum habe ich sie dir überhaupt anvertraut, wenn du gar nicht die Absicht hattest, auf sie aufzupassen?»

«Weil sie eine erwachsene Frau ist. Hast du das noch nicht gemerkt? Nur du bildest dir immer noch ein, sie wäre noch ein Kind.»

Josie begann zu weinen. «Ich kann doch nichts dafür», schluchzte sie. «Sie ist doch alles, was ich habe.»

Emma konnte sich nicht dazu überwinden, den Arm um die bebenden Schultern ihrer Mutter zu legen, deshalb redete sie lieber. «Ich ziehe doch nur fünf Meilen weiter. Nur ein paar U-Bahn-Stationen, das ist alles. Ich bin mittlerweile fast neunzehn. Ich brauche Ruhe und Frieden für meine Arbeit.» Sie nahm einen Schluck Sherry, weil sie sich Mut antrinken musste, und fügte dann hochtrabend und lächerlich hinzu: «Du musst das verstehen, Ma, ich bin Künstlerin.»

Aber Josie hörte gar nicht zu und jammerte weiter über ihren Verlust, über die Treulosigkeit ihrer Tochter, außerstande, Emmas Bedürfnis nach Freiheit zu verstehen oder zu akzeptieren.

Eine Woche später begann das College wieder. Emma traf sich mit Alison, um ihren Stipendienscheck abzuholen, und sie gingen Kaffee trinken. Ali schwebte im siebten Himmel. Sie war bei Foyles gewesen und hatte sich ein Buch mit expressionistischen Landschaften gekauft.

«Fabelhafte Drucke!», begeisterte sie sich. «Wundervolle Farben!» Sie waren einfach toll. Alison fuchtelte mit den Händen, schwelgte in türkis-roten Sonnenuntergängen und wirbelnden blaugrünen Seestücken, und dann saßen sie beide über den Bildern und überlegten, welche sie kaufen würden, wenn sie reich wären. Emma fragte sich allerdings, was die ganze Aufregung eigentlich sollte? Es war schließlich nur ein Buch. Zwanzig Minuten dauerte es, bis Alison zur Sache kam. «Ich bin wieder schwanger. Und dieses Mal kann nur einer der Vater sein.»

«Hast du es ihm schon erzählt?» Emma wurde es übel.

«Noch nicht. Ich wollte es ihm gestern sagen, aber ich hatte keine Gelegenheit. Diesmal werde ich es behalten.»

«Und was wird er dazu sagen?»

«Er wird für mich sorgen.» Sie war sich vollkommen sicher. «Ich bin mir da ganz sicher. Seine Frau weiß über mich Bescheid. Er hat geschworen, er würde es ihr erzählen. Er wollte sie sowieso irgendwann verlassen und er hat nur gewartet, bis seine Kinder etwas älter waren. Wir werden heiraten.»

«Und wann wirst du ihm die Neuigkeit mitteilen?»

«Keine Ahnung.» Alison steckte sich die vierte Zigarette an. «Ich muss den richtigen Augenblick abwarten. Heute Abend sehen wir uns nicht, er muss irgendwo zum Abendessen. Morgen vielleicht.»

«Wie weit bist du?»

«Etwa sechs Wochen. Ach, Em, ich bin so gespannt auf sein Gesicht.»

Sie war wie berauscht und glühte vor Vitalität und Glück. Emma war sich bewusst, dass alle Männer um sie herum sich nach ihrem rosigen, schönen Gesicht und ihrem goldenen Haar umsahen, einige verstohlen, andere in offener Bewunderung. Sie bezweifelte nicht eine Sekunde, dass Alison es darauf angelegt hatte.

Sie aßen in einer Sandwichbar auf der Oxford Street zu Mittag, dann nahmen sie auf Alisons Drängen hin die U-Bahn nach Notting Hill Gate und stiegen in die District Line Richtung Heimat um.

«Ich kann mich einfach nicht daran gewöhnen, dass du nicht mehr nebenan wohnst», beschwerte sich Alison.

«Ich mich auch nicht», sagte Emma, wischte sich die klebrigen Hände an ihrer Jeans ab und wünschte sich, sie hätten den Bus genommen.

14

Zweites Semester im zweiten Jahr des Hauptstudiums. Vertraute Gesichter, vertraute Räumlichkeiten. Die Arbeit ist unkompliziert, und wenn der Kopf voll ist von Sticktechniken, Musterrapporten und Abgabeterminen, vergehen die Stunden wie im Flug.

Emma hatte einen Brief nachgeschickt bekommen, in dem man ihr einen weiteren Auftrag anbot. Das Geld würde sie zwar nicht reich machen, aber regelmäßig kommen, jede Woche, was ihre nagenden Zweifel hinsichtlich der Miete etwas beruhigte. Auf dem Weg zum College gab sie einiges für farbige Tusche und eine Staffelei aus, damit sie abends an Stoffmusterentwürfen arbeiten konnte.

Alison lief ihr den ganzen Vormittag nicht über den Weg, und in der Mittagspause war Emma beschäftigt. Als sie endlich zusammen fortgingen und auf Emmas Drängen hin den Bus nahmen, starb sie fast vor Neugier. Sie standen an der Tür, hingen mit der freien Hand an den Halteschlaufen, Alison die Mappe unter den Arm geklemmt, Emma die neue Staffelei umklammert, und flüsterten.

«Na?»

«Na was?»

«Na, was hat er gesagt?»

«Nichts, überhaupt nichts. Ich habe ihn nur fünf Minuten gesehen, in der Materialkammer, und ich wollte es ihm gerade erzählen, als jemand reinkam.»

Emma sah auf Alisons flachen Bauch, auf ihren straff geschnürten Gürtel und fragte sich, wie lange es wohl noch dauern würde, bis ihr Bauch sich zu wölben begänne. Über Schwangerschaft wusste sie genauso viel wie sie zu ihrer Anfangszeit im College über Penisse gewusst hatte. Immerhin haben wenigstens einige meiner Kenntnisse seitdem zugenommen, dachte sie, unpassenderweise erheitert. «Und wann triffst du ihn nun richtig?»

«Morgen, er will morgen Abend vorbeikommen. Er wird begeistert sein, Em, du wirst sehen. Er liebt Kinder.»

«Da bin ich mir sicher.» Immerhin hat er schon drei gezeugt.

«Wird es wohl ein Junge oder ein Mädchen? Ich glaube, ich hätte gern ein Mädchen. Von Jungs habe ich nicht die geringste Ahnung.»

Emma zog eine Grimasse. «Willkommen im Club!»

«Schon dabei.» Ali begann zu kichern und steckte Emma an. Sie verbrachten den Rest der Fahrt giggelnd wie zwei Schulmädchen. «Komm mit zu mir», bat Alison, als sie an ihrer Haltestelle hielten. «Ich könnte ein bisschen Gesellschaft brauchen.»

«Geht nicht.» Womöglich wäre Adrian da, und Emma

wollte ihm nicht über den Weg laufen, er würde das missdeuten. «Ich muss bis morgen einen Auftrag fertig haben.»

Sie verbrachte den Abend an ihrer neuen Staffelei, in ihre Arbeit vertieft. Sie schlief gut, friedlich und traumlos. Sie war endlich allein, frei, welch ein Segen.

Als sie Ali am Samstagmorgen anrief, war der Jurastudent am Apparat. Nein, sie sei nicht da, sagte er. Nein, er wisse nicht, wann sie zurückkäme, sie habe keine Nachricht hinterlassen.

Alis Anruf kam am frühen Samstagnachmittag, als Emma gerade fortgehen wollte. Sie hörte sich schrecklich an, kaum verständlich, sagte nur immer wieder: «Kannst du kommen, Em? Bitte, kannst du kommen?» Und schluchzte.

Als Emma ankam, stand Alisons Tür offen, aber die Vorhänge waren immer noch zugezogen, und sie war im Morgenmantel. In einem Anfall ohnmächtiger Wut hatte sie all ihre Sachen aus den Schubladen und Schränken gerissen und im Zimmer herumgeworfen. Es roch nach ungewaschener Bettwäsche und Zigarettenrauch.

Emma zog die Vorhänge zurück und setzte den Kessel auf, dann sammelte sie alle Kleidungsstücke ein, faltete sie zusammen, so gut sie konnte, und legte sie zurück. Alison lag mit dem Gesicht zur Wand, reglos wie eine tote Katze, und ignorierte sie. Emma kochte Kaffee, kramte dann unterm Waschbecken nach der Flasche teuren Brandys, den Ali dort für Harry aufbewahrte, und goss einen großzügigen Schluck in die Tasse. Dann ging sie damit durchs Zimmer und drehte Alison um. Die war steif, die Glieder verkrümmt wie in Totenstarre. Emma schüttelte sie.

«Hier, trink das.»

Alison rollte sich auseinander und setzte sich gehorsam

auf. Sie sah hässlich aus, ihre ganze Schönheit war vom stundenlangen Weinen fortgewaschen: geschwollene, aufgedunsene Augen, die Wangen fleckig von Tränen, und Speichel rann ihr aus dem Mund und übers Kinn. Sie wischte ihn mit dem Handrücken fort und nahm die Tasse vorsichtig in zittrige Hände. Der Alkohol verschlug ihr den Atem. Emma setzte sich neben sie aufs Bett und wartete.

Bevor sie anfing zu reden, war sie fast auf dem Boden der Tasse angekommen. «Er will das Kind nicht. Er will mich nicht heiraten. Er will nicht einmal seine Frau verlassen. Er sagt, ich kann es mir wegmachen lassen, oder ich kann es behalten. Er sagt, es wär ihm egal. Für eine Abtreibung würde er zahlen, aber wenn ich es behielte, würde er es verleugnen. Weißt du, was er noch gesagt hat?» Sie lachte, schrill, hysterisch. «Er hat gesagt: ‹Ich bin ein ehrenwerter verheirateter Mann, und dein Wort steht gegen meins.›»

«Stimmt nicht. Ich bin Zeugin. Und es gibt bestimmt noch ein Dutzend anderer, die wissen, was los war.»

Alisons Augen füllten sich mit Tränen. Sie quollen unter ihren roten, geschwollenen Lidern hervor und rannen ihr übers Gesicht. Ihre Nase lief. «Es ist zwecklos.» Sie fuhr sich mit dem Ärmel drunter her, sodass am Umschlag eine silberne Schneckenspur zurückblieb. «Verstehst du nicht, er will es nicht. Er will *mich* nicht. Es gibt jetzt keinen Grund mehr, es zu bekommen. Ich bin nur schwanger geworden, weil ich dachte … ich dachte …» Sie verlor den Faden, verstummte, und wieder liefen die Tränen. «Du musst die Klinik für mich anrufen, Em. Ich kann das nicht, nicht allein.»

Emma saß neben ihr auf dem Bett und hielt sie fest, während sie weinte und auf ihrer Schulter einen großen, feuchten Fleck hinterließ, dann holte sie ihr einen Stapel Taschentücher und suchte in der Frisierkommode nach der Adresse der Abtreibungsklinik, denn sie wusste ungefähr, wo die sich befand. Alison bewahrte sie in der obersten Schublade auf, bei den Antibabypillen. Gürtel und Hosenträger, nannte sie das lachend. Schöner Witz!

Emma fror, während sie im Flur auf das Klingeln des Telefons lauschte, und als abgehoben wurde, war es nur der Empfang.

«Sprechstunde ist erst wieder Montag», hieß es missbilligend. «Nein, ich weiß nicht, wann Sie einen Termin bekommen können. Nein, ich weiß nicht, was es kosten wird. Mit solchen Sachen habe ich nichts zu tun. Ich bin nur zur Aushilfe da. Sie werden Montag noch einmal anrufen müssen.»

Emma holte sich die Extradecke und ein paar Mäntel und schlief im Sessel, denn sie hatte Angst, Alison allein zu lassen.

Als sie am Sonntagmorgen hinausschlüpfte, um Milch zu besorgen, kam Tante Mabel gerade ins Haus. «Ali ist krank», log sie. «Grippe, fürchte ich.»

Mabel schnaubte. «Hat sich was mit Grippe. Ich habe Freitagabend mitbekommen, wie sie sich angeschnauzt haben. Das Mädchen ist nicht ganz gescheit.» Sie blähte ihre umfangreiche Brust und räusperte sich missbilligend, bereits auf dem Weg nach oben. «Sag mir Bescheid, wenn ich irgendwas tun kann.» Sie hatte sich schon einmal eingemischt, und es war eine Katastrophe gewesen. Von jetzt an müsste man sie schon um Hilfe bitten. Alisons Probleme waren Alisons Probleme. Emma blieb mit offenem Mund stehen, starrte auf die stämmigen Beine, die treppauf stapften, und fragte sich, ob sie ihre Tante eigentlich kannte.

Emma blieb den ganzen Tag bei Alison und umsorgte sie mit endlosen Tassen Tee und Zuhören.

«Was meinst du, Em, soll ich vielleicht nochmal mit ihm

reden? Es muss ja schließlich ein ziemlicher Schock für ihn gewesen sein.»

Und noch eine Zigarette und noch eine Tasse Tee.

«Meinst du, ich sollte zu seiner Frau gehen? Ich glaube, sie setzt ihn unter Druck. Für ihn wäre das alles bestimmt in Ordnung, wenn es sie nicht gäbe.»

Und noch eine Zigarette und noch eine Tasse Tee.

«Meinst du, ich sollte anrufen und mich entschuldigen? Vielleicht habe ich zu viel für selbstverständlich gehalten? Vielleicht, wenn ich ihm sage, es täte mir Leid?»

Was denn, dass du dich mit dem Mistkerl überhaupt eingelassen hast?

Am Montag kam Emma zu spät ins College. Sie hatte bis neun warten müssen, um in der Klinik anzurufen und für Ali einen Termin zu machen. Danach wirkte sie ruhiger, erleichtert darüber, dass eine Entscheidung gefallen war.

«Ich rufe dich heute Mittag an, ist dir das recht? *Ali!* Ist dir das recht?»

«Ja, ja, prima. Danke, Em.»

Sie war gerade im Aufbruch, als das Telefon läutete, und Alison, wieder zum Leben erweckt, sprang auf. «Das ist bestimmt für mich. Das ist bestimmt Harry.» Sie stürzte an Emma vorbei zum Telefon, und ihr Gesicht leuchtete auf. «Er ist es», artikulierte sie stumm, und Emma ließ sie lieber allein. Gott sei Dank, jetzt würde doch noch alles gut.

Nachdem sie erst einmal angefangen hatte, war Emma, wie eigentlich fast immer, bald in ihre Arbeit vertieft. Als sie Ali mittags anrief, ging niemand ans Telefon. Prima, dachte sie, sie ist mit Harry ausgegangen, und entspannte sich ein wenig.

Den Nachmittag verbrachte sie im Zuschneideraum bei der Arbeit an einem Nesselmodell, das bis Ende der Woche fertig sein sollte, dann, gegen vier, fiel ihr der Auftrag ein, den sie unerledigt zu Hause liegen hatte. Sie geriet in Panik und nahm Bill zur Seite.

«Könntest du mir einen Gefallen tun, Bill? Könntest du mal bei Ali vorbeischauen, wenn du nach Hause kommst? Es geht ihr nicht besonders gut. Ich würde es selbst tun, aber ich muss nach Hause, ich bin mit einem Auftrag im Rückstand. Sag ihr, ich würde gegen sieben anrufen, ob alles in Ordnung ist.»

Zu Hause stürzte sie sich sofort in die Arbeit, hielt sich mit einer Packung Schokoladenkekse und sechs dick mit Butter und Sardinen-Tomaten-Paste bestrichenen Scheiben Brot bei Kräften. Es war eher acht als sieben, als sie endlich ans Telefon konnte, doch niemand nahm ab. Ali musste mit Harry zusammen sein. Oder vielleicht war auch Bill mit ihr auf einen Drink weggegangen, um sie aufzuheitern, oder zum Essen. Mittlerweile hatte sie bestimmt Hunger. Sie trottete wieder nach oben und arbeitete eine weitere Stunde, bevor sie es noch einmal versuchte.

Die Stimme war ihr unbekannt. «Wer ist da?»

«Penny.»

«Penny wer? In welchem Zimmer wohnst du?»

«Zimmer zwei», sagte die Stimme, und Emma sagte ziemlich bestürzt: «Oh.» Das war ihr früheres Zimmer. «Kannst du bitte für mich an Alis Tür klopfen, Nummer eins?»

Es entstand eine Pause, dann wieder Penny, zögernd, etwas schriller als vorher. «Oh. Das geht leider nicht. Sie ist krank.» Pause. «Genauer gesagt, man hat sie ins Krankenhaus gebracht.»

«Was?» Emma fröstelte plötzlich, ihr lief ein kalter Schauer über den Körper und ihre Haut prickelte.

«Man hat sie ins Krankenhaus gebracht», wiederholte das Mädchen. Ihre Stimme war ausdruckslos, monoton.

«Welches Krankenhaus?»

«Keine Ahnung ... Hmm ...»

Emmas Geduld erschöpfte sich an ihrer Dummheit. «Dann hol Tante Mabel.»

«Wen?»

«Tante Mabel!», brüllte Emma. «Miss Bentley! Die Vermieterin!» Dumme Kuh.

«Ach. Oh, das geht auch nicht. Die ist nicht da. Sie ist im Krankenwagen mitgefahren.»

«Dann George oder Bill.» Emma zögerte. «Oder Adrian. Irgendeinen von den Jungen im Untergeschoss.»

«Wen?»

Emma zählte bis zehn. «Im Untergeschoss. Geh und hol jemanden aus dem Untergeschoss.»

«Gut, bleiben Sie dran.»

Sie hörte das Telefon klappern, als das dumme Stück den Hörer hinlegte, dann ihre sich entfernenden Schritte. Sie lehnte sich an die Wand, hörte das Blut in ihren Ohren pochen und schloss die Augen. Immer ruhig bleiben. Es ist bestimmt etwas ganz Albernes, zu viel getrunken oder eine Grippe oder so was.

Penny kam zurück. «Es ist jemand da, aber der sagt, er wäre gerade erst gekommen und ob er später zurückrufen könnte?»

«Und wer?»

«Wer wer?»

Emma knirschte mit den Zähnen. «Wer war das, mit dem du gerade gesprochen hast?» Du dämliche, schwachsinnige, bekloppte Karikatur von einem menschlichen Wesen.

«Ach, den Namen weiß ich nicht. Äh, dünn, aschblondes Haar, um die eins sechzig?» Emma knallte den Hörer hin.

Wenn Adrian eben erst gekommen war, wüsste er sowieso nicht Bescheid.

Sie setzte sich auf die Treppe und ging das Telefonbuch durch. Western Hospital, das war das nächste. «Nein, es wurde niemand eingeliefert, der so heißt.» Hammersmith Hospital. Die Empfangsdame dort wusste es nicht. «Am Nachmittag hat es an der Überführung einen Unfall gegeben und wir haben viele Verletzte. Weshalb wurde sie denn eingeliefert?»

«Weiß ich nicht», sagte Emma hilflos. Ihr fiel nicht mehr ein, was sie sonst noch unternehmen könnte, und so blieb sie bis nach zehn im Dunkeln auf der Treppe sitzen. Dann versuchte sie es noch einmal, denn mittlerweile musste doch jemand da sein.

Sofort wurde abgenommen.

«Wo warst du?», rief Emma in den Hörer. «Was ist los? Ich bin bald wahnsinnig geworden.» Die Stille währte so lange, dass sie dachte, die Leitung wäre unterbrochen, und *«Hallo? Hallo?»*, in die Sprechmuschel zu rufen begann.

«Hallo, Emma, Liebes. Nun, also, es ist etwas mit Alison …» Mabels Stimme klang, als wäre sie fünfhundert Jahre alt, und sie sprach in Zeitlupe, als wäre Emma taub oder zurückgeblieben.

«Ich weiß, dass etwas mit Alison ist. Das Mädchen, das aus meinem Zimmer, die hat gesagt … was ist passiert? Geht es ihr gut? Wo ist sie?»

Wieder eine Pause, dann Mabel, müde: «Setz dich, Liebes.»

«Was?»

«Setz dich, Emma.»

«Na schön, und jetzt erzähl's mir.»

«Sie ist tot, Liebes.»

«Tot? Wer ist tot?»

«Alison, Liebes.»

Emma begriff jetzt, warum Mabel sie aufgefordert hatte, sich hinzusetzen. Sie merkte plötzlich, dass ihre Beine sie nicht tragen wollten, und sie rutschte an der Wand entlang und landete mit einem Rums auf der Treppe. Wieder lief ihr ein eisiger Schauer über den Körper, ihr war plötzlich kalt bis auf die Knochen.

«Emma! Emma, bist du noch da?»

Sie nickte, dann dachte sie: Nun sei nicht albern, sie kann doch gar nicht sehen, wie du nickst, und sagte: «Ja.» Ihre Stimme hörte sich merkwürdig an, und ihre Zähne klapperten. «Tante Mabel?»

«Ja, Liebes?»

«Sie kann nicht tot sein. Ich war heute Morgen noch bei ihr. Es ging ihr gut. Na ja, nicht gerade gut, aber es ging ...» Lieber Gott, sie sprach gerade mit Harry Passmore.

«Tut mir Leid, Liebes», sagte Mabel. «Bill hat sie gefunden. Gegen sechs. Man nimmt an, dass sie Tabletten geschluckt hat, mit Brandy. Emma, wie viel Brandy hatte sie noch, als du bei ihr warst?»

«Mengen.» Es waren wirklich Mengen, die Flasche war noch drei viertel voll, als ich ging.

«Die Polizei wird das nämlich wissen wollen.»

«Die Polizei?» Die Unterhaltung wurde allmählich absurd. «Welche Polizei?»

«Bei Selbstmorden, Liebes, weißt du ...?»

«Selbstmord?» Emma glaubte es nicht. «Sei nicht albern, Tante Mabel. Ali würde nie Selbstmord begehen. Du weißt doch, wie sie ist. Du kennst Ali doch. Das könnte sie nie.» Sie kniff die Augen zusammen, kämpfte mit der Übelkeit, die sie zu überwältigen drohte, und schluckte den Kloß in ihrer Kehle, der ihr den Atem nahm.

«Hat sie aber, Liebes. Emma, ruf ein Taxi und komm her, dann bist du nicht allein. Du kannst hier schlafen.»

«Nein!» Das klang allzu heftig, sie durfte Tante Mabels Gefühle nicht verletzen. «Nein, es ist schon gut, ich geh ins Bett. Ich kann, äh, ich kann nicht ... ich bin müde, Tante Mabel. Ich ruf dich morgen an, ja?»

«Gut.» Tante Mabel klang resigniert, zu erschöpft zum Streiten. «Soll ich Adrian holen, damit er ...»

«Nein!»

«Na gut, Liebes.»

Emma rührte sich nicht von der Stelle. Ihr war eiskalt, aber es kam ihr einfacher vor, sitzen zu bleiben, als sich zu bewegen. Hin und wieder hörte sie ihre eigene Stimme, komische, jämmerliche Töne, und sie nahm undeutlich wahr, dass sie rhythmisch auf der Treppe vor und zurück schaukelte, die zu Fäusten geballten Hände in den Mund gestopft, damit ihre Zähne nicht klapperten. Irgendwann stolperte jemand über sie und fragte, ob alles in Ordnung sei. «Ja», sagte sie mit grimmigem Nicken, «alles in Ordnung.»

Es verging eine Stunde, bevor sie sich rührte. Als sie die eine Treppe bis zu ihrem Zimmer geschafft hatte, fühlte sie sich, als hätte sie den Mount Everest ohne Sauerstoff bestiegen. Es war heiß – sie hatte den Gasofen angelassen, als sie hinausging – aber sie fror trotzdem. In einem Zustand des Schocks kauerte sie sich in die Wärme.

Es konnte einfach nicht wahr sein, es musste einfach ein Irrtum sein. «Ihr ging es gut», sagte sie laut, und ihre Stimme dröhnte ihr unangenehm in den Ohren. «Es ging ihr gut, als ich wegging.»

Aber du hättest vorsichtshalber dableiben sollen, du wusstest, dass sie sich elend fühlte.

Elend heißt nicht lebensmüde, sie war nicht lebensmüde.

Aber jetzt ist sie doch tot? Nicht einfach todelend, sondern tot. Und mir ist so *kalt*.

Sie dachte, dass sie ins Bett gehen sollte, aber sie konnte den Gedanken ans Ausziehen nicht ertragen, deshalb blieb sie, wo sie war.

Als sie gegen drei Uhr aufschreckte, lag sie mit offenem Mund auf der Seite vor dem erloschenen Gasofen und wusste für einen Augenblick nicht, wo sie sich befand. Ihr war eiskalt.

Sie brauchte Minuten, bis sie ihre große Tasche gefunden hatte, und sie leerte den Inhalt auf den Teppich aus, um ein paar Münzen zu suchen, mit denen sie den Automaten füttern konnte. Mit unkontrolliert zitternden Händen entzündete sie das Gas, kauerte sich davor, um warm zu werden, während sie ihren Krimskrams wieder in ihre Tasche schaufelte. Sie vermied den Anblick von Ricks Brosche, schob sie mit Absicht tief nach unten, damit sie sie nicht ansehen musste. Sie hing zu eng mit allem zusammen, erinnerte sie an Alison und an das, was so plötzlich, so brutal aus ihrem Leben verschwunden war.

Ganz unten in dem unordentlichen Haufen lag ein zusammengefalteter Zettel. Sie konnte nichts damit anfangen.

«Komm zu mir, lebe mit mir zusammen und sei mein Schatz.»

Töricht starrte sie darauf, knüllte ihn dann zu einem Ball zusammen und warf ihn quer durchs Zimmer in den Papierkorb. Er fiel daneben.

Zwanzig Minuten starrte sie ihn an, bevor sie ihn sich wiederholte. Eine weitere halbe Stunde brauchte sie, um zum Treppenabsatz zu gelangen und seine Nummer zu wählen, und sie wollte den Hörer gerade wieder aufhängen, als er abnahm.

«Jay Hammond.» Er klang müde und verärgert.

Emma starrte hilflos auf die Sprechmuschel.

«Wer ist da?»

«... Jay?»

Langes Schweigen, dann sagte er scharf: «Em? Bist du das, Em? Sag doch etwas! Emma?»

«Ich ... ich bin's.»

«Wo bist du?»

«Hier.»

Sie hörte ihn seufzen. «Wo ist hier? Bist du zu Hause? Emma!»

Sie nickte töricht.

«Emma, bist du zu Hause? Sag einfach ja oder nein.» Seine Stimme nahm den Tonfall an, in dem man mit kleinen Kindern oder Schwachsinnigen redet.

«Ja.»

«Bin schon unterwegs», sagte er und legte den Hörer auf.

Sie saß immer noch auf den Stufen, als er ankam, aber sie hörte ihn nicht. Er blieb einen Treppenabsatz unter ihr stehen und sah verloren und mit sehnsüchtigem Verlangen auf ihre weiße, zusammengesunkene Gestalt. Dann ging er die Treppe hinauf, beugte sich über sie und berührte sie leicht an der Schulter, um sie nicht zu erschrecken. Als sie den Blick hob, war sein Gesicht ruhig und verschlossen.

Es war fast vier. Er hob sie hoch und trug sie die Treppe hinauf in ihr kaltes Zimmer, legte sie behutsam aufs Bett und drehte das Gas hoch. Sie setzte sich hin und zog die Knie unters Kinn.

«Tut mir Leid», sagte sie. «Ich wollte nicht, dass du den weiten Weg herkommst. Ich wollte nur ...» Sie rieb sich die Nase mit dem Handrücken, kratzte sich das Gesicht auf der Seite, mit der sie sich gegen die Wand gelehnt hatte. «Ich musste nur mit jemandem reden.» Nicht mit irgendjemandem, mit dir. Aus irgendeinem obskuren Grund wollte ich deine Stimme hören. Keine andere, nur deine. «Sie ist tot», fügte sie laut hinzu, wollte schockieren. «Alison ist tot.»

Ihr entging nicht sein ungläubiger Gesichtsausdruck, sein Tonfall, als er beruhigend sagte: «Du hast geträumt.» Sie rieb sich die müden, brennenden Augen mit den Fingern. Er sah sie durchdringend an, dann kam er und setzte sich neben sie aufs Bett, wobei sich die billige Matratze unter seinem Gewicht durchbog, sodass sie gegen ihn taumelte. Er drückte sie an seinen dicken Wollpullover, legte einen Arm um ihre Taille, und sie lehnte sich dankbar in seine Wärme. Er stellte keine Fragen.

Sie schlief fast sofort ein, und er saß vollkommen still und schaute sie an, während das Zimmer auskühlte. Wenn sie sich bewegte, streichelte er ihr tröstend über Stirn oder Haar, und als es so kalt wurde, dass er fürchtete, sie könnte davon aufwachen, zerrte er die Decken vom Bett und wickelte sie darin ein, so gut er konnte. Er lauschte auf ihren Atem und beobachtete, wie der Nachthimmel draußen heller wurde.

Die Polizei kam um acht.

Emma schreckte beim ersten Klopfen hoch. Jay stand steif vom Bett auf und ging zur Tür. Auf dem Treppenabsatz stand ein gequält wirkender Sergeant mit einem weiblichen Constable. Bei seinem Anblick wirkten sie verunsichert.

«Miss Versey?»

«Sehe ich wie Miss Versey aus?»

Der nicht mehr ganz junge Sergeant war plump und untrainiert. Er schwitzte vom Treppensteigen, und Klugschwätzerei konnte er ganz und gar nicht brauchen. Jay trat zur Seite, bat sie herein und wies mit einer eleganten Handbewegung auf den weißgesichtigen zerknüllten Deckenhaufen auf dem Bett.

«Miss Versey», sagte er sarkastisch. Als ob, dachte der Beamte, er das nicht auch selbst gemerkt hätte. Schleimiger Kerl.

«Morgen, Miss.» Er hasste diese Jobs. Die sah ja schrecklich aus, aber zumindest mussten sie sie nicht mehr informieren. «'tschuldigung, dass wir so früh vorbeikommen, Miss, aber wir müssen so schnell wie möglich den Bericht haben. Wenn wir Ihnen ein paar Fragen stellen dürften?» Seine sonore Stimme dröhnte durchs Zimmer, und Emma starrte ihn verwirrt an. Was für ein lauter Mensch.

Armes kleines Ding, dachte die Polizistin, sieht aus, als wäre sie erst fünfzehn. Sie war zu der Auffassung gelangt, dass es sich im Grunde nicht lohnte, intelligent zu sein. Mehr Selbstmorde pro Quadratmeter bei all diesen Intelligenzbestien an der London University als Tauben auf dem Trafalgar Square. Allerdings der erste an der Kunstschule.

Unsicher zögerte sie und wartete darauf, dass der Sergeant ihr sagte, was sie zu tun hätte. Doch alle schwiegen, und so ging sie durchs Zimmer und setzte sich. Als sie sich mit ihrem Gewicht niederließ, wippte das Mädchen, das am anderen Ende des Bettes saß, leicht mit und schloss dann die Augen. Auf der weißen Haut stachen die Sommersprossen hervor, als hätte jemand ihr Gesicht mit Farbe bespritzt. Die Polizistin stellte interessiert fest, dass nicht nur die Nase gesprenkelt war, sondern alles, auch die Arme, soweit sie sie sehen konnte. Ein paar Sommersprossen hatte sie ja immer hübsch gefunden, aber nicht so viele. Wohl typisch für das rote Haar, vermutete sie, das den Kopf der Kleinen flusig umrahmte und sich aus dem dicken Zopf ringelte. Hübsches Mädchen, wenn sie nur nicht ganz so leichenblass wäre. Die Polizistin verlagerte ihr Gewicht, um sich bequemer hinzusetzen, wobei sie sich bemühte, nicht zu wippen. Allerdings nicht ganz so leichenblass wie die andere. Die war das Originalprodukt.

Sie unterdrückte gerade ein unpassendes Lächeln über den kleinen Scherz und dachte, wie hart sie allmählich wurde, als ihr auffiel, dass der dunkelhaarige Mann sie beobachtete, als könnte er ihre Gedanken lesen, und von seinem reglosen Starren peinlich berührt, kramte sie auf der Suche nach ihrem Bleistift wild herum. Eiskalter Bursche, der.

«Und wer sind wir, Sir?»

«Wir sind ein Freund.»

Jay stützte den Kopf in die Hand und hob süffisant eine Braue, denn offensichtlich lief es für den Beamten bisher nicht besonders gut. Der Sergeant wurde bissig, er fand solche aufgeblasenen intellektuellen Typen widerwärtig. Er unterwarf Jay seinem Verhörblick, doch Jay starrte unbeeindruckt zurück. Der Sergeant sah weg. Verdammter Klugscheißer, dachte er, unerwarteterweise eingeschüchtert.

Er wollte alles wissen. «Wie lange haben Sie die Verstorbene gekannt? Wann haben Sie sie zuletzt gesehen? In welchem Zustand war sie, als Sie gingen?»

«Es ging ihr gut», sagte Emma «es ging ihr gut, als ich ging. Sie fühlte sich besser. Sie lächelte.»

«Und warum, Miss?»

«Weil er anrief, gerade als ich ging, deshalb dachte ich … ich dachte, alles würde wieder gut.» Sie sah sich im Zimmer um, suchte nach einem vertrauten Anblick, an dem sie sich festhalten konnte, und fand nur einen fremden Ort vor, an den sie nicht gewöhnt war, den sie nicht kannte. Ihr Blick blieb an Jays Füßen hängen, die immer noch in weichen Hausschuhen mit von Feuchtigkeit dunkel gefleckten Sohlen steckten. Sie überlegte, ob er unter Pullover und Jeans noch seinen Schlafanzug anhatte, als ihr mit einem überraschenden, unpassenden Anflug von Lust einfiel, dass er im Bett nichts anhatte. Da lag nun Alison irgendwo kalt wie Stein und tot, und sie dachte an Sex. Sie spürte, wie ihre Wangen rot anliefen, und senkte hastig den Kopf.

«Und was war es, was wieder gut sein würde, Miss?» Jetzt, da der Sergeant sich auf vertrautem Terrain befand, hatte er sein Gleichgewicht wiedergefunden. Er stellte sich absichtlich so hin, dass er Jays Blick auf Emma blockierte.

«Nun, sehen Sie ...» Emma stockte und sah ihn stirnrunzelnd an. «Ich weiß nicht, ob ...» Und wenn Sie mit Ihrem fetten roten Gesicht mich auch noch so lange nach Alisons Privatleben ausfragen, es geht Sie überhaupt nichts an.

Er änderte den Kurs. «Hatte sie irgendeinen Grund, deprimiert zu sein, Miss?» Oft wollten sie nichts mehr sagen, wenn sie merkten, dass sie mit völlig Fremden redeten und sich plötzlich fragten, warum. Es war eine Sache von Umwegen, letztendlich kam man doch an seine Informationen, aber manchmal nur auf Umwegen. Der Sergeant war ein geduldiger Mann.

«Wer hatte da angerufen, ihr Freund?» Bring sie auf Ideen, gib ihr ein paar Anstöße.

«Ja, ihr Freund.»

«Sie hatten also Stunk? Sie und der Freund?» Manchmal muss man es aussprechen, sonst verlieren sie den Faden.

«Ja, so was Ähnliches. Ja, ich denke schon. Sie war schwanger.» Oh, dachte Emma, das wollte ich gar nicht sagen. Ali fände es nicht gut, wenn alle Bescheid wüssten.

«Aha», sagte der Sergeant wichtig und schaute die Polizistin bedeutungsvoll an, die pflichtbewusst ausführliche Notizen in ihr kleines Buch kritzelte. «Erzählen Sie uns was über den Freund, Miss.»

Wut überkam Emma, und sie erzählte. «Er ist Dozent an unserem … an meinem College. Er ist verheiratet und hat drei Kinder. Er hat ihr Versprechungen gemacht, hat sie gesagt, Versprechungen! Und dann hat er sein Wort gebrochen, gesagt, ihr Wort stünde gegen seins und …»

«Mannomann, Miss, eins nach dem anderen bitte. Also, fangen wir nochmal von vorn an, ja? Nennen Sie uns doch den Namen dieses Herrn.»

Es dauerte stundenlang, Frage, Antwort, Frage, Antwort, bis Emma nicht mehr wusste, was sie erzählt hatte, sich wiederholte, Daten und Namen verwechselte und Jay aufstand und kategorisch erklärte: «Das reicht.»

Er stellte sich zwischen Emma und den Sergeant, schob die Hände in die Taschen seiner Jeans und starrte auf den Mann hinunter, der es auf keinen Fall wagen sollte, noch eine Frage zu stellen. Dann beugte er sich zur Polizistin und nahm ihr das Notizbuch aus der widerstrebenden Hand, blätterte darin, bis er eine leere Seite fand, schrieb rasch etwas auf und hielt es dem Sergeant hin.

«Miss Versey steht unter Schock, ich nehme sie für ein paar Tage mit zu mir. Wenn Sie noch weitere Fragen haben, können Sie sie dort aufsuchen. Vielleicht könnten Sie ihre Tante, Miss Bentley, darüber informieren, wo sie sich aufhält. Meine Telefonnummer steht auch da. In Ordnung?»

«Ihr Name, mein Herr, ich muss Ihren Namen wissen.» Der Sergeant geriet wieder ins Schwitzen. Arroganter, aufgeblasener junger Schnösel … Was denkt der eigentlich, wer er ist?

«Steht da.» Jay wies mit der Hand auf das Notizbuch, und der Blutdruck des Sergeant stieg um einen weiteren Punkt.

«Aha.» Der Sergeant blickte misstrauisch auf Jays

schwungvolle Unterschrift. «Richtig. In dem Fall will ich Sie nicht länger stören, Miss.» Er musste um den Mann herumgucken, um mit dem Mädchen zu sprechen, und erneut stieg Ärger in ihm auf. «Das wäre im Augenblick alles.» Wenn ich dich bei einer Geschwindigkeitsüberschreitung erwische, du blöder Kerl. Dann geht's dir an den Kragen. Die Polizistin stand auf.

Jay schloss die Tür hinter ihnen, lauschte einen Augenblick auf das Geräusch ihrer Schritte, die sich treppabwärts entfernten, sagte dann, mehr zu sich selbst als zu Emma: «Saubere Sachen», und ging zum Schrank. Sie hörte, wie er herumkramte, und sah zu, wie er, ihren halb gefüllten Rucksack in der Hand, durchs Zimmer lief. Er suchte Jeans, einen Pullover, Unterwäsche, sogar ein Nachthemd zusammen, holte ihren Kulturbeutel aus dem Bad, Zahnbürste, Waschlappen, warf alles in den Rucksack, stellte ihn neben der Tür ab und kam wieder zu ihr.

«Also», sagte er brüsk. «Dann komm.»

Sie tat, wie geheißen, folgte ihm kleinlaut die Treppen hinunter und setzte sich in sein Auto, während er ihre Sachen im Kofferraum verstaute. Dann machte sie die Augen zu, schlief sofort ein und schreckte erst auf, als er auf dem Parkplatz vor seiner Wohnung den Motor abstellte.

Sie schaffte die Treppen nicht, aber als Jay sie hochzerrte und zum Aufzug führte, widersetzte sie sich, schüttelte den Kopf und sagte mit einem trockenen, kehligen Flüstern: «Ich kann nicht.» Also trug er sie mit lang baumelnden Beinen, ein totes Gewicht, den ganzen Weg bis in den dritten Stock, mit Pausen auf den Treppenabsätzen, dann lehnte er sie vorsichtig an die Wand, strich sich das Haar aus den Augen und suchte schweißbedeckt und nach Atem ringend seine Schlüssel. Danach trug er sie in sein Schlafzimmer.

Er zog sie aus, als wäre sie ein kleines Kind, löste ihr den

Zopf und steckte sie ins Bett. Es fühlte sich gut an: saubere Laken, warme Decken. Sie spürte die Bewegung unter sich, als er sich auf die Bettkante setzte, dann seine streichelnden Finger kühl auf ihrer Stirn. Sie müsste sich eigentlich bedanken. Sie würde es gleich tun, wenn sie die Energie aufbrächte, sie wollte nur einen Augenblick ruhig liegen bleiben.

Als sie aufwachte, saß er genau an derselben Stelle, als hätte er sich nicht gerührt.

«Wie spät ist es?», fragte sie, drehte den Kopf zum Fenster und blinzelte im hellen Licht.

«Neun. Ich muss gehen. Ich bin gegen Mittag wieder zurück.»

«Neun?» Mittag? Neun Uhr morgens? Wie konnte es neun Uhr morgens sein? «Welchen Tag haben wir heute?»

«Mittwoch.»

Emma lag still, mit tief gerunzelter Stirn, und bemühte sich zu begreifen. Demnach hatte sie fast vierundzwanzig Stunden geschlafen. Das war unmöglich. «Das kann nicht sein.»

Jay lachte sie aus. «Brauchst du noch was, du Schlafmütze?»

Sie schüttelte den Kopf, erinnerte sich, wie er ihr am Tag zuvor das Haar gelöst hatte, und an das kurze Aufwallen lustvollen Genusses, das sein Streicheln bei ihr erregt hatte.

«Tut mir Leid», sagte sie.

«Was?»

«Dass ich dich in all das reingezogen habe.»

Er zuckte mit den Schultern. «Kaffee?»

Er brachte ihr Kaffee in einem braunen Keramikbecher, und sie setzte sich zum Trinken hin und klemmte die Laken eng um ihre nackte Brust. Er lachte sie aus.

«Keine Sorgen, dieses Mal ist deine Tugend unangetastet geblieben. Du solltest aber trotzdem die Pille nehmen. Sie liegt im Bad.»

Sie war schockiert, dass er an die Pille denken konnte, wo doch Alison tot war. Das war fast so schlimm, wie Sex zu wollen, nur weil einem die Zöpfe gelöst werden.

«Ich habe dir einen Schlüssel dagelassen», fuhr er fort. «Er liegt auf dem Tisch im Flur, aber wenn du nicht unbedingt raus musst, würde ich an deiner Stelle lieber hier bleiben, denn die Polizei wird wiederkommen, entweder heute oder morgen. Ich muss los.»

Er beugte sich vor und küsste sie auf die Wange. Emma war versucht, ihr Gesicht so zu drehen, dass er sie auf den Mund küssen würde, ließ es aber sein. Alison war tot.

«Bis später.» Er stand auf und ging zur Tür.

«Jay?»

Er blieb stehen, wartete.

«Danke.»

«Wofür?»

«Dass du da warst, als ich dich brauchte.» Warum habe ich ausgerechnet dich gebraucht? Warum nicht den netten, freundlichen, zuverlässigen Adrian oder Tante Mabel? Warum habe ich nicht nach meiner Mutter geschrien oder nach sonst wem? Sie schob den Gedanken von sich.

Er lachte wieder. «Purer Eigennutz», sagte er ruhig, dann warf er ihr einen Handkuss zu und verschwand.

Sie lag da und lauschte, hörte die Haustür und spitzte die Ohren, doch es gelang ihr nicht, das Anspringen seines Wagens zu hören, dann drehte sie sich um und schlief wieder ein.

Später nahm sie ein Bad, wusch sich das Haar, fühlte sich danach besser und zog Jeans und Pullover über. Die Wohnung war warm und still, nur das schwache Rauschen des

Verkehrs unten störte die Ruhe. Mit feuchtem Haar, das ihr über den Rücken hing, wanderte sie von Zimmer zu Zimmer, stöberte in seinen Sachen, seinen Büchern und Platten und schob Alison bis auf weiteres an den Rand ihres Bewusstseins.

Er hatte auf dem Sofa geschlafen. Sein Bettzeug war ordentlich an der Wohnzimmerwand gestapelt – Decken, zwei Kissen. Sie hielt den Atem an, als ihr in lustvoller Erinnerung ein Schauer den Rücken hinunterrieselte. Er hätte das Bett mit ihr teilen können. Das wäre wirklich tröstlich gewesen. Bei dem Gedanken fiel ihr ein, dass sie ihre Pille noch nicht genommen hatte, und sie tappte lautlos auf nackten Füßen zurück ins Bad.

Wie, fragte sie sich, hatte es ihr beim Baden entgehen können, dass er ihre Dinge ausgebreitet hatte, als würde sie hier wohnen: ihre Zahnbürste im Glas an seine gelehnt, die Waschlappen über der Leiste neben dem Becken aneinander geschmiegt, die Pillen ordentlich auf der Ablage unter dem Spiegel neben seinem Rasierapparat? Angriff und Verteidigung, assoziierte sie unwillkürlich, kreuzte die Beine und genoss das Gefühl, wenn auch widerstrebend.

Aber ihre Stimmung schlug augenblicklich um. Arroganter Mistkerl, nimmt mich als selbstverständlich, maßt sich was an. Ich werde es dir zeigen, ich gehe nach Hause. Sie holte ihre Kulturtasche, die ordentlich im Schrank neben seiner stand, warf wütend ihre Sachen hinein, sprang dann auf, als das Telefon klingelte, und ließ sie draußen auf den Boden fallen.

«Verdammt ... Hallo?»

«Geht es dir gut?» Im Hintergrund hörte sie Leute, Stimmen, Gläserklingen.

«Ja, ganz okay.» Wo bist du, du arroganter Mistkerl? Was machst du eigentlich in deinem Leben, wenn du nicht gerade aus purem Eigennutz Jungfrauen aus der Not errettest?

«Ich bin in einer Stunde zu Hause.» Er legte auf.

Als sie den Hörer auflegte und es erneut klingelte, dachte sie, es wäre Jay, und sagte in einem beleidigten Tonfall: «Was ist denn?», aber die Stimme war unpersönlich, unvertraut.

«Miss Versey?»

«Ja.»

«Sergeant ...»

Ihr Herz machte einen Sprung in ihrer Brust. Seinen Familiennamen hörte sie nicht, sie war damit beschäftigt, in Panik zu geraten.

«Nur noch ein paar Fragen, Miss, das wäre dann alles bis zur Leichenschau.»

«Emma schluckte. «Leichenschau, welche Leichenschau?»

«Man wird eine Leichenöffnung vornehmen, Miss, und dann wird es eine gerichtliche Untersuchung geben. Das ist gesetzlich vorgeschrieben, wenn bei einem Todesfall etwas ...», der Sergeant hustete taktvoll, räusperte sich «... sozusagen, nicht ganz klar ist. Der Coroner braucht Sie als Zeugin, Miss, denn Sie waren eine der Letzten, die sie lebend gesehen haben, wenn Sie mich verstehen.»

«Oh!», sagte Emma überrascht, und alles kam wieder hoch.

Als Jay nach Hause kam, saß sie auf dem Boden im Flur neben dem Telefon, den Kopf in den Armen verborgen, die Knie hochgezogen.

«Stimmt was nicht mit meinem Sofa?»

«Nein, nein, ich war gerade am Telefon.» Gerade am Telefon, von wegen, vor einer Stunde, und seitdem habe ich mich nicht gerührt, weil der Polizist am anderen Ende davon geredet hat, dass man Alison aufschneiden will, und ich mir plötzlich vorgestellt habe, wie dieses wunderschöne Mädchen auf einer Tischplatte liegt, so wie die Rinderhälften beim Metzger, während jemand in ihr herumfischt, um nachzusehen, ob man was entdecken kann, und Stücke von ihr zur Begutachtung hochhält.

«Wer war's denn?»

«Wer?»

Jay seufzte und rutschte an der Wand entlang zu ihr herunter. «Wer war am Telefon?»

«Die Polizei.»

«Aha. Willst du mit mir darüber sprechen?»

Es kam bruchstückweise aus ihr heraus, weil ihre Stimme sie immer wieder im Stich ließ. Dann fiel ihr das Wort für das Aufschneiden von Menschen und das Aufbewahren von herausgeschnittenen Teilen nicht ein.

«Autopsie?»

«Leichenöffnung», erinnerte sie sich. «Und wenn sie damit fertig sind, gibt es eine gerichtliche Untersuchung. Ich soll die Starzeugin sein. So werde ich doch noch berühmt.»

Ihre eigene Leichtfertigkeit bereitete ihr Übelkeit, plötzlich fühlte sie sich persönlich verantwortlich für das Ganze. Und dann plötzlich sah sie ein, dass sie verantwortlich *war*. Es *war* alles ihre Schuld. Wenn sie bei ihr gewesen wäre, hätte sie es verhindern können.

«Das übliche Vorgehen», sagte Jay und musterte ihr Gesicht. Er stand auf, zog sie auf die Füße, stand einen Augenblick ganz still und hielt ihre Hände, ganz nah. Sie roch seine Haut und hätte es dringend nötig gehabt, dass er sie in den Arm nähme und mit seiner Wärme einhüllte. «Mittagessen», sagte er jedoch brüsk und ließ sie stehen.

Emma war beschämend, widerwärtig hungrig, aß alles, was er vor sie hinstellte, und bat dann um Käse, verschlang ihn stückeweise, ohne Brot oder Cracker. «Wenn ich gewusst hätte, dass ich zur Speisung der Fünftausend komme», sagte Jay amüsiert, dann hätte ich noch ein paar Brote und Fische bereitgelegt.» Als Emma lächelte, stellte sie fest, dass ihre seit zwei, drei Tagen ungenutzten Wangenmuskeln steif waren.

Bald darauf kam die Polizei und wischte ihr die Leichtfertigkeit sehr gründlich vom Gesicht.

Die Fragen waren die gleichen wie am Vortag, mit der zusätzlichen Dimension, dass man eine leere Flasche Schlaftabletten in Alisons Zimmer entdeckt hatte.

«Haben Sie diese Flasche schon mal gesehen, Miss?»

«Nein, Alison hat nie Schlaftabletten genommen. Sie hat keine gebraucht.»

«Wissen Sie etwas über den Termin, den Miss Brown bei einer Klinik in Stanmore hatte?»

«Ja.» Emma rückte unbehaglich hin und her. Gott, es *war* alles ihre Schuld. «Den habe ich für sie gemacht.»

«Und wussten Sie, dass Miss Brown den am Montagmorgen abgesagt hat?»

«Was?»

«An dem Tag, an dem sie sich umgebracht hat», fügte der Sergeant hilfsbereit hinzu, als könnte Emma womöglich die Bedeutung übersehen.

«Nein, wusste ich nicht.»

«Und können Sie sich die leere Brandyflasche in ihrem Zimmer erklären?»

«Leer? Du großer Gott!»

Und alles landete in den Notizbüchern. Wie viele Freunde sie gehabt hätte? Ob Emma von irgendwelchen anderen Problemen wüsste, die sie gehabt haben könnte: Geldsorgen, Spannungen in der Familie?

«Alles ist wichtig», sagte der Sergeant, «alles trägt zum Gesamtbild bei, Miss.»

Es war drei Uhr durch, als sie gingen, und Emma war am Boden zerstört. Jay kochte Kaffee für sie, setzte sich zu ihr aufs Sofa und wartete.

«Es ist nämlich meine Schuld.»

«Aha? Du hast sie also geschwängert, ja, und dann sitzen lassen? Schande über dich, Em. Wie konntest du nur?»

«Ach, sei still. Ich hätte Montagmittag zurückgehen sollen. Hätte ich auch beinahe gemacht, aber dann hatte ich zu tun, nein, das stimmt nicht, ich wollte gern allein sein. Ich dachte, es ginge ihr wieder besser, deshalb habe ich mich nicht weiter um sie gekümmert. Wenn ich vorbeigegangen wäre, hätte ich sie vielleicht noch rechtzeitig gefunden, und außerdem hätte ich ihr den Schnaps wegnehmen sollen. Ich hätte Tante Mabel Bescheid sagen sollen. Sie hätte sich zu ihr gesetzt. Es wäre alles gut gegangen, wenn ich vorbeigegangen wäre, wenn ich noch bei ihr geblieben wäre, wenn ich gewartet hätte.» Sie musste Luft holen. «Lieber Gott!»

Jay hatte nur Spott für sie. «Und angenommen, du hättest das getan, angenommen, du hättest all das gemacht. Angenommen, du hättest sie gerettet? Was hättest du dann gemacht, wärst du die nächsten drei Wochen bei ihr geblieben, die nächsten drei Monate? Sei nicht so naiv. Wenn du jemandem die Schuld geben willst, dann doch wohl Passmore. Der war alt genug und hätte es besser wissen müssen. Oder gib Alison die Schuld. Sie wusste, was sie tat, als sie es so weit kommen ließ.»

«Ich geh nach Hause», sagte Emma wütend und hasste ihn für seine nüchterne Logik. «Ich will nicht mehr darüber reden.» Sie kämpfte sich vom Sofa hoch und begab sich ins Bad, um ihre Sachen zu holen. Jay versuchte nicht, sie aufzuhalten, aber als sie ins Bad kam, hatte er alles vom Boden aufgehoben und zurückgestellt, die Zahnbürste, ihren Waschlappen, die Pille, alles ordentlich hingelegt, als hätte sie es nie berührt. Wieder überkam sie der Zorn, sie warf alles wild durcheinander in den Rucksack und stürzte in den Flur, um ihren Mantel zu holen. Jay lehnte mit gekreuzten Armen an der Wand neben der Wohnzimmertür.

«Danke», sagte sie und fügte stumm hinzu: du eingebildeter Mistkerl.

«Gern geschehen.»

Als sie an ihm vorbeiging, fiel ihr auf, dass sie unfreundlich und undankbar war, und sie zögerte. «Wirklich», wiederholte sie, «danke. Ich bin dir dankbar, ehrlich», und sie streckte sich, um ihn auf die Wange zu küssen.

«Ehrlich?», er lächelte sie an und drehte sein Gesicht in der letzten Sekunde, tat genau das, was sie am Morgen fast getan hatte, sodass ihr Kuss zwangsläufig auf seinem Mund landete.

Es war hoffnungslos. Als sie einmal angefangen hatte, konnte sie nicht wieder aufhören, ihre Arme schlangen sich um seinen Hals, und sie presste sich eng an ihn, hungrig nach körperlichem Trost, nach Sex. Sie wollte, was sie damals mit ihm entdeckt hatte, was nur er ihr geben konnte. *Ansteckend*, hatte er es genannt und sexuelles Begehren mit einer ordinären Erkältung gleichgesetzt.

Als Emma frühmorgens erwachte, war sie warm, sie hatte Hunger, und ihr fehlte die Orientierung. Sie lag da, lauschte auf ihren rumorenden Magen und starrte auf die Lichter von der Straße unten, die wechselnde Spuren an der Decke zogen. Es regnete, und die Tropfen rannen schräg über ihrem Kopf entlang, in der Spiegelung vergrößert, flimmernd und gekräuselt.

Sie drehte sich zu ihrem schlafenden Gefährten um und

betrachtete die Muster, die im Halbdunkel auf seinem Gesicht spielten. Er lag auf der Seite, den Kopf auf den Händen wie ein Kind, dunkle Wimpern beschatteten seine Wangen, und er sah anders aus, jünger, verwundbarer. Als sie vorsichtig eine Hand ausstreckte, um ihn zu berühren, öffnete er überrascht die Augen und lächelte dann schläfrig, wobei sich seine Mundwinkel langsam und zärtlich hoben, nicht sarkastisch wie üblich

«Hallo», sagte er. «Ich dachte, du wolltest nach Hause.»

Sie lächelte zurück. «Dachte ich auch. Du bist offenbar unwiderstehlich.»

«Prima.» Er grunzte, murmelte, rollte sich herum und bot ihr seinen Rücken. «Em?»

«Hmmm?»

«Ich liebe dich.» Dann schlief er wieder ein, und Emma lag da, den Kopf ins Kissen gepresst, mit klopfendem Herzen, und starrte entsetzt auf seinen dunklen Kopf.

Oh Gott, wo bin ich da hineingeraten? «Sag das nicht», flehte sie seine schlafende Gestalt an. «Bitte, sag das nicht», aber er war taub für ihr Flehen, wie bewusstlos. Und was mache ich nun, weglaufen? Sie seufzte und ihre Panik ließ nach. Es war viel leichter, sich neben ihm zu verkriechen und einzuschlafen. Morgen, dachte sie, morgen laufe ich weg.

Es dauerte drei Tage, bevor sie an Tante Mabel dachte.

«Wo, um Himmels willen, bist du? Ich bin schon ganz krank vor Sorgen.»

«Hat dir die Polizei nicht Bescheid gesagt?»

«Doch, die Polizei hat mir Bescheid gesagt, hat mir irgendeine Adresse in Putney genannt und den Namen eines Mannes, von dem ich noch nie etwas gehört habe. Damit weiß ich noch nicht, wo du bist, und auch nicht ...», Pause, dann, in abgelenktem Ton, «was du treibst.»

«Ich bin bei …» Emma zögerte und sah zur Küche hinüber, wo Jay stand, an den Türpfosten gelehnt. Warum steht er eigentlich nie gerade? Warum lehnt er sich ständig irgendwo an? «Ich bin bei einem Freund.» Ein Grinsen von Jay, ein freches, anzügliches. «Ich wollte nicht allein sein, und ich konnte einfach nicht dahin zurück, wo … wo …» Ihre Augen füllten sich plötzlich, ärgerlich, mit Tränen, und das Lächeln verschwand aus Jays Gesicht, er löste sich von der Tür und wollte sie tröstend in den Arm nehmen. Doch Emma fühlte sich durch die Bewegung bedroht: Er riss ihre Mauern ein, schabte den Zement ab und zerstörte Ziegel für Ziegel ihren Schutzwall. Sie musste nach Hause, bevor es zu spät war.

«Was für ein Freund?» Mabel war noch nicht fertig mit ihr.

«Ach, den kennst du nicht, Tante Mabel.» Lieber das Thema wechseln. «Geht es Bill wieder gut?» Für Bill muss es noch viel schlimmer gewesen sein, er hat sie gefunden.

«Er war immer noch nicht wieder im College, falls du das meinst. Sagt, er hielte es nicht aus.»

Oh, dachte Emma, ist das auch meine Schuld? Und das College, das College hab ich ganz vergessen. Wie konnte ich das College vergessen?

«Dieser schreckliche Brown war nochmal hier.» Wilde, lächerliche Hoffnung flammte auf. Ach, Ricky! «Hat Krach geschlagen, wollte wissen, wo du bist …»

Na, wie willst du nun damit umgehen, Emma Versey, Ricky ist wieder da, und du bist immer noch warm vom Bett eines anderen? Oh, oh, das ist schlimm, das ist wunderbar.

«Alisons Vater ist zweifellos der unangenehmste Mann, der mir je untergekommen ist.»

«Was? Wovon redest du?»

«Von Alisons Vater. Hast du nicht zugehört? Er war hier, wollte wissen, wo du bist.»

«Ach so», sagte Emma matt, als die Hoffnung schwand, schluckte die Tränen, die erneut drohten, und starrte Jay böse an. Wenn du nicht hier wärst, dachte sie, wenn ich nicht hier wäre, dürfte ich mich hinsetzen und wegen des Missverständnisses weinen. Sie legte die Hand über den Hörer und sagte gehässig: «Verzieh dich, Hammond, das hier ist ein Privatgespräch.» Er rührte sich nicht.

«Ich hab ihm natürlich nicht gesagt, wo du bist. Der Mann ist unmöglich! Wenn er ein besserer Vater gewesen wäre, hätte das arme Kind vielleicht nicht … na ja, das ist alles Schnee von gestern, sozusagen. Ach, und Adrian hat mich besucht. Nachdem er bei deiner Wohnung war.»

«Adrian?»

«Er macht sich Sorgen um dich, wollte wissen, wo du hin bist.»

«Oh.» Emma sah wieder zu Jay, dessen blaue Augen an ihrem Gesicht hingen. «Hast du ihm diese Adresse gegeben …?»

«Nein. Sollte ich?»

«Nein!»

«Aha. Das klingt ja recht endgültig. Was soll ich ihm dann sagen?»

«Hmm, sag ihm, ich würde … Nein, sag einfach, ich würde mich melden.»

«Er wird wissen wollen, wann.»

Emma war sich mit jeder Faser ihres Körpers bewusst, dass Jay zuhörte und nicht mehr entspannt war, weil er zwei und zwei zusammenzählte. «Sag ihm einfach, es täte mir Leid, aber nein. In Ordnung?»

«Kannst du deine schmutzige Arbeit nicht selbst erledigen?» Mabel war müde, verärgert. «Ich bin zu alt, um deinetwegen damit anzufangen, mir Geschichten auszudenken. Du solltest ihm das selbst erzählen.»

«Bitte, Tante Mabel …»

«Na schön.» Sie klang streitsüchtig wie eine alte Jungfer. «Unter einer Bedingung. Du rufst deine Mutter an, sobald du den Hörer aufgelegt hast.»

«Ja, Tante Mabel.» Ich tue alles, solange ich dem lieben, freundlichen Adrian nicht gegenübertreten und erklären muss, dass ich ihn nicht mehr sehen will. «Danke.»

«Schon gut, Liebes. Pass auf dich auf.»

«Du auch. Ich ruf bald wieder an.»

Als sie sich verabschiedete, kam Jay in den Flur, nahm ihr den Telefonhörer aus der Hand und ließ ihn achtlos wieder auf die Gabel fallen. Dann drehte er sich abrupt um, sodass sie mit dem Rücken an der Wand stand, und legte seine Hände genau neben ihre Schultern, sodass sie zwischen seinen Armen gefangen war.

«Sieh mich an!»

Emma krümmte sich.

«Hatte der letzte Teil der Unterhaltung irgendwas mit mir zu tun?»

«Nein!», sagte sie heftig. «Nicht das Geringste.»

Nur weil sie ihn direkt ansah, bekam sie einen flüchtigen, unerwarteten Eindruck davon, wie es in Jay unter dem undurchdringlichen Panzer wirklich aussah. Hastig schlug sie die Augen nieder, fühlte sich wie ein Eindringling in seinen Schmerz. «Ja», sagte sie, um ihn nicht weiter zu verletzen. «Ja, hatte es.»

Er beugte den Kopf hinunter, küsste sie und berührte dabei nur ihren Mund. Als sie den Kuss erwiderte, löste er seine Lippen von ihren, murmelte: «Gut», wandte sich um und ging davon.

Sie blieb stehen, wo sie war, fast fünf Minuten lang, unfähig, sich zu rühren. Dann begab sie sich ins Bad, um ihre Sachen zu holen.

Erst als sie ihre ganze Habe zusammengesucht hatte, fiel ihr der versprochene Anruf bei ihrer Mutter ein. Aber dort ging niemand ans Telefon. Erleichtert rief sie wieder am Earl's Court an, um Mabel mitzuteilen, dass sie es versucht hätte, aber es war Bill, der an den Apparat kam.

«Geht es dir gut?», fragte er.

«Ja. Und dir?»

«Ganz gut … Nein, wenn wir schon darüber sprechen, nein, überhaupt nicht. Ganz und gar nicht. Ich kann es einfach nicht glauben, Em. Ich kann nicht glauben, dass sie nicht mehr da ist. Sie hat doch – sie hatte eine solche Energie. Wo ist die hin? Wo ist sie hin, Em?»

«Ach, Bill, bitte nicht.»

Sie waren beide in Tränen aufgelöst. «Sie ist doch gar nicht der Typ», sagte Bill immer wieder. «Sie ist doch nicht der Typ.» Emma putzte sich heftig die Nase, versuchte zu sprechen, stockte, verschluckte sich vor Kummer.

«Dieser verdammte Scheißkerl von Passmore!», brüllte Bill.

«Das reicht», sagte Jay hinter ihr und nahm ihr den Hörer weg. Dann hielt er sie fest, während sie weinte, heftig, hoffnungslos schluchzte, sodass ihr Magen sich verkrampfte und ihr Kiefer schmerzte.

Er war groß und warm und tröstete sie, sie merkte, wie sie in sein Hemd murmelte: «Kann ich bitte hier bleiben?»

«Für immer», sagte er, löste ein weiteres Glied aus ihrer Rüstung, und sie wünschte sich, sie hätte den Mund gehalten.

Er fuhr mit ihr zum Baron's Court, damit sie sich umziehen und saubere Sachen einpacken konnte.

Es erschreckte sie, wie klein und schäbig die Wohnung aussah. Schlimmer noch, sie kam ihr gar nicht wie ihr Zuhause vor, sie fühlte sich nicht sicher dort und war froh, wieder wegzukommen. Sie fragte sich, ob sie sich allein je wieder sicher fühlen würde.

Auch dem Rückweg nach Putney hielten sie an einem Café, und Jay fütterte seinen kleinen Kuckuck. Während Emma aß, sprachen sie über die Arbeit, über Mabel, Josie, Bill, sogar über Alison, vermieden es allerdings, darüber zu sprechen, wie lange Emma bleiben würde. Emma hatte das Gefühl, Jay wartete darauf, dass sie offen sagte, sie wolle bei ihm einziehen, dass sie eine Verpflichtung einging, damit er sagen konnte: Es war doch deine Entscheidung. Du hast es so gewollt. Außerdem beobachtete er sie die ganze Zeit, und die ständige Überwachung bereitete ihr Unbehagen, sie kam sich vor wie ein Kaninchen, das von einem Falken hypnotisiert wurde … Oder waren es Schlangen, die Kaninchen hypnotisierten, Ottern und Schlangen? Sie wünschte sich, Rick käme und rettete sie, fragte sich, wo er sich wohl aufhielt, ob er das mit seiner Schwester wusste. Ob er wohl je an sie dachte, oder hatte er schon vergessen, dass es sie gab?

Als sie über die Putney Bridge fuhren, ertappte sie sich dabei, wie sie stumm und wütend vor sich hin sang: Ottern und Schlangen, Schlottern und Bangen.

Das College verdrängte sie einfach. Sie fehlte eine Woche, dann noch eine und noch eine …

15

Am ersten Tag der gerichtlichen Untersuchung regnete es. Mabel war schon da, als sie ankamen, mit Bill, der grau war vor Anspannung und einen schlecht sitzenden Anzug trug, den er sich für die Gelegenheit geliehen hatte. Jay kam und hielt Emmas Hand. Sie hätte ihn zur Not auch darum gebeten, aber das war nicht erforderlich, denn er hielt es offenbar für selbstverständlich, dass sie ihn brauchte. Die Tatsache, dass er damit Recht hatte, nagte die ganze Zeit an ihr.

Zuerst wurde Alisons Arzt aufgerufen und zu den Schlaftabletten befragt. Sie hatte eine völlig plausible Geschichte gehabt: Studentin, bevorstehendes Examen, Schlafstörungen. «Das ist doch immer so», sagte er phlegmatisch. Er wusste nichts von ihrer Schwangerschaft oder ihrem Freund. Für ihn war sie nur eine von diesen stressgeplagten Studentinnen.

Der Coroner war schwerhörig. «Sprechen Sie bitte lauter», sagte er immer wieder. «Das Gericht kann Sie nicht verstehen.»

Bill musste detailliert schildern, wie er sie gefunden hatte, auf dem Bett, in ihrem Erbrochenen. Das hatte Emma nicht gewusst. Armer Bill. Gegen Ende seiner Aussage wandte er sich zur Jury und sagte heftig: «Wissen Sie, sie war noch warm, als ich sie fand. Wenn ich nicht im College geblieben wäre, um mein Nesselmodell fertig zu machen …» Die Mitglieder der Jury wechselten unbehagliche Blicke. Nesselmodell? Was zum Teufel war ein Nesselmodell? «Und als ich nach Hause kam, hab ich erst mal eine Tasse Kaffee getrunken.» Seine Stimme wurde lauter. «Zwanzig Minuten. Ich bin erst nach zwanzig Minuten hochgegangen. Und sie war noch warm.» Er hielt verwirrt inne und fuhr sich mit der

Hand über die Augen. Warum habe ich das gesagt? Bin *ich* etwa Schuld an ihrem Tod?

Jay ging mit ihnen auf ein Bier und ein Sandwich ein Stück die Straße hinunter, durch den Regen. «Ist damit dann Schluss?», fragte Mabel Bill und musterte nicht ihn, sondern neugierig Emmas geheimnisvollen Freund.

Bill schüttelte den Kopf. «Sie haben noch gar nicht richtig angefangen. Sie sind noch nicht bei ihr, ihrer ...» Er runzelte heftig die Stirn, im Bemühen, sich zu konzentrieren.

«Ihrer seelischen Verfassung», warf Jay ein. «Sie werden heute nicht mehr fertig.»

Mabel beobachtete ihn. Ein komischer Kauz, das, dachte sie, verborgene Tiefen. Hoffentlich weiß Emma, was sie tut. Aber er ist zweifellos von ihr angetan, denn er nimmt kaum ein Auge von ihr, ahnt jede Bewegung voraus. Das ist nett, nett anzusehen, und auch ganz gut, die arme Emma ist ziemlich überreizt. Jetzt müssen sie diese schreckliche Geschichte noch einmal durchmachen. Es kommt einem alles wieder hoch, wenn man da im stickigen Gerichtssaal sitzt und sich all die schmutzigen Einzelheiten anhört.

Sie starrte in den Regen, der vorm Fenster aus der Dachrinne tropfte. Ich hätte etwas unternehmen müssen, warf sie sich vor, ich hätte die junge Alison an die Hand nehmen müssen. Wir hätten uns etwas überlegen können, irgendeine Lösung für sie finden können, damit sie wieder einen Sinn im Leben gesehen hätte. Und jetzt sieh dir an, was ich mit meinem «Geht mich nichts an» angerichtet habe. Schau dir diese blassen Kindergesichter an, die sich mit dem Tod befassen müssen, wo sie doch gerade erst mit dem Leben angefangen haben. Bis auf den da. Sie sah wieder zu Jay, wie er in seinem Stuhl zurückgelehnt Emma nicht aus den Augen ließ. Der da ist dem Tod schon mal begegnet.

Das Verfahren wurde auf drei Uhr am nächsten Tag vertagt.

Sie waren bereits da und warteten im Gang, als Jay und Emma ankamen, Alisons Vater und ein Mann, der Rick so ähnlich sah, dass Emma der Atem stockte und sie fast gestürzt wäre, weil sie einen Augenblick lang dachte, er wäre es.

Aber dieser Brown war größer, schwerer gebaut, und strahlte Alisons Selbstbewusstsein aus, ihr Charisma. Er war ein sechs, sieben Jahre älterer Rick ohne das Stottern.

Jay, der Emmas bleiches und starres Gesicht beobachtete, folgte ihrem Blick, bemerkte die Ähnlichkeit und vermutete: «Ist er das?»

«Nein.» Sie zwang sich fortzusehen. «Das sind sein Bruder Pete und sein Vater, Alis Vater.»

«Sieh da! Sieh da!» Browns Stimme hallte durch den Gang. Es war voll. Man drehte den Kopf und reckte den Hals, um zu sehen, wer den Lärm veranstaltete. Unterhaltungen stockten. «Wenn das nicht das Flittchen ist!» Er bewegte sich seitwärts, behielt Emma im Blick, und sie wich zurück und drängte sich an Jay, tastete nach seiner Hand, fand sie und hielt sich daran fest wie an einem Rettungsanker.

«Komm, Dad», sagte Alisons Bruder, und seine Stimme klang laut in der plötzlichen Stille. «Lass gut sein.»

«Lass gut sein?», brüllte Brown und schüttelte die Hand seines Sohnes ab, die ihn zurückhalten wollte. *«Lass gut sein?»* Seine Stimme wurde hysterisch laut. «Meine Tochter ist tot, und du sagst, lass gut sein? Verdammt nochmal, Junge. Ich …»

«Das hat doch nichts mit ihr zu tun, Dad.» Pete Brown begann seinen Vater am Arm zu ziehen. «Das ist doch nicht ihre Schuld.»

«Das hat nichts mit ihr zu tun? Nicht ihre Schuld? Wessen Scheißfehler ist es denn dann? Meiner? Mein Ricky ist weg. Mein Ricky. Der Himmel weiß, wo. Und meine schöne … meine wunderschöne …» Er begann zu weinen, in tiefen, schrecklichen, krampfhaften Schluchzern, die in dem großen Raum hallten, von den Wänden abprallten und sich in Emmas Kopf bohrten. Sein Sohn führte ihn am Ellbogen an Emma vorbei, die wie erstarrt neben Jay stand und immer noch seine Hand umklammerte, um nicht vor Scham zu versinken.

Jay machte Anstalten, sich schützend vor sie zu stellen, aber das war unnötig. Aus Brown war aller Kampfgeist gewichen, er sah wie ein alter Mann aus, geschrumpft, geschlagen, aschgrau vor Kummer.

«Es tut mir Leid», sagte der Sohn, als sie vorbeigingen, sprach mit Alisons Mund, sah sie mit Alisons schwarzen Augen an. «Es tut mir schrecklich Leid. Wirklich. Er meint das nicht so – Sie wissen, wie das ist … nein, ich glaube nicht, dass Sie – es tut mir Leid. Er meint es nicht so, ehrlich. Er kann nur einfach nicht, Sie verstehen …»

Er führte seinen Vater fort zu den großen Doppeltüren am Ende des Ganges, und Emma wurde plötzlich von heftiger Übelkeit erfasst.

Jay schob sie zu einer der beiden Bänke an den Wänden. «Runter!» Er ließ seine Hand auf ihre Schulter fallen und drückte kräftig, bis sich ihr Kopf zwischen den Knien befand und sie merkte, dass sie den glänzenden braunen Boden darunter betrachtete, ihr Rachen nach Galle schmeckte und sie nach Atem rang. Sie hörte, wie der Beamte die Menge in den Gerichtssaal rief, dann ihren eigenen Namen und wie Jay sagte: «Es geht ihr nicht gut.» Danach Füße, die vorbeischarrten, -klapperten und stampften, um ihre Plätze einzunehmen, dann himmlische, himmlische Stille.

Nach ein paar Minuten richtete Jay sie auf, und sie lehnte sich dankbar an die Wand, nun imstande, die Wellen von Übelkeit, die sie fast überwältigt hatten, zu beherrschen.

Bill kam zurück und sah besorgt aus. «Alles in Ordnung, mein Mädchen? Mabel ist dran. Dann kommt Passmore, dann du. Bist du bis dahin …»

«Bis dahin ist mir wieder gut.» Sie lächelte zum Beweis und schluckte heftig.

«Himmel», sagte Bill. «Ich wünschte, es wäre schon vorbei.» Er schwitzte vor Nervosität.

Bill nahm einen Arm und Jay nahm den anderen, wie vor vielen Jahren, als Emma zum ersten Mal beschwipst war, bevor alles so kompliziert geworden war. Sehnsucht nach der Vergangenheit wallte in ihr auf, sie hätte am liebsten noch einmal angefangen, alles anders gemacht, dann sah sie verstohlen in Jays verschlossenes Gesicht und fragte sich, ob er sie auch dann gewollt hätte.

Der Schauplatz war anders, die Fragen gleich. Die Gesichter der Jury, sieben Männer, trugen abwechselnd Langeweile, Abscheu, Missbilligung und Müdigkeit zur Schau. Emmas Sergeant saß vorne, schwitzte reichlich und wischte sich mit einem großen, schmuddeligen Taschentuch die Stirn ab. Die Polizistin konnte sie nicht entdecken, aber Emma nahm an, dass sie auch irgendwo war.

Passmore war anwesend, das erste Mal, das Emma ihn seit Weihnachten sah. Als sie sich zwischen Bill und Jay setzte, erhob er sich und begab sich in den Zeugenstand, um seine Aussage zu machen. Sie starrte sein gut geschnittenes Gesicht an und fragte sich, warum ihr nie aufgefallen war, wie gerissen er war? Warum ist mir nie aufgefallen, dass du einem nie ins Gesicht siehst, sehen kannst? Warum habe ich nicht gemerkt, wie falsch dein Lächeln ist, wie es zwar deine

Mundwinkel hebt, aber eigentlich nie deine Augen erreicht? Warum ist mir der winselnde Unterton in deiner charmanten Stimme entgangen? Und warum ist mir all das nicht rechtzeitig aufgefallen, um Alison davor zu warnen, dass du dich, wenn sie versuchen sollte, dich einzufangen, aus der Falle winden würdest wie Ottern oder Schlangen?

Sie gluckste in plötzlicher, unangemessener Heiterkeit, legte schnell die Hand vor den Mund, sank in ihrem Sitz zusammen, und aus ihrem Mund entwichen kleine, unfreiwillige Explosionen von Heiterkeit. Oh Gott, bringt mich bloß hier raus!

«... eine kleine Liaison», nannte es Passmore. Die Batterien des Coroners wurden schwächer. «Eine was?», erkundigte er sich verärgert. «Raison? Davon kann ja wohl kaum die Rede sein.»

«Liaison, Sir.»

«Reden Sie deutlich, Mann. Ich versteh Sie nicht.»

«Eine kleine Li... – Affäre! Kurz! Eine kurze Affäre!» Passmore brüllte, lief rosig an, und Emma verschluckte sich wieder.

Eine kleine Liaison? Eine kurze Affäre? Sie sah sich nach der Frau um, die neben Passmore gesessen hatte, und erkannte mit Erschrecken, um wen es sich handelte. Diese plumpe, mausgraue Person war seine Frau, die Mutter seiner drei Kinder. Sie starrte ihren Mann an, mit bleichem, angespanntem Gesicht, aber loyal, sie gewährte ihm die Gunst des Zweifels.

Emma konnte von ihrem Platz aus ihre Hände sehen, die sie auf dem Schoß hielt und nervös knetete. Wie hatte er die Nächte erklärt? Nicht gerade die Nächte, wenn er um zwei heimgerollt war, sondern diejenigen, in denen er gar nicht nach Hause gekommen war. Hatte sie etwas geahnt? Hatte sie sich blind gestellt, weil sie Angst hatte, ihn zu verlieren?

Alison war ja nicht die Erste und würde auch nicht die Letzte sein.

«Und wussten Sie von der Schwangerschaft der jungen Dame?»

«Nein, Sir, davon wusste ich nichts.»

Emma verschlug es den Atem. Lügner, schamloser Lügner! Schlange! Schlotter! Sie drohte wieder hysterisch zu werden, senkte den Kopf und biss sich in die Knöchel, um das Röcheln fürchterlicher Heiterkeit zu unterdrücken.

«Sie hatte natürlich schon eine Abtreibung hinter sich. Wohl ein Mitstudent.»

«Misch-Student? Ein Einwanderer? Lieber Gott, drücken Sie sich doch klar aus, Mann!»

«Student! Ein Kommilitone!», brüllte Passmore.

Der Coroner war verblüfft. «Meinen Sie nun Student oder Militär, Mann? Entscheiden Sie sich.» Wusste gar nicht, dass auch Militärs an diesen Kunstanstalten studierten. Dachte immer, Künstler wären ziemlich unsoldatisch. Sollte mir allmählich mal ein neues Hörgerät zulegen.

«Ich bin bereit zuzugeben», sagte Passmore nervös und wählte seine Worte mit besonderer Sorgfalt, «dass ich schwach und verführbar war.» Er artikulierte jede Silbe zögernd, über jeden neuen Laut, der aus seinem Mund kam, erschrocken. «Sie war eine äußerst attraktive junge Frau. Aber vollkommen skrupellos.»

Was sagte der Mann? Rubellos? Der Coroner öffnete den Mund, besann sich dann aber und schloss ihn wieder.

«Es ist zum Kotzen», sagte Bill vor sich hin. Emma wünschte, er hätte sie nicht daran erinnert, denn ihr wurde wieder übel. Kurz darauf wurde sie aufgerufen.

Es gab eindeutig Diskrepanzen zwischen ihrer und Passmores Aussage, was selbst der Coroner mitbekam. «Und Sie sagen, die Affäre dauerte fast zwei Jahre?»

«Ja.»

«Lauter, junge Frau. Damit die Jury das versteht.»

«*Ja!*», brüllte sie.

Lass die Jury aus dem Spiel, du schwerhöriger alter Trottel. Was gibt dir eigentlich das Recht, hier zu sitzen und über Alisons Leben und Sterben zu Gericht zu sitzen und das Geschehene zu beurteilen?

«Ja, Mr. Passmore wusste von der Schwangerschaft. Ali – Miss Brown dachte, er würde sich freuen.» Sie sah sich zu Passmore um, der seinen Kopf zur Jury hin schüttelte, als wollte er sagen: Du Lügnerin. «Sie dachte, er würde sie heiraten. Er hatte ihr versprochen, seine Frau zu verlassen.»

Die Jury starrte Passmore an, und Emma verspürte einen kurzen Anflug von gerechtem Triumph. Das wird es dir zeigen. Das wird dich lehren, die arme Alison, die sich nicht mehr verteidigen kann, schlecht zu machen.

Als sie jedoch seine Frau ansah, merkte sie, was sie angerichtet hatte. Die Frau schien zu welken. Bisher hatte sie alles stoisch durchgehalten und der Welt gezeigt, dass sie hinter ihrem Mann stand. Sie hatte sich eingeredet, dass das, was sie glauben wollte, auch der Wahrheit entsprach. Und innerhalb von Sekunden hatte Emma ihr endgültig alle Illusionen zerschlagen. Emma wünschte sich plötzlich, sie könnte die Worte rückgängig machen, ihr erklären, sie hätte es nicht so gemeint. Aber es war zu spät. Der Schaden war angerichtet.

Als die Jury sich zurückzog, ging Jay mit ihr auf die kalte Straße hinaus, und die anderen marschierten hinter ihnen her, und man stand dann auf der Treppe des Gerichtsgebäudes.

«Ist sie nun gefallen, oder hat man sie gestoßen, Euer Ehren? Wie würde Sherlock Holmes jetzt vorgehen?», sagte

Emma in einem schauerlichen Versuch, lustig zu sein, und alle sahen sie an, als wäre sie verrückt.

Die Stimme kam von hinten und klang so hysterisch, wie Emma sich fühlte. «Dir ist doch klar, dass du deine Stelle verlieren wirst? Und dass wir drei Kinder zu ernähren und zu kleiden haben? Wenn ich es auch überraschend finde, dass du ihre Namen überhaupt noch kennst, bei der Zeit, die du mit ihnen verbringst. Hast du eine Vorstellung, wie das ist, deine Kinder ganz allein groß zu ziehen, zu knausern und zu knapsen, jeden Abend zu Hause zu hocken, während du mit deinem halbwüchsigen Flittchen unterwegs bist?»

Emma sah entsetzt hin, fühlte Jays Hand unter ihrem Ellbogen und merkte, wie sie hastig über den Bürgersteig zu seinem Wagen geschoben wurde. Er packte Emma umstandslos auf den Sitz und schlug die Tür energisch zu. Emma saß kerzengerade, wartete, bis er neben ihr eingestiegen war, und sank erleichtert zusammen, als er den Motor anwarf und sich, ohne sich umzusehen, in den Verkehrsstrom einfädelte, sodass ein Mann in einem brandneuen blauen Mercedes sich beim Ausweichen fast in die Hose gemacht hätte.

Jay fuhr mit ihr nach Putney, aber er hielt nicht bei der Wohnung an, sondern fuhr weiter über die Uferstraße, bog dann in eine schmale Stichstraße und holperte mit dem Wagen fast bis an den Rand des Wassers. Er parkte unter einem hohen, winterlich nackten und kahlen Baum und lief mit ihr los, schleppte sie meilenweit am grauen, unruhigen Wasser entlang. Es war eiskalt, aber er scheuchte sie über den Leinpfad, durch den Wind, hielt einfach schweigend ihre Hand, bis sie müde war. Dann kehrten sie um und liefen wieder zurück.

Emma war so erschöpft, dass sie sich auch in den Lift gewagt hätte, aber er nahm die Treppe, und als sie endlich vor seiner Wohnungstür ankamen, hätte sie umfallen mögen.

Es war warm und still. Er zog ihr den Mantel aus, goss ihr einen großen Brandy ein, stand neben ihr, während sie ihn austrank, dann brachte er sie ins Bett und blieb bei ihr, bis sie eingeschlafen war.

Sie hatte schon wieder eine Woche im College versäumt.

An diesem Wochenende hatten sie ihren ersten Streit, weil sie ihm Geld anbot.

«Ich kann nicht umsonst hier wohnen», sagte sie. «Lass mich wenigstens für meinen Lebensunterhalt bezahlen.»

«Nein. Nur wenn du hier einziehst. Gib deine Wohnung auf und zieh richtig ein.»

Es war das erste Mal, dass er eine ausdrückliche Forderung stellte, aber Emma war nicht bereit nachzugeben und blieb hartnäckig. Als er ihr das Geld zum zweiten Mal wieder hinwarf, riss sie die Scheine in kleine Fetzen und ließ sie auf den Boden fallen.

So ärgerlich hatte sie ihn noch nie erlebt, so verletzt und eisig, dass sie Angst vor ihm bekam. Er hob nicht einmal die Stimme, aber das war auch nicht nötig, sie las die Botschaft in seinen Augen, in seinem Tonfall. Also raffte sie alles zusammen, was in ihren Rucksack ging, schob ihren aktuellen Stoß Arbeiten in ihre Mappe, fuhr zurück zum Baron's Court, und was sie nicht tragen konnte, ließ sie zurück, um es später abzuholen.

«Vergiss deine Zahnbürste nicht», schleuderte er ihrem Rücken entgegen, als sie an ihm vorbeiging, und sie knallte heftig die Tür hinter sich zu.

Ihre Wohnung war eiskalt. Sie versuchte, über die schäbige Unvertrautheit ihrer Umgebung hinwegzusehen, zündete den Ofen an und kauerte sich dann davor, bis der Zähler leer war und das Gas zischte, es knallte und die Flamme erlosch.

Da sie keine Münzen mehr im Portemonnaie hatte, musste sie wieder die Treppe hinunter, um sich etwas zu essen und Kleingeld zu besorgen. Ihr war elend, denn sie war nicht mehr vor der Welt behütet. Doch sie machte sich Suppe, aß ein paar Scheiben Brot mit Käse, und als sie etwas im Bauch hatte, ging es ihr besser. Dann setzte sie sich mit einer Tasse Milchkaffee und einem Skizzenblock hin und begann mit einem neuen Stoffmusterentwurf. Als sie sich nach einer Weile immer noch einsam fühlte, drehte sie das Radio an, den Home Service, nur um Stimmen zu hören. Dann arbeitete sie fleißig zur Begleitung von Harold Wilsons Darstellung der aktuellen Krise im Gesundheitswesen. Um zehn Uhr gab sie auf und ging, zufrieden mit dem Geschafften, zu Bett.

Doch sie konnte nicht schlafen. Sie vermisste Jays Doppelbett. Sie vermisste Jays Wärme, seinen Atem, den Geruch seiner Haut. Sie vermisste den Sex.

Kurz entschlossen stand sie auf, zog sich wieder an und ging zum Telefon im Treppenhaus, um ihre Mutter anzurufen. Zur Gewissensberuhigung, dachte sie brav, als sie sich fröstelnd auf die Treppe setzte.

Josie war erst einmal ziemlich konfus, schwankte zwischen Freude und Kummer. «Wann kommst du denn nach Hause?», fragte sie klagend, als sie schließlich ihre Stimme gefunden hatte.

«Weiß nicht, Ma. Ich war beschäftigt.»

«Wo warst du überhaupt? Ich habe immer wieder angerufen und hatte immer irgendein Mädchen am Telefon, und die sagte, sie hätte dich seit Wochen nicht mehr gesehen, und als ich Mabel fragte, sagte sie, du wärst in Putney oder sonst wo. Was ist eigentlich *los*, Emma?»

«Ich ...»

«Ich weiß, das war alles ziemlich schlimm und so, und mir ist klar, dass sie deine beste Freundin war, aber meinst du nicht, du könntest hin und wieder auch mal an *mich* denken?»

«Tut mir Leid, Ma ...»

«Ich meine, ich erwarte ja gar nicht, dass du jedes Wochenende nach Hause kommst. Ich meine nur, dass einmal im Semester doch zu wenig ist, ich habe den Eindruck, dass ich dir *egal* bin.»

«Nein, Ma, so ist das nicht ...»

«Und ich beklage mich ja auch gar nicht, dass du nie anrufst, obwohl ich wahrhaftig Grund genug dazu hätte, wenn man bedenkt, wie oft ich dieses Jahr mit dir gesprochen habe. Ich habe nur langsam das Gefühl, dass du nicht einmal mehr daran denkst, an mich denkst. Nicht einmal nach dem ganzen Theater mit deiner Freundin bist du nach Hause gekommen. Und das fand ich nun *wirklich* ärgerlich, Emma ...»

«Hör mal, Ma!», rief Emma, mehr als wütend auf sich selbst, auf Josie, auf alles. «Ich habe doch gesagt, dass es mir Leid tut. Was willst du denn noch? Ich komme nach Hause, sobald ich kann. In Ordnung?»

Sie legte den Hörer heftiger auf, als sie wollte, und stellte sich dann vor, wie ihre Mutter in ihrem alten grünen Sessel saß und in ihr Taschentuch weinte, bis sie zu Bett ging.

Der Schlaf wollte immer noch nicht kommen. Ihre Gedanken gingen von Jay zu Rick, träumten, was wäre, wenn, und es ging ihr noch schlechter als vorher. Als sie schließlich einnickte, kurz nach eins, fiel sie direkt in den vertrauten Albtraum, den Schacht hinab in ihr schwarzes Loch. Seit sie bei Jay war, hatte sie sich davon befreit gefühlt. Um zwei stand sie auf, kochte sich eine Tasse Tee und überlegte, ob Jay wohl immer noch wach war. «Du sägst bestimmt wie ein Holzfäller, du Schwein», warf sie ihm vor, unfairerweise, denn er hatte in ihrem Beisein noch nie geschnarcht. Sie aß eine Schale Cornflakes, arbeitete dann bis fünf, bis ihre Augen brannten und ihre Rückenmuskeln vor Erschöpfung kribbelten, kroch dann ins Bett und versuchte, zum zweiten Mal einzuschlafen.

Es war kein guter Tag, um wieder ins College zu gehen. Der erste Mensch, auf den Emma stieß, im wahrsten Sinne des Wortes, mit dem sie auf der Treppe zusammenstieß, als sie um zehn nach zehn durch den Haupteingang eilte, war Harry Passmore. Gern hätte sie eine bissige Bemerkung gemacht, wenn ihr eine eingefallen wäre, aber die aufsteigende Galle ließ sie verstummen, und sie starrte ihn nur wütend an. Passmore, der gerade eine Unterhaltung mit dem Rektor und einigen Vertretern der Collegeleitung hinter sich hatte, war viel zu aufgewühlt, um das zu bemerken. Er überlegte gerade, wie er seiner Frau beibringen sollte, dass er Ende des Monats Ex-Dozent sein würde. Und er wünschte, er hätte nie ein Auge auf die beschissene Miss Alison Brown geworfen.

Emma kämpfte sich durch die morgendliche Zeichenklasse, unterdrückte alle Gedanken mit Arbeit und floh dann in den Anbau, in die Druckabteilung. Bill arbeitete zu ihrer heimlichen Erleichterung woanders und lief ihr nicht über den Weg, sodass sie allein zum Essen ging. In der Mensa nahm sie eine Zeitung mit, die jemand liegen gelassen hatte, und überflog ohne großes Interesse die Nachrichten.

Es stand erst auf Seite vier, in einer Spalte ganz unten, zwischen einem Artikel über einen Mann, der seinen kleinen Sohn nach der gesamten Fußballmannschaft von Manchester genannt hatte, und einer kurzen Notiz über ein neues Mittel gegen Fußpilz.

«… lautet das Urteil auf ‹Selbstmord aus Verzweiflung›. Mit dieser Zusammenfassung sprach der Coroner einen scharfen Tadel für den Herrn aus, der Miss Brown in diese schlimme Situation gebracht hatte und dann jede Verantwortung von sich abschob, als seine Unterstützung dringend nötig gewesen wäre …»

Ottern und Schlangen. Emma hob den Kopf, starrte die Studenten an, die munter ihren Beschäftigungen nachgingen, und fragte sich: Was tue ich hier eigentlich? Mit diesen albernen, leichtfertigen Leuten habe ich nichts mehr zu tun.

Als sie in den Zuschneideraum kam, war das Erste, was sie sah, das blassblaue Abendkleid, das Alison Ende des letzten Semesters fertig gestellt hatte. Jemand hatte den Materialschrank leer geräumt, und da er nicht wusste, wem es gehörte, hatte er es über eine Puppe drapiert und ans Fenster gestellt, damit der Besitzer es abholen konnte.

Emma blieb stehen, starrte es an, drehte sich dann um und entdeckte das Nesselmodell, an dem sie arbeitete. Einen Augenblick lang betrachtete sie es teilnahmslos und mit leerem Blick, nahm es dann mit in die hinterste Ecke des Raumes und setzte sich damit hin. Solange ich nicht hinsehe, sagte sie sich, ist alles in Ordnung. Geht es mir gut.

«Ah! Da ist ja die junge Dame, und auch noch fast pünktlich. Miss T. möchte Sie sprechen, Punkt vier Uhr.»

Emma sprang auf, stach sich mit der Nadel, setzte sich dann wieder auf ihren Stuhl und saugte sich das Blut vom Finger, während sie ihre Tutorin in erschrecktem Erstaunen anstarrte.

Du lieber Himmel, dachte Mrs. Hills, du siehst ja schrecklich aus, weiß wie ein Laken, schwarze Ringe unter den Augen und so dünn. Das Ganze hat dich ja wirklich mitgenommen. Als sie den Mund öffnete, unterdrückte sie jeden Anklang von Mitleid in ihrer Stimme. «Es geht um

Ihre Anwesenheit, Emma. Sie möchte mit Ihnen über Ihre Anwesenheit sprechen, nur damit Sie vorgewarnt sind. Und kommen Sie nicht zu spät, Sie kennen ja ihren Pünktlichkeitstick. Sie haben schon genug Ärger.»

Sie wandte sich zum Gehen, verspürte eine unfreiwillige Aufwallung mütterlicher Sorge und tätschelte Emmas Schulter. «Arme Kleine», sagte sie. «Es muss schrecklich gewesen sein.»

Sie wollte eigentlich gehen, sich mit weniger heiklen Dingen befassen, aber als sie sah, wie sich die nussbraunen Augen mit Tränen füllten, änderte sie ihre Meinung.

«Könnten Sie mir einen Gefallen tun, meine Liebe? Sausen Sie doch für mich zur Fotoabteilung und holen ein paar Bilder ab. Die liegen da schon wochenlang und ich vergesse immer wieder, sie abzuholen.»

Während sie Emma nachsah, die fast im Laufschritt durch die Schwingtüren verschwand, gratulierte sich Mrs. Hills. Gute Idee, so ist das Mädchen zehn Minuten aus dem Weg.

Im Untergeschoss, wo die Fotoabteilung untergebracht war, fühlte Emma sich zwischen den Wänden eingeschlossen und geriet in Panik. Als Eddie, der Fotograf, sie bat zu warten, bis er die Aufnahmen entwickelt hätte, die er von ihren Kleidern gemacht hatte, schüttelte sie heftig den Kopf, versprach, später wiederzukommen, riss ihm Mrs. Hills' Bilder aus der Hand und stürzte davon, weil sie an ihrem Anfall von Klaustrophobie zu ersticken meinte.

Es war nicht Eddies Schuld. Als er ihr den Stapel grobkörniger Schwarz-Weiß-Abzüge übergab, dachte er überhaupt nicht darüber nach. Der vierte Abzug von oben, unter Aufnahmen mit Abendkleidern – von Joe, nach all den Kräuseln und Volants zu urteilen – und einer mit einem Pullunder und einer ausgeflippten, quer gestreiften Schlaghose, war ein Foto von Alison.

Sie hielt eine Zigarette zwischen den Fingern und lächelte durch einen Schleier von Tabakrauch verführerisch in die Kamera. Sie trug ein helles, durchscheinendes Organzakleid, genau das, das Emma gerade erst im Zuschneideraum gesehen hatte, von hinten beleuchtet, sodass ihre langen Beine und ihre schlanke Taille durch die Falten hindurch zur Geltung kamen, ihr Kopf war leicht geneigt, die Lippen herausfordernd geöffnet, so, als wollte sie den Fotografen küssen.

Sie sah aus, wie Emma sie oft gesehen hatte, lockte die Kamera, so wie sie zig Jungen gelockt hatte. Emma erinnerte sich, wie sie ihr von der Sitzung erzählt hatte, als die Aufnahme gemacht wurde. «Ich war total verqualmt», sagte sie lachend. «Wenn ich mir je das Rauchen abgewöhnen will, dann so.» Sie hatte es früher aufgegeben, als sie erwartet hatte.

«Ach!», sagte Emma laut und plumpste auf die kalte Steintreppe.

Sie ließ den Stapel Fotos auf der Treppe verstreut liegen und lief zurück in den Zuschneideraum. Dort nahm sie ihre Tasche, warf sie sich über die Schulter und ging.

Sie war schon auf halbem Weg, bevor ihr auffiel, dass sie unterwegs nach Putney war, aber sie blieb im Bus sitzen, denn Putney war genau, wo sie hinmusste. Von der Bushaltestelle aus rannte sie wie gejagt los, sodass ihr der Zopf wild auf dem Rücken hüpfte, und als sie seinen Wagen auf dem Parkplatz sah, sauste sie, ganz benommen vor Erleichterung, die Treppe hoch, immer zwei Stufen auf einmal. Auf dem Treppenabsatz erstarrte sie dann, umklammerte den Schlüssel, unfähig, die letzte Bewegung auszuführen, als Jay überraschend die Tür öffnete und gehen wollte.

Er trat vor, blinzelte, drehte sich hastig von ihr weg, dorthin, wo er hergekommen war, dann schaute er sie wieder an, mit einem Gesicht, aus dem jedes Gefühl so sorgfältig getilgt war, dass er aussah, als hätte er noch nie gelacht, noch nie geweint, noch nie in seinem Leben irgendetwas empfunden. Oh Gott, dachte er, tu mir das nicht an!

«Na, willst du deine restlichen Sachen holen?»

Er schaffte es irgendwie, auch aus seiner Stimme jedes Gefühl zu tilgen. Er hätte ein Roboter sein können, der mit einem anderen Roboter sprach. Hilflos starrte Emma ihn an und wartete stumm.

«Dann kommst du wohl besser rein.»

Er trat nicht zur Seite, um sie vorbeizulassen, sondern lehnte sich einfach an die Wand, die Arme über der Brust verschränkt, das Gesicht vollkommen verschlossen. Sie schob sich an ihm vorbei, streifte unabsichtlich seinen Ärmel und zögerte, wollte mehr von der Wärme, die sie berührt hatte. Er regte keinen Muskel.

Als sie an ihm vorbei war und im Flur stand, sprach er sie von hinten an. «Ich wollte gerade weg. Dein Zeug ist im leeren Zimmer. Schließ bitte ab, wenn du wieder gehst.»

Sie hörte die Tür zufallen, dann seine Schritte auf der Treppe leiser werden, und hätte sich am liebsten hingesetzt und geschluchzt. «Du Scheißkerl!», brüllte sie stattdessen die stumme Wohnung an. «Du Schwein!»

Sie trug alles in den Flur, bestellte ein Taxi, setzte sich hin und wartete. Aber nach zehn Minuten war sie es leid, den jämmerlichen Stapel mit ihren Habseligkeiten zu betrachten. Sogar ihr unbenutztes Nachthemd hatte er ordentlich zusammengefaltet, bevor er es zu den anderen Sachen legte. Wie lange, rechnete sie, wie lange war sie hier gewesen, etwas über einen Monat? Es wurde Zeit, dass sie wieder auf eigenen Füßen stand. «Wer braucht dich schon, Hammond?», sagte sie herausfordernd.

Sie wollte nur schnell nachsehen, ob sie auch nichts vergessen hatte. Schließlich wollte sie nicht noch einmal kommen müssen. Sie hängte sich die Tasche über die Schulter, um bereit zu sein, wenn das Taxi käme, und begann von Zimmer zu Zimmer zu wandern, um sich nach zwei Tagen Abwesenheit noch einmal ein Bild zu verschaffen und sich die Zeit zu vertreiben.

Das Bett war immer noch ungemacht, was Jay gar nicht ähnlich sah. Außerdem hatte er auf ihrer Seite geschlafen, sein Kopf hatte einen tiefen Abdruck auf ihrem Kissen hinterlassen und seins war ordentlich und unberührt. Sie stand in der Tür, starrte auf die rasch verschwimmende Bettdecke und versuchte, die Tränen wegzublinzeln. Sie brauchte ihn nicht, sie liebte ihn nicht, er war es nicht wert, dass man seinetwegen Tränen vergoss. Weshalb also weinte sie?

Sie hörte ihn nicht. Als er seine Hände auf ihre Schultern legte, hüpfte sie wie ein erschrecktes Kaninchen, und ihre Tasche knallte auf den Boden.

«War wohl doch ganz schön», murmelte er und sein Mund kitzelte an ihrem Ohr, «nicht wahr, Em?»

«Schwein!» Sie bebte vor Zorn.

«Hallo, jemand da? Hier Taxi!»

Gott sei Dank. Gerade noch rechtzeitig, die rettenden Kohorten. «Ja, hier! ... *Schwein!*»

Jay ließ sie unvermittelt los und stürzte auf den arglosen älteren Mann zu, der mitten im Flur stand.

«*Verschwinden Sie!*», brüllte er.

«Heiliger Bimbam!» Der Taxifahrer ging rückwärts zur Wohnungstür, dann drehte er sich um und floh. Seine Füße verhedderten sich im Vorbeilaufen in dem Stapel mit Emmas Sachen, dann hüpfte und rutschte er, ihr Nachthemd um den linken Fuß gewickelt, die Treppe hinunter und schleppte beim Hinausgehen Spitzen- und Baumwollfetzen hinter sich her. Emma wurde plötzlich von hilflosen, ungebührlichen Lachstürmen erfasst.

«Und jetzt», grollte Jay drohend, mit einem für seine Verhältnisse wilden Gesichtsausdruck. «Wo waren wir stehen geblieben?»

16

Er wollte sie nicht anrühren. Er wollte reden. Erst als die Unterhaltung zu nichts führte, gab er Emmas zunehmend verzweifelten Annäherungsversuchen nach und ging mit ihr ins Bett. Dann machte er Tee, und sie tranken ihn, die Laken unter die Arme geklemmt, falls es tropfen sollte. Sie hatten sich gerade gestritten, und Emma war immer noch zornig und aufgewühlt und ziemlich durcheinander.

«Du musst den ersten Schritt tun», hatte Jay stur gefordert.

«Warum ich?»

«Weil ich den nicht tue. Und wenn keiner von uns ihn tut, ist es aus.»

«Sag mal», meinte sie bitter. «Hast du eigentlich überhaupt keine Schwächen?» Er starrte sie an, bis sie das Gefühl hatte, er würde ihr geradewegs in den Kopf kriechen, und sagte dann: «Doch. Eine», und Emma wusste ohne die Spur eines Zweifels, dass er sie meinte.

Nun schluckte sie ihren Tee, zuckte zusammen, als ihr die kochend heiße Flüssigkeit die Kehle hinunterlief, lehnte sich in die Kissen zurück und sagte vorwurfsvoll: «Was willst du eigentlich von mir?»

«Ich will, dass du dich festlegst, dich darauf einlässt. Ich will, dass du mich heiratest.»

«Nein.»

«Warum nicht?»

«Das habe ich dir doch schon erklärt. Ich liebe dich nicht, ich liebe …»

Er legte ihr die Hand auf den Mund, und sie schüttete ihren Tee über die Laken. «Das macht nichts.» Er ignorierte, dass die heiße Flüssigkeit durch die Baumwolle auf ihre nackte Haut sickerte. «Das wechsle ich gleich.» Dann nahm er die vorherige Unterhaltung wieder auf, indem er fortfuhr: «Gut, dann verlass mich.»

«Ich …» Das bringe ich nicht fertig, dachte sie voller Panik. Ich habe es doch gerade versucht und nicht geschafft.

«Also?»

«Also was? Ich weiß es nicht. Warum hast du auf meiner Seite des Bettes geschlafen?»

«Spielt das eine Rolle?»

«Nein – ja – ich weiß nicht.» Sie putzte an sich herum und faltete an ihrem Laken herum, um eine trockene Stelle zu finden. «Warum hast du auf meiner Seite …?»

Er stellte seinen Tee hin, beugte sich zu ihr, nahm ihr den Becher weg und stieß sie heftig ins Kissen. «Weil es nach dir roch.» Seine Stimme, sein Gesicht waren heiß und zornig. «Also, bleibst du jetzt, oder gehst du?»

Sie murmelte, wollte sich nicht in die Karten schauen lassen, doch er war unerbittlich. «Lauter.»

«Jmm.»

«Deutlicher. Ich versteh dich nicht.»

«Ach, zum Teufel! Ja!», rief sie.

«Was denn, bleibst du, oder gehst du?»

«Ja, ich bleibe.» Ach, Ricky, warum bist du nicht da? Du könntest mich vor dem hier bewahren, vor Jay.

«Gut.» Er stand unvermittelt auf, lief durchs Zimmer dorthin, wo sie ihre Tasche hatte fallen lassen, und schleuderte sie vom Boden aus aufs Bett. Seine Haut glänzte immer noch vom Schweiß des stürmischen Liebesaktes und vom verschütteten Tee. Emma hätte ihn am liebsten mit den Fingern trocken gestreichelt, ihren Namen auf seine feuchte Schulter gekritzelt oder «Kilroy war hier» und eins von diesen albernen Gesichtern, die über eine Mauer gucken. Überreizt, wie sie war, bekam sie bei der Vorstellung fast einen hysterischen Anfall.

«Wo ist dein Schlüssel?» Er wühlte in der Tasche und warf dann Scheckbücher, Taschentücher, Füller und Bleistifte auf die Bettdecke. Ganz unten fand er den Schlüssel, neben Ricks Brosche.

Er nahm sie heraus und starrte sie an. Emma hatte sie seit einer Woche, seit einem Monat nicht mehr angesehen, und als sie sie auf Jays Handfläche erblickte, war sie sofort ernüchtert. Sie beobachtete sein Gesicht, während er das winzige Herz mit dem Pfeil und den Initialen R und E musterte, und dachte, dass sie diesen leeren Gesichtsausdruck mühelos hassen könnte.

Wortlos legte er die Brosche zurück in die Tasche, nahm ihren Schlüssel, räumte alles andere weg, sammelte seine Kleidungsstücke vom Boden auf und ging aus dem Zimmer, ohne sie auch nur anzusehen.

Sie hörte ihn umherlaufen, dann das Öffnen und Schließen der Wohnungstür und die Stille der leeren Wohnung. Sie streckte die Hand aus, tastete nach der Brosche und umschloss sie in der Tasche mit den Fingern. Dann legte sie sich hin und schloss die Augen. «Ich liebe ihn nicht», verteidigte sie sich, «ich liebe ihn überhaupt nicht, ich liebe dich. Aber du bist nicht *da*.»

Sie schlief fast eine Stunde lang tief und fest, rückte auf Jays Seite hinüber, wo es nicht so feucht war, und atmete seinen

Geruch ein, wie er vorher den ihren. Erst als sie aufwachte, fiel ihr Miss T. mit dem Pünktlichkeitstick wieder ein, die Leiterin der Abteilung für Modedesign, die sie um Punkt vier Uhr zu sprechen wünschte. Und draußen war es dunkel.

Sie geriet in Panik und fand ihre Uhr nicht, die auf dem Boden neben dem Bett lag, sodass sie nur ziellos durch die Wohnung rannte, bevor sie sich zusammennahm und die Zeitansage anrief.

«Beim dritten Ton», sagte die Frauenstimme, «ist es fünf Uhr zwanzig und dreißig Sekunden.»

Sie wechselte die feuchten Bettlaken und ließ sich dann in einem langen, heißen Bad durchweichen.

Jay blieb drei Stunden weg. Als er zurückkehrte, war er mit ihren Habseligkeiten bepackt und roch stark nach Whisky. Emma hatte ihn noch nie Whisky trinken sehen.

In einem seiner großen Koffer hatte er ihre gesamte Kleidung und in einem kleineren ihre Handtücher, Kulturtasche, Bücher und Skizzenblöcke. Ihre Mappe war mit so vielen Arbeiten voll gepackt, wie er hatte finden können, und außerdem hatte er ihre Staffelei, ihre farbigen Tuschen und all ihre Bleistifte mitgebracht.

«Alles in Ordnung, Emmchen», sagte er, als er zum dritten Mal an ihrem verblüfften Gesicht vorbeikam. «Ich hab noch genug dagelassen, dass du notfalls auch wieder weglaufen kannst.»

Zum ersten Mal an diesem Tag lächelte sie ihn an, verspürte eine Aufwallung von … von was? Zuneigung? Von Lust bestimmt nicht, dazu war sie zu müde. Vielleicht von Erleichterung darüber, dass sie zu einer Entscheidung gekommen war, wenigstens für den Augenblick. Was auch immer, jedenfalls nicht von Liebe. Sie kannte den Unterschied, selbst wenn Jay ihn nicht kannte.

Er führte sie zum Abendessen aus und lehnte sich zurück, um zuzusehen, wie sie ihr großes Curry in Angriff nah. «Warum bist du zu mir zurückgekommen?», fragte er.

«Ich war im College.» Sie legte die Gabel hin und senkte den Kopf. «Ich habe die ganze Nacht wach gelegen und an …»

«Ja?»

«An …»

«Was denn?»

«Uns gedacht. Hör auf zu grinsen, verdammt, an dich.» Und an Ricky, der nicht da ist.

«Und?» Doch da fiel ihm die Brosche ein, und weil seine übliche Selbstbeherrschung vom Alkohol geschwächt war, erlosch sein Lächeln.

«Und dann fuhr ich zum College, und Alis Kleid hing auf der Puppe, und ich war müde, und Mrs. Hills schickte mich runter, um, na ja, es war ihr unangenehm, weil ich – deshalb schickte sie mich runter, um ein paar … Wasser, ich brauche Wasser, das Curry ist scharf.» Sie leerte ein Glas Wasser, griff wieder nach ihrer Gabel, nahm einen Happen und legte sie wieder hin. «Ich musste in den Keller, um ein paar Fotos abzuholen, und Eddie – ich – Eddie bat mich zu warten, aber ich – deshalb nahm ich die Bilder mit nach oben und auf einem war – Und ich sollte eigentlich um vier zu Miss T., und stattdessen bin ich nach Hause gefahren, und jetzt habe ich den Termin verpasst, und sie ist bestimmt wütend.» Sie hob den Kopf und starrte gespannt in Jays Gesicht, in dem sich eine zärtliche Heiterkeit abzeichnete.

«Du hast ‹nach Hause› gesagt.»

«Was?»

Er wiederholte sich geduldig. «Du hast gesagt: ‹Ich bin nach Hause gefahren.›»

«Ach ja?» Emma sah verblüfft aus.

«Warum hast du mir das nicht erzählt?»

«Was erzählt?»

«Dass du zum College wolltest.»

«Du hast mir keine Gelegenheit dazu gegeben.»

«Nein.» Er senkte schuldbewusst den Kopf. «Das habe ich wohl nicht. Tut mir Leid.»

«Dir? Leid?» Soweit Emma sich erinnerte, hatte sie in der ganzen Zeit, die sie Jay Hammond kannte, noch nie gehört, dass er sich bei jemandem entschuldigt hätte. «Könnte ich das bitte schriftlich haben?», fragte sie bemüht scherzhaft.

Er lachte, kramte in seiner Tasche nach einem Stift, griff dann nach einer unbenutzten Serviette und strich sie mit langen Fingern glatt. «Willst du diktieren? Nein? Gut, dann schreibe ich, was mir einfällt.»

Misstrauisch sah sie zu, wie er zu schreiben begann, und je länger er schrieb, desto unbehaglicher wurde ihr. Als er fertig war, schob er ihr die Serviette über den Tisch zu. *Emma*, hieß es da, *ich entschuldige mich für meine Sturheit, meine Unfähigkeit zu Kompromissen. Eigentlich will ich gar nicht rücksichtslos und diktatorisch sein. Zu meiner Verteidigung kann ich nur vorbringen, dass ich dich liebe. Deshalb kann ich nicht klar denken.* Unterzeichnet war es mit seiner großen, schwungvoll hingeworfenen Unterschrift. *Jay.*

Du kennst deine Fehler ganz gut, dachte sie, während sie den Liebesbrief sprachlos anstarrte, und du weißt, wie du mich herumkriegst, wie du Löcher in meine Verteidigung schlägst. Bin ich deshalb hier?

«Na?»

«Na was?»

«Reicht das?»

«Ich wollte nur eine Entschuldigung, keine Liebeserklärung.»

«Eins bringt eben das andere mit sich. Du bist die erste Frau, bei der ich mich je entschuldigt habe.»

Sie hob den Kopf, setzte zum Sprechen an, überlegte es sich aber anders und klappte den Mund wieder zu. Bei Ricky war sie nie im Zweifel gewesen. Sie hatte vom ersten Augenblick an gewusst, dass sie ihn liebte. Bei Jay hatte der Sex dominiert, das Wasser getrübt. Das war unübersehbar, aber sie wollte nicht darauf verzichten, selbst wenn das bedeutete, dass sie nachgeben musste. Ziemlich bedenklich, dachte sie, als sie sich noch einen Brotfladen nahm, vielleicht bin ich ja eine Schwanzfetischistin.

«Na, willst du nun richtig einziehen?»

«Ich glaube, ich schaff's nicht.»

«Was ist da zu schaffen? Du bist doch schon dabei, wenn du nur nicht immer wieder einen Rückzieher machen würdest.»

«Das College.»

«Was?»

«Ich rede vom College. Ich glaube nicht, dass ich es schaffe.»

«Oh», sagte er überrascht und bemühte sich, sich zusammenzunehmen, sich nach den drei Whiskys, die er in sich hineingeschüttet hatte, auf die Schlenker in der Unterhaltung zu konzentrieren. «War es so schlimm? Und wenn du eine Weile nur halbtags hingehen würdest?»

«Und was ist, wenn du mich satt hast?»

«Wenn ich was?»

«Wenn der Reiz des Neuen weg ist. Was passiert dann? Setzt du mich dann auf die Straße, lässt mich mit meinen kümmerlichen Habseligkeiten auf dem Bürgersteig hocken und nimmst dir eine andere?»

«Nein, natürlich nicht. Warum sollte ich dich satt haben?» Er verlor den Faden. Er hätte nicht beim Pub anhalten sollen, nicht diese Whiskys trinken sollen. Die Entdeckung der Brosche hatte ihm den Rest gegeben. Offenbar geriet hier etwas außer Kontrolle.

«Sie war überall, weißt du, überall, wo ich hinkam. Es war schrecklich. Sie wirkte immer so viel … lebendiger als alle anderen, sie war so vital. Deshalb dachte ich, du hättest sie gern. Weißt du, als ich zur Bewerbung kam, ist sie mir als Einzige aufgefallen.» Emma nahm ihre Gabel und stocherte wieder in ihrem Curry. Jay fuhr sich zerstreut mit den Fingern durchs Haar. Wie lange trug sie das Ding schon in ihrer Tasche herum? Wie konnte er da mithalten?

«Du willst also …»

«Hast du sie gemocht? Zu Anfang, meine ich?»

«Nein, das habe ich dir doch schon erklärt, ich habe nur dich …»

«Aber wenn ich nicht wieder hingehe, muss ich mir Arbeit suchen. Ich muss doch irgendwie meine Miete bezahlen. Meinst du, mit Illustrationsaufträgen könnte ich genug verdienen? Ich meine, im Augenblick läuft es zwar ganz gut, aber zum Leben dürfte es nicht reichen.»

«Du musst auch nicht genug verdienen, um davon zu leben. Wenn du bei mir …»

«Ich habe nur das Gefühl, dass ich nicht mehr da hingehöre, irgendwie habe ich nichts mehr mit ihnen gemeinsam.»

«Also, wenn du mit Bill redest …»

«Du hast meine Frage nicht beantwortet! Was passiert dann? Was passiert, wenn du mich satt hast?»

«Emma …»

«Ja?»

Jay rieb sich die Augen. «Können wir bitte nach Hause?»

«Oh», sagte Emma. «Ja, natürlich, wenn du willst … Jay?»

«Hmmm?»

«Geht es dir gut? Du siehst ein bisschen merkwürdig aus.»

Sie rief am nächsten Morgen an, ließ sich um elf einen Termin bei Miss T. geben und setzte sich dann hin, während Jay in der Küche herumlief und das Frühstück machte. Im Vorbeigehen zog er leicht an ihrem Zopf. Emma hob den Kopf und lächelte ihn an. Das machst du immer, dachte sie, und ich mag es. Es ist ein Morgenritual, eine gemeinsame Gewohnheit. Du ziehst, ich lächele, wir haben etwas gemeinsam.

Er beugte sich über ihre Schulter und stellte den Kaffee neben ihren Teller. Außerdem stellst du den Kaffee immer auf die falsche Seite, mit dem Henkel nach links, weil du deinen mit der linken Hand trinkst, obwohl du Rechtshänder bist. Es ist eine ausgesprochen liebenswerte Angewohnheit, und mir gefällt das.

Er setzte sich ihr gegenüber hin und aß seinen Toast, während er gleichzeitig einen Brief las, vor Ärger die Stirn runzelte und ihn dann durchriss. Sie musterte sein Gesicht mit dem dunklen Haar, das eigentlich geschnitten werden musste und ihm tief über die Stirn fiel, und das sie ihm gern zurückgestrichen hätte, damit er besser sehen konnte. Er blickte auf und lächelte, das Stirnrunzeln verschwand, woraufhin sie zurücklächelte und sich fragte: Wirst du etwa zu einer lieben Gewohnheit, Jay Hammond? Falls ja, wäre das schon komisch, denn das Wort «lieb» drängt sich bei dir nicht gerade auf.

Das Gespräch war kurz, offen und unmissverständlich. «Fehlzeiten, sinkende Leistung, mangelnde Mitarbeit, Unzuverlässigkeit. Sehr enttäuschend. Haben Sie etwas dazu zu sagen?»

«Äh …»

«Könnten Sie sich nicht ein bisschen zusammenreißen?»

«Ich …»

Miss T. war klein, rund und stabil, wie eins von diesen Spielzeugen, die sich immer wieder lächelnd aufrichten, auch wenn man sie noch so heftig umstößt. Sie war unglaublich tüchtig, leitete den Fachbereich Mode an einer der renommiertesten Kunstschulen des Landes, arbeitete außerdem freiberuflich für einen bekannten Anzughersteller, lehrte und reiste als Gastdozentin im ganzen Land herum. Emma fragte sich, wo sie die Zeit zum Dickwerden hernahm.

«Ich kann nicht, Miss T. Etwas dazu sagen, meine ich.»

«Schade. Bis auf eine Phase in Ihrem ersten Jahr haben Sie es doch offenbar bis vor kurzem ganz gut gemacht. Probleme mit Ihrem Freund?»

«Nein.» Nein und ja. «Es ist Alison Brown, Miss T., das hat mich … ein bisschen durcheinander gebracht.» Was für eine lächerliche Untertreibung.

«Alison Brown? Aha. Sie waren also befreundet?»

«Ja.» Ich höre mich bestimmt melodramatisch an, dachte Emma. Schließlich ist Alison ja nur ein kleiner Punkt in der Statistik. Achtzig Prozent Abgänger mit Examen, fünfzehn Prozent Versager, vier Prozent Abbrecher, ein Prozent Todesfälle.

«Es war nämlich meine Schuld.» Warum erzähle ich Ihnen das? Es kümmert Sie doch gar nicht, warum auch? «Ich hätte mittags wiederkommen sollen, aber das habe ich nicht gemacht. Und als der arme Bill sie gefunden hat, war es zu spät.» Der arme Bill.

«Soso.» Miss T. blätterte in Papieren, runzelte die Stirn, holte eine Lesebrille hervor und sah, ohne sie aufzusetzen, hindurch. «Appleyard. William Appleyard. Hat offenbar auch Probleme. Aha, die gleiche Adresse … Sind Sie beide …?»

«Nein, Miss T., er wohnt im Untergeschoss. Außerdem bin ich umgezogen.» Bill und ich? Wenn du wüsstest. «Ich habe ihn seit der gerichtlichen Untersuchung nicht mehr gesehen.» Ich habe ihn gemieden, so wie er mich gemieden hat. Ich habe ihn da hineingezogen, und er fühlt sich jetzt verantwortlich, genau wie ich. Würden Leute Selbstmord begehen, wenn sie sich in die Lage anderer versetzen könnten, wenn sie wüssten, wie man sich fühlt, wenn man zurückbleibt und mit dem ständigen «Hätte ich doch» im Unterbewusstsein leben muss? Typisch Alisons Selbstsucht. Sie hat sich nie einen Deut um die Gefühle anderer Leute gekümmert. Emma schloss kurz die Augen. Wie schrecklich, der verstorbenen besten Freundin so etwas vorzuwerfen.

«Ich habe gesagt, was sollen wir nun mit Ihnen anstellen?»

«Ich weiß es nicht, Miss T.»

Miss T. blätterte wieder in Papieren, setzte ihre Lesebrille auf, sah Emma über die Gläser hinweg an und presste die Lippen zusammen. «Sie haben drei Wochen Zeit», sagte sie schließlich, «bis zum Ende des Semesters. Wenn Sie mir in dieser Zeit beweisen, dass Sie sich zusammenreißen können, werde ich Ihnen den Platz frei halten. Sonst bin ich gezwungen, Konsequenzen zu ziehen.»

Emma ging direkt nach Hause. Jay war nicht da. *Komme spät*, hieß es auf dem Zettel, und sie vermisste ihn. Da sie Trost brauchte, vertilgte sie das Chili, das sie in der Pfanne auf dem Ofen entdeckte, aß ein Schinken-Tomaten-Sandwich, räumte dann ihr Zeichenmaterial in das leere Zimmer und setzte sich an die Arbeit. Morgen fange ich richtig wieder an, redete sie sich ein, ein Tag mehr oder weniger spielt doch keine Rolle.

Ihr war unangenehm klar, dass er eine große Rolle spielen könnte.

Am nächsten Morgen stand sie früh auf und ließ Jay dösen, während sie an ihre Arbeit ging. Es war anfangs schwierig, sich zu konzentrieren – als sie das Zimmer verließ, hatte sie sich dummerweise nach ihm umgesehen. Sie schaute ihm gern beim Schlafen zu, mit fürsorglichen, fast mütterlichen Gefühlen, denn er wirkte dann jünger, sanfter, verletzlicher. Statt zu arbeiten, starrte sie immer wieder in die Luft und dachte an ihn.

Bis halb neun hatte sie insgesamt eine Stunde gearbeitet und eine Stunde vertrödelt. Sie kochte Tee und nahm die Becher mit ins Schlafzimmer, um ihn zu wecken.

Er war schon wach, saß in die Kissen gelehnt und wartete auf sie. Er war noch zerknautscht vom Schlaf und lächelte unwillkürlich, als sie durch die Tür trat, ein seltenes, schönes Lächeln, das sein falkenhaftes Gesicht verwandelte und Emmas Knie weich werden ließ. Sein Schutzschild war immer noch deaktiviert.

Am liebsten hätte sie sich ausgezogen und wäre wieder zu ihm ins Bett gekrochen, aber er hielt sie auf Armeslänge von sich fern. «Es wird Zeit, dass ich wieder meine Brötchen verdiene», sagte er, während er ihren Nacken umfasste, sie zu sich herunterzog, um sie zu küssen, und im Bad verschwand.

Sie fuhren zusammen in die Stadt – wie ein altes Ehepaar, dachte Emma bestürzt –, und Jay ließ sie am Anfang der Oxford Street aussteigen. «Kommst du zurecht?», fragte er, als er ihr blasses, angespanntes Gesicht sah.

«Ja. Ich komme schon zurecht.» Glaube ich. Aber wenn du nur mitkommen und Händchen halten würdest. Ich wollte, ich wäre nicht so von dir abhängig. Sie wandte sich um und lächelte ihm zu. Wenn du doch nur Ricky wärst. Ich wünschte, ich wäre nicht so durcheinander.

Er beugte sich zu ihr und küsste sie, dann setzte er sie samt ihrer Mappe auf die Straße. Sie stand auf dem Bürgersteig und sah hinter seinem Wagen her, der im Verkehr verschwand. Dann drehte sie sich widerwillig um, stieg die Treppen hinauf und bemühte sich, die aufsteigende Panik zu ignorieren.

Es war immer noch da, Alisons Kleid, es hing immer noch auf der Puppe am Fenster. Emma blieb einen Augenblick stehen und starrte es an, dann strebte sie weiter, nirgendwohin, nur weg von diesem Raum. Sie gelangte in den dritten Stock, wo sie mit leerem Blick das schwarze Brett ansah. Am Freitag war Mensafete.

«Das Leben geht weiter.»

«Hallo, George. Wie geht's?»

«Danke, prima.» Im Unterschied zu dir. Du siehst ja schrecklich aus, so dünn. «Habe ich dir schon erzählt, dass Jilly und ich im Oktober heiraten? Du bist eingeladen.» George stockte, spürte, dass er etwas sagen, zumindest Alisons Namen erwähnen sollte. «Wird aber nicht dasselbe sein ohne Ali.» Danach trat er unbehaglich von einem Bein aufs andere, denn er wusste nicht, was er noch sagen sollte.

«Wie geht's Bill und Adrian?», fragte Emma hilfsbereit.

George wurde rot. «Bill ist schon wieder weg. Hat sich krankschreiben lassen und nimmt was gegen ich weiß nicht was.» Er lachte, ein wenig zu laut, ein wenig zu herzlich. «Muss ziemlich schlecht dran sein, er ist für den Rest des Semesters heim zu Muttern gefahren.»

Merkwürdigerweise fand Emma es tröstlich, dass Bill die Dinge noch schlechter in den Griff bekam als sie. «Und Adrian ...?»

«Hat eine Freundin.» George drückte an einem Pickel an seinem Kinn herum. «Von der Central School, glaube ich. Hübsches Mädchen.» Er warf einen Blick auf Emma, um zu sehen, wie sie es aufnahm, dann schaute er wieder weg. «Fragt aber immer noch nach dir», versuchte er den Schlag abzumildern.

«Das stört mich nicht, George. Eigentlich bin ich sogar erleichtert. Wenn er eine Freundin hat, brauche ich mich ihm gegenüber nicht mehr schuldig zu fühlen. Wir haben nämlich im Januar Schluss gemacht.»

«Und was treibst du jetzt?» George war froh, dass er es durch ein potenzielles Minenfeld geschafft hatte, ohne in Stücke gerissen zu werden. «Hast du einen Freund?»

«Hmm. Ich lebe mit jemandem zusammen.» Zum ersten Mal akzeptierte sie, dass es sich nicht nur um ein vorübergehendes Arrangement handelte. Das Geständnis flößte ihr Schuldgefühle ein, als würde sie Ricky betrügen.

«Du? Die eiserne Jungfrau?» George war beeindruckt. «Mensch, du bist aber weit gekommen. Kenne ich ihn?»

«Doch ... Ja. Hat Bill dir nichts erzählt? Es ist Jay.»

«Jay? Was, Jay Hammond?» George starrte sie mit offenem Mund an. «*Nein!* Zum Teufel – ich meine, du meine Güte – das ist ja, weißt du auch, was du da tust, Em?»

«Möglicherweise nicht.» Emma musterte Georges rotes Gesicht. Er hatte sich vor kurzem die Haare schneiden lassen, begann, Gewicht anzusetzen und erwachsen, ja respektabel auszusehen. Ich kenne dich jetzt seit mehr als zwei Jahren, dachte sie, wir hatten dieselbe Adresse, kannten dieselben Witze, hatten dieselben Freunde, und jetzt stehst du hier, hüpfst von einem Fuß auf den anderen und würdest alles geben, um von mir wegzukommen. Als hätte ich die Beulenpest. Ich rieche nach Tod, ich bin ansteckend. Oder bilde ich mir das alles nur ein?

«Da wir gerade von Freunden reden …» George, bemüht, sich nicht anmerken zu lassen, dass er sich am liebsten davongemacht hätte, stockte, überlegte, ob er es erwähnen sollte oder nicht, dann zuckte er mit den Schultern, dachte: Was soll's, und fuhr fort. «Neulich hab ich diesen anderen Typ von dir getroffen.»

«Welchen anderen Typ?»

George platzte heraus: «Den Bruder von Ali, Ricky, weißt du noch?»

Weißt du noch? Oh Gott, wie könnte ich den je vergessen? Wie kannst du nur fragen? Emma spielte mit dem Gedanken umzufallen und wies ihn dann zugunsten stummen Erbleichens zurück.

«Mum ist auf dem Markt zu Hause in Norfolk über ihn gestolpert, wusste nicht, wer das war, dachte nur, er käme ihr irgendwie bekannt vor. Sie hatte Ali nur ein einziges Mal getroffen, an dem Tag, an dem wir alle eingezogen waren, aber sie hatte sich ihr eingeprägt, sagte sie. Na ja, sie fiel ja auch wirklich auf, stimmt's? Er verkaufte Schmuck an einem Stand, hübsche Sachen, meinte Mum, aus Silber, sehr fein. Und er nahm auch Aufträge für Gemälde an. Er malt Häuser. Mum hatte so was noch nie gesehen, unglaublich detailliert, sagte sie, wie Hilliard, nur Häuser statt Menschen. Jedenfalls gab sie ihm den Auftrag, eins von unseren zu malen, und er tauchte kurz vor Weihnachten auf, als ich zu Hause war. Erstaunlicherweise stottert er fast überhaupt nicht mehr. Weißt du noch, dass man ihn kaum verstehen konnte? Absolut erstaunlich, der Unterschied, Rick redete vollkommen verständlich, und ihm gefiel das alte Haus, sagte, so eins würde er sich kaufen, wenn er es mal geschafft hätte. Aber weißt du, Em», George blies sich empört auf, «er bezeichnete mich als Trottel, als ich ihn fragte, ob er sich noch an dich erinnere.»

«Wo ist er?»

«Wer?»

«Ricky.» Emma schluckte heftig und bemühte sich, lässig zu klingen. «Wo ist er?»

«Keine Ahnung, tut mir Leid, hat er nicht gesagt, ist einfach verschwunden, als er fertig war ...»

Emma schluckte, widerstand der Versuchung, George zu schlagen, ganz fest, auf die Nase, öffnete den Mund, um die tausend Fragen zu stellen, die ihr durch den Kopf schwirrten, entdeckte dann aber, dass ihr die Zunge am Gaumen klebte, drehte ihm abrupt den Rücken zu und marschierte auf Beinen davon, die sich wie aufgeribbeltes Strickzeug anfühlten.

Was zum Teufel habe ich denn jetzt gesagt? fragte sich George und sah empört hinter ihrem verschwindenden Zopf her. Warum ist sie so wütend, ich habe doch nur über Alisons Bruder gesprochen? Schließlich waren sie doch gar nicht lange zusammen. Ihm fiel ein, dass Rick Brown eventuell noch gar nicht wusste, dass seine Schwester tot war. Rick hatte ja angeblich keinen Kontakt mehr zu seiner Familie. Warum, fragte sich George auf dem Weg nach unten zum Typographiekurs, müssen eigentlich alle so verdammt empfindlich sein?

Den Rest des Vormittags über versteckte sich Emma, stand wieder da, wo sie vor Monaten angefangen hatte, im leeren Aufenthaltsraum am Fenster, sah auf den Verkehr auf der Charing Cross Road zwei Stockwerke unter ihr und kochte vor ohnmächtiger Wut darüber, dass Rick lebte und nicht bei ihr war. Um zwölf ging sie zum Essen, und weil sie die Mensa nicht ertrug, allerdings auch den Italiener scheute, kaufte sie sich ein Sandwich, das sie untypischerweise nicht essen mochte, und begab sich dann widerstrebend wieder zum College, nur um auf dem Bürgersteig herumzulungern und gegen die Tränenflut anzukämpfen, die sie zu überwältigen drohte.

Sie hätte ihn eigentlich erwarten müssen, immerhin hatte er es sich fast schon zur Gewohnheit gemacht, sie zu retten, aber sie zuckte wieder zusammen, als Jay neben ihr auftauchte. Sie warf sich in seine tröstenden Arme und klammerte sich an ihn, ungeachtet der merkwürdigen Blicke, die ihnen die Studenten zuwarfen, die auf dem Weg zurück vom Essen an ihnen vorbeiströmten, bis Zorn und Kummer sich legten. Als er sie zu seinem Wagen führte und auf den Sitz packte, empfand sie überwältigende Dankbarkeit: dass er da war, dass er sie liebte, dass er nicht fortgelaufen war wie Rick. Sie kam sich erneut ungeheuer betrogen vor, nicht durch Alisons Tod, sondern durch Ricks offensichtliches, unverschämtes und herzloses Wohlbefinden. Wie konnte er es *wagen*, weiterzuleben, ja, Erfolg zu haben, ohne sie?

Jay, der davon keine Ahnung hatte, fuhr mit ihr nach Hause, führte sie zum Sofa und setzte sich ihr gegenüber.

«Also, was ist jetzt?»

«Ich weiß es nicht.» Emma starrte auf den Teppich unter ihren Füßen, Blau-, Schwarz- und Ockertöne, tiefes Rubinrot, und ließ ihn in dem Glauben, sie würde nur um Alison trauern. «Ich schaffe es offenbar nicht. Theoretisch ist alles in Ordnung, aber sobald ich im College bin, bricht alles zusammen. Heute Morgen habe ich George getroffen. Weißt du, dass ihm allein meine Anwesenheit schon unangenehm war? Ich komme mir vor wie eine Leprakranke auf einem Gartenfest. Ich bringe alle in Verlegenheit, sie wissen nicht, wie sie mit mir reden sollen.» Das war eine ziemlich genaue Beschreibung ihrer Isolation. Aber Ricky, ach, Ricky, wo bist du? Wie konntest du mir das antun?

«Dann ruf doch Bill an. Ihr könntet zusammen hingehen. Euch gegenseitig unterstützen ...»

«Bill ist immer noch krankgeschrieben. Ihm geht es noch schlechter als mir – laut George muss er Tabletten schlucken und ist wieder zu Hause bei seiner Mutter.» Sie lachte gezwungen. «Wenn ich einen Nervenzusammenbruch bekäme, wäre meine Mutter die Letzte, zu der ich ginge.»

Jay sah sie ausdruckslos an. «Ich auch», sagte er, woraufhin Emma ihn überrascht anstarrte. Er hatte noch nie erwähnt, dass er überhaupt eine Mutter hatte, geschweige denn, dass sie noch lebte. Als er ihr Interesse bemerkte, ging er schnell wieder zu ihrer Unterhaltung über. «Du solltest hier bleiben, damit ich dich wieder zusammenflicken kann. Mein Humpty Dumpty. Das nächste Problem: Wenn du nicht mehr zum College willst, was willst du dann machen?»

«Ich weiß nicht. Von meinen Aufträgen kann ich weder leben noch meine Wohnung bezahlen ...» Du liebe Güte, wie konnte ich nur so etwas Blödes sagen, denn du wärst ja nur allzu erfreut, wenn ich die aufgäbe und endgültig einzöge, eine Bindung einginge, zu der ich nicht bereit bin.

«Ich kann für uns beide aufkommen», sagte Jay schlicht, als hätte er ihre Gedanken gelesen. «Du kannst so viel oder so wenig arbeiten, wie es dir beliebt, oder auch gar nicht, wenn du willst.» Er grinste, bemüht, die zunehmend düstere Atmosphäre aufzuhellen. «Du könntest in deiner Freizeit sogar kochen lernen – und den Namen Hammond annehmen.»

Sie überhörte die Stichelei, denn ihre Kochkünste waren ein Witz, und der andere Vorschlag war ein gefährlicher Köder. «Ich muss mir Arbeit suchen, aber ich weiß nicht, ob ich das ohne Abschluss kann.»

«Natürlich kannst du das.» Kommentarlos akzeptierte Jay ihr Ausweichmanöver. «Wir stellen eine Mappe zusammen, und ich werde mit dir ein paar Agenturen besuchen.

Außerdem könnten wir noch Stoffmuster verkaufen. Ich habe mittlerweile überall gute Kontakte – eventuell kann ich sogar einen Käufer für dich finden, ohne dass vorher ein Probedruck gemacht werden muss.»

Von allen Orten, die Emma keinesfalls aufsuchen wollte, hatte das Fotostudio im Keller den Spitzenplatz auf ihrer Liste.

«Ich mach das schon», sagte Jay. Er lümmelte sich auf dem Sofa und trocknete ihr das Haar, während sie zwischen seine Knie gelehnt auf dem Boden saß. «Wenn du Miss T. deinen Brief bringst, gehe ich zu Eddie.»

Die Erleichterung war Schwindel erregend wundervoll, als hätte man sie unerwartet von einer Gefängnisstrafe freigesprochen und aus dem Dunkel in den Sonnenschein entlassen.

Ihr Gewissen meldete sich. «Ich muss nach Hause. Ich muss Ma das persönlich erklären. Sie kriegt bestimmt tausend Anfälle, wenn ich ihr das erzähle.»

«Soll ich mitkommen?»

«Nein!», sagte sie heftig. «Du würdest alles nur noch komplizierter machen.» Ma würde dich zum künftigen Schwiegersohn ernennen. Du würdest deinen unbezweifelbaren Charme einsetzen und großartig mit ihr klarkommen, und ich zapple dann hilflos zwischen euch und muss meine Freiheit gegen euch beide verteidigen. «Das kann ich besser allein. Ich fahre nächstes Wochenende ... vielleicht.»

«Em ...» Jay rutschte hinter ihr auf den Boden, die langen, schlaksigen Beine zu beiden Seiten neben ihr ausgestreckt.

«Hmm?»

Er ließ den Kopf auf ihre Schulter sinken. «Lass mich nicht zu lange allein.»

Er fuhr sie am Freitagmorgen in die Stadt, ihre Hand umklammerte den Brief mit ihrer Abmeldung (Rückzugs-, Verzichts-, Bankrotterklärung?), und sie trennten sich an der Treppe, Emma, um zu dem hinaufzugehen, was ein unerfreuliches Gespräch mit Miss T. zu werden versprach, Jay, um zu Eddie im Souterrain hinunterzugehen und die Fotos abzuholen.

Sie musste warten, denn eine andere arme Seele erhielt gerade ihre Standpauke, und das dauerte so lange, dass Jay, ein dickes, braunes Paket in der Hand, sie noch erwischte. Er strahlte, ja, er triumphierte sogar.

Sie drehte den Umschlag in der Hand, zögerte ihn zu öffnen, falls er unwiderlegbare Beweise dafür enthalten sollte, dass ihre Begabung nicht zum Überleben ausreichte, und fragte vorsichtig: «Na?»

«Na ... Eddie meint, deine Sachen sähen toll aus.»

Emma sah ihn skeptisch an. «Und?»

«Und was? Ich habe Eddies Befund nichts hinzuzufügen. Zeig sie ihr. Bemüh dich um ihre Sympathie. Sie hat Kontakte im Klamottengewerbe, ich nicht.»

«Sie können jetzt hineingehen», sagte die Sekretärin, die mit einem blassen Jungen aus einem der Anfangssemester aus dem Büro auftauchte.

«Aber ich sollte dich warnen», Jay stand mit ihr auf, «es sind ein paar mit Ali dabei.» Er berührte ihre Wange. «Viel Glück!»

Das Gespräch begann zäh. Miss T. las stumm Emmas Entschuldigungsbrief und sah sie dann ausdruckslos über ihre Lesebrille hinweg an. «Schade», sagte sie brüsk. «Ich dachte, Sie könnten sich mittlerweile ein bisschen zusammennehmen. Und was haben Sie jetzt vor?»

«Äh, also, hmm ...»

«Kommen Sie, meine Liebe, etwas genauer sollten Sie

sich schon ausdrücken. Wir haben nämlich eine Zeit lang große Hoffnungen in Sie gesetzt. Man hat mir gesagt ...», sie blätterte in Papieren und überflog Emmas Akte, «Sie hätten schon einige Illustrationsaufträge übernommen. Werden Sie davon leben können?»

Emma schüttelte den Kopf, rutschte auf die Stuhlkante und drehte den braunen Umschlag auf ihrem Schoß hin und her. «Ich hatte eigentlich gehofft ...», wie unverschämt, der Frau zu erzählen, dass sie das Handtuch werfen wollte, und sie im nächsten Atemzug um einen Gefallen zu bitten, «Sie könnten mir vielleicht einen Rat geben.» Als sie zu Miss T. aufsah, musterte die sie mit belustigter Herablassung.

Gar nicht so einfach, dachte Miss T., das Kind ernst zu nehmen, wenn sie so da sitzt und an ihrem Rock zupft wie ein vierzehnjähriges Schulmädchen. War ich auch mal so dünn? Nettes Kind, aber empfindlicher, als ihr gut tut. Wie will sie es in der Textilindustrie schaffen, wenn sie nicht einmal im College zurechtkommt?

Sie nahm den braunen Umschlag entgegen, den Emma ihr über den Tisch schob, und ging die Fotos zum Wahnsinnigwerden langsam durch, ohne ein Wort zu sagen. Dann stapelte sie alle ordentlich und steckte sie wieder in den Umschlag zurück.

«Und was halten Sie selbst davon?», fragte sie unverhofft.

«Ich weiß nicht.» Emma lächelte und fand die Situation, in die sie sich da gebracht hatte, plötzlich komisch. «Ich habe wirklich nicht die geringste Vorstellung. Ich habe sie noch nicht gesehen.»

«Na, dann werfen Sie besser mal einen Blick darauf.» Miss T. schob den Umschlag wieder über den Tisch und holte dann ein Blatt Papier aus ihrer Schreibtischschublade. Während Emma die Früchte ihres Fleißes der letzten drei

Monate durchsah, begann Miss T. zu schreiben, in runder, ordentlicher Handschrift, mit großer Geschwindigkeit, und sah nur kurz auf, um zu fragen: «Na, was meinen Sie?»

«Im Großen und Ganzen», sagte Emma schließlich und bemühte sich, über Alisons schönes Gesicht hinwegzusehen, während sie sie zum zweiten Mal durchblätterte, «finde ich sie ganz ordentlich.» Das waren sie auch: adrette, flotte Sachen – Röcke, Oberteile, Hosen, alles miteinander kombinierbar, kommerziell und ausgesprochen tragbar.

«Im Großen und Ganzen», griff Miss T. ihre Formulierung auf, das Gesicht bemüht ausdruckslos, «bin ich geneigt, Ihnen zuzustimmen. Die Sachen sind, wie Sie sagen, ganz ordentlich.» Dann wandte sie sich wieder dem Schreiben zu.

Emma saß stumm da, sah zu, wie der Füller über die Seite flog, und wartete geduldig, bis Miss T. fertig war, den Brief schwungvoll unterzeichnete, zusammenfaltete und in einen Umschlag steckte. Sie schrieb einen Namen und eine Adresse vorne drauf und hielt ihn ihr hin.

«Gehen Sie zu Mirico.» Sie wies mit der Hand auf die Fotos auf Emmas Schoß. «Nehmen Sie die mit und alles, was Sie sonst noch wichtig finden. Solly Cohen ist ein Freund von mir und stellt Ihre Art von Sachen her, meist sportliche Kleidung, ‹Kombi-Chic›, wie man in diesem scheußlichen modernen Jargon sagt. Er wird in ein paar Monaten jemanden brauchen. Zeigen Sie ihm den Brief.»

Sie stand auf, zum Zeichen, dass das Gespräch beendet war, und streckte ihre Hand über den Schreibtisch. «Viel Glück, meine Liebe. Lassen Sie mich wissen, wie Sie zurechtkommen.»

Nun, da die Entscheidung unwiderruflich gefallen war, geriet Emma in einen merkwürdigen, winterschlafähnlichen

Zustand, sie aß, trank, schlief, ging mit Jay ins Bett, arbeitete sporadisch in seinem leeren Zimmer an Stoffmustern und Aufträgen und lebte in den Tag hinein. Sie sprach mit Tante Mabel, erkundigte sich nach Bill, der immer noch krankgeschrieben und offenbar ebenso daneben und durcheinander war wie sie, ließ mit schlechtem Gewissen Grüße an ihre Mutter ausrichten, unternahm jedoch nichts in Sachen Mirico. Sie brauchte nichts zu überstürzen, es eilte nicht, außerdem war es für sie noch zu nah an der rauen Wirklichkeit, um sich damit zu befassen, also schob sie es von sich.

Sie merkte, dass Rick ihr entglitt, dass sie in Gefahr war, ihn zu verlieren, doch sie brachte offensichtlich nicht genug Energie auf, um gegen das feine, beschützende Netz anzugehen, das Jay insgeheim um sie zu knüpfen begann. Er schien instinktiv zu wissen, wann er sie allein lassen musste und wann sie Gesellschaft brauchte, schien sie besser zu verstehen, als sie sich selbst verstand, aber das war nichts Besonderes, redete sie sich ein – fast jeder hätte sie füttern, beruhigen, in warme, tröstliche Geborgenheit hüllen und durch nächtliche Lust erschöpfen können. Jay akzeptierte stillschweigend die Regel, nach der offener Druck verboten war, und brach den unausgesprochenen Bann nur, wenn ihr Widerstand geschwächt war, wenn sie gerade miteinander geschlafen hatten und sie befriedigt in seinen Armen lag. Dann bat er sie, ihn zu heiraten. «Nein», sagte sie jedes Mal mit brutaler Offenheit. «Ich liebe dich nicht.»

Jetzt, da sie ihn mit neuen Augen sah, bestätigte sich für Emma, was sie von Anfang an diffus gespürt hatte. Ob im Theater, wenn er im Foyer auf sie wartete, oder bei den seltenen Gelegenheiten, wenn er sich in Konzertpausen an die Bar stellte, Jay war immer allein. Er hatte einen Stacheldrahtzaun um sich herum errichtet, an dem niemand vorbeidurfte.

Er kannte offensichtlich jede Menge Leute, jede Menge Frauen. Sie kamen in Lokalen zu ihm und grüßten ihn in Restaurants. Er suchte sich einen Platz, lehnte, das Knie gebeugt, den Fuß flach an der Wand, in einer Ecke, lümmelte sich auf einem Stuhl oder stützte sich auf den Tresen. Wenn sich Bekannte zu ihm gesellten, war er höflich, steuerte seinen Teil zur Unterhaltung bei, aber gestattete ihnen irgendwie nie, die unsichtbare Linie zu überschreiten, die er um sich gezogen hatte. Nie nahm er von sich aus Kontakt auf, nie nahm er Einladungen zum Abendessen oder zu Partys an. Als sie ihn fragte, warum er Geselligkeiten mied, sah er sie ganz erstaunt an und meinte dann verwirrt: «Wenn ich keine Lust habe mitzumachen, warum sollte ich so tun, als ob?»

Oft, ja meist, wenn der Vorhang sich senkte und das Publikum zur Bar oder zum Ausgang eilte, zog er sie zu sich herunter, und sie blieben ruhig auf ihrem Platz sitzen, bis die Klingel die Getreuen zum zweiten Akt versammelte oder bis sie die Letzten im Zuschauerraum waren und die Putzfrauen erschienen, um Bonbonpapiere, Programme und Dauerlutscherstiele aufzusammeln. Er lebte in einem Raum für sich allein, in den die Außenwelt nur zeitweilig eindringen durfte. Bis auf Emma. Emma wollte er bei sich haben, in seiner selbst errichteten Exklave, ein wachsamer Beobachter, aber kein Teilnehmer. Seine eigenartige Unabhängigkeit erinnerte sie schmerzhaft an Rick.

Welch ein Zufall, sinnierte sie, dass die beiden Männer, zu denen sie eine ernsthafte Beziehung hatte, sich so ungemein ähnlich waren, beide Eigenbrötler? Und sie stellte fest, dass sie zwar Ricks Grund für seine Zurückgezogenheit kannte, Jays aber ein Rätsel für sie war.

Sie sah auf ihre Uhr, die Sonne am Himmel war höher gestiegen und vor dem Dachbodenfenster war es hell. Zeit für eine Pause. Der Einsiedler würde mittlerweile mit den Hunden zurück sein und unten auf sie warten, und bei dem Gedanken lächelte sie voller Vorfreude. Eigentlich hätte sie nach all den Jahren über solch kindliche Begeisterung längst hinaus sein sollen. Sie riss sich zusammen, begann die aussortierten Sachen in schwarze Säcke zu werfen, die sie oben zuband und neben der Tür abstellte, um dann nach unten zu gehen.

«He!» Seine Stimme hallte die Treppe hoch. «Komm runter, ich hab Kaffee gekocht.»

«Schon unterwegs.» Kannst du Gedanken lesen? fragte sie sich. Und wenn ja, wie kommt das? Errätst du, was ich denke, weil wir schon so lange zusammen sind, oder weil wir nach allem, was wir durchgemacht haben, so fest aufeinander bauen können?

17

Bis Emma sich imstande fühlte, einen Termin bei Mirico zu machen, war es Sommer.

Solly Cohen war riesig, so groß wie Alisons Vater, groß wie ein Haus. Sein Büro, in einem modernen Gebäude nicht weit von der Oxford Street entfernt, war ebenfalls recht groß, aber trotzdem kam Emma sich vor, als beträte sie einen ziemlich kleinen Schrank mit einem Grizzlybären darin. Seine Stimme war so gewaltig wie seine körperliche Präsenz – tief, heiser und ungemein laut. Seine Wangen waren rosig, sein Haar eine abstehende Masse brauner Locken und sein Mund eine rosafarbene, unpassende Rosenknospe. Sein Händedruck war zermalmend.

«Wie darf ich Sie nennen?», posaunte er.

«Emma. Emma Versey.»

«Prima. Emmie Versiiie. Angelica meint, ich sollte Ihnen eine Chance geben. (Angelica? Sollte Miss T. tatsächlich *Angelica* heißen?) Bin mir nicht so sicher. Keine Zeit für kostbare kleine Petunien, die beim geringsten Druck welken.» Petunien? Was zum Himmel erzählt der Mann da? «Um in dieser Branche zu überleben, muss man zäh sein.» Er sah sie mit großen, hervorquellenden Augen drohend an. «Sind Sie zäh, Miss Emmie Versiiie? Oder eine welkende Petunie?»

Sie widerstand der Versuchung loszulachen. «Weiß ich noch nicht», sagte sie und übernahm seine Marotte, Sätze in der Mitte zu beginnen.

«College abgebrochen, wie ich sehe. Und warum?»

«Persönliche Gründe.»

«Was für persönliche Gründe? Womöglich schwanger? Haha!» Er grölte.

«Ich möchte lieber nicht darüber sprechen.» Emma sah ihn zweifelnd an. Sie könnten mir auf den Wecker gehen, dachte sie, schrecklich schnell.

Er kramte auf seinem Schreibtisch herum, einem überquellenden Schlachtfeld aus Mustern, Rechnungen, Briefen und Skizzen, fand schließlich Miss T.s Brief und las ihn noch einmal durch.

«Na ja, immerhin sind Sie nicht rausgeflogen. Ist doch schon was, nehm ich an.» Er grinste, zeigte große, weiße lange Zähne, die sich in diesem kleinen, weibischen Mund um Platz drängelten. «Falls das hier keine Fälschung ist.»

Sein Lächeln war ansteckend, begeistert und ein bisschen albern. Unwillkürlich lächelte Emma zurück. «Was leicht festzustellen wäre, würde ich sagen», meinte sie, und er lachte, als gingen gleichzeitig ein Dutzend Presslufthämmer los.

«Stimmt», schnauzte er. «Nun zum Geschäft!»

In seinem Büro lag überall etwas herum: auf zwei Ledersesseln waren Stoffstücke in verschiedenen Mustern drapiert, Tuchballen lehnten wie betrunken an den Wänden, der enorme Schreibtisch mit der Lederauflage war schlampig und chaotisch. Aktenschränke standen offen, als wäre ein Dieb bei einem Raubzug gestört worden. Und mittendrin schwang er in dem Drehstuhl mit gepolstertem Rücken wild im Kreis herum, bis er schließlich anhielt und sie ansah.

«Mach Ihnen einen Vorschlag», schrie er. «Nichts Großartiges für euch Studenten, euch Traumtänzer. Kommt mit einem Stück Papier von eurem angeberischen College, blast euch auf und habt keinen Schimmer vom Geschäft. Von dem Mist kann ich nicht mal die Hälfte verkaufen.» Er wies mit einer riesigen, verächtlichen Tatze auf ihre Mappe, die offen auf seinem Schreibtisch lag. «Wenn Sie gut werden wollen, müssen Sie erst mal was lernen. Und zwar schnell. Sonst werf ich Sie raus. Verstanden?»

«Wenn Sie mich rausschmeißen wollen, kann ich wohl davon ausgehen, dass Sie mich nehmen?»

«Schlaues Rotschöpfchen», sagte er fröhlich grinsend, und Emmas Stimmung hob sich. «Gut, kommen Sie mit!» Er polterte auf die Füße, stand riesig vor ihr und stürmte in die Rezeption hinaus. Emma folgte ihm so ausgesprochen vorsichtig, wie man einem voranstürmenden Rhinozeros folgen würde, und lief in seinem Kielwasser durch einen langen Gang zum Zuschneideraum.

«Hallo, Mädels!» Mit einer riesigen, breiten Hand winkte er einem halben Dutzend Frauen mittleren Alters in Nylonoveralls zu, die, über ihre Maschinen gebeugt, eifrig an langen Stoffbahnen entlangstichelten.

«Schreibbüro! Rechnungsbüro!», schnauzte er, als sie an Glaswürfeln links im Raum vorbeikamen, in denen Sekretärinnen Rechnungen überprüften, Preise kalkulierten und Pakete voller Litzen, Knöpfe und Reißverschlüsse öffneten.

Am Ende weitete sich der Raum L-förmig, und dort arbeiteten zwei Männer an riesigen Tischen als Zuschneider. Hinter ihnen, Gestell um Gestell, zahlreiche Stoffe: Ballen, Rollen und Reste stapelten sich zehn Fuß hoch, und an einer Seite befand sich eine Reihe von Bügeleisen, durch dicke Kabel, die von der Decke hingen wie Kletterseile in der Schule, mit der Hauptleitung verbunden. Es gab Bügelbretter, einen Hoffman-Dampfbügler, Ärmelbretter, Hosenpressen. Der Lärm der Maschinen war beeindruckend.

«Alles klar, Cyril?»

«Aye-aye, Solly.»

«Der Chefzuschneider», brüllte Cohen. «Bester Mann in dem Gewerbe!»

Cyril, grauhaarig, drahtig, das Gesicht von Hunderten von Falten durchzogen, blinzelte Emma zu und wartete dann geduldig auf die Anweisungen seines Herrn, während Cohen begann, die Stoffregale zu durchforsten, unter den Tuchen zu wühlen, dann eins nach dem anderen hervorzuziehen und sie aufs Ende des Zuschneidetischs zu werfen, wo sie mit einem Plumps landeten.

Als er ein Dutzend Ballen auf dem Tisch liegen hatte, schnappte er sich eine Schere, schnitt von jedem ein Muster ab und warf die Schere nachlässig auf den Tisch, den sie laut klappernd entlangrutschte. «So!», sagte er und packte den Stapel mit den Stoffstücken mit seiner großen Faust. «Alles in Ordnung, Cyril?»

«Aye-aye, Solly», und schon war Cohen wieder unterwegs, den Weg zurück, den er gekommen war. Es war, als befände man sich in Begleitung eines Wirbelwindes.

Wieder in seinem Büro, ließ er sich in seinen Stuhl fallen

und warf Emma den vielfarbigen Stapel zu. «Na, was können Sie damit anfangen?»

«Was hatten Sie sich denn so gedacht?»

«Sie sind die Designerin. Sagen Sie was!»

Emma ging den Stapel durch. Es waren gute Stoffe dabei, eine feine Wolle, eine Leinenmischung, ein Segeltuch. Es gab einen Barrathea von anständiger Qualität und ein leichtes Kammgarn.

«Reste. Letzte Saison bestellt und nie benutzt. Sind sonst Abfall.» Er sah scharf hoch. «Sie wissen, was für Zeug wir machen?»

«Äh, hmm, ich …»

Er wartete nicht auf ihre gestammelte Antwort und schnaubte wie eine Dampflokomotive. «Finden Sie's raus», schnauzte er. «Verdammt unprofessionell so was.» Während er wie ein Sittich auf der Stange hin- und herschaukelte, musterte er sie mit geneigtem Kopf. «Eine Auswahl von Kostümen», sagte er schließlich. «Nichts Ausgefallenes, halten Sie es schlicht. Bis Anfang nächster Woche.» Er strahlte sie fröhlich an. «Außerdem zahle ich Ihnen keinen Pfennig, bevor ich die Entwürfe nicht gesehen habe. Wenn sie in Ordnung sind, machen wir sie, wenn nicht, vergessen Sie's. Für Ausschuss zahl ich nicht. Einheitshonorar, wenn wir sie brauchen können, vierzig Pfund das Kleidungsstück. Wenn …» Er beäugte sie skeptisch. «*Wenn* sie sich verkaufen, können wir über einen Folgeauftrag reden.»

Er wartete gespannt auf eine Antwort. Als Emma «In Ordnung» sagte, nickte er brüsk und stand auf, wobei er den gesamten verfügbaren Platz zwischen ihnen ausfüllte.

«Na prima, Emmie Versiie», dröhnte er. «Dann nehmen Sie Ihr Zeug, und hauen Sie ab. Hab noch zu tun.» Bis sie ihre Mappe zusammengepackt hatte und an der Tür war, hing er bereits wieder am Telefon. «Keine von Ihren verdammten

Entschuldigungen, Bernard, Sie haben mir diese Knöpfe schon vor drei Wochen versprochen.» Er sah nicht auf.

Sie ging zu Dickens and Jones, wanderte durch die Damenabteilung und sah sich Kleider an. Sie studierte Miricos letzte Kollektion, dann die Konkurrenz, Emcar, Reldan, Alexon, Berkertex, und versuchte die Zielgruppe zu bestimmen. Es waren nicht die Jugendlichen, nicht wie bei Mary Quant oder Biba, aber es war auch nicht das andere Extrem mit den pflegeleichten Sachen für die Oma. Nach fast einer Stunde, als die Verkäuferin sie endgültig für eine potenzielle Ladendiebin hielt, lief sie wieder zur Oxford Street und nahm dort den Bus nach Marble Arch, den Kopf voller Ideen und Pläne.

Sie überquerte die Straße zum Hyde Park und bummelte an der Serpentine entlang, setzte sich dann im heißen Sommersonnenschein auf eine Bank und sah zu, wie die Welt vorüberzog: Mütter mit Kinderwagen, am Arm oder an den Lenkern der Kinderfahrräder und Sportwagen ihre Einkaufstaschen, die größeren Kinder im Schlepptau; eilige Geschäftsleute, die weder nach rechts noch links sahen, um nicht von dem Drang, die Krawatten zu lockern, die Jacken auszuziehen und die Ärmel aufzurollen, überwältigt zu werden.

Sie wandte das Gesicht gen Himmel, schloss die Augen, um die Hitze zu spüren, bevor sie sie dann wieder öffnete, um den bauschigen, weißen Wolken nachzusehen, die über ihr durchs Blau zogen. Als sich Rick in ihre Gedanken drängte, schob sie ihn entschlossen fort – sinnlos, sich mit etwas zu quälen, das sich nicht ändern lässt –, aber als Alison folgte, durfte die verweilen, und zum ersten Mal seit Monaten gestattete Emma sich, fast ohne Schmerz und Schuldgefühle an sie zu denken.

Wo hatte der Mistkerl seine Tochter begraben, nachdem die Metzgerburschen das, was von ihr übrig war, freigegeben hatten? Sie hatte nichts gehört, nichts gelesen, bis auf eine karge Mitteilung in der Zeitung: «Die Beerdigung hat stattgefunden …» Du da oben, wandte sie sich stumm an ihre Freundin, gib mir ein Zeichen. Achtung, ich bin hier unten und warte darauf, dass du dich meldest.

Sie hielt einen Augenblick den Atem an, voll törichter Erwartung, seufzte dann und stand auf, um heimzugehen. Erst als sie über das staubige Gras zur Straße ging, fiel es ihr ein: Jay war gar nicht da, er hatte heute einige Bilder zum Verkauf mitgenommen und kam erst am frühen Abend wieder. Enttäuscht, weil sie niemandem von ihrem Vormittag erzählen konnte, aber unternehmungslustig, wenn auch noch nicht wieder zur Arbeit bereit, begann sie zu rennen. Sie würde den Bus zur Portobello Road nehmen, dort war sie seit Jahren nicht mehr gewesen. Sie wollte an den Ständen herumstöbern und die Zeit ausfüllen, bis Jay wieder da war, um an ihrem Glück teilzunehmen.

Der Markt wimmelte von Menschen: amerikanischen Touristen in schreienden T-Shirts und karierten Shorts in Begleitung stämmiger Frauen mit Bügelfaltenhosen und Strass-Sonnenbrillen, Pulks von kleinen Japanern mit Kameras um den Hals, die sie auf alles und jedes hielten, Studenten auf der Jagd nach dem definitiven Schnäppchen und Liebespaaren, die Händchen haltend durch den Sonnenschein bummelten. Emma spazierte ziellos an den Ständen vorbei, ging in Gedanken noch einmal ihr erfolgreiches Vorstellungsgespräch durch, während sie sich mit der Menge treiben ließ und hin und wieder vor antiken Nachthemden und mottenzerfressenen Pelzmänteln, perlenbesetzten Spitzenkleidern und glockenförmigen Hüten stehen blieb.

Sie verbrachte fast zehn Minuten an einem Stand mit hausgemachten Bonbons, Fondants, Geleefrüchten, Trüffeln und weißer Schokolade, dann gab sie fast ihr gesamtes Kleingeld für eine kleine Tüte Zuckermandeln und ein Stück Fudge aus. Die Mandeln, unordentlich in einen Serviettenzipfel gedreht, erinnerten sie überraschenderweise an die Brosche, die sie in ihrer Tasche herumtrug, und an den Tag, an dem Rick sie ihr geschenkt hatte. Auf der Suche nach etwas Ähnlichem trat sie an die nächste Schmuckauslage, überzeugt, dass sie seine Arbeiten sofort erkennen würde, wenn – falls – sie auf sie träfe. Dann schalt sie sich wegen ihrer blühenden Phantasie und ging entschlossen weiter, nur um an einem Stand aufgehalten zu werden, der edwardianische Miniaturen verkaufte, was sie an die Unterhaltung mit George erinnerte. Irgendwo war also Rick unterwegs und verkaufte seine Gemälde. Der Gedanke daran, dass er so einfach ohne sie zurechtkam, schlug ihr auf die Stimmung und verdarb ihr die gute Laune. Warum dachte sie eigentlich ständig an ihn, wo er doch verschwunden war?

Die Straße wurde allmählich enger, und die Straßenverkäufer hatten ihre Klapptische dicht an dicht gestellt. Emma wurde von einer undurchdringlichen Wand von Menschen aufgehalten, die vor ihr in einem Stau feststeckten. Während sie darauf wartete, dass die Verstopfung sich auflöste, richtete sie ihre Gedanken entschlossen auf ihr Gespräch mit Solly Cohen, wobei sich Designideen in ihrem Kopf formten, dann nach vorn auf ihre Heimkehr, um sich durch die Vorfreude auf Jays sichere Begeisterung über ihren Erfolg aufzumuntern. Merkwürdigerweise gab Rick jetzt, nachdem es ihr seit Alis Tod gelungen war, jeden Gedanken an ihn zu verdrängen, einfach keine Ruhe, als wollte er ihr absichtlich die gute Laune verderben.

Am Stand vor ihr wurde alte Spitze verkauft, Untersetzer und Kragen, Manschetten und Sofadeckchen. Während sie sich desinteressiert durch einen Stapel gehäkelter Tischläufer wühlte, hörte Emma den Unterhaltungsfetzen der Vorübergehenden zu und versuchte, sich auf die Planung ihrer nachmittäglichen Arbeit zu konzentrieren, trotz Rickys aufdringlicher Gegenwart. Als hinter der Markise an der Rückseite des Nachbarstandes ein Wortwechsel begann, war sie dankbar für die Ablenkung und lauschte hemmungslos.

Die Stimme der Frau war schrill und vorwurfsvoll. «Aber ich verstehe immer noch nicht, warum du mich nicht weiter beliefern kannst. Du hast in den letzten Monaten bei mir ganz schön was rausgeholt, und ich schätze, du bist mir was schuldig, du Schuft.»

Die Stimme des Mannes war sanfter als die der Frau, tief, und er blieb von der Beschimpfung eindeutig unberührt. «Ach, komm, Annie», sagte er, «sei vernünftig. Ich habe dir doch schon erklärt, warum. Der Auftrag kostet mich zu viel Zeit, um auch noch Sachen für dich zu machen. Du bist bei unserem Geschäft ganz gut weggekommen, und soweit es mich betrifft, schulde ich dir gar nichts. Denk mal an den Aufschlag, den du genommen hast. In den letzten Monaten kannst du dich wirklich nicht über den Profit beklagen, und habe ich dich nicht von Anfang an gewarnt, dass unsere Abmachung nur so lange gilt, bis ich Fuß gefasst habe? Ich weiß gar nicht, warum du dich so darüber aufregst …»

Wieder Annies Stimme, verdrießlich, schmollend. «Weil dein Zeug weggeht wie warme Semmeln, deshalb rege ich mich so auf, weil kein anderer von meinen Lieferanten auch nur andeutungsweise an deine Sachen rankommt. Komm, Schatz, stell dich nicht so an, du sollst mir doch nicht den Mond vom Himmel holen.»

Emma spähte durch die Lücke zwischen den Ständen

und erhaschte kurz einen Blick auf üppiges, leuchtend hennarotes Haar, und um mehr zu erkennen, beugte sie sich über den Stapel Spitzen. Was war mit der Männerstimme? Der Klang, der Tonfall erinnerte sie an jemanden, aber an wen …? Die Antwort lauerte quälend an der Schwelle ihres Bewusstseins, gerade außer Reichweite, und Emma trat näher, drängte sich durch die Menge und wollte um die Ecke schauen.

«Ach, verdammt», erklang wieder Annies schrille Stimme. «Dann verzieh dich, ich komm auch ohne deinen blöden Kram klar.»

Es war das Stottern, das ihr Gedächtnis anspringen ließ, das fast unhörbare Zögern zwischen dem S und dem E. Emmas Kopf fuhr heftig hoch, gerade als er am anderen Ende des Nachbarstands auftauchte und die vorbeiströmende Menge ihn wieder von ihr wegschwemmte.

Sein klares Profil war unverkennbar: volles, goldenes Haar, braune Haut, das leuchtende Weiß des Augapfels um die schwarze Iris. Und als er den Kopf wandte, um sich nach dem schnellsten Weg durch die Menge umzusehen, *oh* …

Für einen Augenblick schien er zwischen den Markisen wie eingerahmt zu sein, wie eine der Miniaturen, in die sie sich vorher vertieft hatte. Emma hielt den Atem an und starrte nur, wie betäubt von seiner Nähe und gelähmt von der Heftigkeit der Gefühle, die sein Anblick in ihr hervorrief. Er sah sie nicht.

Fünf, zehn, fünfzehn lebenswichtige Sekunden lang war sie wie festgewurzelt, überzeugt, dass sie ihn durch Wunschdenken aus der Luft herbeigezaubert hätte, und wollte einfach nicht glauben, dass sie ihn tatsächlich hatte sprechen hören, deutlich und zusammenhängend. Er war sogar noch schöner, als sie ihn in Erinnerung hatte, ließ immer noch die Schultern hängen, war aber nicht mehr so dünn, nicht mehr verschüchtert. Vielleicht lag es an der Art, wie er sich bewegte, in einer vertrauten Lederjacke, oder an der Art, wie er den Kopf hielt, mit einem Selbstvertrauen, ja, einer Arroganz, die vollständig gefehlt hatte, als sie sich damals in ihn verliebt hatte. Bis sie sich zusammengerissen und ihre bleiernen Füße in Gang gebracht hatte, ging er schon davon.

Sie drängte sich heftig gegen die Menschenwand zwischen ihnen, ohne darauf zu achten, wen sie anrempelte, solange sie nur ihren Fund im Auge behielt, und während sie hinter seinem Rücken herrief, entschuldigte sie sich zwischendurch bei den Hindernissen, die sie zur Seite drängte. «*Ricky!* Entschuldigen Sie, könnten Sie mich bitte durchlassen, danke … *Ricky!* Ach, dürfte ich mal eben vorbei? *Ricky!* Entschuldigung, könnten Sie mich mal eben vorbeilassen … *Ricky* … *Rick!*»

Ihr Vorwärtskommen wurde von der dicken Mappe behindert, die sie immer noch unterm Arm trug, und ihre Stimme wurde vor Verzweiflung immer lauter, während seine lange Gestalt vor ihr immer kleiner wurde. Als er die Menge hinter sich gelassen hatte und freier auszuschreiten begann, brüllte sie sich die Seele aus dem Leib, doch es war sinnlos. Ein paar Stände weiter verkaufte ein Mann Bahnen von indischen Stoffen, pries seine Sariseide in voller Lautstärke, lobte die Qualität in höchsten Tönen, lockte mit Rabatten, zwei Meter zum Preis von einem, eine Rolle für weniger als die Hälfte, wundervolles, wunderschönes Material, kaufen Sie etwas für Ihre Frau, Tochter, Oma, und jedes Mal, wenn Emma rief, rief er mit ihr, vereinte sich seine Stimme mit ihrer und übertönte sie, sodass ihr Rufen im allgemeinen Stimmengewirr unterging und Rick es nicht hörte.

Es war wie in einem der Albträume ihrer Kindheit, wenn sie sich, von schattenhaften Nachtgespenstern verfolgt, durch sirupdicke Luft strampelte und ihre Glieder sich nur in Zeitlupe bewegen wollten. Nur dass sie jetzt wach war, Verfolgerin und nicht Verfolgte, und je heftiger sie sich bemühte, die Lücke zwischen sich und Rick zu schließen, desto weiter entfernte er sich, bis sie nur noch gelegentlich einen Blick auf sein leuchtendes Haar erhaschte und wusste, sie würde ihn erneut verlieren.

Als sie schließlich aus dem Menschenkeil freikam, der sie aufgehalten hatte, taumelte sie und wäre fast gefallen, dann hielt sie fieberhaft nach ihm Ausschau, als könnte sie ihn wieder herbeiwünschen. «Ricky!», brüllte sie. *«Ricky!»* Wo zum Teufel steckte er?

Bitte, bitte, flehte sie die leere Straße an, sei nicht weg. Sie rannte wie wild umher, geradeaus, von rechts nach links, den Weg zurück, den sie gekommen war, bog in eine Nebenstraße ein, dann in die nächste, stürzte sich in die Menge, um sich dorthin zurückzukämpfen, wo sie ihrer Meinung nach hergekommen war, und geriet in Panik. Das Mädchen würde Bescheid wissen, die, mit der er geredet hatte. (Ricky, *reden*? Es stimmte also, was George erzählt hatte. Der Mistkerl!) Wenn sie diese Annie fände, würde die ihr eine Adresse geben können, eine Telefonnummer, einen Hinweis. Bitte, bitte, Ricky, sei nicht wieder verschwunden!

Sie fand sie ziemlich schnell, erkannte sie auf Anhieb an ihrem Haar. Sie stand mit einem benachbarten Verkäufer schimpfend an ihrem Stand, fuchtelte mit den Armen und ereiferte sich. Sie war klein, grazil und hübsch, aber ihr eckiges Kinn wirkte entschlossen, ihre braunen Augen waren scharf und die kastanienroten, schulterlangen Haare leuchteten messingfarben. Sie war in Pannesamt gekleidet, in eine zurückhaltende, hochgeschlossene Bluse, die ihrem kessen Gesicht schmeichelte, aber um die Taille trug sie einen schmutzigen Geldgürtel aus Segeltuch, und an ihrem Benehmen war ganz und gar nichts Damenhaftes. Als Emma sie am Ärmel zupfte, drehte sie sich um und schimpfte ärgerlich: «Was ist? Gleich, Sie sehen doch, dass ich mich unterhalte! Suchen Sie sich was aus, ich bin dann sofort bei Ihnen!»

Emma wandte sich ab und starrte auf den Stand vor sich. Obwohl sie vor Ungeduld fast platzte und am liebsten gekreischt, mit dem Fuß aufgestampft, Aufmerksamkeit und Auskunft verlangt hätte, beugte sie sich vor, um die ausgelegten Waren zunächst ohne das geringste Interesse zu mustern.

«Oh!», entfuhr es ihr.

Das Mädchen verkaufte tatsächlich Ricks Silber, zarte, filigrane Stücke in einem ganz bestimmten Stil, die nur von einem Paar Hände hergestellt sein konnten. Sie hatte ihn tatsächlich gefunden und wurde von einem wahnsinnigen Triumphgefühl überwältigt. Als schließlich das hübsche Gesicht mit der leuchtenden Haarwolke neben ihr auftauchte und schnauzte: «Also?», lächelte sie übers ganze Gesicht, und ihre Ungeduld war vergessen.

«Sie kennen doch Ricky Brown?», fragte sie flehend. «Oder nicht?»

Der harte Gesichtsausdruck des Mädchens wurde noch spitzer. «Und wenn? Ich dachte, Sie wollten was kaufen?»

«Oh ja, will ich auch. Aber ich brauche ...» Sie griff nach dem nächstbesten Stück, einer Krawattennadel. Der Kopf war in Form eines Gänseblümchens gestaltet, jedes Blütenblatt leicht verschieden von seinen Genossen, das winzige Nadelkissen von Blütenkopf in der Mitte in jeder Einzelheit vollkommen. Exquisit.

«Die hier, wie teuer ist die?»

«Fünf Pfund, nur in bar.»

«*Wie* viel?» Sie hatte keine fünf Shilling mehr. Sie hatte

ihr ganzes Geld für gebrannte Mandeln ausgegeben. «Ich hab mein Portemonnaie vergessen», log sie. «Wenn Sie sie für mich zurücklegen könnten, werde ich ...»

«Keine Chance. Das Zeug läuft wie von selbst. Eigentlich, wenn ich darüber nachdenke, ist der Preis gerade gestiegen. Das sind jetzt Liebhaberstücke, der Knabe ist nämlich unter die dreckigen Kapitalisten gegangen.» Annie wies mit einer schwer beringten Hand auf das Dutzend Exemplare, die sie zusammen auf einem dunkelgrünen Satinrest arrangiert hatte, und Emma, die an ihrem Finger Ricks knifflige Handwerkskunst erkannte, wurde von einer Woge unsinniger Wut überschwemmt. Die Hexe trug einen Ring, den er gemacht hatte. *Ihr* hatte er keinen Ring gemacht.

«Also, wollen Sie nun was kaufen oder nicht?»

«Ja, aber ich ...»

«Das sind die Letzten, mehr kriege ich nicht.»

«Warum nicht?»

«Weil der liebe Ricky sich einen großen Auftrag an Land gezogen hat, deshalb nicht, bei irgendeinem schicken Juwelier auf der Bond Street oder so, der ihm Preise geboten hat, bei denen ich nicht mal andeutungsweise mithalten kann.» Sie beugte sich vor, nahm Emma flink die Gänseblümchennadel aus der Hand, und während sie den Schmuck wieder zu den anderen Stücken zurücksteckte, fügte sie bissig hinzu: «Wenn Sie sich nicht leisten können, was zu kaufen, lassen Sie die Finger von der Ware, ja?»

«Aber ich kenne Ricky. Er ist mein ... er war mein ... ich meine, er ist mein Freund.» Das war irrsinnig. «Ich hab seine Telefonnummer verloren.»

Das Mädchen lachte so sehr, dass das leuchtende Haar auf ihren Schultern hüpfte. «Ach ja?», sagte sie vernichtend. «Erzählen Sie das jemand anderem. Ich versuche mittlerweile seit drei Monaten, eine Telefonnummer aus Rick

Brown herauszukriegen. Steht nicht im Telefonbuch, sagt er, und wenn man sagt, na, dann gib mir deine Adresse, lacht er nur, wirft einem einen Handkuss zu und verschwindet wieder dahin, wo immer er auch haust, und man ist genauso schlau wie vorher.»

Er lacht? Wie kann er es wagen zu lachen? «Norfolk. Er haust in Norfolk», sagte Emma.

«Aha?» Annie zog nachdenklich die Augen zusammen. «Sind Sie sicher?»

«Ganz bestimmt. Ich kenne … ich kannte seine Schwester …»

«Na, wenn Sie wissen, wo er wohnt, wieso kennen Sie dann seine Telefonnummer nicht?»

«Habe ich Ihnen doch erzählt, ich hab sie verloren.»

«Na, wenn Sie seine Adresse haben, tun Sie mir den Gefallen und geben Sie sie mir. Es dürfte einen Trip in die Walachei wert sein, wenn ich noch ein bisschen Ware in die Finger kriegen könnte.» Sie grinste plötzlich, und ihr Gesicht wurde weicher. «Ich hätte auch nichts dagegen, einen gewissen Ricky Brown in die Finger zu kriegen, wenn's danach geht.» Sie leckte sich die Lippen mit einer rosigen, lasziven Zunge. «Wie wär's? Es könnte sich für Sie lohnen …»

Emma starrte sie mit leerem Blick an. Das konnte einfach nicht wahr sein, ein Stand voller Schmuck von Rick, ein Mädchen, das monatelang mit ihm Geschäfte gemacht hatte, und sie war noch genauso weit entfernt, ihn zu finden, wie zu Anfang. «Schauen Sie», begann sie und kramte in ihrer Tasche nach einem Zettel, «wenn ich Ihnen meine Nummer aufschreibe» (Guter Gott, welche Nummer denn? Ihre? Jays?), «könnten Sie sie ihm geben. Er hat Ihnen doch bestimmt eine Kontaktadresse gegeben, ein Postfach, *irgendetwas …?*»

Aber welche Nummer auch immer, Annie spielte ohnehin

nicht mit. «Sie wollen es einfach nicht verstehen, oder? Er ist immer aus heiterem Himmel mit der Ware aufgetaucht. Hat mir auch nie eine Quittung für das Geld gegeben, das ich rausgerückt habe, um sein ganzes Zeug zu kaufen.» Sie verlor das Interesse, als sie merkte, dass Emma ihr keine brauchbaren Informationen liefern konnte, und wurde wieder ärgerlich. «Als ich ihn danach gefragt hab, war er ziemlich kurz angebunden, als hätte ich von ihm verlangt, auf dem Wasser zu wandeln ...»

«Er kann nicht schreiben.»

«Was? Nun werden Sie nicht albern. Natürlich kann er schreiben. Rick ist so schlau wie nur was: rechnet Pfund, Shilling, Pennys wie eine verdammte Registrierkasse zusammen, und das auch noch im Kopf.» Sie stemmte die Hände in die Hüften und musterte Emma verächtlich. «Und jetzt, wenn Sie nichts dagegen haben, habe ich was Besseres zu tun, als meine Zeit mit einem verknallten Groupie zu verquasseln. Wenn Sie meinen Rat haben wollen, vergessen Sie Ricky Brown. Der ist auf dem Weg nach oben, der Kerl, unaufhaltsam, geben Sie's also auf und suchen Sie sich einen in Ihrem Format zum Bequatschen. Bis dahin tun Sie mir den Gefallen und verschwinden Sie, ich hab zu tun.» Sie drehte Emma den Rücken zu, und das Gespräch war zu Ende.

Jay hörte seine Musik: das Doppelkonzert von Brahms. Sie lernte allmählich seine Lieblingsmusik, seine Stimmungen kennen, und als er in der Tür des Ateliers erschien, lächelte er, mit jenem seltenen, spontanen Heben der Mundwinkel, das ihren Widerstand normalerweise zum Schmelzen brachte. Dieses Mal war es, als lachte er bei einem Begräbnis, und sie konnte es nicht ertragen. Ich kann nicht hier bleiben, dachte sie voller Panik, ich kann nicht, ich will mich nicht mit dem begnügen, was du mir zu bieten hast, aber sie war zu müde, etwas zu unternehmen.

«Ist alles gut gelaufen?»

Sie schüttelte heftig den Kopf, dann dachte sie zum ersten Mal seit Stunden wieder an Mirico, nickte und ging dann langsam an ihm vorbei, allein durch seine Existenz schon gekränkt. «Ja», sagte sie. «Ist es wohl.» Aber es kam ihr ganz und gar nicht mehr so vor.

Sie benutzte Jay als Krücke, etwas, auf das sie sich stützen konnte, damit sie nicht verrückt wurde, aber sie wollte nicht mit ihm reden. Tagsüber arbeitete sie fleißig an ihren Entwürfen für Mirico, wies all seine Bemühungen, mit ihr ins Gespräch zu kommen, zurück, wartete, dass er sie allein ließ, empfand dann aber verrückterweise nichts als Panik, denn seine Anwesenheit, seine Sorge, dämpfte den Schmerz und beschwichtigte die tödliche Angst davor, dass sie den einen, den sie mehr als alles andere wollte, zum zweiten Mal verlieren sollte. Abends fiel sie erschöpft ins Bett und in Jays tröstende Arme, ließ zu, dass er mit ihr schlief, nein, wollte es, und rechtfertigte sich mit dem Gedanken, wenn sie schon Rick nicht bekäme, wollte sie wenigstens massenhaft Sex, sollte er doch zum Teufel fahren. Aber wenn sie im Dunkeln dalag und auf Jays Atem lauschte, war sie sich schmerzhaft der Tatsache bewusst, dass sie Rick schon allein dadurch untreu war, dass sie bei Jay blieb, und sie redete sich ein, dass sie bliebe, weil sie den Gedanken nicht ertragen konnte, allein zu sein.

Sie futterte wie verrückt.

Als Jay, nach fast einer Woche frenetischer Aktivität, von gierigem, fast verzweifeltem Sex im Dunkeln und eisigem Schweigen tagsüber, wissen wollte, was los sei, sagte sie brüsk: «Keine Ahnung, wovon du redest. Ich arbeite nur hart, das ist alles. Ich bin müde.» Sie war dankbar für Mirico, sie brauchte die Ablenkung, um nicht verrückt zu werden.

Sie sollte um zehn da sein, und bis halb zehn bummelte sie über die Oxford Street und starrte blicklos in die Schaufenster, hatte vor Aufregung ein Kribbeln im Bauch und einen trockenen Mund, und doch ging es ihr besser als die ganze Woche über, weil sie an etwas anderes zu denken hatte als an Rick und ihre wachsenden Schuldgefühle Jay gegenüber. Um zehn vor zehn saß sie dann in der Rezeption, wischte sich die feuchten Hände am Rock ab und wünschte, es wäre schon vorbei.

Solly Cohen ließ sie weitere vierzig Minuten warten, und als sie dann schließlich in sein Büro geführt wurde, bemerkte er bissig: «Sieht aus, als hätten Sie Nachtschichten eingelegt! Schwieriger als Sie dachten, was?»

Er lachte roh, nahm dann ihre Skizzen und blätterte sie mit ungebührlicher Geschwindigkeit durch. Er legte sie hin, schwang ansatzweise in seinem Stuhl hin und her, nahm sie wieder auf, ging sie ein zweites Mal durch, langsamer, dann ein drittes Mal, noch langsamer. Er begann sie einzuteilen, in zwei Haufen, einer sehr viel kleiner als der andere, und Emmas Hoffnungen stiegen. Dann nahm er den größeren Stapel, schob ihn umstandslos wieder in die Mappe, die er ihr über den Schreibtisch hinweg zuwarf.

«Die nicht. Die sind Mist.»

Emma wurde puterrot, fühlte sich, wie sich ihrer Vorstellung nach eine Mutter bei einer Abfuhr für ihr Lieblingskind fühlen musste. Cohen klatschte seine enorme Pranke auf den anderen Stapel. «Bei denen bin ich mir nicht sicher.» Achtlos verstreute er sie über den Tisch. «Muss Cyril sprechen ...» Dann wuchtete er sich aus dem Stuhl, hob sie auf, marschierte los, und Emma lief hinterher.

Cyril ging das, was von ihren Entwürfen noch übrig war, systematisch durch und stellte Fragen. «Könnten diese Abnäher von der Seitennaht her verlaufen, statt vertikal? Wo soll bei dem hier der Reißverschluss sitzen? Ist das eine Tasche oder nur eine Ziernaht?»

Bei einigen gab es offenbar Probleme. «Das hier dürfte nie richtig sitzen», sagte er bei einem. «Der Jersey ist zu weich dazu. Aber man könnte es aus grobem Wollstoff machen, das würde gehen.»

«Gut, Cyril. Dann machen Sie mal.»

«Jetzt gleich, Solly?»

«Jetzt gleich, Cyril.

«Gut, Solly.»

«Geben Sie Paul das, was Sie gerade machen. Will ein paar Nesselmodelle sehen bis ... wann?»

Cyril überlegte. «Bis ... sagen wir, Donnerstag könnten Sie ein paar haben.»

«Himmel, Cyril!», schnauzte Solly, und Emma bekam aus dem Augenwinkel mit, wie Paul, der andere Zuschneider, zusammenzuckte. «Bei dem Tempo kann ich mir ja meine Rente abholen, wenn Sie fertig sind. Und wie viele bis nächste Woche?»

Cyril überlegte, den Kopf zur Seite gelegt, blätterte die übrig gebliebenen Entwürfe durch, weniger als ein Dutzend von den fast vierzig, die Emma angefertigt hatte, und strich sich dann mit knotiger Hand übers Kinn. «Fünf oder sechs.» Er zuckte unbestimmt die Schultern. «Vielleicht.»

«Na schön.» Solly schlug mit der Faust auf den Tisch. «Dann legen Sie mal los. In Ordnung, Cyril?»

«Aye-aye, Solly.»

Und Solly stürmte mit Emma im Kielwasser wieder zurück in sein Büro.

Er ließ sich schwer in seinen Stuhl fallen und winkte ihr

mit der Hand. «Neun Kostüme. Sehen mir verdammt langweilig aus, aber warten wir's ab. Brauche Sie hier um neun, Donnerstag. Was hatten wir gesagt, dreißig?»

«Vierzig.» Dieser Gauner!

Er gackerte wie zwanzig Hennen gleichzeitig. «War nur ein Test. Kaffee?» Er drückte auf die Sprechtaste. «Zweimal Kaffee, Lesley, und das Scheckbuch!»

Als der Kaffee gekommen war, war Emma zu aufgeregt, um ihn zu trinken. Solly kritzelte schlürfend etwas, unterschrieb schwungvoll und warf ihr den Scheck über den Schreibtisch hinweg zu. «Nicht vergessen, Punkt neun. Donnerstag.» Dann entließ er sie mit einem Wedeln seiner riesigen Hand.

Sie war schon halb durch die Rezeption, als es ihr auffiel. Es war ein Scheck über 270 Pfund. Das war die größte Summe, die sie je auf einmal erhalten hatte, und sie brauchte ein paar Augenblicke, um sie zu erfassen. Er hatte ihr also doch nur dreißig Pfund pro Entwurf gezahlt! Sie blieb stehen, drehte sich um, starrte noch einmal darauf, zögerte. Wie dumm!

«Verdammt und zugenäht!», sagte sie laut.

Die Empfangsdame kicherte. «Hat er Sie übers Ohr gehauen?»

«Macht er das häufiger?»

«Immer.» In gemeinsamer widerwilliger Bewunderung für seine Unverschämtheit grinsten sie sich an.

«Und kommt er damit durch?»

«Immer.»

Emma kicherte. «Na, dann sagen Sie ihm, er wäre gerade wieder damit durchgekommen.» Dann warf sie ihre Tasche über die Schulter, klemmte sich die Mappe unter den Arm und ging davon, förmlich schwebend.

Sie musste unbedingt nach Hause, um jemanden an ihrem Erfolg teilhaben zu lassen, aber sie konnte keinen Bus entdecken. Unwillig, sich der U-Bahn auszusetzen, begann sie Richtung Marble Arch zu laufen, wanderte ziellos an den Schmuckhändlern vorbei und an den Hütchenspielern, die sich wie Asseln an die Sommersonne drängten, schlängelte sich durch die Menschenmassen und vertrieb sich die Zeit, bis ein Bus nach Putney vorbeikommen würde. Sie kaufte sich einen Saft, blieb dann stehen, um einem Mann zuzusehen, der mit seinen Kartentricks den Leuten das Geld aus der Tasche gezogen hatte, und nun in Windeseile zusammenpackte, um dem uniformierten Polizisten aus dem Weg zu gehen, der es auf ihn abgesehen hatte, und erst als ihr Bus unmittelbar hinterm Oxford Circus auftauchte und im dichten Verkehr nur langsam weiterkam, merkte sie, dass sie an der Ecke zur Bond Street stand, und ihr fiel Rick wieder ein. Wie hatte sie ihn auch nur eine Minute vergessen können?

Sie trat zurück und sah dem Bus entgegen, ließ ihn dann aber vorbeirollen. Sie fühlte sich völlig leer, die Euphorie, in die sie der Erfolg versetzt hatte, war zum zweiten Mal verdorben durch die Erinnerung an die fruchtlose Verfolgung in der letzten Woche. Sie wollte nicht mehr nach Putney zurück, sie wollte dieses Fegefeuer beenden, damit sie wieder ihr Leben leben konnte, statt ständig hin und her gerissen zu werden. Sie holte tief Luft, reckte sich, und wandte sich nach links, irgendein schicker Juwelier in der Bond Street oder so, hatte Annie gesagt. Wenn das hier wäre, würde sie es finden.

Fast hätte sie ihn übersehen. Es war einer dieser teuren, zurückhaltenden Läden, die sich eher auf persönliche Empfehlungen als auf auffällige Reklame verlassen, und er war auch nicht in der Bond Street, sondern ein Stück weiter weg in der Burlington Arcade. Auf einem Polster aus üppigem, pflaumenfarbenem Samt und von oben mit einem eigenem Strahler beleuchtet, lag im Fenster eine Kette aus silbernem Filigran. Jedes winzige Glied, das bis in die kleinsten Einzelheiten getreue Abbild eines Efeublattes, war anmutig mit dem nächsten verbunden, wobei jedes zart geäderte Blatt und jeder verschlungene Stiel sich leicht von seinem Nachbarn unterschied. Es gab kein Preisschild, keinen Hinweis auf seinen Schöpfer, aber sie wusste sofort, von wem es stammte.

«Es ist dringend», beharrte sie. «Es geht um eine Familienangelegenheit, und ich muss ihn so schnell wie möglich sprechen.» Ihr Herz pochte ihr laut in den Ohren, ihre Mappe hatte offenbar an Gewicht zugenommen und zerrte an ihren Armen, ihr Mund war trocken und ihre Kehle unerklärlich eng.

Der Geschäftsführer war hochnäsig, offenbar nicht daran gewöhnt, mit den *hoi polloi* umzugehen. «Ich kann nur wiederholen, Miss, ich bin nicht befugt, seinen Aufenthaltsort mitzuteilen.»

«Es ist aber eine Angelegenheit auf Leben und Tod, es geht …» Oh, bin ich wirklich dazu imstande, bin ich wirklich schon so tief gesunken? «Es geht um seine Schwester.» Die Worte rutschten ihr heraus, bevor sie ihre Meinung ändern konnte, und mit heißem, schamrotem Gesicht stand sie da und wartete, während der Mann sie prüfend ansah und abzuschätzen versuchte, ob sie auch vertrauenswürdig war.

«Er kommt morgen hierher», sagte er schließlich grollend, «gegen halb elf. Ich wäre Ihnen allerdings dankbar, wenn das, was Sie mit ihm zu verhandeln haben, weitab von diesen Örtlichkeiten stattfinden würde. Das hier ist ein äußerst exklusives …»

«Danke.» Den Rest seines Satzes hörte Emma nicht mehr, sie war schon unterwegs zur Tür.

Sie kaufte sich ein Sandwich, denn es war Mittag, erwischte dann einen Bus, setzte sich nach oben und starrte blicklos in die Gegend, und das Sandwich rührte sie nicht an. Sie war freudig erregt, wie berauscht, vor nervöser Aufregung war ihr leicht übel. Und erst als sie sich auf ihrem Heimweg der Putney Bridge näherte, begann sie über die Folgen ihrer Entdeckung nachzudenken. Was, wenn er nicht auftauchte? Was, wenn er auftauchte und sie nicht mehr wollte? Was, wenn er ihr ins Gesicht lachte? Und was, um Himmels willen, was sollte sie nur Jay erzählen?

18

Um zehn stand sie an der Ecke zur Cork Street, gegenüber vom Eingang zur Arcade. Sie trug ihren indischen Rock und eine alte Bluse, damit Rick nicht auf die Idee käme, sie wäre verzweifelt. Allerdings war sie sich schmerzhaft der dunklen Augenringe nach einer schlaflosen Nacht bewusst, und sie sah immer noch vor sich, wie Jay sie angeschaut hatte, als sie sich zum ersten Mal, seit sie zusammen waren, schlichtweg geweigert hatte, mit ihm zu schlafen, hörte immer noch die verblüffte Verständnislosigkeit in seiner Stimme, als sie sogar versäumt hatte, seinen Morgengruß zu erwidern. Es fiel ihr daher schwer, sich zu konzentrieren.

Höchstwahrscheinlich würde Rick sowieso nicht kommen. Warum sollte sie auch dieses Mal Glück haben, nachdem sie so oft Pech gehabt hatte? Wahrscheinlich würde sie ihn verpassen. Schlimmer noch, er würde kommen, sie sehen, weggucken und davongehen, das hatte er ja schon einmal getan …

Als er um zehn vor elf aus der Burlington Arcade auftauchte, lehnte sie sich mit geschlossenen Augen schwer an die Mauer, weil sie keine Luft mehr bekam und ihre Beine einzuknicken drohten. Sie sah nicht, wie er über die Straße kam, und als er sie berührte, erschrak sie so, dass sie krampfhaft zusammenzuckte und quiekte wie ein ängstliches Ferkel. So hatte sie sich das ganz und gar nicht vorgestellt, sie wusste nicht, wie sie sich verhalten sollte.

«Ich musste dir sagen ...», platzte sie heraus, außerstande, sich irgendetwas Intelligentes auszudenken oder gar, nach dem ersten erschrockenen Blick, ihn anzusehen. «Ich musste ... ich ... ich lauf dir nicht nach, ich dachte nur ... ich dachte, du solltest wissen ...» Lieber Gott, ach, Ali, es tut mir Leid, wie kann man nur etwas so Schreckliches tun, aber es trifft dich ja nicht mehr.

Rick stand ganz still und starrte sie an. Nachdem Emma ihren Mut zusammengenommen und den Kopf gehoben hatte, war sie ganz verwirrt, als sie merkte, dass sie schon in dieser einen Woche vergessen hatte, wie schwarz seine Augen waren, wie braun seine Haut. Er war auch größer, als sie ihn in Erinnerung hatte, kräftiger, und seine weiche, gut geschnittene Lederjacke sah teuer aus. Er trug ein Hemd mit Krawatte und ordentlich gebügelte Hosen, und er strahlte Selbstvertrauen aus, Charisma – sein eigenes, nicht einen blassen Abglanz der Ausstrahlung seiner Schwester.

«Ich dachte – ich meine, jemand muss dir von ... von ...» Sie war krank, ganz einfach. Wie billig, wie unwahrscheinlich mies, Alison als Ausrede zu gebrauchen.

«Ach, Emma», sagte Rick sanft. «Sei still, Schatz!», und er streckte die Hand aus, um ihre Wange zu berühren.

Sie hatte es in der vorangegangenen Nacht bis in jede Einzelheit geplant, während sie unbefriedigt neben Jay in seinem Doppelbett gelegen hatte, hatte ihr Wiedersehen geprobt: was Rick sagen würde, was sie sagen würde, wie sie einander in die Arme fliegen würden, wie nach mehr als einem Jahr Trennung sein Kuss schmecken würde. Aber jetzt, da er da war, wurde Emma unerwartet von einer brüllenden Woge des Zorns überschwemmt. Sie stieß sich von der Wand ab, die sie aufrecht hielt, stieß seine Hand fort und schlug ihm fest ins Gesicht.

Der Schlag schleuderte seinen Kopf zurück, aber er löste nicht eine Sekunde den Blick von ihr und wich auch nicht zurück. Als sie erneut ausholte, wappnete er sich gegen den Schlag und sagte ruhig: «Mach ruhig, ich hab's verdient.» Sie stockte, den Arm immer noch in der Luft, als winke sie ein Taxi herbei, und dann begann sie zu weinen.

Rick trat näher, legte seine Arme um sie, hüllte sie in den Geruch von Leder, dieses Mal teures und ohne Motoröl, ganz und gar nicht wie am Earl's Court, und er beugte den Kopf, um ihr ins Ohr zu flüstern: «Es tut mir Leid, Em, nicht weinen, bitte, nicht weinen. Es tut mir Leid.»

«Leid? Was hat dir denn Leid zu tun?» Energisch kämpfte sie sich frei und prügelte, ungeachtet der Passanten, die sich nach ihnen umzusehen begannen, böse auf ihn ein, als wollte sie ihn förmlich vertreiben. «Du bist ja nur ohne ein Wort der Erklärung abgehauen. Du hast mich ja nur sitzen lassen, ohne dich um mich zu kümmern, während du dich rumgetrieben hast. Du hast ja nur nicht angerufen, nicht geschrieben ...»

«Ich konnte nicht schreiben», verbesserte er.

«Was?»

«Wie hätte ich dir schreiben können? Ich habe doch gerade erst das Alphabet gelernt ...»

Emma spürte erneut die Wut in sich aufsteigen und blind für alles, außer dem, was er ihr angetan hatte, ließ sie ihr freien Lauf. «Verschon mich mit diesem Mist, du kannst doch offenbar reden.» Sie hörte ihre Stimme in ihren Ohren hallen, rau vor blindem Zorn, und begann ihm haltlose Beschimpfungen entgegenzuschleudern, um den inneren Druck loszuwerden. «Du bist ein dreckiges, altes Schwein von einem Mistkerl! Du bist eine miese, selbstsüchtige Karikatur von einem menschlichen Wesen, ein Jammerlappen, du widerliches Ottern- und Schlangengezücht ...»

«Emma ...»

«Klappe, du Mistkerl, du ... du Schwein!» Ihr gingen die Schimpfwörter aus, sie begann sich zu wiederholen, in ihrem Schädel kochte und tobte es, ihre Wut drohte sie zu ersticken. «Halt die Klappe! Ich bin noch nicht fertig!»

«Doch, das bist du ...»

Er hielt sie fest, während sie schluchzte, atmete den Duft ihres Haares, bemerkte, wie dünn sie war, spürte, wie ihre Tränen sein Hemd durchtränkten, und lächelte, strahlte über ihrem Kopf von Ohr zu Ohr und wäre vor wahnsinnigem Glück fast explodiert.

«Wieder besser?», fragte er und setzte mühsam eine gefasste Miene auf, als Emma schließlich ihre nassen Wangen hob und ihn mit rot geränderten Haselnussaugen ansah. «Oder hast du einen ordentlichen Schluck nötig?»

«*Wehe*, du machst dich über mich lustig!», knurrte sie. «Wo, zum Teufel, hast du dich rumgetrieben?»

«Nicht hier.»

«Das weiß ich, du Mistkerl!»

Unwillkürlich lächelte Rick wieder und weigerte sich, auf ihre Beschimpfungen einzugehen. «Ich meine, hier können wir nicht reden. Bitte, Em!»

Er ging mit ihr zurück durch die Bond Street, dann die Oxford Street entlang bis zur Park Lane und wollte mit ihr ins Grosvenor Hotel in der Hoffnung, dass dessen stille, luxuriöse Atmosphäre sie ein wenig beruhigen könnte. Auch er hatte Beruhigung nötig, denn innerlich zitterte er, in seine Hochstimmung mischte sich Panik, dass er womöglich alles unwiderruflich verdorben haben könnte. Den ganzen Weg dorthin starrte er voller Begierde auf ihr schmollendes Profil, sog sie in sich auf wie jemand, der nach Monaten in der Wüste eine Oase erreicht hat. Ach, dachte er, wenn du nur wüsstest, wie du mir gefehlt hast.

Froh, sich endlich hinsetzen zu können, lehnte Emma sich in ihrem Stuhl zurück und wartete, dass ihr Herzschlag sich beruhigte. «Wie bist du so stark geworden?», fragte sie beiläufig, weil alle anderen Fragen, die ihr im Kopf herumschwirrten, offenbar zu kompliziert waren.

«Schutt weggeräumt.» Rick rückte seinen Stuhl näher heran, sodass ihre Knie sich fast berührten, und beugte sich vor, dann legte er seine Ellbogen auf die Schenkel und faltete die Hände fest zwischen den Knien, weil er sie sonst einfach berührt hätte. Aber so weit war sie noch nicht. Er konnte ihre Entrüstung spüren, er musste ihr Zeit lassen. «Ich habe mir ein Haus bei Acle gemietet, östlich von Norwich, da lebt der Mann, von dem ich dir erzählt habe ...»

«Welcher Mann?» Emma war absichtlich kühl, machte es ihm mit Freuden schwer.

«Der, bei dem ich gelernt habe. Der, für den ich damals gespart habe, weißt du noch, der S-silberschmied ...?» Bei dem selbstironischen Stocken fuhr Emmas Kopf in die Höhe, Rick nahm seine Hände auseinander und faltete sie wieder. Emma war immer noch nicht so weit. «Und als er nach Norfolk zog, bin ich hinterher gezogen ...»

«Was für Schutt?»

«Aus dem Haus, das ich gemietet habe. Ich bin dabei, es zu renovieren. Der Besitzer hat es mir billig überlassen, unter der Bedingung, dass ich es herrichte.» Er lehnte sich zurück, weg von der Versuchung, ließ ihr mehr Raum. «Ich habe bisher fünf Container mit Schutt gefüllt.» Er grinste, beugte dann für sie seinen Bizeps unter der Jacke, posierte, wollte sie zum Lächeln bringen. «Hier ist Mr. Universum. Wenn mir heute der Mistkerl unter die Augen käme, würde ihm wahrscheinlich der Kopf ganz wegfliegen.»

Seinen Vater zu erwähnen war ein Fehler, denn es erinnerte sie beide an Alison. Dankbar für die Unterbrechung, begrüßte Rick erleichtert die Kellnerin und bestellte Kaffee für zwei und Scones mit Marmelade.

«Heute», sagte Emma hämisch, ohne Rücksicht auf die Anwesenheit des Mädchens, «könnte wahrscheinlich selbst ich dem Mistkerl den Kopf abreißen. Du hast ihn nicht bei der Verhandlung gesehen.» Oh, dachte sie, warum hab ich das gesagt? Was ist, wenn er davon nichts weiß?

Aus Ricks Gesicht schwand das Lächeln, und er sah plötzlich bekümmert aus. «Schon in Ordnung», sagte er. «Ich hab's in der Zeitung gelesen.» Er senkte den Kopf, starrte auf den Boden, als er den Schock noch einmal durchlebte, die Trauer, das Gefühl von Verschwendung. «Ich habe damals gerade Fish and Chips gegessen. Als ich plötzlich feststellte, dass mein Abendessen in einen Prozessbericht gewickelt war, habe ich das eine Ewigkeit nicht mehr runtergekriegt.» Als er aufsah, schwammen seine Augen in Tränen. «Tut mir Leid, Em.» Er wandte sich ab, beschämt von seiner Schwäche. «Du musstest als Zeugin aussagen, stimmt's? Du und dieser Wie-heißt-er-noch?»

«Bill.»

«Bill.» Wechsle das Thema! «Den wollte ich letzte Woche besuchen.»

«Wen?»

«Ich war letzte Woche am Earl's Court, um Bill zu besuchen, aber er war nicht da.»

«Er ist krankgeschrieben seit ...»

«Seit das passiert ist. Aber jetzt ist er wieder im College. George hat es mir erzählt ...»

«Was hat dir George erzählt?»

«Dass Bill lange gebraucht hat, um sich zu erholen», sagte Rick, nahm Teller, Tassen, Untertassen entgegen und schob Milchkännchen und Zuckertopf hin und her, damit seine ungeduldigen Hände etwas zu tun hatten. «Aber sonst wollte er mir nichts erzählen. Er sagte, du hättest keinen Abschluss gemacht, du wärst umgezogen und würdest mit jemandem zusammenwohnen, aber als ich ihn um deine Telefonnummer bat, druckste er herum.» Genauer gesagt, er kam ihm hinterhältig vor. Der Widerling schwafelte dummes Zeug, suchte Ausflüchte und schob dann eine dringende Verabredung vor, bis Rick ärgerlich wurde und ihm praktisch die Tür vor die Nase knallte, dem Riesentrottel. Seitdem hatte Rick sich immer wieder dazu aufraffen wollen, noch einmal hinzugehen, aber das war ja jetzt nicht mehr nötig. Wieder überschwemmte ihn eine Welle des Entzückens, er lächelte erneut und zog dabei den Kopf ein, falls sich Emma wieder darüber aufregte.

«Und warum?»

«Warum was?»

Emma wartete ungeduldig, während ihr Kaffee eingegossen wurde, bekam erneut Atemnot, nahm sich dann einen warmen Scone und schnitt ihn mit viel Kraft durch, wobei sie Krümel und Rosinen über den Tisch verstreute. «Warum wolltest du meine Telefonnummer haben?»

Als sie aufsah, starrte er sie an, mit prüfender, vertrauter Intensität, so wie er sie anfangs angesehen hatte, bevor alles aus dem Gleis geraten war. Dieser Blick hatte ihr stets das Gefühl gegeben, sie sei einmalig, er bekäme nicht genug von ihr, er wäre verrückt nach ihr.

«Was *meinst* du denn, warum ich deine Telefonnummer wollte?», fragte er freundlich. «Du Dummchen.»

«Oh ...» Sie schaute auf ihren Teller hinunter und begann Butter zu streichen, Marmelade zu löffeln, bis der Gedanke, dass er sie schon einmal sitzen gelassen hatte, ihren Zorn erneut aufflammen ließ. «Keine Ahnung. Und wie kommst du darauf, dass mich das überhaupt interessiert? Schließlich war ich nicht diejenige, die weggegangen ist, ohne sich auch nur einmal umzusehen ...»

«*So* war das nicht.» Er schüttelte heftig den Kopf. «So war es ganz und gar nicht. Em, Liebes, wenn du mich nur erklären ließest ...»

«Dann mal los, Rick. Du Lieber, erklär! Und zwar gut, bitte schön, ich brauche etwas zum Lachen.» Hör auf, ermahnte sich Emma, hör auf, dich wie ein Scheusal zu benehmen, gib ihm eine Chance, sonst verscheuchst du ihn endgültig. Was ist nur mit dir los? Sie starrte an ihm vorbei auf die Drehtüren auf der anderen Seite des Foyers und rang um Fassung. Lag es an Rick, dass sie so aggressiv war, oder waren es Schuldgefühle? Nicht, dass Jay nicht Bescheid wüsste, sie hatte es ihm oft genug erzählt, ihn gewarnt, dass sie ihn nicht liebe ...

«Em!»

«Oh, tut mir Leid.» Sie blinzelte und richtete den Blick wieder auf Ricks erstauntes Gesicht, ließ sich erweichen, beteuerte sich selbst grimmig, dass es all den Schmerz, all das Warten wert war, ihn wiederzusehen. «Tut mir Leid», wiederholte sie. «Rick, ich wollte nicht so ...»

«Weiß ich doch. Ist schon in Ordnung.» Er reichte ihr über den Tisch hinweg endlich seine Hand, es war offenbar ein geeigneter Augenblick. Ihre Finger waren warm und buttrig. «Es tut mir ja auch Leid, dass ich dich so verletzt habe. Ich wollte das nicht, das schwöre ich. Nur ...»

«Ja?», sagte Emma auffordernd, zog die Beine unter den Stuhl, beugte sich vor und wollte beruhigt werden. «Komm, erzähl. Ich muss es verstehen.» Ich muss wissen, dass ich dir immer noch etwas bedeute.

Er spürte ihren Zweifel, fühlte, wie sie unter seinen Fingern zitterte. Er legte seine andere Hand über ihre und drückte sie fester, dann begann er, zunächst zögernd, dann beim Reden immer zuversichtlicher, zu erklären, sich zu rechtfertigen. Emma saß ganz still, zeitweilig so stumm, wie Ricky einst war, während er sie mit einem Wortschwall überschwemmte.

«Ich musste erst mit mir selbst klarkommen, das ist alles. Es hätte nicht funktioniert, Em, nicht so, wie es war, nicht nach allem, was passiert war. All diese schrecklichen Sachen, die er gesagt hatte, und alles, was ich tun konnte, zur Vergeltung, zu deiner, zu unserer Verteidigung, war, mit den Fäusten auf ihn loszugehen. Wozu war das gut? Und dann, hinterher, als ich dich besuchen wollte, mit dir darüber reden wollte, hat mich Tante Mabel zum Teufel geschickt, und als ich vorm College auf dich gewartet habe, hat Ian gesagt, du wärst schon nach Hause gegangen» (das hatte sie gar nicht gewusst; typisch Ian, dachte sie, Ärger zu machen, wo er nur konnte), «und ich dachte, was soll das alles. Ich konnte ja sowieso nicht sagen, was ich sagen wollte – oh, ich konnte alles in meinem Kopf rausschreien, aber ich konnte nicht zwei verdammte Wörter hintereinander äußern, und ich wollte doch nur sagen, wie sehr ich dich liebe. Deshalb dachte ich, ich verschwinde am besten ganz aus deinem Leben, bis ich mit mir selbst klargekommen bin.» Er machte eine Pause, um Luft zu holen. «Ich dachte, ich komme dann auf meinem weißen Pferd wieder angeritten, trage dich triumphierend von dannen, und wir leben glücklich bis ins hohe Alter ...»

Emma fand schließlich die Sprache wieder. «Wo hast du denn sprechen gelernt?»

«Was?»

«Ich sagte, wo hast du sprechen gelernt?»

Er konnte sehen, wie erneut Wut in ihr aufbrodelte und rasch an die Oberfläche stieg, ironischerweise, weil er so gut sprechen konnte, aber er hatte keine Ahnung, wie er sie beruhigen sollte. «Ich hätte ihn schon Jahre vorher verprügeln sollen», begann er. «Ich hätte das letzte bisschen Leben aus ihm herausprügeln sollen, als ich zwölf war, denn je weiter ich von ihm weg kam, desto besser ging es mir.» Er wusste sofort, dass er es falsch angefasst hatte.

«Und ich?» Emma zog ihre Hand fort und setzte sich gerade hin.

«Was und ich?»

«Je weiter du von mir weg warst, desto besser ging es dir, willst du das sagen?»

«Nein! Nein, natürlich nicht! Dreh mir doch das Wort nicht im Mund um. Es hatte nichts mit dir zu tun, ich musste mir nur beweisen, dass ich es allein schaffe, bevor wir es zusammen schaffen konnten. Deshalb habe ich doch versucht, dich zu finden, weil ich es geschafft habe, ich habe gerade diesen Wahnsinnsvertrag abgeschlossen, über die Lieferung ...»

«Weiß ich!», schimpfte sie, schon wieder vor Wut kochend. «Hat mir Annie erzählt. Ich hab dich gesehen, letzte Woche, in der Portobello Road, und ich habe hinter dir hergebrüllt und gebrüllt, und du bist einfach weggegangen.»

Er hätte nicht verblüffter aussehen können, wenn sie ihm einen Eimer Wasser über den Kopf geschüttet hätte, aber das war ihr egal. Sie starrte ihn so finster an, als wollte sie ihn umbringen, zum zweiten Mal von dem Drang besessen, ihn zu schlagen, diesmal härter, in die Eier, wo es richtig wehtat, und um sich zu bremsen, ballte sie die Fäuste fest in ihrem Schoß. «Na ja, es ist zwar schrecklich nett von dir, nach all der Zeit an mich zu denken, aber wie kommst du eigentlich auf die Idee, dass ich noch etwas mit dir zu tun haben will, Ricky Brown? Wie du weißt, habe ich mich im letzten Jahr anderweitig orientiert, da dir ja nicht zuzumuten war, das Telefon in die Hand zu nehmen, um mir mitzuteilen, dass du sprechen kannst.»

«Hab ich.»

«Du hast was?»

«Das Telefon in die Hand genommen, um dir mitzuteilen, dass ich sprechen kann.»

«Nein, wie du verdammt gut …»

«Doch, habe ich. Ich hatte dieses Mädchen dran, wie heißt sie noch, die dein altes Zimmer übernommen hat …?» Er triumphierte, er konnte es beweisen. «Penny, so heißt sie. Sie hat nicht gewusst, wo du hin bist, hat gesagt, du hättest keine Adresse hinterlassen. Das war vor Monaten, irgendwann im Januar, bevor …» Er brachte es nicht fertig, Alisons Namen auszusprechen, aber sie schwebte einen Augenblick zwischen ihnen, eine spürbare, fast fassbare Gegenwart. «Du hast nicht gerade auf mich gewartet, oder?»

Sie starrten sich gegenseitig unheilvoll an, bis Rick die Hand ausstreckte und ihre Finger an seinen Mund führte, was sie lebhaft an ihre erste Begegnung erinnerte. «Nicht streiten», bettelte er mit sanfter Stimme, zerknirscht, drängend. «Ich liebe dich, Em.»

«Oh …», flüsterte Emma und kapitulierte. «Oh, ich liebe dich auch.»

Sie liefen über die Straße zum Hyde Park und bummelten Händchen haltend durch den Sonnenschein – wie ein Liebespaar, dachte Emma, erstaunt, ja erschrocken über die

Geschwindigkeit, mit der sie mitgerissen wurde. Und nun fragte Rick sie aus.

«Warum bist du vom College abgegangen?»

«Wegen Ali. Ich ... deinetwegen. Weil ich es nicht ausgehalten habe.»

«Und warum bist du umgezogen?»

«Wegen Tante Mabel ... Ach, deinetwegen, du Blödmann, weil ich den Gedanken nicht ertragen habe, dazubleiben, wenn du nicht wiederkommst.»

Oh Mist, schalt Rick sich selbst, Dad hatte Recht, was für ein verdammter Idiot war ich doch. «Und was treibst du jetzt, wie kommst du zurecht?»

«Ich habe einen Job als Designerin. Gestern – so habe ich dich überhaupt gefunden – fuhr kein Bus, deshalb bin ich gelaufen, und ich – ich musste es wissen.» Unvermittelt blieb sie stehen, gerade als eine Schar kleiner Schulmädchen in identischen Hüten, Blusen, grauen Faltenröcken, weißen Socken und Riemchenschuhen vorbeikam, und sie schlang den Arm um seine Taille unter seiner Lederjacke, musste sich vergewissern, dass er wirklich da war. «Ich habe jedes einzelne Schmuckgeschäft auf der Bond Street abgesucht, weil ich wissen musste, ob das alles nur in meinem Kopf passiert war, ob ich mir das nur eingebildet hatte ...»

«Ach, Em ...», unterbrach er sie. «Was für ein elender, verdammter Blödmann war ich doch. Ich habe alles falsch gemacht, was?»

Es war nicht wie bei ihrem letzten Kuss: der war ein Abschied gewesen, und der hier war ein Neuanfang, aber er war auch nicht wie ihr erster, denn sie hatten seitdem beide viel erlebt. Eng umschlungen standen sie im Sonnenschein, genossen einander hungrig, ohne das kichernde Krokodil wahrzunehmen, das sich in Zweierreihen um das unerwartete Hindernis auf seinem Pfad schlängelte, und sie trennten sich gerade rechtzeitig, um zu hören, wie die entnervte ältere Lehrerin die letzten ihrer faszinierten Schützlinge weiterscheuchte und dabei murmelte: «Also *wirklich*! Ich weiß nicht, wohin es mit der Welt noch kommen soll! Sie sollten sich schämen: Das *gehört* sich einfach nicht!»

Das brachte sie zum Lachen, ließ ihnen eine Dosis heiterer Zuversicht durch die Adern fließen, und als Emma Rick ansah, fiel ihr auf, wie selten er früher gelacht hatte. Sein Gesicht war voller geworden, wie auch sein Körper, und die Falte zwischen seinen Augen war weniger ausgeprägt. Sie lächelte ihn an, und er lächelte zurück, mit einem breiten, strahlenden Lächeln, das sie vor Entzücken erglühen ließ und sie daran erinnerte, wie sehr sie ihn vermisst hatte, wie lange sie auf ihn gewartet hatte. Und dann gingen sie weiter zur Serpentine, immer noch Händchen haltend wie die kleinen Mädchen, für deren Unterhaltung sie gerade so gründlich gesorgt hatten, und verschränkten die Finger ineinander, als hätten sie Angst, sich erneut zu verlieren. Rick redete dann nur zum eigenen Vergnügen weiter.

«Ihr seid also alle noch Freunde? Ihr wart anfangs zu fünft, nicht wahr: Bill, George, Ali, du und … wie hieß noch dieser andere Typ, der, den ich nie kennen gelernt habe? Den mochte Ali doch, er allerdings hatte eine Schwäche für dich, wie sie sagte. Vielleicht, wenn sie sich an den gehalten hätte, wäre sie möglicherweise noch am Leben. Wie hieß er noch?»

Emma wurde es heiß, kalt, und sie starrte stur auf den Boden unter ihren Füßen, urplötzlich von schrecklichen Schuldgefühlen ergriffen. «Jay», sagte sie heiser. Sein Name blieb auf ihrer Zunge und sein Gesicht schwebte vor ihren Augen. Sie schluckte heftig. «Erzähl, wie du an diesen Vertrag gekommen bist.»

Rick bemerkte den abrupten Themenwechsel nicht. «Mundpropaganda. Bei mir hat sich im letzten Jahr alles durch Mundpropaganda ergeben, was wirklich Ironie ist, wenn man es bedenkt. Und wo wohnst du jetzt? Wem musst du Bescheid sagen?»

«Bescheid sagen …?»

Er hielt sie zurück, schlang seine Arme um ihre Taille, zog sie an sich und umhüllte sie mit dem Geruch warmen Leders und sauberer Haut. «Ich hab meine Angelegenheiten für heute erledigt. Wir können gleich in deine Wohnung gehen und deine Sachen holen. Du solltest kündigen und heute Abend mit mir zurückfahren. Wir nehmen mit, was wir tragen können, und holen den Rest später. Wir können wieder zusammen sein, diesmal für immer.»

Seine Zuversicht war atemberaubend. Als er stehen blieb, um sie noch einmal zu küssen, zu genießen, klammerte sie sich an ihn, denn sie selbst hatte etwas Zuversicht nötig, doch bevor sie auch nur Zeit hatte, wieder zu Atem zu kommen, wurde sie von einem weiteren überraschenden Vorschlag erschlagen. «Ich werde mich nach Sondergenehmigungen erkundigen, damit wir gleich heiraten können. Mein Vermieter in Norfolk ist ein altmodischer Bauer, der achtet auf Sitte und Anstand.» Er grinste, umfasste sie dann fester und meinte, nun wieder ernst: «Kannst du dir vorstellen, wie oft ich nachts wach gelegen und mir gewünscht habe, du lägst neben mir?»

«Ja», sagte Emma und sah Jays Gesicht vor sich, wie es sich verschloss bei der Nachricht, dass Rick wieder da war und sie mit ihm fortgehen wollte, weil er ihr Ein und Alles war. «Wie kannst du das fragen?» Aber du weißt nicht, was für ein wirksames Schlafmittel sexuelle Befriedigung sein kann, und auch nicht, dass ich sie als Ersatz für Liebe benutzt habe und dass es mir elendig misslungen ist, mir den

Mann vom Leib zu halten, der mich aus dem schwarzen Loch der Verzweiflung gerettet hat, als du nicht da warst, und der so gern mehr wäre als ein menschlicher Schlaftrunk …

Später, versprach sich Rick und wandte ihr sein Gesicht zu, um den Duft ihres Haares einzuatmen, werde ich dir von Rosie erzählen, die mir, langsam und mühselig, das Lesen beigebracht hat und die gelegentlich den leeren Platz in meinem Bett einnimmt. Ich werde dir erklären, dass sie mir nicht das Geringste bedeutet und ich ihr auch nicht, dass ich einfach einsam war und sie willig …

Er bezahlte Rosie für den Unterricht, hatte zunächst das Gefühl gehabt, er bezahle sie für den Sex, bis sie ihn beruhigte. «Keine Verpflichtungen», sagte sie heiter, als ihn das Gewissen plagte. «Freie Liebe, weiter nichts, keine Bindungen. Jetzt mach schon, damit wir zur Sache zu kommen.»

«Tut mir Leid, Em», sagte er, allerdings nicht mehr allzu sicher, wofür er sich nun entschuldigte. «Glaub mir, du weißt gar nicht, wie Leid mir das alles tut.»

Sie setzten sich zum Ausruhen auf eine Bank, weil Emma immer noch Probleme mit den Beinen hatte, und er versuchte erneut, voller Ungeduld, die Angelegenheit zu klären. «Mit wem wohnst du denn nun zusammen, ist es weit?»

Es hatte keinen Sinn, der Frage auszuweichen, er müsste es früher oder später ohnehin erfahren. «Jay.»

«Mit wem? Du meinst …?»

«Ich meine Jay Hammond, der, den Ali so toll fand.» Sie starrte unbestimmt über die Rasenfläche und erzählte ihm, ganz schnell, als hätten die Wörter, wenn man nur schnell genug spricht, weniger Kraft. «Ich wohne mit Jay zusammen, weil er Verständnis hatte, als ich zusammenbrach, nachdem du mich verlassen hattest, und er hat mich aufgefangen, als Ali starb, denn das Ganze war meine Schuld, und ich konnte es nicht ertragen. Er hat es geschafft, dass ich keine Albträume mehr habe, und er hat bei der Verhandlung meine Hand gehalten, und er hat mich mit zu sich nach Hause genommen, weil ich bei der Vorstellung, allein zu sein, ohne dich, ohne Ali, ohne alles, vor Angst fast den Verstand verloren habe, und seitdem wohne ich bei ihm, weil du nicht da warst, aber er, und ich war so *einsam …*»

«Oh.»

«Und erzähl mir nicht, du hättest nicht – ich würde dir nämlich nicht glauben.» Sie lehnte sich auf der Bank zurück und schloss erschöpft die Augen.

«Gut, mach ich nicht.»

Emma hob den Kopf und öffnete die Augen. «Du machst was nicht?»

«Dir erzählen, ich hätte nicht.» Rick holte tief Luft. «Da gibt es ein Mädchen namens Rosie, sie unterrichtet …», er zog eine Grimasse, «erwachsene Analphabeten. Ich habe sie auf dem Gentleman's Walk mitten in Norwich getroffen. Da ist ein großer Markt, und ich habe ihr eine Schalspange verkauft. Sie hat dann angeboten, mir Lesen beizubringen. Aber sie bedeutet mir nichts, sie ist unwichtig.»

Er beugte sich zu Emma hinüber, kuschelte sich an Emmas Hals und zog sie an sich. «Nichts davon ist wichtig, von jetzt an geht es nur noch um uns beide, dich und mich.»

Keiner von ihnen stellte die offensichtliche Frage. Es war einfacher so.

Sie ließ sich auf der gegenüberliegenden Seite der Putney Bridge absetzen, lief dann allein weiter und überlegte krampfhaft, wie sie es Jay beibringen könnte, dass sie ihn verlassen wollte.

19

Doch es war ganz einfach.

Als sie aufschloss, saß Jay am Küchentisch und las einen Brief. Er zuckte sichtbar zusammen, als sie in der Tür auftauchte, zerknüllte das Blatt in der Hand und sah dann zu ihr auf, als wäre sie eine Fremde.

«Ist alles in Ordnung?», fragte sie, erschrocken über seine ungewöhnliche Blässe.

Er blinzelte und bemühte sich offensichtlich, sich zusammenzunehmen. «Mir geht's gut», sagte er. «Alles in Ordnung. Du warst lange weg.» Er fuhr sich mit den Finger durchs Haar und starrte wie hypnotisiert auf das zerknitterte Blatt Papier vor sich.

«Jay», begann sie. «Ich muss mit dir reden ...»

Er rührte sich nicht, reagierte überhaupt nicht, und Emma wurde wütend. Das hatte sie nicht nötig, sie hatte zwanzig Minuten damit verbracht, um sich zu wappnen, damit sie ihm sagen konnte, sie würde ihn verlassen, und nun benahm er sich, als wäre sie bereits weg, als hätte er einfach vergessen, dass sie da war.

«Ich hab mich entschlossen, wieder zum Baron's Court zu ziehen.» Jays Schultern strafften sich, immerhin eine Reaktion. «Nur für eine Weile.» Elendes, feiges Weib, dummes, blödes Huhn, sag's ihm gleich, bring's hinter dich und fertig. «Ich brauche Zeit, um mit mir klarzukommen, herauszufinden, wie es jetzt weitergehen soll.» Bring es ihm schonend bei, verletze ihn nicht unnötig. «Schau mal, ich hab dich sehr gern, das weißt du, und ich bin dir auch sehr dankbar für alles, was du für mich getan hast ...»

«Schon gut. Wie du willst.» Er bat sie nicht zu bleiben, flehte nicht, bettelte nicht, er wandte nicht einmal den Kopf. Es war fast, als hätte er gar nicht gehört, was sie gesagt hatte.

Sie packte so viel ein, wie sie konnte, und rief ein Taxi. Als sie an der Küche vorbeikam, sah sie ihn immer noch am Fenster stehen und ins Nichts starren, und sie war überrascht, wie sehr seine Gleichgültigkeit sie traf. Nach allem, was er gesagt hatte, nach seinen Geständnissen von unsterblicher Liebe, hätte sie eigentlich erwartet, dass er wenigstens ein bisschen kämpfen würde, aber es machte ihm offenbar nicht das Geringste aus, dass sie wegging.

Bis es an der Tür klingelte, waren ihre Sachen ordentlich im Flur gestapelt, und ihr kamen beinahe die Tränen. Sie ging wutentbrannt zurück in die Küche. «Das Taxi ist da», sagte sie brüsk. «Also, ich gehe jetzt.» Als sie das letzte Mal in dieser Situation war, hatte sie ihn als Schwein beschimpft, und er war hinausgestürmt und hatte den Taxifahrer aufgefordert abzuhauen. Sie blieb stehen, wartete.

Ganz langsam drehte er sich um, er bewegte sich wie ein alter Mann.

«Em …», setzte er an. Sein Gesicht war so müde, wie sie es noch nie gesehen hatte, und ihr Zorn verrauchte.

«Jay, ich …»

«Nicht», sagte er. «Ich kann nicht …» Er stockte, senkte den Kopf, starrte auf den Boden und setzte erneut an. «Ich schaffe das im Augenblick nicht, Em. Wenn du gehen musst, dann geh einfach, ja?»

«Na gut!» Sie zögerte immer noch. «Dann tschüs!»

«Tschüs!»

Und das war's.

Arbeit. Die hatte sie dringend nötig, denn in ihrem Kopf herrschte ein einziger Tumult. Baron's Court war düster und fremd, und das Wissen, dass ihr Aufenthalt nur vorübergehend war, trug nicht dazu bei, ihre Einsamkeit zu bannen.

Und was war überhaupt mit Jay los? Sie hatte ihn noch nie so merkwürdig, so teilnahmslos erlebt, und er hatte sie einfach so gehen lassen, ohne jeden Widerstand. Sie arbeitete bis zehn, dachte dann, sie könnte fünf Minuten Pause machen, fiel ins Bett und schlief wie eine Tote. Sie hörte weder das Telefon noch das Mädchen von unten, das schüchtern an ihre Tür klopfte, und als sie um zehn Uhr am nächsten Morgen unvermittelt hochschreckte, von einem Albtraum mit seinem schwarzen Loch der Verzweiflung geweckt, lag ein Zettel auf dem Boden. *Ricky hat angerufen. Bittet um Rückruf.*

Sie kochte sich einen Tee, aß eine Schale Cornflakes, vergaß dann den Tee und machte sich einen Kaffee. Erst als ihr nichts mehr einfiel, ging sie mit vor nervöser Aufregung klopfendem Herzen die Treppe hinunter, um ihn anzurufen.

«Ja bitte?» Die Stimme war sanft, vom Land und weiblich.

«Welche Nummer ist das bitte?»

«Great Yarmouth ...» Die Nummer stimmte.

«Äh, könnte ich bitte ... mit wem spreche ich?»

«Rosie Medler. Wollen Sie Rick sprechen?»

Emma starrte auf die Sprechmuschel, und ihr wurde ganz kalt. Was war da los?

«Ja, ich ...»

«Er ist leider nicht da, aber wenn Sie eine Nachricht hinterlassen wollen, richte ich ihm aus, dass Sie angerufen haben ... Hallo?»

«Oh. Äh ... Nein, sagen Sie ihm nur ... sagen Sie ihm nur – ich rufe später nochmal an.» Und sie legte hastig den Hörer auf.

Die nächsten zwei Stunden arbeitete sie wie wahnsinnig, erstickte jeden Gedanken in der Arbeit. Jedes Mal, wenn unten das Telefon klingelte, drehte sich ihr in einer Mischung aus Hoffnung und Besorgnis der Magen um, und jedes Mal war es für jemand anders.

Gegen Nachmittag gab sie auf, setzte sich auf den Balkon, starrte auf das Durcheinander aus Dächern und lauschte auf das gedämpfte Dröhnen des Londoner Verkehrs. Was hatte Ricks Lehrerin bei ihm zu suchen und in seiner Abwesenheit an sein Telefon zu gehen? Warum hatte er nicht zurückgerufen? Was zum Teufel sollte das alles? Eine Frage, die Emma sich mit Absicht nicht gestellt hatte, ging ihr jetzt nicht aus dem Kopf und verlangte nach einer Antwort. Sie hatten kaum über ihre Arbeit gesprochen. Angenommen, sie verzichtete auf ihre Stelle bei Mirico, bevor sie richtig angefangen hatte, ließe alles hinter sich und stünde dann ohne geregeltes Einkommen da – war das wirklich eine gute Idee? Um vier Uhr, außerstande, still zu sitzen, nahm sie ihre Tasche, warf sie über ihre Schulter und verließ das Haus.

«Ich dachte, ich komme mal vorbei und erkundige mich, wie es läuft …», stotterte sie.

«Prima!» Solly Cohen schlug ihr herzhaft auf den Rücken. «Beweist Initiative. Gefällt mir.»

Der Hieb ließ Emma taumeln und nach Atem ringen.

Er ließ ihr keine Zeit für Erklärungen. «Zuschneideraum!», dröhnte er und winkte der Empfangsdame im Vorbeigehen gebieterisch zu. «Brauche Francis! Treiben Sie ihn auf!»

Francis war ein adrettes Männlein mit onduliertem, grauem Haar, kleinen, schokoladenbraunen Augen und einem Gesicht wie ein freundlicher Mops. In auffallender Weste, Nadelstreifenhosen, Krawatte und Rose im Knopfloch kam er eilig mit einem Klemmbrett angetrippelt.

«Francis!», stellte Solly ihn brüllend vor. «Klingt verdammt nach Schwuchtel! Frankie Bunker – Emmie Versiiie. Bunker!», dröhnte er wie ein Presslufthammer. «Richtiger Bunker!»

«*Boncœur.*»

«Was?» Emma zuckte zusammen, ihre Nerven lagen bloß.

«*Boncœur.*» Die Stimme klang nasal, wohl artikuliert, das Gegenstück zu seinem Herrn. «Altfranzösisch. Da hat er sein Bunker her. An dem Witz erfreut er sich mittlerweile seit fünfzehn Jahren.» Der kleine Mann lächelte sie mit vielen Fältchen an. «Aber Sie sollten mich Francis nennen.»

«Emma», sagte Emma und lächelte zurück. Was für ein liebes Gesicht du hast, dachte sie, wie passend, *bon cœur.* Es war wunderbar, etwas zu tun zu haben, sie war bereits ruhiger.

Ganz nettes Kind, stellte Francis fest, aber ziemlich nervös. Ich frage mich, wie sie mit unserem guten Solly zurechtkommen wird.

Cyril hatte schon ein Nesselmodell angefertigt, aber während Emma seinen Fleiß erstaunlich fand, war Solly unbeeindruckt.

«Ist das alles, Cyril? Was hast du getrieben, auf deinem fetten Hintern gehockt und deine billigen Zigarren geraucht?»

«Hab ununterbrochen drangesessen, Solly.»

«Verdammt nochmal, weiß überhaupt nicht, wofür ich die Leute hier bezahle», brüllte Solly fröhlich.

Das Modell sah nach nichts aus. Emma war bei dem Anblick ganz entmutigt. Langweilig, viel zu schlicht, zu wenig Details, zu wenig … irgendetwas.

Solly musterte es schweigend, umkreiste es, musterte es erneut. «Knöpfe!», bellte er.

Es sollte aus blassrosa Leinen sein. «Marineblau», sagte Emma. «Marineblaue Steppnähte, marineblaue Knöpfe.»

«Was für Knöpfe?»

Panik. Marineknöpfe. Woher soll ich wissen, was für Knöpfe? Reicht das denn nicht?

«Paul», sagte Francis. «Bring Miss Versey die Schachtel.»

Eine große Pappschachtel wurde geholt, die Emma dankbar durchstöberte. Es gab Tausende von Knöpfen und Hunderte von marineblauen.

«Diese», sagte sie schließlich und hielt triumphierend ein schlichtes Holzexemplar hoch mit zwei Löchern und einem Perlstichmuster am Rand.

«Gut!» Solly schnappte ihn ihr aus der Hand und steckte ihn mit einer großen Nadel an die Brust der Puppe. «Da?»

«Nein.» Sie versetzte ihn ein wenig, fügte weitere hinzu. Jeder Trottel konnte sehen, das es so besser wirkte. Plötzlich sah es nicht mehr ganz so unmöglich aus.

«Steppnaht!», schnauzte Solly und warf ihr einen Kuli zu. Sie zeichnete sorgsam eine gepunktete Linie auf den Stoff. «Taschen!»

Sie gingen es Schritt für Schritt durch, Zentimeter für Zentimeter. Bei den Entwürfen, die Solly Cohen ausgesucht hatte, handelte es sich fast ausschließlich um Jackenkleider, schlicht durchgehend mit kurzen oder angeschnittenen Ärmeln und gerade fallendem Jäckchen. Und beim Kleid gab es ein Problem, das Emma sich nicht zu erwähnen traute. Cyril hatte die Brustabnäher von den Seitennähten aus geführt, und das störte die Linie. Ihre Skizze zeigte eine Naht, die den Abnäher einbezog, um dem Ganzen eine reine, unkomplizierte Silhouette zu geben. Es war Francis, der auf die Unstimmigkeit hinwies. Du liebes Kerlchen, dachte sie, ich könnte dich küssen, Monsieur Boncœur.

«Na, verdamm mich!» Cyril nahm die Skizze und musterte sie. «Entschuldigung, meine Liebe», sagte er und kratzte sich am Kopf. «Ist mir gar nicht aufgefallen. Ich war so mit der Jacke beschäftigt, dass ich davon ausging, es wäre was normales Durchgehendes. Aber das habe ich schnell.» Er nahm die große Zuschneideschere mit dem schwarzen Griff und schlitzte den Stoff auf. Dann fummelte er herum, schnitt wieder, steckte, stutzte, bis er zufrieden war. «Na, was meinen Sie?»

Sie traten zurück. Es war jetzt zwar zu kurz, aber das spielte keine Rolle. Denn zwei Minuten Geschnippel hatten eine Katastrophe in einen Erfolg verwandelt. Alle merkten es, einschließlich Emma, die gedacht hatte, dass das Modell nie auch nur annähernd dem Kleidungsstück ähneln würde, das sie entworfen hatte. Selbst Solly bemerkte es.

«Gut, Miss Emmie Ver-siie», herrschte er sie lobend an. «Sind auf der Gehaltsliste, erst mal drei Tage in der Woche, Einzelheiten später. Nun hauen Sie ab. Cyril, noch ein Muster, dalli, dalli, aber diesmal in Leinen. Frankie, du fauler Sack, brauch den Rolls.» Er grinste breit, nickte mit dem Kopf und ließ sie stehen. Francis zögerte, blinzelte und lief dann folgsam hinter ihm her.

«Aber …», wandte sich Emma an den Luftwirbel, den sie hinterlassen hatten. Erst als sie am Oxford Circus wieder im Tageslicht stand, merkte sie, wie viel ihr an der Stelle lag.

Auf dem Boden lag wieder ein Zettel. *Ricky anrufen!* hieß es. *Dringend.*

«Wo zum Teufel warst du? Ich bin bald verrückt geworden.»

«Nirgends. Ich war eingeschlafen.» Emma schluckte mühsam, wählte ihre Worte sorgfältig und bemühte sich, ruhig zu bleiben. «Und ich habe dich heute Morgen angerufen. Dein Schätzchen war am Telefon.»

«Mein was?»

«Dein Schätzchen. Deine Lehrerfreundin. Du hast mir nicht erzählt, dass sie mit dir zusammenlebt.»

«Tut sie ja auch nicht.» Rick klang angespannt und ungeduldig. «Sie hat angeboten, die Buchführung für mich zu erledigen, das ist alles. Da ich jetzt diesen Vertrag habe, muss ich Rechnungen ausstellen, Quittungen, all den Kram, der damit verbunden ist. Ich kann zwar unterschreiben und ein paar Worte aneinander reihen, aber ... Em, hast du ihn schon verlassen?»

Rick und Rosie. Das klang nach Kinderfibel. Rick und Rosie lernen lesen, Rick und Rosie lernen schreiben, Rick und Rosie schlafen miteinander. «Ja», sagte Emma scharf, und ihr Zorn nahm mit ihrer Unsicherheit zu. «Ja, ich habe ihn verlassen. Im Unterschied zu deiner Rosie, die offenbar immer noch bei dir wohnt.»

«Sie ist nicht *meine* Rosie, Ehrenwort.»

Was für die letzte Nacht vollkommen stimmte. Es war eine Erleichterung, die Lage so schnell klären zu können. «Okay, Schatz», sagte Rosie, als er ihr die Neuigkeiten mitteilte. «Da, wo du herkommst, mein Süßer, gibt's noch viele. Aber mit den anderen Sachen machen wir doch weiter? Ich brauche das Geld, ehrlich gesagt, und es wäre eine Schande, jetzt mit den Stunden aufzuhören, wo du gerade ein paar Fortschritte machst. Ist allerdings schade, es hat viel Spaß gemacht.» Dann hatte sie gegrinst, ihm einen Kuss auf die Wange gedrückt und war pfeifend gegangen. Ihren Morgenmantel hatte sie mitgenommen.

«Em, was machst du mit diesem Job? Wann werden wir zusammen sein?», bettelte Rick drängelnd. «Ich *vermisse* dich.»

«Ach ...», Emma war wider Willen gerührt, fühlte sich erneut schuldig, diesmal gegenüber Solly. «Ich hab's ihm noch nicht gesagt. Ich hatte keine Gelegenheit, ihm Bescheid zu sagen. Außerdem ist er nicht der Mann, bei dem man einfach ankommt und sagt: ‹'tschuldigung, ich hab meine Meinung geändert›.» Sie zögerte und überlegte, wie sie es formulieren sollte, damit Rick es verstünde, und platzte dann heraus: «Und außerdem, ich weiß gar nicht, ob ich überhaupt aufhören will.» Schweigen. «Würdest du den Schmuck für mich aufgeben?»

Rick seufzte. Das lag bestimmt nur an Rosie. «Na gut», sagte er beruhigend. «Wenn du noch Zeit brauchst, soll's mir recht sein. Wir werden uns etwas überlegen. Ich wohne ja nicht weit von Yarmouth, und die Zugverbindungen sind nicht schlecht ... Das wird nur ein Problem, wenn wir es zu einem machen. Em, können wir uns darüber nicht später Gedanken machen? Das Wichtigste ist doch, dass wir zusammen sind.»

«Ja, ich weiß. Es ist nur so, dass ich ...» Sie zögerte. Er hatte Recht, das Wichtigste war das Zusammensein.

«Ich liebe dich», sagte sie.

«Nur darum geht es doch, nicht wahr?», erwiderte Rick, ohne zu zögern. «Ich liebe dich auch.»

Und sie wusste, alles würde gut.

20

Es war spät, weit nach zehn, und sie hatte ihn nicht erwartet.

Er lehnte an der Wand, oben auf der Treppe, die hängenden Fäuste geballt, starrte mit leerem Blick zu Boden und regte sich auch nicht, als sie in der Tür erschien. Er war unrasiert und wirkte angeschlagen. Emma öffnete den Mund und wollte etwas sagen, machte ihn dann aber wieder zu, weil sie nicht wusste, was. Er sah schrecklich aus. Sie hatte ihn noch nie in einem solchen Zustand gesehen.

«Geht's dir gut?»

«Nein.» Seine Stimme klang heiser, und er krümmte ungelenk den Rücken, als hätte er Schmerzen.

«Bist du krank?» Sie trat auf ihn zu, in plötzlicher Sorge.

«Nein.»

Sie blieb abwartend stehen.

«Kommst du nach Hause?»

«Nein.» Das hier war doch wohl nicht ihre Schuld? Er hatte doch kaum registriert, dass sie wegging, hatte kaum auf Wiedersehen gesagt.

«Ich brauche dich.»

«Nein, brauchst du nicht, du hast ja nicht einmal gemerkt, das ich gegangen bin.»

«Ich hatte gerade einen Brief bekommen. Ich konnte ...» Jay hielt inne, stieß sich von der Wand ab und trat zögernd einen Schritt auf sie zu.

Emma sah ihn voll Bedauern an. Das war doch nicht die Folge ihres Fortgehens, dieser Zusammenbruch? «Was für einen Brief?»

«Bitte», flehte er, und sie zuckte zusammen und wich unwillkürlich einen Schritt zurück. «Nicht!», schrie er auf, denn er fürchtete, sie wollte die Tür schließen, überwand mit zwei Schritten den Abstand zwischen ihnen, bekam sie zu fassen und nahm sie so fest in die Arme, dass sie kaum noch Luft bekam. «Nicht», murmelte er. «Lass mich nicht vor der Tür stehen!»

Sie spürte, wie er zitterte, sein Herzschlag dröhnte in ihren Ohren und seine Ellbogen gruben sich spürbar in ihre Rippen. «Ich bin nicht dein Eigentum», murmelte sie vorwurfsvoll, mit von seinem Pullover erstickter Stimme. «Bedräng mich nicht so!»

«Ich kann nichts dafür. Em, ich …»

«Dann gib dir mehr Mühe. Jetzt ist es zu spät, mich zu bitten.» Emma wand sich vergebens. Die Luft blieb ihr weg, und sie wurde gereizt beim Gedanken an ihren Abschied, und was auch immer ihm diesen Kummer bereiten mochte, sie hatte unwillkürlich das Bedürfnis, ihn zu trösten.

«Ich brauche dich. Ich … es ist etwas passiert, und ich komme nicht allein damit klar.»

«Wieso brauchst du mich?»

«Ich muss etwas erledigen, und das schaffe ich nicht allein. Em …» Er verfiel in Schweigen und stand einfach da, den Kopf an ihre Schulter gelehnt, das Haar über den Augen. Dann plötzlich verzerrte sich sein Gesicht wie in Todesangst, und sie konnte es nicht ertragen.

«Gut», murmelte sie. «Was soll ich tun?» Sie spürte, wie er zusammensank, und durch diese kleine Bewegung schmolz ihr Widerstand endgültig dahin.

«Komm gleich mit mir zurück. Ich muss nach Yorkshire.» Er verstärkte seinen Griff, aus Angst, dass sie ihre Meinung ändern könnte. «Morgen Nachmittag. Ich muss etwas klären, und das kann ich nicht ohne dich.»

«Gut», kapitulierte sie. «Für wie lange?»

«Nur ein paar Tage.» Er hob endlich den Kopf, um sie anzusehen, und umschloss ihr Gesicht mit den Händen. «Emma …» Oh, dachte Emma, dahinschmelzend, wie hatte sie den Sex vergessen können?

Es war der erste Kuss seit Tagen, und er reichte, die letzten Reste ihrer Entschlossenheit vollständig zu vernichten, er wärmte und rührte sie, und Jay nutzte das aus.

«Ich liebe dich, Em», murmelte er in ihr Haar. «Ich kann ohne dich nicht leben.»

Sie ergab sich fast ohne jeden Widerstand und beschimpfte sich dann für ihre Schwäche und Dummheit. Jay packte manisch alles zusammen, was ihm in die Finger kam, als würde sie auf Dauer wieder zu ihm ziehen, bis sie ihn heftig aufforderte, damit aufzuhören, und ihn daran erinnerte, dass es sich nur um einen vorübergehenden Aufschub handelte. Dann schleppte er alles mit halsbrecherischer Geschwindigkeit nach unten, als ob sie sonst ihre Meinung doch noch ändern würde. Als sie schon die Tür schließen wollte, hielt sie inne.

«Warte im Wagen auf mich», sagte sie, plötzlich erschrocken über das, was sie tat, voller Sehnsucht nach Rick, der ihr wieder unerbittlich durch die Finger schlüpfte. «Ich muss telefonieren ...»

«Gut, aber beeil dich!»

Rick war fast sofort am Apparat. «Ich muss dich treffen», sagte Emma. «Morgen, im Restaurant bei Bourne and Hollingsworth. Um zwölf.» Highnoon, haha.

«Heißt das ...?» Er klang begeistert.

«Erklär ich dir morgen ... Ricky?»

«Ja?»

«Ich liebe dich, vergiss das nicht, ja?»

Jay wartete im Auto, den Kopf an die Scheibe gelehnt und die Augen geschlossen. Als sie neben ihn rutschte, huschte ein Lächeln über sein Gesicht, und sie fühlte sich ein bisschen besser. Es ist ja nur für ein paar Tage, sagte sie sich.

«Danke, Em», murmelte er und streichelte ihre Wange.

«Ist schon gut», sagte sie. Sie war ihm schließlich etwas schuldig.

Der Abend war mehr als merkwürdig. Nachdem er sie zurückgeholt hatte, zeigte Jay keinerlei Neigung zu reden. Unter welchem Kummer er auch leiden mochte, er war eindeutig nicht bereit, sie daran teilhaben zu lassen, und sie fragte sich, warum er sie überhaupt brauchte. Sie verzehrten ihr Abendessen in vollkommenem Schweigen und verbrachten den Abend damit, Musik zu hören, die den betäubenden Mangel an Gesprächen ausfüllte. Es war fast zehn, als Emma ihren Mut zusammennahm und ihn fragte, ob es ihm besser ginge.

«Ja», sagte er und blinzelte sie an, als hätte er vergessen, dass sie da war. «Ja, es geht mir gut, jetzt, wo du wieder da bist. Möchtest du etwas trinken?» Er stand auf und ging durchs Zimmer, um sich einen großen Brandy einzuschenken, dann vergaß er Emma, nahm ihn mit ans Fenster und starrte, zerstreut daran nippend, auf die Lichter am Fluss.

«Wenn ich jemanden umgebracht hätte», sagte er plötzlich überraschend. «Würdest du dann immer noch bei mir bleiben?»

«Umgebracht? Wen umgebracht?»

«Niemanden.» Er wandte ihr sein Gesicht zu, runzelte die Stirn, als hätte er Kopfschmerzen. «Ich überlegte nur, wenn ich ...»

«Aber du hast keinen ... du bist vielleicht ein bisschen seltsam, aber du bist kein Mörder ... oder doch?»

«Nein. Nein, natürlich nicht.» Er wandte sich wieder von ihr ab, nahm den letzten Schluck Brandy und fügte kryptisch hinzu: «Ich habe nur überlegt», legte dann eine Hand über die Augen und kam wieder durchs Zimmer. «Ich bin nur kaputt», sagte er. «Ich glaube, ich gehe ins Bett.» Er zögerte. «Leistest du mir Gesellschaft?»

Es dauerte ziemlich lange, bis Emma langsam sagte: «Ja, ja, in einer Minute.» Und was nun, fragte sie sich, was machst du jetzt, du blöde Kuh?

Sie blieb sitzen, bis die Geigen verstummten, bevor sie dann aufstand, den Plattenspieler abstellte, zum Fenster ging und hinunter auf den vorbeiströmenden Verkehr starrte. Sie dachte daran zurück, wie elend sie sich anfangs gefühlt hatte, als sie zum Baron's Court gezogen war, angesichts der Aussicht, Rick endgültig zu verlieren, dachte an Alison und die Wochen, Monate geduldiger und freundlicher Unterstützung, die Jay ihr gewährt hatte, als sie dessen bedurfte. Sie war ihm etwas schuldig. Und einmal mehr machte doch auch keinen Unterschied?

Ihre Bedenken waren unnötig. Jay hielt sie fest in den Armen, aber er zeigte keinerlei Neigung, mit ihr zu schlafen, brauchte offenbar eher Trost als Sex. Als das Mondlicht ihr in den frühen Morgenstunden ins Gesicht schien und sie weckte, stand er nackt am Fenster und sah zu, wie die Themse auf ihrer langen Reise zum Meer vorbeifloss, und als er sich umwandte, um wieder ins Bett zu kommen, erhaschte sie einen Schimmer von Tränen auf seinen Wangen.

Sie nahm ihn instinktiv in die Arme und streichelte ihm übers Haar, bis er einschlief. Sie hätte sich weniger schuldig gefühlt, wenn sie die ganze Nacht gevögelt hätten.

Ricks Gesicht, als sie es ihm erzählte, war Strafe genug.

Sie saßen in einer dunklen Ecke, hielten über den Tisch hinweg Händchen, und Emma versuchte stockend zu erklären, dass diese neuen Umstände keine Bedrohung für ihn darstellten. Vergebliche Liebesmüh.

«Du hast ja keine Ahnung», begann sie schließlich, weil sie unbedingt wollte, dass er es verstand, «wie es war, als Ali starb. Ich dachte, das Ganze wäre meine Schuld. Ich bin jede Unterhaltung mit ihr durchgegangen und habe mich gefragt, ob ich sie mit einem Wort, einem Satz dazu gebracht habe, bin alles durchgegangen, was ich getan hatte, jede Bewegung: Hätte ich früher zurückkommen müssen, um nach ihr zu sehen? Hätte ich sie überhaupt nie allein lassen dürfen? Hätte ich ihr den Brandy wegnehmen müssen? Wenn ich mir genug Mühe gegeben hätte, hätte ich ihr vielleicht ausreden können, sich überhaupt auf diese Affäre einzulassen … Ich habe sie allein gelassen und bin zum College gegangen, als ich hätte da sein, ihre Hand halten müssen. Ich habe sie nicht angerufen, wie ich es versprochen hatte. Als sie nicht ans Telefon gegangen ist, habe ich angenommen, alles wäre in Ordnung, als ganz und gar nichts in Ordnung war. Ich habe meine Verantwortung auf den lieben, armen Bill geschoben, der sie gefunden hat, erstickt an ihrer eigenen …»

«Hör auf!» Rick wandte sein Gesicht ab, unfähig, noch mehr zu ertragen. «Und ich war nicht da, aber er. Geht es nicht darum – um das Begleichen von Schulden?» Er ergriff ihre Hand fester, die schlaff unter seiner auf dem Tischtuch lag, und fuhr mit den Finger über die sommersprossige Haut. «Du bezahlst deine Schulden bei …» Er brachte es nicht über sich, Jays Namen auszusprechen, er dachte, er würde daran ersticken. «Und ich muss bezahlen, weil ich nicht da war, als du mich gebraucht hättest … Gut, Em.» Ein Idiot, dachte er, ein verdammter Idiot. Ein Trottel von einem Helden, der auf seinem weißen Ross angeritten kommt, um die Jungfrau aus ihrer Not zu erretten, wobei jemand anders das schon längst erledigt hat, seinen Preis auf seinen Sattel gehoben hat und mit ihr gen Sonnenuntergang geritten ist.

«Es ist doch nur für ein paar Tage.» Sie schaute ihm ins Gesicht und fühlte sich genauso elend wie er. «Nur bis er geklärt hat, was immer er auch zu klären hat. Und dann werde ich sehen, dass ich mich irgendwie mit Mirico einige.» Sie beugte sich über den Tisch und drückte seine Hand, bis seine Knochen knackten, mehr zu ihrer eigenen Beruhigung als zu Ricks. «Es kommt alles in Ordnung», sagte sie heftig. «Du wirst sehen. Es kommt alles in Ordnung, ehrlich.»

Und dann ging sie wieder zur Arbeit, aber nur um Solly Cohen mitzuteilen, dass sie sich ein paar Tage freinehmen musste.

21

Harrogate war ein hübsches Städtchen, elegant, langweilig, wohlhabend. Das Hotel war altmodisch, viktorianische Gotik, voller langer, zugiger Flure und verschnörkelter Simse.

Sie waren durch stürmischen Regen nordwärts gefahren, ohne viel zu reden, ein Zustand, den Emma nach den letzten vierundzwanzig Stunden allmählich als normal empfand.

«Bist du auch sicher, dass ich mitkommen soll?», hatte sie gefragt, als sie ihre Koffer hinten in den Jensen luden.

Jay nickte heftig mit dem Kopf. «Ja, natürlich. Es tut mir Leid, Em, es ist nur so, dass …» Dann verfiel er in Schweigen, starrte ins Nichts und vergaß, was er hatte sagen wollen. «Wir reden später darüber, wenn ich … Komm, wir müssen los, oder wir kommen zu spät.»

Zu spät für was? Emma fragte sich erneut, was ihn so bedrücken mochte. *Würdest du bei mir bleiben, wenn ich jemanden umgebracht hätte?* Ging es bei dieser Reise darum?

«Jay?», begann sie, während sie ihren Koffer auf einem durchgelegenen Doppelbett abstellte, aber er runzelte die Stirn und schüttelte den Kopf.

«Nicht jetzt, bitte, Em, nicht jetzt.»

Er kam vom Fenster durchs Zimmer und nahm sie fest in die Arme, und Emma spürte die Anspannung, als umschlössen sie Stahlreifen. Unbehaglich wand sie sich in seiner Umklammerung, und ihr auf dieser stummen Reise gefasster Entschluss, unbeteiligt zu bleiben, ihn auf Armeslänge von sich fern zu halten, damit sie davongehen konnte, wenn der Ausflug vorbei war, schmolz dahin wie Nebel in der Sonne. «Aber ich könnte dir vielleicht helfen.»

«Tust du doch.» Er küsste sie auf den Kopf und umarmte sie fester. «Du bist hier. Ich hätte dir alles schon vor Monaten erzählen sollen, wollte ich auch, aber ich war nicht imstande … und dann passierte das mit Alison …» Er seufzte und legte seine Wange an ihre. «Ich liebe dich.»

«Das weiß ich.» Und warum erzählst du mir dann nicht, was los ist? Was war es, worunter er so litt, dass er es nicht einmal über sich brachte, darüber zu reden? Und was hatte Alison mit dem Ganzen zu tun?

Er ließ sie los und begann langsam und widerwillig seine Sachen auszupacken. «Heute Abend ist ein Konzert, mit dem Hallé-Orchester. Ich habe Karten dafür bestellt, Barbirolli dirigiert.»

Emma starrte ihn ungläubig an. «Und dazu sind wir den ganzen Weg hergekommen, deshalb habe ich bei der Eintragung ins Melderegister gelogen, musste meine linke Hand in der Tasche halten, falls man meinen Ehering sehen wollte? Nur, damit wir in ein Konzert gehen können?»

Er lächelte sie an, zum ersten Mal seit Stunden, Tagen. «Natürlich, Mrs. Hammond. Ich habe Sie über Hunderte von Meilen hierher gebracht, damit Sie sehen können, wie man sich als Ehepaar fühlt.» Sein Lächeln wurde breiter. «Ich finde es ganz nett. Warum wollen wir nicht …?»

«Nein! Erzähl keinen Blödsinn! Wenn du wüsstest, was ich aufgeben musste, um mitzukommen …» Nein, dachte sie und biss sich auf die Zunge, natürlich weißt du das nicht, und ich kann es dir auch nicht erzählen, das kann ich dir nicht antun, nicht jetzt. «Das ist wieder typisch für dich», schloss sie lahm. «Immer deinen Vorteil im Auge.»

«Warum nicht?» Der Scherz, kein richtiger Scherz, ging

daneben, und Jays Lächeln wurde bitter. «Nur so kann ich doch unter deine schützenden Fittiche schlüpfen.» Er wandte sich ab, von hilfloser Sehnsucht erfasst, und wünschte, er hätte es gelassen, wünschte, er wäre nicht gekommen, und die kurze Gnadenfrist im Elend war fast schon vorüber, bevor sie begonnen hatte.

Die Musik besänftigte ihn. Er arrangierte ihre Ankunft absichtlich so, dass sie nur Sekunden vor dem Erlöschen der Lichter ihre Sitze einnahmen, und als sie sich gesetzt hatten, nahm er ihre Hand und hielt sie die ganze Zeit fest. In der Pause blieben sie in vornehmer Isolation auf ihren Plätzen, bis auf einen kurzen Ausflug zur Bar, damit Jay einen großen Scotch hinunterschütten konnte, und erst als der weißhaarige Maestro sich zum letzten Mal verbeugte und das Publikum sich zum Gehen erhob, lehnte Jay sich endlich zurück und entspannte sich.

«So ist es besser.» Emma berührte mit tröstender Hand seine Wange, ermutigt von dem Fortschritt, seufzte ergeben und wartete dann, ganz nach dem vertrauten Muster, dass der Zuschauerraum sich leerte. Sie hatte Ricky für den Augenblick zu den Akten gelegt, unter «in der Schwebe», da sie sich nicht mit beiden zugleich befassen konnte.

Als sie ins Foyer kamen, war nur noch ein weiteres Paar übrig, das auf ein Taxi wartete. Emma achtete kaum auf sie, dachte ganz prosaisch an ihren Magen, und sie waren schon fast an der Tür, als der Mann, mittleren Alters, plump, mit gerötetem Gesicht, seine Gefährtin stehen ließ und sich ihnen in den Weg stellte.

Durchdringend starrte er Jay an, musterte ihn mit wässrigen, blauen Augen und nickte dann triumphierend. «Er ist es, nicht wahr? James Hammond! Na, hol mich der Teufel! Dachte ich mir doch, dass du es bist!»

Abrupt blieb Jay stehen, immer noch Emmas Hand umklammernd, und der Mann rief auffordernd über die Schulter: «Er ist es! Hab ich dir doch gesagt, dass er das ist», und streckte seine Hand aus. «Also so was. Und wie geht's, altes Haus? Komisch, wir haben neulich erst über dich geredet, wo es Missy doch so … Na, ich nehme an, deshalb bist du hier? War bestimmt ein ziemlicher Schock für dich, nicht?»

«Hallo, Gerald», sagte Jay. «Wie geht's Muriel?» Widerstrebend nahm er die Hand des Mannes, fand die Berührung der feuchten Handfläche widerlich und musste an seinen Hintern denken.

«Ach, immer dasselbe, weißt du. Muriel ändert sich nicht. Sie ist da drüben. Komm und sag guten Tag.» Er winkte seiner Frau, die immer noch unschlüssig am Ausgang stand. «Sie wird entzückt sein.»

«Ich glaube nicht …», begann Jay.

Muriel, grau wie Gerald, aber immer noch von welker Schönheit, schüttelte fast unmerklich den Kopf und presste die Lippen zusammen. Jays Finger drückten Emmas noch fester.

«Wie lange willst du bleiben?», fuhr Gerald in dumpfer Hartnäckigkeit fort. «Hast du Missy schon gesehen? Du kommst natürlich auf einen Schluck zu uns, bevor du wieder gehst … Wie viele Jahre ist das jetzt her …?» Er musterte Emma neugierig. «Willst du mich eigentlich nicht vorstellen, mein Junge?»

«Später, Gerald.» Nein, du mieser, alter Kerl, ich werde dir nicht erlauben, meine schöne Emma durch deine Berührung zu besudeln. «Wir sind spät dran, wir müssen gehen.» Er schob Emma weiter, fort von den lästigen, zudringlichen Fragen, zog sie dann zur Tür, floh an Muriel vorbei, die neben der Konzertkasse stand und sie mit kaum verhohlener

Feindseligkeit anstarrte, hinaus auf den dunklen Bürgersteig.

«Grüß mir Missy.»

Gerade bevor die Tür hinter ihr zufiel, erhaschte Emma einen Blick auf Muriel, die mit wütendem Finger ihren redseligen Gatten bedrohte und anzischte. Weshalb, fragte sie sich, weil er mit Jay gesprochen hatte? Und wer war Missy? Als sie jedoch Jays finsteres Gesicht sah, hielt sie sich mit den Fragen zurück.

In der aromatischen Nachtluft wurde seine Stimmung wieder besser. Nach dem schweren Regen war es nun angenehm warm, und es duftete nach feuchtem Gras und nassem Pflaster. Sie liefen Hand in Hand vom Theater über den Stray, den breiten Grünstreifen um die Stadt, und gingen langsam zum Hotel zurück, wo Jay einen Tisch für ein spätes Abendessen reserviert hatte. Beim Spaziergang knurrte Emmas Magen vor Hunger, der einzige Laut, den sie beide von sich gaben, während sie über den aufgeweichten Boden liefen.

Sie setzten sich in eine abgeschiedene Ecke, und Emma beobachtete Jay, während er die Speisekarte überflog.

«Du bist sehr geduldig.» Er hob die Augen vom Menü. «Oder nicht sehr neugierig.»

«Ausgesprochen neugierig», sagte sie, ermutigt von der angebotenen Eröffnung. «Aber nicht mutig genug zu fragen, damit du mir nicht den Kopf abreißt.»

Er legte die ledergebundene Speisekarte hin, rückte das Besteck zurecht, goss sich ein Glas Wasser ein, hob dann den Kopf und sah sie direkt an. «Ich kenne Gerald, seit ich ein kleiner Junge war. Ich stamme aus Knaresborough drüben, etwa zehn Meilen weiter die Straße entlang.»

«Oh», sagte Emma, als der Kellner kam, um ihre Bestellung entgegenzunehmen.

Unerwarteterweise lächelte Jay, der sich bei ihrem stummen Spaziergang über den Stray beruhigt hatte. «Ist das alles: ‹Oh›?»

«Hmm ...»

«Hmm? Heißt das, du weißt nicht, was du sagen sollst, oder du weißt nicht, wie du fragen sollst?»

«Also gut, was nehmen wir eigentlich? Ich möchte ein Steak, gut durchgebraten, und beide Sorten Kartoffeln, bitte. Und könnte ich bitte auch reichlich Möhren haben?»

Jay grinste, wie immer amüsiert über ihren Appetit, und fühlte sich besser als seit Tagen. «Du isst wie ein Scheunendrescher. Ich nehme ebenfalls ein Steak, blutig. Mit neuen Kartoffeln und einem grünen Salat. Und bringen Sie mir einen großen Whisky.» Er lehnte sich in seinem Stuhl zurück und sah sie undurchdringlich an. «Gerald ist ein Freund meiner Mutter.» Er stockte und fuhr sich mit langen Fingern durchs Haar. «Nein, das stimmt nicht, er war einer ihrer Liebhaber. Ist er wohl immer noch, soweit ich weiß. Wenn du neugierig bist, kann ich sie morgen fragen.»

«Wie bitte?»

«Ich habe gesagt, wenn du ...»

«Ich habe dich verstanden. Du hast gesagt, du könntest sie morgen fragen. Wen fragen?»

«Meine Mutter, wen sonst?»

«Du willst damit sagen, dass du morgen deine Mutter besuchst?» Emma starrte ihn wütend an. «Du hast mir nicht einmal erzählt, dass du eine Mutter hast.» Doch, hast du, verbesserte sie sich, denn ihr fiel ein, dass ihm einmal herausgerutscht war, wenn er Probleme hätte, würde er damit nicht zu ihr laufen. Zu ihr würde er zuallerletzt gehen, hatte er gesagt. Sind wir deshalb hier? Ging es in dem Brief darum?

«Nun, jetzt weißt du es. Ich habe eine Mutter, und wir werden sie morgen besuchen. Sie ist Missy, Melissa.»

«Wir?»

«Was wir?»

«*Wir* werden sie besuchen?»

«*Wir* werden sie besuchen. Möchtest du sonst noch etwas wissen?»

Emma öffnete den Mund und machte ihn wieder zu. Als das Essen kam, stürzte sie sich mit einem Eifer darauf, der ebenso auf Unbehagen wie auf Hunger beruhte, und erst als ihr Bauch fast voll war, fühlte sie sich stark genug für einen erneuten Versuch.

«Und werden wir auch deinen Vater besuchen?»

Jay spießte mit seiner Gabel ein Stück Paprika auf, und die Heiterkeit in seinem Gesicht erstarb. «Nein. Mein Vater ist tot. Ich habe ihn umgebracht, als ich sechzehn war.» Er nahm den Whisky, den der Kellner neben ihn gestellt hatte, schüttete ihn mit einem tiefen, gierigen Zug hinunter, starrte dann in sein Glas und fragte sich, was ihn zu einer derartig dummen Bemerkung veranlasst hatte.

Emma ließ die Gabel fallen und verschluckte sich fast an dem Bissen, den sie gerade kaute.

«Tut mir Leid», entschuldigte er sich. «Das war unnötig melodramatisch. Er ist tot. Aber ich bin für seinen Tod verantwortlich.» Sein Gesicht war ausdruckslos, wie fast immer, wenn er litt, und seine Stimme tonlos. «Was hättest du gern als Nachtisch?»

Emma legte Messer und Gabel zusammen und schob ihren Teller fort. «Nichts», sagte sie, unvermittelt satt. «Erklär es mir.»

«Dir was erklären?»

«Du lieber Himmel!» Aufgebracht hob sie die Stimme. «Du hast gerade lässig angedeutet, dass du deinen Vater umgebracht hast, und jetzt sagst du: ‹Dir was erklären?›, als würden wir uns übers Wetter unterhalten. Erklär mir, wovon du sprichst. Erklär mir, warum wir hier sind – warum ich hier bin. Was willst du damit erreichen, dass du hier ruhig sitzt und solche unglaublichen Dinge von dir gibst, ohne auch nur mit der Wimper zu zucken?»

Er legte nun seinerseits Messer und Gabel nieder, schickte den Kellner, der auftauchte, um die Teller abzuräumen, mit einer Handbewegung fort, und beugte sich über den Tisch. «Wir sind hier», sagte er, «*du* bist hier, weil ich es dir nicht erklären kann. Es ist in meinem Schädel eingeschlossen, seit ich sechzehn bin, und ich bekomme es nicht heraus. Ich treibe auf deine Kosten Geister aus, weil ich es allein nicht schaffe.» Er lehnte sich zurück, erschöpft von zu viel Whisky, von seiner unerwartet frühen Begegnung mit der Vergangenheit, von Emmas hilflosen Bemühungen um Verständnis für das, was er nicht erklären konnte, weil er selbst noch nicht damit im Reinen war. «Du hast mich einmal gefragt, ob ich keine schwache Stelle hätte, und ich habe dir erzählt, nur eine, weißt du noch? Ich habe gelogen.» Er musterte ihr schockiertes Gesicht, liebte ihre ungeschminkten Sommersprossen, ihren blassen, großzügigen Mund, ihre zornigen braunen Augen. «Du bist nicht meine Schwäche, du bist meine einzige Stärke. Du lachst mich aus, wenn ich sage, dass ich dich liebe. Aber bis du kamst, war ich gar nicht ... Ich habe nämlich meinen Vater geliebt und ihn umgebracht.» Er holte tief Luft. «Morgen. Morgen erkläre ich dir alles. Heute Abend möchte ich ins Bett, deine Haut an meiner spüren. Mir ist kalt, du musst mich wärmen.» Er berührte ihre Wange mit dem Finger und lächelte unsicher, ein Trost suchendes Kind. Und für diesen kurzen Augenblick, weil er litt und trotz all der Schutzwälle, die sie gegen ihn errichtet hatte, liebte Emma ihn. Nicht, beschimpfte sie ihn stumm, von einer unerklärlichen Furcht ergriffen, tu mir das nicht an.

Während sie das Gerümpel auf ihrem Boden in Norfolk sortierte, fiel Emma ein Schmuckkästchen in die Hände, leer, bis auf eine zerrissene Perlenkette und eine Brosche aus Muscheln, auf der sich der Schriftzug «Mutter» befand. Nippes, wie ihn Kinder in liebender Begeisterung kaufen, den die Eltern laut bejubeln, während sie sich nachsichtig über die Köpfe der Kleinen hinweg ansehen und das Gesicht verziehen, um ihn dann ungetragen mit schlechtem Gewissen ganz nach hinten in die Schublade zu packen. Während Emma sich mit der Brosche in der Hand durch das Gerümpel bewegte, erinnerte sie sich an ihre widerwillige Anwesenheit bei Jays Unterhaltung mit seiner Mutter, und die Erinnerung ließ sie erstarren, sie schmeckte wieder das Gift, das sie zwischen sich versprühten, das die Luft wie Säure zerfraß, während sie sich gegenseitig niedermachten.

Jay zeigte es ihr auf der anderen Seite des Tales, ein butterfarbenes, steinernes Herrenhaus, das allein inmitten eines hügeligen Parks lag. Seine Größe, seine Großartigkeit verstörten Emma, erinnerten sie an ihre eigene unbedeutende Reihenhausherkunft. Das schlichte graue Jerseykleid, dass sie für wer weiß was für eine Gelegenheit eingepackt hatte, erschien ihr plötzlich billig und provinziell, ihre Füße kamen ihr zu groß vor, ihr Haar zu rot. Sie überlegte flüchtig, warum sie sich eigentlich darüber Gedanken machte, welchen Eindruck Jays Mutter von ihr bekam, da sie doch keineswegs die Absicht hatte, länger als unbedingt nötig bei Jay zu bleiben.

Jay hatte sich nicht die geringste Mühe mit seinem Aussehen gegeben. Er trug seine ältesten Jeans und ein Freizeithemd mit einem Pullover über den Schultern. Außerdem fuhr er schlecht, achtete nicht auf die Schlenker und Kurven in der schmalen Landstraße, seine Hände umklammerten das Lenkrad so fest, dass seine Knöchel weiß waren, und

Emma wurde zunehmend nervös bei dem Tempo, mit dem er trotz hoher Hecken, uneinsehbarer Ecken und fehlender Haltebuchten fuhr. Als sie von der Landstraße in die dunkle Kieszufahrt zwischen hohen Rhododendren einbogen, stieß sie einen Seufzer der Erleichterung aus, doch als Jay vor der prächtigen steinernen Säulenhalle anhielt und den Motor ausstellte, wäre sie am liebsten davongerannt.

«Das ist es also», spottete er kalt und sarkastisch, «das heiß geliebte Zuhause.»

Sie wurden von einem Diener begrüßt und förmlich aufgefordert, in einer einschüchternden Bibliothek zu warten, vor der aus man über grüne Rasenflächen und einen breiten, stillen See auf die sanft ansteigenden Hügel hinaussah. Jay schlich durch den Raum wie ein Tier im Käfig und musterte alles, hatte aber keinen Blick für die friedliche Aussicht, bis der Diener zurückkehrte, um ihm mitzuteilen, dass Melissa Hammond Emma nicht zu sehen wünsche.

«Die junge Dame nicht», sagte der Mann bestimmt. «Mrs. Hammond hat den Wunsch geäußert, mit Ihnen allein zu reden.»

«Wir kommen zusammen oder gar nicht», entgegnete Jay. «Sagen Sie ihr, sie kann es sich aussuchen.» Der Mann neigte den Kopf und führte sie dann durch die beeindruckende Halle bis vor eine holzgetäfelten Doppeltür, deren Formen mit Blattgold hervorgehoben waren.

«Wenn Sie so freundlich wären zu warten, werde ich Mrs. Hammond Ihre Botschaft überbringen.»

«Lass mich im Auto warten», zischte Emma außer sich, als er weg war. «Du brauchst mich hier nicht.»

«Doch», zischte Jay zurück. «Deshalb habe ich dich mitgenommen, und ich bleibe nur, wenn du auch bleibst.» Dann hielt er ihre Hand ganz fest, falls sie davonlaufen wollte.

Der Mann kam zurück und verkündete: «Sie können jetzt hineingehen», und führte sie in einen eleganten Salon voller Blumen und Sonnenlicht. Dann zog er sich in die Halle zurück und schloss die Tür hinter sich. Emma ließ Jay vorgehen und kniff die Augen zusammen, die sich nach der kühlen Dämmerung der Halle erst anpassen mussten.

«Umgeräumt, Mutter?», fragte Jay den augenscheinlich leeren Raum. «Sieht nicht mehr so aus wie damals, als ich weggegangen bin.»

Emma hörte sie, bevor sie sie sah: das Rascheln von Seide vom Fenster her, als Melissa Hammond sich zum Raum umwandte, ein sanftes, atemloses, weibliches Lachen und das Klingeln von Armbändern. «Hast du angenommen, ich würde deinetwegen alles unverändert lassen? Alberner Junge.»

Sie stand mit dem Rücken zum Licht. Sie konnte ihre Gesichter sehen, aber ihres war nicht zu erkennen, nur der Umriss einer winzigen, zierlichen Gestalt vor dem hellen Rasen und dem fernen See hinter ihr. «Und wen hast du da mitgebracht, obwohl ich dich gebeten habe, allein zu kommen?»

Jay tastet wieder nach Emmas Hand und schob seine Finger zwischen ihre. «Das ist Emma.» Er verstärkte seinen Griff. «Sie soll mich beschützen.»

Melissa Hammond lachte wieder und sagte heiser: «Vor mir? Wie ungemein amüsant», ging dann vom Fenster weg und trat ins Licht.

«Du bist dünn, Mutter. Hast du eine Diät gemacht?»

«Da du hier bist, muss ich davon ausgehen, dass du meinen Brief erhalten hast. Ich habe Krebs, wie du zweifellos weißt.»

«Schön. Und nicht mehr lange zu leben, wie ich hoffe?»

Emma stockte der Atem, und entsetzt starrte sie in Jays

undurchdringliches Gesicht. Seine Mutter blieb ungerührt. «Drei bis sechs Wochen, hat man mir gesagt.»

«Möge jede Sekunde davon voller Schmerzen sein. Wie hast du mich gefunden?»

Missy Hammond lachte wieder, dann hustete sie; Emma hörte die Flüssigkeit in ihren Lungen gurgeln, und ihr wurde übel.

«Mühelos, mein liebster Junge. Du vergisst, dass du berühmt bist. Ich habe deine Arbeiten in einer Zeitschrift gesehen und zwei und zwei zusammengezählt. Ein Jay Hammond, der wie ein Engel zeichnet, ein paar diskrete Nachforschungen. Du hast sogar einen Auftrag für mich ausgeführt, nur damit ich sicher sein konnte, dass ich auch den richtigen Hammond hatte, eine Villa bei Nizza, die ich vermiete.» Sie lachte wieder, verschluckte sich und musste erst wieder zu Atem kommen. «Erinnerst du dich an den Prospekt, den du gemacht hast? Du hast nach Fotos gearbeitet, und es sieht absolut prachtvoll aus.»

«*Le Canadel*? Ja, ich erinnere mich. Was habe ich dafür genommen?»

«Eine Menge, und es war jeden Penny wert.»

«Schade. Wenn ich gewusst hätte, dass es für dich ist, hätte ich mein Honorar verdoppelt.»

Melissa Hammond lächelte, bekam keine Luft mehr, hustete rasselnd, kam dann weiter ins Zimmer und gestattete Emma zum ersten Mal einen klaren Blick auf ihr Gesicht.

Ihr Make-up war fehlerlos, eine Vorspiegelung zarter Schönheit, eingerahmt von einer dicken Wolke unwahrscheinlich blonder Locken. Aber unter Grundierung und Puder hatte die Krankheit gewütet, ihre Haut schrumpeln lassen und das Fleisch ausgezehrt, das sich über dem Schädel spannte. In der perfekten Porzellanmaske waren nur noch die Augen lebendig, blau, aber nicht leuchtend blau wie Jays. Melissa Hammonds Augen waren blass und glitzerten kalt in ihren knöchernen Höhlen wie gefrorene Diamanten. Emma trat unbehaglich von einem Bein aufs andere und stellte sich dichter neben Jay, um sich zu beruhigen. Er drückte ihre Hand, sah auf sie herunter, lächelte und begann mit der nächsten Attacke.

«Hast du die Wunderformel entdeckt, Mutter? Dein Haar hat noch nie so gut ausgesehen.»

«Das ist eine Perücke», sagte Missy ruhig. «Wie du sicher schon bemerkt hast. Von der Therapie fallen die Haare aus. Aber man hat mit der Behandlung nun aufgehört, es heißt, man könne nichts mehr für mich tun.» Sie trat näher, musterte Emma kühl und hob dann eine exquisite Augenbraue. «Sie ist noch sehr jung, James. Und ich glaube, unsere Auseinandersetzung regt sie auf.» Dann wandte sie sich zum ersten Mal an Emma: «Möchten Sie nicht lieber woanders warten, meine Liebe? Meine Angelegenheit mit James dauert nicht lange, und mein Angestellter wird Ihnen einen Sherry anbieten oder was junge Leute heutzutage sonst gern trinken.»

«Selbstverständlich, ich …»

«Nein.» Jays Stimme kreischte nach Missys sanftem Überredungsversuch. «Emma bleibt hier. Aber würdest du bitte zur Sache kommen, damit wir beide gehen können.»

«Du warst schon immer ein ungeduldiges Kind. Und dein Benehmen ist auch nicht besser geworden, seit ich dich zum letzten Mal gesehen habe, James. Also gut, aber du wartest doch wenigstens noch den Kaffee ab.» Missy drückte auf eine Klingel an der Wand neben dem Kaminsims, wies gebieterisch auf das damastbezogene Sofa neben dem Feuer, nahm im Samtstuhl gegenüber Platz, faltete die Hände im Schoß und kreuzte die mageren Beine ordentlich an den Knöcheln. Dann saßen sie schweigend da, bis der Diener mit einem Tablett erschien. Erst als er gegangen war, ergriff sie wieder das Wort.

«Wie du mittlerweile bestimmt erraten hast, habe ich dich gebeten herzukommen, weil ich bald sterbe. Da all das hier ...», sie wies mit knochiger Hand auf den Raum und ließ erneut ihre Armbänder klingeln, «in Kürze dir gehören wird, dachte ich, wir sollten uns endlich vertragen und Vergangenes vergangen sein lassen.» Sie lehnte sich in die Kissen hinter ihr, hob ihre Tasse, die hübsch auf ihrer Untertasse klirrte, und nippte an ihrem Kaffee. «Du wirst eine Menge Geld erben, wenn ich nicht mehr bin. Da gebietet doch wohl der Anstand, dass wir auf freundschaftlicher Basis auseinander gehen ...»

«Auf freundschaftlicher Basis?» Zu Emmas heftigstem Unbehagen begann Jay zu lachen, platzte laut und kräftig los, sodass es im ganzen Raum widerhallte. Missy zuckte die Achseln, blieb unerschütterlich.

«Als du jung und empfänglich warst, hast du einiges missdeutet, falsch beurteilt ...»

«Missdeutet?» Jay beugte sich vor, unvermittelt ernst. «Was habe ich missdeutet, Mutter? Geralds nackten Hintern, der in deinem Ehebett auf dir hockte, vor den Augen meines Vaters? Habe ich mich verzählt, was die Menge und Vielfalt deiner Liebhaber angeht? Oder waren es die gezielten Versuche, meinen Schulfreund zu verführen, den ich arglos über Weihnachten mit nach Hause gebracht hatte, die ich missdeutet habe? Er war sechzehn, habe ich das auch falsch verstanden? Du hast Glück gehabt, dass er nie darüber gesprochen hat, nicht wahr ...?»

«Es reicht!» Missy begann zu husten und machte eine verächtliche Handbewegung. «Wenn du solche verleumderischen Behauptungen außerhalb dieses Zimmers wiederholst, bekommst du keinen Penny von mir ...»

«Aha!», nickte Jay, dem endlich ein Licht aufging. «Darum geht es also, zu all deinen anderen Sünden noch eine kleine Erpressung. Gerald ist mir gestern in Harrogate über den Weg gelaufen.» Er stellte seine Tasse hin und baute sich drohend vor seiner Mutter auf. «Er hat uns damals wohl nicht gesehen, Mutter, er hat wohl nie etwas von seinem Publikum erfahren? Er lässt grüßen. Die arme Muriel wirkte allerdings nicht allzu erfreut über meinen Anblick. Sie wusste Bescheid, nicht wahr? Du bumst den fetten Arsch wohl immer noch?»

Missbilligend presste Missy die Lippen zusammen. «Was für vulgäre Ausdrücke. Du hättest weiter zur Schule gehen sollen, James, statt wegzulaufen.» Ihr Mund verzog sich zu einem kleinen Lächeln. «Außerdem, wenn du nicht weggelaufen wärst, wäre dein Vater vielleicht noch ...»

«Sei still!»

Missy lachte, bekam keine Luft mehr, suchte in ihrem Ärmel nach einem Taschentuch und wischte sich roten Speichel vom Mund. «Nein, mein Lieber, du lässt mich jetzt ausreden. Es wäre mir allerdings lieber, wenn du zuerst dieses Kind wegschicken würdest. Ich sehe keinen Grund, warum sie sich unbedingt deine schmutzigen Phantasien anhören muss.»

Dankbar, vom Haken gelassen zu werden, erhob sich Emma gehorsam und wollte gehen. Aber Jay stellte sich ihr in den Weg, drehte sich mit dem Rücken zu seiner Mutter und bat sie sanft: «Bitte, Em», und sie zögerte, blieb dann abwartend stehen und wünschte, das hasserfüllte Duell würde aufhören, damit sie entfliehen konnte.

«Ich bitte nur um eine Kleinigkeit», fuhr Missy fort. «Da ich deine unvernünftige Haltung vorausgeahnt habe ...» Sie stand nun ihrerseits auf, winzig gegenüber ihrem Sohn, die beiden hochroten Flecken auf ihren Wangenknochen die einzigen Zeichen ihrer Anspannung, und ging durch den Raum zu einem hübschen, intarsienverzierten Sekretär. Nachdem sie ihn aufgeschlossen hatte, nahm sie ein Bündel Papiere heraus und kam damit zurück. «Das ist eine Verpflichtungserklärung, nach meinem Tod nicht über Familienangelegenheiten zu sprechen. Sobald das unterschrieben ist, wird mein Testament wirksam.»

«Das ist alles?», fragte Jay. Er klang erheitert, lässig, hätte sie am liebsten hinausgeschleppt und im See ertränkt, wo sein Vater sich vor zwölf Jahren den Tod geholt hatte. «Nur auf der gestrichelten Linie unterschreiben und dann alles einstreichen? Wie viel bist du denn wert, Mutter, eine halbe Million, drei Viertel?»

«Mehr», sagte sie. «Viel, viel mehr. Hier, nur unten unterschreiben, wo die Kreuze sind. Wenn deine Freundin schon nicht gehen darf, kann sie ja gleich deine Unterschrift bezeugen.»

Als sie ihm die Papiere hinhielt, nahm Jay sie, senkte zum Lesen den Kopf, lächelte plötzlich, gluckste und begann zu lachen. Zum ersten Mal wirkte Missy Hammond beunruhigt und trat zurück, weg von seiner Heiterkeit.

«Bitte schön, was findest du so amüsant?»

Jay rang um Beherrschung. «Du meinst das wirklich ernst?», fragte er, wollte wissen, ob er auch richtig verstanden hatte. «Mehr soll ich nicht tun, und dann gehört alles mir? Der Schmuck, das Haus, die Aktien und Anteile? Ich kriege dann auch diese klappernden Goldklunker, Mutter?»

«Natürlich. Du könntest sie deiner hübschen Freundin schenken. Alles gehört dir. Überleg mal, was du damit alles anfangen kannst.» Missy schwenkte den Arm und ließ die Armbänder melodiös aneinander stoßen, und Jay starrte sie an, ganz und gar nicht mehr amüsiert.

«Und wenn ich mich weigere?»

«Wenn du dich entschließt, so ungeheuer dumm zu sein, dann werde ich alles der hiesigen Pfarrei hinterlassen, zum Wohl der Gemeinde. Und du hast gar nichts.»

«Bis auf das unschätzbare Vergnügen, in Knaresborough auf die Kanzel zu steigen und deine Grabrede zu halten. Danke, Mutter, aber ich finde die Aussicht, dir ein letztes Führungszeugnis auszustellen, einfach unwiderstehlich.» Er grinste und zeigte dabei alle seine Zähne, dann zerriss er kaltblütig die Papiere und warf sie ihr vor die Füße. «Ich könnte doch auch die Presse dazu einladen, oder? Die haben doch eine Schwäche für nette, saftige Skandale. Glaubst du, die Gemeinde will dein Geld noch, wenn ich fertig bin? Ich könnte ihnen sogar erzählen, weshalb mein Vater gestorben ist, nicht wahr, Mutter?»

Die beiden dunkelroten Flecken auf Missys Wangen wurden blass. «Ich schlage vor, du denkst noch einmal gründlich darüber nach», sagte sie und verlor zum ersten Mal ihre eiskalte Selbstbeherrschung. «Vielleicht kann deine junge Freundin dich ja zur Einsicht bringen. Bis dahin habe ich noch etwas für dich, bevor du gehst.» Sie ging zum Sekretär zurück, öffnete eine kleine Schublade, kam zurück und stellte sich vor ihn. «Hier», sagte sie, «dein Vater wollte, dass du das hier bekommst, und für mich ist es wertlos. Ich werde dann also neue Papiere aufsetzen lassen. Wenn du deine Meinung ändern solltest, weißt du ja, wie du mich erreichen kannst.» Sie legte Jay ein kleines, braunes Paket in die Hand, und er schloss die Finger darum.

«Das ist alles?»

«Im Augenblick, ja.»

«Nein, Mutter, nicht im Augenblick. Das war deine letzte Chance.»

Er blieb an der Tür stehen, wartete, bis Emma vorbeigegangen war, und sah sich dann nach der winzigen Gestalt um, die aufrecht, als hätte sie einen Ladestock verschluckt, in der Mitte des wunderschönen Raumes stand. «Mögest du elendig zugrunde gehen», sagte er, jedes Wort auskostend. «Und mögest du danach in der Hölle verrotten.» Dann schloss er die Tür und führte Emma durch die Halle hinaus ins Sonnenlicht.

Erst am nächsten Tag, als sie auf der Rückfahrt nach London eine Mittagspause machten, begann Jay zu reden, aber sobald er einmal angefangen hatte, konnte er nicht wieder aufhören.

Zwei Stunden lang saßen sie irgendwo in Lincolnshire im Erker eines hübschen Pubs aus hellgelbem Sandstein direkt neben der A1, und Emma, die ihn immer wieder zum Reden gedrängt hatte, weil sie dachte, es würde ihm gut tun, hörte zu, während alles in einem großen, bösen Schwall aus ihm herausbrach – zwanzig Jahre Bitterkeit, Elend und Schuld – und fragte sich, ob sie es nicht lieber hätte lassen sollen.

«Ich habe sie erwischt, weißt du, aber ich habe nichts gesagt. Ich habe von keinem etwas erzählt, bis zum Schluss. Ich dachte, es würde ihn umbringen.»

«Wen erwischt? Was, hast du gedacht, würde wen umbringen?»

«Meine Mutter. Meinen Vater. Er hat sie angebetet. Er dachte …» Jay lachte allzu herzlich und sank dann in sich zusammen. «Er dachte, sie sei vollkommen. Aber ich wusste es besser. Ich habe ihr immer nachspioniert, wenn ich in den Ferien zu Hause war, weil ich wissen wollte, warum sie mich weggeschickt hat.»

«Dich weggeschickt? Dich wohin weggeschickt?»

«Hast du gar keinen Hunger?» Jay schob ihr über den Tisch eine Speisekarte zu und drängte sie, etwas zu essen.

Wenn er Emma beim Essen zusähe, ginge es ihm besser, käme er sich wieder normal vor. «Sie haben Fleischpasteten, möchtest du eine?»

«Ja. Schön. Was du willst. Also, wo hat deine Mutter dich hingeschickt?»

«Ins Internat. Als ich acht war. Sie wollte mich nicht in der Nähe haben, weißt du, ich habe sie bei ihrem Treiben gestört. Möchtest du Erbsen und Möhren, es gibt allerdings auch Steckrübenpüree. Wenn du das lieber willst?»

«Nein, danke, ich mag keine Steckrüben.»

Jay kicherte und für einen Moment löste sich die Anspannung. «Das war doch den weiten Weg wert, zu erfahren, dass du keine Steckrüben magst. Welche dunklen Geheimnisse verbirgst du sonst noch vor mir, Emmchen?»

Emma senkte den Kopf, erinnerte sich plötzlich an Rick, der nach ihrer Rückkehr auf sie wartete, verdrängte ihr dunkles Geheimnis und sagte fest: «Ich mag auch keinen schottischen Eintopf. Ich mag die Knubbel nicht, die da reinkommen. Ach, und Dosenerbsen. Dosenerbsen kann ich nicht ausstehen.»

«Knubbel …?»

«Hmm, du weißt doch, diese, wie heißen sie noch … ach. Graupen. Warum wollte deine Mutter dich aus dem Weg haben?»

«Weil ich ihr den Spaß verdorben habe. Wenn einer der befreundeten Herren zu Besuch war, bin ich immer reinmarschiert und habe laut gefragt: ‹Mami, was machst du eigentlich mit Mr. Brainwhite im Bett? Und wieso macht Mr. Brainwhite das?›» Er ahmte seine Kinderstimme nach, hoch und lispelnd, schob sein Besteck zum dritten Mal zurecht, strich das Set glatt, nippte am Wasser und fuhr im Konversationston fort: «Sex ist ziemlich albern, vor allem, wenn man als Außenstehender darüber stolpert, und besonders, wenn man erst sieben oder acht ist. Es ist ganz in Ordnung, wenn man selber vögelt, aber anderen Leuten dabei zuzugucken ist ziemlich … ziemlich …», er zögerte, hob den Kopf und zog eine Grimasse, «widerlich. Aber es hörte nicht auf, und als ich älter wurde, fand ich es auf eine abscheuliche Art faszinierend. Wir redeten in der Schule ja alle über Sex, aber ich hatte tatsächlich schon jemanden dabei beobachtet.» Er lachte wieder, aber diesmal klang es bitter, bösartig. «Eine Zeit lang galt ich als Held, denn ich war der Einzige, der wirklich wusste, wovon er redete. Natürlich habe ich keinem erzählt, dass es meine eigene Mutter war, die ich beobachtet hatte.» Er stockte und starrte auf seine Hände, die auf dem weißen Tischtuch lagen. «Nach einer Weile wurde es eine Art Spiel: Sie versuchte ihre Liebhaber ohne mein Wissen einzuschmuggeln, und ich versuchte, sie zu erwischen, denn ich wusste, wenn ich sie erwischte, müsste sie sich ihren Spaß verkneifen. Sie hatte nämlich keinen Führerschein, deshalb mussten sie zu ihr kommen. Und ihr gefiel die Aufregung, das zusätzliche Kribbeln, das die Angst, entdeckt zu werden, mit sich brachte, die Spannung, ob sie ihren Willen bekäme, ohne sich erwischen zu lassen. Sie war die hemmungsloseste Frau, die mir je untergekommen ist. Und mein Vater dachte, sie wäre vollkommen.»

«Aber wie ist sie damit durchgekommen? All diese Männer, die hatten doch bestimmt Ehefrauen, Freundinnen. Warum haben die kein Theater gemacht? Und dein Vater, warum hat er nichts gemerkt?» Wie du früher oder später merken wirst, was mit mir und …

«Er war den ganzen Tag unterwegs, irgendwo auf dem Gut, oder arbeitete in seinem Büro in Harrogate. Außerdem hatte er viel im Ausland zu tun. Und ein paar machten durchaus Theater. Unter anderem Muriel, Geralds Frau. Sie rief Daddy an und erklärte ihm, Missy solle sich von ihrem Mann fern halten. Er weigerte sich einfach, ihr zu glauben. Er machte sie lächerlich, erklärte ihr, sie würde sich das alles nur einbilden. Er war nicht unfreundlich, sagte, er verstehe durchaus, dass sie auf Missy eifersüchtig sei, aber wenn sie Schwierigkeiten in ihrer Ehe habe, dann sei das nicht sein Problem. Er schlug ihr vor, mit Gerald in Urlaub zu fahren, um zu sehen, ob sich das Ganze nicht wieder einrenken würde. Und ich hörte, wie er abends beim Essen meiner Mutter davon erzählte, und sie sagte: ‹Was für ein albernes Weib!›, als wäre Muriel nicht ganz gescheit. Sie lachten zusammen darüber, während mir zum Kotzen war.»

Obwohl Emma vierzehn Fragen gleichzeitig einfielen, stellte sie keine davon. «Und wie ist dein Vater nun gestorben?», erkundigte sie sich gerade, als der Kellner mit ihrer Fleischpastete erschien. Das hatte sie eigentlich ganz und gar nicht sagen wollen.

«Er bekam in der Kälte einen Herzanfall, aber es war nicht der Infarkt, der ihn umgebracht hat. Das war die Lungenentzündung. Ich habe in York zufällig einen seiner Freunde getroffen, und deshalb habe ich ihn im Krankenhaus besucht, kurz bevor er starb. Er war an all diese Maschinen angeschlossen, spuckte Schleim und sah schon wie ein Leichnam aus, ganz gelb und wächsern.» Jay hob den Kopf und starrte blind auf den Parkplatz unter ihrem Fenster. «Die ganze Zeit, als ich da war, spähte er über meine Schulter und hielt nach Mutter Ausschau, und als sie hereinkam, leuchtete sein Gesicht vor Freude auf.» Stirnrunzelnd sah er auf seinen Teller und schob mit der Gabel ein Stück Teig hin und her. «Iss deine Pastete, bevor sie kalt wird.»

Emma schaute auf ihren Teller und sah dann wieder Jay an. «Durch welche Kälte?», fragte sie und kam wieder auf seinen Vater zurück. «Das verstehe ich nicht.»

«Nein.» Jay sah sie für einen Augenblick trübsinnig an, bevor er sich mechanisch aus der dampfenden Schüssel, die der Kellner zwischen sie gestellt hatte, Gemüse auf den Teller füllte. «Natürlich nicht. Wegen Tristan hatte ich mich entschlossen …» Er legte das Vorlegebesteck hin und fuhr sich mit der Hand über die Augen.

«Wer ist Tristan?», warf Emma verzweifelt ein, während sie großzügig Salz über ihr gesamtes Essen streute, nur damit ihre Hände beschäftigt waren. «Erzähl noch einmal, Jay, von Anfang an.»

«Er war mein bester Freund, in der Schule. Als er in den Weihnachtsferien bei mir war, hat sie versucht, ihn zu verführen. Und als er nach Hause wollte …» Er schloss die Augen, erlebte noch einmal die panische Angst, dass Triss alles seinen Freunden erzählen würde, dass alle Bescheid wüssten, wenn er wieder in die Schule käme, und nichts mehr so sein würde wie vorher. «Ich musste ihm drohen, bis er schwor, niemandem etwas zu erzählen. Und da habe ich mich entschlossen, Daddy alles zu erzählen, es musste einfach aufhören. Warum isst du nicht?»

Emma blinzelte. «Ich habe keinen großen Hunger», sagte sie. Oder um genauer zu sein, mir ist schlecht von dieser bezaubernden Geschichte deiner unschuldigen Kindheit, und ich wünschte, ich hätte nicht gefragt, denn jetzt hast du angefangen, dir alles von der Seele zu reden, und wirst nicht wieder aufhören, und ich habe das Gefühl, da kommt noch Schlimmeres.

«Ich wartete bis zum nächsten Mal. An dem Tag kam Gerald sie besuchen, du erinnerst dich an Gerald? Dad war in Harrogate, aber ich rief ihn an, holte ihn aus einer Konferenz und erzählte ihm, es handle sich um einen Notfall, und als er dann nach Hause kam, bin ich mit ihm nach oben gegangen, und wir standen nebeneinander in der Tür zu Mutters Schlafzimmer und sahen zu, wie Geralds nackter Hintern auf und ab hüpfte. Es war kein sehr erhebender Anblick.»

«Ach, Jay, wie schrecklich, wie absolut verdammt *widerwärtig.*» Emma schlug die Hände vor den Mund und starrte ihn entsetzt an.

Jay zog ebenfalls ein Gesicht. «Ach», sagte er in Erinnerung an das flaue Gefühl in seiner Magengrube, an die zunehmende Furcht, als er merkte, was er angerichtet hatte. «Das war noch nicht das Schlimmste. Ich dachte, ich könnte sie aufhalten, ihrem Treiben Einhalt gebieten. Ich freute mich darauf, dass das Ganze endlich ein Ende hätte. Aber er gab keinen Ton von sich, stand nur da und starrte Geralds Steiß an, nahm mich beim Arm, schleppte mich den ganzen Weg nach unten in die Bibliothek und fing an, mich anzuschreien. Er bezeichnete mich als ...» Er stockte unvermittelt, griff nach dem Wasser, trank das Glas in einem Zug aus und goss nach. «Würdest du bitte essen?», bat er. «Nur ein bisschen, Em, meinetwegen ... Er bezeichnete mich als verdorbenen kleinen Lüstling. Er sagte, was ich gerade getan hätte, wäre ganz und gar unverzeihlich. Und als ich sagte: ‹Und was sie treibt, was ist damit?›, fing er an zu weinen. Emma, bitte ...»

«Gut, gut, ich ess ja schon.» Emma nahm Messer und Gabel und begann widerstrebend in ihrer leidigen Pastete zu stochern.

«Er erklärte mir, ich verstünde nicht. Dass ich es schon merken würde, wenn ich erwachsen wäre. Es wäre erträglich, sagte er, solange er so tun könnte, als wäre nichts, solange es ihm niemand unter die Nase riebe, aber genau das hätte ich nun getan, und er hielte es nicht aus. Dann erklärte er mir, er könne meinen Anblick nicht mehr ertragen, ich solle machen, dass ich ihm aus den Augen komme, und das tat ich dann auch. Ich packte Sachen zum Wechseln und eine Zahnbürste in meinen Rucksack und ging. Ich stieg auf mein Fahrrad und radelte den ganzen Weg nach York. Noch in der gleichen Nacht bekam ich eine Stelle in einem Hotel. Es war ganz einfach, so kurz vor Weihnachten, überall brauchte man Personal, und für mein Alter war ich groß und kräftig. Ich wirkte älter als sechzehn. Niemand stellte Fragen.» Er legte das Besteck ordentlich zusammen, auf das unberührte Essen. «Ich dachte, Abhauen brächte alles wieder in Ordnung.»

Emma folgte seinem Beispiel, legte ihr Besteck zusammen, winkte ihren Teller fort, als der Kellner erschien, nahm dann über den Tisch hinweg Jays Hand und hielt sie umschlossen. «Aber das war doch nicht deine Schuld. Du solltest dir keine Vorwürfe machen. Das war die Schuld deiner Mutter. Das siehst du doch mittlerweile ein, oder?»

Jays Hand verkrampfte sich in ihrer, dann legte er die andere darüber und hielt, wie Rick einmal, ihre zwischen seinen beiden fest. Die unerwartete Erinnerung ließ sie zusammenzucken. «Ich bin noch nicht fertig», sagte er. «Als ich weg war, ging er mich in stockdunkler Nacht suchen, trotz der Eiseskälte nur mit einer Taschenlampe und in Hemdsärmeln. Er stolperte im Dunkeln und fiel in den See.» Emma sah im Geiste flüchtig das Bild des stillen Sees vor sich, den sie am Vortag gesehen hatte, und stellte sich das Aufklatschen, die Kälte, den Schock vor. «Er schaffte es, sich halb aus dem Wasser zu ziehen, und brach dann mit einem Herzanfall zusammen. Es dauerte drei Stunden, bis man ihn fand ...», Emma spürte, wie seine Finger sich fester um ihre schlossen. «Du siehst also, ich habe ihn umgebracht; es war alles meine Schuld, denn wenn ich ihm das nicht gezeigt hätte ... wenn ich nicht weggerannt wäre, wäre das alles nicht passiert.»

«Möchten der Herr oder die Dame noch etwas vom Dessertwagen?» Der Kellner ließ sie hochschrecken.

«Ja», sagte Emma bestimmt. «Ich gern, bitte schön.» Sie hatte wieder einen Anflug von *déjà vu*, erinnerte sich an Jays Spott, als sie sich wegen Alisons Tod Vorwürfe gemacht hatte, dachte wieder an den langen, kalten Spaziergang, den er nach der Verhandlung mit ihr gemacht hatte, um sie zu erschöpfen und wieder in eine Art Normalität zurückzuzwingen. Sie war ihm etwas schuldig.

Sie bestellte sich Schwarzwälder Kirschtorte mit einer Extraportion Sahne und danach noch Käse mit Crackers und Kaffee. Sie aß alle Petit Fours, die es zum Kaffee gab, Jays wie ihre eigenen, obwohl sie fast daran erstickte – sie erinnerte sich nicht, wann ihr je so wenig nach Essen gewesen wäre –, aber es lohnte sich. Irgendwie stellte der Anblick ihres Appetits Jays Gleichgewicht wieder her, wie nur das es konnte, und als sie wieder zum Auto unterwegs waren, lebte er etwas auf.

«Sobald wir zurück sind», sagte er zum wiederholten Male, «musst du lernen, Auto zu fahren. Ich bin dazu zu müde.» Er lehnte sich kurz in den Sitz zurück und schloss die Augen. «Danke, Em», sagte er und tastete nach ihrer Hand.

«Jetzt bin ich eben an der Reihe», sagte Emma mit verächtlichem Schulterzucken. «Du bist doch nicht so robust, wie du dachtest, Jay Hammond.»

«War ich noch nie.» Er öffnete die Augen, lächelte sie an und drehte den Zündschlüssel. «Ich liebe dich, Em.» Er bog langsam auf die Straße. «Habe ich das eigentlich schon einmal erwähnt?»

Unvermittelt hatte Emma das törichte Bedürfnis, ihn zu beschützen, und musste gegen die sentimentale Aufwallung von Zuneigung angehen, die sie zu überschwemmen drohte.

Während sie sein ausgelaugtes, erschöpftes Gesicht betrachtete, dämmerte ihr: Das war noch nicht das Ende, sie war noch nicht frei. Wie hatte sie je annehmen könnte, dass es so einfach wäre?

Auf dieser Rückfahrt nach London, stellte Emma auf dem Dachboden fest, während sie Morags Brosche vorsichtshalber zum «Behalten»-Stapel brachte, auf dieser Fahrt hatte sie gemerkt, wie blind sie anfangs war, wie fehlgeleitet ihre Instinkte waren. Sie hatte Jay falsch beurteilt, Rick ebenfalls, beide vollkommen missverstanden, bis zu dieser qualvollen Reise nach Yorkshire.

In den beiden Tagen und Nächten in Harrogate begriff sie allmählich, warum Jay ihr hatte helfen können, als sie zusammengebrochen war. Er wusste, wie es ist, wenn man zu ertrinken droht, wusste, wann man ihr die Rettungsleine zuwerfen, wann man sie aus eigener Kraft zur Küste paddeln lassen musste. Aber schließlich hatte sie nicht zugelassen, dass ihre Dankbarkeit ihm gegenüber den Ausschlag gab. Letztendlich hatte sie ihre Wahl aus reinem, primitivem Instinkt getroffen … Und diese Entscheidung hatte ihr fast das Herz gebrochen.

22

Beim Abendessen trank Emma zu viel Wein, trank sich Mut an und schlüpfte dann hinaus, um eine Telefonzelle zu suchen. «Ich brauche ein bisschen frische Luft», erklärte sie, als Jay wissen wollte, wohin sie wollte. «Es ist so stickig hier.» Dann nahm sie zwei Stufen auf einmal hinunter zur Straße, um den Anruf jetzt, da sie zu einem Entschluss gekommen war, schnell hinter sich zu bringen.

«Ich muss dich sehen, Ricky», platzte sie heraus, während sie mit zitternder Hand Münzen in den Schlitz schob, gleich, bald, morgen, bevor ich schwach werde. «Wir müssen reden.»

Reden war das, was Jay nicht konnte. Kaum hatten sie das anonyme Lokal, das als Beichtstuhl gedient hatte, verlassen, verschloss er sich wieder. Nach ihrer Ankunft zu Hause war er erschöpft zusammengebrochen, hatte drei Stunden geschlafen, lag jetzt ausgestreckt auf dem Sofa, den Kopf auf einem Kissen, die Augen geschlossen, und wartete darauf, dass sie mit ihm zu Bett ging. Seit dem Mittagessen hatte sie gewusst, dass sie ihn nicht verlassen durfte.

Um zehn Uhr folgte sie ihm durch den Flur in der Absicht, ihn zu verführen, weil ihm das helfen würde, rechtfertigte sie sich stumm vor Ricks anklagender Frage. Obwohl er ihre körperliche Nähe brauchte – er weigerte sich, ohne sie zu Bett zu gehen, als hätte er Angst, allein einzuschlafen –, wollte er sie, als sie dann unter die Decken schlüpften, nur im Arm halten, um seinen Schmerz mit ihrer Wärme zu lindern, und nutzte ihren willigen Appetit nicht aus. Alle ihre freundlichen Ermutigungen, ihre hoffnungsvollen Anläufe wurden dieses Mal zurückgewiesen.

Rick war verwundert, verletzt, außerdem hatte er ihre Erklärung schon einmal gehört.

«Ich habe das mit Ali falsch gemacht. Ich habe sie allein gelassen, als es ihr nicht gut ging, als sie sich auf mich verlassen hat. Jeden Tag, jedes Mal, wenn ich an sie denke, denke ich, wenn ich da gewesen wäre, wenn ich bei ihr geblieben wäre, als sie mich brauchte, etwas weniger selbstsüchtig gewesen wäre, wäre sie vielleicht noch am Leben. Ich traue mich nicht, den gleichen Fehler noch einmal zu machen.» Flehend beugte sich Emma über die leeren Kaffeetassen, denn ihr war bewusst, dass sie sich wiederholte, dass sie Ali erneut benutzte, um ihre eigenen zweifelhaften Motive zu rechtfertigen. «Ich kann es nicht erklären. Ich muss einfach da sein, das ist alles. Du kannst dir nicht vorstellen, wie schrecklich, wie *widerlich* das alles war. Und jetzt ist er wie ein verwundetes Tier, das sich in seiner Höhle verkrochen hat, um seine Wunden zu lecken, und wenn ich ihn jetzt verlasse, wird er *sterben.*» Ihre Augen füllten sich mit Tränen. Rick, der in ihr blasses Gesicht starrte und wusste, dass nichts, was er hätte sagen können, ihre Entscheidung in irgendeiner Weise beeinflussen würde, war ganz und gar hilflos, weil er nur zu gut begriff. Er hatte in den letzten achtundvierzig Stunden reichlich Gelegenheit gehabt, über das nachzudenken, was sie gesagt hatte, und er konnte ihr keinen Vorwurf machen, denn er hatte sie verlassen, als sie ihn brauchte, und jetzt wurde er zum zweiten Mal zur Kasse gebeten. Aber dadurch wurde es nicht leichter.

«Damit willst du mich immer noch bestrafen, nicht wahr? Meinst du nicht, dass ich in den letzten Tagen schon gestraft genug war, weil ich wusste, dass du mit ihm zusammen bist?»

«Nein! Ich meine, nein, darum geht es nicht, es geht nicht darum, dich zu bestrafen. Ich wollte nicht ...», Emma zog an seiner Hand, spürte seinen Widerstand. «Ich wollte nicht, dass das passiert, ich wollte – ach, Ricky, ich will, dass wir zusammen sind.» Die Tränen quollen über, liefen ihr über die Wangen, und sie begann erneut zu betteln. «Ich kann nichts dafür. Du musst das verstehen. Ich brauche einfach Zeit, das ist alles, bis Jay wieder allein zurechtkommt. Warum kannst du nicht ...» Sie wischte sich das Gesicht mit dem Handrücken ab und schniefte laut. «Warum können wir nicht einfach jetzt schon Pläne machen, damit wir, wenn ich … wenn es ihm wieder gut geht, sofort zusammen sein können?»

Rick schüttelte den Kopf. «Warum gibst du mir nicht einfach Bescheid», sagte er unfreundlich, «wenn du so weit bist. In der Zwischenzeit bin ich ein braver Junge und tue Buße. Ich warte auf dich.»

Er stand abrupt vom Tisch auf, sodass die Tassen auf ihren Untertassen klapperten und die Zuckerwürfel in ihrer Porzellanschale wackelten. Dann beugte er sich über den Tisch und rieb mit rauen, braunen Fingern ihre Tränen fort. «Du weißt ja, wo ich bin», sagte er und schützte ein Selbstvertrauen vor, dass er ganz und gar nicht besaß. «Und früher oder später wirst du zu mir zurückkommen. In der Zwischenzeit werde ich nicht herumsitzen und auf das warten, was ein anderer mir überlässt. Ich will dich ganz, nicht nur das, was du erübrigen kannst, solange du dein verwundetes Tier pflegst.» Er zögerte, während seine Finger immer noch ihre Wange berührten, beugte sich über sie und fügte leidenschaftlich hinzu: «Ruf mich nur hin und wieder an, ja? Damit ich weiß, dass es dir gut geht.» Dann richtete er sich auf und ging davon.

Erst als sie beim Hinausgehen aufgehalten wurde, stellte Emma fest, dass er die Rechnung nicht bezahlt hatte. «Na prima!», schnaubte sie den verblüfften Mann an der Kasse an, während sie in ihrer Tasche nach Geld kramte. «Das hat mir gerade noch gefehlt!»

Jays Genesung verlief langsam und mühselig, fast so, wie Emma in ihren düstersten Momenten dachte, als wüsste er, was geschehen würde, sobald es ihm besser ginge. Auf dem morgendlichen Weg zur Arbeit hatte sie ständig sein Gesicht vor sich, und sie fuhr mit der U-Bahn nach Hause, um schneller wieder bei ihm zu sein. Wenn er in den Flur kam, um sie begrüßen, war er grau vor Erschöpfung, und an nächtliche Leidenschaft war weiterhin nicht zu denken. Ironischerweise war es sein vollkommener Mangel an Interesse für ihre körperlichen Vorzüge, der sie davon überzeugte, dass sie richtig handelte. Dass sie gar nicht anders handeln durfte.

23

Bis Ende September verkauften sich Emmas Kostüme wie am Schnürchen, und Solly belohnte sie mit einer kleinen Gehaltserhöhung. Sie fuhr jeden Mittwoch, Donnerstag und Freitag mit der U-Bahn in die Stadt, denn ihre Klaustrophobie war fast vollständig verschwunden, und sie hatte angefangen, an einer neuen Frühjahrskollektion zu arbeiten. Ihr Gehalt reichte sogar für mehr als für ihren bloßen Lebensunterhalt, und außerdem verkaufte sie Stoffmuster an Heals in der Tottenham Court Road. Noch nie war ihr Berufsleben interessanter gewesen.

Ihr Privatleben war noch nie konfuser gewesen. Als Jay sie an einem besonders schwierigen Abend bat, doch endgültig zu ihm zu ziehen, nahm sie ein Taxi und holte ihre restlichen Habseligkeiten, nur um ihn zu beruhigen. Das strahlende Lächeln, mit dem er ihre Rückkehr begrüßte, war Lohn genug, deshalb erzählte sie ihm nicht, dass sie den Schlüssel behalten hatte. Doch das war ganz vernünftig, rechtfertigte sie sich vor sich selbst, sie könnte ihn noch brauchen, wenn sie weiter arbeiten wollte, nachdem …

Sie erzählte nun auch Josie, dass sie nicht mehr aufs College ging, war allerdings zu feige, das von Angesicht zu Angesicht zu tun oder ihr zu sagen, dass sie sich schon vor Monaten dazu entschlossen hatte, bereits vor den Osterferien. Sie schickte ihr zwei Schecks, um ihr die Unterstützung während des Studiums zurückzuzahlen, und fand sich für kurze Zeit ungemein brav, bekam dann aber gleich wieder Schuldgefühle, dass sie ihre Mutter im Stich gelassen hatte. Als Josie drohte, sie zu besuchen, erzählte sie ihr schließlich, dass sie umgezogen war, aber nicht, wohin, denn sie wohnte ja nur vorübergehend bei Jay. Das brauchte Josie nicht zu wissen, entschuldigte Emma sich vor sich selbst, das ging sie nun gar nichts an.

Sie war nicht nur ihrer Mutter gegenüber feige. Wie ihr die Wochen entglitten, so glitt ihr auch Rick wieder aus den schwachen Händen. Sie spürte das, schaffte es aber einfach nicht, Jay zu verlassen, um zu Rick zu gehen, noch nicht. Sie hatte sich an Jay *gewöhnt*, und mit jedem Tag fürchtete sie sich mehr bei dem Gedanken daran, ihn für die ungewissen Aussichten eines Lebens mit Rick im finstersten Norfolk aufzugeben. Sie fürchtete sich, gestand sie sich in ihren klareren Augenblicken ein, fürchtete sich vor dem Unbekannten, misstraute ihren Instinkten.

Jay arbeitete wieder, kaufte und verkaufte seine Bilder und nahm neue Aufträge an. Er bezahlte ihr Fahrstunden und fragte sie sogar, ob sie ihn heiraten wolle, doch sie traute dem Frieden noch nicht. Oberflächlich war er fast wieder sein normales sardonisches Selbst, aber seine rigorose Weigerung, über ihre Fahrt nach Yorkshire zu reden, und, was noch bedeutsamer war, ihr immer noch nicht vorhandenes Sexualleben, zeigten Emma, dass eben nicht alles in Ordnung war. Irgendwie waren diese letzten beiden Hürden offenbar zu hoch für ihn, und sie wusste nicht, wie sie ihm darüber hinweghelfen sollte. Wenn sie ehrlich war, war sie froh über sein fortgesetztes Bedürfnis nach Unterstützung, weil es ihr die Entschuldigung lieferte, sich noch ein bisschen vor der Entscheidung zu drücken.

Da Jays Macht über sie anfangs fast völlig auf körperlicher Lust beruht hatte, war es äußerst merkwürdig, dass sein nicht existenter sexueller Appetit sie in vielerlei Hinsicht einander sogar näher brachte. Natürlich war es hauptsächlich Mitleid, das wusste Emma, aber wenn sie ihn beobachtete, wie er stirnrunzelnd über einer Skizze saß oder bei einer fertigen Zeichnung eine winzige Einzelheit penibel kolorierte, wie er lachte, wenn sie von Solly Cohens Marotten erzählte, oder sich auf dem Sofa lümmelte und seine geliebte Musik hörte, empfand sie ein so starkes, so überwältigendes Gefühl, dass sie ihre Zuneigung leicht für wahre Liebe hätte halten können, wenn sie noch nie geliebt hätte. Mit Rick hatte sie seit ihrer letzten Trennung erst ein einziges Mal wieder gesprochen. Er hat mir versprochen zu warten, beruhigte sie sich, wenn sie von wehmütiger Sehnsucht und Angst, ihn zu verlieren, überwältigt wurde, und bis sie ihm etwas Endgültiges sagen konnte, war es nicht fair, ihm Hoffnungen zu machen.

24

Nach ihrer Fahrprüfung saß Emma neben dem Fahrlehrer in seinem grünen Austin A 40, umklammerte den Führerschein und platzte fast vor Ungeduld, während er langsam wie mit einem Leichenwagen nach Putney zurückfuhr. Sie konnte es nicht abwarten, Jay davon zu erzählen, doch der hatte einen Termin im Westend, und wenn ihr nervtötender Chauffeur sich nicht endlich beeilte, war Jay bestimmt schon unterwegs, wenn sie nach Hause kam.

Als sie den Jensen vor dem Mietshaus entdeckte, war sie so froh, dass sie grußlos aus dem Wagen sprang und in die Eingangshalle sprintete, womit sich der Fahrlehrer in seiner

Ansicht bestätigt sah, dass die jungen Leute heutzutage keinerlei Benehmen mehr hätten. Dann nahm sie, fast ohne nachzudenken, den Lift und hielt die Enge problemlos aus. Auf dem Treppenabsatz kramte sie ungeschickt nach ihrem Schlüssel, voller Ungeduld, in die Wohnung zu kommen, gespannt auf Jays Gesicht und besorgt, er könnte die Treppe genommen haben.

Er wartete im Flur auf sie, lehnte mit verschränkten Armen lächelnd an der Wand, und durch die offene Studiotür schwebte Beethovens Klavierkonzert in Es-Dur. «Na?», fragte er. «Hast du bestanden?»

«Was machst du denn hier? Du solltest doch schon seit zwanzig Minuten weg sein?»

«Weiß ich.» Er stieß sich von der Wand ab und kam durch den Flur auf sie zu. «Ich geh ja schon. Hast du bestanden?»

«Hast du auf mich gewartet?»

«Mein ganzes Leben.» Als er bei ihr war, nahm er ihre Hand und legte sie selbstironisch über dem Herzen auf seine Brust und bedeckte sie dann mit seinen beiden. «Hast du bestanden?»

«Ja, natürlich», sagte Emma und überging die Provokation, hüpfte dann auf und ab, außerstande, sich noch länger zurückzuhalten, und quiekte: «Ich habe bestanden! Ich habe bestanden! Und außerdem bist du ein *Lügner*!»

«Was?»

Triumphierend, weil sie ihm auf die Schliche gekommen war, holte sie tief Luft: «Du hast gerade gelogen. Du hast mir doch selbst erzählt, dass es vor mir schon eine andere gegeben hat. Du hättest sie nicht herumkriegen können, hast du gesagt.»

«Ach so.» Er drückte fester zu und das Lächeln schwand aus seinem Gesicht. Er sah plötzlich beunruhigt und wieder verwundbar aus. «Das warst doch du», sagte er reumütig. «Ich habe immer nur von dir geredet.»

«Hast du nicht.» Emma war seltsam erfreut, dann aber empört. Warum musste er ihr das antun? Das war nicht fair, absichtlich ihren Widerstand zu schwächen, besonders, da er nicht mir ihr ins Bett konnte oder wollte und sie ihn nicht verlassen durfte. «Wir wären uns ähnlich, hast du gesagt, wir wären beide Eigenbrötler, weißt du noch? Und dann hast du gesagt ...»

«Ich freue mich, dass du bestanden hast.» Jay sah den entrüsteten Ausdruck in Emmas Gesicht und dachte, es wäre besser gewesen, das nicht zu sagen. Er hätte sie in dem Glauben lassen sollen, sie wäre nicht seine einzige Liebe, aber nun war es zu spät. Als er mit fast unwilliger Überraschung feststellte, dass sich seit Wochen zum ersten Mal wieder ein Begehren in ihm regte, ließ er sie los und wandte sich ab. «Ich muss gehen, ich komme sonst zu spät.» Er holte seine Mappe vom Tisch im Flur, nahm seine Schlüssel und bückte sich im Vorbeigehen, um sie zu küssen. «Bis heute Abend.» Er grinste und neckte sie, um sie aufzuheitern. «Meinst du, wir sollten eine Anzeige in die Zeitung setzen?»

«Eine Anzeige? Warum das denn?»

«Um die anderen Londoner zu warnen, dass man dich mit einer tödlichen Waffe auf sie losgelassen hast.»

«Du Schwein.» Emma lächelte unwillkürlich und vergaß ihren Ärger. «Raus hier, bevor ich dir eins überziehe ... Jay?»

«Ja, was ist? Ich bin spät dran.»

«Gib mir einen Abschiedskuss ... Hmm ... Jay?»

«Küss mich nochmal.» Gott, sie war ein hoffnungsloser Fall. «Du hast mir auch noch gar nicht richtig gratuliert.»

«Doch, habe ich, ich ... Emma, ich komm zu spät.»

«Wie viel zu spät? Kannst du nicht anrufen und sagen, dass du zusammengebrochen bist?»

«Nein, natürlich … Emma … Ach, Emma, Emma …»

«Jay, du kommst zu spät.»

«Hmm. Viel zu spät.»

Den Rest des Tages verbrachten sie im Bett, und zwischendurch beim Essen setzte ihm Emma mit einer Unzahl von Fragen zu, die sich bei ihr seit ihrer Rückkehr aus Harrogate angestaut hatten und die sie unbedingt loswerden musste.

«Warum hat dich deine Mutter so verabscheut? Sie wollte doch ein Kind haben.»

«Nein.» Jay saß in seine Kissen gelehnt, zum ersten Mal seit Wochen wieder entspannt, und trank Tee. «Ich wurde vor dem Krieg gezeugt, 1937, und sie konnte mich nicht abtreiben lassen. Sonst hätte sie mich beseitigen lassen. Hat sie mir erzählt.»

«Du meinst, du solltest nie geboren werden?» Emma war schockiert, und ihr wurde zum ersten Mal klar, was der Ausdruck «Abtreibung» wirklich bedeutete. Ihr wurde bewusst, dass Alison für die Beseitigung nicht nur eines, sondern zweier ungeborener menschlicher Wesen verantwortlich war, wobei sie das zweite mitnahm, als sie selbst aus dem Leben schied. Emma verspürte plötzlich ein überwältigendes Mitleid, für Alisons verlorene Babys, für Jay, und wechselte das Thema.

«Und bist du nach Hause gegangen, als du erfahren hast, dass dein Vater im Sterben liegt?»

«Nein, ich habe dir doch erzählt, dass ich ihn im Krankenhaus besucht habe, aber im Haus bin ich nie wieder gewesen.» Jay lehnte sich in seine Kissen und schloss die Augen. «Mutter kam ihn besuchen, als ich gerade gehen wollte … Nein, das stimmt nicht, ich bin gegangen, als sie gekommen ist, weil er mich nicht mehr brauchte, sobald sie bei ihm war. Sie ist mir auf den Flur nachgegangen, damit sie mir erzählen konnte, wie er in diesen Zustand geraten ist. Sie musste mir doch unbedingt klar machen, dass das alles meine Schuld war. Sie sagte, sie wollte mein widerliches Gesicht nie mehr sehen. Also ging ich wieder an meine Arbeit im Hotel.» Er hob den Kopf, öffnete die Augen und verzog kurz das Gesicht, als er Emmas schockierten Ausdruck sah. «Das war schon in Ordnung», beruhigte er sie. «Es hätte dir gefallen: ein warmes Bett und Tag und Nacht Reste essen, so viel man konnte.»

Emma schluckte heftig und griff nach einem Plätzchen. «Und was dann?»

«Ich habe von seinem Tod aus der Zeitung erfahren. Er war noch viel zu jung, um an einem Herzanfall zu sterben, erst zweiundfünfzig, deshalb musste eine ...»

«Eine Leichenschau stattfinden?»

«Eine Leichenschau. Todesursache: Lungenentzündung, verursacht durch einen ‹Lungeninfarkt›, was auch immer das sein mag. Ich ging zur Verhandlung, aber niemand hat mich gefragt, was passiert war. Mutter hat ihnen nicht einmal erzählt, dass ich da war, und ich hatte Angst, man würde mir die Schuld geben, wenn ich etwas sagte. So erkannte man auf Unfall. Er habe oft spätabends noch einen Spaziergang gemacht, sagte meine Mutter, es sei einfach furchtbares Pech gewesen. Als sie auf seine seelische Verfassung zu sprechen kamen ... Weißt du noch, Emma, ‹seelische Verfassung›?» Emma nickte stumm, verschluckte sich fast an ihrem Tee und stellte ihn dann zum Abkühlen neben sich. «Sie erklärte, es sei ihm gut gegangen. Sie hätten gemeinsame Ferien geplant, sagte sie, im nächsten Frühjahr. Es gab keinen Anlass, an ihren Worten zu zweifeln.» Emma erinnerte sich an Alisons Verhandlung, die Lügen, die Harry

Passmore erzählt hatte, und fragte sich, ob man ihm nicht auch geglaubt hätte, wenn sie nicht als Zeugin ausgesagt hätte. «Hinterher bin ich mit ein paar anderen aus dem Hotel weggegangen und habe mich zum ersten Mal in meinem Leben betrunken.»

«Und wussten die, wer du bist, wo du an dem Tag gewesen warst, dass du sein Sohn warst?»

Er schüttelte den Kopf. «Nein, natürlich nicht. Ich war nur einer von diesen ungelernten Rumtreibern, der sich seine Brötchen verdienen will.» Er beugte sich zu Emma, strich ihr eine Strähne roten Haares hinters Ohr und lächelte sie an. «In dieser Nacht habe ich meine Unschuld verloren, mit einer der Kellnerinnen. Sie war fünfunddreißig, und sie hat mir erklärt, ich wäre der unfähigste Liebhaber, den sie je gehabt hätte.» Er kicherte. «Und ich wusste man nächsten Morgen nichts mehr davon, deshalb sah ich mich gezwungen, es noch einmal zu tun, um zu sehen, ob ich es gut fand.»

«Haha. Ungeheuer komisch.» Emma bewegte verärgert die Schultern und griff wieder nach den Plätzchen. «Die unappetitlichen Einzelheiten kannst du dir sparen.»

«Danke.» Jay wischte ihr die Krümel vom Mund, dann beugte er sich zu ihr und küsste sie zärtlich.

«Wofür?»

«Für deine Eifersucht. Ich liebe dich.»

«Ach … ich bin nicht eifersüchtig! Ich …»

«Weiter …» Jay wartete einen Augenblick, seufzte dann, legte sich wieder zurück und trank seinen Tee aus, bevor er die Tasse sorgsam auf den Nachttisch stellte. «Eine Frage hast du jetzt noch», sagte er. «Es wird allmählich anstrengend, Em.»

Emma legte den angebissenen Keks weg, trank ihren Tee aus und stellte die Tasse hin. «Wie bist du eigentlich aufs

College gekommen», fragte sie, hatte Erbarmen mit ihm, «ohne Abgangszeugnis?»

Jay kicherte. «Das ist wirklich eine Frage von welterschütternder Bedeutung.» Sie konnte die Erleichterung in seiner Stimme hören. «Ich habe sie bequatscht. Ich habe ihnen erzählt, ich hätte ein prima Zeugnis, könnte es aber leider nicht vorlegen.» Er rollte herüber und zog sie unter die Decke. «Und weil ich ein Genie bin, hat man Regeln Regeln sein lassen. Außerdem habe ich noch ein Stipendium bekommen, als älterer Student.»

«Aber …»

«Em, selbst Genies brauchen hin und wieder Ruhe, besonders, wenn sie gerade genug Sex für einen Monat gehabt haben. Jetzt tu mir einen Gefallen – bitte, hör auf, Fragen zu stellen, sei still und lass mich schlafen.»

«Tut mir Leid, gut … Jay …»

«Hmm?»

«Nichts.»

Ich bin nur gerührt, als wäre es ganz allein mein Verdienst, dass es dir wieder gut geht. «Träum schön!»

Sie hatte Rick schon seit Wochen nicht mehr angerufen, hatte an diesem Tag noch nicht an ihn gedacht, aber nichts, stellte sie fest, bevor ihre Augen sich schlossen, sollte sie daran hindern, ihn jetzt anzurufen. Tastend streckte sie ihre Hand aus und berührte Jay an der Schulter, woraufhin er sich bewegte, murmelte, seufzte, aber schließlich wieder einschlief. Oder vielleicht könnte sie es auch sein lassen, nur für ein paar Tage, bis sie sicher war, dass Jay stark genug war, ohne sie zurechtzukommen.

Es war schon spät am Nachmittag, als sie es entdeckte. Die Sonne stand schräg vor dem staubigen Dachbodenfenster, warf lange, schwarze Schatten unter den Bäumen und ließ den Haufen neben der Tür verschwimmen, ein Haufen Erinnerungen, der weggeworfen oder verbrannt werden sollte.

«Ach!», rief sie aus, während alles wieder auf sie einstürmte, und sie setzte sich rasch auf eine leere Teekiste. Es war Georges Hochzeitsalbum.

«Hier.» Jay beugte sich über den Frühstückstisch und ließ einen Brief auf ihren Teller fallen. «Den kannst du aufmachen, der ist für uns beide.»

Der Umschlag war an «Jay und Emma Hammond» adressiert, und Emma war über die Störung, über die Konsequenzen verärgert. Denn sie war fast fertig, um zur Arbeit zu gehen, Rick anzurufen und ihm die gute Nachricht zu übermitteln, dass ihr langes Warten bald vorbei war. Sie runzelte die Stirn bei Jays Ausdruck, bei der stummen Herausforderung, die sie aus dem Grinsen herauslas, das sich über sein Gesicht ausbreitete.

Der Brief kam von George. Sie waren nach Norfolk eingeladen, zu seiner und Jillys Hochzeit. Jillys Leute, erklärte George in dem Begleitbrief, stammten aus Northumberland. *Eine viel zu weite Reise für all unsere Freunde, und Mum und Dad haben genau das richtige Haus für einen Empfang hier zu Hause.*

Ihr müsst kommen, schrieb er. *Wir machen es auf schottische Art, abends mit einem Ceilidh. Bill kommt auch, und all die anderen alten Gesichter von damals am Earl's Court, aber ihr beiden gehört unbedingt dazu.* Er habe, fuhr er fort, eine Liste der Hotels in der Gegend beigelegt, falls sie über Nacht bleiben wollten, und eine Landkarte, damit sie das Haus fänden. Das Fest war auf Freitag in drei Wochen angesetzt, und Emma war erleichtert. In drei Wochen würde sie nicht mehr da sein, wenn auch jetzt nicht der richtige

Augenblick war, Jay das mitzuteilen; Freitag war ein Arbeitstag, deshalb konnte sie ihm mit reinem Gewissen sagen, dass sie nicht mitkönnte, ohne ihm Hoffnung auf eine Zukunft zu machen, die es nie geben würde.

Bis sie sich überlegt hatte, was sie sagen wollte, war er in seine eigene Korrespondenz vertieft, und sie hatte Mühe, seine Aufmerksamkeit auf sich zu lenken. «Wann ist es?», fragte er ungeduldig, als er schließlich die Augen von dem dicken Bündel Papiere in seiner Hand gelöst hatte, und als sie ihm das Datum nannte, überraschte er sie, indem er den Kopf schüttelte und knapp sagte: «Da können wir nicht.»

Sie war von seiner Heftigkeit so vor den Kopf gestoßen, dass sie die Geschichte vergaß, zu der sie sich entschlossen hatte, und indigniert wissen wollte: «Und warum nicht? So dringend kann doch sicher nichts sein …»

«Wir können eben nicht. Wir werden woanders sein.»

«Sei nicht albern, wo sollten wir denn sein, dass wir nicht …?» Die Unterhaltung verlief ganz und gar nicht so, wie sie sich das vorgestellt hatte.

«Wir werden weg sein.» Er hob das Deckblatt von dem Stapel vor ihm und ließ es auf ihren Teller fallen, als er vorbeiging, um in einer der Küchenschubladen zu kramen. «Lies das!», sagte er knapp.

Emma, die immer noch Georges Einladung in der Hand hielt, verfolgte seine Bewegung in stummer Verwunderung. Was war mit ihm los? Er sollte doch eigentlich wieder in Ordnung sein?

Er kam mit einem großen, unbenutzten Umschlag wieder an den Tisch, ließ sich auf seinen Stuhl fallen und entfernte sorgfältig die Heftklammern, die die anderen Blätter zusammenhielten. Dann begann er die Seiten systematisch in winzige Fetzen zu zerreißen, halbierte und viertelte jede wieder und wieder, bis er einen wachsenden Berg Schnipsel vor sich hatte. Emma saß ganz still und beobachtete ihn, bis er aufsah und auf das Blatt wies, das immer noch unberührt vor ihr lag. «Lies das!», wiederholte er. Seine Stimme klang merkwürdig, rau, und sein Gesicht war ausdruckslos.

Das Schreiben stammte von einer Anwaltskanzlei in Harrogate. Es war pompös, weitschweifig und voll unnötig langer Wörter, aber völlig eindeutig. Jays Mutter war tot und er wurde aufgefordert, die beiliegenden Dokumente zu unterzeichnen, in denen er zusagte, keinerlei Einzelheiten über die Privatangelegenheiten der Familie zu verbreiten, bevor das Testament in Kraft träte und er sein Erbe antreten könnte. Das war eine glasklare Bestechung, bei der es um eine beeindruckende Geldsumme ging.

«Oh», sagte Emma und saß erneut in der Falle.

Jay fuhr stur damit fort, jedes einzelne Dokument, das vor ihm lag, zu vernichten, und erst als sie die Schlusszeile las, ging Emma auf, was er vorhatte.

«Nein», sagte sie. «Ich werde nicht mitkommen.»

Sie verblüffte ihn, mit solch einer kategorischen Weigerung hatte er nicht gerechnet. «Du musst», forderte er. «Ich kann das nicht allein.»

«Das weiß ich. Du wirst also stattdessen mit zu Georges Hochzeit müssen, oder?» Ich kann doch noch nicht weg, es gibt immer neue Hürden zu bewältigen.

Jay war mit seiner Aufmerksamkeit immer noch Hunderte von Meilen entfernt, in Yorkshire. «Aber ich habe einen Anspruch darauf», sagte er stur. «Bitte, Em, du weißt, dass ich es ohne dich nicht schaffe.» Die Maske verrutschte, ließ den Schmerz darunter sehen, und er verzog flehend das Gesicht.

Emma erhob sich langsam vom Tisch, stellte sich hinter ihn und schlang die Arme um seinen Hals. «Wenn du nach Yorkshire willst», sagte sie, vergaß ihre eigene missliche

Lage und war nur darauf bedacht, ihn zur Einsicht zu bringen, «um bei ihrem Begräbnisgottesdienst auf die Kanzel zu steigen, dann los. Ich kann dich nicht hindern ...» Sie reckte sich und stellte sich so hin, dass sie sein zunehmend bewegtes Gesicht sehen konnte. Er war neuerdings nicht mehr so gut darin, sich vor ihr zu verschließen. «Aber ich werde nicht mitkommen. Ich werde nicht in der Kirche sitzen und zusehen, wie du an der Verstorbenen Rache nimmst. Hast du verstanden?»

«Emma ...»

«Nein», sagte sie und fügte sich ins Unvermeidliche. «Ich werde George schreiben und ihm mitteilen, dass wir kommen, soll ich?»

Jay senkte den Kopf, fuhr mit den Händen durch den Haufen Makulatur vor ihm, ließ die Schnipsel durch die Finger rinnen, sammelte sie dann alle auf und schob sie in den Umschlag, den er gefunden hatte, bis nichts mehr auf dem Tisch lag. Dann drehte er sich um und umarmte sie, zog sie fest an sich und vergrub sein Gesicht an ihrem Hemd. Woher wusstest du, rätselte er, dass ich dich brauchte, um mich aufzuhalten?

«Ich liebe dich, Em», murmelte er und drückte sie fester.

«Ich weiß.» Emma seufzte und fuhr ihm übers Haar. «Morgen gehe ich zu Solly und lasse mir freigeben.» Wieder glitt ihr alles aus den schwachen Händen.

Sie rief Rick trotzdem an, damit sie nicht vergaß, dass es ihn wirklich gab.

«Es dauert nicht mehr lange», sagte sie aufmunternd. «Gleich nach Georges Hochzeit.» Als Antwort bekam sie ein ungläubiges Schnauben.

«Ich frage mich allmählich, ob du ihn überhaupt wirklich verlassen willst», sagte er unfreundlich.

«Natürlich will ich. Ich hab dir doch eben gesagt …»

«Was denn? Was hast du mir eben gesagt, Em? Dass es nicht mehr lange dauert. Das hast du mir schon vor zwei, fast drei Monaten erzählt. Wie lang ist denn lang? Wenn er immer noch so ein Krüppel ist, dass er ohne dich nicht klarkommt, sollte er in ein Pflegeheim.»

«Hör auf!», flehte sie. «Bitte, hör auf. Es ist auch so schon schlimm genug, mach es nicht noch schlimmer.»

«Und warum nicht? Ich würde es gern unmöglich machen. Ich liebe dich, Em.»

«Ich liebe dich auch.»

25

Jay hatte eine Überraschung für sie, bevor sie abfuhren: einen rubinroten MG Magnette mit vier Türen und einem Armaturenbrett aus Walnussholz – ein Geschenk. Der MG war groß und solide, und als Jay ihn aufschloss, um ihr zu zeigen, wie der Wagen von innen aussah, roch es gut nach warmem, leicht modrigem, altem Leder. Er hatte Winker, kleine orangefarbene Zeiger, die beim Umlegen des Schalters aus der mittleren Türstrebe flogen. Das Lenkrad war riesig, mit Chromspeichen und einer schimmernden Kuppel in der Mitte, er hatte einen Startknopf und über der Windschutzscheibe sogar eine achteckige Uhr in Form des MG-Logos. Es sei die Belohnung, sagte Jay, für die bestandene Fahrprüfung.

«Ich kann nicht», beharrte Emma, entsetzt über Jays Großzügigkeit und von Schuldgefühlen geschüttelt. «Den kann ich unmöglich annehmen.» Und nicht zuletzt deshalb, dachte sie, während sie sich an den abgenutzten, beigefarbenen Bezug des Fahrersitzes lehnte und mit den Händen über das riesige Lenkrad fuhr, weil es das großartigste Geschenk ist, das man mir je gemacht hat, bis auf Rickys Brosche natürlich, und es wäre nicht anständig, es anzunehmen, da ich nicht die Absicht habe, dir irgendetwas dafür wiederzugeben.

Ihre Heftigkeit fiel Jay nicht auf, er ließ sich von ihrer entschlossenen Zurückweisung seines Geschenks nicht stören. «Er läuft auf deinen Namen», sagte er lässig, «du kannst also nichts dagegen tun. Und außerdem habe ich den Jensen für die Zeit, in der wir weg sind, zur Werkstatt gebracht, das ist also im Augenblick unser einziges Transportmittel.» Emma fügte sich, saß wieder in der Falle.

Erster und zweiter Gang waren nicht synchronisiert, deshalb musste man mit Zwischengas fahren, und weil der Motor zum Überhitzen neigte, musste Jay auf der Fahrt durch London zweimal anhalten, doch als sie erst auf freier Strecke waren, benahm sich der große Wagen gut. Von Thetford an ließ Jay Emma fahren, den ganzen Weg durch Norwich, wies sie ein, und als sie an ihrem Ziel ankamen, war sie blass und nass geschwitzt vor Nervosität und hatte einen Drink nötig.

Das Hotel, das Jay ausgesucht hatte, war klein, versammelte nur sieben Gästezimmer unter seinem Dach. Sie zogen kurz nach eins im mittäglichen Getümmel ein. Als Emma sich in die Gästeliste eintrug, behielt sie die Handschuhe an, schob die Kälte vor, damit sie sich ein Zimmer mit Jay teilen konnte. Ihr Gewissen meldete sich nur flüchtig. Schließlich, überlegte sie, während sie vorsichtig durch die winzigen, verstreuten Dörfer Norfolks fuhr, hatten sie nur noch so wenig Zeit übrig. Angesichts dessen, was sie ihm bald antun musste, schien es ihr für all seine Liebe und Sorge eine recht kleine Gunst zu sein.

Jay sagte nichts, doch als es ihm gelang, unanständig erfreut auszusehen, wünschte sie sich, sie hätte auf getrennten Zimmern bestanden. Und was, fragte sie sich schuldbewusst, während sie ihm die knarrende Treppe hinauf folgte, wenn sie es ihm damit auf die Dauer nur noch schwerer machte?

Zum Mittagessen gab es Eintopf, aus einem gusseisernen Suppenkessel, der am Ende der nikotinbraunen Bar über einem elektrischen Ring vor sich hin köchelte, mit reichlich Rindfleisch und Karotten und so heiß und gehaltvoll, dass Emmas bleiche Wangen sich röteten, während sie das Essen hinunterschlang. Jay amüsierte sich wie immer über ihren gierigen Appetit.

«Sei still», schimpfte sie. «Kann ich dein Brot haben, wenn du es nicht möchtest?»

Bis sie bei ihrem zweiten Gang waren, einer kräftigen Hausmacherpastete, zu der man heißen, buttertriefenden Toast servierte, füllte sich der Raum allmählich mit Einheimischen: Leuten vom Land mit lauten, dröhnenden Stimmen und herzhaftem Lachen, die sich offenbar alle untereinander kannten und lieber an der Bar standen, als die zusammengewürfelten Tische und Stühle zu benutzen. Jay und Emma saßen in einer dunklen Ecke neben einem qualmenden Kaminfeuer, abgeschirmt von der Bar und dem Gastwirt.

«Hier», sagte Jay lässig, als Lärm und Getümmel laut genug waren, um jeden möglichen Einspruch Emmas zu übertönen, und warf ihr ein Holzdöschen mit Scharnier in den Schoß.

Er hatte weniger als ein halbes Glas Bier getrunken, während Emma schon bei ihrem zweiten war, um sich auf diese simple Weise zu beruhigen. Sie hatte es geschafft, jeden Gedanken an die Zukunft weit von sich zu schieben, und war warm, satt und müde. Sie nahm die Schachtel und starrte sie ohne besonderes Interesse an. «Was ist das?»

«Mach auf und sieh nach.»

In der Dose lag ein silbernes Häufchen auf einem Bett aus Watte. Sie benötigte einen Augenblick, um zu erkennen, dass sie auf ein Trio aus Ringen blickte, und Jay erwischte sie zum zweiten Mal an diesem Tag in einem schwachen Moment. Sie legte die ineinander verschlungenen Reifen auf ihre Handfläche und musterte sie, versuchte die Einzelheiten zu erkennen, doch sie war keineswegs bestürzt – es war ja nicht so, als hätte er ihr einen Verlobungsdiamanten geschenkt –, nur ein bisschen neugierig. Der, den sie aufgenommen hatte, war schlicht bis auf eine winzige Hand, die mit der Handfläche nach unten am schmalen Reifen ausgestreckt war, als wollte sie eine zweite schütteln.

«Sieh mal!» Jay griff ungeduldig nach dem zweiten Ring auf ihrer Handfläche, um es ihr zu zeigen. Wie der erste war er schlicht bis auf eine, diesmal aufwärts gerichtete, Hand. Erst als Jay den dritten Ring aufnahm, bemerkte sie das winzige silberne Herz am Rand, biss sich auf die Lippen, weil ihr Ricks Brosche am Boden ihrer Handtasche einfiel, und wurde plötzlich misstrauisch. Jay achtete nicht darauf, er konzentrierte sich auf seine Aufgabe und fügte die zwei Ringe so zusammen, dass die Hand das Herz festhielt.

«Gib mir den anderen», sagte er, immer noch, ohne sie anzusehen. Gehorsam hielt sie den Reifen, sodass er ihn mit den anderen zusammenfügen konnte, und dann sah sie es: zwei Hände, die ein Herz umschlossen.

«Oh», sagte sie bestürzt. «Wie … raffiniert.» Worauf wollte er hinaus?

«Den hat mein Vater gekauft.» Seine Stimme war flach, ohne jedes Gefühl, aber als sie ihm ins Gesicht sah, war sein

Mund zu einem ironischen Grinsen verzerrt, und er hob den Kopf, um ihr schief zuzulächeln. «Er hat ihn vor Jahren meiner Mutter geschenkt, als ich noch ganz klein war. Er hat ihn in einem Antiquitätengeschäft entdeckt und mochte ihn, er fand ihn romantisch.» Er nahm ihre Hand, drehte die Handfläche nach oben und legte die drei Reifen, nun fest zusammengefügt, in die Höhlung in der Mitte. «So etwas nennt man Gliederring. Dieser hier ist sehr alt, sechzehntes Jahrhundert, glaube ich.» Er fuhr mit dem Finger darüber, sodass es auf ihrer Haut kitzelte. «Mutter wollte ihn nicht. Sie nannte Vater knickrig, erklärte ihm, wenn er sie mit seiner Großzügigkeit beeindrucken wollte, müsste er sich schon ein bisschen mehr anstrengen, deshalb nahm er ihn zurück und sagte, er würde ihn für mich aufheben, wenn ich erwachsen wäre. Er war nicht ärgerlich, neckte sie nur, meinte: ‹Du hast kein Herz›, und sie lachten beide.»

«Jay …»

Unvermittelt ergriff er ihre Finger, bog sie um und hielt sie so fest, dass Emma spürte, wie sich die winzigen Hände von innen in ihr Fleisch bohrten. «Das war es, was sie mir gegeben hat, als wir sie besucht haben», sagte er. «Glaubst du, dass sie schon in der Hölle schmort?»

Emma, die ihm gerade seinen Schatz zurückgeben wollte, ihm sagen wollte, dass er seine Zeit verschwendete, erstarrte, als ihr wieder einfiel, was heute in Yorkshire geschah. Sie war so mit ihren eigenen Problemen beschäftigt gewesen, dass sie sich um Jays überhaupt nicht mehr gekümmert hatte.

«Früher wurden sie als Zeichen der Liebe und Treue verschenkt.» Er hielt ihre Finger geschlossen, verstärkte seinen Griff, als er merkte, dass sie sich bewegte, doch als Emma aufsah, war sein Gesicht bemüht undurchdringlich. «Ich bitte dich nicht, irgendetwas anzunehmen», sagte er, «nur meine Liebe. Was du damit machst, liegt bei dir.» Dann ließ er sie los und lehnte sich zurück, nahm einen Schluck Bier und beobachtete die dichte Menschenwand, die sich vor ihnen an der Bar vorbeischob, als wäre nichts geschehen. Nach einer Weile, als Emma immer noch dasaß und ihn hilflos ansah, während der Gliederring ihr ein Loch in die Hand brannte, stellte er sein Bier hin, bog ihre Finger einzeln auseinander und nahm ihn auf. Dann schob er ihn behutsam, fast verstohlen, auf den dritten Finger ihrer linken Hand, berührte ihn leicht, lächelte und sagte mit einer Stimme, die nur ganz wenig zitterte: «Jetzt brauchst du deine Hand nicht mehr in der Tasche zu halten.» Ohne sie anzusehen, griff er wieder nach seinem Glas. Emma ließ ihm das durchgehen, wollte gar nicht wissen, warum, saß da mit einem Tonnengewicht am Finger und sagte nichts, tat nichts, weil sie es einfach nicht fertig brachte, ihm den Ring wieder hinzuwerfen. Es dauerte zehn Minuten, bis Jay wagte, ihr wieder in die Augen zu sehen.

«Du kommst dir wohl recht schlau vor», sagte sie. Sie wäre am liebsten auf ihn losgegangen, aufgestanden und weggelaufen, nur weg, egal wohin, nur weit weg von Jay und der Falle, die er ihr gestellt hatte. «Verdammter Mistkerl», sagte sie stattdessen. «Ich brauche noch was zu trinken.»

Als er mit einem Glas Bier und einem Brandy wiederkam, saß sie da und starrte auf ihre linke Hand. Sie war zu einer festen Faust geballt und der Ring prangte auf der Haut direkt unter ihrem weißen Knöchel. Na, verhöhnte sie sich selbst, und was machst du jetzt, Frau Schlaumeier?

«Ich habe Nachtisch für dich bestellt», sagte Jay. «Zitronenbaiser.»

«Mit einer Extraportion Sahne?»

«Natürlich.»

Sie nahm ihm ohne ein weiteres Wort das Bier aus der Hand und hatte es fast zur Hälfte ausgetrunken, als der Nachtisch kam. Dann senkte sie den Kopf und begann stur, ihren Kuchen zu vertilgen, während Jay an seinem Brandy nippte und ihren Blick mied. Als sie fertig war, trank sie ihr Glas auf einen Zug leer, schob den Teller fort und stand vom Tisch auf. «Zeit zum Umziehen», sagte sie ruhig. Wenn sie so tat, als wäre es nicht passiert, würde sich das Problem vielleicht von selbst lösen. Sie verpassten die Hochzeit. Während George und Jilly die Ringe tauschten, war Emma, vom Bier angesäuselt, in einen unruhigen Schlaf gefallen. Jay wollte sie nicht stören und ließ sie, solange es ging, in Ruhe.

Bei der Fahrt war der Himmel klar, ein fast voller Mond stieg auf und beleuchtete das ungewohnte Flickwerk aus Feldern und Wäldern. Für Ende Oktober war es bitterkalt, die Straße begann zu vereisen, und es wurde glatt unter den großen Reifen des Magnette. Jay fuhr den Weg zurück, den sie hergekommen waren, über eine gewölbte Brücke bis zu einem kleinen Marktflecken, den sie auf dem Hinweg passiert hatten, bog dann auf einen schmalen Feldweg ab, über den schüttere Herbstbäume ragten, die sich klar vom Nachthimmel abhoben. Eine Meile weiter begann die Mauer, bröcklige Ziegel, acht Fuß hoch, in Abständen von schweren keilförmigen Pfeilern gestützt, dann kam ein hohes schmiedeeisernes Tor, weit geöffnet, vor einer rasengesäumten Kieszufahrt, die sich links an einer niedrig geschnittenen Buchsbaumhecke vorbeischlängelte. Vor ihnen, hinter der Hecke auf der rechten Seite, konnten sie die schwachen Umrisse eines formal gestalteten Gartens erkennen, Rabatten und Hecken vor höheren Bäumen, und als sie sich dem Haus näherten, weitete sich die Zufahrt zu einem großen Wendekreis, der mit Autos vollgestellt war, die vor der hell erleuchteten Fassade parkten. Jay stellte den Motor aus und sie schauten nur.

Das Haus war sehr alt: freundliche, mattrote Ziegelmauern unter steil abfallenden Dachziegeln. An den Seiten überragten elegant geschwungene holländische Giebel das Dach, und die Schornsteine schraubten sich wie Zuckerstangen in den Himmel. Die Front war von den dicken grauen Ästen einer alten Glyzinie überzogen, die sich über die Ziegel reckten, als hielten riesige Finger das Material zusammen. Die Schiebefenster waren hoch und vielscheibig, wobei nur die links im Erdgeschoss erleuchtet waren, und das Ganze strahlte eine solche Atmosphäre wohltuender Verlässlichkeit aus, dass Emma bei dem Anblick unwillkürlich lächelte. Sie war immer noch benommen und schob den Gedanken an Rick von sich. Morgen, wenn das Ganze hier vorbei war, so hatte sie bei der Abfahrt vom Hotel beschlossen, dann würde sie an Rick denken, aber heute nicht. Sie folgten der Zufahrt an der Giebelseite entlang, wieder durch goldenes Licht, das sich aus demselben Zimmer im Erdgeschoss ergoss, dann zwischen einer hohen Mauer zu ihrer Rechten und einer weiten Wiese zur Linken her, farblos im Mondlicht und mit Bäumen gesprenkelt, die lange, schwarze Schatten über den Boden warfen.

«Oh …», sagte Emma in benommener Verzückung. «Warum hat George uns nie erzählt, wie wunderschön sein Zuhause ist?»

«Vielleicht ist es ihm nie aufgefallen.» Jay fuhr wieder weiter, schlich im ersten Gang um die Ecke und hinter dem Haus entlang, das gerade noch über den ummauerten Garten hinweg sichtbar war, eine Ansammlung aus Giebeln, steilen Schächten und winzigen Dachfenstern unter den

Traufen. Zu ihrer Linken führte die Wiese bis in den Schatten unter weiteren Bäumen, bevor sie zu einem schimmernden Gewässer hin abfiel. Als sie der Krümmung des Weges folgten, schlängelte sich der Bach in einem steilen Bett näher heran, um dann abzuschwenken, als vor ihnen ein weiträumiger Platz lag, auf dem vor einer strohgedeckten Scheune mit einer Fassade aus Feuersteinen weitere Autos in unordentlichen Reihen parkten. Sogar in ihrem Wagen konnten sie die laute Musik stampfen hören. Jay wendete den Wagen am Rand, stellte den Motor ab, blieb sitzen und schaute, nicht auf des gelbe Licht, das aus den großen Doppeltüren der Scheune strömte, sondern auf den Eingang des ummauerten Gartens, der mit einem Eisentor verschlossen war. Das ist es, dachte er. Das wünsche ich mir für uns beide. «Em», begann er. «Wie fändest du es, so zu wohnen?»

Emma starrte ihn nur an, als hätte sie ihn nicht gehört, und stieg aus dem Wagen. Stell nicht solche Fragen, dachte sie. Führe mich nicht in Versuchung.

«Elegante Garderobe», hatte Jilly gesagt, und Emma hatte sie beim Wort genommen. Sie trug ein langärmeliges Samtkleid, nachtblau mit einem runden Ausschnitt und einem großen, mit lebhaft fuchsienroter Seide gefütterten Überwurf um die Schultern. Das Pink biss sich heftig mit ihrem Haar, das sie bis auf ein paar Strähnen, die sich um ihr Gesicht ringelten, zu einem geflochtenen roten Knoten auf dem Kopf gewunden hatte. Das Kleid ging ihr fast bis zu den Knöcheln, lag vom Hals bis zu den Hüften eng an und schwang von den Knien an aus, doch wurde der vampartige Eindruck gemildert durch bonbonrosa Ballerinas von Annelo und Davide mit runden Kappen und bescheiden geknöpften Riemchen.

Die Scheune war voll gestopft mit Strohballen, die man treppenförmig gestapelt hatte, sodass sie ein ländliches Amphitheater bildeten, mit Scheinwerfern von oben, die Inseln aus sanftem Licht schufen, in denen die auf den steilen Treppen lagernde bacchanalische Menge trank, lachte, gestikulierte und den Feiernden auf dem Tanzboden zusah. Ali hätte es nicht gefallen, denn an der Tür hing ein großes rotes Schild, auf dem es hieß: RAUCHEN VERBOTEN.

«Wo, zum Teufel, habt ihr euch rumgetrieben?», überschrie George die Musik. «Wir haben euch an der Kirche erwartet.»

«Tut mir Leid.» Jay löste den Blick widerwillig von der kalten Nacht draußen. «Autopanne.» Er strich Emmas Umhang glatt, arrangierte ihn über ihren Schultern, legte ihr dann die Hand in den Nacken und fuhr mit den Fingern besitzergreifend über ihre kalte Haut. «Wie war's?»

«Verdammt kalt!» George grinste. «Geschieht Jilly recht. Sie war davon überzeugt, dass es in dieser Jahreszeit noch warm wäre, und jetzt befinden wir uns hier mitten in einer zweiten Eiszeit. Immerhin ist es mir gelungen, eine Weste unter meinen Affenanzug zu kriegen.» Er trug einen grauen Frack mit gestreifter Hose, sogar eine Krawatte, wirkte plump, überheblich und unbeschreiblich selbstgefällig. Emma spürte wieder, wie Jays Finger ihr über den Nacken fuhren, und zog ihm ein Gesicht, während sie George folgten.

«Hör auf!», schimpfte sie unvermittelt. «Benimm dich!» Er grinste, nahm aber seine Hand nicht von ihrem Nacken.

Sie waren alle da, zwanzig, dreißig vertraute Gesichter, die begrüßt werden wollten, Leute, die Emma seit den letzten, misslungenen Collegebesuchen nach Alisons Tod nicht mehr gesehen hatte, sogar Adrian mit seiner neuesten Freundin.

«Val», überschrie er den Lärm, «das ist Em, von der ich dir erzählt habe.» Er zögerte und runzelte die Stirn, war offenbar immer noch nicht über sie hinweg. «Und Jay.» Der sie mir weggenommen hat, der Mistkerl.

Jays und Adrians Blicke trafen sich, und Jay beschloss, den Jungen doch nicht umzubringen, und als er Bill entdeckte, ging er ihm mit sichtlicher Freude, ihn zu sehen, entgegen. Emma nickte bei dem Lärm nur mit einem Lächeln und war ganz überrascht, als die hübsche, dunkelhaarige Val sie nur kühl ansah und stumm artikulierte: Ich weiß über dich Bescheid. Schutz suchend lief sie hinter Jay her.

«Em!» Bill breitete grüßend die Arme aus. «Wie geht's meinem Lieblingsmädchen?»

«Seit du da bist, noch besser. Ist Mabel auch hier?»

Bill nickte, hakte sich dann bei ihr unter und führte sie tiefer ins Getümmel. «Als ich sie das letzte Mal gesehen habe, schwang sie irgendwo da oben große Reden.» Er wies mit der Hand auf die Stufen aus Stroh, die bis unter die alten Dachbalken anstiegen, wandte sich dann um und brüllte: «Jay, ich entführe dir deine Kleine, okay?»

«Mach nur.» Jay hatte den Kopf zur Tür gewandt, weg von Lärm und Hitze. Er wirkte leicht abwesend und nachgerade zufrieden.

«Was zum Teufel hast du mit dem Mann angestellt?», fragte Bill. «Das ist ja gar nicht mehr der finstere Heathcliff, den ich kenne.»

«Mir ist er schon ein bisschen zu selbstgefällig und eingebildet», sagte Emma und wurde ein wenig munterer, leicht verärgert über die Anspielung, die in Bills Äußerung steckte. Streng genommen hatte Jay sich furchtbar schnell von der Übergabe seines Geschenks erholt, und außerdem fand sie es im Nachhinein einfach hinterhältig, wie er sie dazu gebracht hatte, es anzunehmen. «Er ist nicht der einzige Mann auf der Welt, auch wenn er sich das einbilden sollte. Ich werde ihn bald ein bisschen zurechtstutzen müssen.»

Bill zog sie auf. «Ach ja? Und wie willst du das anstellen, du siehst doch fast genauso selbstgefällig und zufrieden aus wie er!» Emma war erstaunt, verärgert, und wurde noch etwas wacher.

«Das stimmt nicht!»

«Doch, doch. Komm, wir suchen Tante Mabel.»

Jay sah hinter ihnen her, lächelte nachsichtig, drehte sich dann um und verschwand in die Nacht.

Es war so schön, all die alten Freunde wiederzusehen! Alisons Schatten lag nicht mehr auf den Ereignissen, Zeit und Abstand hatten ihr Werk getan, und es gab so viel Neues zu berichten, dass ihr Tod ganz nebensächlich wurde, ja fast in Vergessenheit geriet. Emma fühlte sich in alte Zeiten zurückversetzt, in der sie ihren ungetrübten Spaß hatten, wie ganz zu Anfang, bevor sie den Ernst des Lebens kennen lernten …

Sie bewunderten pflichtschuldigst Jilly und ihr Kleid, äußerten sich in angemessener Begeisterung über die Geschenke und setzten sich dann zu Tante Mabel, die sich für den Abend prächtig mit rotbraunem Lurex herausgeputzt hatte, gerüscht, protzig, seit zwanzig Jahren unmodern, und, den Rest eines großen, trockenen Sherrys in der Hand, vor einem bewundernden Publikum aus derzeitigen und ehemaligen Mietern Hof hielt. Bill wurde mit einer herablassenden Geste fortgeschickt, ihr Glas nachzufüllen.

«In Ihrer Gesellschaft habe ich die letzten sieben Stunden verbracht, William, jetzt würde ich mich gern mit Emma unterhalten», sagte sie, kreuzte die Arme über ihrem glitzernden Busen und lehnte sich zurück, um ihre Nichte zu mustern. «Na, wo ist denn dein Teuerster, Schätzchen? Du bist ihn doch nicht schon wieder los?»

«Nein, der läuft hier irgendwo herum.» Emma spähte

hinunter in die Scheune, überflog die angestrahlte Menge, konnte Jay jedoch nicht entdecken. Eigentlich ein Glück, wie sie mit weingeborener Einsicht feststellte.

Mabel zog die Nase kraus und zupfte den schimmernden Stoff über ihrem Busen zurecht. «Na», sagte sie zufrieden und musterte ihre Nichte gründlich, «du siehst jedenfalls ganz munter aus. Sorgt offenbar ganz gut für dich, dein komischer Kauz.»

«Mein was?» Emma richtete sich auf und sah Mabel an, die mit geröteten Wangen eine Atmosphäre aufgekratzter Schlampigkeit verbreitete. Mabel kicherte vergnügt. «Komischer Kauz. Dein Teuerster, wie heißt er noch?» Sie wartete, und als keine Antwort erfolgte, erkundigte sie sich schalkhaft: «Was ist mit dir los, Schätzchen? Hast du deinen Mund im Bett gelassen?»

«Tante Mabel, du bist ja beschwipst!», sagte Emma vorwurfsvoll, und der Schock holte sie endgültig in die Gegenwart.

Mabel strahlte. «Total besäuselt, wenn du es genau wissen willst. Also, du wolltest mir gerade etwas von deinem Freund erzählen ...»

«Da gibt es nichts zu erzählen. Der ist hier irgendwo. Ich habe ihn seit unserer Ankunft nicht mehr gesehen. Wo übernachtest du eigentlich, Tante Mabel? Du wirst doch bestimmt nicht mehr nach Hause fahren ...?»

«Sei nicht albern, Schätzchen, natürlich nicht. Ich übernachte hier.» Mabel beugte sich vor und warf ihrer ausdruckslosen Nichte einen schiefen Blick zu.

«Richtig nette Leute, Doug und Morag, sie wollten nichts davon hören, dass ich im Hotel untergebracht würde, nicht, nachdem ich George zwei Jahre bei mir ertragen hätte. Wahre schottische Gastfreundschaft.» Sie seufzte tief und fügte dann kopfschüttelnd hinzu: «Das ist nämlich das letzte Mal, dass wir alle zusammen sind. Der arme Adrian ist schon weg, und Bill zieht nach Weihnachten aus.»

«Was? Das hat er mir ja gar nicht erzählt! Warum eigentlich nicht?» Emma war leicht gekränkt, obwohl dies das erste Mal war, dass sie Bill seit der Verhandlung wiedergesehen hatte, und sie in den letzten acht, neun Monaten kaum ein Dutzend Mal mit ihm telefoniert hatte. Aber er hätte es ihr trotzdem erzählen können.

Mabel wartete auf ihren Moment. «Hübscher Ring, Schätzchen. Bestimmt ein Geschenk.» Keine Reaktion. «Dann ist es wohl ernst?» Nichts. Emma starrte ausdruckslos in die Gegend, hatte abgeschaltet und hörte nicht mehr zu.

«Und was macht dein Liebesleben, Bill?»

«Das reinste Chaos, wenn du's wissen willst.»

«Bist du deshalb nicht mehr so lustig?»

«Mache ich den Eindruck?» Bill beugte sich zu Emma, nahm ihr einen Strohhalm aus dem Haar und seufzte tief. «Ich komme einfach nicht klar. In meiner Schulzeit war ich ständig durcheinander. Und dann dieses erste Jahr im College. Da habe ich mir eingebildet, ich wüsste endlich Bescheid. Aber als ich dann Schluss gemacht habe, war es förmlich eine Erlösung ...»

«Schluss gemacht womit?»

«Mit den Frauengeschichten.» Bill kicherte und trank noch einen Schluck von seinem Wein. «Weißt du noch, wie Griggsy mir gesagt hat, ich sollte mich am Riemen reißen? Damals habe ich aufgehört. Und dann habe ich gemerkt, also, ich bin in diese Clique geraten und es ist einfach ... und ...» Er seufzte, rollte auf den Bauch und begann am Ballen unter seinen Fingern zu zupfen.

«Schon in Ordnung, Bill.» Emma wusste mittlerweile über Schwule Bescheid, es war ihr nicht mehr peinlich. «Du brauchst es nicht unangenehm zu finden ...»

«Ach, das tu ich auch nicht. Das ist es nicht, damit bin ich schon vor Jahren ins Reine gekommen. Ich fühle mich nur manchmal so ... verlottert. Sie treiben es alle so wild durcheinander. Und es ist erst ein paar Monate her, da habe ich gemerkt ...» Er kicherte und stemmte sich in seinem glänzenden Anzug, der von Stroh und Spreu ganz staubig war, zum Sitzen hoch. «Sie würden dir gefallen, Em. Ich habe Ted übers College kennen gelernt. Er ist Chefdekorateur bei einem der großen Kaufhäuser im Westend. Bei den Schaufenstergestalten gibt es viele Tunten, offenbar zieht diese Tätigkeit Leute wie uns an. Wie auch immer, er hielt eine Vorlesung über seine Arbeit, Schaufensterdekoration, Auslagen im Laden und so, und wir kamen ins Gespräch. Er nahm mich mit zu sich nach Hause ...» Emma rückte unbehaglich hin und her. Mit Homosexuellen entspannt umzugehen war das eine, aber ein ausführlicher Bericht über eine Verführung unter Männern war etwas ganz anderes. «Nein, nein, keine Sorge. Er hat mich mitgenommen, weil ich seine bessere Hälfte, Gordon, kennen lernen sollte.» Bill kicherte. «Weißt du, es war das erste Mal, dass ich zwei Männern begegnet bin, die ... na, die wirklich *zusammengehören*, wenn du verstehst, was ich meine, wie George und Jilly, du und Jay.» Emma öffnete den Mund, um dagegen zu protestieren, so in einem Atemzug mit Jay genannt zu werden, und schloss ihn dann wieder. «Tel geht in seiner Freizeit als Transvestit und näht sich seine Kleider selbst. Wir saßen da, tranken Port mit Zitrone, und Tel nähte dabei Pailletten auf eins seiner Kostüme, während Gordon, der leicht schwerhörig ist, vor dem laut gestellten Fernseher hockte, und sie unterhielten sich über ihren Tag, genau wie meine Eltern das jeden Abend machen. Sie leben seit fünfzehn Jahren zusammen, und komischerweise überlegen sie, ob sie nach Norwich ziehen sollen, offensichtlich ist man da Leuten wie uns gegenüber toleranter. Es war ganz wie bei einem normalen Ehepaar, nur mit zwei Männern.» Er seufzte und streckte den Arm aus, um Emma mit einem Halm an der Wange zu kitzeln. «Das Problem ist, ich bin einfach ein gefühlsduseliger, alter Romantiker. Ich möchte, dass jemand kommt und mir den Kopf verdreht, weißt du, das ganze Theater, Herzen und Blumen und der Himmel voller Geigen. Das ganze sentimentale Zeug. Aber so etwas ist offenbar seltener als Schnee im Sommer. Weißt du, was ich meine?»

Emma, die auf das Hin und Her der Leute unter ihnen gestarrt hatte, wurde plötzlich lebhaft an Rick erinnert, der irgendwo im Dunkel da draußen auf sie wartete, und erneut von dem Gefühl, der blitzartigen Erkenntnis überwältigt, dass er der eine war, auf den sie ihr Leben lang gewartet hatte. «Ja», sagte sie nachdrücklich. «Ja, ich weiß, was du meinst.» Sie wechselte hastig das Thema. «Und warum ziehst du um?»

«Ich habe mir eine Wohnung gesucht. Ich brauche mehr Platz, Em, und es wird Zeit, dass ich etwas mehr Privatleben habe. Außerdem», wieder ein Seufzer, «ohne dich und Ali oben ist es auch nicht mehr dasselbe, nicht wie in alten Zeiten. Hat Tante Mabel dir erzählt, dass George und Jilly vom nächsten Semester an das ganze Untergeschoss mieten wollen? Adrian ist weg ...»

«Das hat Mabel mir schon erzählt. Warum ist er ausgezogen?»

«Deinetwegen, glaube ich. Du hast ihm fast das Herz gebrochen, fürchte ich, mein teures Kind.»

«Ach! Aber ich dachte ...»

«Na, da hast du falsch gedacht. Er ist viel zu höflich, um es zu zeigen, aber er war schrecklich getroffen, als du dich mit Jay davongemacht hast. Egal, wo war ich stehen geblieben?»

«Bei George und Jilly.»

«Aha. Jilly arbeitet mittlerweile, bei Coleman, Prentice und Varley, als Plakatmalerin. Sie hat ein ganz gutes Examen gemacht, in diesem Sommer, und sie verdient ganz nett, deshalb können sie sich zusammen die Miete leisten, und Mabel hat die Miete etwas gesenkt, weil sie sich erboten haben zu renovieren. Aber stell dir vor», er kicherte anzüglich, «Jilly hat von vornherein klargestellt, dass sie nur so lange arbeiten wird, bis George imstande ist, für ihren Unterhalt zu sorgen ...»

«Und zwar auf dem Standard, den sie sich vorstellt.»

«Und sobald er sein erstes Geld verdient, will sie aufhören.»

Emma kicherte, nun wieder entspannt. «Vermutlich, damit sie mehr Zeit hat, das Zeug wieder auszugeben.»

«Genau, mein Schatz. Komm, darauf trinken wir.»

Nach mehr als einer Stunde wurde Jay erwischt.

Er hatte mittlerweile den ganzen ersten Stock erforscht, hatte schweigend in Türen gestanden, aus Schlafzimmerfenstern in den mondbeschienenen Garten hinuntergesehen, war mit der Hand über helle Eichentüren mit abgenutzten Messingknäufen gefahren, über das fein geschnitzte Treppengeländer oben im geräumigen Treppenhaus, und hatte bereits den größten Teil des Erdgeschosses durchstreift. Er hatte ins Arbeitszimmer gespäht, vor dem großen Kamin im kleinen Wohnzimmer gestanden, seine Hände gegen die Umrandung gelegt und mit geneigtem Kopf den typischen Asche- und Teergeruch eingeatmet. Er war durchs Esszimmer mit den tiefen Fenstern gewandert, die auf den beleuchteten Garten vor dem Haus hinaussahen, und hatte in eine anheimelnde Werkstatt geschaut. Nur das Zimmer gegenüber vom Esszimmer hatte er gemieden, weil er aufgrund des Lichtspalts unter der Tür und wegen des Stimmengemurmels annahm, dass dort Mitglieder des engeren Familienkreises zusammensaßen, die dem Lärm aus der Scheune entgehen wollten. Das Stampfen des Basses war selbst im Haus noch zu hören, dumpf und regelmäßig, mit gelegentlichen Pausen, es dröhnte durchs Mauerwerk und vibrierte unter seinen Schuhsohlen.

Jay war durch den ummauerten Garten eingedrungen, wo das gefrorene Gras unter seinen Füßen geknirscht hatte, zwischen dem Gemüsegarten mit seinen – im grauen Licht ganz surreal wirkenden – späten Kohlköpfen und frühen Rosenkohlpflanzen zur Rechten und den gespenstisch weiß bereiften Sträuchern und Bäumen zur Linken hindurch. Er hatte eine unverschlossene Tür entdeckt und eine gepflasterte Passage und war dann weitergegangen, ziellos und ohne rechte Entschuldigung, wenn – falls er erwischt würde. Als er in der Küche mit den dicken Balken angekommen war, die von einem altmodischen Ofen erwärmt und wie der Rest des Hauses nur vom Vollmond draußen erhellt wurde, war er übermütig geworden. Er könnte ja unbemerkt den gleichen Weg zurückschleichen.

«Und wer sind Sie, bitte schön, junger Mann?» Als Morag Campbell sah, wie der lange Junge am Fenster schuldbewusst zusammenzuckte, unterdrückte sie ein Lächeln. Dann wartete sie mit verschränkten Armen im Schatten an der Tür auf eine Antwort.

«Jay. Jay Hammond.» Jay zog den Kopf ein, war merkwürdig sprachlos und starrte weiter hinaus aufs graue Gras und die frostgesprenkelten Bäume auf der Wiese und auf das Wasser, das gerade noch durch die nackten Stämme des kleinen Gehölzes dahinter schimmerte.

«Sie wollten doch nicht das Familiensilber stehlen, Jay Hammond?»

Die sanfte schottische Stimme hatte einen amüsierten Unterton. Ob sie auch so amüsiert gewesen wäre, wenn sie ihn in einem der Schlafzimmer erwischt hätte, überlegte er.

«Nein!» Er schüttelte heftig den Kopf, und sie kam durchs Zimmer, in ihren flachen Schuhen fast geräuschlos auf dem Steinboden.

«Renekloden», sagte sie, als sie neben ihm auftauchte, «links neben der Scheune, dann steht da eine gelbe Pflaume und ein Apfelbaum, ein Rötling. Die anderen sind Cox und dahinten ...», sie zeigte darauf, «ein Bramley. Das ist alles, was vom alten Obstgarten übrig geblieben ist.» Sie wartete, erkannte die Zeichen, den träumerischen Blick in den Augen des Jungen ... Nein, kein Junge, jetzt, da sie sein Gesicht sehen konnte, ein Mann. Älter als die Kinder in der Scheune und argwöhnisch, hatte gewissermaßen alle Stacheln ausgefahren.

«Ich habe nichts angerührt. Ich habe nicht einmal Licht gemacht. Ich habe nichts kaputt gemacht ...»

«Morag. Ich bin die Mutter von George.» Sie hielt ihm eine kühle, trockene Hand hin, und Jay nahm sie, immer noch völlig hilflos. «Nein, da bin ich mir sicher, Jay ... Sie sind der Begabte, nicht wahr? Der mit der jungen Emma?» Endlich lächelte der Mann, der Name des Mädchens löste eine automatische Reaktion aus. Wie viel netter du aussiehst, wenn du lächelst, dachte Morag.

«Ja, ich bin der Begabte ... der mit Emma. Und ich bin einfach eingedrungen. Aber ich kann den Krach nicht ausstehen, und ich ...» Er stockte, senkte den Kopf, unfähig, sich zu entschuldigen, aber ausnahmsweise beschämt über diese Unfähigkeit. «Ich wollte nur sehen ... hören, wie das Haus atmet ...»

«Aha.» Morag nickte, erlaubte ihm, sich von seinem Schreck zu erholen, während sie zu einem dunklen Schrank ging und sich bückte, um nach einer Schüssel zu suchen. «Es hat Sie gepackt, nicht wahr?»

«Gepackt?»

«Das Haus. Wir wohnen fast fünfundzwanzig Jahre hier, Doug und ich, und all unsere Kinder sind hier geboren, unsere Norfolk-Küken. Es hat uns auch gepackt, auf den ersten Blick.» Sie drückte eine Klinke, verschwand kurz in etwas, was Jay für eine große Spülküche hielt, immer noch ohne Licht, und tauchte mit einer Hand voll raschelnder Packungen auf, aus denen sie Erdnüsse und Chips, Salzstangen und winzige Kekse ausschüttete. «Zur Strafe für Ihr Eindringen können Sie sich nützlich machen.» Sie hielt ihm ein paar Schüsseln hin. «Eintritt, für die Besichtigungstour ohne Führung.»

Jay nahm sie folgsam entgegen und lächelte wieder. «Danke», sagte er.

«Wofür, mein Lieber?»

«Dass Sie sich nicht aufregen.»

«Sie sind nicht der erste.» Morag lachte. «Na, kommen Sie, das Beste haben Sie ja noch gar nicht gesehen.»

«Würden Sie irgendwann verkaufen wollen?»

«Sind Sie immer so direkt, junger Mann?»

«Nein – ja. Manchmal. Ich möchte ...»

«Aha. So schlimm also?» Morag blieb in der Küchentür stehen, ihr hübsches Gesicht heiter im Mondlicht. «Ich glaube, ich muss Sie warnen, Doug und ich werden dieses Haus nur mit den Füßen voran verlassen. Es gibt ja auch noch andere Häuser ...»

«Nicht so eines wie das hier.» Warum verliebe ich mich

immer so heftig, fragte er sich, so wie bei Emma, dass ich es kaum ertragen kann. Und jetzt in ein Haus. Bin ich verrückt? Bin ich besessen?

«Ich muss Sie außerdem informieren, junger Mann, dass Sie nicht der erste Anwärter sind.» Morag führte ihn über den Gang und durch die große Halle zur Wohnzimmertür. «Es gibt schon einen anderen Burschen, der seine Pennys zusammenspart, um uns ein Angebot zu machen, das wir nicht ablehnen können.» Sie blieb stehen und wartete, bis er sie eingeholt hatte. «Er hat vor, seine Frau hierher zu bringen, sobald er sie gefunden hat.»

«Wenn er sie gefunden hat?»

«Hmm. Er war Ende letzten Jahres hier. Er hätte sie vorübergehend verloren, hat er mir erzählt, aber er zweifelt nicht daran, dass er sie wiederfinden wird, falls er sie nicht schon gefunden hat. Er kam mir sehr entschlossen vor.» Sie war nicht versucht, über Jays spürbares Unbehagen zu lachen. «Und wenn er sie gefunden hat, wird er sie hierher bringen, hat er jedenfalls gesagt.»

Und wen würde ich nehmen, überlegte sie, wenn ich das alte Haus einem dieser entschlossenen jungen Männer anvertrauen müsste? Würde ich es dem ernsthaften, blonden Jungen geben, mit seinen schwarzen Augen und großen Plänen und der festen Überzeugung, dass er alles bekommt, was er will ... oder würde ich es dieser gequälten Seele überlassen, mit dem grüblerischen Gesicht und den gebeugten Schultern, der an sich und der Welt zweifelt? Und wer von beiden ist bereit, zwanzig oder dreißig Jahre darauf zu warten, bis Doug und ich aus diesem Haus getragen werden?

Die Identität der Braut Rick Browns enthüllte sie nicht, aber sie erwähnte ja auch Rick Brown nicht mit Namen. Morag Campbell kannte den ganzen Klatsch von George, war allerdings etwas taktvoller als ihr ältester Sohn.

Sie trat zur Seite, um Jay vorbeizulassen, blieb hinter ihm stehen, während er von Bess, dem alten Retriever der Familie, gründlich beschnuppert wurde, und wartete auf seine Reaktion.

Er blieb wie angewurzelt stehen und lehnte sich gegen den Türpfosten, um sich alles anzusehen. Als er den Kopf wandte, lächelte er. «Würden Sie mich auf die Warteliste setzen?», sagte er. «Bitte?»

Es wurde allmählich spät, und die Partygäste wurden spärlicher: Mabel hatte sich zu Bett begeben, Jilly war verschwunden, um ihr staubiges Hochzeitskleid auszuziehen, und George stand herum und wartete darauf, sie für die erste Nacht ihrer nun auch gesetzlich abgesegneten Leidenschaft in ein sorgfältig ausgewähltes Hotel in Cromer zu entführen. «Kommt und lernt unsere Leute kennen», sagte er, und Bill und Emma folgten ihm gehorsam aus der Scheune in die Kälte, dann über die Zufahrt durchs Eisentor in den ummauerten Garten und das Haus dahinter.

Emma war entzückt. Georges Familiensitz war von innen genau so schön wie von außen, und sie ließ sich Zeit, um sich alles anzusehen. Bis sie an der offenen Tür des großen Wohnraums ankam, hatten sich Bill und George schon unter die Leute gemischt. Es war voll: beide Familien, Georges und Jillys, Tanten, Onkel, Cousins und Cousinen, beide Elternpaare. Sie sah ihnen zu, bewunderte den großen Raum mit den dicken Balken, den tiefen Fensternischen, der leicht verwohnten Gemütlichkeit, den verblichenen Chintzsofas, dem hellen Eichenmobiliar, dem sanften Licht und dem Geruch nach Apfelbaumholz, der vom großen Kamin herüberzog, in dem glimmende Scheite graue Asche auf die Ziegel rieseln ließen. Ach, dachte sie träumerisch, in so einem Haus könnte ich glücklich sein.

Jay war schon da, lehnte an der Wand und unterhielt sich mit Georges Mutter. Sie wusste nicht, wann er je so friedlich ausgesehen hätte. Fast so, der Gedanke kam ihr unwillkürlich, als wäre er endlich zu Hause.

Als sie durch den Raum auf ihn zuging, entdeckte er sie und lächelte. Sie begrüßte Morag, die sich entspannt über Hunde unterhielt und den alten Retriever tätschelte, der sich zutraulich an Jays Bein lehnte. Und dann kam George, der liebe, eingebildete, taktlose George herangeschlendert, küsste seine Mutter auf die Wange und bemerkte laut, sodass Jay jedes Wort mitbekam: «Ach, übrigens, Em, was ich dir den ganzen Abend schon sagen wollte ...»

Er erzählte von Rick, dass der vor kurzem am Earl's Court gewesen sei, sagte, dass Rick sich nach Emmas neuer Adresse erkundigt habe, und wie diplomatisch er ihretwegen gewesen sei. «Natürlich hab ich ihm nicht gesagt, wo du dich aufhältst, obwohl er ziemlich hartnäckig war. Ich glaube nicht, dass Jay mir dankbar wäre, wenn der Lump an deiner Tür aufgetaucht wäre, um dich zu holen.» Er lachte und sah weder, wie Emma unvermittelt blass wurde, noch wie Jay sich verhielt, wie er plötzlich erstarrte und sich von der Wand abstieß, als er ihre Reaktion bemerkte. Morag jedoch sah es.

«Mein lieber George», sagte sie hastig. «Es wird allmählich Zeit, dass du deine junge Ehefrau abholst und losfährst, meinst du nicht?» Manchmal fand sie ihren heiß geliebten Sohn zum Verzweifeln. «Wenn du dich nicht bald auf die Socken machst, dann stehst du noch vor verschlossener Tür, und du willst doch deine Hochzeitsnacht bestimmt nicht im Auto verbringen?»

George zögerte, wartete darauf, dass Emma ihm erklärte, er hätte sich richtig verhalten, und dass Jay über seinen kleinen Scherz lachte. «Ich war allerdings überrascht, dass er Mabel nicht löcherte», fügte er dickfellig hinzu. «Er war ganz schön wütend, als ich mit ihm fertig war, seid also gewarnt …»

«Na los!» Morag versetzte ihm einen kräftigen Stoß, damit er sich endlich auf den Weg machte, schob dann resolut die Hand unter Jays Ellbogen und drehte ihn um, sodass er vor einem hübsch gerahmten Bild an der Wand hinter ihm stand. Riskant, dachte sie, blickte über die Schulter, um sich zu vergewissern, dass George endgültig auf dem Weg war, riskant, ausgerechnet dieses Bild auszuwählen, aber notgedrungen … «Wie George sagt, sind Sie Experte auf diesem Gebiet.» Sie hatte seine Aufmerksamkeit gewonnen, gut. «Dann sagen Sie mir doch, was Sie davon halten.»

Sie redete munter über den Stil, die Einzelheiten, allerdings ohne den Künstler zu erwähnen, konnte Jays Aufmerksamkeit jedoch nicht lange fesseln und sah, wie sein Blick zu Emma wanderte, die bleich und stumm hinter ihnen stand. «Ich habe mich sehr gefreut, Sie kennen zu lernen», sagte sie schließlich resigniert. «Vielleicht kommen Sie einmal wieder, um sich das alte Haus anzusehen.» Sie schaute von Jays abwesendem Gesicht zu Emmas und spürte die Spannung. «Sie auch, meine Liebe», fügte sie hinzu und schloss Emma in ihr warmes Lächeln ein. Aber, fragte sie sich, während das Kind höflich zurücklächelte mit allem, außer den tief erschrockenen braunen Augen, wenn du wiederkommst, mein hübsches Kind, wer wird dann bei dir sein? Arme Kinder, schließlich konnte es nur einen Gewinner geben.

Sie fuhren langsam zum Hotel zurück, denn die Straße war vereist. Als Jay ihren Schlüssel an der Rezeption in Empfang nahm, sagte er ruhig zum Nachtportier: «Wir bleiben leider doch nicht. Wenn Sie die Rechnung fertig machen könnten, während wir packen?», und ging dann ohne weiteres Wort zur Treppe und in ihr Zimmer.

«Jay ...», begann Emma und lief hinter ihm her, aber er sah sie nur kopfschüttelnd an und beschleunigte seinen Schritt.

«Lass uns nach Hause fahren», sagte er. «Bitte, Em, ich muss nachdenken, bevor wir reden.»

Auf der langen Fahrt über vereiste Straßen stellte er nur zwei Fragen, die erste, als sie durch ein Dorf namens Stratton Strawless nördlich von Norwich kamen. «Habt ihr euch getroffen?»

«Ja.»

Die zweite Frage kam hinter Newmarket, als sie über die lange, gerade Strecke östlich von Babraham fuhren, und sie war nur eine Fortsetzung der ersten. «Bist du deshalb weggegangen?»

«Ja.»

Den Rest der Fahrt verbrachten sie schweigend, Hunderte von Meilen voneinander getrennt. Jay, der so lange andere Dinge im Kopf gehabt hatte, der dummerweise gewagt hatte zu glauben, er könnte diesen langen Kampf gewinnen, zählte zwei und zwei zusammen, entsann sich wieder der Zeit vor ihrer Fahrt nach Yorkshire, der Woche davor, des frostigen Schweigens, Emmas plötzlicher, unerklärlicher Weigerung, mit ihm zu schlafen, der entschlossenen Ankündigung, dass sie auszöge, Vorfälle, die er damals nicht zur Kenntnis genommen hatte, die ihn aber hätten ins Bild setzen, ihn hätten warnen müssen. Wie hatte er nur so unaufmerksam sein können!

Der Teil ihrer Persönlichkeit, den Emma ihm immer vorenthalten hatte, war ohne sein Wissen gewachsen, war ihm vor der Nase von einem Rivalen weggeschnappt worden, den er auf ganzer Linie unterschätzt hatte. Und jetzt musste er für seine Dummheit bezahlen.

26

Es war ein Uhr durch, als sie auf den Parkplatz hinter dem Mietshaus einbogen. Jay sprang aus dem Magnette, als wäre der Teufel hinter ihm her, holte die Taschen aus dem Kofferraum und lief, ohne sich umzusehen, zum Eingang. Emma kam hinterher, mit furchtsam klopfendem Herzen, und sagte sich immer wieder, dass sie nichts getan hatte, dessen sie sich schämen müsste, dass sie sich keinen Vorwurf machen müsste.

Vielleicht war es besser so. Sie hätte es ihm ohnehin früher oder später sagen müssen, irgendwann hätte er doch der Wahrheit ins Gesicht sehen müssen, oder? Sie lauschte auf seine Schritte auf der Treppe eine halbe Etage über ihr und musste wieder an sein Gesicht denken, während George weiterschwafelte und ihm die Wahrheit zu dämmern begann. Nein, nicht auf diese Weise, dachte sie und verfluchte Georges große Klappe, so hatte er es nicht erfahren sollen.

Als sie schnaufend vor der Wohnung ankam, war er schon drin, und die Taschen lagen da, wo er sie im Flur hatte fallen lassen. Er stand, die Hände in den Taschen, mit gesenktem Kopf am Wohnzimmerfenster und starrte hinaus ins Dunkel.

«Erzähl es mir!», sagte er.

«Was erzählen?»

Lange Pause. «Erzähl mir, warum du zu mir zurückgekommen bist.»

«Weil du mich gebraucht hast.»

«Aus keinem anderen Grund?»

Wieder eine lange Pause. «Weil ich dir etwas schuldig war.»

«Aha. Und wie lange wolltest du bleiben?»

«So lange wie nötig.»

«Nötig, bis ich mich wieder erholt hätte, oder nötig, bis du deine Schuld beglichen hättest?»

«Weder, noch.» Emma ging durchs Zimmer und stellte sich neben ihm. «So lange, wie du mich gebraucht hättest.»

Er senkte den Kopf und sah sie ausdruckslos an. «Aber ich brauche dich für immer», entgegnete er.

«Nein.» Sie sah ihm offen in die Augen. «Ich habe dir von Anfang an gesagt, wie es steht. Du wusstest, was ich tun würde, wenn ich die Wahl hätte. Jetzt hast du die Wahl. Wenn du mich bittest zu bleiben, wenn du mich immer noch brauchst, dann bleibe ich.» Sie hob trotzig das Kinn. «Aber ich werde dir nichts versprechen. Und das habe ich auch nie. Und wenn es dir besser geht, dann gehe ich. Ich habe dich nie angelogen ...» Betreten wandte er das Gesicht ab, und sie legte ihre Hand auf seinen Arm und zupfte ihn bittend am Ärmel. «Ich habe dir nur nichts erzählt, weil – wie hätte ich es dir erzählen können? Als du vor meiner Tür aufgetaucht bist, hast du ausgesehen wie eine Erscheinung aus einem Horrorfilm. Ich habe das Einzige getan, was ich unter den Umständen tun konnte. Du hättest für mich das Gleiche getan.»

«Na schön.» Er drehte sich wieder zu ihr um, starrte mit undurchdringlichen blauen Augen auf sie herunter und beendete abrupt die Unterhaltung. «Zeit fürs Bett. Zum letzten Mal, Em.» Wie typisch für Jay, jeder Auseinandersetzung aus dem Weg zu gehen.

Er schlief mit ihr, zum letzten Mal. Emma wehrte sich, denn irgendwie kam es ihr jetzt auf eine Weise falsch vor, wie vorher nicht, aber er ließ es nicht gelten. «Ich habe das Recht dazu», sagte er, als sie protestierte, und sie gab ihm nach, denn, wenn sie ehrlich war, wollte sie es auch. Hinterher, als sie in seinen Armen lag, dachte sie, er sollte es wissen.

«Ich habe nicht …», sagte sie. «Ich schwör's. Ich meine, ich habe nicht …»

«Ich weiß.» Jay umarmte sie fester, sodass sie sich, Haut an Haut, von Kopf bis Fuß berührten. «Meinst du nicht, dass ich das gemerkt hätte?» Oder doch nicht? Ich habe alle anderen Hinweise übersehen. Ich war so damit beschäftigt, mich durch meinen eigenen persönlichen Albtraum zu kämpfen, dass mir überhaupt nichts aufgefallen ist. Sogar, als du gegangen bist, habe ich mich nicht gefragt, warum, ich bin nur hinter dir hergestolpert, um dich nach Hause zu holen, weil ich dich gebraucht habe. «Jetzt schlaf», sagte er. «Du hast morgen früh viel zu tun.»

«Und was machst du?», fragte sie. «Wenn ich weg bin?»

«Ich mache mir eine Tasse Kaffee und arbeite an meinem Auftrag weiter, der mittlerweile überfällig ist. Dann gehe ich spazieren und esse im Pub zu Mittag. Ich werde wohl keine Lust zum Kochen haben.»

«Nein, was machst du hinterher, wenn …?»

Sie spürte, wie er den Kopf abwandte und sich die Wärme seiner Wange aus ihrem Haar entfernte. «Wenn ich allein bin? Vermutlich dasselbe wie vorher. Es gibt viele Mädchen, die ich anrufen kann, damit sie mir mein Bett wärmen.»

«Unser …» Emma stockte. Unser Bett, hatte sie sagen wollen, aber dazu hatte sie kein Recht mehr. Sie rutschte näher und hätte zu ihrer Beruhigung so gern gehört, dass sie ihn nicht endgültig verlor. «Wir bleiben doch Freunde?», fragte sie, und ihre Stimme fiel piepsig in die Stille, die sie anscheinend bewirkt hatte.

«Nein», sagte Jay. Er klang weder ärgerlich noch traurig

oder vorwurfsvoll, er sagte es einfach. Und als er hinzufügte: «Wir werden uns nicht mehr sehen», war es, als teilte er ihr die Uhrzeit mit oder redete übers Wetter. «Jetzt schlaf», wiederholte er. «Du hast morgen früh viel zu tun.»

Sie war zu müde, um sich zu streiten. Sie schlief gehorsam in seinen Armen, überwältigt von Alkohol, Sex und den Schrecken einer unbekannten Zukunft, in die sie sich so unerwartet geworfen sah. Jay lag hellwach da, starrte die Decke an, bis ihm die Augen brannten, dachte über eine Zukunft ohne sie nach, und fragte sich, wie er so dumm gewesen sein konnte. Warum hatte er das nicht kommen sehen? Er hätte vielleicht eine Chance gehabt, wenn er es hätte kommen sehen.

Emma war früh auf, nach einer Nacht voll wirrer, beunruhigender Träume. Sie wollte eigentlich ein Taxi zum Baron's Court nehmen und ihre Sachen erst einmal dort lassen, aber Jay erklärte ihr ruhig, sie solle nicht albern sein. Er war offenbar nicht überrascht, dass sie immer noch den Schlüssel zu ihrer Wohnung hatte.

«Ich habe den verdammten Wagen für dich gekauft», sagte er. «Ich will ihn nicht und ich will auch nicht das Theater mit dem Weiterverkaufen, also nimm ihn mit.»

Zu den Klängen von Beethovens Pastorale lud sie ihre gesamte Habe gehorsam in den Magnette. Weder half ihr Jay noch behinderte er sie, er war einfach da. Als sie abfahrbereit war, Bücher und Koffer die Sicht durch das Rückfenster behinderten, Plastiksäcke voller Kleider sich auf dem Beifahrersitz türmten, Mappen, Hefter, Tusche und Pappkartons sorgfältig im Kofferraum untergebracht waren, ging sie zum letzten Mal langsam die Treppe hinauf.

«Du solltest lieber anrufen», sagte Jay, «und ihm Bescheid sagen, dass du unterwegs bist.»

Sie griff zum Telefon im Flur, aber sie wählte zögernd, mit zitternder Hand, weil er stur hinter ihr stehen blieb und nicht weggehen wollte.

«Ja, bitte?» Rick klang verschlafen. Es war Samstag: Er hatte wohl noch im Bett gelegen.

«Ich …»

«Em?»

«Ja.»

«Kommst du endlich?»

«Ja.»

«Ist er da?»

«Ja.» Ich spüre seine Augen in meinem Rücken, und meine Hände schwitzen.

«Armer Teufel», sagte Rick. «Du brauchst meine Adresse.» Als sie die Begeisterung in seiner Stimme hörte, ging es Emma wieder etwas besser.

«Ja. Bleib dran.» Sie nahm einen Bleistift vom Tisch und begann zu notieren.

Er beschrieb ihr den Weg in allen Einzelheiten, damit sie sich auf keinen Fall verfuhr, und gab ihr eine genaue Beschreibung seines Wohnorts. «Wie lange noch?», erkundigte er sich eifrig. «Wie lange noch, Em?»

Das Schweigen kam ihr endlos vor. Wie lange noch? Wie lange war sie mit Jay zusammen gewesen? Wie lange war sie ohne Rick gewesen? Wie lange braucht es, um mein Leben völlig umzukrempeln? Wie lange werde ich brauchen, um meinen Rettungsanker hinter mir zu lassen und bei meinem Herzallerliebsten anzukommen?

«Ich weiß nicht.» Sie spürte Jay hinter sich, sah über die Schulter zu ihm hoch. Er las ihre zittrige Handschrift.

«Etwa drei Stunden», sagte er, und sie zuckte zusammen.

«Etwa drei Stunden», wiederholte sie folgsam. Dann bin ich bei meinem Herzallerliebsten.

«Verstanden», sagte Rick und hob absichtlich die Stimme, damit Jay es auch mitbekam. «Ich liebe dich, Em.»

«Ja», sagte Emma und legte auf.

Er stand immer noch hinter ihr, und sie wusste, dass er litt, denn sein Gesicht war vollkommen ausdruckslos. Sie ging an ihm vorbei zur Tür, schon Meilen von ihm entfernt, und drehte sich dann um, um ihn ein letztes Mal anzusehen. Sie starrten einander an.

«Pass auf dich auf», sagte er schließlich.

«Mach ich. Und du auch. Ich ruf dich an, nur um zu hören, ob es dir ...»

«Nein. Nein, es ist hier zu Ende, Em. Du darfst dir keine Ausflüchte erlauben. Das ist nicht fair mir gegenüber und es ist nicht fair ... ihm gegenüber.»

In der ganzen Zeit, in der sie zusammen gewesen waren, hatte er auch nicht einmal Ricks Namen genannt. Warum war ihr das noch nie aufgefallen? «Du gehst jetzt lieber. Du möchtest ihn doch nicht warten lassen.»

«Stimmt.» Sie machte einen zögernden Schritt auf ihn zu. Er trat zurück, von ihr weg. Sie blieb stehen. «Ich ... ich ... ich geh dann jetzt.»

«Gut.»

«Jay, du weißt, ich ...»

«Ja», sagte er. «Ich weiß. Aber dazu ist es jetzt zu spät.» Er fuhr sich mit den Fingern durchs Haar und zeigte den Anflug eines Lächelns. «Bis zum Schluss hin und her gerissen, Em.»

Die Musik hörte auf, und sie standen stumm da. Es kam ihr wie eine Ewigkeit vor, bis er brüsk sagte: «Dann tschüs. Fahr vorsichtig», und in seinem Studio verschwand. Sie blieb in der offenen Tür stehen und wartete auf das Wiedereinsetzen der Musik, aber vergebens. Sie wartete, doch nichts geschah. Als sie sich zum Gehen wandte, fiel ihr der Gliederring ein. *Ich bitte dich nicht, irgendetwas anzunehmen, nur meine Liebe. Was du damit machst, liegt bei dir.*

Sie legte ihn behutsam auf den Tisch im Flur, neben seine Schlüssel, damit er ihn auch sah. Dann wandte sie sich um. Ging langsam wieder zur Tür und die vertrauten Treppen hinab bis zur Eingangshalle und hinaus auf den Parkplatz in die kalte Herbstluft.

Sie sah hoch, als sie wegfuhr, aber er stand nicht am Fenster. Sie sah sich um, bevor sie auf die Brücke bog, aber er war immer noch nicht am Fenster. Dann fasste sie das Steuer fester und konzentrierte sich aufs Fahren. Das war es also, das Ende, eigentlich einfach.

Sie versuchte gar nicht erst, die Tränen abzuwischen, sie strömten zu reichlich und rannen zu schnell, um mitzuhalten, deshalb war es einfacher, sie einfach fließen zu lassen.

27

Sie weinte auf dem ganzen Weg durch London, und als sie schließlich auf der A 11 fuhr, begann es zu regnen, ein schweres, düsteres Rieseln, ein Wetter, das zu ihrer Stimmung passte. Erst als sie durch Attenborough fuhr und sich Wymondham näherte, brach die Sonne durch.

In der Schlange vor der Ampel auf St. Stephen's mitten in Norwich fühlte sie sich schließlich besser. Fast schon da, noch zehn, fünfzehn Meilen, und sie und Rick wären endlich zusammen, diesmal für immer. Als der Wagen vor ihr anfuhr, lächelte Emma, ließ ungeschickt die Kupplung los, machte einen Satz nach vorn, versuchte es noch einmal, zweimal, und schaltete mit Zwischengas in den zweiten Gang, wie Jay es ihr beigebracht hatte. Wann war das gewesen, wirklich erst gestern? Behutsamer schaltete sie in den dritten, dann in den höchsten und war mit sich zufrieden. Mabel würde es als erste erfahren, sie würde noch heute Abend bei ihr anrufen. «Und er ist jetzt ganz fürchterlich erfolgreich, Tante Mabel, du hast dich so in ihm getäuscht ...» Sie würde ihren Triumph auskosten, und Mabel würde das verstehen, sie würde sich für sie freuen. Sie könnte ihn auch mit nach Hause bringen zu Ma, jetzt, da er sprechen konnte. Josie fände ihn bestimmt toll, sie würde ihn mögen. Sie hob ihr Gesicht zum Himmel und wandte sich an Alison, als säße ihre Freundin irgendwo da oben auf einer bequemen Wolke und wartete darauf, die Neuigkeit zu erfahren. «Ich habe es doch richtig gemacht, nicht wahr?», fragte sie und wollte beruhigt werden, dann verzog sie das Gesicht und schüttelte den Kopf über ihre Anwandlung, als Ali, die Zigarette in der Hand, ihr spitz ins Ohr sagte: «Natürlich nicht, du dummes Stück.» Das war wohl ironisch, aber welchen Rat Ali auch geben mochte, er war ohnehin mit Vorsicht zu genießen.

Als sie Norwich auf der Straße nach Yarmouth verließ, an Postwick und Blofield vorbei nach Acle, kurz vor dem Ziel ihrer Reise, holte der Kummer sie wieder ein und verdrängte die himmlische Vorfreude, die sich eingestellt hatte, als der Regen vorbei war. Ihr Magen begann sich zu verknoten. «Es wird schon gut gehen», erklärte sie Ali laut, als sie Brundall hinter sich ließ. «Nein, es wird nicht nur gut, es wird großartig.» Die Wörter hallten im Wagen wider, erzielten die gewünschte Wirkung, eine Woge wilder Euphorie. «*Großartig!*», brüllte sie und drehte das Fenster herunter, um ihr Gesicht zu kühlen und als wollte sie nicht nur sich, sondern die ganze Welt davon überzeugen. «Es wird toll, fabelhaft, wunderbar, sensationell, es wird *großartig*!»

Bei Acle verließ sie die A 47 und folgte der Straße durch

ein winziges Dorf, dann bog sie ab und fuhr weiter auf ein paar einzelne Häuser zu, die sich an einem Südhang unter Bäumen duckten. Es hatte auch dort geregnet, die Dächer und Fenster glitzerten beim Trocknen in der Sonne. Was Jay wohl gerade macht? fragte sie sich. Sie sah auf die Uhr. Er dürfte mittlerweile zum Essen unterwegs sein. «Ich werde wohl keine Lust zum Kochen haben», hatte er gesagt. In welchen Pub würde er wohl gehen? Würde er irgendwo allein sitzen und sie vermissen? Sie blinzelte in den allzu hellen Sonnenschein, der ihr Tränen in die Augen trieb, dann wurde sie langsamer, um noch einmal einen Blick auf Ricks Wegbeschreibung zu werfen, und wischte sich mit dem Handrücken über die Wange.

Sie kam auf offenes Land, auf den breiten Streifen Marschland, der von der Mündung des Yare bei Great Yarmouth landeinwärts verläuft, Schilf und üppige grüne Wiesen, die von schmalen Wasserstraßen durchkreuzt waren, erkennbar am rauen Gras und den Binsen, die im trocknenden Wind schwankten und raschelten. Alles glitzerte, die Straße, die sich, den Konturen der wilden, offenen Landschaft folgend, sanft wellte, die dürftigen, mit funkelnden Spinnweben behängten Hecken, die spärlichen, verkrüppelten Bäume am Rand, die beim Trocknen Wassertropfen regneten.

Dort abbiegen, hieß es in der Wegbeschreibung, *dann eine Kuhle in der Straße, ein Meilenstein: Great Yarmouth 7 Meilen, ein Wirtschaftsweg und eine Baumgruppe. Das Haus ist hinter den Bäumen versteckt, nach Süden hin.*

Emma bremste leicht, lenkte den Wagen auf den buckligen Schotterweg und holperte weiter, doch auf halber Strecke musste sie anhalten, weil sie von der Mischung aus Angst und Begeisterung, die aus ihrer Magengrube aufstieg, Atemnot bekam, und während sie darauf wartete, dass ihr

Herzschlag sich wieder beruhigte, umklammerte sie das Lenkrad, als wäre es der letzte feste Gegenstand im Universum. Das Dorf, das sie gerade hinter sich gelassen hatte, wurde von Bäumen verdeckt, einzig der eckige Kirchturm mit der Feuersteinfassade war über den herbstlichen Gelb- und Rottönen zu sehen. Nur noch eine dicke Hecke aus Schlehen und Weißdorn trennte sie von Rick. Dahinter erstreckte sich eine weite Fläche einsamen Marschlandes bis zum Horizont, dessen gerade Linie nur von einigen langsam wandernden Kühen und einer fernen, seit langem verfallenden Windmühle unterbrochen wurde. Einsiedler, dachte sie, und musste wieder an Jay denken, er würde das hier mögen, dann riss sie sich zusammen und fuhr langsam weiter. Jetzt war kaum der richtige Augenblick, um an Jay zu denken. Die Sonne verschwand hinter einer Wolke, und Emma fror plötzlich.

Als sie um die Ecke auf einen gekiesten Wendekreis bog, tauchte das Haus auf. Es war aus rotem Ziegel, viereckig, wie eine Kinderzeichnung, ein Haus mit einer Tür in der Mitte, je einem Fenster daneben und dreien darüber, einem Schornstein an jeder Ecke und einem ordentlichen Jägerzaun, der den kleinen Gemüsegarten zur Linken umgab. An der Seite war ein Anbau aus Holz, der ein Fenster im rückwärtigen Teil besaß, wie sie durch die offenen Türen erkennen konnte. Im Anbau konnte sie ein großes Motorrad mit schimmernden Auspuffrohren und einer blauen Verschalung vorn erkennen. Ricks? Wie hatte er die Fahrprüfung für ein Motorrad dieser Größe bestehen können? Außerdem war an der Wand entlang Feuerholz gestapelt, und sie konnte es ist der Luft riechen, den Rauch aus einem der Schornsteine aufsteigen sehen. Zu beiden Seiten der weiß gestrichenen Haustür stand ein Paar alter Weißdornbüsche Wache, zum nassen Boden gebeugt wie alte Männer, niedergedrückt vom Alter und vom Regenwasser. Und während Emma dasaß, das Lenkrad umklammerte und starrte, ließ ein plötzlicher Sonnenstrahl alles erstrahlen, die frisch gestrichenen Fensterbänke, die ordentliche Dachrinne, die unter der Traufe hing, das steile ziegelgedeckte Dach, er fing sich in einem Dutzend Glasziegel und verwandelte das Herbstkleid der Weißdornbüsche in feuriges Gold. Ihr neues Heim. Voller Panik umklammerte sie das Lenkrad fester, und als Rick unerwartet auftauchte, sich hinter dem Motorrad aufrichtete und den Schraubenschlüssel, den er in der Hand hielt, mit lautem Klirren fallen ließ, zuckte sie zusammen und begann vor Angst zu zittern.

Er trat in den Sonnenschein und wischte sich die Hände an einem Lumpen ab. Er öffnete ihr die Tür, als wäre er ihr Chauffeur, streckte ihr die Hand entgegen, um ihr aus dem Sitz zu helfen, und verbeugte sich.

«Du bist ja schmutzig», sagte sie und blickte finster auf seine ölverschmierten Finger.

Rick lachte, völlig entspannt. «Ich habe den ganzen Morgen an meinem Motorrad herumgebastelt. Ich musste irgendetwas tun, sonst wäre ich durchgedreht.» Er bückte sich, spähte ins dämmrige Innere des Magnette und grinste. «Wie ich sehe, hast du alles mitgenommen.»

«Ja», sagte sie. Bis auf Jays Ring, der liegt auf dem Tisch im Flur, er wird ihn finden, wenn er zum Mittagessen geht.

«Na, dann komm.» Rick war ungeduldig, wollte sie ansehen, in den Arm nehmen, sich versichern, dass das alles kein Traum war. Er griff an ihr vorbei, nahm ihre große Tasche und schwenkte sie auffordernd vor ihr hin und her. Langsam und steifbeinig stieg Emma aus dem Wagen. Rick strahlte begeistert. «Willkommen zu Hause, mein Schatz», sagte er.

Aus irgendeinem unklaren Grund fand Emma seine Unbekümmertheit unerträglich bedrückend. Er hatte die Situation so mühelos im Griff. Sie war auf seinem Territorium, und das Bewusstsein, dass sie nicht Herr der Lage war, erboste sie unglaublich.

Rick trat zurück und winkte sie über die Schwelle. Ihr Groll war fast zu greifen, und er widerstand der Versuchung, die Aufforderung zu wiederholen, zu übertreiben. Sie war so schön, sein Schatz.

Emma hob abrupt den Kopf, als sie an ihm vorbeiging. Lachte er sie aus? Er lächelte, ach … *Alison*, und als er die Hand ausstreckte, um an ihrem Zopf zu zupfen, flossen zwei seltsame Gefühle ineinander, die Erinnerung an seine Schwester und an Jays zärtliche Angewohnheit, und sie musste bei dieser Vorstellung irritiert blinzeln. Warum solltest du mich jetzt plötzlich an Ali erinnern?, fragte sie sich. Und nur nicht über Jay nachdenken! Das hier ist zu wichtig, verdirb es nicht, mach es selbst nicht noch komplizierter!

«Wo möchtest du anfangen?» Ricky ließ ihre Tasche auf einen Stuhl neben der Tür fallen, wischte sich dann noch einmal die Hände ab, schleuderte den Lumpen nach draußen und bot ihr eine Führung an. Emma sah sich mit leerem Blick um.

«Ist das alles dein Werk?»

«Jedes kleine bisschen.» Lebhaft wies er auf den Raum mit den dicken Balken, der am entfernten Ende von Pfeilern unterteilt war, hinter denen Emma einen runden Esstisch und vier Stühle mit runden Lehnen erkennen konnte. Ein großer Eckkamin beherrschte den Platz, wo sie gerade standen, der Boden war mit Terrakottafliesen bedeckt, ein leuchtend bunter Teppich lag vor dem Herd und ein anderer zwischen der Sitz- und der Essecke. Eine steile Treppe führte an einer Wand entlang in den ersten Stock. Es war eng, aber gemütlich, gepflegt, ja chic.

Rick deutete auf die Kaminverkleidung. «Das habe ich mit Hammer und Meißel herausgearbeitet, Zentimeter für Zentimeter. Ich musste ganz behutsam vorgehen.» Er fuhr mit zärtlichen Fingern über das Mauerwerk. «Das sind traditionell hergestellte Steine aus Norfolk, butterweich, die zerbröckeln schon, wenn man sie nur scharf ansieht. Und die Balken habe ich auch eingefügt. Ich musste sie mit der Hand abschmirgeln, weil ich mir keine Maschine leisten konnte, und diese Eiche ist hart wie Eisen. Außen war es fast noch schlimmer als innen, Berge von Schutt und Müll mussten weggeräumt werden.» Er grinste. «Deshalb bin ich so kräftig geworden.»

«Hast du schon erzählt. Mr. Universum, stimmt's?» Rick war von der scharfen Entgegnung irritiert. Warum war sie immer noch so zornig? «Es ist sehr hübsch», fügte Emma grollend hinzu und ließ ihn stehen, musterte die Kleinigkeiten, die hübschen Chintzvorhänge an den Fenstern, den Tisch in der Ecke mit dem Sommerblumenstrauß, von dem die Blütenblätter rieselten, den blau-weißen Krug mit den getrockneten Gräsern im Kamin ... Rosies Werk? Sie drehte sich um und sah ihn kampflustig an. «Ist sie immer noch hier?»

«Was?», fragte er verblüfft. «Wer?»

«Rosie. Deine Freundin Rosie, die, die ...»

«Nein! Und wie oft muss ich dir noch sagen, dass sie mir nichts bedeutet. Sie hat mich nur unterrichtet ...»

«Aber sicher!»

«Emma, lässt du das jetzt, bitte? Das kann ich ganz und gar nicht gebrauchen.»

Emma biss sich auf die Lippe. Was war nur mit ihr los? «Tut mir Leid», murmelte sie. «Ich bin nur ... Zeig mir den Rest.»

Rick stieß die Luft aus, die er angehalten hatte. «Ich habe

dir doch schon gesagt», erwiderte er beschwichtigend, «sie ist unwichtig, unerheblich. Nur wir beide sind wichtig, du und ich. Wir sind die Einzigen, die zählen. Alles andere, alle anderen, sind jetzt gestrichen.»

Sein Selbstvertrauen war erstaunlich. Emma lief vor unterdrücktem Zorn rot an und hätte am liebsten geschrien: Jay gestrichen? Und Solly, und Francis, und meine Arbeit, meine Freundin, mein ganzes Leben?, doch sie tat es nicht. Sie ließ sich aufs Sofa fallen, starrte auf Ricks entschlossene Züge, so viel ausgeprägter als damals, so voller Überzeugung, dass er im Recht wäre, dass er nur mit dem Zauberstab winken müsste und alles wäre vollkommen, und sagte nichts.

Er zog sie in seine Vision der Zukunft, betäubte ihre Zweifel mit seinem unerschütterlichen Glauben an das unzerstörbare Band zwischen ihnen. Er hatte Recht, ermahnte sie sich, denn er war der erste, der Einzige, den sie je geliebt hatte. Und die Zuversicht, die beim ersten Mal gefehlt hatte, war nun vorhanden: Sie konnte sie von seinem Gesicht ablesen, sie an der zielbewussten Kraft erkennen, die er ausstrahlte.

«Führ mich herum», sagte sie schließlich. «Zeig mir alles. Zeig mir, wo du deine Rosie vögelst.» Guter Gott, das hatte sie überhaupt nicht sagen wollen!

Vollkommen durcheinander stand sie auf und ging steifbeinig hinter ihm her durchs Erdgeschoss. Sie heuchelte Interesse für die Küche mit den selbst geschreinerten Schränken zwischen gemauerten Pfeilern, dem von Rick selbst verlegten Steinboden und einem weiten Blick über die Marschen in Richtung Küste. Blind starrte sie auf das selbst gebaute Bücherregal, das mit Büchern beladen war, die der Frau gehörten, die nicht hier wohnte, die Rick das Lesen beigebracht hatte, sah blinzelnd auf den Stapel Rechnungen, die darauf warteten, abgeschickt zu werden und eindeutig von einer Frauenhand stammten, und staunte über die juwelengleichen Miniaturen an den Wänden, wie die, die sie erst am Abend zuvor gesehen hatte, von Rick gemalt und mit einer extrovertierten Auffälligkeit präsentiert, wie Jay das nie gekonnt hätte.

Rick führte sie durch die Spülküche, um ihr die hintere Hälfte des Holzanbaus zu zeigen, der zur Werkstatt umgebaut war: Werkzeuge, die ordentlich an eingebauten Borden hingen, Haufen ungeschliffener Halbedelsteine, eine Poliermaschine, ein Vergrößerungsglas auf einem Stativ für die Feinarbeit und eine starke Lampe auf einem Ständer, der an die Werkbank geschraubt war.

«Ich soll neben dem Laden in London noch zwei Läden in Norwich beliefern. Und in Bridewell Alley wird in der Nähe des Zentrums bald ein weiterer eröffnet. Da will man mir so viel abnehmen, wie ich produzieren kann. Zum Malen komme ich nicht mehr, keine Zeit. Du weißt gar nicht, wie wunderbar das ist, Em, etwas zu tun, was man gern tut, und dafür auch noch bezahlt zu werden.»

Oh doch, dachte Emma in Erinnerung an Mirico, und ihr Zorn flammte erneut auf.

«Hast du noch die Brosche, die ich für dich gemacht habe?»

«Natürlich hab ich die noch, du blöder Kerl!»

«Schon gut, du brauchst mir doch nicht gleich den Kopf abzureißen!»

Sie standen mitten in seinem Werkstattdurcheinander und starrten sich an, mittlerweile beide wütend, bis Rick, der sich nicht streiten wollte, mit dem plötzlichen Aufblitzen eines strahlenden Lächelns einlenkte. Aha, jetzt kann er das auch, ganz wie Alison, dachte Emma zornig, kein Wunder, dass er eine passende Frau gefunden hat, die sein Heim schmückt, sein Bett teilt und ihm Lesen und Schreiben beibringt. Warum musste es ausgerechnet sie sein? Empörung wallte in ihr auf. Warum musste es jemand anders sein, jemand «Unwichtiges»?

«Himmel, ich liebe dich so!», sagte er.

«Verzieh dich!», sagte sie bissig und drängte sich an ihm vorbei zurück durch die Spülküche und die Küche ins Wohnzimmer.

Rick folgte ihr, völlig verstört von ihrer feindseligen Weigerung, die romantische Heldin zu spielen, und sein Lächeln erlosch.

«Was möchtest du jetzt sehen?»

«Wie es oben aussieht.» Emma verzog höhnisch die Lippen. «Ich möchte sehen, wo du dein Flittchen bumst.»

«Sie ist kein Flittchen!» Er packte sie am Arm, drehte sie herum, sodass sie ihn ansehen musste, und brüllte: «Und du solltest lieber nicht von herumbumsen reden, ich habe hier nämlich in den letzten drei Monaten gesessen und Nacht für Nacht auf dich gewartet, während du mit jemandem herumgebumst hast.»

«Ich ... ich ...»

«Ja?»

«Himmel», jammerte sie, «was ist nur mit mir los?», und sie ließ sich schwer auf die Treppe fallen, legte den Kopf in die Hände und rieb sich das Gesicht, als könnte sie ihre schlechte Laune abscheuern. «*Warum* bin ich nur so?»

Sie spürte, wie er sich neben sie setzte, sie berührte wie früher, von oben bis unten. «Das ist jetzt der Ernst des Lebens», sagte er freundlich und nahm ihre Hände in seine. «Wir sind keine Kinder mehr, wir spielen nicht mehr Liebespaar. Jetzt wird's ernst, Em. Wir sind beide erwachsen geworden, haben uns verändert und müssen noch einmal ganz von vorn anfangen. Das ist eben beängstigend.

Aber wir schaffen es, solange wir nur den Willen dazu haben.»

«Ich kann meine Arbeit nicht aufgeben», platzte sie heraus, hob den Kopf und starrte ihn trotzig an. «Ich *will* meine Arbeit auch nicht aufgeben.»

«Musst du auch nicht. Ich habe ein Haus gefunden.»

«Was?»

«Als du mich angerufen und ‹bald› gesagt hast, bin ich losgezogen und habe gesucht. Ich habe ein Haus gefunden, in Essex, in einem kleinen Dorf bei Nazeing. Ich habe über das nachgedacht, was du gesagt hast …»

«Was ich gesagt habe?»

«Du hast mich gefragt, ob ich meine Arbeit als Silberschmied für dich aufgeben würde, erinnerst du dich? Und ich musste über die Antwort nachdenken.»

«Du meinst, du willst umziehen, nur meinetwegen?»

Er lächelte, neigte den Kopf, um ihr in die Augen zu sehen, und lehnte sich gegen ihren Arm. «Du hast es doch auch getan», sagte er sanft. «Du hast alles hinter dir gelassen, hast alles zusammengepackt und bist meinetwegen ins kalte Wasser gesprungen …»

Emma sah starr auf ihre Hände, die mit Ricks verschlungen waren, auf ihren Finger, der nicht mehr mit einem silbernen Ring geschmückt war. Bin ich wirklich gesprungen, fragte sie sich, von einer Woge der Traurigkeit überschwemmt, oder hat man mich gestoßen?

«Es ist nah genug, dass du nach London fahren kannst, aber still genug, dass ich arbeiten kann. Ich brauche Raum zum Atmen, Em. Ich könnte heute nicht mehr in London leben, ich würde ersticken.» Sie spürte, wie er neben ihr erschauerte, und ihr fiel Alisons Warnung wieder ein: Du musst dir darüber klar sein, Em, er ist ein Einsiedler. «Ich habe eine Kaution hinterlegt, und sie halten mir das

Haus noch vierzehn Tage frei, du kannst es dir also ansehen, bevor wir uns festlegen. Wir können jederzeit umziehen, nächste Woche, wenn du willst. Ich habe auch das Vorkaufsrecht, wenn wir das für eine gute Idee halten sollten, und dann könnten wir wirklich etwas Arbeit investieren. Es steckt eine Menge drin, ich habe schon alles ausgearbeitet. Wir fangen ganz unten an, mit etwas Kleinem, bringen es in Ordnung, ziehen in ein größeres um, renovieren das …»

«Und wozu?»

«Um Geld zu verdienen. Die meisten Leute haben keine Phantasie.» Rick war aufgeregt, begeistert, und er steckte sie mit seinem Ehrgeiz an. «Sie sehen das Potenzial, die Möglichkeiten nicht. Dein Zimmer in Earl's Court, du hast es verändert, es schicker gemacht. Wir können dasselbe mit Häusern machen, die Leute werden einen Spitzenpreis für ein schickes Haus zahlen, und jedes Mal, wenn wir umziehen, können wir uns etwas Größeres leisten, dann renovieren wir das und ziehen wieder um, bis …» Nein, erzähl's ihr noch nicht, erschrecke sie nicht mit deinen Plänen für die nächsten zwanzig Jahre. Immer eins nach dem anderen. Er stand auf und lief durchs Zimmer, um seiner Aufregung Herr zu werden, und wies mit der Hand um sich, um sein Anliegen zu illustrieren. «Nimm dieses Haus. Du hättest es zu Anfang sehen sollen. Es war ein Schutthaufen, und schau es dir jetzt an. Aber es ist nicht meins, es gehört mir nicht. In meiner Lehrzeit als Silberschmied habe ich Häuser gemalt, um etwas dazuzuverdienen …»

«Ich weiß. George hat es mir erzählt.» Und gestern Abend habe ich eins deiner Gemälde gesehen, es war der Gipfel an Ironie. Morag wollte Jay damit ablenken, weil ihr dämlicher Sohn ihm gerade von uns erzählt hatte.

Rick war noch nicht fertig. «Georges Haus», sagte er.

«Das hat mich auf die Idee gebracht. Es würde dir gefallen, Em, es ist das großartigste …»

«Ich kenne es. Ich war gestern auf seiner Hochzeit, erinnerst du dich?» Nein, war ich nicht, ich habe die Hochzeit verpasst, ich lag schlafend im Bett, als er den Bund fürs Leben schloss. Ich war mit Jay zusammen. Wie es ihm wohl geht?

«Dann weißt du ja, was ich meine. Aber wenn wir nicht jetzt anfangen, ganz von unten, werden wir uns so etwas nie leisten können.» Er grinste sie an und setzte sich wieder neben sie. «Das war das letzte Haus, das ich gemalt habe», sagte er, «und das schönste. Ich habe gemerkt, dass ich irgendwann einmal so wohnen will. Aber ohne dich geht das nicht.»

Er stand wieder auf und ging durchs Zimmer zu einer schweren Eichentruhe unterm Fenster, während Emma ihm von den Stufen aus zusah. Er kam mit einem Block und einem Bleistift zurück und streckte wieder die Beine neben ihr aus.

«Sieh mal», sagte er.

Er schrieb langsam und umständlich mit der linken Hand. Als er erzählt hatte, Rosie bringe ihm Lesen und Schreiben bei, hatte Emma sich eine gewisse Fertigkeit vorgestellt, aber seine Schrift war gerade soeben lesbar. Er runzelte die Stirn, während der Stift zögernd über das Papier wanderte, und klemmte konzentriert die Zunge zwischen die Zähne.

«Da!», sagte er stolz und reichte ihr das Blatt.

Ich liebe dich. Die Buchstaben waren grob und ungestalt, aber sie waren korrekt. Sie waren eine ungebetene Erinnerung an die beiden Botschaften in ihrer Tasche, die jemand anders geschrieben hatte. *Komm zu mir, lebe mit mir zusammen und sei mein Schatz* und ein Bekenntnis auf einer Serviette Jays, mit großem schwungvollem Schnörkel unterzeichnet … *Zu meiner Verteidigung kann ich nur vorbrin-*

gen, dass ich dich liebe. Deshalb kann ich nicht klar denken. Sie schob den Gedanken zur Seite.

«Wie hast du die Fahrprüfung bestanden?»

«Ich habe die Verkehrsregeln auswendig gelernt, sodass ich sie wie ein Papagei ausspucken konnte. Ich habe die Prüfung erst vor ein paar Monaten gemacht: So lange habe ich gebraucht, bis ich das Alphabet so weit begriffen hatte, dass ich die Nummernschilder lesen konnte.» Also kein Wunder: Er bewältigte nicht Shakespeares gesammelte Werke, er kam gerade so durch. Schäbigerweise fühlte sich Emma jetzt besser, was die eben erst verschwundene Rosie anging. Sie stand ebenfalls auf, um ihre Handtasche zu holen, setzte sich wieder neben ihn und wühlte darin herum, wobei sie die Serviette, die ihr zwischen die Finger geriet, ignorierte. Schließlich hatte sie die Brosche gefunden.

«Weißt du noch?»

Er nahm sie ihr ab, legte sie auf seine Handfläche und drehte sein Werkstück prüfend hin und her.

«Das R ist falsch herum», sagte er. «Ich mach dir eine andere, eine bessere … Em …»

«Was ist?»

Er legte ihr die Hand an die Wange und drehte ihr Gesicht zu ihm. «Ich liebe dich», sagte er. «Vom ersten Augenblick an habe ich nie aufgehört, dich zu lieben.»

«Ich weiß», sagte Emma. Sie hob ebenfalls die Hand, um ihn zu berühren, dann überbrückte sie den schmalen Abstand zwischen ihnen und küsste ihn.

Es war wie der Kuss in ihrem Traum, vor Äonen, der, der sie davon überzeugt hatte, dass es Rick war, den sie wirklich wollte. Nur dass jetzt kein Adrian da war, der sie von ihrem Herzallerliebsten fortzog, kein Jay, der wie ein Löwe brüllte, nur sie beide, und sie hatten noch ihr ganzes Leben vor sich für das, was damals angefangen hatte. Als Rick seinen

Mund von ihrem nahm und ihren Namen murmelte, lächelte sie ihn an, und als er sanft sagte: «Komm, wir gehen ins Bett!», lächelte sie wieder.

«Hmm …», sagte sie. «Ja, gern.»

28

«Bist du bald fertig?» Er stand in der Tür und sah ihr zu, ein langstieliges Weinglas in jeder Hand, und als sie den Kopf hob, lächelte er sie strahlend an.

«Gerade fertig geworden. Ich bin ja so auf die beiden gespannt.»

«Ich habe mir schon einen Schluck ohne sie gegönnt, und ich gehe mit den Hunden raus, solange es noch hell ist. Kommst du mit?»

Sie nahm ihr Glas und probierte, dann ging sie mit ihm nach unten, durch den Flur und die Küche nach draußen, und sie schlenderten durch den Hain zur Wiese hinter der großen Scheune, wo das Gerümpel vom Dachboden aufgetürmt war, weit genug vom Strohdach entfernt, und darauf wartete, verbrannt zu werden. Die Luft war schwer von Pollen, duftete nach Apfelblüten, und die Hunde niesten und schnüffelten, während sie die Gerüche prüften. Flotman war kampflustig, rempelte Newton mit der Schulter an, sprang ihn aggressiv an und zog ihm, tief in der Kehle knurrend, an den Ohren.

«Lass das!», ermahnte der Einsiedler seinen Liebling und lachte über seine Possen. «Das Tier ist ein richtiger Rüpel.»

«Das ist deine Schuld. Du bist zu weichherzig.»

«Nein, bin ich nicht. Ich bin ein echt harter Knochen.»

Emma lachte ihn aus. «Den Rest der Welt kannst du ja vielleicht täuschen, aber mich führst du nicht an der

Nase herum. Du bist der sentimentalste Mensch, den ich kenne.»

«Deshalb bin ich noch lange nicht weichherzig. Selbst die Kray-Brüder haben ihre Mutter geliebt. Und vielleicht bei *The Sound of Music* geweint.»

Emma nippte im Gehen an ihrem Wein. «Okay, harter Knochen. Wann zünden wir unseren Scheiterhaufen an?»

Er sah blinzelnd zu den weißen Wattewölkchen auf, die über den Himmel zogen und dort, wo sie von Westen her die Strahlen der untergehenden Sonne einfingen, rosafarben überhaucht waren.

«Besser wir warten noch, bis der Wind sich dreht. Wir wollen ja nicht, dass die Scheune in Rauch aufgeht.» Er wanderte um den Berg aus zerbrochenen Stühlen, Tennisschlägern und dreibeinigen Tischen, den Überbleibseln aus fünfzig Jahren, die alle kunterbunt zu einem unordentlichen Haufen aufgetürmt waren.

«Mir sind schon fachmännischere Scheiterhaufen untergekommen», bemerkte er trocken. «Und wir brauchen unten mehr Zunder, sonst fängt er nie Feuer. Wir warten bis Sonntagabend, wenn alle wieder weg sind, und sehen dann, was der Wind macht. Außerdem weißt du ja, wie Silly Jilly ist. Wenn sie das hier alles entdeckt, will sie es womöglich behalten, weil sich eventuell herausstellen könnte, dass es ein Vermögen wert ist.»

Emma hakte sich bei ihm unter, als sie wieder zum Haus zurückgingen. «Dann behaupten wir einfach, es wäre schon verbrannt? Sie werden sich wohl kaum so weit vom Haus weg wagen, um nachzusehen, du weißt ja, wie sie sind. Allzu viel frische Luft bekäme ihm nicht, sagt George immer, verdünnt die Wodkadämpfe, und Jilly mit ihren Schuhen wird sowieso nicht …»

«Im Haus soll sie sie aber ausziehen», sagte er und ließ

kurz seine Antipathie gegen George und sein habgieriges Weib aufblitzen. «Sonst ruiniert sie uns mit den verdammten Dingern noch die Bodendielen.»

«Bill!» Emma schlang die Arme um seinen Hals und drückte ihn begeistert. «Das war wirklich eine ganz tolle Idee!»

Bill erwiderte die Umarmung mit Freude. «Nicht wahr? Wir hätten dir Zeit lassen sollen, bis alles fertig ist, aber du kennst ja das gute alte Mädchen.» Er kräuselte die Lippen, sah seinen Gefährten der letzten fünfundzwanzig Jahre an und äffte ihn nach. «‹Jetzt oder nie, William. Lass uns lieber nachsehen, ob die Kinder auch zurechtkommen.›»

«Na, du kennst ja den Spruch, meine Liebe ...» Francis warf Bill mit wohl manikürten Händen eine Kusshand zu und strahlte Emma glücklich an, sodass seine schokoladenbraunen Knopfaugen in unzähligen Falten verschwanden. «‹Die Liebe wächst mit der Entfernung› oder so.»

Bill war in all den Jahren kaum gealtert. Sein Gesicht war immer noch rund und faltenlos und leuchtete vor Begeisterung. George hatte schon mehrmals laut geäußert, dass Bill ein Bildnis auf dem Dachboden haben müsste, einen Dorian Gray. Das wäre jedenfalls bei Bills chaotischer Lebensweise die einzige Erklärung. Francis andererseits sah jedes Jahr mehr wie eine freundliche Backpflaume aus, und sein wunderbar frisiertes Haar war mittlerweile schneeweiß.

Der Einsiedler schüttelte die angebotene Hand und gluckste mit freundlicher Zuneigung. «Immer noch einen dummen Spruch für jede Gelegenheit, Francis? Man kann sich wirklich auf dich verlassen.»

«Jay, und wie geht's dir, mein Lieber?»

«Ich freue mich, euch beide zu sehen.» Jay begrüßte Bill, dann führte er sie über die Steinfliesen der Halle ins große Wohnzimmer und an das einladende Feuer, das er vorher angezündet hatte. «Dann kommt und trinkt einen Schluck. Wir haben schon ohne euch angefangen, und Em hat mir erzählt, dass wir Francis an diesem Wochenende aufheitern müssen.» Er kniff die Augen zusammen und sah den kleinen Mann prüfend an. «Obwohl, Boncœur, von hier aus siehst du offen gestanden nicht sehr nach Selbstmord aus.»

«Ach so.» Bill trat verlegen von einem Fuß auf den anderen. «Das war ein bisschen übertrieben. Wisst ihr, wir dachten ...»

«Wenn wir uns einfach über Nacht eingeladen hätten, hättet ihr uns wahrscheinlich verflucht, weil ihr doch gerade umgezogen seid und alles, deshalb haben wir ...»

«Uns etwas ausgedacht.» Bill kicherte unverschämt. «Wir wollten an euer Mitgefühl appellieren, damit ihr besonders nett zu uns seid ...»

«Außerdem sind wir ja so dankbare Objekte, zwei einsame Schwuchteln ...»

«Idioten», sagte Emma.

«Ihr beiden Halunken.» Jay schenkte Wein und Whisky ein. «Emma steckt bis über die Ohren in Müllsäcken, reißt mit einer Hand Tapeten von den Wänden und verlegt Teppiche mit der anderen, und ihr beiden faulen Tunten beschließt, uns zu überfallen und ihr das Leben noch schwerer zu machen. Seht sie euch an, total ausgelaugt, das arme Ding. Schämt ihr euch denn gar nicht?»

«Zu Tode.» Francis sah in Emmas strahlendes Gesicht und zwinkerte. «Ich sehe ein, es war ein großer Fehler, herzukommen, mein guter Junge, und wir werden uns bemühen, das unverzüglich wieder gutzumachen. Komm, William, wir gehen. Man soll nicht von uns sagen, wir blieben, wenn wir unerwünscht sind.» Er stand auf und trippelte geziert zur Tür, und als er an Jay vorbeikam, hielt der ihm ein großes Glas voll goldener Flüssigkeit hin.

«Probier den, Francis», sagte er, ungerührt von der drohenden Abreise seines Gastes. «Das ist ein Isly Malt, den ich extra für dich besorgt habe. Lagavulin.» Bill rührte sich nicht aus dem Ohrensessel am Kamin, in den er sich mit einem Seufzer der Zufriedenheit hatte fallen lassen.

«Ah …» Er streckte die Beine vor den Apfelbaumscheiten aus, die auf dem Rost glühten. «Genau das, was der Arzt empfohlen hat.»

«Also dann, meine Liebe.» Francis nahm sein Glas und ging durchs Zimmer, dorthin, wo Emma auf der breiten Fensterbank saß, ließ sich geziert neben ihr nieder und ließ die kurzen Beine baumeln. «Solly lässt allerherzlichste Glückwünsche ausrichten und eine Botschaft.» Er steckte den Daumen in seine Westentasche, schob den Bauch vor und setzte sich gerade hin, im Bemühen, ihrem beiderseitigen Ex-Arbeitgeber nachzueifern. «Sag der dummen Pute, wenn sie jetzt das Landei gegeben hat, kann sie aufhören, mir Ärger zu machen und wieder zur Arbeit kommen.» Er machte eine Pause, genoss Emmas Gelächter und rückte seine Krawatte zurecht. «Er vermisst dich schrecklich, mein Mädchen, selbst nach fast einem Jahr ist er immer noch nicht über deine Abtrünnigkeit, wie er es hartnäckig nennt, hinweg. Jetzt, da Cyril und ich beide weg sind, droht er, den ganzen Kram hinzuschmeißen und seinem Sohn den Laden zu überlassen.»

«Wie alt ist Solly jetzt?»

«Wird bald siebzig und hat keinen mehr, den er beschimpfen kann, und das ist herzzerreißend anzusehen, Liebes, tragisch. Er hat endlich einen Designer gefunden, mit dem er zurechtkommt, brillantes Kind, gerade vom Royal College, aber der arme Kerl ist ein bisschen … Ach, wie hat Solly es ausgedrückt?» Francis kicherte boshaft, nahm dann einen tiefen, anerkennenden Schluck von seinem Whisky und ließ ihn über die Zunge rollen, bevor er weitersprach. «Eine welkende Petunie, so hat er ihn, glaube ich ...»

«Ach, Francis!» Emma klatschte entzückt in die Hände. «Genauso hat er mich genannt, als ich mich bei ihm vorgestellt habe. ‹Sind Sie zäh›, hat er mich angebrüllt, ‹oder eine welkende Petunie?› und hat sich in diesem albernen Stuhl herumgeschwungen ...»

«Der ist weg. Sein Orthopäde hat ihm erklärt, dass das Gekreisel seine Rückenprobleme noch verschlimmert hätte. Ihr könnt euch die Reaktion unseres lieben Solomon vorstellen.»

«Tapferer Bursche, dieser Orthopäde», kommentierte Jay trocken.

«Höchstwahrscheinlich, mein lieber Junge, denkt der Mann insgeheim an Selbstmord ... Jay, dieser Whisky ist göttlich ... Stellt euch vor, er hat Solly vorgeschlagen, das Autofahren aufzugeben und einen Chauffeur einzustellen, damit er im Rolls die Füße hochlegen kann.»

«Und wie hat er das geschluckt?»

Francis lehnte sich nach hinten ans Fenster und kicherte, amüsierte sich von neuem über den Scherz. «Komischerweise ganz gut. So hat er nämlich häufiger Gelegenheit, die Damen zu beschimpfen. Das macht ihm so viel Spaß, dass es ihn fast für den Drehstuhl entschädigt. Charles, das ist sein neuer Fahrer, hat mir neulich von einem Vorfall erzählt. Der Arme war völlig fassungslos: Da wollte er Solly gerade sagen, es täte ihm furchtbar Leid, aber er wäre wohl auf die falsche Fahrspur gekommen, als eine ältere Dame in einem Metro neben sie fuhr, auf der Fahrspur, auf der sie hätten sein sollen. Sie muss achtzig gewesen sein, sagte Charles, mindestens. Na, bevor man auch nur hoppla sagen kann, hatte Solly seinen Fensterknopf gedrückt und stauchte das alte Mädchen zusammen, beschuldigte sie, wie eine wilde

Sau zu fahren, als wäre das alles ihr Fehler. Und wie Solly nun mal ist, wenn er einmal Spaß daran gefunden hat, kann er nicht aufhören …» Das Kichern wurde stärker, und seine Heiterkeit steckte Emma an. «Offenbar war die Arme so verblüfft, dass sie beim Anfahren den Motor abwürgte. Während sie dann warteten, dass sie wieder losfuhr, redete Solly sich in Rage, nannte sie eine senile alte Schachtel, deutete nebenbei an, ihre Mutter hätte wohl ein illegitimes Verhältnis mit einem Esel gehabt, um so was wie sie überhaupt hervorzubringen, und das Ganze gipfelte dann darin …», er prustete vor Lachen über die Unangemessenheit von Sollys Beschimpfungen, «dass er sie beschuldigte, sie hätte ihren Führerschein bestimmt nur bekommen, weil sie mit dem Prüfer geschlafen hätte!»

Er verging vor hilflosem Gelächter, krümmte sich über diesen Beweis für die geistige Unzurechnungsfähigkeit seines ehemaligen Arbeitgebers, und die anderen fielen ein, weniger, weil sie es komisch fanden, als wegen des kindlichen Vergnügens, das der kleine Mann daran hatte.

«Ach, Francis!», japste Emma, als sie wieder sprechen konnte. «Und wie, um alles in der Welt, kommt die welkende Petunie damit klar?»

Francis wischte sich die tränenden Augen. «Der weint viel …», brachte er heraus, bevor er wieder von hilflosen Lachanfällen geschüttelt wurde.

Sie unterhielten sich, während die Schatten in den Ecken des Raumes dunkler wurden, tauschten Geschichten und Klatsch aus, informierten sich gegenseitig über gemeinsame Bekannte, die Emma seit fast einem Jahr nicht mehr gesehen hatte, wozu auch Bill seinen Teil beitrug, falls er ein Wort dazwischenbekam. Jay saß in seinem Lieblingssessel am Westfenster im hinteren Ende des Zimmers und hörte nur mit halbem Ohr zu. Gelegentlich stand er auf, um nach dem

Abendessen zu sehen oder die Gläser nachzufüllen, und hin und wieder, wenn seine Blicke sich mit Emmas trafen, lächelte er, damit sie wusste, dass es ihm gut ging. Er schaute gern zu, wenn sie mit Bill und Francis zusammen war, lachte über ihre schrillen Geschichten und genoss ihre Gesellschaft. Allerdings fragte er sich manchmal, ob er diese Gäste nicht aus völlig selbstsüchtigen Gründen mochte. Waren sie ihm deshalb so sympathisch, weil bei ihnen nicht die Gefahr bestand, dass sie ihm Emma wegnahmen?

Emma hatte nach mehr als fünfundzwanzig Jahren bei Mirico gekündigt, als sie und Jay zum zehnten Mal umzogen, in ein zugiges viktorianisches Pfarrhaus zehn Meilen südlich von Norwich. Die Wohnung in Putney war mittlerweile Vergangenheit, und das Pendeln wurde allmählich zu Zeit raubend. Ihre neue Wohnung erforderte wie jedes andere Haus, das sie gekauft hatten, mehr Arbeit als ursprünglich angenommen, und sie war müde.

«Schön», sagte Jay fest, als sie ihm das erzählte. «Wenn du nicht mehr an diesen irren Solly gebunden bist, kannst du ja mitkommen, wenn ich unterwegs bin. Dann können wir immer zusammen sein.»

Überraschenderweise hatte sie Sollys Schrullen trotz allem sehr vermisst und sich mit regelmäßigen Fahrten nach London auf dem Laufenden gehalten, wo sie Bill oder Francis oder beide zu ausgiebigem Tafeln und Klatschen besucht hatte, bis Jay dann erfuhr, dass Georges Vater unheilbar an Krebs erkrankt war. Jay hatte all die Jahre hindurch mit Georges Eltern in Verbindung gestanden, ja, sie sogar gelegentlich besucht. Von dem Augenblick an, an dem er das erfuhr, wurde es irgendwie wahnsinnig wichtig, dass das Pfarrhaus, das zwar stetige, aber langsame Fortschritte machte, so schnell wie möglich fertig wurde. Er lehnte sogar

Aufträge ab, um ganztägig daran arbeiten zu können. Angesichts dieser fast aberwitzigen Eile konnte Emma nicht mehr ohne weiteres nach London, nur um Bill und Francis zu besuchen.

Noch bevor das Haus fertig war, bot Jay es zum Verkauf an. «Zeit, dass wir weiterziehen», sagte er, als Emma wissen wollte, warum das Ganze so dringend wäre, aber er mied ihren Blick.

Er hatte nie seine Unterhaltung mit Morag am Tag von Georges Hochzeit vergessen. Als er sie in jener Nacht in der dunklen Küche hatte reden hören und später, als er sie mit Doug sah, hatte er eine verwandte Seele erkannt. Er vermutete insgeheim, dass Morag ihren Mann nicht lange überleben würde, und er hatte Recht. Innerhalb von drei Monaten, im lächerlichen, fast verboten frühen Alter von neunundsechzig Jahren, begann sie dahinzusiechen, und auf den Tag genau fünf Monate nach Dougs Tod wurde Morag Campbell neben ihm in dem Doppelgrab beerdigt, dass sie seit fast fünfzig Jahren für sich vorgesehen hatten.

«Man hatte den Eindruck», sagte George traurig, als er Emma anrief, um sie über die Beerdigung zu informieren, «als der Alte Herr nicht mehr da war, wollte sie einfach nicht mehr.»

Jay war überrascht, als er feststellte, dass er ehrliche Trauer um sie empfand, aber das hielt ihn nicht davon ab, Zukunftspläne zu schmieden. Morag hätte gewünscht, dass das Haus an jemanden ging, der es ebenso liebte wie sie, rechtfertigte er sich vor sich selbst, und zwei Monate nach ihrem Tod machte er George ein Angebot, das dieser nicht ausschlagen konnte.

Eine von Georges Schwestern befand sich gerade in einer unerfreulichen Scheidung, die andere erwartete ihr viertes Kind, und beide wollten so schnell wie möglich ihren Anteil am Familienerbe ausgezahlt bekommen. So kam der Handel in fast unanständiger Eile zum Abschluss.

Sie aßen bei Kerzenschein, von Wein und Whisky in eine Stimmung heiterer Nostalgie versetzt, arbeiteten sich immer weiter in die Vergangenheit zurück und tauschten Erinnerungen aus.

«Was haben wir eigentlich damals getrieben?», erkundigte sich Bill gegen Ende des Essens bei Emma, lehnte sich in seinem Stuhl zurück und tätschelte seinen wohl gefüllten Magen. «Ich erinnere mich noch an Kennedy 63, aber das war noch vorm College. Da muss doch noch mehr los gewesen sein, während unserer Studienzeit. Da war Bob Kennedy, Martin Luther King – 68 haben die französischen Studenten eine Regierung gestürzt, du meine Güte, und ich weiß nur noch, dass ich mir Sorgen machte, ob ich meine Kollektion rechtzeitig zur Abschluss-Show fertig bekäme. Ich hätte genauso gut auf einem anderen Planeten leben können. Warum sind wir nicht in Aldermaston gegen die Aufrüstung mitmarschiert oder haben bei den Protesten am Grosvenor Square mitgemacht?»

«Wir waren zu beschäftigt.» Jay richtete den Blick auf das sommersprossige Gesicht seiner Frau. «Die Liebe und das Leben kennen zu lernen.»

«Die Liebe ...», wiederholte Emma. Sie tastete unterm Tisch nach seiner Hand, fand sie und umklammerte sie fest. «Nur dass mancher von uns zu dumm war, um es zu merken.» Sie drückte seine Finger und lächelte. «Manche von uns waren wirklich sehr dumm.»

«Ich habe den lieben Jungen noch nie so zufrieden gesehen», sagte Francis und wechselte das Thema. «Was hast du mit ihm angestellt, Liebes?»

«Ach!» Emma prostete Jay zu, und ihr Lächeln wurde

breiter. «Das hat nichts mit mir zu tun, Francis. Das kommt daher, weil er jetzt da ist, wo er seit fünfundzwanzig Jahren hin will. Er sehnt sich nach diesem Haus, seit er es bei Georges Hochzeit zum ersten Mal gesehen hat.» Sie kicherte. «Wir haben es in winzigen, vorsichtigen Schritten geschafft, sind jedes Mal ein bisschen näher gezogen: Middlesex, Essex, Suffolk, sind immer weiter nördlich nach Norfolk hineingekrochen, jedes Haus einen Schritt näher als das vorige …» Sie stand auf und ging langsam um den Tisch und beobachtete, wie Jays Gesicht sich veränderte, als ihm dämmerte, dass sie gewusst hatte, seit Jahren schon, was er vorgehabt hatte. «Jedes Haus sorgfältig ausgewählt, wie seine Bilder, damit wir billig einkaufen und teuer verkaufen konnten, daran verdienten …», sie war, amüsiert über seine Verwirrung, bei ihm angekommen und hob erneut ihr Glas, «bis wir uns das hier leisten konnten.»

Sie verlor kein Wort über den anderen bedeutsamen Faktor, die Frage, die Jay seit fünfundzwanzig Jahren zu stellen vermied. Selbst nach all der Zeit hatte es ihn viel Mut gekostet, das Risiko einzugehen, sich mit seiner Beute so weit der letzten bekannten Adresse seines Rivalen zu nähern.

«Und jetzt bleiben wir hier, bis man uns mit den Füßen voran hinausträgt.»

Jay musste an Morag denken, an das, was sie vor vielen Jahren auch noch gesagt hatte. *Ich muss Sie außerdem informieren, junger Mann, dass Sie nicht der erste Anwärter sind*, und er fragte sich, nicht zum ersten Mal, wer der andere Mann war, der dieses Haus auch unbedingt hatte haben wollen? Warum war er nicht wiedergekommen, um seine Ansprüche anzumelden? Er hatte während der Verhandlungen eigentlich ständig erwartet, dass er auftauchen würde, aber als er George vor dem Austausch der Verträge gefragt hatte, ob sich noch jemand anderes für das Haus interessiert hätte, hatte George den Kopf geschüttelt, ihn von der Seite angesehen, als wäre er verrückt geworden, und das Thema gewechselt.

Vielleicht war er ja verrückt, ein Vierteljahrhundert hinter einem Haufen Ziegel und Mörtel her zu sein, aber er war ja auch hinter Emma her gewesen, und das war gut ausgegangen – nein, nicht gut. Es war bisher das Paradies auf Erden. Würde er später dafür zahlen müssen?, fragte er sich, als er nach ihrer Hand griff.

29

«Wir haben euch etwas mitgebracht», sagte George und küsste Emma auf die Wange, als er in die Halle kam. «Als Dankeschön für die ganze Arbeit auf dem Dachboden. Sie haben meiner Mutter gehört, und Jilly will sie nicht, und ich dachte, du würdest sie vielleicht mögen. Sie sind ziemlich wertvoll.»

Er überreichte ihr ein hübsch eingewickeltes Päckchen, lächelte geziert, während sie die Schichten abwickelte, und blies sich wichtig auf, als sie einen Stapel goldener Armreifen herausnahm. Emma wurde verlegen, weil George ihr so ein wertvolles Geschenk machen wollte, grübelte, wo sie so etwas schon einmal gesehen hatte, und fragte sich überrascht, warum die Goldreifen dieses vage Unbehagen in ihr auslösten. Sie waren doch schließlich sehr schön.

«Ach, George!», rief sie aus. «Das geht doch nicht. Sie sind viel zu wertvoll.» Sie schob sie ihm wieder hin. «Du solltest sie für die Mädchen aufheben.»

«Habe ich's nicht gesagt?», zischte Jilly ihrem Gatten hörbar zu. Sie hatte sowieso nicht kommen wollen, nur um mit ansehen zu müssen, wie Jay Hammond sich über sein Schnäppchen freute, aber was zählten schon ihre Wünsche?

George ignorierte sie. «Los, probier sie an, guck, wie sie aussehen.»

Erst als die Reifen an ihrem Handgelenk klingelten, fiel Emma wieder ein, wo sie dieses Geräusch zum letzten Mal gehört hatte. Sie war wieder in Missy Hammonds sonnenerfülltem Salon, sah wieder ihr von der Krankheit gezeichnetes Gesicht, hörte die Flüssigkeit in ihren Lungen gurgeln und die Armbänder an ihrem dünnen Handgelenk klappern. Lieber Gott, dachte sie und sah Jay an, während sie die Dinger mit unziemlicher Hast abnahm.

«Nein, George», sagte sie bestimmt. «Jilly hat Recht, das kann ich wirklich nicht annehmen. Die sollten Antonia und Sophie bekommen. Außerdem kennst du mich doch, ich würde sie bestimmt gleich beim ersten Tragen verlieren.» Sie tätschelte ihn freundlich und bemühte sich, ihre grobe Ablehnung scherzhaft wirken zu lassen. «Weißt du, ich glaube nicht, dass es mir in den letzten dreißig Jahren gelungen ist, auch nur ein einziges Schmuckstück zu behalten. Ganz gut, dass Jay mir nicht ständig Brillanten kauft.»

Jilly schnaubte. Das war wieder mal typisch für die beiden – sie hatte den halben Vormittag damit verbracht, sich schön zu machen, darauf bestanden, dass die Mädchen anständige Kleider anzogen, und weder Jay noch Emma hatten es für nötig gehalten, aus ihren Jeans zu steigen, um ihre Gäste zu begrüßen. «Das ist vielleicht das Problem», meinte sie beißend. «Wenn Jay dir ordentlichen Schmuck geschenkt hätte, hättest du vielleicht auch darauf aufgepasst. Der komische kleine Ring, den du bei unserer Hochzeit getragen hast, ist offenbar das Einzige, was du nicht verloren hast.» Voller Verachtung für Jays Knauserigkeit presste sie die Lippen zusammen. «Und ich würde schwören, er hat das Ding aus einem Kaugummiautomaten. Wenn du das verlegt hättest, hätte er dir vielleicht einen ordentlichen Verlobungsring gekauft.»

Emma sah zuerst auf den Gliederring an ihrer linken Hand und dann zu Jay hinüber. «Hmm», sagte sie und lächelte ihn an. «Aber andererseits, wann hätte ich einen anständigen Verlobungsring auch tragen sollen? Wir haben uns ja nie offiziell verlobt. Wir haben ja nur geheiratet und dann weitergemacht wie vorher.»

«Da hast du leider Recht.» George war über die Zurückweisung seines Geschenks gekränkt und schmollte. «So wie ihr beiden euch heimlich davongemacht und euer schmutziges Werk vollbracht habt, haben wir alle angenommen, Em wäre schwanger. Das nennt man Heimlichkeiten – ihr habt wohl gedacht, ihr hättet keine Freunde, die man einladen könnte.» Es hatte George immer gewurmt, dass Bill und Francis Trauzeugen waren und Mabel und Josie die einzigen weiteren Gäste bei der Zeremonie. Immerhin gehörte er zu den ursprünglichen Fünf, und das war mehr, als Francis von sich behaupten konnte. Manchmal fragte er sich, warum er sich überhaupt mit ihnen abgab … obwohl er sich wohl nicht beklagen konnte, Jay war bei dem Haus mehr als großzügig gewesen, und die ganzen Aufräumarbeiten, die Em erledigt hatte – Jilly wäre bei dem Ganzen *unausstehlich* gewesen, hätte jede Kleinigkeit behalten wollen …

«Was soll's, George!» Bills Stimme stichelte von hinten. «Du bist ja nur beleidigt, weil du nicht dabei warst. Du wärst ja sowieso nicht gekommen, wenn man dich eingeladen hätte, denn wir waren auch nicht andeutungsweise aufgedonnert genug für dich.»

«Blödsinn!» Emma verteidigte indigniert ihre Hochzeit. «Ich bin bestimmt die einzige Frau, die sich jemals für zehn Minuten im Standesamt in ein Modellkleid von William

Appleyard geworfen hat. Ich war die schickste Braut, die sie je gesehen hatten.»

«Ach, Emma!», sagte Jilly. «Und niemand da, um dich zu bewundern. Du armes Ding, wie schrecklich, und dabei hättest du doch eine kirchliche Trauung mit allem Brimborium haben können. Ich verstehe nicht, warum du dich damit begnügt hast. Ihr wart doch beide vorher noch nicht verheiratet. Jay, du solltest dich schämen. Ich glaube nicht, dass du auch nur den geringsten Funken Romantik besitzt.»

«Nein …», sagte Jay zustimmend, während sein Blick von Jillys sanftem, hübschem Gesicht zu dem seiner Frau wanderte, und er betrachtete liebevoll die Krähenfüße unter ihren Augen, als sie in sein Lachen einstimmte. Die Strähnchen ihres ergrauenden roten Haares kringelten sich aus dem dicken Zopf. «Glaube ich auch nicht. Ich weiß nicht, wie du es mit mir aushältst, Em. Du musst die ganzen Jahre ein Hundeleben geführt haben.»

Francis tauchte hinter Bill auf, das Koboldgesicht in lächelnde Falten gelegt. «Ist es nicht Zeit für einen Schluck vor dem Essen?», wollte er wissen. «Und da wir gerade von Hunden reden, falls ich einmal wieder geboren werden sollte, werde ich beantragen, als einer von Jays Hunden wiederzukommen. Dieser unverschämte Flotman hat mir schon wieder den Sessel weggenommen.»

Sie nahmen zum Abendessen Platz an dem langen, glänzenden Refektorientisch, Sophie und Antonia auf beiden Seiten neben Jilly und die anderen nach Belieben, und man tauschte im Laufe der Mahlzeit die Plätze, um sich miteinander zu unterhalten.

Jilly war nervös und argwöhnisch. Jay war immer so herablassend, und außerdem bereiteten Bill und Francis ihr ein leichtes Unbehagen. Sie hatte den leisen Verdacht, obwohl es nie etwas gab, worauf sie den Finger hätte legen können, dass Bills runzliger kleiner Gnom von einem Freund sie ständig auslachte, und wenn Jilly etwas hasste, dann war es Lächerlichkeit.

Sie wäre heute gar nicht mitgekommen, wenn George nicht darauf bestanden hätte – der Dummkopf schien sich verpflichtet zu fühlen, nur weil Emma den Dachboden entrümpelt hatte. Sie sah zu Emma hin, die Bill mit diesen großen, braunen Augen anstrahlte und mit ihren aufgestützten Ellbogen den Mädchen ein schlechtes Beispiel gab. Sie hatte sie noch nie besonders leiden können, viel zu reserviert für ihre Verhältnisse, und heute wirkte sie noch distanzierter als sonst. Natürlich konnte sie einem Leid tun, keine Kinder, und dass ihr das angeblich nichts ausmachte, behauptete sie bestimmt nur aus Trotz – alle Frauen wollten Kinder, es war ein natürlicher biologischer Drang. Jay beobachtete sie, wie üblich, obwohl man meinen sollte, dass er es mittlerweile leid war, immer all das rote Haar anzustarren.

Gereizt faltete sie ihre Serviette auseinander und drapierte sie über ihren Chanelrock. Natürlich, dachte sie, während sie das Leinen über den Knien glatt strich, diese hellhäutigen Frauen halten sich nicht allzu gut, obwohl sie zugeben musste, dass Emma immer noch eine gute Figur hatte, genau genommen sogar eine bessere, weil sie ein bisschen zugenommen hatte. Nun ja, wenn man keine Kinder hat … Und als sie da auf dem Boden gekramt hatte, was mochte sie alles weggeworfen – oder wohl eher für sich behalten haben?

«Wisst ihr noch?» Emma tauschte wieder Erinnerungen mit Bill aus und bog sich plötzlich vor Lachen, als sie an ihre Hochzeit dachte. «Josie war zutiefst geschockt. Sie traute einfach ihren Augen nicht.»

Bill begann mitzukichern. «Und das liebe alte Tantchen Mabel fand das Ganze zum Kreischen komisch, saß da beschwipst mit ihrem albernen Hut, der ihr schief über einem Auge hing, und prustete die ganze Zeit wie ein Pferd.»

«Worum geht's?» George schmollte immer noch und fühlte sich schon wieder ausgeschlossen. «*Was* war zum Kreischen komisch?»

«Die beiden hier.» Jay stand grinsend vom Tisch auf, begann Wein nachzuschenken und wies im Vorbeigehen mit der Flasche auf Bill und Francis. «Sie hatten sich noch nie gesehen, und es war Liebe auf den ersten Blick, Leidenschaft vom ersten Augenblick an, wie im Film, passend zur Schmalzmusik, die im Hintergrund vom Band kam. Als Em sie einander vorstellte …»

«Trafen sich unsere Augen …»

«Unsere Hände berührten sich, und …»

«Bingo!», sagte Bill triumphierend. «Die Erde erbebte …»

«Die Geigen jubilierten …»

«Ich spiele Geige», quiekte Sophie los, die sich zu wenig beachtet fühlte. «Mummy hat gesagt, wenn ich mehr üben würde, könnte aus mir ein zweiter Nigel Kennedy werden.» Einen Augenblick blieb es still, während fünf Mitglieder der Party sich heftig bemühten, die unziemlichen Lachstürme zu unterdrücken, die sie zu überwältigen drohten, dann schenkte Jay Jilly Wein nach und ging weiter.

«Himmel hilf», murmelte er, als er sich bückte, um Bills Glas nachzufüllen.

Bill musste wieder kichern, und Jilly war beleidigt und fand diesen leichtfertigen Umgang mit einem derartig gewagten Thema in Gegenwart der Mädchen empörend.

«Das reicht, Jay!», sagte sie. «Du solltest solche Dinge eigentlich nicht vor den Kindern ansprechen.»

«Ach, das ist schon in Ordnung, Mummy.» Antonia beugte sich zu ihrer Mutter und tätschelte ihr die Hand. «Sophie und ich wissen alles über Schwule, so was lernt man in Sexualerziehung.» Sie lächelte Francis gewinnend an. «Allerdings fände ich es ganz gut, wenn Onkel Francis mir erklären könnte, *wie* sie es eigentlich machen, denn als ich Schwester Mary Gregora gefragt habe, ist sie nur rot geworden und hat das Thema gewechselt.»

Das war zu viel. Der Tisch brach in brüllendes Gelächter aus, alle bis auf Sophie, die nicht die geringste Ahnung hatte, wovon die Erwachsenen eigentlich redeten, und Jilly, die wütend die Lippen zusammenpresste und vor Verlegenheit und Entrüstung rot anlief. Selbst Antonia schloss sich der allgemeinen Erheiterung an und sonnte sich im Erfolg ihres unfreiwilligen Scherzes, obwohl sie keine Ahnung hatte, was an ihrer Bemerkung besonders komisch gewesen war. George verschluckte sich fast an dem Bissen, an dem er gerade kaute, und Jay, der mit der Flasche vorbeikam, musste ihm auf den Rücken klopfen.

«Also, Jilly», ermahnte er seine Frau, als er endlich wieder Luft bekam, «hör doch um Himmels willen auf, so *prüde* zu sein.» Jilly schnaubte ärgerlich.

Sie rächte sich nach dem Essen, als sie bei Brandy und Kaffee saßen und George die Abreise hinauszögerte, nur um sie zu ärgern. Die Hunde lagen zufrieden als unordentlicher Haufen auf dem Teppich. Sophie und Antonia kicherten über Fotos, die ihren Vater im Alter von siebzehn Jahren zeigten, als Mod mit Plastikregenmantel und Topfhaarschnitt, und Francis döste im Ohrensessel am leeren Kamin. Bill arbeitete sich durch Georges und Jillys Hochzeitsalbum und kicherte über die alberne Kleidung aller Beteiligten.

Sie wartete ab, bis George und Emma eine Pause in ihrer

Unterhaltung machten, achtete darauf, dass sie auch hersahen, zog dann ein kleines, eckiges Paket hervor, dass sie morgens bei der Abfahrt sorgsam in ihrer Handtasche versteckt gehalten hatte, und hob die Stimme. «Ach, das hätte ich ja fast vergessen …»

Sie stand auf, und begleitet vom Klappern ihrer Bleistiftabsätze auf dem Fliesenboden, ging sie durchs Zimmer zu Jay, der sich wie üblich abgesondert hatte und nach Westen in die Nachmittagssonne schaute. «Das ist für dich, Jay. Ein Geschenk von uns beiden.»

«Was ist es denn?» Jay war irritiert. Jilly gab nicht mehr um ihn als er um sie, und Schenken war etwas Neues.

«Mach auf und schau nach!»

George stand misstrauisch vom Sofa auf. Jilly hatte ihm gegenüber nichts von einem zweiten Geschenk geäußert. Was hatte sie vor? Emma ging aus reiner Neugier hinterher.

Sie merkte nicht sofort, was Jay in Händen hielt, George allerdings wohl, gleich als er den hübsch geschnitzten Holzrahmen sah, der aus seiner braunen Papierverpackung hervorlugte.

«Oh!», rief er fassungslos vor Überraschung und Zorn. Jilly wusste, dass er das Ding gern hatte – es war eines seiner meistgeschätzten Besitztümer. Manchmal war seine Frau ein regelrechtes Miststück. «Also – ich meine – Jilly!»

«Was ist?» Jay löste die Augen von der Miniatur auf seinem Schoß, einer feinen, ungemein detaillierten Wiedergabe des Hauses, in dem sie versammelt waren. «Was ist los?»

«Nichts, gar nichts.» Jilly lächelte ihren Gatten triumphierend an. «George wollte mich nur daran erinnern, dass wir bald aufbrechen müssen. Es ist wohl richtig, dass du es bekommst, denn du bist ja der Kenner und jetzt außerdem der Besitzer des Hauses, das drauf ist …»

Emma starrte auf Jays lange Finger, die Ricks Bild umfassten. Sie erinnerte sich lebhaft, erinnerte sich, wie sie sich dank George Knall auf Fall entscheiden musste, an Jays abwesendes Gesicht. Wie seltsam, es nach all den Jahren wiederzusehen …

«Aber das ist doch Grannys Bild!» Sophie, die mitten unter ihnen auftauchte, um zu sehen, was los war, war empört. «Daddy hat gesagt, es wäre ein Erdstück …» Erbstück hatte er es genannt, als er es nach Grannys Beerdigung mitgebracht hatte, und jetzt hatte Mummy es verschenkt. Daddy fand das nicht erfreulich, das wusste Sophie, sein Gesicht lief ganz rot an. Und das hieß Krach auf dem Heimweg, so sicher wie das Amen in der Kirche.

«Sei still, Sophie, das geht dich nichts an.»

«Doch, tut es, Daddy hat gesagt …»

«Daddy freut sich ganz schrecklich, wenn Jay und Emma es bekommen, nicht wahr, George-Liebling?»

Den Ton kannte George. Er bedeutete Streik im Bett, wenn du nicht tust, was ich will. Er bedeutete kalte Mahlzeiten und eisige Missbilligung. Er bedeutete höhere Abbuchungen auf den Kreditkarten …

«Aber sicher», kapitulierte er. Gehässiges Weib. Glücklicherweise schien der gute alte Jay nicht die geringste Ahnung zu haben, was los war.

Dass die Stimmung plötzlich abgekühlt war, konnte Jay allerdings nicht entgehen. «Offenbar hat es da ein Missverständnis gegeben.» Er sah zweifelnd von einem Gesicht zum anderen. «Ich möchte es nicht, wenn es deshalb Ärger gibt.»

Er betrachtete noch einmal die feine Miniatur in seiner Hand. Schade, es war ein wunderschönes Stück, es hatte ihm damals auf den ersten Blick gefallen. Bei einem späteren Besuch, als er weniger abgelenkt war, hatte er sich sogar nach seiner Herkunft erkundigt. Doch Morag war ausgesprochen unzugänglich gewesen. «Ach, nur irgendein Wandermaler», hatte sie gesagt. «Ich weiß nicht mehr, wie er heißt. Kommen Sie, schauen Sie sich diese Landschaft an, die ich entdeckt habe, und sagen Sie mir, ob ich einen guten Fang gemacht habe ...» Er hatte den Eindruck, sie wollte nicht darüber reden, und fragte sich flüchtig, ob es von seinem Rivalen gemalt war und sie ihm das nicht sagen wollte. Aber welche Geschichte auch dahinter steckte, Jilly hatte es ihm offenbar nur geschenkt, um sich an George für eine angebliche Gemeinheit zu rächen.

Er hielt es ihr hin, aber Jilly wollte es nicht annehmen, und als er sich von seinem Stuhl erhob, von der allgemeinen Aufmerksamkeit bedrängt, bemerkte er, wie George und Emma viel sagende Blicke wechselten. Was, zum Teufel, ging hier vor?

«Hier!» Er hielt es ihr wieder hin, mittlerweile verärgert, aber Jilly schüttelte den Kopf.

«Wirklich», beharrte sie und wandte sich herausfordernd an George: «Wir wollen doch beide, dass du es bekommst, nicht wahr, George?»

«Natürlich», sagte George mit zusammengebissenen Zähnen und zuckte zusammen, als Jilly hämisch sagte: «Schließlich war Jay doch noch nie nachtragend, oder doch, Jay?»

«Nachtragend? Wovon redest du eigentlich?»

Emma konnte seinen ratlosen Gesichtsausdruck nicht ertragen. «Hör auf, Jilly!», sagte sie scharf. «Das ist nicht mehr lustig.»

«Sei doch nicht albern.» Jilly war ungemein zufrieden mit sich, diesmal hatte sie die Oberhand. «Nach all den Jahren macht das Jay doch nichts mehr aus. So kleinlich bist du doch nicht, oder doch, Jay?»

«Ich habe keine Ahnung, wovon du redest.»

Emma hörte, wie Jays Stimme allmählich schärfer wurde.

Was dachte sich Jilly dabei, dass sie ihm Ricks Bild schenkte? War das ihre Vorstellung von Spaß?

«Hör auf, Jilly!», sagte sie noch einmal.

«Ach komm, Emma. Spiel dich doch nicht zur Beschützerin auf.» Jilly verlor allmählich die Beherrschung. Warum mussten sie bei allem immer so melodramatisch sein? «Das alles ist doch fünfundzwanzig Jahre her. Warum sollte Jay sich aufregen?» Sie presste die Lippen zusammen und fragte sich, warum sie bei ihm so übertrieben fürsorglich waren. Jay war doch der Letzte, der vor irgendetwas geschützt werden musste, zäh wie Sohlenleder. «Und schließlich hat Jay doch gewonnen, oder?»

«Was ist vorbei? Was habe ich gewonnen? Würde mir jemand mal erklären, was los ist?»

«Nichts!», sagte George laut. «Antonia, Sophie, wir müssen uns allmählich auf den Weg machen!»

Francis erwachte mit einem Grunzen, und Bill hob den Kopf, überrascht vom plötzlichen Drängen in Georges Stimme.

«Los, Sophie! Em, es war wunderbar, wie in alten …» Er stockte, drehte sich dann um, packte im Gehen Jillys Arm und drückte zu, bis sie in empörtem Protest quiekte. «Bill, Francis, kommt ihr und winkt zum Abschied?»

«Em, was zum Teufel geht hier vor?», wollte Jay wissen und starrte perplex hinter George her.

«Miststück!», zischte George seiner Frau ins Ohr, als er sie durch den Raum und hinaus in die Halle schob. «Was zum Teufel sollte das?»

«Ach, hör auf mit dem Theater, er weiß doch gar nicht, wer das blöde Ding gemalt hat.» Jilly war beleidigt. Irgendwie war ihr kleinlicher Hieb gegen George nach hinten losgegangen, aber sie wusste nicht genau, warum. «Für Jay ist das doch nur ein Bild von seinem Haus.»

Es dauerte fast eine Stunde, bis der Volvo beladen war und die Campbells schließlich über die Auffahrt davonfuhren. Ihr Aufbruch war für alle Beteiligten eine Erleichterung, und nachdem sie ihnen nachgewunken hatten, grinsten sich die vier schuldbewusst an.

«Vergeht die Zeit nicht wie im Flug, besonders wenn es nett ist?», bemerkte Francis, als er hinter Jay ins Haus zurückging.

Bill schob seinen Arm unter Emmas und hielt sie zurück,

«Was ist denn nun los, Schätzchen? Ich spüre eine leise Verstimmung. Erzähl Onkel Bill doch mal, was los ist.»

Emma seufzte. «Da ist nicht viel zu erzählen. Jay weiß nichts davon, aber Ricky hat das Bild gemalt, das Jilly ihm geschenkt hat. Morag hatte es damals in Auftrag geben, und du kennst ja Jay …»

«Aha.» Bill tätschelte ihr beruhigend den Arm. «Dann stimme ich ausnahmsweise mal mit der reizenden Mrs. Campbell überein, es ist doch nichts Schlimmes passiert, oder? Nur weil man dem guten Jungen ein Bild geschenkt hat, springt der Schurke ja nicht wie der Räuber im Kasperletheater hinterm Rhododendron hervor und schleppt dich nach all den Jahren weg, oder?»

Emma lächelte bei der Vorstellung. Bill hatte wie immer Recht. «Ich glaube kaum. Aber es ist schon komisch, ich musste letzte Woche oft an Ricky denken, was wohl aus ihm geworden ist. Das liegt am Dachbodenaufräumen, du weißt ja, wie man dabei in Erinnerungen schwelgt. Ich musste denken, dass es schön wäre, wenn ich wüsste, dass es ihm, na ja, gut geht, wenn du mich verstehst.» Sie seufzte wieder und drückte freundschaftlich seinen Arm. «Ich hatte so ein Glück, Bill. Es wäre tröstlich zu wissen, dass Ricky genauso glücklich ist wie ich …»

Erst als sie an den Wegweisern zum St. Faith's Crematorium am Stadtrand von Norwich vorbeikamen, klärte George Jilly über das Geheimnis auf.

«Na, woher sollte ich das denn wissen?», begehrte sie entschuldigend auf, schockiert von dem, was er ihr erzählt hatte. «Jedenfalls, wenn Emma sich immer noch darüber aufregen würde, hätte sie sich anders …»

«Emma weiß nichts davon. Ich habe es ihr nicht erzählt.»

Einmal in seinem Leben hatte George auf seine Mutter gehört. «Untersteh dich!», hatte Morag heftig gesagt, als er sie gefragt hatte, wie er sich verhalten sollte. «Du sagst keiner Menschenseele etwas, denn sonst erfährt sie es bestimmt auch. Das arme Kind beginnt doch gerade aufzuleben. Wenn du es ihr erzählst, macht es das Geschehene nicht ungeschehen, es würde nur wehtun, was soll es also?»

«Na, wenn sie es nicht weiß, dann ist doch nichts Schlimmes passiert, oder?» Jilly war die ganze Angelegenheit leid, und sie spürte, dass sie wieder ihre Kopfschmerzen bekam. «Aber wenn du dir häufiger mal die Mühe machtest, mit mir zu reden, würde ich vielleicht nicht so oft ins Fettnäpfchen treten …»

«Ha! Mich täuschst du auch nicht eine Sekunde. Du machst das absichtlich, nur um mich zu ärgern. Aber, du lieber Himmel, es ist ja schließlich Jahre her.» George sank vorübergehend in sich zusammen, dann fiel er wieder über sie her. «Ich kann einfach nicht glauben, dass du das Ding tatsächlich verschenkt hast, du wusstest doch, was es mir bedeutet, und dann auch noch an Jay. Das ist reine Bosheit, kleinliche, elende Rachsucht. Du bist nur eifersüchtig, dass wir alle schon so lange Freunde sind …»

«Freunde?» Jilly schnaubte verächtlich. «Wem willst du eigentlich etwas vormachen, George Campbell? Jay Hammond ist die ganzen Jahre hindurch nur deshalb mit dir in

Kontakt geblieben, damit er das verdammte Haus deiner Eltern in seine dreckigen Pfoten kriegt, das man eigentlich für deine Kinder hätte halten sollen …»

«Ach, sei still, du elendes Miststück!»

«Daddy», stieg Antonias durchdringende Stimme vom Rücksitz auf. «Ich muss mal. Du musst irgendwo halten, sonst platze ich …»

Bill und Francis gingen früher als geplant. Zum ersten Mal konnte es Jay nicht erwarten, sie loszuwerden, und weil sie das spürten, kürzten sie das Ganze mit erfundenen Pflichten ab, die sie zu Hause erwarteten, die alle noch vor Montag erledigt werden mussten und keinesfalls delegiert werden konnten.

«Ruf bald an, Liebes», murmelte Francis, als er Emma zum Abschied küsste. «Nur damit wir wissen, dass alles in Ordnung ist.»

Emma lachte ihn aus. «Neugier ist der Katze Tod», neckte sie ihn, umarmte ihn fest, um ihn zu beruhigen. «Bill wird dir erklären, worum es ging. Nichts Wichtiges, ehrlich.»

«Und?», fragte Jay erschöpft und ließ sich schwer in den Lehnstuhl am Kamin fallen.

«Und was?»

«Verdammt nochmal, du weißt ganz genau, was. Das ganze Gerede von ‹nachtragend sein› und schließlich ‹gewonnen haben›.»

«Aha.»

«Aha.» Er schob zerstreut die Hunde weg, die mit den Pfoten auffordernd gegen seine Hosenbeine stießen. «Weg da, Flotman, ich gehe gleich mit euch raus.»

«Wir gehen jetzt, solange es noch hell ist.» Emma stand auf und ging zur Fensterbank, wo Jay die Miniatur liegen gelassen hatte. «Und ich erklär dir alles unterwegs.»

Es war das erste Mal seit fünfundzwanzig Jahren, stellte sie fest, als sie das hübsche Ding in die Hand nahm, dass sie etwas von Rick berührte.

30

Es war nicht der Sex. Der war fabelhaft, gelungen, zum Knieerweichen. Es war auch nicht Ricks klaustrophobisches Schlafzimmer, unter die Dachschräge geklemmt und nur durch eine Tür erreichbar, die einen halben Kopf niedriger war als Emma. Es war nicht einmal der Traum, das vertraute Abgleiten in ihre schwarze Höhle der Einsamkeit und Verzweiflung, aus dem sie schweißgebadet hochgeschreckt war. Schuld waren Ricks Worte, die ihr wieder in den Sinn kamen, als sie sich von ihrem Albtraum erholt hatte, die Worte, die ihr klar machten, dass sie sich am falschen Ort befand.

«Das ist jetzt der Ernst des Lebens», hörte sie ihn sagen, und seine Stimme hallte in ihrem Kopf. «Wir sind keine Kinder mehr, wir spielen nicht mehr Liebespaar. Jetzt wird's ernst, Em.» Von da an war es nur noch ein kleiner Schritt bis zu der Gewissheit, dass es Zeit war, nach Hause zu gehen.

Sie schrieb ihm einen Zettel, kritzelte in dem schwach erleuchteten Zimmer hastig ein knappes, banales *Auf Wiedersehen*. Obwohl sie nur mit Mühe ihre schuldbewusste Ungeduld zügelte, teilte sie ihm sogar mit, dass sie hoffe, er würde ohne sie glücklich, seine Rosie könnte ihn ja trösten. Während er neben ihr in seliger Unwissenheit weiterschlief, tastete sie nach ihrer Filigranbrosche, heftete damit den Brief ans Kopfkissen und floh, fuhr blindlings davon, bis sie zu erschöpft zum Weiterfahren war, saß dann in einer Parkbucht vor einem Dorf namens Six Mile Bottom und sah die Sonne durch einen Tränenschleier untergehen, während sie zum zweiten Mal weinte, um ihre verlorenen Illusionen.

Jay hockte zusammengesunken auf dem Boden, als sie ins Wohnzimmer kam, ans Sofa gelehnt, die langen Beine angezogen und die Arme um die Knie geschlungen. Er wirkte verhärmt, zerzaust, zerrüttet, und es lief keine Musik.

Sie war nicht einmal andeutungsweise zu einer Erklärung imstande und so müde, dass es sie fast ihre gesamte verbliebene Energie kostete, einfach durchs Zimmer zu gehen. Sie blieb vor ihm stehen, ließ ihre Tasche von der Schulter gleiten und kippte ihm den Inhalt in den Schoß. Dann ging sie ins Bett, hielt auf dem Weg nur kurz an, um den Gliederring zu nehmen, der immer noch da lag, wo sie ihn an jenem Morgen zurückgelassen hatte, und ihn wieder an ihren Finger zu stecken, wo er hingehörte.

Er hob jedes einzelne Teil auf, Füller, Bleistifte, Scheckbuch, alte Rezepte, Bonbonpapiere, gebrauchte Papiertaschentücher, loses Kleingeld, kroch dann auf dem Boden umher wie ein Tier, tastete überall mit den Händen herum, damit ihm auch ja nichts entging. Erst als er sicher war, dass die Brosche wirklich nicht mehr da war, kam er hinter ihr her.

Gegen Mitternacht, als das Bedürfnis, seine Ansprüche einzufordern, übermächtig wurde, schlief er mit ihr, während sie halb wach in seinen Armen lag. Sie reagierte angemessen. Erst als er sich zurückziehen wollte, öffnete sie weit die Augen, befahl gebieterisch: «Lass das!», und umschlang ihn fest mit den Beinen, um ihn in sich zu halten. Dann schlief sie. Sie brauchte jemanden, um die Leerstelle auszufüllen, und das konnte nur Jay. Als sie sich wieder sicher fühlte, seufzte sie, lächelte und schlief ein.

31

Sie spazierten durch den Hain, zur Wiese hinter der Scheune, wo in sicherem Abstand zum Strohdach der Haufen mit dem Gerümpel vom Dachboden lag und darauf wartete, verbrannt zu werden.

«Du siehst also, Jilly war einfach gemein.» Emma verlangsamte ihren Schritt, hob das Gesicht und lächelte ihn beruhigend an. «Wenn du es ins Feuer werfen willst, dann los. Mir ist es egal.»

«Wirklich?»

«Oh, du Kleingläubiger. Wie viel Jahrhunderte dauert es denn noch, bis du überzeugt bist?»

Jay verzog das Gesicht, fuhr dann mit der Hand über ihren Nacken und streichelte sie mit den Fingern. «Mindestens noch ein Jahrtausend. Ich glaube nicht, dass ich damit leben kann, Em. Es wäre eine ständige Mahnung daran, dass er irgendwo da draußen ist, dass er dich will … und dieses Haus. Warum habe ich den Zusammenhang nicht erkannt?» Er nahm ihre Hand und ging weiter, während die Hunde, die Nasen am Boden, im Zickzack vor ihnen herliefen. «Wir könnten es George wiedergeben …»

«Nein. Da wollte der arme Kerl einmal in seinem Leben taktvoll sein. Es wäre unfein, es ihm ins Gesicht zu werfen. Und es wäre ein weiterer Zankapfel zwischen ihm und Jilly.»

Sie erreichte den Feuerplatz, zögerte, streckte dann die Hand aus und platzierte die Miniatur entschlossen oben auf den Haufen. Sentimentalität war fehl am Platze.

«So ist es besser.» Sie wandte den Kopf, sah, wie sich Erleichterung in seinem Gesicht spiegelte, und genoss die vertraute Aufwallung von Zärtlichkeit. «Das ist der Schlussstrich.»

«Wir brauchen mehr Zunder.» Er musterte sie gründlich auf der Suche nach Spuren von Bedauern. «Ich hole ein paar Zeitungen. Em, bist du auch ganz …»

«Sicher. Manchmal, Jay Hammond», sie reckte sich, um ihn zu berühren, fuhr mit den Knöcheln über seine Wange, «kannst du schrecklich blöd sein.»

Sie sah hinter ihm her, wie Flotman ihm um die Füße sprang und von seinem Herrn gestreichelt werden wollte. Dem Sieger die Beute, aber diesmal hatte der Schwache über den Starken triumphieren dürfen. Irgendwo da draußen hatte Rick mit Sicherheit ohne sie überlebt. Das hätte Jay nicht, er wäre nicht dazu in der Lage gewesen. Der Gedanke erfüllte sie mit Wärme.

Er kam mit den Resten der Zeitungen wieder, die sie vom Boden gerettet hatte, und trockenem Reisig. Eine Schachtel Streichhölzer hatte er in der Tasche. «Der Wind steht richtig», sagte er und wich ihrem Blick aus. «Deshalb können wir es eigentlich gleich hinter uns bringen, solange du dir sicher bist.»

«Ja, ich bin mir sicher.» Verdammte Silly Jilly, warum konnte sie das nicht auf sich beruhen lassen? Emma nahm eine Zeitung vom Stapel, nahm die Bogen auseinander, rollte und drehte sie und griff dann nach der nächsten. Es war ein Lokalblättchen, die *Eastern Daily Press*.

«Oh!», rief sie aus, amüsiert über den Zufall. «Schau mal, die ist vom Tag unserer Hochzeit!»

«Welche?»

«Die hier.» Sie schlug sie auf, und schwenkte sie auffordernd, dankbar für die Ablenkung. «Ich möchte wissen, was in East Anglia los war, während wir uns ewige Treue schworen.»

Sie las ihm Absätze vor, während er weiteres Reisig unten um den Haufen legte: unbedeutende lokale Ereignisse, eine

Blumenausstellung, die Kritik einer lokalen Laienaufführung von *Oklahoma*, eine goldene Hochzeit, ein Buchstabierwettbewerb zu wohltätigen Zwecken an einer Grundschule in East Dereham. Erst als ihre Stimme erstarb, sah er auf und bemerkte ihr bleiches Gesicht.

Sie spürte, wie ihre Jeans sich im feuchten Gras voll sogen, als sie auf die Knie fiel. Oh, wie hatte sie sich nur so irren können? Wie hatte sie nur so dumm sein können?

Jay nahm ihr die Zeitung aus den schwachen Fingern. Er musste es zweimal lesen, und er spürte, wie sein Magen sich verkrampfte, als ihm langsam dämmerte, dass er sich jahrelang gewappnet hatte, einem Rivalen entgegenzutreten, der nie auftauchen würde.

Gestern in den frühen Morgenstunden forderte der berüchtigte Abschnitt auf der A 47 zwischen Acle und Grat Yarmouth, bekannt als die Acle-Gerade, ein neues Opfer, als ein junger Motorradfahrer eine Meile östlich von Stracey Arms von der Fahrbahn abkam. Die Leiche des nicht identifizierten Mannes wurde später vom örtlichen Rettungsdienst aus dem wasserführenden Graben geborgen.

Die Ursache für diesen jüngsten Unfall ist allerdings ein Rätsel. Der Straßenzustand war gut, und laut Angaben der Polizei war das Motorrad, das vermutlich schneller als achtzig Meilen pro Stunde gefahren ist, fast neu und in gutem Zustand, allerdings fehlten die Nummernschilder. Der Fahrer, der sofort tot war, scheint nicht gebremst zu haben, als die Maschine von der Fahrbahn abkam, und er trug auch keinen Sturzhelm. Andere Fahrzeuge waren offenbar nicht beteiligt.

Die Polizei sucht nach Unfallzeugen. Da der Tote keine Papiere bei sich hatte, hofft man dringend darauf, dass Verwandte oder Freunde ihn anhand folgender Beschreibung identifizieren können.

Der Verstorbene war Anfang zwanzig, etwa eins achtzig groß und kräftig, mit blonden Haaren und dunkelbraunen Augen. Er trug eine schwarze Lederjacke, blaue Jeans und ein einfaches weißes T-Shirt. Außerdem wurde am Unfallort eine silberne Brosche geborgen, mit einem Herzen, das von einem Pfeil durchbohrt wird, an dessen Enden sich die Initialen R und E befinden. Das R ist verkehrt herum.

Wer den Beschriebenen kennt, wird gebeten, sich bei der Polizei von Great Yarmouth zu melden unter der Nummer …

«Er oder ich», sagte Jay schließlich. «Wen hättest du gewählt, wenn du ein Gewehr hättest nehmen und abdrücken müssen? Hättest du mich oder ihn erschossen? Du hast dich entschieden, bei mir zu bleiben. War das ein Schwindel? Hast du mich all die Jahre angelogen?» Er ließ die Zeitung fallen, packte sie an den Armen und schüttelte sie heftig. «Wen hättest du erschossen, Em? Wenn du hättest wählen müssen, wen von uns beiden du umbringst?»

«Das weißt du genau.» Sie starrte ihn an, von Schuldgefühlen überschwemmt, von Kummer, Schrecken. Dass er stirbt, wollte ich nicht. Umbringen wollte ich ihn nicht.

Er hob die Hände und umfasste ihr Gesicht. «Er oder ich. Wenn du *ihn* nicht umgebracht hättest, hättest du *mich* umgebracht. Begreifst du das nicht?»

Sie nickte und begann zu weinen, die Tränen rannen ihr über die Wangen und tropften ihr vom Kinn. «Ich liebe dich, das weißt du auch, nur dich, sonst niemanden.» Nur Jay. Sonst niemanden. Aber was, wenn …? «Aber was wäre, wenn ich nicht …»

«Was? Mit ihm geschlafen hättest? Du Dummchen, du musstest mit ihm schlafen.»

Emma starrte ihn erstaunt an. «Aber das habe ich dir doch nie erzählt, du hast nie darüber gesprochen, nie gefragt ... Woher weißt du das?»

«Weil ich dich liebe. Natürlich wusste ich das. Er hatte überall an dir seine Spuren hinterlassen.» Und es war mir egal, ziemlich. Der arme Kerl hat mir sogar Leid getan. Es war das erste Mal, dass ich ihn nicht umbringen wollte. Welche Ironie, dass er das selbst erledigt hat.

«Aber wie konntest du denn ...? Ich habe angehalten. Ich habe am Hotel in Harlow angehalten, habe mich unter eine Wallace-Arnold-Reisegruppe gemischt und bin die Treppen hinaufgehuscht, während die sich an der Rezeption drängelten. Ich habe ein Badezimmer gefunden und ein Bad genommen. Ich habe ihn von mir heruntergescheuert.»

«Warum, damit ich nichts merke?»

«Nein, ich hätte es dir erzählt, wenn du gefragt hättest. Weil ich mich nicht sauber fühlte, weil er nicht du war.»

«Armer Teufel.»

«Armer Teufel.» Sie blieb an den Worten hängen. «Das hat er auch gesagt. Über dich. Er hatte Lesen gelernt, wusstest du das?» Sie kramte in ihrer Tasche nach einem Taschentuch und schnaubte sich die Nase.

Jay zögerte, dann beugte er sich vor, nahm die Miniatur von ihrem Platz auf dem Müllberg, der unvermittelt zum Scheiterhaufen für einen Toten geworden war, und legte sie behutsam auf den Boden, weit entfernt von jeder Möglichkeit, Schaden zu nehmen. Wie konnte er sie ihr jetzt wegnehmen?

Er hob eine der verstreuten Zeitungsseiten auf, rollte sie ein, verknotete sie und steckte sie umsichtig in eine Lücke am Boden des Haufens. Er schob eine weitere hinterher und noch eine, legte sorgsam Reisig nach und entzündete ein Streichholz. Dann knieten sie nebeneinander und sahen zu, wie die Flammen an den Rändern zu knabbern begannen und knisternd und kräuselnd um sich griffen.

«Du musstest dich entscheiden», sagte er noch einmal. «Entweder sein Leben oder meins.» Dann fasste er hinter ihren Rücken und begann ihren Zopf zu lösen.

«Jay ...?» Sie nahm zögernd den Blick von den winzigen gelben Zungen, die am zusammengedrehten Papier zu lecken begannen. «Was machst du da? Nein ... Nein, nicht hier, nicht jetzt. Ach, bitte, Jay – ahhh ... *nein* ...»

Sie wehrte sich, wand sich unter seinen Händen, schluchzend und flehend, aber er kümmerte sich nicht darum. Er wusste, was sie brauchte. Und er brauchte es auch.

Als das Feuer richtig brannte und mit der gewaltigen Kraft seiner Glut ihre nackte Haut rötete, schlief er mit ihr, hielt sie fest, bis sie nachgab, küsste ihr die nassen Wangen, wie damals, und hinterher klammerte sie sich an ihn, als würde sie ertrinken, lauschte auf das Feuer, das irgendwo hinter ihr knallte und knisterte, während es hoch in den dunkler werdenden Abendhimmel loderte. Als er schließlich widerstrebend zur Seite gerollt war und sie auf dem zertrampelten Boden kniete, streckte sie den Arm nach der Miniatur aus, die unversehrt neben ihr lag. Nun war sie an der Reihe.

Sie wartete, bis er hersah, bevor sie das Bild hineinwarf. Funken sprühend landete es tief im glühenden Herzen des Scheiterhaufens, und sie hockten auf den Fersen und sahen zu, wie die Flammen nach oben krochen, um den Rahmen züngelten, sich vom trockenen Holz nährten, sich dann nach innen fraßen und die Leinwand schmelzen ließen.

Sobald es einmal Feuer gefangen hatte, brannte es lichterloh. Emma spürte, wie die Hitze ihr Gesicht wärmte, aber die war nicht so warm wie die Glut in ihrem Bauch, wo Jay ein wenig von sich zurückgelassen hatte. Sie wandte den Kopf, um ihn anzusehen, wie er hinter ihr kniete mit vom Feuerschein golden übergossener Haut.

Ein Widerspruch in sich, murmelte eine leise, hinterhältige Stimme in ihrem Ohr, Glück und Alter.

«Morgen muss ich mit dem Esszimmer anfangen, sagte sie müde, «wenn wir bis Weihnachten fertig sein wollen.»

Cristina Camera
Der Zitronenbaron

Im Sommer 1928 kommt die Deutsche Anna Maria auf das sizilianische Anwesen des Barone di Leonardo und seiner schwerkranken Frau Valeria. Bald entflammt zwischen Anna Maria und dem Baron eine leidenschaftliche Liebe. Als Valeria stirbt, scheint ihrem Glück nichts mehr im Wege zu stehen ...
rororo 24384

Grandiose Landschaften, große Gefühle

Elizabeth Edmondson
Lady Helenas Geheimnis

England, Dezember 1936. Im verschneiten Lake District versammeln sich die Menschen, um Weihnachten zu feiern. Auch die junge Alix Richardson ist angereist, aus Sehnsucht nach ihrer Familie. Aber vor allem will Alix endlich das Rätsel um den frühen Tod ihrer Mutter erkunden.
rororo 23875

Sarah Challis
Wüstenherz

«Begrabt mein Herz in der Sahara.» Das ist der letzte Wunsch von Emily und Clemmies Großtante Mary. Als die beiden davon erfahren, sind sie sprachlos. Doch dann stellt sich heraus, dass Mary vor langer Zeit eine Reise unternahm, die ihr Leben für immer verändern sollte. rororo 24388

BW 60/2

Weitere Informationen in der Rowohlt Revue *oder unter* www.rororo.de